櫻井陽子著

『平家物語』本文考

汲古書院

目次

『平家物語』本文考

はじめに

平家物語研究は多方面にわたっている。現在では作品そのものの分析よりもむしろ、作品を存立させる外的要因（制度・社会・思潮・宗教・思想・文化等）との関連に関心が向けられている。それは大変に意義のあることだが、その基盤となる平家物語自体の究明は完結したわけではない。

平家物語の大きな特徴のひとつである多くの諸本の存在はかつて大きな関心を呼び、諸本論が営々と積み上げられてきた。しかし、逆にこれが平家物語の研究を閉塞させて、関心を外に向かわせたのではないかとも思われる。平家物語の諸本は大きく二系統（読み本系と語り本系）に大別され、そこからさらに下位分類されている。しかし、読み本系と語り本系との前後関係や諸本相互の関係など、解明できていないことの方が多い。勿論、単純な前後関係で結ぶことができない性質のものではある。

読み本系においては、昭和四十年代から五十年代にかけて繰り広げられた古態論争を経て、延慶本（延慶二・三年〈一三〇九・一〇〉書写の奥書を有する。大東急記念文庫所蔵）が最も古い形態を残していると考えられるようになった。(1)もともと現存の延慶本のすべてが古いと認定されたわけではないのだが、ややもすると、部分毎の古さを検証することなく、表現・構成・宗教性・歴史資料の残存などの諸側面において、古態を前提として立論されることが多くなっていった。古態とは言いかねる記事が存在することは、部分的には指摘されることもあったが、「古くない部分」を抽出する作業は進まなかった。延慶年間書写以降の本文流動（改編）を想定することは更に難しかった。何よりも残念なことは、延慶本についての研究が盛んになるにつれ、延慶本以外の諸本の本文研究への関心が見失われていったことであろう。多くの諸本が存在するということの意味や流動の実態、諸本が続々と生まれた要因などについて関心が払われなくなっていった。そして古態論が収束したと判断され、次なる研究対象は作品の外に向かい、作品外縁と作品との関係へと関心が及んでいった。

なお、延慶本とは、延慶年間に書写された本を応永年間（応永二十六・二十七年〈一四一九・二〇〉）に再度書写した本であり、正確には応永書写本というべきである。延慶年間書写という奥書は、現存平家物語諸本の中では最古のものである。延慶書写時に用いられた底本が古態に最も近いと考えられ、延慶書写時の、あるいはそれ以前の改編等について、多く議論が交わされてきた。その前提としては、現存の応永書写本が延慶書写本の忠実な写しであり、脱落や誤写等といった単純な誤り以外には意図的な改編はないという考えがあったからである。現存応永書写本がすなわち延慶書写本であり、応永書写本を論じることが延慶年間の平家物語の姿を論じることであった。しかも、延慶本論すなわち平家物語論といった風潮さえ生まれてきていた。

しかしながら、延慶本古態説は万能ではなかった。

いっぽう、前述したように、語り本系の研究は、読み本系（特に延慶本）研究全盛の中では影を潜めていった。語り本系にも多くの諸本があり、一方系・八坂系などに分類されるが、現在最も高い評価を受けているものは、一方系のうちでも覚一本（覚一検校が応安四年〈一三七一〉に制定した旨の奥書を有する）である。現在、一般的に最も読まれている平家物語でもある。覚一本は一方系の中でも古い系統に属すると考えられている。また、覚一本にも伝本が数種類現存する。その整理は昭和三十年代に行われ、(2)系統論も立てられた。覚一本以後については、覚一本から流布本へと直線的・下降的に本文が展開すると考えられ、それがほぼ定説となった。一方系以外の八坂系については近時、書写による本文流動という側面が注目され、[3] 研究は大きく進展したものの、覚一本以外の一方系や覚一系諸本周辺本文などについての言及は、現在殆ど見受けられない。覚一本についても同様である。

本書は、延慶本と覚一本という、読み本系と語り本系の代表的な二種の本文について、再検討を試みるものである。延慶本の本文を解剖し、平家物語の古態をもう一度考え直し、同時に平家物語の本文が流動・変容していく様を追っていきたい。覚一本については、その系統論を再検討し、一方系諸本の中での覚一本の位置を再定義し、一方系諸本の流動にも注意を促したい。

さらに、本文系統を見直したところからもう一度諸本の記述を分析し、平家物語の描く諸場面を考察し、平家物語が成立していく時代を見据えながら、様々な側面を考えていきたい。

なお、本書では、現在一般的な名称として用いられていることを重視し、現存の応永書写本を「延慶本」と呼ぶ。が、延慶書写本と応永書写本との区別が特に必要な時には、延慶書写本―応永書写本、あるいは延慶本―延慶本（応永書写本）等と書き分けることとする。

注

（1）水原一『延慶本平家物語論考』（加藤中道館　昭和54年）がその成果である。
（2）渥美かをる『平家物語　上』解説（日本古典文学大系　岩波書店　昭和34年）
（3）山下宏明編『八坂系平家物語諸本の研究』（三弥井書店　平成9年）にその成果が集約されている。

以下に本書の概要を簡潔に述べる。

第一〜三部は延慶本を中心とする。延慶本巻四（第二中）に一枚の貼り紙がある。これは、応永書写時に改編がなされた証左となる。しかも、覚一本的本文を使って本文が改訂されている。第一部第一章では、その内容を論じ、分析を加える。しかし、これは唯一の例外的営為とも考えられる。そこで、第二章では巻一（第一本）の願立説話に集中的になされる擦り消しや訂正を検討し、ここでも覚一本的本文による改訂が行われていることを明らかにする。第三・四章では、こうした改訂作業を巻一・巻四の全体に亙って指摘していく。

現存の延慶本が応永書写時に改編されたものであるという状況を受け入れた場合、次に考えるべきは、現存本のどこまでが応永書写時の改編なのか、である。残念ながら、延慶書写時以降、応永書写時までの百年余りの間に行われた校訂・改編作業の過程を示す明らかな証拠は少ない。応永書写時に初めて改編の手が加わったものなのか、あるいは、それまでに改編が行われていたのか、また書き込みなどがなされていたものを応永書写時に編集したのか、などは、現在の形態からは判定しにくい。が、重要なことは、現存の延慶本（応永書写本）には、応永書写に至るまで手が加わっている可能性がある、という見通しを持つことである。

それでは、いつの改編かはわからなくとも、どこに手が加わっているのかについてを明らかにするにはどうしたらよいのだろうか。

その方法の一つを第二部第一章で論じた。他の読み本系諸本（長門本・源平盛衰記など）との距離を測ることによって、現存の延慶本や長門本から一段階溯る本を措定する提案である。あり得べき最大公約数的本文を「読み本系祖本」と名付けた。従来「旧延慶本」と呼ばれていたものとそれほど大きくは変わらないが、「延慶本」という呼称に引きずられて、現存「延慶本」に直結させることを避けたものである。一つのモデルケースの提示である。そこから、現存の延慶本が増補・改編されている様を見ていこうと考えた。

第二章では、現存延慶本に加えられている多くの異本注記に注目した。傍記から現れる「異本」のみならず、本行の中に入り込んでいる異本注記は、応永書写時に既に「異本」によって校合されていたことを示す。その「異本」とはどのようなものなのかを考察した。

その過程で、覚一本的本文による改訂以外にも、覚一本的本文と同様に、異本注記はないものの、「異本」からの混態・増補ではないかと考えられる記事があることに気づいた。覚一本を用いて改訂をすることがあるのなら、他の異本を使う可能性も排除できない。第三～五章では、盛衰記と同文性の強い記事をとりあげ、延慶本が異本を用いて増補していく具体相を考えた。

このように延慶本を見直し、考え直していくと、これまでと違う延慶本像が浮かび上がってくる。新たな延慶本像、新たな平家物語論を構築することができるのではないか。ただ、全体像を捉え直すには、あまりに非力である。第三部では、部分的であるが、延慶本の独自性を示すと考えられているいくつかの記事を対象として、延慶本の独自性が、必ずしも古態性を示すものではないことに注意しつつ、古い平家物語として書かれていたであろう姿、あるいは平家物語の本文の流転の様相等を探っていった。

第一章では、延慶本の鵼説話（巻四）に覚一本的本文による混態の可能性が考えられることから、本来書かれていたであろう鵼説話と頼政説話を考察した。第二章では、重衡の関東下向記事（巻十）を対象とした。延慶本には宴曲から大量の記事が取り入れられているが、それが延慶本独自のものであり、他諸本には波及していないこと、また、応永書写時までになされた増補改編と考えられることを論じた。それに伴い、八坂系の本文の流入の可能性も視野に入れることになった。第三章では、忠度辞世の和歌（巻九）について、これが存在しない延慶本の形が古態と考えられてきたが、和歌が存在しないことと古態とは結びつくものではなく、逆に延慶本が省略した可能性があることを指摘した。また、抒情性の発揚としての和歌という評価にも疑問を投げかけた。第四章では、逆に延慶本から導かれる読み本系の形態に古態が残るのではないかと考えた。但し、延慶本も万全ではない。頼朝の征夷大将軍任官記事（巻八）を対象とし、その物語的虚構の意味を追究した。

第四部では、語り本系を俎上に乗せた。前述したように、近時、平家物語研究は延慶本を中心として行われ、語り本系の本文研究は、殆ど行われていない。そもそも覚一本とはどのような本なのかを疑うこともなく、岩波書店刊行の二種の日本古典文学大系（旧大系・新大系、と区別する）を使い、それで事足りてきた。旧大系と新大系がどれほど異なっているのか、違いがあることには気づいても、問題視することはなかった。しかし、虚心に本文を見直していくと、昭和三十年代に樹立された覚一本の系統論は再考すべきであると思われる。第一章では、古態とされてきた龍谷大学本（旧大系の底本）ではなく、覚一本系統の主要伝本の中では最も新しいと考えられてきた高野本（新大系の底本）に古態を考えるべきであると結論づけた。但し、高野本にも問題はある。正確には高野本の系統と言うべきであろう。第二章では、高野本を中心として、覚一本伝本の書写状況から浮かび上がる諸問題について論じ、覚一本の諸伝本が、同じ一方系の他種本文を用いて本文を改訂している様子を浮かび上がらせた。

第三章では、現在の覚一本を溯る、プレ覚一本ともいうべき本の想定が可能ではないかと考えた。ここからは、従来覚一本を下った成立とされる一方系諸本（後期一方系諸本）を考え直す必要が生まれる。一方系諸本は、覚一本以降、葉子本・下村本・流布本の順で直線的に下降していくとされてきたが、これについても再考の余地がありそうである。第四章では、このうちの葉子本が、実は京師本（後期一方系諸本の一つ）と覚一本の取り合わせ本であることを示した。従って、少なくとも葉子本を後期一方系諸本本文の下降的流動の一通過点として扱う必要はなくなった。

本文研究に随分紙面を割いてきたが、本文の問題と平行して、平家物語が作られていった時代や作品世界を、本文の流動に注意深く接しつつ見ていきたい。第五部では、平家物語生成の時代に、平家物語が利用したと思われる作品、あるいは平家物語を利用していったであろう作品と、平家物語がどのように絡み合っているのかを考えた。

第一～三章では、相互利用作用とでもいうべき現象をすくい取った。平家物語に限らず、平家物語周辺の物語や作品が、流動的に、柔軟に相互に影響しあいながら作品を編み出している。そうした文学作品のありようを、『平家公達草紙』、『安元御賀記』、『建礼門院右京大夫集』などを対象として考えた。

第四・五章では、平家物語生成の時代に、既に平安末期に関する情報に混乱を来していたのではないかという疑いや、逆にその時代の視線が直接に感じられる事象を、北陸宮（木曾宮）の紹介記事、「よみ人しらず」への拘り方、藤原成親の妻子たちの記事を対象として考察した。

なお、作品・情報などとは質を異にするが、平家物語に流れ込んでいる説話の一つの型について考察を加えた小論を、付章として置いた。

第六部では歴史資料を軸として、平家物語を考える。第一章では、少し時代が下るが、室町時代の日記（看聞日記）からうかがえる平家享受の実態を探った。『看聞日記』は、琵琶法師や演唱の記録の豊庫として知られているが、室町時代の人々がどのような平家物語を見ていたのか、どのようにして平家物語に接していたのか、現在私たちが知っている平家物語とはどれほどの懸隔があるのか、そうした好奇心に少なからず応えてくれる。また、平家物語が貴顕の階層に如何に浸透していったのかを、その享受の実態から探った。

第二章では、平家物語に直接関係するわけではないが、資料翻刻を再録する。歴史研究の上で重要な資料だが、平家物語理解にも波及する。

以上、六部にわたって平家物語の本文と作品の周縁を探っていった。

本書で引用したテキスト

延慶本…『延慶本平家物語　一～六』（汲古書院）
長門本…『長門本平家物語　一～四』（勉誠出版）
源平盛衰記…古活字版を使用し、『源平盛衰記　一～六』（三弥井書店）を随時参照した。
四部合戦状本…『訓読四部合戦状本平家物語』（有精堂）
源平闘諍録…『源平闘諍録　上下』（角川文庫）
南都異本…『〈南都本　南都異本〉平家物語　上下』（汲古書院）
覚一本…『高野本平家物語（東京大学国語研究室蔵）一～十二』（笠間書院）
　校訂を加えた部分もある。第五部の引用に際しては濁点も補った。
京師本…『平家物語　上下』（三弥井古典文庫）
葉子本…駒澤大学沼沢文庫蔵本を使用し、『平家物語全注釈　上中下』（角川書店）を随時参照した。
下村本…『平家物語』（古活字版）
流布本…『平家物語』（桜楓社）を使用し、整版を随時参照した。
屋代本…『屋代本平家物語』（角川書店）
八坂系一類本…中院本（『校訂中院本平家物語　上下』〈中世の文学　三弥井書店〉）を使用した。
八坂系二類本…城方本（内閣文庫蔵）を使用した。
＊右の諸本については、句読点、括弧などを、語り本系諸本については濁点も適宜補った。

＊諸本についてはなるべく原文表記を尊重したが、読みやすさを優先させて、長門本には適宜漢字を宛て、四部本と闘諍録については書き下し文を使用した。

玉葉…『玉葉』（図書寮叢刊）　適宜返り点を付した。
山槐記…『山槐記』（増補史料大成　臨川書店）
吉記…『新訂　吉記』（和泉書院）
兵範記…『兵範記』（増補史料大成　臨川書店）
明月記…『冷泉家時雨亭叢書　明月記』（朝日新聞社）をもとに、「明月記研究」、『明月記　一～三』（国書刊行会）も参照した。
百練抄…『百錬抄』（新訂増補国史大系　吉川弘文館）
吾妻鏡…『吾妻鏡』（新訂増補国史大系　吉川弘文館）
愚管抄…『愚管抄』（日本古典文学大系　岩波書店）
看聞日記…『看聞日記』（図書寮叢刊）
高倉院厳島御幸記…『中世日記紀行集』（新日本古典文学大系　岩波書店）
建礼門院右京大夫集…『建礼門院右京大夫集　とはずがたり』（新編日本古典文学全集　小学館）
和歌は新編国歌大観・私家集大成に拠った。

＊右の他に各章で用いたテキストは各章末、もしくは注に記した。

第一部　延慶本（応永書写本）本文考

第一章　咸陽宮描写記事（巻四）

はじめに

延慶本平家物語は平家物語の古態、原態、また、成立等を論じるにあたって最も重要な本として定位されている。延慶本とは、改めて断るまでもないが、延慶二・三年（一三〇九・一〇）に書写した本を応永二十六・二十七年（一四一九・二〇）に書写した本であることが奥書によって知られる。現存本はこの応永年間書写のものであるため、厳密に言うならば、応永書写本というべきではある。延慶年間書写本の実態はこの応永書写本から窺うこととなるが、後述するように、応永書写本は基本的に延慶書写本の忠実な写本であると考えられてきた。しかし、本章ではこの応永書写と延慶書写との距離について再考の余地のあることを述べたい。

なお、混乱を避けるために、以下に、区別する必要のある時は、現存延慶本を「応永書写本」、応永書写本が使用した底本を「延慶書写本」とする。

一　応永書写本の書写についての研究史

延慶本の資料的な価値の高さについては、山田孝雄氏[1]が夙に指摘している。が、氏の調査は応永書写本（大東急記念文庫蔵）発見以前であったために、江戸時代の転写本に拠っている。そのために、応永書写本と延慶書写本との関係については、後述する巻四の奥書から、「延慶本のまヽに写したりし事は想像しうべし」と慎重に述べるに留めている。後に応永書写本が翻刻され、[2]その解題で、「（延慶書写本の）かなりに忠実なる模写である」と指摘された。しかし、それに対する反論も提示されている。例えば、笠栄治氏は、「延慶本自身について言えば延慶年間成立から応永の書写までの百年間に成長増補されたのではないかという疑問を認めねばなるまい」[3]と述べた。氏の論の根拠（厳島断簡と諸本の比較）については渥美かをる氏、[4]赤松俊秀氏[5]が再検討を行い、笠氏とは異なる結論を導いている。次いで水原一氏も改めて笠氏の論に触れ、延慶書写本と応永書写本との隔たりについての笠氏の「疑問」を否定した。[6]

水原氏は延慶本古態説を以て従来の諸本論を覆し、現在の古態論の基礎を築いたが、応永書写本と延慶書写本との距離についても、「総体的にいって応永期の書写の態度というのは、あくまでも延慶の底本の再生産を目標とするものであって、ことさらに新たな資料を加えるとか、主観的な解釈や好みで書きかえるとかいった、積極的な改作の方向を見出す事はできない」[7]とした。理由として、巻四奥書の「写本事外往復之言、文字之謬多之、雖然不及添削、大概写之了」から、「原本の文面に批判すべきものを覚えながら、しかし敢て添削する事なく写した」と考えられること、また、巻五奥書の「雖為悪筆、忝依御誂、令書写之畢」により、高位者の依頼によるものであるならば「積極的な改作の作業まで依頼されてはいなかった」とみられることをあげ、他にも、複数の書写者が存在すること、応永書写本が延慶書写本の欠落をそのまま引き継いでいること等をあげた。

水原氏の延慶本古態説が主流になるにつれて、延慶書写本と応永書写本との距離についても水原氏の説が踏襲されていった。勿論、現存応永書写本にも誤脱は存在する。それらの中には延慶、或いはそれを溯る初期的な段階での編集上の錯簡等もあるが、[8]多くは応永書写時の単純な誤写の範疇を出るものではないことが指摘されている。[9]従って、勿論、応永書写時の誤脱などはあるものの、応永書写本を考えることは延慶書写本を考えることとほぼ等価とされてきた。

応永書写本が延慶底本（延慶書写本）の再生産であるとなれば、次には、応永書写本を用いて、延慶年間に書写された本文と、それ以前の段階のものとの差異を明らかにする作業が要請される。水原氏は様々な内部徴証や外部徴証から、ある時点、おそらく延慶書写時か、その直前に増補がなされたものであろうと推測した。その後、増補の過程の考察も行われているが、延慶書写本の前段階の形態、また、原態との距離等、現段階ではまだ必ずしも明らかになってはいない。

しかし、応永書写本を注意深く再調査すると、[10] 必ずしも応永書写本は延慶書写本の忠実な書写本とはいえないようである。勿論、延慶本の古態性を全面的に否定するものではない。ただ、部分的にではあっても、応永書写と延慶書写との距離を慎重に計る必要性がある箇所の存在することを指摘したい。

二　本文書写上の誤字訂正法――巻四の調査より――

書写という作業には、どれ程注意を払っても誤りは必ず起こる。その訂正方法の検討作業から問題点を提示する。巻四を例に掲げる。巻四（第二中）の誤脱・訂正はほぼ九十箇所近くあった。その大半は単純な書き誤りの訂正である。次に例を幾つか示すこととする。[11]

①片仮名一字程度の間違いには重ね書きをする。

	丁行	内容	
1	9オ3	御遷宮ノ → 御遷宮有ケルニ	
2	12ウ1	給ノ → 給ケレハ → 給ケ《タ》レハ	右に傍書

②擦り消しをする。また、そこに上書きする。

3	44ウ8	人倫哀ミヲナセハ宮鳥懐ロニ → 人倫哀ミヲナセハ□鳥懐ロニ	「窮」を書き忘れ
4	51ウ3	筒井浄明明俊 → 筒井浄妙明俊	

③反転の印等をつける。

5	48ウ1	。八正ノ道チ雖モ有リト	雖有八正道
6	123ウ5	鵲ノ居タル所ヘ寄歩ケレ	歩寄ケレハ

④補入による行間補書。

7	33ウ9	競カクテ有ハヤトハ。《思ヘトモ》賢人ハ二君ニ不仕ヘ	

8	35オ3	当寺之破滅将ニ。《当》此時	

⑤「本マ、」「〇〇歟」と傍書して原本の誤字を疑う。

9	31ウ6	イツ歩マセ《習ハセ歟》給タル	
10	70ウ8	宇治河渡シタル勧賞ニハ庄薗枚《本マ、》カ靫負尉カ検非違使受領	

⑥左傍線を引く。衍字の指摘か。

11	32オ7	肩ニ懸進セテ相構テ三井寺ヘ	
12	82オ8	珍シク思奉テ人参リ通フ輩多カリケレハ	

⑦「イ」「異本」による異本注記。

13	23ウ4	覚悟法橋《眼イ》羅睺羅法橋	
14	90ウ1	大炊ノ御門ノ右大臣殿公良公《頼長公異本》是ヲ賜ハリ次テ	

⑧左に傍線を引き（或いは引かずに）、空白（右・上欄）に別字を宛てる。

15	36オ2	清盛恣ニ盗二テ国威一ヲ　↓　偸《ヒソカニシ》	上欄空白に記す
16	38オ1	是以若《或》ハ為延カ一旦之身命一ヲ若《或》欲遁片時之凌辱一ヲ	

⑨紙を貼り、書き直す。⇩後述

このうち⑤は、原本通りに書写したものの、その表記や内容に疑問を持つものである。これには表記や漢字の使用の誤りと思われるものに対する疑問を示すものがある（10）。が、誤字が内容理解に関わってくるものもある（9）。書写者は本文を必ずしも盲目的に写しているわけではなく、内容を読みながら書写していることが理解される。9は別筆も疑われる。書写後の点検者か、後の読者の書き込みもあり得よう。また、⑥〜⑧の様々な表記法も単純な誤字のチェックのみとは思われない。⑤⑥のような記述態度からは、従来、忠実な書写を心がける姿勢が指摘されてきたが（12）、忠実な書写以外にも考えるべき問題がありそうである。特に⑦⑧のような傍書には異なる文献の存在が窺える。根拠となった異本や別資料とはどのようなものなのか、注意が引かれる。しかし、本稿では巻四の中で最も注目すべき訂正箇所と方法として、⑨を中心に考えることとする。

三　応永書写本の貼り紙——咸陽宮描写記事より——

第三十六章段「燕丹之亡シ事」に描かれる燕丹説話の内、咸陽宮描写の冒頭部分に行われた訂正は特殊なものであ

る。応永書写本には、咸陽宮の描写が二様記されているのである。(13)

応永書写本　A（上書）

皇居ノアリ』　131オ
サマ心モ詞モ及ハレス都ノ周《マハリ》一万八千三百八十里ニ
ツモレリ内裏ヲハ地ヨリ三里タカクツキ上テ其
上ニ立タリ長生殿不老門アリ金ヲ以テ日ヲ作リ
銀ヲ以テ月ヲ造レリ真珠ノ砂《イサコ》瑠璃ノ砂金ノ
砂ヲ敷満テリ四方ニハ高サ四十里ニ鉄ノ築
地ヲツキ殿ノ上ニモ同ク鉄ノ網ヲソ張タリケル
是ハ冥途ノ使ヲ入レシトナリ秋ハタノムノ鴈ノ
春ハ越路ニ帰ルモ飛行自在ノ障リ有トテ築
地ニハ鴈門トテ鉄ノ門ヲ開ケテソ通シケル其ノ中カ』　131ウ
ニ阿房殿トテ始皇ノツネハ行幸成テ政道行
ハセ給フ殿アリ。高サハ三十六丈東西ハ九丁
南北ヘ九丁大床ノ下タハ五丈ノ幢《ハタホ》コヲ立タルカ
猶及ハヌ程ナリ上ハ瑠璃ノ瓦ヲ以テ葺キ、下タハ
金銀ヲ瑩ケリ荊軻ハ燕ノサシ図ヲ持チ秦

⇧「ハ」：「ノ」に重書

⇧「ヘ」：「ハ」に重書

応永書写本　B（下側）

皇居ノアリ』　131オ
サマ心モ詞モ不被及一外廓ニハ鉄ノ築地ヲ高サ卅丈
ニ築タリ秋ノ憑ムノ鴈ハ来レトモ春ハ越地ニ帰ル習ヒ
アリ飛行自在ノ障アレハ旅鴈ヲトホサムカ為ニ鴈
門ト云ヘル穴ヲソ一ツ開ケタリケル其内ニ阿房殿ヲ建ツ
東西ヘ九町南北ヘ五町高サ卅六丈也大床ノ下ニハ

武陽ハ焚於期カ首ヲ持テ玉ノキサハシヲ
ノホリケルニ余リニ内裏ノヲヒタヽシキヲ見テ秦
武陽ワナ〳〵ト振ヒケレハ臣家是ヲ怪テ武陽
謀叛ノ心アリ刑人不置君側君子不近刑人近』 132オ
刑人則軽死道也ト云ヘリ荊軻帰テ武陽全ク
謀叛ノ心無シ翫其磧礫不窺玉淵者曷知驪
龍之所蟠習其弊邑《ユウヲ》不視上邦者未知英雄之
所宿ト云ケレハ官軍皆静マリニケリサテ堂上ニ到テ

⇧ルビ「ヲ」：擦り消して「ニ」

（網かけについては後述。漢詩文は振り仮名、返り点等省略した）

一般にはAで示した本文が翻刻されている。これは131丁オの最後に「皇居ノアリ」、頁をめくって一行目の冒頭に「サマ心モ詞モ及ハレス」と記され、それに続く咸陽宮の威容を描く記事である。しかし、実はこの下にはBの文章が隠されている。Bの五行を書いた後にその上に紙を貼り、「サマ心モ詞モ及ハレス」から始まる文章を続けているのである。一旦途中まで書いてから全面的に書き直しているわけである。一般的には、大幅に脱文等を犯したことに気づいた時点で書き直しに入ったと見るべきであろう。参考までに、次にBの五行分に相当する部分の本文の対照を示した。

B　サマ心モ詞モ不被及一　×××××××××××××××××××××××××××××××××

A　サマ心モ詞モ及ハレス都ノ周一万八千三百八十里《ニ》ツモレリ内裏ヲハ地《ヨリ》三里タカクツキ上《テ》其上《ニ》立タリ長生

B　×××××××××××××××××××××××××××××××外廓ニハ鉄ノ築地《ヲ》高《サ》卅

A　殿不老門アリ金《ヲ》以《テ》日《ヲ》作《リ》銀《ヲ》以《テ》月《ヲ》造レリ真珠ノ砂瑠璃ノ砂金ノ砂《ヲ》敷満テリ四方ニハ××××高《サ》四十

B　丈×××××ニ築タリ××××××××××××××××××××××××秋ノ憑《ム》　ノ鴈ハ来レ

A　里《ニ》鉄《ノ》築地ヲツキ　殿ノ上ニモ同《ク》鉄ノ網ヲソ張タリケル是ハ冥途ノ使ヲ入《レ》シトナリ秋ハタノムノ鴈ノ××

B　トモ春《ハ》越地《ニ》帰《ル》　習《ヒ》アリ飛行自在ノ障　アレハ　××××旅鴈ヲトホサムカ為ニ鴈門ト云ヘル××穴ヲ×

A　××春ハ越路ニ帰ルモ××××飛行自在ノ障《リ》有　トテ築地ニハ××××××××鴈門トテ　鉄ノ門《ヲ》開

B　××ソ一《ツ》開《ケ》タリケル其　内《ニ》　阿房殿《ヲ》　建《ツ》×××××××××××××××××××××××東西

A　《ケ》テソ　通《シ》××ケル其《ノ》中《カ》ニ阿房殿トテ　始皇ノツネハ行幸成テ政道行ハセ給《フ》殿アリ高サハ三十六丈東西

B　ヘ九町南北ヘ五町高《サ》卅六丈也大床《ノ》下　《ニハ》

A　ハ九丁南北ヘ九丁×××××大床《ノ》下《タ》ハ

ABとも、その内容はあまり変わるものではないが、上書きされたAの方がより詳しく書かれており、単純な脱文等ではないことが理解される。

類似した表現にも拘らず、何故わざわざ貼り紙をして書き直したのか。その理由は不明だが、経緯には幾通りかの可能性が考えられる。例えば、AB双方とも延慶書写本に載る記事であること——延慶書写本には貼り紙と上書きがあり、それをそのまま忠実に写した——。が、現実性は極めて薄い。その場合、字詰めや行数まで同じにするはずであろうが、そこまで慎重、厳密な姿勢は他の部分からは窺えないからである。次に、どちらか一方が延慶底本の本文であり、もう一方は別の資料に拠ったことが考えられる。

もしAが本来の延慶書写本であるとすると、先に別の文献によってBを書いていたことになる。しかし、先に書写した部分が別資料というのは不自然であろう。一方、Bが延慶書写本であったとすると、書写の途中で方針を変更し、Aに替えたことになる。これは自然な行為である。しかし、次の問題として、方針変更の理由、後続の部分と延慶書写本との関係等を明らかにしなくてはならない。が、いずれにしても、AB二種の咸陽宮記事が手許にあったことは事実として認められよう。そして、貼り紙をして上書きしたのは応永書写者の操作と考えてよかろう。

四　諸本との関係

(1)　Bについて

ABの関係を知るために、まず、平家物語諸本を眺めてみる。読み本系の中でも、長門本に注目される。

始皇帝の内裏は、空へそたかく造りたりける。[1]東西へ九町、南北へ五町。かんやう宮のたかさ、三十六丈につくりたり。八丈の幡鉾をたて、大床の下に五丈のはたほこをならへたてたるに、心も詞も及はす。はんゐきかかうへ、ほこにつらぬきて、ふやうにもたせたり。（略）けいか、ふやう二人の臣下、かんやう宮の阿房殿へまいりて、玉のきさはしをのほりて、甍を見れは、まなこもつかれぬへし。安西[2]城郭にはついちをつき、秋の田面の鴈の、春はこしちに帰るも、飛行しさいのさはりあれは、ついちには、かん門とて、あなをそあけたりける。か丶る九重のうちにしくはうはすみ給へり。これめいとのつかひをよせしのはかりことなり。はんゐきかかうへ、ほこにつらぬきてもちたるふやう、た丶今、あくしをいたさんする心やあらはれけん、左右のひさ、わな／＼とふるひて、玉のきさはしをのほりわつらふ。（巻九）

長門本の咸陽宮描写の部分にはかなり改編が加えられているようである。しかし、この引用文中で、傍線部分を（2）（1）の順で繋げるとBとほぼ同じ咸陽宮の描写となる。Bに無く、Aにのみある不老門の描写は長門本にはない。延慶本・長門本を共通祖本とする本文の存在を考えるとするならば、その面影はBの本文に残っていると考えられよう。

四部合戦状本は簡略化した表現となっており、判断材料とはならない。源平盛衰記は、延慶本Aと重なる表現もあるが順序も異なり、欠落している表現や独自表現もあり、長門本以上に独自の改編が施されている。[14]この部分については盛衰記を参考とすることはできない。

(2)　Aについて

それではAは如何か。Aは覚一本と同文関係にある。左に覚一本を、少し長くなるが引用する。先に掲げた延慶本

Aと比較されたい。

咸陽宮はみやこのめくり一万八千三百八十里につもれり。内裏をは地より三里たかく築あけて其上にたてたり。長生殿、不老門あり。金をもて日をつくり、銀をもて月をつくれり。真珠のいさこ、瑠璃の沙、金の砂をしきみてり。四方にはたかさ四十丈の鉄の築地をつき、殿の上にも同く鉄の網をそ張たりける。これは冥途の使をいれしとなり。秋の田のもの鴈、春はこしちへ帰も飛行自在のさはりあれは、築地には鴈門となつけて鉄の門をあけてそとをしける。そのなかにも、阿房殿とて始皇のつねは行幸なて政道おこなはせ給ふ殿あり。たかさは卅六丈、東西へ九町、南北へ五町、大床のしたは五丈のはたほこをたてたるか、猶及はぬ程也。上は瑠璃の瓦をもてふき、したは金銀にてみかきけり。荊軻は燕の指図をもち、秦巫《舞》陽は樊予《於》期か首をもて珠のきさ橋をのほりあかる。あまりに内裏のおひたゝしきを見て、秦巫《舞》陽わな〳〵とふるひけれは、臣下あやしみて、巫《舞》陽謀叛の心あり。刑人をは君のかたはらにをかす。君子は刑人にちかつかす。刑人にちかつくはすなはち死をかろんする道なり、といへり。荊軻たち帰て、巫《舞》陽またく謀反の心なし。たゝ田舎のいやしきにのみならて皇居になれさるか故に心迷惑すと申けれは、臣下みなしつまりぬ。仍王にちかつきたてまつる。（巻五）

Aと覚一本との相違部分にはすべて網かけをしたが、「巫《舞》陽またく謀反の心なし」までは微細な相違にすぎない。従来の理解では、延慶本的本文から覚一本が出来上がっているとされている。この部分にあてはめると、Aをそのまま切り取って覚一本が用いたと説明されることになろう。しかし、Bの存在によって、この説明では十分な納得が得られないことになる。

(3)　覚一本との同文関係の終わった後

Aと覚一本との同文関係は、132丁ウの2行目「武陽全ク謀叛ノ心無シ」まで続く。この後、応永書写本は、

翫其磧礫不窺玉淵者、曷知驪龍之所蟠、習其弊邑不視上邦者、未知英雄之所宿ト云ケレハ官軍皆静マリニケリ。(3)サテ堂上ニ到テ、焚於期カ首ヲ献ムトスルニ、官使出向テ、請取テ叡覧有ヘキ由仰ケレハ、荊軻申ケルハ、日来(4)震襟不安被思召程ノ朝敵ノ首ヲ切テ参リタラムニ、争カ人伝ニ可献ル。燕国小国ナリト云ヘトモ、荊軻、武陽共ニ、彼国第一ノ臣下ナリ。直ニ献ラム事、何ノ恐カ可ト有レ奏シタリケレハ、

となる。破線部分は『和漢朗詠集』の一節である。他の読み本（長門本・盛衰記・四部本）もこれを載せる。一方、覚一本は、「たゝ田舎のいやしきにのみならて皇居になれさるか故に心迷惑すと申けれは、臣下みなしつまりぬ」となり、延慶本とは異なる本文となる。この覚一本と同様の表現はAにはなく、長門本や盛衰記にもない。ただ、『朗詠集』の詩句は、長門本が続いて「たとへは、つちくれをつむてもてあそひ物にする程の者は、玉に望なけれは、なんた、はつなんた等の、龍のわたかまれる淵をしらす。あやしの柴の庵に、すみならひたるしつのめは、花の都をも見なれねは、礼儀のたゝしき事をもしらぬなりとそちんしたりける」と説明する如く、覚一本の、荊軻が舞陽の恐怖心を「たゝ田舎のいやしきにのみならて皇居になれさるか故」と弁解した表現に相当するもので、意味はかわらない。なお、右に引用した長門本の『朗詠集』の詩句の説明部分は延慶本にはないが、長門本のその前後には延慶本と同じ文章が続く。右掲延慶本の傍線部分が長門本と共通する部分である。左には長門本の『朗詠集』詩句の説明に続く部分を引用する。

その時、二人の臣下、(3)南殿ちかくのほりあかて、はんゐきかかうへを皇帝に奉らんとしけるところに、官使うけとりて、上覧すへきよし仰下されけれは、けいか申けるは、かゝるありかたき(4)朝敵のかうへをは、いかてかたやすく、つてには上覧仕へき。ゑんの国、小国なりといへとも、彼国の臣下なり。ちきに進報仕らん事、なにのを

それか候へきと申ければ、（(3)(4)が延慶本と対応する部分）

以上の、長門本(2)(1)とBとが共通すること、覚一本との同文関係の終了後に読み本系、特に長門本と同文性の濃厚な本文（『朗詠集』、(3)(4)）が続くことは何を意味するのだろうか。

(4)　応永書写本の擦り消し

更に、応永書写本には注目すべき訂正がなされている。同文関係の終わった直後の「翫其」の下に「燕賤キ」を擦り消した跡が窺えるのである。「燕賤キ」は、覚一本の「田舎のいやしき(15)」という秦舞陽の故郷の様の形容に相当する。

ここからは次の状況が推測できる。応永書写者は覚一本の如き本文を続けて書写するつもりで「燕賤キ」と書きかけたが、中断して長門本・盛衰記共通にある『朗詠集』の一節に本文を替えた、或いは戻した、と。

(5)　結　論

Bと長門本との共通性、Aと覚一本との同文性、覚一本との同文関係終了後は長門本と共通性を有すること、同文関係終了直後に、覚一本に近い本文が擦り消されてはいるものの存在すること、以上から、延慶書写本が本来有していた本文はBであり、応永書写者は覚一本的本文によってAに混態を行ったと推定できよう。覚一本は応安四年（一三七一）に制定されたという奥書をもつ本である。従って、応永書写時（一四二〇）に覚一本を参照していたとする仮定には時間的な矛盾を生じるわけではない。

なお、Aの依拠資料が覚一本ではなく、他の何らかの資料であったとも考えられよう。すると、覚一本と応永書写本は共通資料に拠ったことになる。しかし、二本が同文関係にある部分は咸陽宮描写と荊軻等の行動という二つの異なる話が連続して記されたものである[16]。

この咸陽宮の描写の場面は和漢朗詠集注に拠るものであり、平家物語の咸陽宮の説話自体は朗詠注に史記を差し込んだものであることが、黒田彰氏によって指摘されている[17]。氏によると、咸陽宮の描写は「前途程遠」注、覚一本に載る不老門の描写は「強呉滅兮」注によるものであり、荊軻等の行動は「翫其磧礫」注によるものである。咸陽宮、不老門の描写、荊軻等の行動の順で展開していく作品は平家物語の他にも、謡曲「咸陽宮」、『咸陽宮絵巻』等があるが、謡曲には覚一本の影響が指摘され、絵巻についても、諸本毎に異なるものの、平家物語からの何らかの影響が窺えるようである[18]。共通資料は管見に入っていない[19]。

五　燕丹説話における他の訂正箇所

さて、応永書写者が覚一本的本文によって延慶書写本の本文を差し替え、新しい本文を作っていることを指摘し得たと思うが、同じ燕丹説話の中に、他にも語句の擦り消しと上書きによる訂正がある。これについても些か触れておきたい。

その一として、125丁オ7行をあげる。これは、燕丹が橋を渡ろうとした時に橋が崩れて川に落ちたが、亀が助けたという話の一部分である。応永書写本では、

何心モ無ク渡ケルニ即河ニ落入／(改行)ヌサレトモ天道加護シ給ケレハ橋ノ下ニ

と書き、「レハ橋ノ下ニ」の部分を擦り消してその上に「ルニヤ平地ヲ歩ム」と書き、

> 天道加護シ給ケルニヤ平地ヲ歩ムカ如クニテ／アカリニケリ不思議ノ事哉ト思テ水ヲ顧レハ亀共多／集テ甲ヲ並ヘテ

と続ける。「橋ノ下ニ」に相当する語は前後にもなく、目移りによる誤写とも思われない。ちなみに、長門本では、

> すなはちおちにけり。されとも、河のそこへも入す、平地をあゆむかことくにして、むかひの地につきてあかりにけり。見れは、千万の亀出来て、かうをならへてそわたしたりける。是又ふしきの事なり

とあり、覚一本では、

> されともちとも水にもおほれす、平地を行ことくして、むかへの岸へつきにけり。こはいかにとおもひてうしろをかへり見けれは、亀ともいくらといふかすもしらす、水の上にうかれ来て、こうをならへてそあゆませたりける

とあり、やはり「橋ノ下ニ」に相当する言辞はない。延慶書写本には、燕丹は「橋ノ下ニ」落ちたが、天道が護っているために亀が集まっていて助けたとでもいう文脈があったのであろうか。或いは、思い込みによって「橋ノ下ニ」と書いてしまったのだろうか。

その二として、134丁ウ7行をあげる。これは荊軻が逃げる始皇に剣を投げかける場面である。応永書写本では、「荊軻ハ始皇ノ逃給フニ驚テ剣ヲ追様」と書き、「追様」を擦り消して「投懸」と書き直し、改行して「タリケレハ皇帝銅ノ柱ノ」と続ける。「追様」は長門本「つるきをひさまになけかけたりけれは」や盛衰記「剣ヲ以テ追サマニ投懸奉ル」にあるところから、延慶書写本にも書かれていたと見なせよう。応永書写者は延慶書写本にあった表現を擦り消したと考えられる。因みに、覚一本には「つるきをなけかけたてまつる」と、同じ文脈ではあるが「追様ニ」はない。応永書写者は覚一本を見たのかとも疑われる。

この二例は本文改編の跡とまでは断言できないまでも、必ずしも延慶書写本を忠実に写しているとも確言できない

例として掲げることは許されよう。

六　まとめ

咸陽宮描写記事のような顕著な例ではないが、覚一本的本文の取り入れがなされている場面は他にも指摘し得る。それは次章以降で述べたい。いずれにせよ、全巻を調査し、覚一本的本文の混入の全容を明らかにすること、また、巻や書写者による改編の度合いの差異などを考えることが急務である。その上で、どのような理由で、どのような状況でこのような本文改編がなされたのかを考えたい。

本章で指摘してきた貼り紙、擦り消しと上書等は、応永書写時に行われた改編・訂正を示すものである。応永書写本は新たに改編の行われた本として見るべきであり、混態の実態や改編の現場が再現されるという点で貴重な本であるといえる。応永書写本も、異種本文の混態によって新たな本文を形成していくという平家物語の特性から免れる本では決してない(20)。平家物語という作品にとって、異本の存在がいかに本文の再編に影響を与えるものであるかを、応永書写本によっても考えなくてはならないことになる。

少なくとも、従来言われてきたように、応永書写本が延慶書写本の再生産を目ざしたものとはいえないことは明らかになった。今まで古態本の基準として用いてきたこの応永書写延慶本について、もう一度、丹念に本文を凝視し、応永書写本と延慶書写本との距離を慎重に計る必要がある。

注

（1）『平家物語考』明治44年。但し、勉誠社刊（昭和43年再版）によった。引用文は四九七頁。
（2）『応永書写延慶本平家物語』昭和10年。但し、勉誠社刊（昭和52年復刻版）によった。引用文は一〇一六頁。
（3）「厳島神社蔵平家物語断簡をめぐって」（「糸高文林」5号　昭和32年2月）
（4）「延慶本平家物語と厳島神社蔵平家物語の断簡」（「かがみ」4号　昭和35年10月）
（5）『平家物語の研究』（法蔵館　昭和55年）Ⅰ「平家物語の原本について」（初出は昭和42年2月）
（6）『延慶本平家物語論考』（加藤中道館　昭和54年）第一部
（7）前掲注（6）五二頁。次の引用は四〇頁。
（8）佐伯真一『平家物語遡源』（若草書房　平成8年）第一部第四章（初出は平成6年5月）
（9）前掲注（6）
（10）今回は主に汲古書院刊行の影印本によって検討を加えているが、所蔵の大東急記念文庫で確認をしている。但し、影印本は非常に精密であり、影印本によっても判断のつかない部分は、原本に拠っても容易に解決しない。
（11）他巻では他の方法も見られる。例えば、巻五では擦り消しよりも水を落として滲ませる方法も用いられている。
（12）前掲注（6）四八頁
（13）『延慶本平家物語　本文篇』（勉誠社　平成2年）にもこの点は指摘されている。
（14）黒田彰氏は盛衰記には永済注による増補記事があることを述べ、ここもその一例として扱っている（『中世説話の文学史的環境』〈和泉書院　昭和62年〉Ⅱ一2〈初出は昭和61年3月〉）。
（15）「燕」は判読しにくく、「器」とも考えたが、咸陽宮描写について覚一本の影響を受けていると思われる謡曲「咸陽宮」には「燕の賤しき住居にならつて玉殿を踏む恐ろしさに」とあり、また、『咸陽宮絵巻』にも、「えんのくにのいやしきへんとにむまれそたつて」（専修寺蔵）、「えんはまことに弘し田舎にて〔略〕あさましき田舎人なれは」（二松学舎大蔵）などとあることから、「燕賤キ」と判断した。

（16）咸陽宮の描写は『太平記』巻二十六「妙吉侍者行跡事」等にもあるが、平家物語と表現が異なり、荊軻の行動も記されていない。

（17）前掲注（14）に同じ。

（18）伊井春樹「『咸陽宮絵巻』の諸本とその性格」（『国語と国文学』69巻4号　平成4年4月）、近本謙介「『咸陽宮』絵巻伝本における物語化の方法——その記述と素材——」（『語文』60号　平成5年5月）等。

（19）なお、黒田彰氏はこの延慶本の描写部分（A）でも朗詠注依拠を論じている（前掲注（14））。特に、「史記・燕丹子伝に見えない、註抄等の咸陽宮描写」（一八九頁）とする部分はすべてこの覚一本に拠って再度混態させた部分にあたる。氏のこの論述部分に限っては、覚一本が朗詠注等によって新たに文飾を施したと言い換えることになろうか。

（20）拙著『平家物語の形成と受容』（汲古書院　平成13年）第二部

（本章は、お茶の水女子大学国語国文学会〈平成12年12月2日〉及び、軍記・語り物研究会第三二六回例会〈平成13年4月22日〉の口頭発表の一部をもとにしている。）

第二章　願立説話（巻一）

はじめに

第一章において、巻四（第二中）―三十六「燕丹之亡シ事」の燕丹説話における咸陽宮描写記事に施された貼り紙、擦り消しと上書きの痕跡を辿ることにより、現存延慶本（応永書写本）が延慶書写時の底本の忠実な書写本とは必ずしもいえないこと、しかも、応永書写者は他種異本、正確には覚一本的本文を用いて、部分的にではあっても本文を入れ替えている事例を提示した。

この混態が行われた経緯、また、この実態の指し示す意味を今後検討していかなくてはならないが、その前段階として、前章で指摘した事象が一例に留まる特殊なものか否かを示す必要があろう。そこで、本章では、巻一（第一本）―三十一「後二条関白殿滅給事」の中で、一般的に「願立説話」と称する部分を対象として、当該説話にも覚一本的本文の混態が認められること、覚一本的本文の混態が更には説話の構造の変容までもたらしていることを述べる。猶、混乱を避ける為に、必要に応じ、現存延慶本を「応永書写本」、応永書写本が用いた底本を「延慶書写本」と称することとする。

一　願立説話の研究史

　願立説話は巻一後半に置かれる、白山騒動に端を発した比叡山の衆徒の訴訟に関して喚起された傍系説話である。覚一本によれば、かつて堀河院の時代に起こった強訴に際して、後二条関白師通が日吉の神人を射させる事件を起こし、その罰によって病気にかかり、瀕死の状態に陥ったが、母の祈りによって三年の延命が叶えられたという話である。『中右記』嘉保二年（一〇九五）十月二十三日条以降によって、強訴事件の詳細が確認される。また、『今鏡』ふぢなみの上第四「波の上の杯」には、承徳三年（一〇九九）六月二十八日の師通の死を記して、「山の大衆のおどろおどろしく申しけるもむつかしく」としているところから、はやくから師通の死と山門強訴とが関連づけて噂されていたことが知られる。『愚管抄』巻四にもこの事件に関して簡単に触れられている。その最後にも「ソノタ、リニテ後二条殿ハトカクウセラレニケリ」とあり、山王の祟りが現実の話として伝わっていたことがわかる。また、『日吉山王利生記』巻五にもその顚末が載っている。

　この説話は諸本によって異同が大きく、『利生記』や『愚管抄』との影響関係も含めて様々に論じられてきた。簡単に先学の論を紹介することによって、願立説話の研究史の方向性と問題点を確認する。

　赤松俊秀氏は『愚管抄』が延慶・長門両本に分立しない以前の延慶祖本ともいうべきものを見て記しているとしてその例証としてこの説話を用いている。（1）『愚管抄』との先後関係については問題があるが、延慶本古態説の証として当該説話を用いている点が特徴的であろう。次いで渥美かをる氏は日吉山王神道の宣揚がこの願立説話にも響いており、それは延慶本平家物語によって増補されたものであるとする。赤松氏のように延慶本収載説話を一括して捉えるのではなく、宗教関連部分を選別して論じているところに特徴が見いだせる。(2) 小林美和氏は山門宣揚記事に幾つか触れ、その中で願立説話に関しては、「愚管抄巻四、日吉山王利生記に同話がみられるが、いずれも直接の書承関係は認められないと思われる」とする。(3)

次いで水原一氏は、『利生記』『山王絵詞』の詳しい記事が「平家広本系」と近いことを指摘し、『利生記』『山王絵詞』に語り本系にない師通死後の話（死後苦吟していたが、法華講不退転の功徳で救われた）のあることを紹介し、北政所の法華講の誓願と関連づけ、「この物語がそもそもは八王子講といわれるこの法華講の由来談の性格をもった説話だったと考えられる」と指摘する。(4) 師通死後の話に注目している点に注意を払いたい。また山下宏明氏は平家物語における願立説話の基本的構造を抽出し、諸本間における揺れを五種類に分類し、そこからはみ出る付加部分（師通の異常な死様と死後の苦）を示す。ただ、氏の言う「付加部分」を多く含む『利生記』をかなり下った成立と考えているために、水原氏の論と対極に位置することになる。(5)

一方、渡辺晴美氏は願立説話の諸本本文を検討し、『利生記』と平家諸本との関係については、「延慶本は利生記から直接取材していたことが明白であり、利生記の本文を書承的に引き写している」と述べ、小林氏とは対立する。なお、渡辺氏のいう延慶本の『利生記』からの書承部分とは、主に前半部分に限られる。この延慶本の書承という指摘には注目したい。(6) 武久堅氏は一連の比叡山関係説話の考察の中で願立説話について触れている。氏は「初出十二巻本などに収録された」「素朴な」「師通伝承」（南都本・四部本にみる如くに山門の訴訟の恐ろしさを説く話）を想定し、それを基に『利生記』『霊験記』は一霊験譚として改作され、延慶本の編者はそれを用いて説話の再編を試み、山門の威光を説く話としたとする。(7) 渡辺氏と同様、前半部分に『利生記』との交渉があるとする点、また、延慶本編者の再編作業について指摘している点には注目される。なお、『利生記』との関係について、佐伯真一氏は、武久氏の説に対して、延慶本・長門本・盛衰記、それぞれが別個に『利生記』に拠ったと見、更には依拠資料として現存『利生記』そのものを考えることにも疑問を呈している[8]。

以上の諸氏が延慶本・四部本を基本に据えているのに対し、名波弘彰氏は長門本に注目している点で異色である。氏は説話伝承のモチーフから考察を始め、先の山下氏が付加説話とした部分（死霊語り）こそが第一次的な成立に近いものと考え、その点で長門本が原型に近いとする。一方、延慶本は八王子講由来譚として貫かれ、託宣神が十禅師から八王子に転換している点で、四部本や長門本よりも後次的な成立であるとする[9]。伝承のモチーフから探る方法は氏の独擅場だが、山下氏と同様に説話の構造を捉えつつも、山下氏とは結論を異にしている。

以上、願立説話は、構造・主題・本文・依拠資料等から、説話の祖型や諸本の先後関係が様々に論じられている。その際に、主に延慶本が基本に据えられ、四部本が次いで重要視されていることは紹介してきたとおりである。本章は本文の形成状況に主眼を置いて考察を加えるものだが、名波氏と同様に長門本に注目することとなる。更に諸氏ともに覚一本は殆ど考察の対象とされていないが、延慶本と覚一本との共通性にも着目することとなる。

二　願立説話の構造における延慶本の特異性

まず、影響関係について多くの先学があげている『日吉山王利生記』の構成を以下に五分節して紹介する。

（A）師通は山門と事件を起こし、その結果、山門から呪詛される（嘉保二年〈一〇九五〉）。

（B）その「中二年」の後に山王の祟りで重病となる（承徳三年〈一〇九九〉六月二十一日）。様々な供養を行い回復を願うが、病状は悪化する。

（C）北政所は三つの祈願を立て、祈願の内容を示して祈る。
（D）その後、託宣によって、祈願の第三にあった法華一乗問答講が納受される。師通は死を逃れることはできないが、永劫の苦しみからは逃れることとなるという。
（E）師通は没する（六月二十八日）。
（F）師通は死後に苦しみを受ける。しかし、法華講の功力によって救済される。

平家物語諸本において、細部はともかく、この『利生記』と同じ構造にあるのが長門本であり、長門本と類同であるのが四部合戦状本・源平盛衰記である。これらにはまず、延慶本や覚一本にあるような、三年の延命についての記述が無い（D）[10]。つまり、立願納受の結果、延命されるとの構成はとらない。師通はあくまでも山王の祟りによって死ぬ運命にあった。ただ、今生では救えないが、立願の一つである法華問答講によって後生の受苦からは救済され[11]、師通の死後の苦しみと救済までを語る（F）。そして、結末は『利生記』では「義綱も無程自害して一類皆ほろひにける。師忠卿・頼治もほとなくてそうせにけり。神明の御事申もをろかなり」と、山門を迫害した人々の死を記し、山門の祟りの恐ろしさを説いて終わる。一方、延慶本を除く読み本系諸本を見ると、長門本では人々の死は記さずに「昔も今も山門のそせうはおそろしき事」と、物語の文脈に沿って訴訟の恐ろしさを説く。四部本も長門本とほぼ共通する。源平闘諍録は北政所の祈りも、師通の死後の話もなく、粗筋を記すに近いが、山王の訴訟の恐ろしさを記す点では共通する。盛衰記では「神明罰愚人トハ此事ニヤ、申モ中々疎也」と、『利生記』に近い。この（F）は「付加説話」として問題とされてきた部分であり、また、水原氏の言うように、法華問答講の功徳という側面が強く出ている部分である。

なお、『利生記』は（A）では「嘉保二年」に起こった出来事とし、（B）では「中二年ありける承徳三年」とする。

記載されている年立と「中二年」とは齟齬するものの、師通は承徳三年に没したと読み取れる。しかしながら、師通の死が事件の数年後であるという時間の経過についての説明はない。時間の経過の持つ意味についての説明がない点は長門本も同様である。(12)

それでは延慶本はどのような構造をとっているのか。まず、先の『利生記』に倣って五分節して概要を説明する。

（a）＝（A）　但し、（嘉保元年〈一〇九四〉）

（b）　山王の祟りで師通は重病を受ける。（時間の経過は朧化している）

（c）　北政所が参籠し、様々な供養を行い、また、「御心中ニ余ノ御立願」をする。

（d）　託宣が下りる。北政所の五つの立願を詳細に述べ、第五の法華問答講を行えば、三年の延命を許すとする。

（e）　三年後（永長二年〈一〇九七〉）に師通は没する。

以上のように、他の読み本系諸本(13)と異なり、延慶本は北政所の参籠の時には立願の内容は明かされず（c）、託宣によってその内容を知ることになる。また、北政所の祈願のおかげで三年の延命が叶う（d）とし、また、師通の死は記しても（e）、死後の話は記さない。更には武久氏の言うように、延慶本のみが結尾を「昔モ今モ山王ノ御威光ハ恐ルヘキ事トソ申伝タル」として山門の威光を説く話として纏めている。

従来、延慶本が古態を保つという地点から固定的に思考を出発させているためか、延慶本を除く読み本系諸本のすべてが『利生記』と同じ構造をとることについては、武久氏や名波氏を除いてはあまり論じられてこなかった。次節ではこの延慶本の特殊性に注目しながら、延慶本（応永書写本）の本文の成り立ちを考えていくこととする。

三　延慶本（応永書写本）本文の検討（1）——覚一本・長門本との同文性——

今、延慶本（応永書写本）を本文の性質によって次のように五分節する。

（Ⅰ）＝（a）冒頭から81丁オ3行「此事イカ、アランスラムト疑申サレケリ」まで。

（Ⅱ）＝（b）（c）と（d）の途中、託宣の下りるまで。81丁オ3行「サテモ不思議ナリシニハ」から82丁オ2行「衆生等タシカニ承ハレ」まで。

（Ⅲ）＝（d）の託宣の第一から第四まで。82丁オ3行「我レ円宗ノ教法ヲ守ンカ為ニ」から83丁オ4行「第五ニハ」まで。

（Ⅳ）＝（d）の託宣の第五の願以降から（e）の途中まで。83丁オ4行「八王子ノ御社ニテ毎日退転ナク」から84丁ウ8行「御トカメ無ルヘシトモ覚ス」まで。

（Ⅴ）＝（e）の結尾。「彼義綱モ程ナク自害シテ一類皆滅ケリ。師忠モ程無ク失ニケリ。昔モ今モ山王ノ御威光ハ恐ルヘキ事トソ申伝タル」

（Ⅰ）については、『利生記』と書写関係にあるとの指摘がなされていることは前述した。[14] 以下に該当部分の延慶本を、次に『利生記』を引用し、共通する部分に傍線を付す。

〔延慶本〕

（Ⅰ）堀河院御宇、去嘉保元年〈甲戌〉、頼義　男美濃守源義綱朝臣、当国ノ新立庄ヲ顛倒スル間、◦山久住者円応ヲ殺害ス。依之山門欝リ深シテ、同十月廿四日、此事ヲ訴ヘ申サムトテ、寺官神官ヲ先トシテ大衆下洛スル由、風聞アリシカハ、武士ヲ河原ヘ差遣テ被防一。然ニ寺官等三十余人捧申文一押破テ陣頭ヘ参上セムトシケルヲ、師通後二条関白殿、中宮大夫師忠カ依申状一、御侍大和源氏中務丞頼治ヲ召テ、「只任法一可当ル也」ト被仰ケレハ、頼治承テ防ケルニ猶大内ヘ入ラムトスル間、頼治カ郎等散々ニ射ル。疵ヲ蒙ル神人六人、死ル者二人、社司、諸司等四方ニ逃失ヌ。誠ニ山王神襟イカハカリカ思食ラムトソ見ケル。中ニモ八王子ノ禰宜友実ニ矢立タリケルコソ浅猿ケレ。

大衆憤満ノ余、同廿五日神輿ヲ中堂ヘ振上奉リ、禰宜ヲハ八王子ノ拝殿ニ舁入テ、静信、定学二人ヲ以テ、関白殿ヲ咒咀シ奉ル。其教化詞云、（略〈後述〉）ト、タカラカニコソ祈請シケレ。

其比ノ説法表白ハ、秀句ヲ以テ先トス。中上ノ導師ハ忠胤僧都トソ聞エシ。江中納言匡房申サレケルハ、「師忠カ申状、甚タ神明ノ恥辱ニ及フ。哀レ亡国ノ基キ哉。宇治殿ノ御時、大衆張本トテ、頼寿、良円等ヲ流サルヘキニテ有シニ、山王ノ御詫宣掲焉カリケレハ、即罪名ヲ宥ラレテ、様々ニ御オコタリヲ申サセ給シソカシ。サレハ此事イカ、アランスラム」ト疑申サレケリ。（Ⅱ）サテモ不思議ナリシニハ、八王子ノ御殿ヨリ鏑矢ノ声出テ、王城ヲサシテ鳴リテ行トソ、人ノ夢ニハ見タリケル。

〔利生記〕

堀河院御宇嘉保二年、美濃守義綱、根本中堂の久住者円応と云者を殺したる事ありけり。是によりて同十月廿四日、山門いきとをりにたへす、寺官社官を差遣て訴申さむとする所に、関白殿、中宮太夫師忠卿の申状につきて、中務丞頼治を召て、たゝ法にまかせてあたるへきよし被仰けれは、則河原に馳向て散々に射けれは、疵を被る神民五人、しぬる者二人ありけり。誠山王の神襟もいかはかりかはとそ覚ける。中にも禰宜かせなかに箭立なとしけるこそおそろしけれ。見聞の人驚あさますといふことなし。

大衆憤怒の余、同廿五日神輿を中堂にあけ奉。禰宜をは八王子の拝殿に入て関白殿を呪咀しける。則以静信、定額為導師。其教化の詞云。（略〈後述〉）とそ申たりける。
其時権中納言匡房とて、和漢の才名世にゆるされ、廉直の政理ともにはちさりける人申けるは、師忠卿あしさまに申なさすは神明の恥辱に及へしや。あはれ亡国の基かな。宇治殿の御時、大衆張本とて頼寿、良円等を流さるへきよし議ありしかとも、山王の御託宣いちしるかりしかは、則罪名を宥られて、さま〳〵の御をこたりありしそかし。されは此事いかゝあらんすらむと歎程に、中二年ありける承徳三年六月廿一日、関白殿のかみきはにあしき瘡いてさせ給たりとてのゝしりあへり。

同文を示す傍線が延慶本（Ⅰ）の全てに引けるわけではない。また、この部分、延慶本の本文は長門本や盛衰記等とそれぞれに重なりあっている。参考までに、長門本と延慶本との共通部分に波線を付した（「其比ノ説法……忠胤僧都」は位置が異なる）。延慶本のみが独自に『利生記』と同文関係を持つわけではない。従って、平家物語が『利生記』を利用した段階を想定するならば、一つには延慶書写以前であろうし、また、佐伯氏の指摘するように、その後の各本独自の取り入れを考えることも必要であろう。

次に、（Ⅱ）と（Ⅳ）について検討する。これは覚一本とほぼ同文関係にある。全文を引用することはできないので、その一部分を左に示し、同文関係の部分に傍線を付す。

〔延慶本〕

其教化詞云、（略〈後述〉）ト、タカラカニコソ祈請シケレ。（略）

（Ⅱ）サテモ不思議ナリシニハ、八王子ノ御殿ヨリ鏑矢ノ声出テ、王城ヲサシテ鳴リテ行トソ、人ノ夢ニハ見タリケル。其朝タ、関白殿ノ御所ノ御格子ヲ上タリケレハ、只今山ヨリ取テ来タル様ニ、露ニヌレタル樒一枝立タリケルコソオソロシケレ。

ヤカテ後二条ノ関白殿、山王ノ御トカメトテ、重キ御労リヲ受サセ給フ。母上ヘ大殿ノ北ノ政所、斜メナラス御歎有テ、御様マヲヤツシツ、、賤キ下臈ノ為ヲシテ日吉ノ社ニ御参籠有テ、七日七夜カ間祈リ申サセ給ケリ。先ツ顕ハレテノ御祈ニハ、百番ノ芝田楽、百番ノ一ッ物、競馬、矢鏑馬、相撲、各百番、百座ノ仁王講、百座ノ薬師講、一搩手半ノ薬師百体、等身ノ薬師一体、幷釈迦、阿弥陀ノ像、各造立供養セラレケリ。

又御心中ニ余ノ御立願アリ。御心ノ中ノ事ナレハ、人争カ可キ奉知。ソレニ不思議ナリシ事ハ、八王子ノ御社ニイクラモ並ミ居タルマイリ人ノ中ニ、ミチノ国ヨリハル〱ト上リタリケル童ハ神子、夜半ハカリニ俄ニ絶入ケリ。遙ニカキ出シテ祈リケレハ、無ク程一生出テ、立テ舞カナツ。人奇特ノ思ヲ成テ是ヲ見ル。半時ハカリ舞テ後、山王下リサセ給テ、様々ノ御詫宣コソオソロシケレ。「衆生等タシカニ承ハレ。（Ⅲ）我レ円宗ノ教法ヲ守ンカ為ニ、遙ニ実報花王ノ土ヲ捨テ、穢悪充満ノ塵ニ交リ、十地円満ノ光ヲ和ケテ、此山ノ麓ニ年尚シ。（略）第五ニハ（Ⅳ）八王子ノ御社ニテ毎日退転ナク法花問答講行フヘシトナリ。此等ノ御願共、何レモ疎カナラネトモ、法花問答講ハ誠ニアラマホシクコソ思食セ。

〔覚一本〕

表白の詞にいはく、（略〈後述〉）と、たからかにそ祈誓したりける。

やかて其夜不思議の事あり。八王子の御殿より鏑箭の声いて丶、王城をさして、なてゆくとそ、人の夢にはみたりける。其朝、関白殿の御所の御格子をあけ丶るに、唯今山よりときたるやうに、露にぬれたる樒一枝、た丶りけるこそおそろしけれ。

やかて、山王の御とかめとて、後二条の関白殿、をもき御病をうけさせ給しかは、母うへ、大殿の北の政所、大になけかせ給つ丶、御さまをやつし、いやしき下臈のまねをして、日吉社に御参籠あて、七日七夜か間祈申させ給けり。あらはれての御祈には、百番の芝田楽、百番のひとつ物、競馬・流鏑馬・相撲をの〳〵百番、百座の仁王講、百座の薬師講、一搩手半の薬師百体、等身の薬師一体、並に釈迦阿彌陀の像、をの〳〵造立供養せられけり。

又御心中に三の御立願あり。御心のうちの事なれは、人いかてかしり奉るへき。それに不思議なりし事は、七日に満する夜、八王子の御社にいくらもありけるまいりうと共のなかに、陸奥よりはる〳〵とのほりたりける童神子、夜半計にはかにたえ入にけり。はるかにかき出して祈けれは、程なくいきいてゝ、やかて立てまひかなつ。人奇特のおもひをなして是をみる。半時はかり舞て後、山王おりさせ給て、やう〳〵の御託宣こそおそろしけれ。「衆生等慥にうけ給はれ。大殿の北の政所、けふ七日わか御前に籠らせ給たり。御立願三あり。一には、今度殿下の寿命をたすけてたへ。（略）三には、今度殿下の寿命をたすけさせ給はゝ、八王子の御社にて、法花問答講毎日退転なくおこなはすへしとなり。いつれもおろかならねとも、かみ二はさなくともありなむ。毎日法花問答講は、誠にあらまほしうこそおほしめせ。

（傍点も延慶本と同文。次頁参照）

この同文性は、延慶本と『利生記』の同文性よりも遙かに濃厚である。

この（Ⅱ）と（Ⅳ）に挟まれた（Ⅲ）は託宣の内容のうち、法華問答講以外の北政所の祈願の内容四種を披瀝する部分である。覚一本では北政所が心密かに立てた願いは三種であったのに対し、延慶本では五種である。このうち第一から第四の願までの本文が覚一本とは異なることになる。しかも、（Ⅲ）の前半は左に掲げるように長門本とほぼ同文が続く。

〔延慶本〕

（Ⅲ）我レ円宗ノ教法ヲ守ンカ為ニ、遙ニ実報花王ノ土ヲ捨テ、穢悪充満ノ塵ニ交リ、十地円満ノ光ヲ和ケテ、此山ノ麓ニ年尚シ。鬼門凶害ヲ防カントテハ、嵐ハケシキ嶺ニテ日ヲクラシ、皇帝ノ宝祚ヲ護ン為ニハ、雪深キ谷ニテ夜ヲ明ス。抑凡夫ハ知ヤ否ヤ、関白ノ北ノ政所、我カ御前ニ七日籠ラセ給テ、御立願サマ〳〵ナリ。先第一ノ願ニハ、今度殿下ノ寿命助テタヘ。サモ候ハヽ、八王子ノ社ヨリ此砌マテ廻廊作テ、衆徒ノ参社ノ時雨露ノ難ヲ可ト防一。此願誠ニ難シ有リ一。サレトモ吾山ノ僧侶、三ノ山ノ参籠ノ間、霜雪雨露ニウタルヽヲ以テ行者ノ功ヲ哀テ、和光同塵ノ結縁トシテ此所ヲトメテ、我ニチカツク者ヲ哀ントナリ。第二ニハ、三千人ノ衆徒ニ、毎年ノ冬、小袖一着セントノ願、是又不被ニ請ケ思食一。（傍点部分は覚一本と共通）

〔長門本〕

参詣の諸人、こはいかにと是を見る。しはらくありて、大いきをつきて、あせをしのこひて申けるは、我、円宗教法をまほらんかために、はるかに実報花王のとを捨て、ゐあくしうまんの塵にましはり、十地えんまむの光を和て、此山のふもとに年久し。きもんの凶害をふせかんとては、嵐はけしき峰にて日を暮し、皇帝のほうそをまほらんかためには、雪ふかき谷にて夜を明す。抑、ほん夫はしれりやいなや。前関白もろさねの北の政所、しそくもろみちか所らうの事、いのり申さんかために、此七ケ日、我まへに参ろうして、かんふをくたき、紅涙をなかして、せめての事にや、心中に種々の立願あり。第一の願には、八王子の社より此みきりまてくはいらうを立て、しゆとの参しやの時、雨露のなんをふせくへしとなり。此願まことにありかたし。されとも我山の山そう等、三の山の参ろうの間、霜雪雨露にうたるゝをもて、行心のせつをあはれふ。おなしく又、八王子の八町坂のくはいらう、是まことにしゆ勝の事におもふらん。

なお、右に続く延慶本の第二・三・四の願は、表現上の相違はあるものの、長門本にも記されている。

以上のように、（Ⅱ）と（Ⅳ）とが覚一本と同文性を濃厚に有すること、また、（Ⅲ）において、部分的にではあるが長門本と同文性を示すことはどのように考えるべきなのか。従来の思考法から推せば、延慶本の本文を覚一本が一部分利用したということになろう。しかし、覚一本と同文性を有する部分には長門本との同文関係がない。このような点はどのように理解すべきなのだろうか。

四　延慶本本文の検討（2）――擦り消し、補入による訂正箇所より――

当節では、擦り消しや補入による訂正を提示し、応永書写本の改編の実態を示す。

（Ⅱ）に該当する中で、覚一本が「（北政所は）御心中に三の御立願あり」と記す部分がある。この部分に関しては、以後に続く内容から見ても延慶本が同様に記すことはあり得ない。確かに、その点で延慶本は、矛盾なく「御心中ニ余《アマタ》ノ御立願アリ」（81丁ウ6行）としている。しかし、実はこの「余」の下には「三」の字が見える。「三」と書いて擦り消して「余」を書き、右傍に「アマタ」と、確認するかのように振り仮名を付しているのである。この訂正がいつの頃になされたものなのか、様々な可能性を考える必要があろう。が、本来「三」と書かれていたとするならば、応永書写本の本文は次の展開（五種の立願）との矛盾を抱えたものであったことになる。

もし「三」が書写者の思い違いによる単なる書き誤りであるならば、書写者は『利生記』や覚一本などのように「三種の立願」によって構成された話が念頭にあったということになろう。が、この前後が覚一本と同文であることを考えれば、そこまで考える必要もあるまい。この訂正は、延慶本が（Ⅱ）を覚一本的本文を以て書写したことを追認するものではあっても、その逆はあり得ない事実を示すものであろう。長門本・盛衰記の願の内容が延慶本（Ⅲ）と似ていることからすれば、次の経緯が推測される。応永書写者は（Ⅱ）と、最も重要な（Ⅳ）を覚一本的本文によって記すこととして書き進めていった。その際、覚一本に従って「三」と写した。しかしながら後続の願の具体的な内容は本来の本文に沿ったものとすることにしたために願の数が食い違ってしまった。そのことにどこかの段階で気づき、「三」を「余」と書き換えた、と。

次に、（V）として特立した結尾の三文にも注意すべき訂正箇所がある。先に、『利生記』や盛衰記では、山門の祟りの恐ろしさ（「神明の御事申もをろかなり」）を、長門本・闘諍録・四部本では、山門の訴訟の恐ろしさを確認させる評語（「昔も今も、山門のそせうは、おそろしき事」）を以て終えていることを紹介した。一方、覚一本では三年後の師通の死を記して「誠に惜かるへし」「悲しけれ」等と師通への同情的視線を濃厚に打ち出して、「慈悲具足の山王、利物の方便にてましませは、御とかめなかるへしとも覚す」と、曖昧な形で終結させている。『利生記』や長門本のような評語は（F）の師通の死後の受苦が語られてこそ有効な表現であり、覚一本のように、三年間の延命を感謝する文脈からは導きにくいものである。

ところで、延慶本は覚一本に従って、「慈悲具足ノ山王、利物ノ方便ナレハ、御トカメ無ルヘシトモ覚ス」までをそのまま引き写した後に（V）を続ける。初めの「彼義綱モ程ナク自害シテ一類皆滅ケリ。師忠モ程無ク失ニケリ」は『利生記』と同文であり、続く「昔モ今モ山王ノ御威光ハ恐ルヘキ事トソ申伝タル」が延慶本の独自文である。この部分に訂正が施されているのである。底本では「恐。キ事」（84丁ウ10行）と書かれ、「ルヘ」は右に傍書して補入されている。これによると、始めは「おそろしきこと」と書かれたことになる。勿論、単に「ルヘ」を書き忘れた為の補入とも考えられる。が、長門本・四部本が「訴訟はおそろしき事」であり、盛衰記でも師通の死に際しては「昔モ今モ山門ノ訴訟ハ恐シキ事也」としているところから類推すると、延慶書写本の段階でも、「訴訟はおそろしき事」とあったと考えてよいのではないか。応永書写者は覚一本的本文を導入し、その内容に従って、「訴訟」を「御威光」

と変更して締め括った後、威光がおそろしいというのも不自然なので、「ルヘ」を補って文意を整えたのではないかと想像される。

以上の応永書写本の本文の特徴――覚一本との同文性を有する部分が大量にあること、注目すべき擦り消しや補入による訂正があること――は、前章で指摘した咸陽宮描写記事における覚一本的本文の取り入れ方と共通する。この願立説話においても、延慶書写段階の本文は、長門本に類似したものであったのではないかと考えられる。尤も、現存の長門本自体はかなり潤色されているので、現在の長門本と同文の本文を想定するわけではない。寧ろ、延慶書写本の願立説話は長門本のような読み本系諸本に共通の話の構造――三年の延命はなく、師通はあくまでも山門の祟りによって死ぬが、願立の一つの法華問答講によって死後の苦しみからは解放される――を持っていたと考えられるのではないか。話の構造そのものを変えてしまったことは咸陽宮描写記事よりも大きな問題を孕む。(15)

五　更なる本文訂正箇所

願立説話の本文訂正についてはもう一箇所、注目すべき部分がある。それは（I）の『利生記』依拠部分にある、師通を呪詛する詞である。本文を左に掲げるが、呪詛の詞とその前後に何箇所かの見せ消ち、補入、擦り消しと上書きがなされている。この部分は既に山田孝雄氏以来注目を浴びて、延慶書写時、或いは応永書写時の本文訂正の痕等、様々に説明されてきた。(16) この訂正についても考えるべき課題がある。というのは、訂正前の本文が『利生記』とほぼ同様であり、また、長門本とも共通の言辞を有するのに対し、訂正に用いられた言辞は覚一本と共通するからである。

其教化《啓白》詞云、《吾等カ》。菁種《ナタネ》ノ竹馬《二葉》ヨリオ、シ立タルヲ《タマフ》□、七ノ社ノ神達、左右シカノ耳フリ立テ聞給ヘ。茹《ムシ》物二合テコシカラフナ、山王神人宮仕射殺給ツル、生々世々ニ口惜。願ハ八王子権現、後二条関白殿へ鏑矢一放セ給ヘ《チ当給ヘ》。第八王子権現ト、タカラカニコソ祈請シケレ。

（「タルヲ□」「セ給ヘ」は擦り消された字を復元したもの。右傍の太字は訂正されたもの）

『利生記』

其教化の詞云、なたねのちく葉よりおほしたてたるをしりなから、むし物にあひて腰からみし給関白殿にかふら箭はなち給へ。八王子権現とそ申たりける。

長門本

表白にしうくをもてさきとす。かねうちならして、大音声をあけて申されけるは、我らかけしの竹馬より、おしたてられ奉つる、七のやしろの御神たち、さをしかの耳ふりたてゝ聞給へ。後二条関白殿へ、鳴矢一、はなせ給へと。さらすは、三千人のしゆとらにをいては、なかく住山の思をたち、りさんの思にちうして、八王子こんけん、二たひはいしまいらせん事ありかたしと申。

覚一本

かねうちならし、表白の詞にいはく、「我等なたねの二葉よりおほしたて給ふ神たち、後二条の関白殿に、鏑箭一はなちあて給へ、大八王子権現」と、たからかにそ祈誓したりける。やかて其夜不思議の事あり。

（傍点は延慶本の本来の本文と共通する部分。傍線は訂正後と共通する部分）

念のため、次に延慶本が訂正を施している部分について諸本の表現を対照表にした。

	延慶本	利生記	長門本	盛衰記	覚一本
①	其教化《啓白》詞云	教化	表白	教化	表白　※
②	（補入）吾等カ	ナシ	我らか	ナシ	**我等**
③	竹馬《二葉》	ちく葉	竹馬	竹馬　※※	**二葉**
④	立タルヲ□⇩立タマフ	たてたるをしりなから	たてられ奉つる	立タル友実ト知ナカラ	**たて給ふ**
⑤	~~茹《ムシ》物ニ合テコシカラフナ~~	むし物にあひて腰からみし給	ナシ	蒸物ニ合テ腰絡シ給	**ナシ**
⑥	放セ給ヘ⇩放チ当給ヘ	はなち給へ	はなたせ給へ	放給ヘ	**はなちあて給へ**

※　覚一本のうち、高良本は「表」の右ニ「**敬イ**」と傍書。（流布本・下村本など「敬白」）

※※　盛衰記のうち、近衛本は「**ふた葉**」

この訂正はいつなされたものであろうか。（Ⅱ）以降を覚一本的本文によって改編した後に、前に戻って訂正を加えたとも考えられる。ただ、⑥で擦り消された字と重なる上書き部分は「チ当」と「給」の上半分までである。「ヘ」は新たな部分に書かれ、それに続いて次の書写に入っている。また、⑥を含む「後二条関白殿ヘ鏑矢一放チ当給ヘ。第八王子権現ト、タカラカニ祈請シケレ」は覚一本と同文であり、特に「タカラカニ祈請シケレ」は他本にはない。或いは、この付近から既に覚一本的本文を参考にしていた可能性がある。

まとめ

延慶書写段階の願立説話とは、『利生記』の展開に即したものであり、山王の祟りの恐ろしさを、師通の死後の受苦までを語ることで説き、また、長門本のように山門の訴訟の恐ろしさに特に焦点をあてた話であったと考えられる。延慶書写本も含めて、読み本系平家物語は、原話の面影を濃厚に残した願立説話を平家物語の展開に挿入していた。それを応永書写者は、覚一本的本文を利用することで、託宣によって初めて北政所の立願の内容が明かされるという、より効果的、劇的な形に整え、また、三年の延命に感謝する話とした。但し、法華問答講以外の願については、おそらく本来のままに残した。また、延命を記すにあたって、師通の死後の受苦と救済は省略し、威光の恐るべき事を説く評語をつけ、説話の主題まで変容させてしまった。応永書写者は、延慶書写本を基本としながらも、覚一本的本文を適宜用いて新たな本文を作り出して説話の構造の改編に踏み込み、結末の評語まで書き換えるに至ったと考えられる。

このような応永書写本における願立説話の改編は、前章で指摘した咸陽宮説話における表現レヴェルでの覚一本的本文の混態とは些か質を異にする。構造の変容を伴う改編の意識や動機等を探ることが次の課題であり、更には、本文書写に関わる書写者の意識性を探る必要もあろうが、現段階では、考察を行うにあたってより多くの事例を集めることが先決であろう。特に巻一と巻四は同じ書写者の手にかかる故にか、訂正が頻繁に行われている。訂正の方法や目的にも様々な段階があるようである。

応永書写者は覚一本的本文に柔軟に接し、選び、取り入れている。改編の様が、擦り消し等の痕跡によって、時に如実に浮かび上がる。混態の実態や改編の現場が具体的に再現される本として、応永書写本はある。巻一・巻四以外の巻にも様々なレヴェルの手が加わっている可能性を疑いながら、延慶本（正確には応永書写本）に接していくことが肝要であろう。

時間の流れと共に、本文に改編の手が加わり、異本が次々と再編されていく。延慶本（応永書写本）も、例外ではない。むしろ、流動の過程にある本と言えようか。本文流動という実態を常に意識しながら、書写者が何を選択し、何を構築してきたのかを、本文に即して分析していくことが必要な作業である。平家物語という作品と、作品に流れた時間を解明するための基礎的知見の蓄積のために。

注

（1）『平家物語の研究』（法蔵館　昭和55年）六四頁（初出は昭和44年10月）
（2）『軍記物語と説話』（笠間書院　昭和54年）八（初出は昭和50年12月）
（3）『平家物語生成論』（三弥井書店　昭和61年）一〇〇頁（初出は昭和52年7月）
（4）『平家物語　上』（新潮日本古典集成　新潮社　昭和54年）九八頁注。なお、水原氏は、「平家物語にないもの」として師通死後の話を紹介する。氏の言う「平家物語」とは、諸本全体ではなく、底本として用いた百二十句本を指すと考えられる。
（5）『平家物語の生成』（明治書院　昭和59年）四―10（初出は昭和56年3月）
（6）「平家物語巻一「願立」説話の構造について」（「国語国文研究」66号　昭和56年7月）
（7）『平家物語成立過程考』（桜楓社　昭和61年）第一編第三章（初出は昭和57年9月）
（8）『四部合戦状本平家物語評釈（三）』（「名古屋学院大学論集」21巻2号　昭和60年9月）
（9）「師通願立説話と日吉神社」（「寺小屋語学文化研究所論叢」3号　昭和59年）
（10）なお、盛衰記は立願の内容を託宣によって知るとし、また、北の方が二度願立をし、二度目の願によって三年の延命を得ると改編されている。
（11）四部本は春日明神の利益のみを記す。
（12）なお、四部本では師通の没年を記さない。盛衰記は前掲注（10）参照。
（13）盛衰記については前掲注（10）参照。

（14）『利生記』には『山王絵詞』等、類似の作品があり、成立の前後については諸説がある。が、この部分に関しては殆ど同文である。また、『利生記』の当該説話は平家物語等から転載されたとする論もある（下坂守「『山王霊験記』の成立と改変」〈「學藁」11号　平成元年3月〉）が、論拠が示されていない。一方、盛衰記を用いて『山王霊験記』を作ったという論もある（小松茂美「「山王霊験記」「地蔵菩薩霊験記」——霊験記絵巻の流行——」〈『続日本の絵巻23　山王霊験記・地蔵菩薩霊験記』中央公論社　平成4年〉）が、現存の盛衰記を見る限り、認められない。

（15）託宣の中の第一の願に「八王子ノ社ヨリ此砌マテ迴廊作テ」という部分があるが、名波氏は前掲注（9）で、「此」が延慶本では矛盾することになると述べている。長門本では「此」は北政所が籠もった「十禅師」を指して矛盾がないが、延慶本では文脈上、八王子を指すこととなるからである。しかし、当該部分が本来の本文に戻った（Ⅲ）にあり、「此砌」が指示する場についての説明部分が（Ⅱ）の覚一本的本文依拠部分にあることからすれば、二種の本文の接合の悪さが露呈しているわけであり、名波氏の指摘した矛盾もその由来が納得できよう。

（16）例えば、山田孝雄氏はこれを延慶書写本の原本の諸本集成の痕跡として考えた（『平家物語考』明治44年〈勉誠社　昭和43年復刊に拠った〉四九二頁）。

〔引用テキスト〕『山王縁起　全』（早稲田大学図書館所蔵）

第三章　延慶書写本と応永書写本の間（巻一）

はじめに

第一・二章で指摘したように、延慶本（応永書写本）には覚一本的本文の混態がある。この事実は、延慶書写本と応永書写本とが必ずしも一致するものではないことを予測させる。応永書写本の本文の再吟味が必要である。そのためには、書写の実態をより精確に把握しなくてはならない。本章では、巻一を対象に、応永書写の時点で覚一本的本文が影響を与えていると思われる箇所を掲げ、第一・二章で指摘した以外にも、細かな部分にまで目を届かせて書写している実態を報告する。

一

巻一の中で覚一本的本文の混態が想定される部分は、次の五箇所である。順次考察する。

	章段名（延慶本）			（覚一本）
①	八	「主上々皇御中不快之事付二代ノ后ニ立給事」	43丁オ1行	「二代后」
②	同		46丁ウ1行	「額打論」

③	十	「延暦寺与興福寺ノ額立論事」	47丁ウ5行～48丁オ6行　同
④	十二	「山門大衆清水寺ヘ寄テ焼事」	50丁オ2行　「清水寺炎上」
⑤	三十一	「後二条関白殿滅給事」	79丁ウ7行～82丁オ2行　「願立」

①　二条帝が多子を宮中に招こうとする場面である。「外宮ニ引求シムルニ及テ忍ツ、彼ノ宮御書アリ」とあるが、「彼ノ宮御」を擦り消して、「御艶―」と上書きしている。訂正後は「外宮ニ引求シムルニ及テ忍ツ、御艶書アリ」となる。「―」は「艶」と「書」との間に若干の字間があいた為の処置であろう。この部分は、長門本では、「潜に外宮に捜求しむるにをよひて、しのひつ、かの宮に御せうそこあり」とする。源平盛衰記では「外宮ニ引求サセ給テ、忍ツ、彼太皇太后宮へ御書有ケレ共」とあり、特に訂正前の表現と極似している。対するに、覚一本では「外宮にひき求めしむるに及て此大宮へ御艶書あり」とし、訂正後の表現と共通する。書写の後に、覚一本を参考にして「御書」を「艶書」と訂正したのではなかろうか。

②　二条帝が崩御の直前に二歳の皇子（六条帝）に位を譲った場面で、幼帝の前例を記す。「我朝ノ童帝〔トウタイノ例ヲ尋ルニ〕。清和天皇九歳ニテ父文徳天皇ノ御譲ヲ受サセ給シヨリ」とある。応永書写本は「ノ童帝ハ」の「ノ」と「ハ」に二重線を引いて見せ消ちとして傍書を加え、「我朝童帝ノ例ヲ尋ルニ」と書き換えている。長門本は「わか朝の童帝は」と、訂正前の表現と同じである。盛衰記は「我朝ノ童帝ノ例ヲ尋レハ」と、訂正後の表現に似ているが、覚一本にも「本朝に童体の例を尋れは」とある。①を併せ考えると、覚一本を見ての訂正と考えてよかろう。なお、延慶本には「童帝」に「トウタイ」と振り仮名を付す。「とうてい」の方が一般的だが、「とうたい」でもよい。しかし、覚一本が「童体」であることを見ると、「帝」にも些かの疑問を抱き、振り仮名を意図的に付したのではないかと疑われる。

③　二条帝の葬送の時に南北二京の寺々が額を打つ。その時の寺同士の争い、所謂「額打論」である。ここでは左表のように、複数の「額を打つ」という語句に訂正が施されている。

	(1) 47丁ウ 5行	(2) 8行	(3) 9行
延	我寺々ノ験ニハ神《カウ本マ、》ヲ立額ヲ打	興福寺ノ神ヲ立	延暦寺ノ神ヲ立
		⇦擦り消しと訂正	⇦擦り消しと訂正
		興福寺ノ額ヲ打	延暦寺ノ額ヲ打
長	わか寺々のしるしに行を立、額をうたれ	興福寺の行を立て	
盛	我寺々ノ額ヲ立	興福寺ノ行ヲ立テ額ヲ打	延暦寺ノ行ヲ立テ額ヲ打
四	我寺々験立榔《ヤウ》打額	立興福寺額	立延暦寺額
覚	わか寺々の額をうつ	興福寺の額をうつ	延暦寺の額をうつ

	(4) 48丁オ 1行	(5) 6行
延	興福寺ノ上ニ神ヲ立ル間	延暦寺ノ神ヲ
		⇦擦り消しと訂正
		延暦寺ノ額ヲ
長	興福寺の上行をたつる	延暦寺のかくを
盛	延暦寺ノ額ヲ打タリケレハ	延暦寺ノ額ヲ
四	興福寺上立額之間	延暦寺額
覚	興福寺のうへに延暦寺の額をうつ	延暦寺の額を

たとえば、(1)は「我寺々ノ験ニハ神《カウ本マ、》ヲ立額ヲ打」とある。傍書の「カウ本マ、」は、「神」を「カウ」と読むことに疑問があるが、底本のままに写したとする表記であろう。ちなみに長門本では「行」、四部本では「榔」に「ヤウ」

と振る。盛衰記では「額ヲ立」だが、他の部分にやはり「行」とある。「カウ」と読むべき箇所であったと認められる。また、「験ニハ神ヲ立」を二重線を以て見せ消ちしている。最初から消すつもりなら、「本マ、」と傍書を付す必要はない。「神」のルビについての注記をした後に、時間が経ってから二重線を施したと思われる。

右表からわかるように、延慶本ではこの例を含めて、五箇所に本来「神ヲ立」と記しているのだが、そのうち四例に擦り消しや見せ消ちを施して「額ヲ打」と訂正している。すると、残された一例(4)は見落とされたものと推測される。

長門本や盛衰記では、「行ヲ立」と書き、時に「額ヲ打」と併用している。応永書写者は「神ヲ立」を誤写とは考えずに、まず延慶書写本をそのままに写した。ただ、「神」の字と振り仮名との不整合には疑問を抱いて傍書を付したと考えられる。書写の後に、独自の判断で訂正を施したことになる。ところで、覚一本の当該部分には「かうをたつ」という表現は一つもない。そこで、覚一本を参考として訂正に及んだ可能性が考えられる。(1)の見せ消ちも(2)(3)(5)の訂正と同時期のものであろう。(1)では既に「額ヲ打」が続けて記されているために、擦り消しをすると余白が出来てしまう。そのために二重線を用いたと推測される。

④　山門の清水寺襲撃の前に立った、不穏な噂を記す部分である。「内蔵頭平教盛朝臣布衣ニテ右衛門陣ニ候ハル。上皇／山ノ大衆ニ仰テ平中納言清盛ヲ追討スヘキ故ニ衆徒／都へ入ト何者ノ云出タリケルニヤ聞ケレハ平家一類六波羅へ馳集ル」と、後の部分を前に挿入するべく印が挿入され、「何物ノ云出タリケルニヤ、上皇、山ノ大衆ニ仰テ平中納言清盛ヲ追討スヘキ故ニ、衆徒都へ入ト聞ケレハ」となる。この箇所については既に水原一氏が、「長門本にこの部分に相当する本文があるが、それは修正しないままの延慶本の語順と同様である。随って応永期の誤写ではなく、忠実に書写した上で書写者の意見を注記した記号であろう」[1]とする。従うべき指摘であろう。但し、覚一本が「何者

の申出したりけるやらむ、一院、山門の大衆に仰て、平家を追討せらるへしときこえしほとに、軍兵内裏に参して、四方の陣頭を警固す。平氏の一類皆六波羅へ馳集る」としているのを見ると、「書写者の意見」は覚一本的本文を見た故に生まれたものと理解される。

⑤　第二章で扱った部分である。本来は、日吉山王の祟りを受けた後二条関白師通の死と、死後の受苦と救済を描くことで、山王の祟りと訴訟の恐ろしさを示した章段であるが、応永書写本ではこれを山王の威光の甚大なることを示す説話へと変貌させている。これは①～④と異なり、一説話単位で覚一本的本文を混態させ、話の主題そのものも転換させてしまっている。

二

巻一には他にも擦り消しや見せ消ち等を用いた訂正が多々ある。訂正後の表現が長門本等と一致していることから、単純な誤写の訂正と判断される例もあるが、中には別種の訂正も散見される。それは次章で考える。しかし、見落としもあるかもしれないが、覚一本的本文を用いた訂正は、ここで示した以外にはないようである。これらは応永書写時、或いはそれ以後の手になることが明らかである。巻一における応永書写時の覚一本的本文の混態が⑤だけではないことが、まずは了解されよう。

⑤の大きな特質は、訂正のレヴェルを越えて、覚一本的本文を説話単位で大幅に取り入れたことであった。故に、⑤を書写する時点では既に、傍らに覚一本的本文が備わっていたことになる。それに引き換え、①～④は書写後の訂正であり、⑤程に、内容を変貌させるものではない。文脈がより滑らかに読み解けるように書き直し、その際に覚一

本的本文を基準としているのである。①～④は覚一本においては連続している。従って、①～④は同時期の作業と考えてよいだろう。すると、⑤で本格的に覚一本的本文との比較が行われ、その後に、既に書写した部分に戻って本文の校合が行われ、①～④に訂正が施されたと推測される。なお、これらは巻一の前半に偏っている。果たして巻一全体にわたる校合がなされた結果、①～④にのみ訂正が施されたのかどうか、そこまではわからない。

ところで、巻四の書写者は巻一と同一人物と思われるが、巻四にも覚一本的本文の混入が認められる。そして巻四の奥書には「写本事外往復之言、文字之謬多之。雖然不及添削大概写之了」とある。この奥書の内容の信憑性が疑われる。尤も、書写者がどれほど本文改編に自覚的であり得たのか、その点には検討も必要である。応永書写時に改編がなされているとは言っても、用いられた素材は異種本文であり、同じ平家物語である。書写者にとっては純粋なる書写活動の範囲内であったのかもしれない。しかし、現実としては、部分的にではあっても、かなりの改編がなされたのである。混態や訂正の結果としての作品の変容の連鎖を凝視していかなくてはならない。異種本文（延慶本と覚一本）の交渉によって新たな本文が生まれる営みは、作品の享受と形成の連動を窺わせる。一方で、書写活動における書写者の意識も慎重に測っていかなくてはならない。

注

（1）　水原一『延慶本平家物語論考』（加藤中道館　昭和54年）第一部「本文に関する概説と研究」延慶本における書写上の問題　四四頁

第四章　延慶書写本と応永書写本の間（巻一、巻四）

はじめに

延慶本平家物語が応永年間の書写の時点において、覚一本的本文を混態させた箇所について、貼り紙、擦り消しと上書き等から混態の様を探り、第一章では咸陽宮描写記事（巻四）、第二章では願立説話（巻一）の覚一本的本文の取り入れを紹介した。なお、物理的な修正の跡は留めていないが、頼政説話（巻四）にも覚一本と同文箇所があり、同様の取り入れと推測される。(1)しかも、覚一本的本文の取り入れは、こうした記事単位、説話単位の混態だけではなく、細かな表現レヴェルでもなされている。その様相も、巻一について第三章で指摘した。更に、巻一には以下に指摘していくように、覚一本によるとは思われない訂正も、如上で示したのと同様の擦り消しと上書きという方法を用いて施されているようである。それならば、巻四については如何であろう。

本章では、初めに巻一の中から、覚一本的本文を以て施したとは思われない訂正箇所と、その様相を報告する。次に、巻四における頼政説話・咸陽宮描写記事以外の覚一本的本文の取り入れについて報告する。そして、巻一、巻四の書写の様相から、応永書写本にとっての〈書写〉の意識を再考し、平家物語書写の動態を考える一助としたい。

一　巻一における訂正

人の営みの常として、書写時にはどうしても誤字や脱字による誤写が発生する。当然ながら、それらに訂正が施される。巻一にも単純な誤字の訂正が多い。中で、訂正後の表現が長門本や源平盛衰記と一致するものについては、単純な書写の誤りを訂正したものと判断しておく。しかし、巻一には、願立説話のように、説話単位での覚一本的本文の取り入れがあり、その他にも、細かな表現レヴェルではあるが、覚一本的本文を用いて訂正を施した箇所もあった。更には、左に紹介する七例のように、それ以外の訂正、つまり、訂正後の本文が現存諸本のどれにも合致しないものもある。

章段名（延慶本）	丁・行	（覚一本）
①十六「平家殿下ニ恥見セ奉ル事」	59丁オ2行	「殿下乗合」
②二十二「成親卿人々語テ鹿谷ニ寄合事」	69丁オ6行	「鹿谷」
③三十六「山門衆徒内裏ヘ神輿振奉事」	94丁ウ7行	「御輿振」
④同	95丁オ4行	同
⑤同	98丁オ3行	同
⑥三十七「豪雲事　付山王効験之事付神輿祇園ヘ入給事」	100丁ウ9行	
⑦同	101丁オ4行	

以下に順に考察していく。

①　所謂、殿下乗合事件の後半部分であり、関白藤原基房が清盛の家来達の襲撃を受けた場面である。延慶本では「是ヨリ中御門殿ヘ還御成ニケリ還御ノ儀式心憂シトモ愚也」と書き、「還」と「ノ」を擦り消して、「還」の上に「ソノ」と上書きする。最終的に「ソノ御儀式心憂シトモ愚也」となる。「御」と「儀」とに間隙が少しあることから、本文をかなり先まで書写してから、戻って擦り消しを施し、上書きをしたことがわかる。長門本では「くはんきよの儀式、心うしともおろそかなり」とあり、覚一本も同様である。前文にもある「還御」の重複を避けて、応永書写者が独自に本文を変えたのであろうか。或いは書写者の手許の別の本文に従ったのであろうか。

②　平康頼が瓶子を倒したことで戯れ言をとばした場面である。「土ノ穴ヲ堀テ云ナル事タニモ漏ト云事マシテサホトノ座席ナレハナシカハ隠アルヘキ」の「事」を擦り消して「ヘリ」と記している。長門本がやはり「云事あり。ましてさ程の」としているので、おそらく、「事」は書写時の誤字ではあるまい。長門本にあるような「アリ」を書き忘れて、「マシテサホトノ」を書写してしまったので、意味が通じるように「云ヘリ」と書き直したのであろうか。或いは、底本（延慶書写本）が既に「アリ」を脱落させており、それに従って写したものの、思い直して書き替えたのであろうか。その適否はわからないが、底本とは異なる表現に書き直しているのは確かである。

③　頼政の腹心の家来である渡辺党の人々が比叡山の衆徒を迎える場面である。「連クノ源太、授、省、競、唱トテ一人当千ノハヤリ男ノ若党三百余人相具シテ」の「トテ」を擦り消して「ヲ始トシテ」と上書きしている。長門本は「となふとて、一人当千のはやりおの」となっており、「トテ」は修正前の表現と考えられる。応永書写者は、まず底本のままに書写したと考えられる。延慶本・長門本も共に、続いて「ハヤリ男ノ若党三百余人相具シテ北ノ陣ヲ固メタリ」

とする。「トテ」と記すと、「一人当千ノハヤリ男ノ若党」とは渡辺党の人々を指すことになるが、「ヲ始トシテ」とすると、「一人当千ノハヤリ男ノ若党」は以下の「三百余人」を指すことになる。ちなみに覚一本は「渡辺のはぶく・さづくをむねとして、其勢纔に三百余騎」とする。覚一本本文の影響を見ることができるかもしれない。いずれにせよ、応永書写者の理解に従って、書き直しが行われたと考えられそうである。

④　③に続き競が大衆を迎える。「競ハ生年三十四長七尺ハカリナル男ノ白ク清ケナルカ褐衣ノ鎧直垂ニ。小桜ヲ黄ニ反シタル大荒目ノ鎧ノ裾金物打タルニ」と記されている。訂正の印に従うと、「褐衣ノ鎧直垂ニ大荒目ノ鎧ノ小桜ヲ黄ニ反シタル（二）裾金物打タルニ」となる。これも長門本は訂正の前とほぼ同じ形であるので、応永書写者はまず底本のままに写したと言えよう。しかし、この修正が必ずしも適正なものではなく、書写者の判断で直されたと判断されることは、水原一氏が指摘している。[2] なお覚一本は「唱、其日はきちんの直垂に、小桜を黄にかへいたる鎧きて」とあり、「大荒目の」は記されていない。

⑤　続いて大衆が重盛の守る門を襲う場面である。「軍兵馬ノ轡ヲ並ヘテ。大衆神輿ヲ先トシテ」とする。「。」と補入の印があるが、本文は補われていない。長門本はここに「ふせき奉りけれとも」とあり、そのような表現が脱落していたと思われる。水原氏はこれについても言及し、「。」の小ささから、「延慶の底本にはなく、応永書写の時点で気づいて書きこんだものである。随ってこれも誤写というべきものではない」[3] とする。従うべきであろうか。少なくとも、脱落が存在することを意識していた点には注目される。因みに、覚一本には「軍兵馬ノ轡ヲ並ヘテ（ふせき奉りけれとも）」はない。

⑥　澄憲が神輿を迎え入れるに際し、弁舌をふるう場面である。弘仁九年の諸国飢饉の時に、勅命を受けて日吉十禅師の社壇で仁王経を講読する。「親死ル者ハ子嘆キニ沈ミ子ニ後レタル親□□ニ依テ瑞籬ニ臨ム人々モ無シ」とある「□

□（判読不能）」を擦り消して「穢レケル」と上書きをし、「後レタル」の次に右に小さく「ハ」と入れ、「子ニ後レタルハ親穢レケルニ依テ」となる。長門本は「おやしぬるものは、其子歎しつみ、子にをくれたる親は、其思、いまた深かりけれは、ゐかきにのそむ人もなし」とある。長門本に従えば、訂正前の「□□」は「其思」或いは「思深」等と記されていたと考えられる。ただ、長門本の文脈だと、子供を失った悲しみと、社参をしないこととは必ずしも直結しない。そこで、応永書写者は社参できないことの理由の説明を対句表現よりも優先させ、本文を書き直したことになる。

ところで、この部分の盛衰記を見ると、「親ニ後ル子、恩徳ノ高キ涙ヲ流シ、子ヲ先立ル親、哀愍ノ深キ袖ヲ絞ル。兄弟夫婦、互ニ別亡ケレハ、京中モ田舎モ皆触穢ニテ、社参ノ者ナシ」とある。「穢レケル」は盛衰記の如き本文が念頭にあれば導き易い。盛衰記の如き本文を参照していたかどうかは不明としか言えないが、いずれにせよ、些か不自然な文になっていることに、書写の後に気づき、書き直したのではなかろうか。

⑦　⑥に続く場面である。「衆徒哀ニ／覚テ一度ニ感涙ヲ流シテ」（／は改行）とする場面で、前行末の「ニ」を「ヲ」に書き直し、行頭「覚テ」を擦り消して「催シツ、」と上書きしている。「哀ヲ催シツ、」となる。長門本は「あはれにおほえて」である。応永書写者は底本のままに書写し、後に書き直したと思われる。類似の表現を他本に見いだすことは出来ない。別の本文によった可能性は捨てきれないが、書写者の意志による改定の可能性も十分に考えられる。

以上、底本自体の不自然な文脈を回避するために、書写者の判断によって、意識的に本文を少しずつ訂正している。どれも、確かな依拠本文を見いだす事ができない。これが何に拠っているのか、或いは何かに拠っているものなのかは現時点では明らかにし得ないが、少なくとも、覚一本的本文によって訂正を施したとは判断できない。⑥⑦は明らかに覚一本にはない部分である。他種本文に拠ったものもあるかもしれないが、水原氏もいくつか指摘しているように、応永書写者自身の意図的訂正と判断されよう。

なお、第三章で指摘した覚一本的本文を用いたと思われる表現上の微細な訂正は、すべて①よりも前の部分にあった。願立説話は②と③の間に挟まる。すると、次のような手順が想定できる。願立説話によって本格的に、大幅に覚一本的本文を取り入れた。一旦巻末まで書写したか否かは不明だが、次に巻頭に戻って、初めから覚一本的本文との校合（勿論、覚一本と共通する部分に限ることになるが）を行い、適宜訂正を加えた。後半は、覚一本に拠ることなく、書写者の判断で意味不通を整えた、と。

以上は想像を交えた、一つのモデルケースにすぎない。というのは、稿者の見落としもあろうし、擦り消し等の跡が残されずに巧妙に訂正が行われている場合もあると思われるからである。しかし、微細で事例の少ない現時点でも、応永書写時において、文脈に即した書き替えがなされていることが浮き彫りになる。巻一の書写者は、厳密に、或いは盲目的に一字一句を写すのではなく、文脈を読み、理解しながら書写を行っていると思われる。

二　巻四における訂正（1）――擦り消しと上書きによる訂正――

巻一には覚一本的本文を用いての訂正、及び、書写者の判断によると思われる独自の訂正の痕跡があることが明らかになった。微細な箇所ではあっても、よく本文を読んだ上での書写であり、本文をよりわかりやすいものにしていこうという方向性が見いだせた。それでは巻四は如何であろうか。

巻四にも擦り消しを用いての訂正は多く見受けられるが、基本的には書写時の単純な書き誤りに訂正を施したものと判断される。その中で明らかに表現の相違を見せるのが、大幅な覚一本的本文の取り入れのある咸陽宮描写記事の前後における次の二例の擦り消しと訂正である。

①三十六「燕丹之亡シ事」　125丁オ7行　「咸陽宮」

②　同　134丁ウ7行　同

この二例は第一章第五節で指摘したところである。①は、訂正後の表現が長門本と共通する（二九頁参照）。覚一本とも共通するものの、長門本と共通する以上、覚一本的本文を参考にしたとは断定できないので、ここでは②について、再度簡単に紹介する。

②は荊軻が逃げる始皇に剣を投げかける場面である。応永書写本では、「荊軻ハ始皇ノ逃給フニ驚テ剣ヲ追様」と書き、「追様」を擦り消して「投懸」と上書きし、改行して「タリケレハ皇帝銅ノ柱ノ」と続ける。長門本は「つるきををひさまになけかけたりけれは」、盛衰記は「剣ヲ以テ追サマニ投懸奉ル」とあり、読み本系諸本には「追様に」の表現が存在する。従って、底本にも「追様ニ」は書かれていたと見なせよう。次行とのつながりから見て、応永書写者は底本にあった「追様」までを書写した直後に擦り消したのであろうか。或いは、改行した時に「ニ投懸奉」を写し落として「タリケレハ」と書いてしまったので、前後不通となることを避けるためになされた処置であろうか。

一方、覚一本には「つるきをなけかけたてまつる」と、同じ文脈でありながら「追様ニ」がない。咸陽宮描写記事を覚一本的本文によって大幅に書き直した後の部分でもあり、応永書写者は覚一本を傍らに置いていたのではないかと疑われる。

巻四においては、覚一本的本文との関わりにおいて注目すべき擦り消しと上書きは、これ以外にはなさそうである。

また、巻一には散見された、独自の判断によると思われる擦り消しと上書きも見出すことはできなかった。

三　巻四における訂正　(2)――用字レヴェルの訂正――

しかし、底本への疑問は書写の過程で既に生まれているらしい。底本の誤写、誤字かと疑問を持つところには、例えば、左の③～⑤のように、「○○歟」「本マヽ」と傍書したり、右傍、もしくは上欄の空白部分に書き入れをしたりしている。

③十一　「高倉宮都ヲ落坐事」　31丁ウ6行

イツ歩マセ《習ハセ歟》給タル

④二十二「南都大衆摂政殿ノ御使追帰事」　70丁ウ8行

忠綱ヲ召テ宇治河渡シタル勧賞ニハ庄薗枚《本マヽ》カ靭負尉カ検非違使受領カ

⑤三十　「都遷事」　107丁オ5行

俄又留《止》ラレニケリ

これらは巻一にも散見される記述法である。これらからは、底本の面影を留めて忠実に書写しようという配慮を持ちつつも、盲目的な書写に徹しているわけでもないことが窺われる。尤も、これらは殆どが用字のレヴェルであり、③のような語句のレヴェルは多くない。

四　巻四における訂正 (3)――表現レヴェルの訂正――

巻四には、第二節で紹介した二例以外に、用字のレヴェルを超えた表現上の訂正が、わずかではあるが見いだせる。それは、左に傍線を付して右もしくは上欄に傍書を加える形でなされており、次の三章段にある八例を掲げることができる。

⑥〜⑩十四　「三井寺ヨリ山門南都ヘ牒状送事」　36丁オ2行〜38丁ウ8行　「山門牒状」「南都牒状」

⑪　十六　「大政入道山門ヲ語事　付落書事」　48丁オ9行

⑫⑬　三十一　「実定卿待宵ノ小侍従ニ合事」　109丁ウ2行〜111丁オ5行　「月見」

なお、この他にも次の二例は同様に左に傍線を引いているが、衍字の指摘と思われる。

十二　「高倉宮三井寺ニ入ラセ給事」　32丁オ7行　（以仁王を）肩ニ懸進セテ相構テ三井寺ヘ

二十六「後三条院ノ宮事」　82丁オ8行　（輔仁親王の無官の風流を）珍シク思奉テ人参リ通フ輩多カリケレハ

右掲八例の中で⑪を除いた七例には、巻一同様の細かなレヴェルでの覚一本的本文の参照の可能性を指摘できる。以下にそれらについて述べ、次に少し異質な⑪について考察を加える。

1　牒状に付された傍書（⑥～⑩）

巻四―十四には牒状が次の四通（諸本によっては三通）記載されている。左にその四通と、覚一本・延慶本間の異同、傍書に関わる事項を簡単に示す。

(1)園城寺から延暦寺宛　覚一本と延慶本とでは異同殆どなし　（異本注記）
(2)園城寺から興福寺宛　同　右　（左傍線と上欄補書⑥）
(3)興福寺から園城寺宛　覚一本と延慶本とでは若干の相違あり　（左傍線と右傍書・上欄補書⑦～⑩）
(4)興福寺から東大寺宛　覚一本は載せず

(1)には異本注記が一箇所ある。[4] (2)には一箇所、(3)には四箇所に、左に傍線を引いて右、或いは上欄に別字をあてている。⑨には傍線がないが、⑥～⑩の傍書は同筆であり、同時になされたものと思われるので、⑨も同質のものとして扱ってよかろう。

特に(3)の牒状に集中的に校合がなされている。この理由は、牒状を検討すればすぐに了解される。それは、(1)(2)の牒状は覚一本と延慶本とにほぼ異同がなく、(4)は覚一本に記載されていないからである。(3)についても延慶本と覚一本とに共通する部分は殆ど異同がないが、覚一本の冒頭の二～三行が延慶本にはない。また、書面に書かれる日付等にも若干の相違が見られる。その点から、特に(3)について延慶本と覚一本との相違に関心が向いたと思われる。左に、⑥～⑩の傍書の詳細を示した。

⑥　36オ2行　清盛恣ニ盗二テ国威一ヲ　→偸《ヒソカニシ》（上欄）　(2)

⑦　37オ8行　而且于親父忠盛朝臣　→暨歟（上欄）　(3)

⑧　37ウ3行　世人《民》猶軽ス　(3)

⑨　38オ1行　是以若《或》ハ為延カ一旦之身命一ヲ若《或》欲遁片時之凌辱一ヲ　(3)

⑩　38ウ8行　数日ノ蓄《鬱》念一時解散ス　(3)

次に、⑥〜⑩の諸本による異同を示す。

	底本→傍書（上欄補書）	覚一本	盛衰記	長門本	四部本
⑥	盗　→偸《ヒソカニシ》	**ひそかにし**	窃	盗	盗
⑦	且　→暨(5)	しかるを	**暨**于	次	次聞
⑧	人　→民	世の**民**	世ノ人	世の人	世の人
⑨	若　→或	**或は**	（ナシ）	（ナシ）	**或は**
⑩	蓄　→鬱	**鬱**	**鬱**	**鬱**	運

右の表より、傍書との共通部分（太字部分）の一番多い本文が覚一本だとわかる。なお、⑦は覚一本よりも盛衰記と一致している。ただ、他と異なって「歟」と疑問を記していることから、⑦については、覚一本を参照しての記入

とは言えないかもしれない。(6)

これらの傍書は、用字のレヴェルを超えて語句のレヴェルでの校合となっている。しかし、例えば、(1)(2)の牒状に延慶本と覚一本とで本文上の異同がないとは言っても、差し出された日付は異なる。また、(3)の牒状には先に述べたように、冒頭の数行の有無や日付の相違がある。これらには注記を加えていない。傍書を施す場合には、内容についての踏み込んだ吟味よりも、あくまでも本文の文脈の読解を助けるものに限っているようである。

2　「月見」該当場面における傍書（⑫⑬）

次に、一般的には「月見」と称する章段の中で、⑬（111丁オ5行）の和歌に付された傍線と傍書を掲げる。

物カハトキミヵイヒケム鳥ノ音ノケサシモイカニカ《ナトカ》ナシカルラム

この和歌は『今物語』第十話や『新拾遺和歌集』巻八・離別・七五四にも載る。それら及び覚一本の第四句は傍書と同じ「なとか」であり、覚一本以外の諸本、つまり盛衰記・長門本・屋代本は延慶本と同じ「いかに」である。勿論、『今物語』のような平家物語以外の資料によって記した可能性はある。しかし、1に紹介した傍線・傍書と同じ表記方法をとることからすると、これも同様に覚一本的本文を参照したと考えるのが自然であろう。

また、この直前の⑫（109丁ウ2行）にも、

撥ニ《シ》テマネキ給ケムモカクヤ有ケムト

とある。現存覚一本には「撥にてまねき給ひけんも」とあり、傍書と一致しない。一方、長門本では「はちしてまねき給ひける」、盛衰記では「撥ニテマネカセ給ケン」とあり、底本がどのような形態であったのかわからない。単に底本の誤写を疑っただけなのかもしれない。しかしながら、同じ章段には、擦り消しと上書き、傍書を次のように用いている。

109丁オ9行　源氏ノ大将→源氏ノ宇治ノ巻ニ
109丁ウ1行　在明ノ月ノ。《山ノハヲ》出ケルヲ(7)
110丁ウ4行　涼風颯々ノ声ニ驚テ又→涼風颯々ノ声ニ驚テヲキ別給ヌ
110丁ウ9行　折節寺々ノ鐘ノ声《音》八声ノ鳥ノ音《ネ》ヲ

単なる誤写の訂正ならば、これらの方法がある。訂正や注記をする際に、厳密に書式を決めていたとも思えないが、わざわざ左傍線を引いて記す「撥シテ」には、或いは現存本とは異なる覚一本的本文の影響を窺う余地も残されよう。

3　「実語教」における傍書(11)

1、2と異なり、覚一本的本文を用いていない表現のレヴェルにおける訂正として、⑪の実語教の一節を掲げる。比叡山の衆徒が清盛の買収工作によって寝返ったことを南都の衆徒が嘲笑した場面であり、実語教のパロディが用いられている。実語教そのものは十一世紀には既に存在し(8)、中世に入ってはかなり流布していたようである。が、当該記事は平家物語諸本の中では延慶本と長門本にのみ載っており、その文面も延慶本と長門本では異なる部分がある。[9]この中に、

48丁オ4行　恥ハ是レ万代ノ疵　不身終マテ更ニ失一セ
48丁オ9行　雖三モ遇二フト師一ニ不レ恐レ　豈二雖向ト弟子一ニテモ恥ハチンヤ
48丁ウ1行　◦八正ノ道チ雖モ有リト　十悪ルカ故ニ不レ学セ

という三つの訂正がある。第一例は実語教をかなり変形させている。訂正の印に従うと、「更ニ身終マテ不失セ」となるが、これはその前の「織延ハ一旦ノ財ラ　不レトモ身滅一セ即チ破ル」と対応している以上、本文行のままでよいはずである。これも語法上の正しい順序と考えて印を書き加えたと考えられる。

第三例は、語順の転倒の指示に従うと、訂正後には「雖有八正道」となる。が、実語教の諸本[10]には「八正道雖広十悪人不往」とある。対句として整える必要上、この語順でないといけない。延慶本においても多少表現は異なるが同様である。すると、本文行の書写は正しいものであったと考えられる。応永書写者は底本のままに写した後に、語法的に正しい語順に直そうとして、独自に反転の印を挿入したと思われる。

それでは第二の例は如何か。これは左側に傍線を引き、更にその左側に傍書を付した特殊な形態となっているが、本来は右側に傍書するはずのものであったろう。ただ、右側には空白部分がない。丁の表の最終行に位置しており、左側に些かの余裕があったための処置と思われる。同じ部分について、長門本には「師にあふといへともをそれす弟子にあふといへ共はちす」とある。上句との対と考えれば、本文行に書かれたものが本来のものと思われる。ただ、

素直に読み下せば、下句に打ち消しの意が付されない。五字で記すという制約上は致し方のない表記であろう。しかし、左の傍書に従えば、反語表現として打ち消しの意を含ませることが可能になる。左側に空白部分があることを利用して校訂を加えたと考えられる。

書写者独自の判断による、用字レヴェルを些か踏み越えた訂正として、わずかにこの第二例を加えることができる。

五　巻四における訂正　(4)——まとめ——

以上、微細なレヴェルではあるが、巻四において注目される傍書・訂正について報告してきた。①②を除いたすべてが傍書による書き入れである。この点を見る限り、頼政説話や咸陽宮描写記事の改編と同一時期のものか、即ち本文書写時のものかは確定できない。巻一の擦り消しによる訂正の方法とは異なっているため、書写時から隔たった後時の書き込みと考えることも可能である。しかしながら、同じ覚一本的本文を用いていること、筆跡も本文と違和感がないことからは同筆とする蓋然性はかなり高く、ほぼ書写時のもの、もしくはその直後のものと考えてよかろう。

覚一本的本文の利用という点に絞ると、巻四では、巻一程には細かな部分の校合がなされていない。また、記述の方法も異なり、擦り消して上書きをする方法をとらない。その分、底本の面影を残している。巻一書写と巻四書写とでは、覚一本的本文に接する姿勢に微妙な変化があると見ることができよう。また、意図的な修正も巻一に比べると僅かである。同じ書写者と言っても、本文への接し方には必ずしも一貫した方針があるとは言えないようである。或いは、書写の時期の推移に伴う意識の変化というべきなのかもしれない。

六　書写者にとって〈書写〉とは――結びにかえて――

既に、水原氏は応永書写本に「修正と注記」が入っていることを指摘している。そして、その記述の仕方から原本尊重の態度を見出している。(11)が、今まで見てきた部分に関して言えば、原本尊重と共に、書写にあたって異種本文の存在が念頭にあった点にも注目されよう。時には自主的な本文改訂を志向する場面も見受けられる。一方、巻一、巻四は同一書写者の手になるかと思われるが、その二巻でさえも、原本尊重の程度、覚一本的本文の取り込み方、文脈の整理の方法等に違いがある。書写の時や場、或いは物語の場面によって異なるようである。覚一本的本文への接し方一つをとっても一律には測れないことが、朧気ながら浮かんでくる。他の巻については瞥見したところ、巻一とも巻四とも異なる書写態度が見えるように思われる。応永書写段階での変容を知るための基礎的調査を蓄積していかなくてはなるまい。

このような書写の実態を目の当たりにすると、書写者にとって、或いはこの当時にあって、〈書写〉とはどのような行為であったのか、という問題が浮上する。平家物語の書写は、中世における受容のあり方の一面を顕在化させる行為であろう。全巻の調査が終わるまでは軽々に結論を下せないが、少なくとも、〈書写〉の範囲・意識は、かなり広く捉える必要がありそうである。一方、結果として示される改編の事実と、訂正にまつわる〈書写〉の意識との関係を慎重に測ることが要請される。延慶本以外の諸本でも様々なレヴェルの本文改変・改編が行われ、多くの異本が生み出されている。その因を〈書写〉行為の意味と共に考える必要もありはしないだろうか。

巻四の奥書に「写本事外往復之言、文字之謬多之、雖然不及添削大概写之了」とある。応永書写者はあくまでも延慶書写本の再生を志向していたのかもしれない。しかし、結果としては（誤脱・誤写は除く）、新しい応永書写本が出来上がっている。この事実から何を汲み上げるのか、慎重に事例を積み上げる必要があろう。

注

（1）第三部第一章で扱う。

（2）『延慶本平家物語論考』（加藤中道館　昭和54年）第一部「本文に関する概説と研究」延慶本における書写上の問題　四四頁

（3）前掲注（2）四五頁

（4）異本注記については第二部第二章で扱う。

（5）「暨」は『類聚名義抄』には「オヨフ・イタル・アツカル」とある。

（6）なお、⑦のように左に傍線を引き、右に「〇〇歟」と記す場合は、他にも左の二例がある。必ずしも覚一本を参考とするまでもない用字レヴェルの問題に用いられている。

三十　「都遷事」　99丁ウ4行　神宮《功歟》皇后

三十三「入道ニ頭共現シテ見ル事」　117丁ウ6行　漢《感歟》陽宮

（7）この部分は諸本異同が激しく、「山ノハヲ」を記す本文を現存本の中からは見出せず、応永書写者の意図的挿入か、脱字を補ったものか、明確に判定することができない。

（8）酒井憲二「実語教童子教古本について」（山田忠雄編『国語史学の為に　第一部　往来物』笠間書院　昭和61年5月）

（9）春日井京子氏は長門本の後出性を指摘する（「長門本の典拠とその改作――巻八「山門心変事」の『実語教』依拠を題材に――」〈麻原美子・犬井善寿編『長門本平家物語の総合的研究　第三巻　論究篇』勉誠出版　平成12年2月〉）。

（10）『日本教科書大系　往来編　第五巻　教訓』（講談社　昭和44年）、前掲注（8）を参考とした。

（11）　前掲注（2）四八頁

〔補記〕

第一部の各論初出時には、覚一本を一方系諸本の最古の本、最良の本と考えて立論し、他の一方系諸本にまでは注意が向かなかった。勿論、現存の覚一本と同一ではない部分も僅かに含まれ、覚一本と限定できないため、「覚一本的本文」と称してきた。しかしながらその後、覚一本の本文についても考察をするようになると（第四部）、現存覚一本と限定することには、更に慎重にならざるを得ない。覚一本的本文として紹介・引用した箇所は、覚一本・京師本・流布本などともほぼ同文であるが、延慶本と覚一本とが一致しない僅かな部分の中には、京師本・流布本などと共通する部分もある。

「覚一本」ではなく「覚一本的本文」であるために、覚一本が制定された応安四年（一三七一）という年次を確定的に用いることはできないものの、貼り紙・擦り消しと重書などの作業を見る限り、応永書写時の混態であることに変わりはない。

第二部　平家物語の古態性と延慶本

第一章　平家物語の古態性をめぐる試論

――「大庭早馬」を例として――

はじめに

延慶本平家物語が平家物語諸本の中で相対的に古態性を保持しているとする考え方はほぼ定着していると思われるが、これを延慶本の本文や構造の全てに敷衍できるわけではない(1)。一方で、現存の延慶本がある時点で大幅な増補や改変・改編がなされていることも夙に指摘されているが、それを含んでも、延慶本は古い形態の平家物語を示す点で重要視されてきた。それは、現存延慶本は応永年間書写とはいうものの、基本的には、その底本となっている延慶年間書写本の再生産であると考えられてきたからである(2)。従って、延慶本の大幅な増補は延慶書写以前の営為と見なされ、増補以前の延慶本の成立は更に溯ることも考えられてきた。多くの論争と試行錯誤を経て、現存延慶本は現存平家物語諸本の中で最も古い形を示すものとして論じられることとなった。しかし、あくまでも延慶本に固有の物語性として理解されるべき部分であるにも関わらず、時に、平家物語という作品の古態性を混在させて論じられることもあった。また、他本と共通する内容を持つ部分については、書写上の誤脱や編集錯誤(3)などを除けば、延慶本の古態性を前提として立論されることも多いように思う。

しかし、もう一度、延慶本の「古態性」について再考し、「古態」本文の客観的な認定の方法を探り、部分の検証を積み上げることが、これからの議論の前提として必要なのではあるまいか。それは、部分的にせよ、延慶本を溯る平家物語の姿を現前させることになる。また、一方で、語り本系本文の発生についても考える手段を与えてくれそうである。

本稿では、以上の見通しのもとに、巻四の後半から巻五にかけて記される一連の頼朝挙兵をめぐる話群を対象とし、延慶本、ひいては平家物語の本文の流動を考える際のモデルケースの一例を提示したいと思う。

一　読み本系三本

延慶本を中心として、長門本・源平盛衰記・覚一本における頼朝挙兵譚の進行を次に記す。

	延慶本	長門本	源平盛衰記	覚一本
A	早馬（巻四―三十五）	○	△	□
B	頼朝の雌伏期（三十八）	×	◎	×
C	頼朝謀叛の由来（巻五―一）	○	△	□
	文覚発心由来（二）			×
				文覚の熊野荒行□
	文覚、伊豆配流（四・五）	○	△	□
		文覚発心由来○		
	文覚の熊野荒行（六）	◎	△	
			文覚発心由来△	
	文覚、頼朝と対面（七）	◎	△	□
	文覚の上洛、福原院宣（八）	◎	△	□

D			
東国合戦譚（九～二十）	◎	△	×
平家、頼朝追討を決定（二十）	◎	△	□
頼朝追討宣旨（二十一）	◎	△	×

〔◎＝ほぼ同文　○△□＝同文とは言い難いが、同内容　×＝該当記事無し〕

BとDは覚一本に全く存在しない部分で（但し、Dの「平家、頼朝追討を決定」を除く）、特にDの有無は読み本系と語り本系を大別する大きな指標とされている。Dは表からも明らかなように、延慶本と長門本の本文の共通性が著しく高く、同文の保有率が高い(4)。こうした延慶本・長門本共通部分は延慶本の全巻に亙りかなり多く見出される。両本の拠った本文が存在することを容易に推測させる。そうした本文はしばしば「旧延慶本」と称されてきた。

まず、延慶本の本文の中で、長門本と同文性の高い箇所は、延慶本を溯る平家物語に存在したと考えられることを確認事項としておきたい。なお、ここでは長門本との共通部分はDだけではなく、Cの「文覚の熊野荒行」から始まっている。

次に、延慶本・長門本共通部分を盛衰記ではどのように記しているかについて確認する。左に一例を掲出する。

延慶本：十七日ノ《×》子刻計《に》、北条四郎時政、子息三郎宗時、同《×》小四郎義時、佐々木太郎定綱、同《×》二郎経高、三郎盛綱、同《×》四郎高綱已下、彼是馬上歩人《行》トモナク三十余人四十人計モヤ有ケ《ら》ム、屋牧館ヘソ押寄ケル。

（十「屋牧判官兼隆ヲ夜討ニスル事」　右傍書は長門本）

盛衰記：十七日ノ夜ハ忍々ニ兵共集ケリ。時政ハ夜討ノ大将給テ、嫡子宗時ニ先係サセ、弟ノ小四郎義時、佐々木太郎兄弟四人、土肥・土屋・岡崎、佐奈田与一・懐島平権頭等ヲ始トシテ、家子モ郎等モ濯汰タル者ノ、手ニ立ヘキ兵八十五騎ニテ、八牧カ館ヘソ寄ケル。

（巻二十　網かけ部分は延慶本・長門本と共有する部分）

盛衰記は独自に展開しているように見えるが、随所に延慶本・長門本と共通の表現が見出される。延慶本、或いは長門本、というよりも、延慶本・長門本と共通する本文を持つ、両本を溯る平家物語に拠っていると推測されよう。但し、本文をまるごと用いるのではなく、独自の改変を全面的に施している。これが第二の確認事項である。

さて、延慶本（応永書写本）に覚一本的本文が混態している場合、当然、延慶本の本文は長門本・盛衰記とは異なる。盛衰記と長門本は、同文とは言えないものの、依拠本文は同じものと推測できる程度の類似性は有している。これは第一部において指摘したことである。すると、延慶本本文と長門本本文に共通性があまり見られない場合、盛衰記を用いて祖本の様態を推測できる場合があることが理解される。つまり、延慶本もしくは長門本のどちらかが盛衰記と類似の本文を持っている場合、類似性の高い方が、依拠本文を踏襲している可能性が高いと考えられる[5]。以下にその点を中心に考えていく。

二　長門本・盛衰記本文の古態性

分析の対象は、A早馬である。まず、延慶本と長門本の本文を左に引用する。傍線部分が両本に共通する本文である。（網かけ部分、記号は後述）

延慶本　巻四―三十五「右兵衛佐謀叛発ス事」

九月二日、東国ヨリ早馬着テ申ケルハ、「伊豆国流人、前兵衛佐源頼朝、一院ノ々宣幷高倉宮令旨アリトテ忽ニ謀叛ヲ企テ、去八月十七日夜、同国住人、和泉判官兼隆カ屋牧ノ館ヘ押寄テ兼隆ヲ討、館ニ火ヲ懸テ焼払フ。a伊豆国住人北条四郎時政、土肥次郎実平ヲ先トシ、一類、伊豆・相模両国ノ住人等同心与力シテ、b三百余騎ノ兵ヲ卒シテ石橋ト云所ニ立籠ル。①依之相模国住人大庭三郎景親ヲ大将軍トシテ、大山田三郎重成、糟尾権守盛久、渋谷庄司重国、足利大郎景行、山内三郎経俊、海老名源八季宗等、惣テ平家ニ志アル者三千余人、同廿三日、石橋ト云所ニテ数刻合戦シテ頼朝散々ニ被打落テ、②纔ニ六七騎ニ成テ、兵衛佐ハ大童ニ成テ、杉山へ入リヌ。③三浦介義澄、和田小大郎義盛等、三百余騎ニテ頼朝ノ方へ参リケルカ、兵衛佐落ヌト聞テ、丸子河ト云所ヨリ引退ケルヲ、畠山次郎重忠、五百余騎ニテ追懸ル程ニ、同廿四日相模国鎌倉湯井ノ小壺ト云所ニテ合戦シテ、重忠散々ニ被打落ヌ」④ト申ケリ。後日ニ聞エケルハ、「c同廿六日河越太郎重頼、中山次郎重実、江戸太郎重長等、数千騎ヲ卒シテ三浦へ寄タリケリ。⑤上総権守広常ハ兵衛佐ニ与シテ、且舎弟金田小大夫頼常ヲ先立タリケルカ、渡海ニ遅々シテ、石橋ニハ行アハス、義澄等籠タル三浦衣笠ノ柵ニ加リケリ。⑥重頼等押寄、矢合計ハシタリケレトモ、義澄等ツヨク合戦ヲセスシテ落ニケリ」ト申ケレハ

長門本　巻九（適宜漢字を宛てた）

治承四年九月二日、大庭三郎景親、東国より早馬をたて、新都に着き、大政入道殿に申けるは、「伊豆国流人、前右兵衛佐頼朝、一院の院宣、高倉宮令旨有と申て、伊豆国住人、北条四郎時政を先として、たちまちに謀叛を企てゝ、去八月十七日の夜、同国の住人、和泉判官兼隆か屋牧の館へ押寄て、兼隆を討ち、館に火懸て焼払ひぬ。a同廿日、北条四郎時政か一類を率し、相模の土肥へ打越て、土肥・土屋・岡崎ら与力して、b三百余騎の兵を率ゐつゝ、石橋と云所に立籠て候を、同国住人大庭三郎景親、武蔵・相模に、平家に心さし思まいらする者共を招きて、三千余騎にて、同廿三日、石橋へ寄て、攻候しかは、兵衛佐、無勢なるによて、散々に討散されて、相山と云所に引籠る。同廿四日、相模の国由井の小坪と云所にて、畠山庄司重能か子、庄司次郎重忠、五百余騎にて、兵衛佐の方人三浦大介義明か子とも三百余騎と合戦して、畠山庄司次郎、かけ散されて、武蔵国へ引退く。

c同廿六日に、武蔵国の住人江戸太郎重長・河越小太郎重頼等を大将として、党者共には、金子・村山・丹党・横山・篠党・児玉党・野与・綴喜党等を始として、二千余騎にて相模国へ越て、三浦を攻む。三浦の者共、絹笠の城に籠て、一日一夜戦ひて、矢種射尽して、船に乗、安房国へ渡り候ぬ」とぞ申たりける。

一読して、同文とは言い難いことが理解される。人名など、それぞれに詳述する部分が異なり、どちらか一方が略述したとは言えない。次に盛衰記を引用する。網かけ部分は盛衰記と長門本とが共通する部分である。傍線部分は延慶本・長門本と共通する部分である。

盛衰記　巻十七

治承四年九月二日、相模国住人大場三郎景親、東国ヨリ早馬ヲタツ。福原ノ新都ニ着テ、上下ヒシメキケリ。何事ソト聞ハ、「伊豆国流人前右兵衛権佐源頼朝、一院ノ院宣、高倉宮ノ令旨在ト称シテ、同国目代、平家ノ侍和泉判官平兼隆カ八牧ノ館ニ押寄テ、兼隆幷家人等夜討ニシテ館ニ火懸テ焼払フ。a同廿日、北条四郎時政カ一類ヲ引卒シテ、相模ノ土肥へ打越テ、土肥・土屋・岡崎ヲ招キ、b三百余騎ノ兵ヲ相具シテ、石橋ト云所ニ引籠。景親、武蔵・相模ニ平家ニ志アル輩ヲ催集テ、三千余騎ニテ、同廿三日ニ石橋城ニ押寄。源氏禦戦トイへ共、大勢ニ打落サレテ、兵衛佐、杉山ニ逃籠テ不知行方。同廿四日ニ相模国由井小坪ニテ、平家ノ御方ニ、武蔵国住人畠山庄司重能カ子息次郎重忠、五百余騎ニテ、兵衛佐ノ方人、相模国住人三浦大介義明カ子共三百余騎、責戦トイヘトモ、重忠、三浦ニ戦負テ、武蔵国へ引退。c同廿六日ニ、武蔵国住人江戸太郎重長・河越小太郎重頼ヲ大将トシテ、党ニハ金子・村山・々口・篠党、児玉・横山・野与党、綴喜等ヲ始トシテ二千余騎、相模ノ三浦城ヲ責。三浦ノ一族、絹笠ノ城ニ籠テ、一日一夜戦テ、矢種尽テ、船ニ乗、安房国へ渡畢ヌ。又国々ノ兵共、内々ハ源氏ニ心ヲ通スト承ル。御用心アルヘシ」トソ申タル。

先述したように、盛衰記独自と思われる文飾もあるが、長門本との共通部分（網かけ部分）がかなりの部分を占めていることがわかる。延慶本と盛衰記との共通本文は、長門本との共通部分を示す傍線部分に吸収されている。早馬記事については、長門本・盛衰記から想定される共通本文と延慶本とが異なることがわかる。前節で指摘した可能性――盛衰記と類似性の高い本文（ここでは長門本）が、依拠本文を踏襲している可能性が高い――を考える好材料である。(6)

三　長門本・盛衰記の古態性と延慶本の独自性

早馬記事における長門本・盛衰記と延慶本の問題を考えるにあたって、その内容を詳述するDの「東国合戦譚」との関係が参考となると思われる。実は、延慶本の早馬記事よりも、長門本・盛衰記の早馬記事の人名・人の動向・合戦規模などの方が、東国合戦譚との共通性が高い。代表的な三例を左に掲げる。引用部分の傍線と網かけは先の引用と同じである。

長門本（早馬記事）

a同廿日、北条四郎時政か一類を率し、相模の土肥へ打越て、土肥・土屋・岡崎ら与力《ヲ招キ》して、b三百余騎の兵を率ゐつゝ《相具シテ》、石橋と云所に立籠《引》て候を、同国住人大庭三郎景親、武蔵・相模に、平家に心さし思まいらする者共を招きて《催集》、三千余騎にて、同廿三日、石橋へ《城ニ押》寄て、攻候しかは　（傍書は盛衰記）

長門本では、屋牧↓土肥↓石橋の順で移動する。これは次の延慶本をそのまま踏襲している。

延慶本（東国合戦譚）

是ヲ始トシテ伊豆国ヨリ兵衛佐ニ相従輩ハ、北条四郎時政、子息三郎宗時、（中略）土肥次郎実平、（中略）土屋三郎宗遠、（中略）、岡崎四郎義実、（中略）等ヲ相具《召》テ、八月廿日、相模国土肥ヘ越テ、時政、宗遠、実平如キノヲトナ共ヲ召テ、「サテ此上ハイカ、有ヘキ」ト評定アリ。（巻五―十一「兵衛佐ニ勢ノ付事」傍書は長門本）

猿程ニ、北条《兵衛佐殿は》《時政》、佐々木カ一類ヲ初トシテ、伊豆、相模両国住人同意与力スル輩、三百余騎ニハ過サリケリ。八月廿三日《二》ノ夕ニ土肥ノ郷ヲ出テ、早川尻ト云所ニ陣ヲ取ル。（中略）土肥ノ方へ引退テ、コメカミ石橋ト云所ニ陣ヲ取テ、上ノ山ノ腰ニハカイ楯ヲカキ、下ノ大道ヲハ切塞キテ立籠ル。平家ノ方人当国住人大庭三郎景親、武蔵・相模《州》両国ノ勢ヲ招テ、同廿三日ノ寅卯ノ時ニ襲来テ、相従輩ニハ、（中略）等ヲ始トシテ、棟トノ者三百余騎、家子《人》郎等惣《つかう》テ三千余騎ニテ石橋城へ押寄ス。（巻五―十三「石橋山合戦事」傍書は長門本）

□で囲んだ部分が延慶本・長門本・盛衰記に共通する部分だが、□で囲んだ部分は延慶本の早馬記事にはなく、長門本・盛衰記の早馬記事に共通する。細かく言えば、長門本・盛衰記では早馬記事の「土肥・土屋」が、合戦譚では「宗遠、実平」と記されている。直前の名寄せの部分に「土屋三郎宗遠」、「土肥次郎実平」とあり、「岡崎」も同様に名寄せに登場している。これらは頼朝の安房落ちに同行した人々でもある。

一方、延慶本の早馬記事、

a伊豆国住人北条四郎時政、土肥次郎実平ヲ先トシ、一類、伊豆・相模両国ノ住人等同心与力シテ

は波線部分に共通する。延慶本の早馬記事と長門本・盛衰記の早馬記事とでは引用箇所が異なることになる。が、「佐々木」の代わりに「土肥次郎実平ヲ先トシ」を挿入したために、次の「一類」がわかりづらい表現となっている。また、延慶本の早馬記事では屋牧から直接石橋に向かったことになり、土肥への移動は省略されている。

長門本の早馬記事、

c同廿六日に、武蔵国の住人江戸太郎重長・河越小太郎重頼等を大将として、党者共には、金子・村山・（盛）山口・丹党・横山・篠党・児玉党・野与・綴喜党等を始として、二千余騎にて相模国へ越て、三浦を攻む。

は、延慶本巻五—十五「衣笠城合戦之事」の東国合戦譚、

カク云程ニ、廿六日辰刻ニ、武蔵国住人江戸大郎、河越太郎、党者ニハ、金子、村山、俣野、与、山口、児玉党ヲ初トシテ、凡ノ勢二《八》千《百》余騎ニテ押寄タリ。（傍書は長門本）

に相当する。「与」は「野与」と思われる。延慶本cには党の者たちの記事はない。

a〜c以外の長門本・盛衰記も、東国合戦譚を内容的に縮約した形となっている。

一方、延慶本の早馬記事のうち、長門本・盛衰記と共通していない部分は次の①〜⑥である。これらには東国合戦譚記事には記されていない叙述がある。

①「依之相模国住人大庭三郎景親ヲ大将軍トシテ、大山田三郎重成、糟尾権守盛久、渋谷庄司重国、足利大郎景行、山内三郎経俊、海老名源八季宗等」とある中で、十三「石橋山合戦事」の景親方の名寄せに名前が載る武士は、稲毛三郎重成、渋谷庄司重国、山内瀧口三郎、海老名源八権守秀貞である。糟尾権守盛久、足利大郎景行の名はない。また、「大山田」は合戦譚では「稲毛」と記され、「山内三郎経俊」は合戦譚では「山内瀧口三郎」とあるが、「経俊」とは記されていない。海老名「季宗」も合戦譚では「秀貞」で、どこかで何らかの誤写がなされている。[7] また、『吾妻鏡』治承四年八月二十三日条によれば、「糟尾」は「糟屋」、「足利」は「毛利」の誤写である。総じて東国合戦譚には多くの人名が記されているが、そこにもない名前が延慶本の早馬記事には記され、共通する人名も異なる記述方法で記されている。しかも、延慶本にのみ記された人名には誤写が見出される。

②「纔ニ六七騎ニ成テ、兵衛佐ハ大童ニ成テ」で、頼朝を含めて七騎になったことは十三「石橋山合戦事」に記され

ているが、「大童」になったことは、十六「兵衛佐安房国ヘ落給事」の「兵衛佐已下ノ人々七人ナカラ、皆大童ニテ、烏帽子キタル人モナカリケリ」で初めて確認される。但し、大童になったのは頼朝一人ではなく、全員である。

③「三浦介義澄、和田小大郎義盛等、三百余騎ニテ頼朝ノ方へ参リケルカ、兵衛佐落ヌト聞テ、丸子河ト云所ヨリ引退ケルヲ」は、十四「小坪合戦之事」では「相模川」から引き退いたと記されていて、場所が異なる。ただし、長門本・盛衰記では小坪合戦に相当する箇所に「相模川」ではなく「丸子河」と記している。これは延慶本の早馬記事よりも、延慶本の東国合戦譚の記述に問題があると思われるので、ここでは考察の対象とはしない。

④「ト申ケリ。後日ニ聞ェケルハ」は東国合戦譚との関係はないが、長門本・盛衰記は景親の一度の報告ですませている。[8] しかも、延慶本では後半が「同」と始まり、前半との連続性が強い。

⑤「上総権守広常ハ兵衛佐ニ与シテ、且舎弟金田小大夫頼常ヲ先立タリケルカ、渡海ニ遅々シテ、石橋ニハ行アハス、義澄等籠タル三浦衣笠ノ柵ニ加リケリ」は、十五「衣笠城合戦之事」には、「上総介弘経カ舎弟金田大夫頼経ハ、義明カ婿ナリケレハ、七十余騎ニテ馳来テ、同城ニソ籠ニケル」とある。従って⑤は、頼常（頼経）が渡海に遅れて石橋に間に合わなかったが、衣笠の戦には加わったと解釈される。が、広常が弟を先行させたことも、頼常が石橋の合戦に参加できなかったことも、東国合戦譚には記されていない。

⑥「重頼等押寄、矢合計ハシタリケレトモ、義澄等ツヨク合戦ヲセスシテ落ニケリ」は、東国合戦譚には「軍各シツカレテ」と記されている。また大介義明の死も描かれているが、必ずしも、「ツヨク合戦ヲセスシテ」という様子は読み取れない。

以上から、長門本・盛衰記の早馬記事は、東国合戦譚を基にして、それを縮約する形で作られたことが理解されるが、延慶本の早馬記事には、それだけでは書けない情報が載せられていることがわかる。延慶本が独自に、何らかの資料を用いて改変をしたとは考えられないだろうか。

四　覚一本と読み本系祖本

勿論、早馬記事で延慶本が独自の表現を持つことについて、延慶本が改変したのではなく、延慶本の本文が先行したと考えることもできよう。その場合には、東国合戦譚との整合性をとるために、延慶本本文の早馬記事を書き変えた平家物語本文が派生し、長門本・盛衰記はそれに依拠したと考えることとなる。その場合、長門本・盛衰記の共通祖本と延慶本との関係は、かなり複雑な様相を呈してくる。

この長門本・盛衰記の共通祖本と延慶本の関係を考えるにあたり、覚一本の記事が参考となる。覚一本や屋代本の本文の源に「延慶本に近い形態をもった本文の存在」を想定することができると、千明守氏は指摘している。(9) 確かに、延慶本と覚一本や屋代本を校合していけば、部分的にではあってもそのような傾向がしばしば見られる。(10) 従って、覚一本から延慶本の本文が透視できる場合もあろう。しかし、延慶本的本文といった曖昧な概念をもう少し立体的に考える必要もある。その点も含めて見ていくこととする。

左に、覚一本の早馬記事を引用する。（網かけ＝読み本系三本共通。傍線＝長門本・盛衰記と一致。破線＝延慶本・長門本と一致。太傍線＝長門本と一致。二重傍線＝盛衰記と一致。波線＝延慶本のみと一致。）

同九月二日、相模国の住人大庭三郎景親、福原へ早馬をもて申けるは、「去八月十七日、伊豆国流人右兵衛佐頼朝、しうと北条四郎時政をつかはして、伊豆の目代、和泉判官兼高をやまきか館て夜うちにうち候ぬ。其後土肥・土屋・岡崎をはしめとして三百余騎、石橋山に立籠て候ところに、景親御方に心さしを存するものとも一千余騎を引率して、をしよせせめ候程に、兵衛佐七八騎にうちなされ、おほ童にたゝかひなて、土肥の椙山へにけこもり候ぬ。其後畠山五百余騎て御方をつかまつる。三浦大介義明か子共、三百余騎て源氏方をして、湯井・小坪の浦てたゝかふに、畠山いくさまけて武蔵国へひきしりそく。その後畠山か一族、河越・稲毛・小山田・江戸・笠井、惣して其外七党の兵とも三千余騎をあひくして、三浦衣笠の城にをしよせてせめたゝかふ。大介義明うたれ候ぬ。子共は、くり浜の浦より舟にのり、安房・上総へわたり候ぬ」とこそ申たれ。

延慶本のみとの一致を示すのは「（兵衛佐）七八騎に（うちなされ）、おほ童にたゝかひなて」の一箇所であり、傍線部分（太傍線・二重傍線を含む）に示されるように、長門本・盛衰記との一致部分の方が多いことが理解される。なお、覚一本の「その後畠山か一族、河越・稲毛・小山田・江戸・笠井」のうち、河越と江戸以外の名前は読み本系諸本の早馬cにはない。稲毛（重成）は石橋山の戦（十三「石橋山合戦事」）には登場するが、三浦衣笠の戦（十五「衣笠城合戦之事」）に名前はない。また、「大介義明うたれ候ぬ」は東国合戦譚には書かれているが、やはり読み本系の早馬記事には書かれていない。

この記事から推測できることは、覚一本は延慶本ではなく、長門本・盛衰記共通祖本に依拠し、随所に増補・改変を加えているということである。延慶本の早馬記事に改作の跡を見るか、長門本・盛衰記共通祖本の早馬記事を派生形と見るかと考える時、こうした覚一本のありようは、自ずと延慶本の改作を示すことになるのではあるまいか。延慶本の先行と考える場合、覚一本が延慶本に類似した本文を多く用いている中で、延慶本から改作されたことになる長門本・盛衰記共通祖本に拠る部分が交じることは説明し難い。逆に、長門本・盛衰記共通祖本が延慶本の祖本にあたると考え、それを覚一本が利用したと考えれば、覚一本の早馬記事の形も納得できよう。

つまり、「延慶本的本文」と言っても、限りなく現存延慶本に近づけた本を措定するのではない。延慶本・長門本・

盛衰記を一段階溯る「読み本系祖本」を想定すれば、長門本・盛衰記と覚一本に共通性が高いことも何ら不思議ではなくなる。先述の「旧延慶本」は「読み本系祖本」に吸収されることになる。

覚一本を補助的に用いることによって、時には延慶本に改作の跡がある場合が浮かび上がる。なお、早馬記事については、屋代本は覚一本とほぼ同文であり、八坂系諸本も共通性が高い。従って、これは覚一本というよりも語り本系の問題と置き換えてよいかもしれない。

以上の諸点より、第一節で指摘した可能性――延慶本と長門本で本文が異なる場合、盛衰記と類似性の高い本文の方が依拠本文を踏襲している可能性が高い――は、早馬記事においても追認できたことになる。加えて、平家物語の古態本文における早馬記事は、延慶本・長門本の共通本文から想定される「読み本系祖本」にあった東国合戦譚部分を纏め、或いは縮約する形で成り立っていること、現存延慶本はそれに手を加えて早馬記事を再構成していることも指摘できよう。

また、語り本系の本文が「読み本系祖本」から派生していることも推測される。勿論、三本をどの程度溯るところから派生したのかは不明だが、少なくともその本には、既に東国合戦譚が備わっていた。しかも、その合戦譚から早馬記事も生まれていた。語り本系はその本から東国合戦譚を全て削ぎ落とし、早馬記事にも手を加え、新たな平家物語を再構築したと考えられる。

五　延慶本と四部合戦状本

延慶本の改変のための資料についても触れるべきであろうが、その用意は無い。ただ、気にかかることとして、四部合戦状本が近接する表現を有していることを指摘しておきたい。

四部本の早馬記事は独自の構成となっている。まず、厳島の託宣で東国蜂起を知った清盛は上総介広常を召そうとする。次に地の文で蜂起の内容を簡単に記し、次に早馬による報告を二度載せる。二度の報告の間には福原での対応が記されている。二度目の報告は、地の文の記述と重複しながら、より詳しく記して合戦譚の代わりとしている。そして、数章段をおいて、頼朝の安房落ち以降を詳細に語る。これが独自の再編であることは佐伯真一氏が指摘している(11)。四部本が報告を二度語らせる形式は延慶本と共通している（④）。延慶本は内容を重複させずに記しているものの、四部本のように、わざわざ二回に分ける必然性はあまり見受けられない。

また第三節で紹介した延慶本の早馬記事にしかない表現にも、四部本と重なる部分が一箇所ある。①は四部本では、「勢の付かぬ先に一門の者共を相催して、糟屋権守盛久、渋谷庄司重国、海老名源八季貞、秦野馬允能経以下三千余騎にて」と記されている。このうち、延慶本に記されていた「糟尾権守盛久」が四部本にも共通している。

これらは四部本が延慶本を参考にした結果とも考えられようが、次の⑤はどうだろう。⑤は四部本でも、「広常は見え候はず。舎弟に金田小大夫頼常は三浦の陣に候ふ由、承り候ふ」と、やはり広常の行動に言及する。これは延慶本の方が些か詳しいが、四部本では、この前には広常が三浦に参陣すると聞いて、源氏が加勢する風聞が記されている。延慶本では挙兵時の合戦には参加していない広常の動向を記す必然性があまりないのに対し、四部本は頼朝挙兵譚の冒頭でも清盛が広常を召そうとする、と広常の存在を示し、広常を重視する傾向が窺える。また、早馬記事については、真名本『曾我物語』にも四部本と同文性の高い内容の叙述があるが(12)、『曾我物語』に⑤はない。この点からも、四部本において広常が特筆されていることを指摘できよう。

⑤からは寧ろ、延慶本が用いた外部資料として、四部本の如き構成を持つ平家物語、或いは資料が存在した可能性

が考えられるようにも思われる。四部本との問題は更に慎重に調査を重ねる必要がある。当節では事実の指摘に留める。[13]

おわりに

以上、頼朝挙兵譚における諸本の異同から、次の諸点を確認し得た。

（一）延慶本・長門本共通の本文や記事のある箇所については、両本が依拠した本文が存在したことが推測される。

（二）（一）について、盛衰記も同じ内容を持つ時には、盛衰記は延慶本・長門本と共通する読み本系の本文に拠っていると推測されるが、盛衰記は同じ内容であっても、表現にかなり独自の工夫を凝らし、改変を行っている。

（三）延慶本と長門本で本文が異なる場合、盛衰記と類似性の高い方が、依拠本文（「読み本系祖本」）を踏襲している可能性が強い。延慶本が独自で、長門本・盛衰記本文に共通性が見られる場合は、延慶本の方に改変を施した可能性が考えられる。

（四）覚一本は「読み本系祖本」に再構成を施しつつ立ち上がってきた本と考えられる。

（五）覚一本という補助線を用いることにより、「読み本系祖本」の具体相がある程度明らかになる場合がある。

勿論、これは一つのモデルケースの提示であり、すべてに通用するわけではない。たとえば、巻四には行隆院宣が載るが、一通目（延慶本のみ）、二通目（長門本・盛衰記）、三通目（延慶本・盛衰記）と、諸本毎に位相が異なる。この場合には三本を溯る段階（読み本系祖本）では三通が存在していた可能性を考えることができる。[14]このように、三本のあり方は一定ではない。従って、個別に部分毎に再検討し、新たな問題点を洗い出していかなくてはならない。また、いつの時点での改変となるのかも、「読み本系祖本」の内容も、現時点では明らかにし得ていない。しかし、延慶本を相対化し、「読み本系祖本」と現存延慶本との距離を考えるための指標が必要である。そのためのたたき台として、このような諸点を提示した。

なお、頼朝挙兵に関する展開のうちでやはり重要な位置にあるBCについては全く触れ得なかった。Bは長門本にはなく、延慶本と盛衰記がほぼ同文である。前述の第三点を衍用すれば、これも「読み本系祖本」に存在したものと考えることになるのだが、一考を要する。(15) また、Cは読み本系三本に共通する箇所もあるが三本三様であり、更に伊豆配流譚を含めて、配置も様々である。このようなケースも、これ一箇所ではなく、平家物語本文中にはかなり多く見出される。こうした時には、延慶本が古態性を保つという大枠を無批判に敷衍する場合もしばしば見られる。文覚発心由来譚の前半部分に関して、長門本においてこそ古い形が見出されるという谷口耕一氏の指摘(16)は看過しがたい。これらの諸点については、後に改めて論じることとしたい。

注

(1) 例えば佐伯真一氏は、「部分的な古態の証明はその部分の古態の証明にすぎない」と指摘する（『平家物語遡源』若草書房　平成8年。引用は第一部第一章二八頁。初出は昭和61年2月）。
(2) 水原一『延慶本平家物語論考』（加藤中道館　昭和54年）第一部
(3) 水原氏前掲注（2）、佐伯氏前掲注（1）第一部第四章など。
(4) 勿論、延慶本と長門本のすべてが同文というわけではない。共通しない部分については改めて考えたい。
(5) 長門本と盛衰記との関係についての諸論は武久堅「長門本平家物語と源平盛衰記の関係」（『長門本平家物語の総合的研究　第三巻　論究篇』勉誠出版　平成12年2月）に纏められている。

（6）長門本・盛衰記は冒頭に早馬を立てた人物として大庭景親を記すが、これは報告の内容にある「同国住人大庭三郎景親……」と重複することになる。このことについて、報告者の景親を前提としない延慶本的本文の形に古態を見るべきであるとの指摘がある（『四部合戦状本平家物語評釈（八）』早川厚一氏執筆　平成3年9月）。しかし、矛盾を抱えた形を延慶本が整理したとも考えられるわけで、これを以て延慶本を古態とする根拠とはならない。

（7）延慶本では、「足利」の「足」は擦り消した上に記されている（下の字は不明）。「糟尾」には「ナカヲ」とルビが付されている（別筆か）。東国合戦譚には、「長尾新五、新六」が登場している。

（8）盛衰記は東国合戦譚のうち、頼朝の安房落ちまで語ったところで、九月一日の事として、景親からの二度目の報告を載せている（巻二十二）。二度の報告という形式においては同じだが、構成や機能はかなり異なる。

（9）千明守「屋代本平家物語の成立――屋代本の古態性の検証・巻三「小督局事」を中心として――」（栃木孝惟編『平家物語の成立　あなたが読む平家物語1』有精堂出版　平成5年11月）

（10）拙著『平家物語の形成と受容』（汲古書院　平成13年）第二部第一篇第四章（初出は平成11年3月）

（11）「延慶本・長門本・盛衰記のような詳細な東国合戦譚を備えた本文からの抄出的改作」（前掲注（1）第二部第八章二二九頁。初出は平成2年2月）とする。

（12）佐伯氏は「四部本→『曾我』」を（前掲注（1）第二部第八章二三一頁）、高山利弘氏は共通の資料に基づいて四部本・真字本『曾我物語』がそれぞれ作られたと指摘する（「四部本平家物語における略述性の問題」栃木孝惟編『平家物語の成立』千葉大学社会文化科学研究科研究プロジェクト報告書　平成9年）。

（13）なお、延慶本巻五―八「文覚京上シテ院宣申賜事」に載る福原院宣の二通目にも注意される。これは覚一本的本文を始めとする語り本系や四部本と共通している。覚一本からの引用とするならば、応永書写時の一連の覚一本の取り入れの一環と考えられるが、二つの院宣を並立させる点は、他の混態の方法とは異なる。一方、四部本からの引用と考えると、早馬記事における四部本との近さとの関連を見ることになる（次章参照）。

（14）前掲注（10）第一部第一篇第三章（初出は平成6年5月）。なお、当論の初出刊行段階では「読み本系祖本」という仮称は用いていない。
（15）第三部第四章参照。
（16）谷口耕一「延慶本平家物語における文覚発心譚をめぐる諸問題」（「千葉大学日本文化論叢」2号　平成13年3月）

第二章　延慶本の書写と「異本」

はじめに

延慶本平家物語の生成を育む環境として宗教的な場が重要であることはその奥書からも既に自明なことであり、具体相の解明が進んでいる(1)。しかしながら、延慶本は一方では諸分野の様々な話の集積体でもある。宗教性のみならず、多くの要素を複眼的に押さえることが重要と考える。

従来、延慶本から他の諸本へという方向性が優先されてきたと思われる。しかし、現存延慶本の中には、既に他の『平家物語』が入り込んでいる。本章では、そのような『平家物語』を書写の現場に即して「異本」と呼ぶ。延慶本が書写過程において、どのように異本と交渉を持つのか、その様相の一端を提示する。その分析は延慶本の書写の現場に備わる資料のあり方へと関心が及ぶことになる。

一　傍書の異本注記

異本の存在が顕著に窺えるのは異本注記である。延慶本の異本注記については既に山田孝雄氏や水原一氏が指摘しているが(2)、改めてその内容を分析する。［表I］にその数と詳細を記した。

［表Ⅰ］「イ」「異本」注記一覧表

	章段	丁行	内容	本文	諸本（算用数字は巻数）
〔巻二〕					
①	3	19ウ7	五節由来	カノ仙人ノ衣ノウスクウツクシキ事《有イ》サマ	長・四・闘1上・覚ナシ　**盛「薄透通リテ厳キ有様カ」**
②	4	23ウ5	清盛繁昌	其人無ク《二非スハ異本》ハ即闕ヨ	長「其人なくは、則闕よ」　四「無クハ其人即闕」　**覚「其人にあらずは則かけよ」　盛「猶非其器、非其人、黷ヘキ官ニアラサレトモ」　闘「非其ノ人二者、即云ヘリ闕一リ」**
③	5	28オ7	左右大将	永暦元年九《十イ》月四日、法性寺関白大政大臣	覚・盛・闘＝月日ナシ　長「九月四日」　四「八月十七日」
④	13	53オ5	春宮立	寛仁三《二イ》年ニ一条院ハ七歳ニテ御即位アリ	**長「寛仁二年」**　四「寛弘二年」　盛3「寛和二年七月廿二日」　覚「寛和二年」　闘＝年月日ナシ
⑤	22	66ウ8	鹿谷	（成親は）年僅ニ四十四《二イ》、大国アマタ給テ	**長・四・闘「四十二」**　覚＝年齢ナシ　盛3＝ナシ
⑥	25	73オ3	牒状	差二遣《上イ》シテ在庁忠利一ヲ	長2・盛4「差遣」　覚・四・闘＝牒状ナシ
⑦	33	92オ1	建春門院没	同七月八《一イ》日	長2「七月八日」〈長門本のみとの共通記事〉
⑧	37	98ウ5	山門僉議	（毫雲は）先。《ツイ》王ノ舞ヲ舞候ニハ	**長2「まつ王舞をまひ候には」**　盛4「先王ノ舞ヲ舞ナル」　覚・四・闘＝該当文ナシ
⑨	39	104ウ9	宣旨	職事頭右中弁《権中納言イ》兼左兵衛督光能朝臣仰ス	**長2「職事権中納言光能」　四「職事頭権中納**

					言光能」 盛4＝該当文ナシ　⑨〜⑪覚・闘＝宣旨ナシ
⑩		10		左大史小槻澄《隆イ》職	**長2・四「左大史小槻隆職」** 盛4＝該当文ナシ
⑪		105オ7		同光《元イ》景	長2・四・盛4「同光景」
⑫	40	106ウ5	内裏炎上	萱御《居イ》殿	諸本とも「萱御殿」も「萱居殿」もナシ（鴨居殿カ）
⑬		107ウ3		天喜五年四《二イ》月廿一日ニ又焼ニケリ	**長2・盛4・四・闘「二月廿一日」** 覚「二月廿六日」
⑭		6		後三条院御宇、延久四年十月十《五イ》日造出シテ	**長2・盛4・闘「十月五日」** 四「十月十五日」 覚「四月十五日」
〔巻二〕					
①	24	61ウ5	成経流罪	少将ハ今年四《三イ》歳ニ成給男子ヲ持給ヘリ	長3・闘1下「四歳」 盛7＝ナシ　四＝巻二欠　**覚「三」**
〔巻三〕					
①	2	12オ7	後白河院灌頂	道宣律師《大師イ》	盛8・大師行状「大師」〈盛衰記のみとの共通記事〉
〔巻四〕					
①	10	23ウ4	熊野合戦	覚悟法橋《眼イ》、羅睺羅法橋	長7・盛13・四・覚＝「覚悟法橋（法眼）」ナシ
②	14	35オ1	園城寺牒延暦	第二皇子《為道》不慮之外《難イ》所令入寺給也	長8・盛14・四「第二皇子、不慮之外、所令入

			寺衙		寺給也」　覚「一院第二の王子、ひそかに入寺せしめ給ふ」**「園城寺牒興福寺衙」には諸本共に「第二皇子忽為免不慮之難俄令入寺給」**
③	28	90ウ1	鵼	大炊ノ御門ノ右大臣殿公良公《頼長公異本》是ヲ賜ハリ	**〈変化説話〉：頼政記「左大臣頼長」**　盛16「関白太政大臣基実公」　闘1上「右大臣経宗卿」　四「大炊御門右大臣」　覚「宇治の左大臣殿」　**〈鵼説話〉：長2「左大臣」　四1「頼長左府」**　覚「大炊御門の右大臣公能公」

〔巻五〕

①	2	20ウ3	文覚荒行	阨間ヨリ明石ニ伝フ時モアリ上欄「須磨異本」	長10・盛18・四・覚＝該当部分ナシ
②	8	44オ	福原院宣	同院宣異本云（以下略）	長10・盛19＝院宣のみ　**四・覚＝「異本」の院宣のみ**
③	18	79オ3	頼朝逃亡	其夜ハ兵衛佐安房国安戸《洲イ》大明神ニ参詣シテ	長10「安戸新八幡大菩薩」　**盛22「スノ明神」**　**四「洲《崎》明神」**　覚＝説話ナシ
④	20	83ウ6	大庭逃走	（大庭三郎）鎧ノ一ノ坂《草摺イ》切落シテ	**長11・盛23「草摺を切落して」**　四・覚＝該当部分ナシ
⑤	24	89ウ10	厳島願文	而間病痾忽侵弥思神威《感イ》之不空	長11・盛23「神威」　**四・覚「神感」**
⑥		103オ2	奏状	（別掲）	
〜	〜				
㉓		106オ9			

〔巻六〕

〔巻七〕

①	4	6オ10	葵前	当時ノ謡《エウ》詠《エイ》《ウタフシノハシム》右《有ニイ》云	長12「謡詠云」 **盛25「謡詠ニ云事有トテ」** 四「世謳歌シケレ」 **覚「謡詠に言へる事あり」**
②	18	65オ5	下文	去シ永暦元年ニ処《坐イ》㆓ソ辜㆒ニ、配流セラル伊豆国 （「処」の左に見せ消ち）	**長12・盛27「坐」 四「被左遷」** 覚＝下文ナシ
③		65ウ1		尚以国《固イ》守（「国」の左に見せ消ち）	長12「尚以同」 **四・盛27「固守」**

〔巻八〕

①	19	54オ4	連署	修理」。大夫《征夷大将軍イ》備前権守平朝臣経盛	長14・四・盛30「修理大夫」 覚「修理大夫加賀越中守」**但し、長・四・覚の経盛の左隣の知盛は「征夷大将軍」**
②	24	65オ5	都落	有涯ハ暮《秋イ》月、伴雲㆒隠ル	**長14**・盛31・四「暮月」 覚＝該当部分ナシ
③		7		可憶命葉之与ニシテ朝露㆒而易コトヲ零《消イ》㆒	長14・盛31・四「易零」 覚＝該当部分ナシ

①	12	27オ3	一門詠歌	名ニシヲフ秋ノ半ハモ過ヌヘシ《ナリイ》	長15「也」 盛33「ヘシ」 覚・闘8上＝歌ナシ 四＝巻八欠
②	16	33オ5	頼朝の対応	言語分明ニシテ子細ヲ一時ノヘタリ《タルイ》	長15「のへられし也」 盛33「宣タリ」 闘「述」 覚「のへ給ふ」

〔巻九〕

①	9	31オ6	義仲最期	比ハ正月廿一日《廿八日イ》ノ事ナレハ（「廿八日イ」を墨消）	長16・盛35・闘8下「廿日」 覚「廿一日」 四「廿日余」

屋代本はほぼ覚一本に同。相違点：巻一②「其人ナラスハ即闕ヨ」。巻四③〈変化説話〉ナシ、〈鵼説話〉は巻一。巻七①公達署名ナシ。

「イ」「異本」と書いていないものは除き、傍書として、或いは欄外に異本注記の明示されているものだけを数えた。見落としもあろうが、書写者の、或いは異本を手にした読者の「本文」への興味を窺うことができる。巻一と巻五に頻繁に見られる一方で、巻十以降には見当たらず、偏りが窺える。また、異本を参照する際にどういう点に興味を抱くのかも自ずと浮き上がってくる。内容について見ると、年月日（巻一③④⑦⑬⑭、巻九①）や年齢（巻一⑤、巻二①）といった数字に付されたもの、地名・場所（巻一⑫、巻五①③）、官職名・人名・神名（巻一⑨⑩⑪、巻三①、巻四①③、巻七①）などの限定的な名詞に付されたものなどが大半である。主に歴史考証的な事柄についての関心から異本を参考にしたと考えられ、その点では概ね一貫しているようである。

これらの異本注記がどのような本に拠ったのかは現存本からは特定できないが、暫く巻毎にその様子を見ていく。

巻一には、第一部第三章で指摘したように、様々な傍書や書き入れがある。その中で異本注記のみを掲げることはあまり意味をなさないかもしれないが、異本注記も他巻に比べて多く、かなり熱心に異本を参照している。現存諸本を見ると、四部本との重なりも見えるが長門本との重なりが多い。長門本に近い本文を有する読み本系を用いたと考えられる。

その中で、②は少々特異である。巻一の注記が「イ」と記される中で、②は例外的に「異本」と記しており、別筆のようにも思われる。これのみが覚一本との共通本文を見せることから、②のみは他とは別時の注記で、覚一本に拠ったものではないかとも思われる。ただ、源平盛衰記・源平闘諍録にも類似の表現があるので、確定的なことは言えない。

巻二の注記部分は一箇所だけである。現存諸本を見る限り、読み本系ではなく、覚一本などの語り本系によったものと考えられる。

巻三も一箇所だけである。この注記部分は延慶本が盛衰記とのみ共通する増補記事と思われる中に記されている。巻四の考察の後に考える。

巻四は三箇所それぞれに問題がある。①は「覚悟法橋（法眼）」の名を記した本が現存本では見出せない。或いは「覚応法眼」と混同したのかとも思われるが、未詳である。②は諸本ともに延慶本本文と同文である。が、次に載る「園城寺牒興福寺衙」に注記と類似の本文があるので、これと混同したものかと思われる。なお、これとは別に、「園城寺牒興福寺衙」「興福寺牒園城寺衙」の数箇所には傍線を付して、時には傍線を付さずに、また補入印を付して傍書を記しており、これらの傍書は第一部第四章で指摘したように、覚一本と一致する。従って②は、こうした傍線・補入印による傍書とは別のものである。

③の記される鵼退治説話はその前の変化退治説話と共に覚一本と同文で、延慶本の覚一本的本文の混態部分と考えられる(3)。変化退治と鵼退治の両話が記されるのは四部合戦状本と覚一本・延慶本、また語り本系の数本であり、他に変化退治説話のみの『頼政記』・盛衰記・闘諍録、鵼退治説話のみの長門本がある。しかも、長門本・四部本・屋代本の鵼退治説話、闘諍録の変化退治説話は巻一相当巻に移されている。このように諸本の状況が錯綜しているのだが、注記の如く「頼長公」と記すものは現存本の中にはない。ただ、頼長の登場するものはある。まず覚一本・延慶本が一つ目の変化退治説話において「宇治左大臣」と記すが、二話連続するうちの、状況設定もやりとりされる連歌も異なるもう一話を用いて「異本」と注記することはなかろう。語り本系の覚一系諸本周辺本文や八坂系二類本なども除かれる。また、斯道文庫蔵百二十句本・八坂系一類本は変化退治説話の一話のみを載せ、「頼長左府」とするが、やはり状況設定が異なるので除かれる。その他では変化退治説話のみを記す『頼政記』が「左大臣頼長」とする。鵼退

治説話では長門本「左大臣」、四部本「頼長左府」である。『頼政記』は変化退治であるが、長門本・四部本・『頼政記』の状況設定、連歌などは延慶本と比較的共通している。すると、これらに類似した何らかの読み本系の本文を参考としたとの想定は成り立つ。なお、この注記のみ「異本」と記されることから、①②とは異なる次元での注記と考えられる。

ところで、③は本文と同筆である。すると、覚一本的本文を用いて混態を行った応永時の書写者の傍らには読み本系の本がもう一種あり、それを再度参照したことになる。しかしながら、読み本系の一本とは延慶底本とそれほど異なる本文ではなかろう。それをわざわざ参照して混態後の本文に注記を施すというのも奇妙である。第三の本となる読み本系の一本を介在させずに考えることはできないだろうか。延慶底本が「頼長公」とあり、応永書写時に覚一本的本文を混態したものの、底本の痕跡を残したと考えるのである。

さて、巻三に戻る。これも本文と同筆と思われる。道宣は一般的には「律師」と呼ばれているが、盛衰記や共通記事の載る『大師行状』付載「匡房卿申状」では「大師」とある。「大師」の方が特異なのだが、延慶本はその特異な記述を注記したことになる。「イ」とあることから、『大師行状』ではなく、盛衰記的な読み本系の本文を参照したと考えられる。盛衰記との共通記事の中で「道宣」が記されるのはこの一箇所だけであるが、延慶本では続く13丁ウから韋荼天に関連する独自記事を載せ、そこには道宣の名前が頻出する。そこで称号が記される場合は「律師」で統一されている。従って、わざわざ一箇所のみ異本に拠って「大師」と確認し、注記を付したことになる。一方で、盛衰記との同文記事の中に盛衰記と異なる表現は他にもあるが、それらに注記はない。本文を書写した後、たまたま異本を見て、この称号のみに注をつけたのであろうか。

しかし、巻四③の注記方法の可能性を参考にすると、道宣の話を増補する際に典拠とした或る『平家物語』の一本には「大師」とあり、それを正しい「律師」に訂正して本文としたものの、典拠の痕跡を「イ」として残したとも考えられる。但し、そのように想定しても、この記事の増補の時期は不明であり、応永書写時には既に注記が付されていたことも考えられる。

巻五の②と⑥～㉓は本文中に異本注記が入り込んだ例を含み、次節で改めて考える。が、これらの注記と③～⑤の注記は同筆と思われる。従って、これらは応永書写時に同時に記されたものと考えてよかろう。一方、①は延慶本独自部分に付された注である。現存しない同類の本があったと考えるべきであろうか。この注記は別筆とも思われる。②と同様に「異本」と注記されている点で注目されるが、関連させて考えることは躊躇される。

③～⑤の依拠本文として四部本・盛衰記が浮上するが、④は四部本に該当部分がなく、⑤は盛衰記が該当しない。④は延慶本・長門本・盛衰記に共通する記事の中の注記だが、延慶本の明らかな誤字の訂正となっている。

なお、74丁オ2行には、「義明今年巳ニ七十九歳《八十四歳》」とある。長門本・盛衰記は「七十九歳」で、四部本・覚一本は該当記事がない。しかし、『吾妻鏡』では治承四年八月二十七日条に「八十九」、二十六・二十七日条に「八旬有余」とある。異本ではなく、他の何らかの資料によって年齢を確認したために「イ」が付されていないと考えられる。すると、「イ」「異本」はかなり厳密に記されていると考えてよいようである。

巻六の②③の載る下文は覚一本にはないので、これに注を記すためには読み本系の本を見ていなくてはならない。すると、①は覚一本も近いが、盛衰記的本文を考えるほうが合理的であろう。

巻七の注記の依拠本文は不明だが、②③は覚一本に該当部分がないので、読み本系の本に拠ったと考えられる。①はおそらく次行の知盛に入れるはずの注記を誤ったもの、③は本文書写時の書き入れと思われる。

巻八の注記の依拠本文は不明である。非常に部分的な注記だが、①は覚一本にはない歌なので、やはり読み本系本文に拠ったのであろうか。

巻九の注記は一箇所である。本文の「廿一日」の「一」は後補であり、次の三段階の記述経緯が推測される。まず底本に従って「廿日」と記す。次に異本により（現存本では見出せない）「廿八日」と傍書をする。今度は覚一本類の本によって「廿一日」であることを知って本文行の「廿」の下に「一」を書き込み、傍書を消す。覚一本類の本による補訂以前に異本注記がなされていたことになる。

以上、巻毎に特徴が見出され、必ずしも一様ではないことがわかってきたが、多くは何らかの読み本系に拠っているものと推測される。巻一では長門本と共通性が比較的高いのに対し、他巻は巻一ほどの共通性が見出せない。現存諸本もそれぞれに改変・改編されているために、現存諸本を基準にして測ることの限界はあるものの、同一の本によって一斉に注を施したと考えることには慎重にならざるを得ない。(4) 当然ながら注記を施した時期の重層性も視野に入れなくてはならない。

その中で、本文と同筆と思われる注記には注目される。同じ書写者が書き入れているのだから、それほど本文の書写から隔たったものではない。底本に既に付されていた注記を書写時に忠実に写したもの、また応永書写時に新たに注記を加えたものなど、両様の可能性の中で、個別に考えていかなくてはならない。

二　本文中の異本注記

当節では、本文中に入り込んだ巻五の二箇所の異本注記を考える。一つは第八章段「文学京上シテ院宣申賜事」の福原院宣と言われている文書である。物語は後白河院が文覚を通じて頼朝に与えた院宣を載せるが、延慶本は43丁ウにまず一通目を載せ、その後の行動まで記して実質的には第八章段を語り終えた後に、44丁オで「同院宣異本云」としてもう一通載せている。一面半丁分を使って、字高も少し落として、字もやや小さくして、異本からの写しであることを明らかにして載せている。

もう一つは第三十六章段「山門衆徒為都帰ノ奏状ヲ捧事付都帰有事」である。福原遷都を停止するように比叡山の衆徒が出した奏状である。ここには傍書による異本注記と、本文中の異本注記とが混在している。

1

まず、福原院宣について考える。以下に引用する。

可早ク追討ス清盛入道并一類一ヲ事

右彼ノ一類非ス忽緒ノミニ朝家一ヲ、失ヒ神威一ヲ亡シ仏法一ヲ、既ニ為リ仏神ノ怨敵一、且ハ為リ王法ノ朝敵一。仍テ仰テ前ノ右兵衛佐源ノ頼朝一ニ、宜ク下ヘキ令追討シテ彼ノ輩一ヲ、早ク奉ル息メ逆鱗上ヲ之状、依　院宣一ニ執奉如件

治承四年七月六日

前右兵衛督藤原光能奉

前右《兵》衛佐殿ヘトソ被書タリケル。兵衛佐此院宣ヲ見給テ、泣々都ノ方ヘ向テ、八幡大菩薩ヲ拝奉リ、当国ニハ、伊豆、箱根二所ニ願ヲ立テ、先北条四郎ニ宣合テ思立給ヘリ。石橋ノ合戦ノ時モ、白旗ノ上ニ此院宣ヲ横ニ結付ラレタリケルトソ聞ヘシ。」

同院宣異本云、

頃年以来平氏蔑如皇化一ヲ、無レク憚政道一、破滅仏法一ヲ、欲傾ムト朝威一ヲ。夫吾朝者神国也。宗廟相並テ神徳是新也。故朝庭開基之後数千余載之間、傾ケ帝猷一、危ムル国家ヲ者、皆以莫シ不レ云コト敗北一。然則且ハ任神道之冥助一ニ、且ハ

守勅宣之旨趣ヲ、誅平氏之一類ヲ、退テ朝家之怨敵ヲ、継キ普代弓箭之兵略ヲ、抽テ、累祖奉公之忠勤ヲ、可立身ヲ興ス家ヲ者。院宣如レ此。仍執達如件。

治承四年七月　日　　前右兵衛督奉判

前兵衛佐殿云々。」

一通目の院宣は延慶本の他、長門本・盛衰記・南都本に載り、二通目は四部本と覚一本、及び他の語り本系諸本が載せている。但し、覚一本及び他の語り本系諸本は書き下し文が多い。屋代本は漢文だが、文字レヴェルで異同が散見される。表記方法を勘案すれば、四部本が最も近いことになる。

この院宣については、既に犬井善壽氏が様式・内容・文体を細かに分析し、二通とも、史実どおりではない、平家物語による作文であることを推測し、他本に比べて延慶本の本文の素性がよいことから、「甲（＝一通目）・乙（＝二通目）両院宣の双方が延慶本に収められていることは、応永度の、そうしておそらく延慶度の書写以前に、乙の院宣も出来上っていた」(5)からであると考えておく、と指摘している。氏の発言には概ね従うべきであろうが、傍線部分は応永書写本が延慶書写本そのものであるという考えが前提になっている。二通目の院宣を収めた時期については慎重に考えるべきであろう。

一通目の院宣は長門本・盛衰記に備わっているところから、延慶本を溯る読み本系祖本(6)の段階に備わっていたものと考えられる。二通目の院宣は引用形態が崩れていない点からみても、いずれかの書写段階で異本をそのまま書き写したものであろう。傍書で済む程度の相違ではなかった故の書写であろうが、本文中に書き込まれた時期は、応永書写時を含む、それまでの時間の中で考えるべきである。

2

一方、還都奏状は延慶本・長門本・盛衰記・四部本・闘諍録に載るが、四部本・闘諍録はやや簡略である。非常に大部のものなので、左に、その一部分のみを引用する。

延暦寺衆徒等誠惶誠恐謹言

請被特蒙　天恩一ヲ停止遷都一ヲ子細状

右**謹**⑥**検案内**イ、釈尊以テ遺教一ヲ付属ス国王二者、仏法王法互ニ護持ノ故也。就中一延暦年中ニ、桓武天皇伝教大師**深**⑦ク**結契**一ヲ**約**イ、聖主ハ則興シテ此都一ヲ、親リ崇二メ一乗円宗一ヲ、大師ハ又開テ当山一ヲ、遠ク備フ百王ノ御願一ヲ。其後歳及マテ四百廻一ニ、仏日久ク耀キ四明之峯一、世過テ三十代一ヲ、天朝各ノ保玉フ十善之徳一ヲ。上代ノ宮城無キシ如ナルハ此一ノ者**歟**⑧矢イ。蓋シ山路占《シ》メ隣一ヲ、彼是相ニ助ルカ故也。而今朝議忽ニ変シテ俄ニ有遷幸一。是惣シテハ四海之愁ヘ、別ハ一山之歎也。先山僧等峯ノ嵐雖閑一也ト、恃ンテ花落一ヲ以テ送リ日一ヲ、谷ノ雪雖烈《ハケシトニナテ》一瞻王城一ヲ、以テ継夜一ヲ。若シ洛陽隔テ遠路一ヲ、往還不容一易《タヤスカラ》者、豈ニ不下ラム辞テ故山之月一ヲ、交中ラ辺鄙之雲上ニ哉。是一。門徒ノ上綱等、各ノ従ヒ公請一ニ、遠ク抛テ旧居一ヲ之後チ、徳音難ク通一シ、恩言易レ絶ヘ之時、一門小学等、寧留山門一ニ哉。是二。住山者之為体一、遙ニ玄《ヘタツル》故郷一ヲ之輩、語テ帝京一ヲ而蒙リ撫育一ヲ、家ヘ在ル王都一ニ一之類ハ、以近隣一ヲ而為便宜一ト。麓ト若シ変セ荒野一ト者、峯ニ豈ニ留メム人跡一ヲ乎。悲哉、数百歳之法燈、今《コノ》時ニ忽ニ消、千万輩之禅侶、此ノ世ニ将ニ滅一ナムト。是三。但シ当寺者鎮護国家之道場、特ニ為リ一天之固メ。霊験殊勝之伽藍又秀タリ万山之中《豈》一ニ。所《ノ》之魔滅何ソ必スシモ衆徒之愁歎矣《ノミナラム》。法之**滅**⑨淪イ**亡**豈ニ非朝家之大事一ニ哉。**是**⑩**四**イ。況七社権現之宝前ハ是レ万人拝観之霊場也。〈中略〉衆徒等不耐悲歎之至一ニ。誠惶誠恐謹言。

治承四年㉓六イ**七月**　日　　大衆法師等

本文行内の異本注記は明らかに本文の書写時に記されたものであり、傍書の多くも本文と同筆と思われる。従って、これらは基本的に応永書写時に書かれたものと推測される。

ここに用いられている異本は、現存本の中で明確な同文関係の見出せるものはない。この奏状については近藤安紀氏が詳細に考察を加え、「この異文は現存四部本、闘諍録的な本文を校合本に用いており、その注記段階は応永書写以前のものであると考える方が自然ではないか」と推測している。(7) 左に異本注記箇所を一覧表にして示した。

［表Ⅱ］奏状の異本注記一覧

丁　行	長門本・盛衰記	四部本・闘諍録	本文行内注記
⑥ 103オ2謹検案内イ	ナシ・ナシ	**謹検案内**・**謹検案内**	**四・闘「謹検案内」**
⑦ 4深ク結契ヲ約イ	**深結契約**・**深結契約**	**深結契約**・**深結契約**	**諸本「深結契約」**
⑧ 6無二キ如ナルハ此一ノ者歟（矣イ）	ナシ・無二如レ此者一歟	無如斯之者・無如此者**乎**	
（103ウ7万山之中二）（豈）	満山之中・万山之中	ナシ・ナシ	
⑨ 8法之滅亡（淪イ）豈ニ非	法之滅亡豈非・法之**淪亡**豈非	ナシ・ナシ	
⑩ 8是四イ	ナシ・**是四**	ナシ・ナシ	**盛「是四」**
⑪ 104オ2是五イ	ナシ・**是五**	ナシ・ナシ	**盛「是五」**
⑫ 3所ニ有王気イ	王葉（業カ）・王**気**	皇**気**・ナシ	**盛「王気」四「皇気」**
⑬ 4必建ム希城ヲト云々イ	必遂帝城・必建都城**云々**	必建帝都**云々**・ナシ	**盛「必建都城ト云々」** **四「必建帝都ト云々」**
（5朱雀玄武忽ニ円ナリ（無闕））	**勿闕**・**勿闕**	**勿闕**・ナシ	
⑭ 5是六イ	ナシ・**是六**	ナシ・ナシ	**盛「是六」**
⑮ 6則攀（是イ）王城東北一ニ	則攀・則攀	即有・則在	
⑯ 8是七イ	ナシ・**是七**	ナシ・ナシ	**盛「是七」**

⑰　10建テ護国護山《王イ》之宗廟一ヲ	護国護山之宗廟・護国護山之宗廟	護国〈**王**〉崇廟・護国**王**之宗	
⑱104ウ5是八イ	ナシ・**是八**	ナシ・ナシ	**盛**「**是八**」
⑲　8是九イ	ナシ・**是九**	ナシ・ナシ	**盛**「**是九**」
⑳105オ1是十イ	ナシ・**是十**	ナシ・ナシ	**盛**「**是十**」
㉑　7忽ニ違《迷イ》ヘム東西一ヲ	違東西・遠東西（蓬左本「違」）	違東西・遠東西	
㉒106オ2雖相《頻ニイ》招クト	雖相招・雖相招	雖**頻**招・雖**頻**招	
㉓　9治承四年七《六イ》月　日	七月日・十一月日	**六**月七日・**六**月日	

本文行内の注記部分がどこまで指すのか曖昧であるが、右記の太字の範囲で考えておく。

確かに近藤氏の指摘するように、四部本・闘諍録に注記と共通する表現が多くある。が、氏も注意しているように、現存四部本・闘諍録には省略したと思われる部分があり、その省略部分⑨についても注記があることを考えると、現存本では処理できない。現存の四部本・闘諍録を溯った何らかの本を想定することになる。

しかし、一方では盛衰記との重なりの見えることにも注目される。特に、「是○」という箇条書きは盛衰記とのみ重なる。延慶本は十七まで数え、盛衰記は十までという相違があり、延慶本の異本注記は十まで付けられている。「四部本、闘諍録的な本文」と盛衰記の如き本の要素とはどう整合性をつけたらよいのか。傍書と本文中の注記が同時に付されたと考えれば、現存はしないが、これらの要素をすべて含む読み本系の何らかの一本を用いたことになる。しかし、なぜ本文行と傍書とに分けて記したのだろうか。その区別の理由は判然としない。そこで、本文に組み込まれた異本注記と、傍書の異本注記とを分けて捉えるとどうであろうか。本文行に書かれた異本注記のうち、⑥を除けば盛衰記が全てを含むことになる。盛衰記的な異本を参照したものは本文行に入り込み、四部本・闘諍録的な異本は傍書にと、二度にわたって異本が参照された可能性が考えられよう。

また、注記をした時期については近藤氏も推測しているように、本文中に異本注記が入り込むためには、遅くとも応永書写の段階までには、その底本に既に異本注記が傍書や付箋などの形で書かれていたと考えられ、ある書写段階でそれを本文行に入れ込んだと思われる。二度注記が行われたとすると、はじめに盛衰記的な本文を見て注記をし、書写時にそれが本文行に入り込み、そこに新たに四部本・闘諍録的な本文を参照して注記をした、となる。二度目の注記が応永書写時のものなのか、注記のされた本を応永時に書写したのかはわからないが、こうした経緯を推測できよう。

同じ巻五にある福原院宣と還都奏状の異本注記は別個に考えられてきたが、還都奏状で参照した異本を盛衰記に近い本と四部本に近い本の二種類と想定すると、福原院宣と還都奏状の二度目の異本注記が意外にも近づく。③〜⑤も四部本・盛衰記と接近しており、二本の範囲の中で考えればよい。巻五は①以外は二種の本を用いたと考えられる。

以上、本文中に施された注記の中には、応永書写時までに、既に何らかの形で異本注記が施されていたものがあることが確認された。また、重層的に注記が付された可能性も示した。

3

延慶本の周辺には覚一本的本文の他にも、別種の『平家物語』、特に読み本系の『平家物語』があった。応永書写以前にも確実に、読み本系の異本が手許に備わっていた。また使用した異本は巻によって異なるようだ。同じ巻のうちで複数回に亙って異種の本を参照した可能性も考えられた。

他種の『平家物語』がしばしば延慶本の傍らに置かれた。注目された箇所は文書や年月日や年齢など、歴史的考証に類するものが多い。『平家物語』の歴史物語としての側面に注目した読者がいたことは明らかである。延慶本の本文に対する関心の一つの方向性が窺える。しかも、時に延慶本が改編を施した際の依拠本文や延慶底本の痕跡を残したのかと疑われる注記のあることにも注目される。

三　覚一本的本文による混態現象

延慶本（応永書写本）には「異本」或いは「イ」と明記して、異本の存在とその本文を記した例が散見されることを示した。注記に使用した本として、多くの場合、延慶本と同類の読み本系の本文を指摘できた。しかし、このような注記は物語の流れや内容に踏み込むものではない。

一方で、延慶本巻一・巻四には応永書写時に、明らかに覚一本的本文を混態させた箇所がある。その混態の方法も、数行・説話単位の混態（巻一―三十一「後二条関白殿滅給事」〈願立〉・巻四―二十八「頼政ヌヘ射ル事付三位ニ叙セシ事　禍虫」〈変化・鵼退治〉・巻四―三十六「燕丹之亡シ事」〈咸陽宮〉[8]）、語句単位の擦り消し等による訂正（巻一―八「主上々皇御中不快之事付二代ノ后ニ立給事」〈二代后〉・十「延暦寺与興福寺額立論事」〈額打論〉・十二「山門大衆清水寺ヘ寄テ焼事」〈御輿振〉[9]）、語句単位の傍書と擦り消しによる訂正（巻四―十四「三井寺ヨリ山門南都ヘ牒状送事」〈興福寺牒〉・三十一「実定卿待宵ノ小侍従ニ合事」〈月見〉[10]）等、多岐にわたる。

一般に、書写による再生産が基本であった時代に、書写は盲目的な書き写しばかりではなく、より能動的な新しい本文作りの場ともなり得ていた。その際、異本、つまり同一作品、異種本文を傍らに置き、それを参考にしながら、底本の本文を確認し、時に校合し、また部分的に書き抜く、といった作業も行われた。そうした作業の意味は、作品によっても、その書写者によっても異なるだろうが、それを延慶本においても考える必要がある。

しかしながら覚一本的本文を用いた混態のうち、現存本に残る傍書による訂正は、前節で示した異本注記のレヴェルとあまり変わらない。が、異本注記は施されていない。「異本」「イ」と明記した異本注記は基本的には何らかの読み本系によっていると思われたが、覚一本的本文と読み本系の本文との位相の差が意識されていたのだろうか。尤も、語り本系に拠っていると思われる異本注記がないわけではない。［表Ⅰ］巻二①がそれであり、巻一②も覚一本的本文を参照した可能性は捨てきれない。しかしながら全体的に見れば、巻一・巻四の応永書写者の意識と異本注記を付した人々の意識とは別物と思われる。

異本注記を付さずに覚一本的本文を用いて必要な本文や語句を既存の本文に同化させ、或いは改訂し、新しい本文を作る。説話単位・記事単位で差し替えるだけではなく、細かな語句を擦り消して覚一本的本文の表現に置き換える。こうした作業を見ると、部分的にせよ、覚一本的本文をより良質のものと意識し（巻九①にも窺える）、より表現を整え、内容を豊かにしようと試みた書写者がいたと考えられる。一方、延慶本は応永書写までの間に、明らかに諸資料を用いて増補をしている。それらに典拠資料名が付けられることはない。異本注記を付さない覚一本的本文による混態・改訂はそれと同じ営為であろうか(11)。

一方では既に付された異本注記をそのまま書写する姿勢を保ちつつ、一方では延慶本の底本自体を絶対視しない、柔軟で貪欲な改変作業が、応永書写時に行われていた。書写をする際に用いる「異本」に対して、一様ではない摂取の仕方が、延慶本には織り込まれている。

四　巻による偏差

『平家物語』という同一作品、異種本文を延慶本が取り入れる際の二種の方法を紹介したが、共通して抱く疑問は、何故部分的なのか、である。現在の調査段階では巻一と巻四に集中的に覚一本的本文が取り込まれているし、異本注記も巻毎に疎密があり、巻によっては依拠本文に重層性も窺える。こうした様相からは、書写（改変・改編を含む）、校合に使用する本の巻毎に異なる入手状況が考えられるのではなかろうか。全巻を一揃いで捉えることから始める発想を転換する必要があるように思う。最後にそうした方向から考え得る一例を、書写の問題を超えて増補・改編の問題に立ち入ることになるが、示すこととする。

延慶本では巻七の終盤から巻八の前半にかけて、寿永二年七月の平家一門の都落ち後の京都や朝廷の様子が記されている。盛衰記ではそれらは巻三十二に記されている。左に内容毎に簡単に三本を対照する。

［表Ⅲ］平家都落ち直後の章段構成

盛衰記巻三十二	延慶本巻七	長門本巻十
一門都落諸話	一門都落諸話〈～三十三〉	一門都落諸話
7・24法皇円融房御幸	7・24法皇円融房御幸〈三十四〉	○
	28法皇還御	○
26義仲行家入京	義仲行家入京	○
27法皇還御		
28義仲行家に平家追討を命じる	29義仲行家に平家追討を命じる〈三十五〉	○
28院御所で議定（三種神器、母后・主上還御）		

巻三十三

- 29平家追討院庁下文
- 30行家義仲の勧賞除目について人々に勅問
- 平家、福原で管絃講
- 平家、福原落
- 8・1京中守護を義仲に院宣
- 院御所で議定（新帝の定め三・四宮、北陸宮）
- 5法皇、四宮を選定
- 14義仲、北陸宮推挙を訴える
- 名虎
- 6平家一門解官
- 10、16義仲行家等に除目
- 17平家、太宰府に着く
- 北野天神の故事
- 18議定（即位・三種神器他）
- 18平家没官領を源氏に分賜
- 20四宮践祚
- 平家、践祚を論評

	巻十五
院御所で議定（新帝の定め三・四宮）〈三十六〉	○
8・1京中守護を義仲に院宣〈三十七〉	ナシ
巻八	
5法皇、四宮を選定〈一〉	○
義仲に勧賞について諮問	ナシ
6平家一門解官〈二〉	△（盛と同文）
7忠清父子義仲に渡される	ナシ
9西海の平家より返報	ナシ
14義仲、北陸宮推挙を訴える	ナシ
名虎〈三〉	△
10、16義仲行家等に除目〈四〉	○
17平家、太宰府に着く〈五〉	△
北野天神の故事〈六〉	△
20平家、宇佐参詣〈七・八〉	△
18議定（即位・三種神器他）〈九〉	ナシ
18平家没官領を源氏に分賜	ナシ
20四宮践祚	△
平家、践祚を論評	○

9・2公卿勅使	9・2公卿勅使	○
	15石清水放生会	○
	15法皇日吉御幸	○

□は歴史的史料に依拠していると思われる部分。数字は日付。〈　〉は延慶本の章段番号。
○は延慶本とほぼ同文。△は異文。

延慶本巻七の終末付近は、盛衰記と同文記事が一箇所ある他は長門本とほぼ共通している。読み本系祖本の構成を保っていると言える。一方、盛衰記には、何らかの歴史史料を基にしたかと思われる部分がかなりある。新帝について、また義仲らへの勧賞等についての記事が、七月二十七日の還御以後、日を逐って記されている。その点で、盛衰記の巻三十二の記述法は一貫している。しかし、延慶本では、一連の流れを書き継ぐ中で、巻七終盤には殆どそうした記事はない。それが巻八になると俄然、多く見られるようになる。巻七が文書に対して全く興味を持っていないわけではない。恐らく読み本系祖本にあったと思われる白山や山門への願書等は載っている。よって、初期の書写の問題ではなく、書写の過程における増補の姿勢が巻によって異なると考えられる。ここでは盛衰記の編集方法の特性よりも、延慶本の巻による増補方法の相違を指摘したい。因みに、巻七と巻八とでは筆跡が異なり、最終的な書写者も明らかに別人である。

どの書写段階かはわからないが、巻八の書写者（或いは改編者）は、比叡山から帰洛した後の後白河院や院を取り巻く貴族たちの動向を、様々な資料を基にすることによって書き加えていった。盛衰記よりも却って多くの記事が載せられている。しかし巻七の書写者はそれほど史料を集められなかった、或いは興味を示さなかったと考えられる。巻八結尾に、内容的な整合性はないが時間的には巻七に入るはずの文書が記されていることも、巻七と巻八の史料の

蒐集状況の差を表わすものとして位置付けられそうである。(12)

こうした巻七終盤と巻八前半の増補記事量の相違のように、また、異本注記の巻による疎密のように、また巻一・巻四に集中的に覚一本的本文が使われていたように、延慶本は書写のある段階において、校合・増補・改変・改編等、様々な次元において、巻による志向性の異なりを見せる。その原因の一端は、巻毎の書写現場に備わっていた資料の多寡に求められるかもしれない。或いは豊富な資料からどれを手にとるのか、書写者の関心の在り所が異なることにあるのかもしれない。延慶本の編集方法について、このような観点からも考える必要があろう。

おわりに

異本の存在を何らかの形で意識し、異本を用いて本文を作り替えていく作業が、平家物語の諸本にはそれぞれに見られるが、延慶本も例外ではない。延慶本は応永書写に至るまで、様々に手が入り、種々の資料が参照され、時に取り入れられていった。その中には、覚一本的本文や、現存本からすると特定はできないが読み本系の或る本といった、平家物語の異本もあった。しかし手許にあった異本の種類によって、またそれを利用する時によって、また書写者の関心によって、参照の仕方、接し方が異なっている。更に、覚一本的本文による混態は、書写と改変・改編との間の線引きを曖昧にする。それらを踏まえて、資料利用の巻による偏差にまで関心を拡げることになった。このような延慶本の形成のあり方を、古態性の追求とは別の方向から位置づけていく必要があろう。一体、延慶本の書写（改変・改編）に携わった人々は、平家物語を、或いは延慶本をどのように認識していたのであろうか。

注

（1）牧野和夫『延慶本『平家物語』の説話と学問』（思文閣　平成17年）や牧野淳司氏の論考など。
（2）山田孝雄『平家物語考』（勉誠社　昭和43年　明治44年初出）第四章第七節、水原一『延慶本平家物語論考』（加藤中道館　昭和54年）第一部
（3）第三部第一章で詳細を論じる。
（4）水原氏が既に、参照した「完成体としての平家物語の一本を意味する注記ではない」と指摘している（前掲注（2）一〇〇頁）。
（5）犬井善壽「二つの「福原院宣」――延慶本『平家物語』本文小考――」（「横浜国立大学人文紀要　文学・語学」25号　昭和53年11月）
（6）「読み本系祖本」の定義は第一章参照。
（7）近藤安紀「『平家物語』における還都――延慶本『平家物語』『山門都帰奏状』の本文について――」（「古代文化」57巻4号　平成17年4月）
（8）第一部第一・二章、第三部第一章
（9）第一部第三章
（10）第一部第四章
（11）他にも、覚一本以外の平家物語諸本の本文を延慶本が混態させている可能性も指摘できる（第三〜五章、第三部第二章）。
（12）その中で巻七の最終章段のみ盛衰記と同文記事であることは次章で考える。
（本章は、軍記・語り物研究会　二〇〇六年度大会〈平成18年8月21日〉シンポジウム「鎌倉・室町の書物と書写活動――軍記物語とその周縁――」における発表の一部をもとにしている。）

第三章　延慶本巻七と源平盛衰記の間

はじめに

平家物語諸本の中では延慶本平家物語に最もよく古態がうかがえると考えられているが、これまで述べてきたように、その本文の全てが必ずしも古態を示すわけではない。延慶本の古態性の質を吟味する必要があろう。第一章では延慶本の本文を溯る方法として、試みに次の五段階を掲げた。

（一）延慶本・長門本共通の本文や記事のある箇所については、両本が依拠した本文が存在したことが推測される。
（二）（一）について、盛衰記も同じ内容を持つ時には、盛衰記は延慶本・長門本と共通する読み本系の本文に拠っていると推測されるが、盛衰記は同じ内容であっても、表現にかなり独自の工夫を凝らし、改変を行っている。
（三）延慶本と長門本で本文が異なる場合、盛衰記と類似性の高い方が、依拠本文（「読み本系祖本」）を踏襲している可能性が強い。延慶本が独自で、長門本・盛衰記本文に共通性が見られる場合は、延慶本の方に改変を施した可能性が考えられる。
（四）覚一本は「読み本系祖本」に再構成を施しつつ立ち上がってきた本と考えられる。
（五）覚一本という補助線を用いることにより、「読み本系祖本」の具体相がある程度明らかになる場合がある。

勿論、これでは説明できない部分も多い。しかし、大まかなモデルケースを提示し、それに該当する部分と例外とを区別することがまず重要であり、次にそれぞれの問題について考えていくことが、延慶本の本文を考えるためには必要ではなかろうか。第三〜五章では、これらに該当しない場合として、時に延慶本と源平盛衰記とに見受けられる同文記事について、巻七・八・十を対象として考える。[1]

一　延慶本と盛衰記の関係諸相

本論に入る前に、延慶本と盛衰記の本文の関係について想定される種々相を掲げる。

	a	b	c	d	e	f
延慶本	○	△	○	○	○	○
長門本	○	○	△	省略	○	なし
盛衰記	△	○	□	☆	○	○

〈他本にある場合／他本にない場合〉

（△□☆は本文が○とは異なっていることを示す）

延慶本と盛衰記の他に長門本の本文が存在すれば、先述の（二）（三）によってかなり説明できる。殆どが右表のａｂに該当するからである。ｃはどの諸本も改変を施している場合である。一方、ｄのように、長門本が省略している場合もあるので、その場合には、他の諸本を見比べながら、延慶本と盛衰記の関係を見ていくことになる。ａｂｃにおいて長門本が省略したのであれば、盛衰記の本文は大なり小なり、延慶本とは異なりが見えることになる。一方、延慶本と盛衰記の本文が同文に近い場合に、長門本も同文に近い形で存在すれば（ｅ）、三本ともにあまり改変しなかった、と考えられる。文書にはこのケースが多いように思われる。ところが、時に、長門本に共通記事がなく、延慶本と盛衰記のみがほぼ同文の記事を有する場合がある（f）。これにも様々なケースが想定される。
例えば、eで長門本が省略をし、盛衰記は改変に興味を持たなかった、という場合である。しかし、長門本だけでなく他本にも全く存在しない部分に限って、延慶本と盛衰記が同文という場合が、少なからず存在する。その場合には、「読み本系祖本」の存在よりも寧ろ、二本に限定した関係を想定した方がよさそうである。（三）の「盛衰記と類似性の高い方が、依拠本文（「読み本系祖本」）を踏襲している可能性が強い」には当てはまらない場合を考えることとなる。

第三章で対象とする延慶本巻七には盛衰記のみとの同文記事が、第二章で紹介した結尾の第三十七章段以外にも、第一〜第三章段、第八章段とある。第一〜第三章段及び第八章段は盛衰記では巻二十八に、第三十七章段は盛衰記巻三十二に収められている。これらの同文記事を、特に第一〜第三章段、第八章段を中心に考察し、最後に第三十七章段に、やや例外的な第三十二章段を加えて、延慶本と盛衰記との関係を検討していきたい。

二　冒頭の三章段

（1）　一「踏歌節会事」

巻七冒頭の三章段には、複数の延慶本・盛衰記共通記事がある。まず、第一章段「踏歌節会事」から見ていく。その冒頭は、左に掲げる養和二年（寿永元年）年頭の記事である。

正月一日、依諒闇二不被行節会一。十六日、踏歌節会モナシ。「為先《当》帝御忌月一之上《によて》ハ、永可被止一」トゾ、宗盛計申

ケル。（傍書は長門本）

という短いものである。これは諸本ともほぼ同文である。なお、波線部分は延慶本・長門本・盛衰記のうち、引用諸本にしかない部分（右の例では延慶本のみに存在）、傍線部分は他本にはあるが、異なる表現である（以下同じ）。次に、延慶本と盛衰記のみに踏歌節会の由来が記される。その内容は荒唐無稽で、いい加減な資料をもとにしたと思われる。両本ともほぼ同文だが、延慶本は最後に、

代々ノ聖主懈リ給ワス。仁王四十二代ノ節会也。殿上ニハ数百年ノ嘉例也。然ヲ依御忌月一被止トハ云ナカラ、是併ラ平家ノ一門ノ過分ナルシワサトソサ、ヤキケル。

として、節会を中止させたのは平家一門の過分な行いのためとし、由来譚の意義付けがなされる。節会の中止は前年正月の高倉院の崩御によるものであり、平家の奢りとは関わらないが、延慶本では平家批判の一環に位置づける。しかも、延慶本は冒頭に「宗盛計申ケル」と加えており、「平家ノ一門ノ過分」と連絡を保っている。一方、盛衰記の結尾は、

代々ノ御門イマタ怠リ給ハス。哀哉、卅余代ノ節会ナリ、数百年ノ吉例也、何今年始テ断絶スルヤ。但平家ノ一門ノ過分ナリツルシワサ也。所以ニ臣下勇者、天下不安云事アリ。偏ニ此体ノ事ナルヘシ。

である。平家の過分な振る舞い故とする意義付けは延慶本と同じだが、それを受けて、社会の不安定が引き起こされるとの危惧にまで言及する。なお、細部の表現や表記では、延慶本の杜撰な書写がうかがわれる。

（2）二「大伯昴星事付楊貴妃被失事幷役行者事」

次いで、第二章段「大伯昴星事付楊貴妃被失事幷役行者事」は、昴星出現という天変を記す。その冒頭の、

二月廿三日ノ夜半ニ、犯大伯昴星。是旁以重変ナリ。天文要録云、「大伯昴星ハ、大将軍失国ノ境ヲ、四夷来、有兵起事」云ヘリ。

はやはり諸本に共通する。次に延慶本は長大な独自記事を載せる。内容は、

1　中国の例（玄宗皇帝と楊貴妃）。
2　日本の宣化天皇の代の臣下の反乱の例。
3　皇極天皇の代の臣下の反乱の兆しを役行者が旱魃に振り替えたこと。役行者の来歴。

に分けられる。1は右の冒頭文に続けて、

世ハ只今乱ナムストテ、天下ノ歎ニテゾ有ケル。

を前置きとして、

彼辰旦国ニハ、玄宗皇帝ノ御宇ニ此天変現シテ、七日内ニ天下乱キ。

と中国の例を出し、玄宗皇帝と楊貴妃の悲恋を描く。玄宗皇帝が、楊貴妃を寵愛する余りに国政を顧みなくなったために、楊貴妃が暗殺される。その後、方士が蓬莱山の楊貴妃と対面し、その報告を受けた皇帝が楊貴妃を追うが如くに同年に崩御したと綴る。『長恨歌』『長恨歌伝』を下敷きとした、[2] ほぼ延慶本の独自記事である。その結尾に、

此事ヲ思ニモ平家ノ一門ハ皆建礼門院ノ御故ニ、丞相ノ位ヲケカシ、国柄ノ政ヲ掌トル。悪事既ニ超過セリ。行末モ今ハアヤフカル。天変ノ現シ様恐シトゾ。

と現在時点に話を戻して、建礼門院を楊貴妃になぞらえて、建礼門院から平家の「悪事」の超過へと結びつけて、第二章段冒頭の昴星が予告する兵乱と呼応させて、楊貴妃譚を位置づける。この意義付けは、平家悪行という点で第一章段との連続性が認められるが、内容の殆どは楊貴妃と玄宗皇帝の悲恋の物語に割かれている。

この後の2・3は延慶本・盛衰記のみの共通記事である。2は延慶本によると、

御朝《我》ニモ廿《ハ》九代御門宣化天王ノ御代《時》ニ、此天変アリテ、六和《鹿火》、金村、蘇我稲目ナムト云《申》シ臣下等、面々ニ巧ヲタテ、天下ヲ乱リ、帝位ヲウハイシ事、廿余年也。（傍書は盛衰記）

という短い記事で、日本の前例として宣化天皇の時代を話題にする。延慶本では、1で中国の例を延々と展開し、しかも、話の終結にあたって、平家一門への批判を記して兵乱の予想に及んで論評し、引用の意義付けまでしている。そのために、続いて示される日本の過去の例となる2への接続はぎこちない。延慶本としては、楊貴妃の話に関心が注がれ、方士の登場まで話が逸脱し、更に戦乱が直接の原因とは言えない皇帝の死まで記してしまったために、平家批判などの文言を付して強引に関連づけなければ話が収まらなくなったと考えられる。しかし、1で増補記事の意義付けまでしてしまった延慶本にとって、もはや2はさしたる重要性はない。

続く3は、

皇極天皇ノ御時ハ、元年七月ニ、客星入ル月中ト云天変アリキ。逆臣五位ニ至ルト云事ナルヘシ。其時ハ役ノ行者ニ仰セテ、七日七夜祈ラセ給タリケレハ、兵乱ヲ転シテ百日ノ旱魃ニソナリニケル。王位ハ恙マシマサヽリケレトモ、五穀皆損テ、上下飢ニノソミケルトカヤ。**今ハ役行者モナケレハ、誰カ此ヲ転スヘキ。待池ノ魚ノ風情ニテ、災ノ起ラム事ヲ、今ヤ〳〵ト待居タル**ソコ、ロウキ《コソ悲ケレ》。（傍書は盛衰記）

と、客星が月に入るという類似した天変から、2と同様の臣下の反乱を予想するが、役行者のおかげで兵乱が旱魃に転化されたことを語る。続いて、

抑役行者ト申ハ、小角仙人ノ事也。俗姓ハ、（以下略）

と、役行者の逸話が語られる。両本の表現には僅かな相違が見えるが、どちらが良質かは一概には決められない。た

だ、結尾は相違する。延慶本は、

男ナレトモ仏法ヲ修行セシカハ僧ニモマサリタリ。有験ノ聖人トソ聞ヘシ。又ハ法喜菩薩トモ申キ。

と役行者称賛で終わる。延慶本は、ここでは引用の意義付けを最後に付すことなく、3の冒頭太字部分の、役行者もいない現代では兵乱が起こることを座して待つのみであるとの記述に委ねている。1の長い楊貴妃譚とその末尾の現時点にひき比べた論評によって、2・3は物語の展開の中で浮き上がり、新たな存在意義を主張し得なくなり、半ば放置されたかのようである。

一方、盛衰記は、冒頭の、

二月廿三日夜天変アリ、太白昴星ヲ犯ト、是重キ憤也。天文要録云、「太白犯昴星、四夷乱競テ兵革不絶、大将軍去国堺」トイヘリ。

に続けて、1に相当する部分は、

世間イカヽ有ヘキト人皆歎思ケリ。彼震旦国ニハ、玄宗皇帝ノ御代ニ此天変現テ、七日ノ内ニ合戦有テ、楊貴妃失給シカハ、玄宗鳳闕ヲ出テ蜀山ニ迷給キ。

と、中国の前例を示すが、戦乱が起きて（「四夷乱競テ兵革不絶」に相当）楊貴妃が殺され、皇帝が都を離れた（「大将軍去国堺」に相当か）ことを紹介するのみである。しかし、冒頭文とは見事に照応している。なお、「楊貴妃失給シカハ、玄宗鳳闕ヲ出テ蜀山ニ迷給キ」の一文は『長恨歌』『長恨歌伝』には拠らない。続く2は延慶本とほぼ同文である。盛衰記では1と2は分量的にも釣り合いがとれている。内容としても、1は冒頭記事をあてはめた異国の例として相応しく、2は日本における臣下の反乱例をあげて、平氏一門の存在を髣髴とさせる。1から2へと焦点を次第にずらして、臣下である平家の増長へと話を絞っていく。2を増補した意義が活きている。

3も延慶本と同様に語られるが、結尾には先に示した延慶本の文言は無く、代わりに、

懸ル聖人モ末代ニハ有ヘクモナケレハ、此世中イカヽ有ヘキト、心アルモ心ナキモ、各歎アヘリケリ。

と、3冒頭と呼応させて、現在の不安な情勢に話を戻す。

盛衰記では、昴星出現によってもたらされた動乱の予感を、中国の例から日本へと話を進め、役行者の再来の望みのない現状を歎き、平家一門のもたらす「悪」を想起させて、来るべき将来への恐れを示す。1〜3の増補記事がそれぞれ過不足なく意義を持っている。2・3の挙例の意義を保つ盛衰記の形態は、整理された結果とも考えられる。しかしその一方で、先行する増補のあり方を示し、延慶本は1を膨張させてしまったために、意義を見失ったものではないかとも考えられる(3)。その場合、延慶本は、盛衰記的形態の本文をもとにしながら、楊貴妃譚への関心からその部分の記事が膨らみ、その結果、増補記事全体の意味を見失ったと考えるのである。延慶本独自の楊貴妃譚の増補は、盛衰記的な本文構成が先行してこそ生まれたとの可能性も、併せて考えていきたい(4)。

（3）三「於日吉如法経転読スル事付法皇御幸事」

第三章段「於日吉如法経転読スル事付法皇御幸事」は題名の如くに、法皇の日吉社への御幸を記したものである。延慶本の本文を左に引用する。

(1)　四月四日《十四》、前権少僧都顕真、貴賤上下ヲ勧メテ、日吉社ニテ如法《に法花》経一万部ヲ転読スル事有ケリ。法皇御結縁ノ為ニ御幸ナリタリケル程ニ、何者ノ云出シタリケルニヤ、「山《山門》大衆、法皇ヲ取《り》奉テ、平家ヲ討ムトス」ト聞ヘケレハ《しか》、平家ノ人々騒アヒテ、六波羅ヘ馳集ル。京中ノ貴賤騒迷《まとひあへり》ヘリ。軍兵、内裏ヘ馳参シテ、四方ノ陣ヲ警固《かたむ》ス。

（傍書は長門本）

(2)　同四月十一日、肥《筑》後守貞能、菊地高直カ雲上ノ城ヲ政ル間、官兵二千余人、高直カタメニ被打取ニケレハ、貞能合戦ヲトヽメテ、城ヲカタクマホリテ、粮物ノ尽ルヲ相待ケレハ、西海運上ノ米穀、国衙庄園ヲイワス、兵粮米ノタメニ、貞能点定シケリ。東国、北国、西海運上ノ土貢、皆《悉》京都ニ不通㆒ケレハ、老少ヲ不論㆒、上下ヲ不嫌《云ス》㆒、餓死スル者、道路ニ充満セリ。群盗、放火、連夜ニタヘサリケレハ、貴賤安キ心《安堵ノ》ナシ《ソナカリケル》。月卿モ雲客モ、「追百里之跡㆒ヲ、欲二子之昔」トソ申アワレケル。一天ノ逆乱、四方ノ合戦ニ、士卒塗肝脳於土地㆒ニ、民庶瀑ス骨骸於原野㆒コト、不可勝計㆒。村南村北ニ哭泣スル声不絶。天地開闢ヨリ以来、カヽル乱ハ未聞及《アラシトソ申ケル》㆒トテ、上一人ヨリ始テ、下万民ニ至ルマテ、一人トシテ歎悲シマスト云事ナシ。

（傍書は盛衰記）

(3)　同十五日、本三位中将重衡卿、大将軍トシテ、三千余騎ノ兵《宮》ヲ相具シテ、日吉社ヘ参向ス。依之、山上ニハ又山門ノ衆徒、源氏ニ《と》与力シテ、北国ヘ通フ由ヲ平家漏聞テ、「山門追討ノ為、《に》平家ノ軍兵、既ニ東坂本ヘ責寄ス《よする》」ト聞ヘケレハ、三塔僉議シテ、「抑此事ニヨテ当山ヲ被亡㆒事ハ、尤口惜事也。若為重衡㆒我山ヲ被亡㆒サ者、一山ノ大衆、身ヲ山林ハ捨ヘシ」トテ、悉下テ、大宮ノ門楼ノ前《所》ニ三塔会合ス。カヽリシカハ、山上洛陽ノ騒動オヒタヽシキ事ナノメナラス。法皇大ニ驚セ御シマス《して》。供奉ノ公卿殿上人、色ヲ失ヘリ。北面輩ノ中ニハ、黄水ヲツク者モ有ケリ。此上ハ無益ナリトテ、急テ還幸《御》ナリヌ。重衡卿、穴穂ノ辺ニテ迎取奉テ帰ニケリ。実ニハ大衆ノ平家ヲ責ムト云事モナシ、平家《又》山門ヲ追討セムト云事モナカリケリ《なし》。イツレモ〳〵跡形ナキ無実《事共》ナリ。是偏ニ天狗ノ所行也。カヽリケレハ御結縁モ打サマシツ。「カクノミアラハ、御物詣モ今ハ御心ニ任スマシキヤラム」ト、法皇アチキナクソ被思召《そおほしめしける》㆒。

（傍書は長門本）

延慶本には「四月四日」・「同四月十一日」・「同十五日」と、日付が記されている。(1)と(3)は連続した事件であり、その間に(2)の貞能の九州での合戦及び、その余波を受けた京都の食糧不足と治安悪化が記される。法皇が四日から十五日まで比叡山に滞在したことになるのは奇妙ではあるが、ともかく、時系列に従った展開となっている。

一方、諸本の展開を図示すると左のようになる。

延慶本		(1)四日	(2)十一日	(3)十五日
盛衰記	(2)十一日	(1)十四日		(3)十五日
長門本・四部本		(1)十四日		(3)十五日
屋代本（巻六）		(1)十四日		(3)日付ナシ
覚一本（巻六）		(1)十五日		(3)日付ナシ
南都本		(1)十三日		(3)日付ナシ

(1)と(3)は諸本とも共通して存在する。(2)は延慶本と盛衰記のみの共通記事であるが、配列が異なる。しかも、延慶本以外では(1)は、四月十四日かその前後の出来事としている。(2)のない諸本では、如法経転読よりも寧ろ、根も葉もない、しかし不穏な噂に踊らされる平家や法皇の動きを記すことで、落ち着かない当時の社会情勢を示すこととなる。

なお、『玉葉』からは、当時の経緯が知られる。既に三月には如法懺法が企画されている。三月十五日条には、

前僧都顕真幷大原聖人湛斆〈本浄房〉・山智海法橋等之勧進也、其所㆑求之意趣、**広為㆑利㆓群生㆒也**、**殊又為㆑直㆓天下之乱㆒**、**又為㆑消㆓戦傷（場）終命之輩怨霊㆒也**、其外廻向、可㆑任㆓各々意趣㆒云々、

と、太字部分にその目的が記されている。兼実も計画に加わり、四月十三日には如法転読が二十一日目の満願を迎え、卒塔婆を顕真のもとに送っている。四月十五日条には、

早旦天下騒動事出来、以外謬事之故、有㆓此事出来㆒云々、昨日、法皇御登山之間、山僧等可㆑奉㆑〔盗〕㆓取法皇㆒之由、今旦得㆓其告㆒、洛中武士騒動、忽率㆓数多騎㆒向㆓坂下㆒、依㆓僻事㆒空帰了、嗚呼第一事云々、

とある。十四日には後白河法皇が登山したが、誤報によって大騒ぎになったようである。

平家物語の記述は史実に沿ったものと知られる一方で、延慶本の「四日」は「十四日」からの改変もしくは「十」の脱落の結果と考えられる。しかし、「十四日」の方が⑴と⑶の内容の連続性からみても自然であり、あえて「四日」に書き替える必要性はない。『四部合戦状本平家物語全釈　巻七』[5]（以下『全釈』と略す）が示すように、延慶本は「十」を脱落させたと考えられよう。『全釈』では、「脱落は現存伝本よりも前の段階で生じたものと見られる」（八頁）としている。『全釈』で説明されているように、延慶本の不自然な記事配列は「四日」という記述に原因がある。書写段階のどこかで「十四日」の「十」が書き落とされ、その後に⑵を増補するにあたって、時系列に忠実に従うことを旨としたために、「四日」と「十五日」の記事の間に「十一日」の記事を入れたと考えられる。しかし、盛衰記は「十四日」という本来の形態をもとに、⑴の前に⑵を増補している。つまり、現存延慶本の形態を介さずに増補が行われたと言える。

或いは、現存延慶本を溯った本に、盛衰記の形態のように⑵が⑴の前に増補された形があったと仮定することは可能であろうか。その場合には、盛衰記はそこから派生したことになる。一方、延慶本は、やがて⑴の「十」を脱落させる書写がなされ、次に、時間順に配列し直されて現存本に至ったと想定することになる。が、編集・書写の過程がいかにも複雑であり、溯った本文との距離も大きい。かなり無理な仮定であろう。或いは、盛衰記が現存延慶本の誤った形態から⑴を正しい日付に直して、配列を変えたのだろうか。

ところで、歴史的には、前年の治承五年（一一八一）四月十四日に肥後国菊池高直の追討宣旨が下され（『吉記』同日条）、『玉葉』同年八月一日条には、貞能の鎮西下向が決定的となったらしいことを記す。翌年になると、『吉記』寿永元年（一一八二）三月二十九日条に、追討使となった貞能が肥後国国務を押領したとあり、貞能の優勢が知られ

る。そして、『玉葉』五月十一日条には、

伝聞、菊池帰二降来貞能之許一云々、西海安穏、天下之悦歟、

と記されている。寿永元年四月十一日に合戦（或いはその報告）があったかもしれないが、京の食糧不足との因果関係はうかがえない。既に、『玉葉』治承五年閏二月六日条には、宗盛から西海・北陸の運上物を点定し、関東乱逆の兵糧米に充てようという提案があったが、諸卿がこぞって反対していることが記されている。延慶本・盛衰記にはあたかも貞能の九州での戦いが京都に食糧不足をもたらしたかのように記されているが、食糧不足は寧ろ、当時の全国的な大飢饉に要因があろう。

また、実際の如法経転読は、当時の社会の乱れを正すためのものであった（前掲『玉葉』三月十五日条）が、盛衰記の配列（⑵・⑴・⑶）に従って読むと、貞能による九州派兵も転読のきっかけとなったかのように読み取れる。確かに、このような非常時なればこそ、法皇自身の登山と祈りが要請される。

盛衰記では、この貞能の合戦と京都の治安悪化も法皇自らの祈りへの動きを加速させ、しかもそれが不首尾に終わるという独自の文脈を紡いでいるのがわかる。食糧不足についての記述には、直前の役行者の逸話との連続性もうかがえよう。但し、当代では飢饉が兵乱の代償とはならず、飢饉も兵乱も同時に起こり、さらに悲惨である。しかし、延慶本では、日付の書写の誤りから、貞能の記事は時系列上に並べられるにすぎず、社会の混乱と天下の嘆きの大きさを拡大させるにとどまる。

以上のように、独自の文脈を紡ぐ盛衰記であるが、これを現存延慶本の記事配列を訂正したことによって得られたものとするならば、その効果は誠に思いがけないものであったことになる。しかしながら、その効果が第一・二章段の増補と共通する文脈で理解される以上、盛衰記は、独自の構想のもとに、記事を自覚的に増補したと考えられよう。

結局、延慶本は日付の誤った書写本に(2)を増補したという結論に落ち着く。その際に何らかの資料を用いたのであるが、盛衰記との同文性を鑑みると、盛衰記的増補本文から、増補された部分のみを、延慶本がある書写段階で取り入れたと考えざるを得ない。(2)についても、延慶本の後出性の可能性を支持することができよう。

（4）まとめ

以上を踏まえて、第一・二章段と第三章段の関係を考えたい。そのために、まず延慶本と盛衰記の展開を再度確認する。

盛衰記は、踏歌節会の由来を平家の過分な行いから社会の不安定へと発展させ、次の昴星出現の前例もやはり、動乱の予感と社会の不安を説く。その次には貞能の合戦を置き、それが京都の街の治安悪化と食糧不足をもたらしたとする。これも平家の所業が社会の不安定をもたらしたとする点で、踏歌節会の増補記事に通う。踏歌節会から貞能合戦と京都の治安悪化まで、増補がすべて同じ方向性、同じ目的を持って綴られ、法皇の祈り（とその不首尾）まで続いている。

一方、延慶本でも、平家の過分な振る舞いが社会の動乱を引き起こすことになりそうだとする展開は盛衰記と同様である。ただし、その例として載せられた楊貴妃の話は逸脱してゆき、最後に徳子を批判することでようやく、その後ろ楯の平家一門の悪行に話を戻すが、日本の現在時点に話を戻してしまったために、次の宣化天皇の時代の例が落ち着かず、接続の不手際が見える。また如法経転読と法皇の登場は、日付の書写の誤りから、現実の京の治安悪化が記される前に置かれてしまう。そのために、記事の意味は見失われ、時系列上に事件を増補したとする以上の意味はない。

盛衰記には増補の意図を明確に示していく傾向が見出せる。盛衰記のみに記される論評が、それをより明確化する。論評のすべてが増補当初から存在していたものか否かはわからないが、それらを除いても、増補記事の内容や表現や配列から、増補記事の一つ一つが同じ方向性を持っていることが確認できる。一方、延慶本は、世情の不安を示すという大きな構図は盛衰記同様に看取されるものの、時に話を脱線させ、その後に強引に引き戻そうとし、時に記事を増補した意味が見失われている。この点でも、盛衰記の構図（楊貴妃の話は簡略であり、貞能合戦の話は如法経転読記事の前にあった）が延慶本に先行する増補であったと考えられる。

端的に言えば、延慶本は、盛衰記的本文から、その増補部分を取り入れたと考えられるのである。しかも、第二章段では取り入れた記事に更に楊貴妃譚を増補し、第三章段では、底本が既に誤写を含んでいたために、不自然な増補となったのである。

延慶本の巻七冒頭の三章段の大部の独自記事は、既に存在した、増補の施された異本、つまり現存盛衰記に近い形態の本文を用いて増補したものと推定できよう。

三　北国下向の共通記事

次にあげるのが第八章段「為木曾追討軍兵向北国事」の、寿永二年（一一八三）に義仲追討の為に北国に追討軍が出発する場面である。延慶本に拠って、内容を紹介する。

①四月十七日、平家の北国発向が決まり、大将軍九人、侍大将十二人の名前が列挙され、大軍が組織される。
②畿内をはじめて平家に招集された諸国名が列挙される。

③「其勢十万余騎、大将軍六人、ムネトノ侍廿余人ニハ不過ケリ。先陣、後陣ヲ定ムル事モナク、思々ニ我先ニト進ミケリ。」

[4]京中の人々は追討成功を予想する。

[5]六人の将軍が出発前に西八条の南庭に列参。その時、老翁六人（厳島明神の使）が大将軍の一人一人に巻数を披露し、出発を祝う。人々は「此ハ誠ノ厳島ノ明神ノ厳重ノ御示現、希代ノ不思議也。明神コレホト御託宣ノ有ム上ハ、平家繁昌、源氏衰滅ノ条、疑アラシ」と喜んだ。

[6]ただし、これは厳島神社の作り事であり、実現は難しい。

[7]「猿程ニ平家ノ大勢既ニ都ヲ出。オヒタ、シナムトハナノメナラス」

⑧「此勢ニハ、ナニカハ面ヲムカフヘキ。只今打従テムトソミヘシ」

⑨追討軍の行軍のありさま。

概略を見ただけでも、大将軍の人数が①では九人（盛衰記も九人、長門本八人、語り本系は六人）なのだが③・[5]・[6]では六人となっていることや、平家軍勝利への確信（[4]・[5]・⑧）と勝利は不可能とする不安（[6]）とが交錯しており、混乱が見える。また、『全釈』でもあげているが、③で「先陣、後陣ヲ定ムル事モナク、思々ニ我先ニト進ミケリ」と各自思い思いに出発したとしながら、[5]で「六人ノ大将軍達ハ各一色ニ装束シテ打出給ヘリ」と、揃って出発したかのように読み取れる記述も矛盾している。

但し、大将軍の数の矛盾については次のように解釈できる。『全釈』での考証によると、六人は実際に派遣されたものと思われ、それは①に列挙される九人のうちの初めの六人（長門本は一人脱落）である。延慶本・長門本・盛衰記は、おそらく読み本系祖本の段階で、①の始めの六人の次に、新たに三人の名前を加えた結果、③と齟齬を来してしまったものと思われる。なお、[5]にあげられた六人も同じ顔ぶれである。

さて、他の諸本を見ると、長門本は①②③⑧⑨という展開である。長門本は①では大将軍八人で③の六人とはやはり異なるものの、③から⑧へと続く限りにおいては、平家の北国下向の勝利を疑わない展開となり、矛盾はない。四部合戦状本は長門本と同じ形態である。語り本系諸本はほぼ②①⑧⑨と、多少異なる展開ではあるが、平家の勝利を疑わない姿勢は、長門本と同様である。盛衰記は延慶本と同じ構成をとるが、[7]・⑧はない。結局、[4]・[5]・[6]は延慶本と盛衰記のみが共有する記事であり、この両本はやはりほぼ同文である。『全釈』は、この部分について、延慶本の形が他本に先行するのかどうかは明確には判断し難いとし、[4]・[5]・[6]は「ある段階で増補された可能性」（五○頁）があるかとする。

延慶本・盛衰記のみがほぼ同文の共通記事を持ち、しかも矛盾のない他本の展開に比べて、二本が矛盾を抱えた展開になっている点から、稿者もこの部分を増補されたものと考えたい。但し、『全釈』では、延慶本に比べると盛衰記を整理されたものとする。この点についてのみ、盛衰記のような増補・改編された本文を、延慶本が取り入れたとする可能性を示したい。

盛衰記は[4]を、

神功皇后ヨリ以来、天下ニ丞相ノ合戦廿三箇度也。十万余騎ノ軍兵ノ一方ニス丶ム諍ハ、此度共ニ七箇度也。去共大将ノ六人マテ打立事ハ一度モナシ。而ニ**六人将軍**、十万余騎ヲ卒シテ洛中ヲ被出ケレハ、「異国ハ知ラス、日本我朝ニハ何者カ手向スヘキ、源氏等懋ニ此度乱ヲ起シ、今度ソ跡形ナク滅終ナンスル、穴ユ丶シノ事ヤ」トソ京中ノ上下訇ケル。

とする。「神功皇后ヨリ以来……一度モナシ」のあるものが先行する形かどうかは俄かに判断できないが、六人の将軍の出発を特筆し、十万余騎を引き連れての六人の将軍の出発に源氏滅亡を確信する人々の声が記される盛衰記の4は、5への導入と位置づけられる。一方、延慶本では4を、

十万余騎ノ軍勢ヲ聳テ、洛中ヲ被出ケレハ、「異国ヲハシラス、日本我朝ニ取テハ、何ナル者カ手向ヲスヘキ。源氏等ナマシヰナル事シ出テ、今度ソ跡形モナク滅ムスル。穴ユ、シノ事ヤ」トソ、京中ノ人申ケル。

とする。盛衰記の初めの波線部分がなく、「十万余騎ノ軍勢ヲ聳」かせる主語（盛衰記では「六人の将軍」）もない。そのために、延慶本では六人の将軍の存在は意識されず、全軍の勢力の大きさと追討成功の予想に重点が置かれる。六人の将軍を予祝する5との連続性は感じさせない。却って、⑧「此勢ニハ、ナニカハ面ヲムカフヘキ。只今打従テムトソミヘシ」と類似した文意となる。しかしながら、少なくとも、「十万余騎ノ軍勢ヲ聳」かせて洛中を「被出」た主語（六人将軍）がないのは物足りない。脱落ならば杜撰な書写がうかがわれるし、意図的な省略ならば、5への導入としてよりも、平家の勝利を予祝する文意を形成するための小さな工夫が施されたと考えられる。

次に延慶本6〜⑨を載せるが、ここは『全釈』が展開上の矛盾と指摘したところである。

6（前略）抑第一ノ維盛ノ巻数ノ詞ニ、（中略）「平氏繁昌、源家滅亡」ト祈シカトモ、前途トヲラスヤ有ラムスラムトソ覚ヘシ。

7猿程ニ平家ノ大勢既ニ都ヲ出。オヒタ、シナムトハナノメナラス。

⑧「此勢ニハ、ナニカハ面ヲムカフヘキ。只今打従テム」トソミヘシ。

⑨片道給テケレハ、路次持逢ヘル物ヲハ、権門勢家ノ正税官物、神社仏事ノ神物仏物ヲモ云ハス、ヲシナヘテ会坂関ヨリ是ヲ奪ヒ取ケレハ、狼籍ナル事オヒタ、シ。マシテ、大津、辛崎、三津川尻、真野、高島、比良麓、塩津、海津ニ至ルマテ、在々所々ノ家々ヲ次第ニ追捕ス。カ、リケレハ、人民山野ニ逃隠リテ、遙ニ是ヲ見遣リツヽ、各ノ声ヲ

ト、ノヘテソ叫ヒケル。昔ヨリシテ朝敵ヲシツメムカ為ニ、東国北国ニ下リ、西海南海ニ起ク事、其例多シトイヘトモ、如此ノ人民ヲ費シ国土ヲ損スル事ナシ。サレハ、「源氏ヲコソ滅シテ、彼従類ヲ煩ハシムヘキニ、カヤウニ天下ヲナヤマス事ハ只事ニ非ス」トソ申ケル。

（⑨の傍線は後掲長門本との対照を示す）

確かに、[6]で「平氏繁昌、源家滅亡ト祈シカトモ、前途トヲラスヤ有ラムスラム」としておきながら、その直後に[7]「猿程ニ平家ノ大勢既ニ都ヲ出。オヒタ、シナムトハナノメナラス」と全く筆致を変えて平家の勢力の大きさを示し、続けて⑧で「此勢ニハ、ナニカハ面ヲムカフヘキ。只今打従テムトソミヘシ」と強さを確信しており、内容上の不整合がある。一方、同じ部分を盛衰記では、

[6]（前略）抑第一維盛ノ巻数ノ詞ニ、（中略）「平氏繁昌、源家滅亡」ト祈シカ共、先途通ラスヤ有ケン。
⑨片路ヲ給テ、権門勢家ノ正税、年貢、神社仏寺ノ供料、供米奪取ケレハ、路次ノ狼藉不斜、在々所々ヲ追捕シケレハ、家々門々安堵ノ者ナシ。近江ノ湖ヲ隔テ東西ヨリ下ル。粟津原、勢多ノ橋、野路ノ宿、野洲ノ河原、鏡山ニ打向、駒ヲ早ムル人モアリ。山田、矢走ノ渡シテ、志那、今浜ヲ浦伝ヒ、船ニ竿サス者モアリ。西路ニハ大津、三井寺、片田浦、比良、高島、木津ノ宿、今津、海津ヲ打過テ、荒乳ノ中山ニ懸テ、天熊、国境、疋壇、三口行越テ、敦賀津ニ着ニケリ。其ヨリ井河、坂原、木辺山ヲ打登、新道ニ懸テ、還山マテ連タリ。東路ニハ、片山、春ノ浦、塩津宿ヲ打過テ、能美越、中河、虎杖崩ヨリ、還山ヘソ打合タル。

（⑨には傍線・波線は付さず）

とする。[6]と⑨とに不連続性は残るものの、[7]・⑧がないために内容上のねじれはない。『全釈』はこれを盛衰記の整理の結果としている。延慶本の古態が前提となる従来の諸本の位置づけからは当然、盛衰記が加工したものと考えられよう。しかし今まで述べてきたように、読み本系祖本から増補・改編された盛衰記的な本文を、延慶本が後に取り入れたとする可能性もあり得るとするならば、ここでもその可能性の有効性を検討する余地はあろう。

まず、長門本巻十三より引用する。

③そのせい十万よき、大将軍六人、むねとのさふらひ廿余人、先陣、後陣をさたむる事もなく、おもひ〳〵に我さきにとすゝみけり。⑧此勢には、なにかおもてをむくへき、只今うちしたかへなんすと見えし。⑨かた道を給てけれは、路次にあひたるものをは、権門勢家をいはす、正税官物ともいはす、あふ坂よりうはひとりけれは、狼籍斜ならす。大津、からさき、三津、山田、やはせ、まの、たか島、ひらの麓、しほつ、かひつにいたるまて、次第に追捕す。人民山野に逃隠。

先述したように、長門本に4〜7はない。そしてこうした形態が本来的なものと考えられる。増補の行われた盛衰記的本文形態を延慶本が取り入れたとすれば、以下に示す経緯が考えられる。

平家の北国合戦での大敗という結果は周知のものでありながら、それを予感させることなく、あたかも勝利が約束されているかのように進軍を描く本来の展開に対し、盛衰記は、六人の将軍への予祝を記してその勝利を更に決定づけようとするかに見えて、実は源氏滅亡の実現は難しいとする言を加えて一挙に反転させ、平家滅亡を暗示するという新機軸を打ち出す。従って、増補記事以降に置かれる平家の勝利を確信するかのような⑧は省くことになる。

ところが、延慶本は本来の形態の①②③⑧⑨に盛衰記的増補記事（4〜6）を取り入れるにあたって、盛衰記と同様に③の次に4を載せるが、⑧に引かれてか、5の導入としてよりも、平家の勝利を確信する文脈を強調した。また、盛衰記の不連続性を解消するためにか、7「猿程ニ平家ノ大勢既ニ都ヲ出」を加えたが、盛衰記が省略した⑧も活かそうとして、その「大勢」を「オヒタ、シナムトハナノメナラス」と評した。そのために、平家の困難を予告する6が浮き上がってしまった。つまり、二つの相反する内容を同時に取り込もうとし、それぞれを文脈に馴染ませようと試みて、矛盾が拡大したのである。

他にも、細かな表現ではあるが、同様の稚拙な改編がある。③に「ムネトノ侍廿余人ニハ不過ケリ」と、延慶本のみが「不過ケリ」と加えている。長門本のように、③の次に⑧を続けて、平家の勢力の大きさを示す文脈からすれば、「不過ケリ」という消極的な表現は不要である。平家軍が頼りなさそうであることを示そうという意識が現れたものであろうか(6)。

以上のように延慶本の後次性を説明することができる。とは言っても、この部分のみを見る限りでは、盛衰記の方が整理されたものなのか、延慶本の方が杜撰に取り入れた結果なのかの判定は難しい。どちらの可能性も考えられよう。しかし、盛衰記が整理していったとする方向性は、前節で導いた結果とは逆であり、しかも、盛衰記ではどちらも巻二十八に収められている。このように接近した章段内部において、増補の順序が逆方向になるというのも不自然である。ここも盛衰記的な本文を延慶本が取り入れたと考えてよいのではないか。

四　都落ち後の共通記事

さて、第二章第四節で、盛衰記巻三十二と、それに該当する延慶本巻七終盤から巻八前半までを対照した時に、延慶本が巻によって文書・記録的資料の増補の姿勢が異なるのではないかと述べた。延慶本巻七終盤とは、主に第三十四章段「法皇天台山ニ登御坐事付御入洛事」以降を指す。盛衰記巻三十二の同じ範囲には、文書・記録的資料に依拠して増補したと思われる記事が四箇所ほどあるが、その中で延慶本が共有する記事は一箇所だけである。それも巻七結尾に置かれた第三十七章段「京中警固ノ事　義仲注申事」の、八月一日の京中警護に補された人名の列挙記事である。これは『吉記』七月三十日条で確認され、何らかの確かな歴史資料から流用されたものと考えられる。が、延慶本・

盛衰記両本がそれぞれ独自に挿入したとするのは不自然であり、どちらかが先に取り入れた本文を、もう一方が用いたと考えられる。しかし、次章で検討する巻八の資料の取り入れ方を参照すると、これも現存盛衰記の形態に近い読み本系の本文から延慶本が取り入れたと考えることができるのではないか。

次に、第三十三章段以前ではあるが、盛衰記ではやはり巻三十二に含まれる福原落ち部分にもう一箇所、語り本系諸本や長門本にはないものの、延慶本と盛衰記に共通する記事（第三十二章段「平家福原仁一夜宿事付経盛ノ事」）がある。最後にこの部分について触れることとする。内容は以下のとおりである。

福原に着いた平家一行は、まず清盛の墓参りをする（ここまでは長門本・四部本も同様。以下は延慶本・盛衰記とに共通）。忠度はそこで清盛の回向をし、歌を詠む。ついで横笛に秀でた経盛の話になる。かつて秘曲を法皇の前で披露して感動させたこと、そのような経盛を失うことを人々は無念に思う。弟子の能方（藤原長方の弟）が共に下り、更に行を共にしたいと申し出たが、経盛は断り、能方を都に返した。

この福原落ちの際の忠度と経盛の逸話は、第二章で指摘した文書・記録的資料とは全く性質が異なる。盛衰記もほぼ同様の内容であるが、忠度と経盛の逸話の間に、更に管絃講まで挿入している。長門本は、清盛墓参の次には福原の御所の様子を独自に加え（矛盾・重複が多い）、時子の演説に移る。忠度や経盛の個人的な逸話を省略し、その代わりに、福原全体の邸宅などを叙述する展開を選んだとも考えられる。

が、福原落ちの構成は全体に亙って諸本によってかなり異なり、延慶本・長門本・盛衰記の三本でも、記事配列がそれぞれに異なる。代表的な相違は、宗盛（或いは時子）の演説が福原に着いた時になされたとするか（長門本・盛衰記・語り本系など）、翌日、福原を炎上させた後に船上でなされたとするか（延慶本・四部本・南都本など）、であろうか。全体的に大きな異同がある中で、記事構成や表現などの検討から、この忠度・経盛の逸話が増補か否かを判断することは困難である。

なお、この逸話は南都本にも存在する。南都本のこの部分（巻八に含まれる）は読み本系と判断されるが、かなり自在に改編が施されている。その中で、この部分の本文は、延慶本・盛衰記のどちらか一本との直接的関係が想定されるものではない。南都本が延慶本・盛衰記共通記事を共有し、しかもどちらか一方との直接的関係がないということは、読み本系祖本にこの逸話が載っていたことを示すのではないか。盛衰記巻三十二と、延慶本巻七終盤・巻八前半とに共通する同文記事とは性格が異なることも、この逸話が読み本系祖本にあったと推測する根拠の一つに加えられようか。

以上からは、忠度・経盛の逸話は、読み本系祖本に存在したのではないかと想像されはするものの、現在のところでは確定はできない。

おわりに

延慶本と盛衰記のみに同文記事がある場合、「はじめに」に掲げた（三）は必ずしも通用しないことを示した。次に新たに可能性を提示することとなった。それは、盛衰記的本文を延慶本が利用して現存延慶本に至ったという可能性である。稿者は第二章で、延慶本において、レヴェルは異なるが、盛衰記的な異本本文の混入があることを示した。また、長門切と称されるが、実は盛衰記に近い本文の断簡が数多く現存している。それらは鎌倉時代末期の書写と考えられている。現存延慶本の形成過程において、盛衰記に近い読み本系の本文が影響を与えることは十分に考えられる。

延慶本巻七の冒頭の三つの章段の膨大な独自記事は、改編された或る読み本系の異本（現存盛衰記にその姿を留める）から導入されたものであると推定し、そのような延慶本であれば、第八章段にも同様な方向性を見出すことができるのではないかと考えた。

延慶本巻七―三の次には改元や大嘗会御禊などの記事が続き、盛衰記では詳細な記録的な記事が加わっているが、延慶本は長門本とほぼ同じであり、盛衰記のみとの共通記事はない。盛衰記自体の成立の複雑さも考えなくてはならないが、前章で推測した、巻七の書写者が巻八と異なって、朝廷に関わる記録的な記事にはそれほど関心が向いていないという見通しは、巻七前半でもやはり有効なようだ。

注

（1）延慶本と他の読み本系諸本との影響関係については夙に様々な論が出されている。その一端は武久堅『平家物語成立過程考』（桜楓社　昭和61年）序論第二章（初出は昭和53年）に纏められている。ここでは読み本系間の本文の関係を改めて検討していきたい。

（2）前掲注（1）第一編第六章（初出は昭和53年12月）、牧野和夫「延慶本『平家物語』の一考察――「諷諭」をめぐって――」（「軍記と語り物」16号　昭和55年3月）。最近、山田尚子「楊貴妃譚の変容――延慶本『平家物語』「楊貴妃被失事」をめぐって――」（佐伯真一編『中世文学と隣接諸学　4　中世の軍記物語と歴史叙述』竹林舎　平成23年4月）は、説話の大枠は朗詠注に拠り、『長恨歌』『長恨歌伝』によって修正する原典回帰の方向性を見いだす。同時に風諭性を強調する方向性の併存を指摘している。

（3）武久堅氏は前掲注（2）論で、楊貴妃譚について、延慶本が「最終加筆期」に『長恨歌』『長恨歌伝』を用いて増補したことを指摘しているが、盛衰記については、延慶本の記事を分割し、巻一（禿童の前）、巻五（一行阿闍梨流罪の後日譚）

に再編成したとする。ただし、他の増補記事との関連からの言及はない。

（4）牧野和夫氏は、前掲注（2）論文で、この楊貴妃譚には延慶本の後白河院政治批判が籠められていると指摘し、延慶本の独自の文脈の解読を行っている（後掲注（6）参照）。

（5）早川厚一・佐伯真一・生形貴重校注（和泉書院　平成15年）

（6）⑨にも延慶本独自部分がある。牧野和夫氏は、前掲注（2）論文で、⑨の独自部分、また第三章段⑵の独自部分「上一人ヨリ始テ、下万民ニ至ルマテ、一人トシテ歎悲シマスト云事ナシ」、第二章段1の楊貴妃譚のすべてが白居易の諷諭詩と無縁ではないことを指摘し、延慶本独自の増補の一貫性、批判性を示唆している。ただし、これらの増補時期にまでは言及されていない。⑨の批判は読み本系祖本に加えられた言であるが、第二章段1と第三章段⑵の独自部分は延慶本・盛衰記共通本文に更に加えられた言である。ここからは、これらの増補が盛衰記的本文からの増補以前のものではあり得ないことは確認できる。ただし、盛衰記的本文からの増補と同時になされたものか、それよりも後のものなのかはわからない。なお、氏が加えた第十四章段「雲南濾水事付折臂翁事」は長門本・盛衰記とも共通する。

第四章　延慶本巻八と源平盛衰記の間

前章に引き続き、巻八を考察する。

一　延慶本巻八―九と盛衰記

延慶本巻八[1]は、平家都落ち、義仲入京によって、新しい体制を敷く事になった朝廷の動きを記すことから始まる。全体的には長門本との共通部分が多く、第三章「はじめに」で掲げた（一）の占める割合が大きい。つまり、延慶本が独自に展開している部分はそれほど多くはない。延慶本のみならず、長門本もそれほど熱心に改編の触手を伸ばさなかった巻であったと考えられる。しかし、冒頭から数章段は比較的独自に新たな内容を盛り込んでいる。そのうち、第九章段「四宮践祚有事付義仲行家ニ勲功ヲ給事」には『玉葉』等によってもある程度は確認される歴史記録的な記述があり、盛衰記と同文の記事が含まれている。但し、杜撰な書写であり、意味が通じ難い。しかも延慶本の杜撰さは、盛衰記も共有している。これらのことは、既に「盛衰記の本文は、この時の議定（稿者注　寿永二年八月十八日〈『百練抄』十八日・『玉葉』十九日条〉）の内容を伝える何らかの資料からの摘記、取意によるものと思われるが、著しい誤脱を含むものとなっている。そして平家物語の主要な諸本のうちで、この内容を持つものは盛衰記と延慶本の二本だけなのだが、両伝本が同一本文で誤脱を共有するものであることは注目に値する。両伝本の関係を考える時、問題とするべき箇所なのである」(2) と指摘されていて、盛衰記の本文校訂の場からも疑問が提示されている。しかし、盛衰記の本文の方が延慶本よりも幾分整っているようである。

以下に引用が長くなるが、当章段の本文を載せる（返り点を付し、注意すべき表現に傍線等を付した）。

A　十八日、左大臣経宗、堀河大納言忠親、民部卿成範、皇后宮権大夫実守、前源中納言雅頼、梅小路中納言長方、源宰相中将通親、右大弁親宗被テ二参入一、即位事幷ニ剣、鏡、璽、宣命ノ尊号事等、議定有ケリ。

頭弁兼光朝臣、諸道勘文ヲ左大臣ニ下ス。次第ニ被二伝下一ケリ。「神鏡事、偏ニ存ス二如在之儀ヲ一。還テ有二其恐一。暫ク定テ二其所ヲ一、可レ被レ待二帰御一歟。剣璽事、於テ二本朝ニ一更雖レ無レ例、漢家之跡非スレ一ニ。先有テ二践祚一、可レ被レ待二帰来一歟。御剣ハ、可レ備フ二儀式ヲ一、尤可レ被レ用二他剣一者乎。即位ノ事、八月受禅、九月即位、円融院例也。而天下不レ静、事卒爾也。十月之例、光仁、寛和也。可レ依二二代ニ一者、十一、二月ニ可レ被レ行。而今年即位以前朔旦。嘉承無二出御一、不吉事也。十月旁可レ宜歟。任二治暦之例一、可レ被レ用二官庁、紫宸殿一歟。旧主尊号事、若無二尊号一者、天可レ似レ有二二主一。尤可レ有二沙汰一歟。宣命事、任二外記勘状一、可レ被レ用二嘉承例一」之由、一同ニ被二定申一。

同日、平家没官ノ所領等、源氏輩ニ分給フ。惣テ五百余所ナリ。義仲ニハ百四十余箇所、行家ニハ九十个所也。行家申ケルハ、「所二相従一之源氏等、更非ス二通籍之郎従ニ一。只相二従戦場一計也。強ニ支配之条、彼等不レ存二恩賞之由一歟。尤可レ被二分下一」ト申ケルヲ、「此条争カ悉ニ被レ知二食功之ノ浅深ヲ一。義仲相計テ可二分与一」トソ申ケル。両人ノ申状、何モ非レ無レ謂ソ聞ケル。今日行家、義仲等、聴二院昇殿一。本ハ候シ二上北面ニ一ケリ。「此条雖レ非レ可レ驚、官位俸禄已如レ存歟。奢レル心ハ人トシテ皆存セル事ナレトモ、今称シテ二勲功ト一、日々重畳ス。尤頼朝之所存ヲ可二思慮一歟」トソ人々申アワレケル。

a同廿日、法住寺ノ新御所ニテ、高倉院第四王子践祚アリ。春秋四歳。左大臣、内記光輔ヲ召テ、「践祚事、太上法皇ノ詔ノ旨ヲ可レ載也。先帝不慮ニ脱屣事、又摂政事、同可レ載」ト仰ス。次〔第〕事ハ先例ニ不レ違トモ、剣璽ナクシテ践祚事、漢家ニハ雖レ有二光武跡一、本朝ニハ更無二其例一。此時ニソ始レリケル。内侍所ハ如在ノ礼ヲソ被レ用ケル。旧主已被レ奉二尊号一、新帝践祚アレトモ、西国ニハ又被レ奉レ帯二三種神器一、受二宝祚一給テ、于レ今在レ位。国ニ似レ有二二主一歟。②「天ニ二ノ日ナシ、地ニ二ノ主ナシ」トハ申セトモ、異国ニハ加様ノ例モ有ニヤ。③吾朝ニハ帝王マシマサテハ、或ハ二年、或ハ三年ナムト有ケレトモ、京、田舎ニ二人ノ帝王マシマス事ハ未レ聞。世末ニ成レハ、カヽル事モ有ケリ。叙位除目已下事、法皇御計ニテ被レ行シ上ハ、強ニ忩践祚ナクトモ、何ノ苦ミカハ有ヘキ。

帝位空例、本朝ニハ、神武七十六年丙子崩、綏靖天皇元年庚辰即位、一年空。懿徳天皇廿四年甲子崩、孝昭天皇元年丙寅即位、一年空。応神天皇廿一年庚午崩、仁徳天皇元年癸酉即位、二年空。継体廿五年辛亥崩、安閑天皇元年甲寅即位、二年空。「而今度ノ詔ニ、『皇位一日不レ可レ曠』ト被レ載事、旁不レ得二其意一」トソ、有職ノ人々難申ケル。

①本ノ摂政近衛殿替給ハス。御前ニ候給テ、万ツ執行ハセ給フ。平家ノ御聟ニテオハシマシケレトモ、西国ヘモ落サセ給ハヌニヨテナリ。

三宮ノ御乳母ハ、無二本意一口惜事ニ思テ泣給ケレトモ無二甲斐一。帝王ノ御位ナムトハ、凡夫ノトカク不レ可レ依レ思ムニ。天照大神ノ御計トコソ承ハレ。

B　四宮コソ既ニ践祚アムナレト聞ヘケレハ、平家ノ人々ハ、「三宮ヲモ四宮ヲモ皆取具奉ルヘカリシ物ヲ」ト被レ申ケレハ、「サラマシカハ、高倉宮ノ御子、木曾カ奉レ具テ上リタルコソ、位ニ付給ハマシカ」ト申人有ケレハ、平大納言、兵部少輔尹明ナムト被レ申ケルハ、「出家人ノ還俗シタルハ、イカヽ、位ニハ即ムスル」ト申アワレケリ。「天武天皇ハ春宮ニテ御坐シカ、天智天皇御譲受サセ給ヘキニテ有ケルニ、『位ニ付給ハヽ、大伴王子討奉ラン』ト云事ヲ聞給テ、御虚病ヲ構ヘサセ給テ遁申サセ給ケルヲ、帝強ニ姪申サセ給ケレハ、仏殿ノ南面ニシテ鬢ヒケヲ剃セ給テ、吉野山ヘ入セ給タリケルカ、伊賀、伊勢、美乃三箇国ノ兵ヲ発給テ、大伴皇子ヲ討奉リテ位ニ即給ニケリ。孝謙天皇モ位ヲ辞セサセ給テ、尼ニ成セ給テ、御名ヲハ法基尼ト申ケレトモ、又位ニ還即給ヘリシカハ、唐則天太宗皇帝ノ例ニ任セテ、出家ノ人モ位ニ即給事ナレハ、木曾カ宮、何条事カアラム」ト申テ、咲アヒ給ケリ。

九月二日、院ヨリ公卿勅使ヲ立ラル。平家追討ノ御祈也。勅使ハ参議修範卿トソ聞ヘシ。太上天皇ノ伊勢ノ公卿ノ勅使ヲ被レ立事、朱雀、白川、鳥羽三代ノ蹤跡有ト云トモ、皆御出家以前也。御出家以後ノ例、今度始トソ承ハル。

八幡ノ御放生会モ九月十五日ニソ侍リケル。

此日、法皇日吉社ヘ御幸有リ。公卿殿上人、束帯ニテウルワシキ御幸也。神馬ナムト被レ引ケリ。御車ノ御共ニハ、中納言朝方、検非違使ナムト仕ル。

内容を、傍線部分を追って簡単に紹介しておく。

（A）十八日に議定が開かれる。議題は、新帝即位、三種の神器、宣命に書くための安徳帝の尊号等を決めることである。また、同日に平家没官領の配分、行家・義仲等の院昇殿、（a）二十日の四宮践祚と続く。践祚については後に詳述する。

続いて（①）摂政近衛基通が「御前ニ候給テ、万ツ執行ハセ給フ」と記される。これは前の四宮践祚に関わる論評や直前の帝位空例から読み続けると戸惑うが、基通が二十日の践祚の儀式の取り仕切りをしたことと理解される。次いで、帝になれなかった三宮の乳母の歎きを記す。次に（B）四宮践祚を聞いた平家の反応、そこから木曾宮（還俗宮）の存在と践祚の可能性が語られる[3]。その後、九月二日の伊勢公卿勅使発遣、十五日の石清水放生会と日吉御幸と、秩序と平和の回復へ向けた朝廷の営みが列挙されていく。

延慶本の内容を検討する前に、まず長門本（巻十五）をみていきたい。

ⓐ廿四日、四宮は、院の御車にて、閑院殿へ入せ給にけれは、公卿殿上人、法皇の宣命にて、節会をこなはれけり。神璽・宝剣も渡らせ給はす、内侍所もましまさて践祚の例、是そ初なる。

①摂政近衛殿、かへ給はす、御所にすみなし給て、よろつとりをこなはせ給ふ。平家の御聟にてまし〳〵けれとも、西国へも落させ給はぬによりて（ママ）、三宮の御乳母は無二本意一口惜事におもひて、なき給けれとも、その甲斐なし。帝王の御位なとは、凡夫の兎角おもふにもよるへからさる事也。天照太神の御計とこそ承れ。②「天に二の日なし、地にふたりの主なし」とは申せとも、異国には、かやうの例も有にや。③吾朝には、帝王ましまさて、或は二年、或は三年なとありけれ共、京田舎に、二人の帝王座し事、いまたきかす。世のすゑになれは、かゝる事も有けり。

B（略　延慶本と同文）

長門本には、延慶本Aに書かれていた議定等の記事はない。Aの位置にはⓐが記されている。これは延慶本のaに該当する。ただ、延慶本は二十日の践祚の儀と記すが、長門本では二十四日に節会が行われたと記される。日付の他にも、場所も延慶本では法住寺殿だが、長門本では閑院殿である。三種の神器についても、内侍所のことなど、その内容はかなり異なる。なお、『玉葉』八月二十日条によれば、まず院御所で着袴をし、閑院殿に移って践祚の儀を行っている。aを含んだAと、ⓐとは異なる資料に拠ったものと考えられる。

一方、延慶本のAの中に記されていた②③は、長門本では①の後に延慶本と同文で置かれている。①も延慶本とほぼ同文である。①が践祚（節会）における摂政の行動を指すことは、長門本においては自明のこととして読み取れる。②③は、二人の帝が並び立つこと自体が前例もない前代未聞のことと記すが、長門本では、①「帝王の御位なとは、凡夫の兎角おもふにもよるへからさる事也。天照太神の御計とこそ承れ」から続き、「世のすゑ」のこと故と記すことによって、誰を批判するものでもなく、天の計らいの故と納得せざるを得ないと読み取れる。なお、③「吾朝には、帝王ましまさて、或は二年、或は三年なとありけれ共」とある帝王不在についての言及は、二人の帝王誕生という異常事態を説くための比較対象として持ち出されたものである。続くBは延慶本とほぼ同文である。

次に盛衰記（巻三十二）を見ていく（返り点等を付した）。

A　（略　延慶本と同文。但し、②③はなし）

②　サレハ、「異国ハ不レ知、③我朝ニハ神武天皇ハ、地神第五代ノ御譲ヲ稟御坐シヨリ以来、故高倉院ニ至ラセ給マテ八十代、其間ニ帝王オハシマサテ、或二年、或三年ナト有ケレ共、二人ノ帝ノ御座事未レ聞。世ノ末ナレハヤ、京田舎ニ二人ノ国王出来給ヘリ。不思議也」トソ申ケル。

B　平家ハ、「四宮既ニ御践祚」ト聞テ、「哀、三、四宮ヲモ皆取下奉ヘカリシ者ヲ」ト被二申合一ケレハ、或人ノ、「サラマシカハ、高倉宮ノ御子ヲ、木曾冠者カ北国ヨリ奉レ具上タルコソ、位ニハ即給ハンスレ共」ト云ケレハ、平大納言時忠、兵衛佐尹明ナトノ、「イカ、出家還俗ノ人ハ位ニ即給ヘキ」ト宣ケレハ、又或人申サレケルハ、「異国ニハ則天皇后ハ唐大宗ニ奉レ後、尼トナリ感業寺ニ籠給タリケルカ、再高宗ノ后ト成、世ヲ治給シ程ニ、高宗崩御ノ後、位ヲ譲得給テ治二天下一給ケリ。中宗皇帝ハ入二仏家一、玄弉三蔵ノ弟子ト成、仏光王ト申ケレ共、則天皇后ノ譲エテ、崩御ノ後、還俗シテ即レ位給ヘリキ。我朝ニハ天武天皇、大友皇子ノ難ヲ恐テ、春宮ノ位ヲ退マシ／＼テ、大仏殿ノ南面ニシテ、御出家アリシカ共、終ニ大友皇子ヲ討テ位ニツキ給キ。孝謙天皇ハ位ヲサリテ出家シ、御名ヲ法基ト申シ、カ共、大炊天皇ヲ奉レ流、又位ニツキ給ヘリ。今度ハ称徳天皇トソ申ケル。サレハ出家ノ人モ、即レ位給事ナレハ、木曾カ宮モ難カルヘキニアラス」ト申テ、咲ナトシケルトカヤ。（巻三十二終

わり）

（囲み記事は盛衰記独自のもの）

盛衰記のAは延慶本と同文だが、その中に②③はない。また、①もなく、全体としてはA②③Bの順となっている。左に、Aの中に位置するaの盛衰記本文を引用する。

a　同廿日、法住寺ノ新御所ニテ、高倉院第四王子有二践祚一。春秋四歳。左大臣、召二大内記光輔一、「践祚事、太上法皇ノ詔旨ヲ可レ載也。先帝不慮ニ脱屣事、又摂政事、同可レ載」ト仰ス。次第ノ事ハ不レ違二先例一トモ、剣璽ナクシテ践祚事、漢家ニハ雖レ有二光武跡一、本朝ニハ更無二先例一。此時ニソ始ケル。内侍所ハ如在ノ礼ヲソ被レ用ケル。旧主已被レ奉二尊号一、新帝践祚アレ共、西国ニハ又被レ奉レ帯二三種神器一、受二宝祚一給テ、于レ今在レ位。国似レ有二二主一歟。叙位除目已下事、法皇宣ニテ被レ行之上者、強ニ急キ無二践祚一トモ、可レ有二何苦一。但帝位空例、本朝ニハ、（略）而今度ノ詔ニ、『皇位一日不レ可レ曠』被レ載事、旁不レ得二其心一」トソ、有職ノ人々難シ被レ申ケル。

このようにaの中に②③が無いと、その内容は、三種神器が西海にあるままでの践祚は「国似レ有二二主一」という珍事をもたらしたと指摘した上で、叙位除目も法皇が行うのだから、そのような践祚は急いで行う必要もなかったろうにと、後白河院専制への批判が明瞭に表れる。次に、帝位が空白であった時期が過去にあった例を具体的に示す。帝位を一日でも空白にしてはならないことが今回践祚を急いだ理由であり、法皇の詔に書かれた文言だが、それは当たらないこととわかる。そして「旁不レ得二其心一トソ、有職ノ人々難シ被レ申ケル」と、再度後白河院を非難する。帝王が二人立ってしまったことを話題にしているが、主眼はそうした事態を引き起こした後白河院を批判するものであり、帝王不在の例は後白河院の虚偽の詔を批判するためのものなのである。

このように前例を用いて法皇の強引さを批判した後、②③と続き、日本における二人の帝王の出現に話を戻す。但し、そこでは世も末になった故のことであり、「不思議」なことと記す。Aの厳しい後白河院非難からは異なる筆致となっている。

また、盛衰記の②③Bの本文は、延慶本や長門本と比べると変容している。②はかなり省略されている。「異国ハ不レ知」が延慶本や長門本では二人の帝王出現について書かれた内容だったものが、盛衰記では、Aの結尾に置かれた帝位空例から引き続くことで、その前例を受ける内容に変わっている。③やBには逆に潤色が施されている。しかし、これは通常の盛衰記の本文改変のありように通じると言えよう。

盛衰記の②③Bの配列は長門本と共通する。長門本ではAがないために、「天照太神の御計」「世のすゑ」という言葉で異常事態を受け入れるのみであった。後白河院批判がなく、盛衰記のような断層はないことを付言しておく。

以上の二本の位相を確認した上で、延慶本に戻る。延慶本はAの中に②③が置かれている。「国ニ似レ有二二主一歟」から②への接続は滑らかである。続く③で、帝王不在の前例はあるのに比べて二人の帝王の出現の前例はないとしたあとで、「叙位除目已下事、法皇御計ニテ被レ行シ上ハ、強ニ忩践祚ナクトモ、何ノ苦ミカハ有ヘキ」と、法皇が践祚を急いだことを批判する。更に続けて帝王不在の前例を具体的に述べるのだが、その前例は「皇位一日不レ可レ曠」という後白河院の詔が虚偽のものであることを非難する証となる。帝王不在という前例が、一方では二人の帝王出現を持ち出すための比較対象として、一方では帝位を空白にしてはならないという、践祚を急いだ理由に対する反証として、という二様の使われかたがされることとなる。また、間に践祚を急いだことへの非難も挟まり、文脈が捩じれて理解しにくい。

二　他の諸本の位相から

延慶本と盛衰記はAを載せることによって、その内容にそれぞれ断層或いは捩じれを抱え込んでいるのだが、そのありかたの相違は②③の位置によって生じている。②③の位置が問題になる。そこで、次に他本を見ることとする。本文は省略し、その構成順序を［表Ⅰ］にまとめた。

［表Ⅰ］第九章段の構成要素

延慶本	A（②③含む）	①				B
盛衰記	A（②③ナシ）			②③		B
長門本	ⓐ	①		②③		B
闘諍録	ⓐ	①		②③	名虎	B
南都本	ⓐ	①	名虎	②③		B
覚一本	ⓐ	①		②③	名虎	B

四部合戦状本には巻八がない。源平闘諍録は、同文とは言えず、③の次には〈名虎〉の説話も入っているが、それを除けば、ⓐ①②③Bの順となり、長門本と同じ展開である。南都本も〈名虎〉の位置が異なるが、それを除けばやはり長門本と同じ展開をしている。覚一本も同様に、〈名虎〉の位置を除けば、長門本と同じ展開である。[4] 盛衰記には①がないが、他の全諸本に①があるので、これは盛衰記が省略したと考えてよかろう。

以上より、まず①以下の構成について見ると、長門本の構成は延慶本以外の読み本系や語り本系に共通しているが、延慶本の構成は他諸本には継承されていないことがわかる。覚一本も含めた諸本が同じ構成を見せていることからは、前章「はじめに」で掲げた仮説の（三）（四）（五）を敷衍することが可能であろう。読み本系祖本の①以降の構成は、長門本に代表される①②③Bであったと考えられる。延慶本の形はAの中に②③を入れ込んだ後次的なものである。「国ニ似レ有ニ二主一歟」と②の「天ニ二ノ日ナシ、地ニ二ノ主ナシ」との連続性から、或いは「帝位空例」を先取りする形で③を組み込んだものであろうか。

次に、Aとⓐの問題を考える。ⓐは長門本や覚一本も含めた多くの本にあることから、やはりⓐの形の方に祖本の面影が見えると言えよう。長門本以下の諸本の構成が読み本系祖本の骨格として認められるということである。それらでは四宮践祚即ち二帝並立という異常事態を記し留めるにあたって、批判性は極力抑えられている。

一方、Aとⓐとでは出典が異なると考えられることは先に述べた。延慶本や盛衰記はⓐをAに置き換えて再構成を施したと考えられる。但し、盛衰記はその際に①を省略した。Aを入れることによって、二帝並立という事態を引き起こした後白河院を批判する内容となったが、従来の文脈も残存させ、二様の評価が相前後して現れることとなった。対する延慶本は②③をAの中に入れ込んだために、内容、批判性共に入り組んでしまっている。

それでは、延慶本と盛衰記の関係はどのようなものか。それぞれが偶然に同じ記事を引用したとは考えられない。何らかの影響関係を見るべきであろう。盛衰記は全体的に改編されてはいるが、Aの本文の質は延慶本よりも良く、またAに②③は含まれず、全体的な構造としては、延慶本より長門本に近い。従ってこの部分に限って言えば、盛衰記の形態の方に現存延慶本よりも古い形態が見出せることになる。すると、盛衰記を利用して現存延慶本が出来たと考えることができようか。前章の考察と同じ結論に至る。

三　延慶本巻八―二の同文記事

延慶本巻八には盛衰記とのみ同文関係の見える部分が他に二箇所ある。その一つは第二章段「平家一類百八十余人解官セラル、事」の後半の一節である。延慶本巻八は冒頭から朝廷の動きを時系列に従って記している。この一節もその延長上に置かれているが、はじめにその前後を確認しておく。

第一章段「高倉院第四宮可二位付給一之由事」には、次の話題が記されている。まず、「寿永二年八月五日」、三宮と四宮のどちらを天皇にするか（C）から始まる。これは諸本とも基本的には同様に書かれている。次に延慶本独自記事として、源氏軍への勧賞のこと、監禁している平家方の忠清父子の身柄に触れつつ、早くも平知康と義仲との不仲が取り沙汰されている記事を載せる（D）。そして第二章段で「八月六日」の平家一門の解官（E）が詳しく記される。これは延慶本以外の全諸本は共通しており、しかも簡略である。延慶本の記事をEとし、他本の記事を［E］として区別して、［E］を左に引用する。

［E］　六日、平家の一類、公卿、殿上人、衛府、諸司、百八十人、官をとゝめらる。時忠卿父子三人は、此中にもれにけり。「十善の帝王、三種の宝物、返し入させたてまつらしめ給へ」と、彼人のもとへ仰下されたりけるによりて、被レ免けるとそ聞えし。（長門本による）

［E］では安徳天皇と三種神器の返還に関わらせるために、時忠父子が解官を免れたことを記す。延慶本では解官された人名を一人一人列挙していくが、時忠父子については一切触れていない。全く別の内容であり、それぞれ別資料に拠ったと考えられる。次に延慶本独自記事として、「同七日」に忠清父子のこと、「同九日」に平家との交渉が記され

る（F）。そして問題の一節（G）となる。これは義仲が木曾宮を新帝に推挙する記事である。この一節のみが盛衰記と同文である。その後第三章段「惟喬惟仁ノ位諍事」（以下〈名虎〉とする）に展開するが、これは諸本それぞれに位置・内容・表現などが異なる。第四章段「源氏共勧賞被レ行事」に入ると、「八月十日」の小除目、「十六日」の除目で義仲らの任官、昇進が記される（H）。これは諸本ほぼ同様である。

さて、該当箇所を左に引用する。

G　義仲、高倉宮ノ御子即位事、内々泰経卿ニ申旨アリケレハ、同十四日、俊暁僧正ヲモテ義仲ニ被レ問ケレハ、「国主御事、辺鄙ノ民トシテ是非ヲ申ニアタハス。但、故高倉宮、法皇ノ叡慮ヲ休メ奉ムカ為ニ御命ヲウシナハレキ。御至孝ノ趣、天下無ニ其隠一。争不レ被ニ思食知一哉。就レ中彼ノ親王宣ヲモテ、源氏等義兵ヲアケテ、ステニ大事ヲ成畢ヌ。而今受禅沙汰之時、此宮ノ御事偏ニ寄置セラレテ、議定ニ不レ及之条、尤不便御事也。主上ステニ賊徒ノ為ニ被ニ取籠一給ヘリ。彼ノ御弟、何ソ強ニ可レ被レ奉ニ尊崇一哉。此等ノ子細更ニ非ニ義仲カ所存一。以ニ軍士等カ申状一ヲ言上許也」ト申ケレハ、以ニ此趣一テ人々ニ被レ問ル。「義仲カ状、非レ無ニ其謂一」トソ被レ申ケル。（囲み記事は盛衰記にはない表現）

史実からも、安徳天皇に代わる新帝の候補者として弟の三宮と四宮があげられていたところに、新たに木曾宮を義仲が進言して人々を驚愕させたことが認められ、『玉葉』八月十四日条によれば、俊暁僧正が仲介役をしたことも知られる。よって、この一節が何らかの資料をもとにして記されたものであることは認められよう。また、『玉葉』に照らすと、践祚（二十日）の直前まで木曾宮のことは問題とされている。

しかし、延慶本ではCで既に八月五日に四宮即位が決定しており、その後、DEFの記事が挟まっている。Gで再び新帝決定に関する動きが再燃することになり、唐突との感は否めない。

しかも、「高倉宮ノ御子」は巻四―二十四「高倉宮ノ御子達事」に、猶御子ハヲハシマスト聞ユ。一人ハ高倉宮ノ御乳母ノ夫、讃岐前司重季奉レ具テ北国へ落下給ヘリシヲハ、木曾モテナシ奉テ、越中国宮崎ト云所ニ御所ヲ立テ居奉リツヽ、御元服アリケレハ、木曾ノ宮トソ申ケル。又ハ還俗ノ宮トモ申ケリ。

とあるが、義仲挙兵以後ではGが初めての登場である。Gの文面からは、前掲B（第九章段の記事なのでGよりも後出である）や巻四―二十四にあるような義仲との関係も、還俗していることも明らかにならず、この点でも違和感を覚える。

しかし一方でこのGは、次に続く〈名虎〉の導入としても位置付けられる。〈名虎〉は周知のように、三宮・四宮の皇位決定をめぐる経緯の前例として、惟喬親王と惟仁親王の位争い説話を掲げることに本来の意味がある。延慶本はそこに木曾宮を候補とした事実を加えて、即位に関わる説話を呼び起こすことになる。当然三人の皇位争いに関わる話となるはずだが、延慶本の〈名虎〉は本来の筋を辿り、あくまでも二人の争いが描かれる。ただ、結末に締めくくりとして、

サレハ、「帝王ノ御位ト申事ハ、トカク凡夫ノ申サムニ不レ可レ依。神明三宝御計ナレハ、四宮ノ御事モカヽルニコソ」トソ人申ケル。

と記される。これは第一節で問題とした①の後半とほぼ同文である。延慶本では「凡夫」に義仲の行為を特に含めて解釈することも可能となる。

盛衰記も延慶本同様に〈名虎〉の直前にGを配しており、同様の解釈を以てこの一節を扱っていることがわかる。但し、盛衰記は新帝即位決定にまつわる記事（延慶本Cに相当）で、

「高倉院御子、先帝ノ外、三所御座。二宮ヲハ儲君ニトテ、平家西国へ取下進ケリ。今ハ三、四宮ノ間ヲ可レ奉

レ立歟。又、故以仁ノ宮ノ御子オハシマス。十七ニソ成セ給ケル。此ハ還俗ノ人ニテ御座セトモ、懸乱世ニハ成人ノ主、旁可レ宜。還俗ノ事、天武之例外ニ求ムヘカラス。又、昭宣公、恒貞親王ヲ奉レ迎ラレキ。還俗ノ人、憚アルヘカラス」トソ沙汰有ケル。去共、法皇ハ、高倉院三、四御子之間ニ思召定ケレハ、

と、既に候補者の中に木曾宮を数えている。盛衰記らしい、整合性を求めた加筆であろう。この記事から始まる四宮践祚決定記事のすぐ後にＧ〈名虎〉と続き、木曾宮を交えた新帝決定の経緯が集約的に記される。義仲と木曾宮の関係は不明なままだが、「故以仁ノ宮ノ御子」と、Ｇに記される「高倉宮ノ御子」は同定でき、延慶本に感じた程の唐突さや違和感はない。

こういった盛衰記の操作を見る限りでは盛衰記の後出も考えたくなるが、次に他本の構成と比較する。

［表Ⅱ］第一～第四章段の構成要素

延慶本	Ｃ	Ｄ	Ｅ	Ｆ	Ｇ	名虎		Ｈ			
長門本	Ｃ	×	[Ｅ]	×	×	名虎		Ｈ			
盛衰記	Ｃ	×		×	Ｇ	名虎	[Ｅ]	Ｈ			
闘諍録	Ｃ	×	×	×	×			Ｈ		（略）	名虎
南都本	Ｃ	×	[Ｅ]	×	×			Ｈ		（略）	名虎
覚一本	Ｃ	×		×	×			Ｈ	[Ｅ]	（略）	名虎

Ｅと[Ｅ]の関係については先述したが、延慶本のみが独自であり、内容も全く異なるものなので、延慶本が差し替えたと考えられる。一方、ＤとＦには忠清の処遇が共通して記されており、またＥと同様の朝廷をめぐる記録的記事であることから類推すると、ひとまずＤＥＦを一組として見ることができよう。これらを[Ｅ]と差し替え、朝廷の慌ただ

しい動きを描き出そうとしたと考えられる。一方、盛衰記はEを移動させたと考えられよう。盛衰記はそれによって皇位に関する記事（CG〈名虎〉）と、除目等に関する記事（EH）とが、それぞれ集約されたといえよう。

問題となるのはGである。Gも増補された記事と考えられるが、DEFと一連の事件として延慶本が加えたと考えてよいのだろうか。しかし、もし盛衰記が現存延慶本から引用したとするならば、Gのみを取り入れてDEFを全く引用しないことには不審が残る。第二章で指摘したように、盛衰記は同じ巻三十二の前半にあたる都落ち直後の記事では歴史記録的な記事を多く挿入している。それに続くこの部分では記録的記事をかなり落としたことになる。それはいかにも不自然である。このようにGの問題は残るが、共通祖本の形態は［CE〈名虎〉H］であったと考えられる。

ところで、第九章段と第二章段はそれほど離れているわけではない。両者とも記録的な記事という共通性もある。従って、ここでも盛衰記的本文を利用して現存延慶本が出来たという可能性を当てはめることは、あながち見当外れではなかろう。そこでGを増補した盛衰記を延慶本が利用したと考えると、延慶本がDEFを他の資料によって導いたことになる。前述の盛衰記巻三十二の編集態度における不審は消える。

四　延慶本巻八―十六の同文記事

延慶本と盛衰記の同文記事のうち、残る一箇所は、第十六章段「康定関東ヨリ帰洛シテ関東事語申事」の後半部分にある、院宣に対する頼朝の請文と礼紙である。その前に載る征夷大将軍宣旨は既に、建久三年に出されたものを寿永二年に繰り上げて、時間的虚構が施されている。延慶本・長門本・盛衰記は寿永二年八月に宣旨を下して九月四日に頼朝に渡したとする。読み本系諸本に載る征夷大将軍任命の宣旨は偽文書となる。なお覚一本では十月十四日に頼朝に渡したとする。ただし覚一本以外の語り本系は十月四日であり、(5)これらは物語中の時間の流れを前後させないための配慮と考えられる。以下には、征夷大将軍宣旨の後に載る、院宣に対する請文と礼紙を引用する。

又院宣請文ニハ、

去八月七日院宣、今月四日到来。被㆓仰下㆒之旨、跪以所㆑請、如㆑件。抑就㆓院宣之旨趣㆒、倩思㆓奸臣之滅亡㆒、是偏明神之冥罰也、更非㆓頼朝之功力㆒。勧賞間事、只叡念之趣可㆑足。

トソ載タリケル。礼紙ニハ、

神社仏寺、近年以来、仏性灯油如㆑闕。寺社領等、如㆑本可㆑被㆑返㆓付本所㆒歟。王侯卿相已下領、平家輩多押領云々。早被㆑下㆓聖日之恩詔㆒、可㆑被㆑払㆓愁霧之鬱念㆒歟。平家賞類歟、縦雖㆑有㆓科怠㆒、若悔㆑過、帰㆑徳、忽不㆑可㆑被㆑行㆓斬刑㆒歟。

トソ申タリケル。

請文の「抑……」以下の内容はこの時点のものと考えられもするが、奸臣を滅ぼした後のものと考える方が妥当ではあろう。現存資料では確認できないが、義仲なり平家なりを滅亡させた時点で書かれた可能性もあろう。(6)

また、『玉葉』寿永二年十月四日条には頼朝から提出された三箇条の申請の写しが載っているが、延慶本の礼紙はこれとほぼ同じ内容を載せ、同表現が頻繁に見える。従って、礼紙はこうした文書を利用したものと考えられる。この二通は頼朝が実際に朝廷にあてた書状を衍用したものではなかろうか。しかし構成や内容を検討する限りでは、長門本が省略したものなのか、また延慶本と盛衰記との関係もわからない。

なお、本稿では扱わなかったが、延慶本巻八の独自記事には他にも第六章段「安楽寺由来事付霊験無双事」の菅原道真の話、(7)第八章段「宇佐神官カ娘後鳥羽殿ヘ被ㇾ召事」の後鳥羽院に執心した女の話がある。しかし、前節までに扱った記録的記事を含めて、すべて第九章段までに集中している。第十章段以降最終の第三十七章段に至るまでは、殆ど長門本と同文である。(8)巻八の改編者の関心の偏頗性が自ずと浮き上がる。また、巻八結尾には、時間的には巻七に入れられるべき白山関連文書が収められ注目されている。第十六章段の請文と礼紙は文書蒐集の観点からも考える必要があろう。(9)

おわりに

以上、巻八についても、延慶本が盛衰記的本文を取り入れている箇所のある可能性を指摘した。巻七とは異なり、文書・記録的資料への関心が強かった。記録的本文への関心は、或いは巻八の改編者の資料蒐集の独自性に依るものかもしれない。延慶本を巻毎に独立的に考える視点も必要であろうか。

注

（1）延慶本巻八の諸問題については、水原一『延慶本平家物語論考』（加藤中道館　昭和54年）第五部「延慶本の編成——本・分冊をめぐって」、松尾葦江『軍記物語論究』（若草書房　平成8年）第四章一（初出は平成8年4月）等で論じられている。

（2）『源平盛衰記（六）』（三弥井書店　平成13年）巻三十二補注六〇。美濃部重克氏執筆。

（3）なお、村上學氏は「傍系人物三人——消滅した背後説話——」（『説話論集　第二集』清文堂　平成4年4月）で、Bの延慶本や盛衰記の文脈には不整合があることを指摘している。

（4）　覚一本はⓐの日付を二十日とし、延慶本と同日となっている。これは延慶本の影響というよりも、むしろ史実通りに記した結果と考えられる。或いは覚一本独自の日付操作が疑われる。次の〈名虎〉が、天安二年の話ではあるが「八月二十三日」と記して始めているので、それとの関係から、二十三日より早めたのではないかとも思われる。

（5）　第三部第四章で詳述する。

（6）　例えば源義仲が討たれた後、『玉葉』寿永三年正月二十二日条に「頼朝之賞」について諮問された記事があり、二月二十日条に「去月廿一日所遣頼朝許之飛脚帰参、頼朝申云、勧賞事只在上御計、過分事一切非所欲云々」とある。また、延慶本に記載されている宣旨などに何らかの典拠が存在するであろうとの指摘は上杉和彦「延慶本平家物語所収文書をめぐって――宣旨を中心に――」（『軍記と語り物』31号　平成7年3月）、松島周一「『延慶本平家物語』所収の頼朝追討宣旨をめぐって」（『日本文化論叢』6号　平成10年3月）他に示されている。

（7）　最近では、小番達「延慶本平家物語における天神信仰関連記事をめぐって――第四・六「安楽寺由来事付霊験無双事」形成過程の一端――」（『中世文学』53号　平成20年6月）が、延慶本の増補について論じている。

（8）　第十章段以降で長門本との相違を見せる章段は第十三章段「左中将清経投身事」の一節、第十七章段「文覚ヲ使《（ママ）》ニテ義朝ノ首取寄事」の紺掻の話、第二十一章段「室山合戦事付諸寺諸山被成宣旨事付平家追討ノ宣旨ノ事」の最後に付された二通の文書である。しかし、第十三章段の一節は長門本の改編、第十七章段の話は長門本の省略が考えられる。第二十一章段の文書は延慶本独自であり、延慶本の側に問題を残す。

（9）　白山文書については前掲注（1）参照。文書については前掲注（6）上杉氏論に網羅的に問題点が指摘されている。

（本章は、軍記・語り物研究会　二〇〇六年度大会〈平成18年8月21日〉シンポジウム「鎌倉・室町の書物と書写活動――軍記物語とその周縁――」における発表の一部をもとにしている。）

第五章　延慶本巻十と源平盛衰記の間

はじめに

本章では、巻七・巻八に続いて、延慶本巻十の増補記事が源平盛衰記的本文に拠っている可能性を考える。以下に考察する延慶本・盛衰記同文記事は他の諸本には見えず、延慶本では特に前後の文脈との齟齬が目立つ。長門本および他の諸本の形に読み本系祖本の面影が残ると考えて論を進めるが、延慶本に比しての盛衰記的本文の先行を前提とすることなく、本文の様態を考えていきたい。

一　頼朝昇進から三日平氏まで⑴――諸本対照――

寿永三年（一一八四）二月の一の谷合戦における平家の敗戦（巻九後半）を受けて、巻十にはその戦後処理が描かれる。生け捕られた重衡の処遇、合戦に参加しなかった維盛の入水という二つの話題を中心に、翌年の屋島・壇の浦合戦に向かって、京の朝廷・鎌倉の源氏・屋島の平家のそれぞれの動静が描かれていく。今回指摘する箇所は、維盛入水譚の後、京都や鎌倉の慌ただしい情勢を綴る、覚一本で言えば「三日平氏」「藤戸」にあたる部分である。二部に分けて考察する。

「三日平氏」を覚一本によって紹介すると、まず頼朝の正四位昇進、崇徳院の遷宮が記される。次に平家一門の中で都落ちに同行せずに都に残っていた平頼盛が、関東に下向して頼朝と対面し、歓待され帰洛する。次に、伊賀・伊勢の住人が平太（平田）入道を大将として近江で反乱を起こして鎮圧される、というものである。

以上は読み本系でも基本的には同じだが、細部では異同がある。そこで、次に、延慶本を中心として、諸本対照表を示す。

	延慶本	長門本 巻十七	四部本	覚一本	盛衰記 巻四十一
①	同・28　頼朝正四位下	3・28　○	同・28　○	4・1　○	3・28　○
②	4・15　崇徳院遷宮	4・15　○	4・15　○	同・3　○	4・15　○
A	遷宮の儀式	×	×	×	○
B	同・26　一条忠頼誅伐	×	×	×	同・26　○
					5・15　頼盛上洛
③	5・3　頼盛関東下向	5・3　○	5・3　○	5・4　○	―　○
④	―・16　頼盛頼朝と対面	―・16　○	同・16　○	同・16　○	―　○
C	同6・1　義経関東下向	×	×	×	同6・1　○
D	同・3　親能、義広を捕縛	×	×	×	同・3　○
⑤	6・5　頼盛上洛	6・5　○	6・5　○	6・9　○	→
E	×	×	×	×	同・6　小除目
F	×	×	×	×	同・8　兼信言上
⑥	―　伊賀伊勢住人、頼盛と合戦	―・18　平田入道謀叛	同・6　△	同・18　△	同・8　△
G	×	×	×	×	同・17　景時飛脚

○は延慶本とほぼ同内容。△は長門本とほぼ同内容。×は記事がないこと、→は位置が移動していることを示す。

延慶本の章段名＝①：二十一「兵衛佐四位ノ上下之給事」、②AB：二十二「宗徳院《（ママ）》ヲ神ト崇奉ル事」、③：二十三「池大納言関東ヘ下給事」、④：二十四「池大納言鎌倉ニ付給事」、CD⑤：二十五「池大納言帰洛之事」、⑥：二十六「平家々人ト池大納言ト合戦スル事」

四部本・南都異本はほぼ長門本と同じ構成である。源平闘諍録はこの部分は欠巻。覚一本は日付は異なるものの、やはり長門本と同じ構成である。屋代本は覚一本とほぼ同じだが、③が四月三日、⑤が六月六日と、多少異なる。一番大きな相違は⑥がないことだが、屋代本のみが欠落しているところから、屋代本の省略と考えられる。なお、盛衰記は①から巻四十一が始まる。

ABCDが延慶本と盛衰記のみが共有する記事である。なお、盛衰記にはEFGの独自記事があり、③④⑤の頼盛記事には独自性が見える。

二　頼朝昇進から三日平氏まで　(2)――事実との距離――

まず、記事の事実性を確認しておく。なお、以下のA～Gは盛衰記に拠って考察する。延慶本にはないEFGも対象とするためだが、全体的に盛衰記の方が本文の質がよいためでもある。

①は頼朝の昇進記事である。これは三月二十七日のこととして、『玉葉』『百練抄』などで確認される。

②は四月十五日に大炊御門末（大炊殿）に崇徳院を祀ったことを記す。

② 四月十五日、崇徳院ヲ神ト崇メ奉ル。昔合戦ノ有シ大炊殿ノ跡ニ、建テ社ヲ有遷宮。賀茂祭ヨリ以前ナレトモ、院ノ御沙汰ニテ、公家ニハ不知食トソ聞ヘシ。（延慶本）

これは諸本ともほぼ同文で、『吉記』『玉葉』『百練抄』などによっても確認される。Aは②に続いて、その詳細を記すものである。（引用本文中の〈　〉は割書。以下同じ）

A　去シ正月ノ比ヨリ、民部卿成範卿、式部権少輔範季、両人奉行トシテ被造営ケルカ、成範卿ハ故小納言入道信西カ子息也。信西保元ノ軍ノ時、御方ニテ専事行シ、新院ヲ傾ケ奉リタル者ノ息男也。造営ノ奉行、神慮ハ、カリ有トテ、成範ヲ改ラレテ、権大納言兼雅卿奉行セラレケリ。法皇御宸筆ノ告文アリ。参議式部大輔俊経卿ソ草シケル。権大納言兼雅卿、紀伊守範光、勅使ヲツトム。御廟ノ御正体ニハ御鏡ヲ被用ケリ。彼御鏡ハ、先日御遺物ヲ兵衛佐局ニ御尋アリケルニ、取出テ奉タリケル八角ノ大鏡也。元ヨリ金銅普賢ノ像ヲ鋳付奉タリケリ。今度平文ノ箱ニ被奉納タリ。又故宇治左大臣ノ廟、同ク東ノ方ニアリ。権大納言拝殿ニ着シテ、再拝畢テ告文ヲ披カレテ、又再拝アリテ、俗別当神祇大副卜部兼友朝臣ニ下給フ。兼友祝申テ前庭ニシテ焼之ケリ。玄長ヲ以テ別当トス〈故教長卿子〉。慶縁ヲ以テ権別当トス〈故西行法師子〉。遷宮ノ有様、事ニ於テ厳重也キ。（盛衰記）

現存資料からAの内容を確認することはできない。但し、『吉記』四月一日・十五日条には、御正体を何にすべきかを崇徳院の当時愛した女性（兵衛佐局）に問い合わせ、局が院の所持していた仏像や鏡をあげたこと、成範が敵方の信西の遺児であるために奉行を兼雅に交替したこと、範光も勤めたこと、卜部兼友が賞を賜ったことなどが記されており、傍線部分は確認できる。

Bは鎌倉で一条次郎忠頼が酒席で謀殺されたことを記す。

B　同二十六日ニ、甲斐ノ一条次郎忠頼被誅ケリ。酒礼ヲ儲テ謀テ、宮藤次資経、被官滝口朝次等是ヲ抱タリケリ。忠頼為方ナクテ亡ニケリ。郎等アマタ太刀ヲ抜テ縁ノ上ニ走昇リ、打テ懸ケルヲ搦捕ラントシケル程ニ、疵ヲ蒙ル者多カリケリ。忽ニ三人ハ伏誅ルラル。其外ハ皆生捕レヌ。忠頼カ父、武田太郎信義ヲ追討スヘキ由、頼朝ノ下知ニ依テ、安田三郎義貞ハ甲斐国へ発向ス。義貞カ為ニハ信義ハ兄也、忠頼ハ甥ナカラ聟也ケリ。世ニ随フ習トテ、兄誅罰ニ下リケルコソ無慙ナレ。（盛衰記）

『吾妻鏡』六月十六日条が事件の経緯を詳細に記している。『吾妻鏡』の引用は省略するが、傍線部分はほぼ『吾妻鏡』

に記された内容に沿った要約となっている。問題点としては、『吾妻鏡』が六月十六日の事件として記すのに、盛衰記が四月二十六日のこととしていることと、後半の安田義貞が忠頼の父、信義追討に向かった記事が『吾妻鏡』にはないことである。

月日については『吾妻鏡』の方に操作があることが指摘されている。[1] また、父信義は実際にはこの時点で追討されたわけではなく、文治二年（一一八六）三月九日に没した。『吾妻鏡』同日条に、

武田太郎信義卒去〈年五十九〉。元暦元年。依子息忠頼反逆。蒙御気色。未散其事之処。如此云々。

とある。但し、同書にはこの後も信義が登場している。没年には『吾妻鏡』の編纂の際の錯簡があって、文治二年は正治二年（一二〇〇）の誤りで、忠頼は有義のことかと推測されている。[2] 元暦元年（一一八四）に義貞が甲斐に下ったことは不明だが、可能性を否定する材もない。

盛衰記はC～Fを連続して載せる。Cの義経関東下向記事は以下のとおりである。

C　同六月一日、源九郎義経、不申身之暇、ヒソカニ関東ヘ下向ス。梶原平三景時カ為ニ讒言セラレテ、無誤事ヲ謝ントトソ聞エシ。其間ニ土肥次郎実平、西国ヨリ飛脚ヲ立ツ。九国ノ輩大略平家ニ同意之間、官兵不得利之由、言上シタリケレ共、義経平家追討ノ事ヲ抛テ下向シタリケレハ、人皆傾ケ申ケリ。

この記事の事実性は確認できない。『吾妻鏡』によれば、景時が頼朝に義経を讒言したのは翌年、壇の浦合戦の後の四月二十一日条に載る手紙である。一の谷合戦が終わった時点で景時が讒言することも、それに対する義経の敏感な反応も、一年ほど早いと思われる。

ところで、六月五日の小除目で、頼盛の復官と共に範頼他の源氏の武士が受領に任命されている。

去五日被行小除目。其除書今日到来。武衛令申給任人事無相違。所謂権大納言平頼盛。侍従同光盛。河内守同保

業。讃岐守藤能保。参河守源範頼。駿河守同広綱。武蔵守同義信云々。（『吾妻鏡』六月二十日条）

義経も望んでいたのだが、頼朝が認めなかったために、義経は任じられなかった（『吾妻鏡』六月二十一日条「源九郎主頻雖望官途吹挙。武衛敢不被許容」）。六月一日時点であれば、義経にも新しい人事の情報が耳に入っていただろうと思われ、不満を抱いたことは推測される。

しかし、この前後に義経は京都の情報をしばしば鎌倉に報告している。『吾妻鏡』四月十日条には、義経が遣わした使者が鎌倉で頼朝の昇進を報告する記事がある。また、義経は八月六日に左衛門尉に任ぜられ、使宣旨を蒙った。朝廷が頼朝の意向を無視して任じたものだが、義経の使者が十七日に鎌倉に到着したことが、やはり『吾妻鏡』に記されている。理由はともかく、義経自身の下向が事実なら、『吾妻鏡』に何らかの記事があってもよさそうである。

以上から、この六月一日の時点で義経が実際に関東に下向したとは考え難い。ただし、西国における実平の行動については信憑性がある。それについては後に述べる。

Dは、義広を親能が東山双林寺で捕えたという内容である。

D　同三日、前斎院次官親能〈前明経博士広季子、頼朝之臣専一者也〉。双林寺ニシテ前美濃守義広ヲ搦捕間、両方疵ヲ蒙者多シ、木曾義仲ニ同意シテ、去正月合戦之後、跡ヲ晦シテナカリケルニ、今在所ヲアナクラレテ、遂ニ被搦捕ケリ。此義広ト云ハ、故六条判官為義カ末子也。武ヲ以テハ夷賊ヲ平ケ、文ヲ以テハ政務ヲ糺ストコソ云ニ、親能ハ明経博士也、義広ハ源家ノ勇士也。今重代武勇ノ身ト生レテ、儒家ノ為ニ虜ラレケルコソ口惜ケレト、人皆脣ヲカヘシテ爪ヲ弾ク。実ト、覚エタリ。

「前美濃守義広」は「故六条判官為義カ末子」とあり、志太三郎先生義憲を指す。義憲は義仲に与していたが、一月に義仲が敗れた後に逃亡し、五月四日に伊勢で誅伐されている（『吾妻鏡』五月十五日条「去四日。（略）遂獲義広之首云々。

（略）義仲滅亡之後又逃亡。曾不弁其存亡之間。武衛御憤未休之処。有此告。殊所令喜給也」）。

盛衰記はこれよりも後の出来事として記しており、矛盾する。もし盛衰記の記すように一旦京で捕えられたのなら、時間的には前後することになるが、そこを逃げ出し、伊勢で発見されたことになる。しかし、『吾妻鏡』を読む限りでは、そうした言及はない。また、平家物語諸本の巻十二には義憲最期の記事がある。日付は朧化されているが、伊賀で自害している。但し、やはり京での捕縛は触れられていない。

一方、親能は四月二十九日に京に向けて出発しており（『吾妻鏡』同日条）、六月初旬には在京していた可能性が高い。このころ、謀叛人を捕縛した事実はあったかもしれない。すると、東山で捕えられたのは義憲ではなく、別人の義広だったのかもしれない(3)。

Eは、盛衰記のみの記事である。

E　同六日、前大納言頼盛卿大納言ニ還任ス。蒲冠者範頼参川守ニ任シ、源広綱駿河守ニ任シ、源義延武蔵守ニ任シケリ。此等ハ内々頼朝朝臣吹挙申ケルトソ聞エシ。

という短いものである。前掲の『吾妻鏡』六月二十日条によって確認される。頼盛の還任が記されているが、『吾妻鏡』破線部分の頼盛の子息や能保は盛衰記にはない。続く源氏の武士たちの任官は三人とも記されている。源氏の武士を重視しており、Cの義経関東下向記事との連続が窺える。C・Eは、単に歴史事実を並べたのではない。事実を装って、頼朝の意向が義経を追い詰め、排除し始めていく様を窺わせる。間にはさまれたDは、義経の不在中に、義経に代わって京を守護する人物の登場を示す。

Fも盛衰記のみの短い記事である。

F　同八日、去晦日、平氏備前国ニ責来ル。甲斐源氏ニ板桓冠者兼信〈信義二男〉、美濃国ヲ出テ、備後国ニ行向テ合戦シケリ。平氏ノ船十六艘ヲ討取間、両方命ヲ失フ者其数ヲ不知。依之兼信、美作国司ニ任スヘキ由言上シケリ。

板垣兼信が戦功を言い立てて国司を要求したというものである。Bと同様に、やがて頼朝に滅ぼされることになる甲斐源氏の動向を押さえている。

『吾妻鏡』三月十七日条には、西国合戦の中で、兼信が土肥に抱いた不満を認めた書状が載せられている。そこには三月八日に西国に向けて二人が京を出発したことが記されている。このことについては、延慶本巻十―七「公家ヨリ関東ヘ条々被仰事」にも、三月七日付の書状に続いて、

七　同日板垣三郎兼信、土肥次郎実平、数千騎ノ軍兵ヲ卒シテ、為ニ平家追討、西国ヘ下向ス。(傍書は長門本・盛衰記)

という短い記事(長門本巻十七・盛衰記巻三十九は重衡記事の中にあり、ほぼ同文)に記されている。五月末の合戦は確認できないものの、三月には板垣兼信と土肥実平が西国に駐留していた。Cの後半で、五月中に土肥実平が西国経営の困難を訴えてきた記事とも連絡する。

Gは、三日平氏の合戦の次に書かれる、盛衰記のみの短い記事である。

G　同十七日、平氏軍兵等船ニ乗リ、摂津国福原ノ故郷ニ襲来ル由、梶原平三景時、備前国ヨリ飛脚ヲ以テ申上タリケレハ、都ノサハキ斜ナラス。

これも、事実性についての確認はできないが、西国の動向を記す点で、Fとも関連を持つ。『玉葉』六月十六日条には、平氏が備後で戦い勝利し、播磨に駐留していた梶原景時が備後に向かったこと、その間隙を突いて平氏が室泊を焼き払ったことが書かれている。十七日条には「平氏其勢強云々、京勢僅不及五千騎云々」、二十三日条にも平氏の勢力の強さに触れている。従って、これも必ずしも根拠のない記事とも言い切れない。

以上のように、A～Gは何らかの資料に基づいていると思われるものの、信憑性についてはいささか疑わしい部分も混じる。依拠資料に問題があるのか、『平家物語』が取り入れるにあたって操作がなされたものか、或いは何らかの誤写が生じているのかは不明だが、B以降は、義経の苦境と甲斐源氏への抑圧、西国における源氏の動向が重なりつつ、時系列に沿って並べられている。単なる歴史事実の羅列ではなく、短い増補の中に虚構も交えつつ、源氏の動向を描き出している。

三　頼朝昇進から三日平氏まで(3)――本文対照――

資料性に問題を残すとは言え、次には延慶本との比較を通して、内容の検討を行う。（延慶本・盛衰記の一方にしかないものには波線を付す）

延慶本

② 四月十五日、崇徳院ヲ神ト崇メ奉ル。昔合戦ノ有シ大炊殿ノ跡ニ、建テ社一ヲ有遷宮。賀茂祭ヨリ以前ナレトモ、院ノ御沙汰ニテ、公家ニハ不知食一トソ聞ヘシ。

長門本

② 四月十五日、崇徳院を神崇奉へしとて、昔、合せんのありし大炊殿の跡に、社をたてゝせん宮あり。かものまつりいせんなれとも、院の御さたにて、公家しろしめさすとそ聞し。

盛衰記

② 同四月十五日子時ニ、崇徳院遷宮アリ。春日カ末北河原ノ東也。此所ハ大炊殿ノ跡、先年ノ戦場也。

A　去正月比ヨリ被造営一ケリ。民部卿成範卿、式部権少輔範季奉行シケリ。成範卿ハ依テ為ニ信西入道カ息一被憚ケリ。法皇震筆告文アリ。参議式部大輔俊経卿ソ草シケル。権大納言兼雅卿、紀伊守範光、為リ勅使一。御廟ノ御正体ニハ御鏡ヲ被用ケリ。彼ノ御鏡ハ、先日御遺物ヲ兵衛佐局ニ被尋ケレハ、此御鏡ヲ奉タリケリ。八角ノ大鏡、自元一金銅ニ普賢ノ像ヲ被奉鋳付一、今度被奉納平文ノ箱一ニ。又故宇治左大臣ノ廟、同在東方。卿大夫廟、或有主、或無主一、今度ハ無主。権大納言着拝殿一、再拝畢テ被披告文一。又有再拝テ、俗別当神祇大副ト安部兼友朝臣ニ下給フ。後ニ朝臣祝申テ、前庭ニシテ焼之一ケリ。以玄長一為別当〈故孝長卿子〉。以慶縁一為権別当

A　去シ正月ノ比ヨリ、民部卿成範卿、式部権少輔範季、両人奉行トシテ被造営ケルカ、成範卿ハ故小納言入道信西カ子息也。信西保元ノ軍ノ時、御方ニテ専事行シ、新院ヲ傾ケ奉リタル者ノ息男也。造営ノ奉行、神慮ハ、カリ有トテ、成範ヲ改ラレテ、権大納言兼雅卿奉行セラレケリ。法皇御宸筆ノ告文アリ。参議式部大輔俊経卿ソ草シケル。権大納言兼雅卿、紀伊守範光、勅使ヲツトム。御廟ノ御正体ニハ御鏡ヲ被用ケリ。彼御鏡ハ、先日御遺物ヲ兵衛佐局ニ御尋アリケルニ、取出テ奉タリケル八角ノ大鏡也。元ヨリ金銅普賢ノ像ヲ鋳付奉タリケリ。今度平文ノ箱ニ被奉納タリ。又故宇治左大臣ノ廟、同ク東ノ方ニアリ。権大納言拝殿ニ着

〈故西行法師子〉。遷宮ノ有様、於事一ニ厳重ニソ侍ケル。

B　同廿六日、一条次郎忠頼被誅ケリ。酒礼ヲ儲テ謀テ、宮藤次資経ニ仰テ、滝口朝次等抱之ケリ。忠頼敢無所為一リケリ。郎等数タ剣ヲ抜テ梃上ニ走昇ケルヲ、搦取ントシケル程ニ、疵ヲ被者多リケリ。忽三人被誅一ヌ。其外ハ皆生取レニケリ。安田三郎義定ハ、忠頼カ父、武田ノ信義ヲ追討ノ為ニ、甲斐国ヘソ趣ニケル。

シテ、再拝畢テ告文ヲ披カレテ、又再拝アリテ、俗別当神祇大副卜部兼友朝臣ニ下給フ。兼友祝申テ前庭ニシテ焼之ケリ。玄長ヲ以テ別当トス〈故教長卿子〉。慶縁ヲ以テ権別当トス〈故西行法師子〉。遷宮ノ有様、事ニ於テ厳重也キ。

B　同二十六日ニ、甲斐ノ一条次郎忠頼被誅ケリ。酒礼ヲ儲テ謀テ、宮藤次資経、被官滝口朝次等是ヲ抱タリケリ。忠頼為方ナクテ亡ニケリ。郎等アマタ太刀ヲ抜テ縁ノ上ニ走昇リ、打テ懸ケルヲ搦捕ラントシケル程ニ、疵ヲ蒙ル者多カリケリ。忽ニ三人ハ伏誅ルラル。其外ハ皆生捕レヌ。忠頼カ父、武田太郎信義ヲ追討スヘキ由、頼朝ノ下知ニ依テ、安田三郎義貞ハ甲斐国へ発向ス。義貞カ為ニハ信義ハ兄也、忠頼ハ甥ナカラ聟也ケリ。世ニ随フ習トテ、兄誅罰ニ下リケルコソ無慙ナレ。

②の二重傍線部分は、長門本をはじめ他の諸本にもあり、読み本系祖本に存在した文言と考えられる。『百練抄』四月十五日条にも、

賀茂祭也。崇徳院幷宇治左府廟遷宮也。件事。公家不知食。院中沙汰也。仍不被憚神事日也。

とあり、天皇の関わるところではなく、後白河院が自身の意向で推し進めた点が強調されている。『吉記』には群議もなく院が決めたと記され、賀茂祭と重なることが忌まれたことも知られる。諸本では院の独断と祭との重複を記すことによって、暗に遷宮を批判している。しかし、この二重傍線部分が盛衰記にはない。盛衰記は、②では遷宮の事実のみが、Aではその儀式の詳細が記され、最後に「遷宮ノ有様、事ニ於テ厳重也キ」とある。遷宮を重んじ、崇徳院と頼長を祀ることに意を注いだことが伝わる内容である。二重傍線部分は削除されたと考えられる。諸本と盛衰記とでは記述姿勢が異なることになる。

一方、延慶本では、賀茂祭当日に遷宮が重なることへの反発と、遷宮の儀式の厳かさと、異なる二つの姿勢を記す内容の記事が並立する。延慶本が整理されていない形を残し、盛衰記が整理したという可能性と、遷宮の儀式を中心に書こうという意図の下で改編の行われた盛衰記的本文から、延慶本が自本にない部分を増補し、そのために異なる志向性の内容が並んでしまったという可能性と、両様が考えられる。

なお、第三・四章で指摘したように、巻七―八「為木曾追討軍兵向北国事」、巻八―九「四宮践祚事付義仲行家ニ勲功

ヲ給事」などの延慶本・盛衰記同文記事でも、延慶本が異なる二つの視点を混在させており、この部分と同じ傾向を示す。そこでは盛衰記の形態の方に古い形が見いだせた。

次に、Bでは盛衰記は義貞（定）と信義が兄弟であると紹介し、肉親を討たなければならない非情さを訴える。これは延慶本にはない。盛衰記は義貞が頼朝によって信義追討を命じられたことも明らかにする。盛衰記によって、頼朝による粛清が始まっていることが理解される。これも、延慶本が盛衰記的本文を取り入れつつも、後半を省略したと考えられるが、一方で、盛衰記の増補という可能性も残される。

次の③の頼盛の関東下向は、史実としては前年十月であったと指摘されているが(4)、平家物語は③④⑤と、頼盛の都落ち以降の動向をここに集約させている。盛衰記以外の諸本はほぼ同じ構成で、内容もほぼ同じである。延慶本と長門本は同文に近い。

ＣＤは左に本文を対照して載せる。

延慶本

C　同六月一日、源九郎義経、不申身ノ暇一、偸ニ関東ニ下向。為梶原景時一カ負テ讒一ヲ、為謝一ンカ也トソ聞ヘシ。九国輩大略平家ニ同意之間、官兵不得利一コトヲ之由、実平言上シタリケルニ、義経忽ニ抛追討ノ事一下向シケレハ人皆傾相ヘリ。

盛衰記

C　同六月一日、源九郎義経、不申身之暇、ヒソカニ関東ヘ下向ス。梶原平三景時カ為ニ讒言セラレテ、無誤事ヲ謝ントソ聞エシ。其間ニ土肥次郎実平、西国ヨリ飛脚ヲ立ツ。九国ノ輩大略平家ニ同意之間、官兵不得利之由、言上シタリケレ共、義経平家追討ノ事ヲ抛テ下向シタリケレハ、人皆傾ケ申ケリ。

D　同三日、前ノ斎院次官親能〈前明経博士広季子、頼朝々臣専一者也〉。双林寺ニシテ前美能守義広ヲ搦取之間、両方被疵者多シ。義仲ニ同意シテ、去正月合戦後、晦跡捜所一、遂ニ被搦取一ケリ。此義広ハ故六条判官為義カ末子也。今為親能被取、口惜カリシ事也。

D　同三日前斎院次官親能〈前明経博士広季子、頼朝之臣専一者也〉。双林寺ニシテ前美濃守義広ヲ搦捕間、両方疵ヲ蒙者多シ。木曾義仲ニ同意シテ、去正月合戦之後、跡ヲ晦シテナカリケルニ、今在所ヲアナクラレテ、遂ニ被搦捕ケリ。此義広ト云ハ、故六条判官為義カ末子也。武ヲ以テハ夷賊ヲ平ケ、文ヲ以テハ政務ヲ糺ストコソ云ニ、親能ハ明経博士也、義広ハ源家ノ勇士也。今重代武勇ノ身ト生レテ、儒家ノ為ニ虜ラレケルコソ口惜ケレト、人皆脣ヲカヘシテ爪ヲ弾ク。実ト、覚エタリ。

Cの義経の動向に疑問があることは先に述べた。西国追討に向かわずに関東に下ろうとしている義経の行動が非難されている。その文面を比べると、延慶本では実平の登場がいささか唐突である。実平がどこにいて、どういう立場で言上してきたのかがわからない。前述した第七章段の一文に気がついているならば唐突とは言えないが、延慶本はかなり不親切な書き方である。

Dは、混乱がうかがえた記事であるが、ここでも盛衰記の後半が延慶本にはない。延慶本を読む限り、なぜ義広の捕縛が口惜しいのかが理解しづらい。盛衰記が、文官の親能に武士の義広が捕らわれたことを「口惜」と説明することによって、理解し易くなる。

以上のように、Aは延慶本の内容に整合性を欠き、B～Dは、盛衰記の方が理解しやすい文面となっている。盛衰記の本文の素性がよく、延慶本が盛衰記的本文を取り入れる際に杜撰に省略したと考えられるが、わかりづらい延慶本の記事を盛衰記が補訂したと考えることも可能である。

四　頼朝昇進から三日平氏まで　(4)——配列——

次にEFを含めて、配列から考える。長門本他の諸本では、頼盛が五月三日ごろに関東に下向し、六月五日ごろに上洛したものとして、頼盛の話が集約されている。延慶本は無関係な記事（CD）を、時系列を重視して挿入して頼盛の話を分断し、物語の展開としては話題を拡散させている。

一方、盛衰記も同じようにCDを載せるが、頼盛の話はまとまっている。他の諸本では頼盛の上洛が六月と記されるのに対して、盛衰記では五月十五日となっているからである。盛衰記が改編を加えたと考えられよう。盛衰記は独自に、頼盛の話をまとめようとしている。

盛衰記⑤の冒頭を紹介する。

同五月十五日、前大納言頼盛卿上洛シ給ヘリ。関東ニテ被賞翫給ケル事、心モ詞モ及カタシ。此人鎌倉ヘ下リ給ケル事ハ、平家都ヲ落給シニ、共ニ打具シテ下給シ程ニ、兵衛佐ノ兼テノ状ヲ憑テ、道ヨリ返給ヘリ。

関東から京への帰洛記事から始めるが、時間を溯る形で頼盛の関東下向をその次に続け、実質的には他本と同じ内容の話を展開させる。但し、関東下向や頼朝との対面の日付はすべて朧化されている。なぜこのような工夫をしたのだろうか。

それはとりもなおさず、六月一日以降の資料（C～F）を増補するためであろう。頼盛の話を時系列で分断することなくまとめるために、上洛の話を前に移して話を集約させたのである。また、Eに頼盛の還任記事があり、それまでには頼盛が帰洛している必要がある。そのために、頼盛の上洛の日程を二週間ほど早めたと考えられる。もしCDを記す延慶本の形が先行しており、盛衰記の方が頼盛譚分断等の不首尾を改めようとしたのならば、盛衰記はEFを後から加えたことになる。しかし、EFはBCDと濃密な連絡があることを先に指摘した。特にCDEは一連のものと認められる。

すると、次のような増補改編の過程が考えられる。――読み本系祖本に、事実性としては少なからず疑問があるもののA～Fを加えることとし、頼盛記事を日付を朧化して移動させ、盛衰記的本文が出来上がる。一方、延慶本は、増補・改編された盛衰記的本文に接し、時系列に沿って増補記事を部分的に取り入れた――。

なお、延慶本は頼盛上洛記事に付随して、上洛途中で伊賀・伊勢の平家の家人に襲撃されるという記事を載せる。

⑥　爰伊賀伊勢両国ノ住人、平家重代ノ家人共此事ヲ聞テ、「一門ヲ引離レテ都ニ留給タニモ心憂ニ、剰ヘ今日此比関東ヘ下向シテ、頼朝ニ伴給事不可尓。イサ一矢射テ、西国ノ君達ニ物語申テ咲ン」ト議テ、貞能カ兄平田入道ヲ大将軍トシテ、五百余騎ニテ、近江国篠原ノ辺ニ打出テ待係タリ。大納言ノ御共ノ武士千余人ナリケル上、近程ノ源氏共此事ヲ聞テ、我先ニト馳向テ数剋合戦ス。両方命ヲ失フ者二百余人也。然トモ両国ノ住人散々打落レテ、蜘蛛ノ子ヲ散ス如ニシテ、剰ノ命生テ、希有ニシテ落ニケリ。平家普代相伝ノ家人タル上、弓矢取身ノ習ニテ、責テノ好ヲ忘レヌ事ハ哀ナレトモ、責テノ事ニヤ、思立コソ忝《オヽケナ》ケレ。

（波線は他本にないもの）

他本では「三日平氏」の合戦に相当する話で、頼盛とは無関係の反乱事件である。左には長門本を掲げる。

十八日、伊賀、伊勢両国住人、肥後守貞能かあに、平田入道貞継法師を大しやうくんとして、近江国へはつかうして、かつせんをいたす。しかうして、両国住人等、一人ものこらすさん〳〵にうちおとさる。平家ちう代さうてんの家人、みな、昔のよしみをわすれぬ事はあはれなれとも、思立こそおほつかなけれ。せめての思のあまりや、とこそおほゆれ。三日平氏とは、此事をいふにや。

長門本の内容は他の諸本に共通する。延慶本のみが特異であり、延慶本が独自に改編を施したと考えられる。改編にあたって依拠した資料はわからない。盛衰記も長門本と同じ趣旨（内容と表現はかなり異なる）なので、依拠資料は盛衰記ではない。

延慶本の⑥の改編がA～Dの増補とどのように関わるかは不明である。しかし、延慶本の改編がいつの時点であれ、⑥が⑤と独自の連続性を築いた時点で、ＥＦは内容上からも日付の点からも、行き場を失う。ＣＤＥが連続性を持つ中でＥがないことには、現存延慶本の後出性が推測される。

五　源氏と西国の動向(1)――諸本対照――

「藤戸」にも一カ所、盛衰記的本文からの増補の可能性を指摘できる。まず、前表に続き、巻十結尾までの展開を追うことにする。

	延慶本	長門本	四部本	覚一本	盛衰記
⑦	7・4　維盛北の方の歎き	7・4　○	同・7　○	――　○	7・7　○
⑧	屋島の平家、源氏襲撃の噂に驚く	○	○	○	○
	｜・25　平家、一年前を回顧	｜・25　○	｜・25　○	7・25　○	7・25　○
⑨	｜・28　新帝即位	｜・28　○	同・28　○	同・28　○	同・28　○
⑩	8・6　義経左衛門尉・使宣旨	8・6　○	8・6　○	8・6　○	8・6　○

				範頼参河守	
H	×	×	×	×	同・11義経伊勢追討
⑪	×	｜・15屋島十五夜	同・15 △	｜ △	同・15 △
⑫	9・18 義経五位尉	9・18 ○	同・18 ○	←	←
	範頼参河守	○	○	→	→ (E)
⑬	同・21 範頼西国追討に出発	同・22 △	9・2 △	9・12 △	9・2 △
					同・18義経五位尉
⑭	9・25 26藤戸合戦	9・25 26 ○	｜・25 26 ○	同・25 26 ○	同・25 26 ○
				同・27義経五位尉	
I	知盛引島へ、範頼追撃	×	×	×	←
⑮	10月 屋島の冬	10月 ○	10月 ○※	10月 ○※	←
J	×	×	×	×	10・11義経拝賀
⑯	｜・23 大嘗会御禊	｜・23 ○	同・25 ○	｜ ○	同・25 ○
K	×	×	×	×	――実平飛脚
					知盛引島へ、範頼追撃
					10月末 屋島の冬
⑰	11・18 大嘗会	11・18 ○	11・11 ○	11・18 ○	11・18 ○
⑱	12・20まで範頼西国滞留	12・20 ○	12・20 ○	12・20 ○室高砂	×
⑲	都・東国西国の人々の不安	○	○	○	○
⑳	―― 頼朝奏請条々	○	×	×	11・｜ ○

（※　知盛の和歌なし）

延慶本の章段名＝⑦：二十七「惟盛ノ北方歎給事」、⑧：二十八「平家屋島ニテ歎居ル事」、⑨：二十九「新帝御即位事」、⑩⑫：三十「義経範頼官成ル事」、⑬⑭I：三十一「参河守平家ノ討手ニ向事付備前小島合戦事」、⑮：三十二「平家屋島ニ落留ル事」、⑯：三十三「御禊ノ行幸之事」、⑰⑱⑲：三十四「大嘗会被遂行事」、⑳：三十五「兵衛佐院ヘ条々申上給事」

○で数字を囲んだ記事内容は諸本ともほぼ共通し、延慶本・長門本はほぼ同文である。延慶本・長門本の同文記事が続く中で、例外は⑪と⑬である。⑪は屋島での八月十五夜をめぐって行盛の和歌などが載る記事である。延慶本にはない。長門本を始めとする諸本では、長門本に和歌がないなど、同文とは言えないものの、存在する。従って、延慶本が省略したものと考えられる。義経の任官記事を八月六日・九月十八日と連続させ、更に範頼の西国出発と続けていく中で、屋島の十五夜の記事は省略されたのだろうか。
⑬は範頼の追討出発を記す記事で、全諸本に載る。西国追討の武士の名前が列挙されているのだが、延慶本にはそれがない。これも延慶本が省略したと考えられる。
一方、盛衰記は延慶本・長門本と同文とは言い難いが、内容的には同じように進行する。その中で、盛衰記の独自記事はH～Kで、Iは延慶本とも共通し、また⑮の位置が他本と異なっている。H～Kは皆源氏関係記事で、B～Gの延長線上にある。盛衰記巻四十一は、源氏関係記事の増補を行っていることがわかる。

六　源氏と西国の動向　(2)――盛衰記独自記事――

Iの検討に入る前に、H・Jの記事を考える。左に省略を交えて盛衰記を引用する。

⑩　八月六日、九郎義経左衛門尉ニ成テ、即使ノ宣ヲ蒙テ、九郎判官ト申ケリ。是ハ一谷ノ合戦勧賞トソ聞エシ。

H　同十一日、九郎判官義経ハ、和泉守平信兼カ、伊勢国滝野ト云所ニ城郭ヲ構テ、西海ノ平家ニ同意スト聞テ、軍兵ヲ指遣テ是ヲ責。信兼ニ相従郎等百余人城内ニ籠テ、皆甲冑ヲ脱棄テ大肩脱ニ成、楯ノ面ニ進出テ散々ニ射ケレハ、義経カ郎等多被打取ケリ。矢種尽ニケレハ、城ニ火ヲ放チ、信兼已下自害シテ、炎ノ中ニ焼死ケリ。誠ユ、シクソ見シ。負蕭苡之譏、遂ニ亡ケルコソ無慙ナレ。
⑫　同十八日ニ、九郎判官義経叙従五位下ニ、検非違使如元。
⑪〈同・15〉　⑬〈9・2〉　(略)
⑭　(略)

J　十月十一日、義経拝賀ヲ申。拝賀トハ、使ノ宣ヲ蒙テ、従五位下ニ叙シケル御悦申也。其夜内ノ昇殿ヲユルサル。火長前ヲ追ヘシヤ否ヤ事、内々大蔵卿泰経卿ニ尋申ケレハ、「希代ノ例ナレハ身ニハ不存」トテ、梅小路中納言長方卿ニ被向ケレハ、「殿上ノ六位ノ検非違使、前ヲ追ヘリ。五位尉トシテ相並テ雲上ニ在、前ヲ不追、頗ル光華無歟」ト申サレケレハ、前ヲ追ヘリ。惣テ其作法、佐ニタカフ事ナカリケリ。院御所ニテハ、御前へ被召ケリ。伴ニハ布衣ノ郎等三人ヲ召具ス。左衛門尉時成、右兵衛尉義門、左馬允有経也。此外武士三百余人路次ニマシハレリ。用心ノ為ニヤト覚エタリ。

⑩⑫の義経任官は、日付も諸本共に事実どおりである。⑬は盛衰記の日付（九月二日）が事実として確認される。盛衰記は史実に従って日付を訂正し、⑫の前に動かしたようである。Hは、⑥の後日譚である。取り逃がした平信兼を義経が伊勢で追討した記事で、『吾妻鏡』八月二十六日条によって、十一日の事件と確認される。Jは内容としては⑫に連続する。『吾妻鏡』十月二十四日条に、類似した内容が記されている。

去月十八日。源廷尉叙留。今月十五日聴院内昇殿云々。其儀駕八葉車。扈従衛府三人。共侍廿人〈各騎馬〉。於庭上舞踏。撥剣笏参殿上云々。

従って、Jも何らかの資料に基づいた記事と考えられる。
盛衰記が、京で取材した源氏関係資料を加えて、既存の本文の配列などを操作しながら編集していることがわかる。

七　源氏と西国の動向 (3)――本文対照――

次に、延慶本と共通するIについて考える。延慶本と盛衰記とでは配列に異同があるが、どちらも⑮と連続しており、盛衰記ではKもそれに連なっている。そこで、これを一連の記事と考え、左に対照して載せる。

延慶本

I　平家ハ小島ノ軍ニ打負、屋島へ漕帰《モトル》。源氏ハ陸ヘ上カリテ休ミケリ。屋島ニハ大臣殿ヲ大将軍トシテ、城槨ヲ構テ

盛衰記

K　土肥次郎実平カ許ヨリ飛脚ヲ立テ、九郎判官へ申送ケルハ、「前平中納言知盛卿、既ニ文字関ニ攻入、安芸、周防已下皆平氏ニ従フ。其勢甚多シ、兵船ハ百余艘ヲ以テ毎度ニ襲来。船中ニハ大楯ヲ組テ其身ヲ顕ハサス。陸地ヨリ馳向フ時ハ、矢間ヲ開テ馬ノ腹ヲ射。乗人馬ヨリ落時ハ、歩兵ノ輩数百人、船ヨリ下降テ打取間、度々ノ合戦ニ官兵皆敗畢ヌ。親類ノ者共モ多ク被討捕畢ヌ。実平老体ノ上、重病ヲ受、当時ノ如ハ敵対ニ叶ハス。急軍兵ヲ可被相副」ト申上セタリ。

I　平家ハ児島ノ軍ニ打負テ、屋島ノ館へ漕戻。屋島ニハ、大臣殿ヲ大将軍トシテ、城郭ヲ構テ待懸タリ。

待懸タリ。

新中納言知盛ハ、長門国彦島ニ城ヲ構テ御坐。コ、ヲハ地体ハ引島トソ申ケル。源氏此事聞テ、備前、備中、備後、安芸、周防ヲ馳超テ、長門国ニソ付ニケル。

長門ノ国府ニハ三ノ名所ソ有ケル。浜ノ御所、黒戸ノ御所、表《ウワ》箭ノ御所トテ三有キ。三河守名所々々ヲ見ムトテ、今宵ハ是ニ引ヘタリ。誠ニ蒼海漫々トシテ、礒越ス浪ノ音スコク、深夜ニ明々トシテ、波濤ニ影ヲソ浮ヘタル。何レモ面白カラスト云事ナシ。

曙テ引島ヲ責ントセラレケルカ、「門司、赤間ノ案内知ラテハ叶ワシ」トテ、豊後ノ地ヘ渡テ、緒方三郎伊栄ヲ先トシテ引島ヲ責ントテ、先使ヲ被遣。緒方三郎、「尤サコソ候ヘケレ」トテ、五百余艘ノ迎船ヲ奉ル。三河守ハ是ニ乗テ、豊後ノ地ヘソ被渡ケル。
⑮　十月、又冬ニモ成ヌ。屋島ニハ浦吹風モハケシクシテ、礒越ス浪モ高ケレハ、兵ノ責来事モ無シ。船ノ行通《カウ》モ希也。空書陰リ雪打降ツ、、日数経レハ、イト、消入心地ソセラレケル。

新中納言知盛ハ、長門国彦島ト云所ニ城ヲ構タリ。是ヲハ引島トモ名付タリ。源氏此事ヲ聞テ、備前、備中、備後、安芸、周防ヲ馳越テ、長門国ニソ付ニケル。

当国ノ国府ニハ三御所アリ、浜御所、黒戸御所、上箭御所ト云。参川守ハ此御所々々ヲ見トテ、今夜ハ爰ニ引ヘタリ。蒼海漫々トシテ、礒越ス波、旅ノ眠ヲ驚シ、夜ノ月明々トシテ、水ニ移影、鎧ノ袖ヲ照ケリ。同征馬ノ旅ナレ共、殊ニ興アリテソ覚エケル。

明ハ引島ノ城ヲ責ヘシト議定有ケルニ、「文字、赤間ノ案内知ラテハ叶ハシ」トテ豊後ノ地ヘ渡リ、尾形三郎ヲ先トシテ責ヘシトテ、先使ヲ維能カ許ヘ遣シケリ。維能、五百余艘ノ兵船ソロヘテ参川守ヲ迎ヘ奉ケレハ、範頼是ニ乗テ、豊後ノ地ヘ渡ニケリ。
⑮　去程ニ十月ノ末ニモ成シカハ、屋島ニハ浦吹風モ烈シク、礒越浪モ高ケレハ、船ノ行通モ希ナリ。空掻陰、ウチ時雨ツ、、日数経儘ニハ、都ノミ思出テ、恋シカリケレハ、

氷対シテ水面ニ一而不ルニ瑩一翫ヒ百練之鏡一、雪黙シテ林頭ニ一而不ルニ折一見三余之花一。落葉亦落葉、鷓鴣背上之紅ヒ幾カ残レル。時雨又時雨、上陽窮人之袂ト豈ニ乾カン乎。籬ノ中ノ庭ノ面、寒ケキ蘆ノ乾葉マテ、冬ノサヒシナ云（ママ）知スソ被思ケル。

新中納言カクソ思連給ケル。

住訓レシ都ノ方ハ余所ナカラ袖ニ波越ス礒ノ松風

新中納言知盛

住ナレシ都ノ方ハヨソナカラ袖ニ浪コス礒ノ松風

トロスサミ給テ、脆ハタ、涙ナリ。参川守範頼追討使トシテ、既ニ発向スト聞エケレハ、イト、心ヲ迷シアヘリ。

（波線は他本にないもの。傍線は表現が異なるもの）

⑭の藤戸合戦は、『平家物語』では九月二十五・二十六日の記事としているが、『吾妻鏡』では十二月七日条に載る。九月の事件か否か、不審が残るが、盛衰記においても、藤戸合戦の日付はそのままにしている。ＫＩは情報の混乱も見えるものの、屋島と引島の平家・源氏の動向が矢継ぎ早に書かれ、藤戸合戦以後の西国の源平の動向が描かれる。

『吾妻鏡』元暦二年二月十六日条には、

平家者結陣於両所。前内府以讃岐国屋島為城郭。新中納言〈知盛〉相具九国官兵。固門司関。以彦島定営。相待追討使云々。

とある。知盛率いる平家軍は、筑紫、門司の周辺を固めていた。一方、範頼軍は苦労しながら西国に逗留し（正月六日条に載る前年十一月十四日付けの書状の内容、正月十二日・二十六日条など）、周防から赤間関に渡り、再び周防に戻ったこと（正月十二日条）、緒方維義等の助力を得て豊後に渡ったこと（正月二十六日・二月一日条）が確認される。従って、盛衰記の記事は時間的には曖昧だが、動向を追った情報としては史実とそれほど大きく食い違っているわけではない。

藤戸合戦後に平家軍を源氏軍が追撃するにはかなりの日数が必要であろう。そのための配慮が盛衰記には窺える。I冒頭の「平家ハ児島ノ軍ニ打負テ、屋島ノ館ヘ漕戻。屋島ニハ、大臣殿ヲ大将軍トシテ、城郭ヲ構テ待懸タリ」が、屋島の様子を記す⑮に連続するところから、Iを⑮の前に置き、日数がかかったことを意識して、⑮の季節を「十月末」として、I⑮ともに、二十五日に行われた⑯よりも後ろ、Kの次に置いたと考えられる。但し、屋島で詠んだと解釈できる知盛の歌をそのまま残したことには無理が感じられる。

また、盛衰記では範頼の活動状況がかなり辿れる。⑬では、

九月二日、参川守範頼、平氏追討ノ為ニ西海道ニ下向ス。相従輩ニハ、（以下武士列挙〈略〉）其勢十万余騎、軍船千余艘ニテ、室泊ニ着。去共十二月廿日比迄ハ、室高砂ニ逗留シテ、遊君ニ遊宴シテ、国ニハ正税官物ヲ費シ、所ニハ人民百姓ハ煩ハシケレ、上下是ヲ不甘心、大名モ小名モ、急四国ニ渡テ敵ヲ責ラレヨカシト思ヒケレ共、大将軍ノ下知ニヨル事ナレハ力及ハス。

と、不甲斐ない範頼を描く。傍線部以外は諸本に共通しており、平家物語が印象づけようとする範頼像である。なお、盛衰記以外の諸本は、巻末近くでも⑱で、

十二月廿日比マテ、参河守範頼ハ西国ニヤスラヒテ、シ出タル事無テ、年モ既ニ暮ニケリ。（延慶本。諸本同じ）

と置かれ、範頼への視線は一貫している。

盛衰記も⑬までは諸本の範頼像を踏襲している。しかも⑱の傍線部分を⑬に移し、年末まで室・高砂に逗留してい

たかのように読ませる。しかし、諸本と同じく次の⑭藤戸合戦に範頼も出陣しているので、はやくも矛盾が露呈している。ところが、⑭以降になると、Ⅰで範頼の西国転戦を描き、⑮末尾には、「参川守範頼追討使トシテ、既ニ発向スト聞エケレハ、イト、心ヲ迷シアヘリ」の一文を加え、⑱は削っている。盛衰記では、無為な範頼像の描写は⑬までとし、史実に近い範頼の活動を、⑭以降で載せている。(5) 盛衰記は、藤戸合戦以後、混乱を伴いつつも、屋島合戦前夜の西国、特に九州付近の動向、そして、壇の浦付近での源平の緊張した状況を描こうとしている。その為には範頼の動きを描くことになる。範頼の姿を混乱の少ない形で収めようとしている。

それでは、延慶本はどうか。延慶本は⑭藤戸合戦に続いてⅠを置く。Ⅰ冒頭への展開は円滑である。ただ、Ⅰに流れる時間の経過は、⑮の十月初頭の感懐とは整合しない。知盛の詠歌があることによる矛盾は盛衰記と同様である。また、範頼に関しては、⑬⑱を載せ、他諸本と同様に不甲斐なく動かない範頼を記す。しかし、Ⅰを挿入したために、〈西国で平家を追うこともなく無為に日を暮らす範頼〉の中に、〈平家追撃を試みる範頼〉が混在してしまう。

延慶本の混乱した記事（Ⅰ）を盛衰記が整合的に改編したという可能性は考えられるだろうか。延慶本の小さな記事を定位させるために、これほどの増補と改編を行うのだろうか。しかも、前半でも同様の営為があった。むしろ、増補記事を含み込んで改編された盛衰記的本文を、延慶本が部分的に杜撰に取り入れたと考える方が合理的であろう。

おわりに

延慶本巻十は全体的に、様々な資料を取り入れたり配列を動かしたりと、かなり手をいれている。その中で、盛衰記的本文による混態・増補はこの部分に限る、非常に微細なものである。歴史資料（或いは歴史資料と思われるもの）

の利用できる展開が巻十にはあまり多くないことも、その理由の一つとしてあげられようか。しかし、巻七・巻八と同様に、増補資料として盛衰記的本文を利用した可能性が、巻十にも見いだせた。

検討し得た巻は巻七・八・十の三巻にすぎない。全体的に見れば盛衰記と延慶本とが表現面まで共通することは少ないにも拘らず、見てきたように、時に説話・記事・文書単位で同文と言えるほどに一致し、しかも、他本が全く共有しない場合がある。このような場合には、他の巻についても注意深く先後関係を考えることが必要であろう。一方で、第二章で指摘したように、盛衰記的本文を用いて異本注記を施している。この作業と、第三〜五章で見てきた増補作業とが同時期の営為なのか、考えるべき課題は残されている。

平家物語の諸本は、それぞれに貪欲に改編や増補を行い、また、自己増殖とも思われるような諸本との接触を重ねている。平家物語諸本は本文形成の諸段階で、異本同士が接触し、その中で新たな本文が生まれる、そのような営為が蓄積された作品と考えられよう。そして、延慶本も例外ではないようである。延慶本も長い時間の中で多様な異本と接触している。延慶本についても、増補の多層性、増補の際に用いた資料、また増補・改編の方法などを考えていくことが要請されるが、その際には異本も含める必要がある。増補・改編部分がある程度はぎ取られた時に、ようやく延慶本の古層の実態を探ることができるのだろうか。しかし、実際には困難を究める作業である。既に長い歳月をかけた本文研究がそれを語っている。

注

（1）　金澤正大「甲斐源氏棟梁一条忠頼鎌倉営中謀殺の史的意義（Ⅰ）（Ⅱ）――『吾妻鏡』元暦元年六月十六日条の検討」

（「政治経済史学」272号　昭和63年12月／446号　平成15年10月）

（2）五味文彦「甲斐国と武田氏」（「武田氏研究」19号　平成10年6月）

（3）『平家物語大事典』（東京書籍）の「源義憲」（大津雄一氏執筆）では、諸本の義憲の諸記事には、方等三郎先生義憲、前美濃守義広、山名三郎義広の混乱があることが指摘されている。

（4）佐伯真一「寿永年間頼盛関東下向について」（『延慶本平家物語考証　一』新典社　平成4年5月）

（5）盛衰記はEで事実に従って、六月六日に範頼が参河守になったことを記し、諸本が載せる⑫での任官は削っている。

第三部　平家物語の改編と物語性

第一章　延慶本の頼政説話の改編

はじめに

現存の延慶本平家物語は応永期の書写になる。延慶年間における書写の時点の姿をそのままに留めているわけではない。第一部では、応永年間書写の時点で覚一本的本文を混態させた部分があることを指摘した。現存本に付されている貼り紙や擦り消し、見せ消ち、上書き等が手掛かりとなった。第二部では、本文行の内外に記されている異本注記を考え、さらには異本注記がなくとも異本の取り入れがあるのではないか、と考えを進めた。すると、延慶本と覚一本のみが同文関係にある部分については、確実な書き替えの跡は窺えなくとも、覚一本的本文の混態の可能性を考えることができるのではないかと疑われる。本章ではこの条件を満たす例として、巻四の頼政の説話を提示し、応永書写時点での混態の可能性と、その可能性が投げかける問題について考察をしていきたい。

一　頼政説話とは

周知のとおり、以仁王の挙兵に与して敗れた源頼政が宇治川の畔で自害を遂げた後に、頼政生前の逸話が繰り広げられる。本章ではこれを中心とする頼政に関わる話を頼政説話と称する。延慶本においては、頼政が和歌を詠んでそのすばらしさを愛でられて昇進を果たした、所謂歌徳説話と、変化物や鵺の退治を命ぜられて見事にそれを果たした武勲説話とからなる。延慶本巻四―二十八「頼政ヌヘ射ル事　付三位ニ叙セシ事　禍虫」のうち、86丁オ8行から91丁オ2行までである。この部分の表記には捨て仮名が他よりも多く用いられており、それのみをとっても、典拠とした本文が他の部分と異なるものであることを予想させる。

頼政は巻一と巻四に重点的に登場するために、諸本では両巻にそれぞれに説話が載り、またその出入りが激しい。そのうち、延慶本と覚一本の巻四の頼政説話のみがほぼ同文関係にある。ここでは、延慶本と覚一本のみが共通することを示す典型的な例として、この二本のみが、頼政の武勲説話を二話並列させていることを、簡単な表によって示す。

［表Ⅰ］

	延慶本	長門本	四部本	盛衰記	闘諍録	覚一本	屋代本	斯道文庫本	中院本	頼政記
巻一	×	鵺	鵺	×	変	×	鵺	×	×	／
巻四	変 鵺	欠	変	変	欠	変 鵺	欠	変	変	変

欠：欠巻（或いは欠落）　変：変化退治　鵺：鵺退治　×は該当説話が無いことを示す。

闘諍録・屋代本の巻四は欠巻であり、長門本の巻八（通常の巻四に相当する）は後半部が欠落している。それ故に、正確には、巻四に武勲説話を二話並立させるものが延慶本・覚一本の二本のみであったのかどうかは明らかではない。が、現存諸本に限定した場合ではあっても、頼政説話が如何に激しく動いているかがわかる。[1] その中にあって、延慶本と覚一本の二本の一致が抜きんでていることが理解されよう。そしてこの二本だけが本文を共有するという事実は、第一部での指摘を念頭に置けば、延慶本（応永書写本）への覚一本的本文の混態の可能性を濃厚に示すと考えてよかろう。延慶本〈応永書写本〉巻四の頼政説話の形態が覚一本的本文を混態させたものであるとすると、現存延慶本の形態を基準として古態を考えることはできないことになる。延慶書写時の形態が問われる。表Ⅰからもわかるように、巻一相当巻に武勲説話を載せる本もあり、巻を超えた平家物語の改編の問題も考慮に入れる必要がある。以後暫く、延慶本〈応永書写本〉を外して考えることとする。

二　盛衰記・『頼政記』

まず、平家物語諸本のうちの読み本系四本〈源平盛衰記・源平闘諍録・長門本・四部本〉に『頼政記』を加えて考察することとする。

『頼政記』は内閣文庫所蔵の写本で、平家物語の読み本系に類似する本文を持つ零本である。夙に高橋伸幸氏によって紹介され(2)、松尾葦江氏が再度翻刻を行っている(3)。高橋氏は、『頼政記』は江戸後期に書写されたものだが、底本は「室町時代の中期ぐらゐに溯上る写本ではなかろうかと推定」し(4)、『頼政記』・延慶本・長門本・盛衰記・四部本の五本の記事対照表、及び長門本を除く四本〈長門本には該当記事がない〉の本文対照表を載せる。氏の対照表を参考に、私に作り直した記事対照表を次頁に示す。

おおまかな展開は、諸本共に共通している。『頼政記』にはなく盛衰記・延慶本のみに共通する記事〈元慎事、満仲讒言事、仁寛流罪事〉もあるが(5)、それらは物語進行の時系列からはみ出したものであり、物語の展開に直接関わることのない付随説話である。なお、頼政説話も物語の時系列に沿ったものとはいえない。

頼政説話〈太宇部分〉に限定すると、これはどの本もそれぞれに異なる。例えば、盛衰記には大きな独自記事〈菖蒲

［表Ⅱ］

延慶本	盛衰記　巻十六	頼政記	四部本
登乗沙汰	○	○	○
高倉宮御子達事	○	○	○
前中書王事	○	○	○
元慎事	○	×	×
後三条院宮事	○	○	○
満仲讒言事	○	×	×
仁寛流罪事	○	×	×
為房功臣事	○	○	×
法皇御子事	○	○	○
×	円満院大輔登山事	×	×
頼政昇殿事（人しれず）①	○①	○①	×**〈後出〉**
×	（つきづきしくも）②	○②	×
×		**（隠題歌）**③	×
（のぼるべき）④	○④	○④	×
×	**（隠題歌）**③		×
×	**菖蒲前事**	×	×
×	**石切宝剣事**	×	×
変化退治事	○⑤	○⑤	○⑤
×	**養由相伝弓矢事**	×	×
鵼退治事	×	×	×
			頼政昇殿事
鉄食虫事	×	×	×
木下事	×〈巻十四〉	×	○
還城楽	×〈巻十四〉	×	×
清盛三井南都召禁事	○	○	○

（人しれず）（つきづきしくも）（のぼるべき）（隠題歌）は和歌・連歌

前事・石切宝剣事・養由相伝弓矢事）があり、延慶本は唯一、鵼退治や鉄食虫の説話を持つというように。しかしながら、四本の中で、『頼政記』と盛衰記とを比べると、『頼政記』の展開は、独自記事を除いた盛衰記とほぼ共通し、本文的にも共通性が高い（引用は省略）。また、頼政説話以外でも、『頼政記』の本文は全体的に盛衰記に近い。この二本の基本的な構造は、ほぼ『頼政記』の展開に即して考えてよかろう。次に頼政説話の粗筋を、後の論述の都合上、『頼政記』に沿って紹介する（片仮名及び「　」は本文引用部分）。

頼政の系譜を紹介し、前半生の不遇を述べる。そして、

①　人シレス大内山ノ々守ハ木カクレテノミ月ヲ見カナ

と詠んで四位となり、昇殿を許される。

②　初めて殿上を通った時、ある女房から、

月々シクモサシアユムカナ

と云いかけられる。即座に、

イツシカニ雲ノ上ヲハフミナレテ

と返し、「優ニカヒ〳〵シク」と感心される。

③　これ以外にも法皇に「梧火桶、頼政」を隠題で詠むように命ぜられ、

宇治河ノ瀬々ノ岩波ヲチタキリヒヲケサイカニヨリマサルラム

と詠む。

④　また四位殿上人であることを、

ノホルヘキタヨリナケレハコノモトニシイヲヒロヒテ世ヲ渡カナ

と詠んで三位を与えられた。

［盛衰記では③の前に④と出家のことを記す。盛衰記の隠題は「宇治川、藤鞭、桐火桶、頼政」の四題で、第二句の「岩波」は「淵々」である。頼政の歌才の強調を意図していよう。］

⑤　二条院が鵺の声を持つ変化物におびえ、頼政が見事にそれを射落とす。被物を賜る左大臣頼長と連歌のやりとりがあり、「誠ニ弓矢ヲ取モナラヒアラシ。連歌ニモ類ナシトソサ、メキケル」と結ぶ。

頼政の優雅な歌人としての側面を、述懐・即興性・女房とのやりとりに示される風雅、また、和歌・連歌にわたって様々に紹介する。一方、変化退治説話は頼政の武勲を顕彰する例話であるが、頼長と頼政とで交わされた連歌のやりとりと、それに対する評価を記すことによって、頼政の文才の側面も同時に称揚されている。盛衰記では菖蒲前との馴れ初めの話を挿入して頼政の風流性を、また石切宝剣事を挿入して頼政の武勇を、それぞれ増幅している。が、全体的に見ると、『頼政記』・盛衰記共に、頼政の風流性と生涯における歌人としての側面が、より強調されている。猶、『頼政記』の連歌は「五月ヤミ名ヲアラハセルコヨイカナ／タソカレトキモスキヌトヲモフニ」（原文「名アラハセそ」）であり、盛衰記は「郭公名ヲハ雲井ニアクルカナ／弓ハリ月ノイルニマカセテ」で、続けて「五月ヤミ」の歌を記し、「異本也」と紹介する。

三　闘諍録

続いて巻一に頼政説話を載せる諸本を検討していく。巻一で頼政説話が記されるのは衆徒強訴の場面である。比叡山の衆徒が神輿を担いで洛中に押し寄せ、頼政の警護する門から内裏に乱入しようとするが、僉議の結果、重盛の守る門に向かうことになる。その僉議の中で頼政の人柄を偲ばせる逸話が語られる。

どの本にも共通するのは、頼政は武芸においては当然のことながら、和歌においても、天皇の前で「深山木のその梢とも見え《（わか）》ざりし桜は花にあらはれにけり」という秀歌を詠んで感激させたことを記し、武芸のみならず歌道にもすぐれた「やさおとこ」の守る門を襲撃するのはやめるという展開である。つまり、武人であることは当然のこととして、更に頼政の優雅な和歌の才能を惜しむ話となっている。[6] ここに武勲説話を載せる諸本は表Ⅰにあるとおりだが、他本が鵺退治説話を載せるのに対し、闘諍録は変化退治説話を載せている。

当節では闘諍録を対象とする。闘諍録は以下のように展開する（「　」内は本文引用）。

（B）「（頼政は）六孫王より以来、弓箭の芸に携つて未だ不覚の名を取らず。其れは武士の家なれば如何はせん。風月の逸者、和漢の才人、優に艶しき聞えあり」と紹介し、一例を掲げる。「み山木のその梢ともわかざりし桜は花に顕はれにけり　と云ふ名歌の作者、御感を動かし奉る艶男なり。此の頼政、一筋に武く甲なるのみにも非ず、若きより艶しき聞えもあり、甲なる聞えも有り」として、

⑤変化退治を語る。変化を退治し、勧賞を賜った右大臣経宗が詠みかけた歌に巧みに付け、そのことを「如勇《ゆゆし》く聞えし」と評価して結ぶ。

④続いて三位を望んで叶わない旨を、「のぼるべき（歌略）」と詠む。

①更に、「人しれず（歌略）」と詠んで殿上を許される。

②内裏を退出した時、女房と連歌「つきづきしくも出でて行くかな／なにとなく雲ゐの上を履みそめて」を交わし、「時々は加様に艶しき事も有りける由を聞けり」と結ぶ。　（アルファベットについては次節参照のこと）

闘諍録では、頼政の文武に秀でた側面を、和歌・連歌と変化退治説話で表している。但し、⑤変化退治説話は「武く

甲」ばかりではなく、「艶し」くまた「甲なる」評判の男の紹介として語られている。しかも、B「深山木の」、④「のぼるべき」、①「人しれず」、②「つきづきしくも」と、多くの和歌・連歌説話に挟まれ、全体としては、文武両面よりも文才に、より傾斜した紹介となっている。なお、ここで注目したいのは、順序が逆転し、詞に多少の異同があるとはいえ、(7)『頼政記』・盛衰記と同様に、和歌・連歌と変化退治説話が連続していることである。

闘諍録には欠巻が多い。しかし、それは欠巻なのではなく、本来、巻一・五・八しか作られなかったのではないかとの指摘もあり、(8)また、現存巻の中には、欠巻にある筈の話がかなり入っている。この闘諍録の説話も、本来、巻四にあったものとの考えもある。(9)すると、『頼政記』・盛衰記の他に、闘諍録の拠った本においても、巻四に変化退治説話が載り、また和歌・連歌説話が多く含まれた頼政説話が存在していた可能性もある。

四　長門本

次に、闘諍録同様に巻一相当巻に頼政説話を載せている長門本（巻二）を考える。長門本で問題となるのは巻八（通常の巻四）に頼政説話のみならず、その前後が存在しないことである。長門本には以仁王の首実検の後、即ち、延慶本の第二十二章段から第二十九章段に該当する部分、内容としては、「南都の大衆が摂政の使者を追却すること」「登乗沙汰」から「木下事」「還城楽」までがない（表Ⅱ参照）。

高橋伸幸氏は、長門本が「「頼政昇進・鵼」を巻二に、「木下馬・還城楽」を巻七に、「三井寺炎上」に関する記事を巻九にと各々移動改編せし折の大幅な脱落が巻八巻末である」と推考する。(10)氏の指摘の如く、長門本の巻二に載る頼政の和歌説話は、巻八（巻四相当）から移動させたものと考えるのが穏当であろう。(11)ここでは、巻二の展開に従って、その内容と移動の妥当性を再確認しておきたい。左にその粗筋を紹介し（「　」及び和歌は本文引用部分）、次頁表Ⅲに注目すべき部分の本文を延慶本と対照させる。

（A）「西塔法師、摂津律者かううん」によって頼政が紹介される。

①　いつとなく大うち山の山もりは木かくれてのみ月を見る哉

とよんだ「やさおとこ」として紹介される。次に他の大衆も頼政の逸話を語る。

（B）「当座の御会」に召されて、「み山木の（歌略）」を詠んで感銘を与えた。

（※）又、嵯峨野へ御行の道すがら「かるかや」という題に、

とを山をまほりにきたる今夜しもそよ〳〵めくは人のかるかや

（③）続いて「御方の北のたい」で隠題（左巻の藤鞭、桐火桶、頼政）を出されて、

水ひたりまきのふち〳〵おちたきりひをけさいかによりまさるらん

と詠んで感動させた。そして「夫のみならす、弓矢にとてこそふさうの者なれ」として、

（⑤）鵼退治説話を記す。

（C）文武に長けた頼政を惜しむ。

A、Bの和歌までと、Cの三箇所について、延慶本と長門本は同文である。この三箇所は共通祖本の形態を留める部分と認めてよかろう。次に、①の和歌は闘諍録を除いた諸本は巻四相当巻に載せている。初句は他の諸本では「人しれず」であり、「いつとなく」は長門本の改変と考えられる。※「とを山を」は長門本の独自の歌だが、③「水ひたり」は詞に異同はあるものの盛衰記・『頼政記』では巻四相当巻にある。⑤も盛衰記・『頼政記』・闘諍録共に本来は巻四にあった武勲説話と同類である。

［表Ⅲ］

	延慶本	長門本
A	其中ニ、西塔法師ニ摂津竪者豪雲ト申ケル、三塔一ノ言ヒ口、大悪僧ナリケルカ、萌黄ノ糸威ノ腹巻衣ノ下ニ着、大刀脇ニハサミ、進出テ申ケルハ、	其中に、西塔法師、摂津律者かうらんと申けるは、三たう一の云口、大あく僧也けるか、もえきいとをとしのはら巻、衣のしたにきて、太刀わきにはさみて、す、み出て申けるは、
①	×	「此頼政は、としころ地下にのみありし事を歎て、（いつとなく）」〈略〉かしらつ、みたるか、しはかれたる大の声にて申けるは、
B	今頼政カ条々所立申、非無其謂。神輿ヲ奉テ先立、〈略〉（ミ山木ノ）ト読テ、叡感ニ預シソカシ。	「いま、よりまさか条々申たつる所、其いはれなきにあらす。神輿をさきにたて奉りて、〈略〉（み山木の）といふ名歌を読たりしかは、天かんあり。満座、興をもよほして、ちよくろくに預て、名をあけたりし者そかし。
※	×	〈略〉（とを山を）〈略〉
③	×	〈略〉（水ひたり）とよみて勅かんに預りけるものそかし。夫のみならす、弓矢にとてこそふさうの者なれ。
⑤	×	〔鵼退治説話〕
C	弓箭取テモ並ヲ方ナシ。歌道ノ方ニモヤサシキ男ニテ、山王ニ頭ヲ傾ケ進セタル者ノ固メタル門ヨリハ	弓矢取てもならひなし、歌道の方にもやさしきおのこの、山王にかうへをかたふけまいらせたるもの、かためたる門より、〈以下、延慶本に同じ〉

全体的に長門本には独自の潤色が施され、本来の姿はつかめない。しかし、盛衰記や『頼政記』等の形態を考えると、①、③、⑤は巻四相当巻からの挿入と見られる。高橋氏の指摘の如く、長門本も本来は巻四相当巻に頼政説話があり、そこには和歌説話と武勲説話が並んでおり、それらを巻二に移動させたと考えられよう。猶、長門本の武勲説

話は鵼退治説話である。このことについては後に考えることとするが、盛衰記、闘諍録の依拠本、長門本の前段階と『頼政記』が、頼政の説話として複数の和歌説話と武勲説話を巻四（相当巻）に載せていたことは推測される。それぞれの説話に多少の異同はあろうが、巻四（相当巻）の頼政に関する説話の本来の形態が想定できるのではないか。

五　四部本

続いて、四部本の問題を考える。前節で、長門本巻二（通常の巻一）の和歌説話と武勲説話が本来は巻八（通常の巻四）にあったであろうことを述べた。しかし、『頼政記』・盛衰記・闘諍録に載せる武勲説話が変化退治なのに対し、長門本の武勲説話は鵼退治である。一方、四部本の巻一には鵼退治説話が載り、長門本ともかなりの部分で本文が共通する。更には四部本の巻四には頼政の武勲説話として変化退治を載せる。ここからは、覚一本のように、武勲説話が巻四に二話並立していたのではないかという疑問が生じよう。四部本と長門本との関係について、また鵼退治説話と変化退治説話の関係について一考を要するようである。当節では、まず四部本について検討を加える。

確認のために、次頁に表Ⅲを敷衍して四部本巻一の展開と本文を示す（表Ⅳ）。

先に、A、Bの一部、Cにおいて延慶本と長門本とが同文であることを述べた。この部分の四部本は二本と同文とは言えないものの、Bにはかなり共通性が窺える。[12] 従って、この部分については、根源に溯れば、四部本・長門本・延慶本の本文は共通したものであったと考えられる。

ところで、四部本ではBで「深山木の」の歌を記して「と云ふ秀歌を読みたり」と続け、次に「又、和歌計りかは。弓矢取りて吉きぞとよ」と、頼政の優雅な逸話から武的側面に視点を転じ、⑤鵼退治説話を始める。しかし、説話の

［表Ⅳ］

	A	B ①	③ ※	C ⑤
延慶本	其中ニ、西塔法師ニ摂津竪者豪雲トテ申ケル、三塔一ノ言ヒ口、大悪僧ナリケルカ、萌黄ノ糸威ノ腹巻衣ノ下ニ着、大刀脇ニハサミ、進出テ申ケルハ、	今頼政カ条々所立申㆒、非無其謂㆒。神輿ヲ奉テ先立㆒、〈略〉（ミ山木ノ）ト読テ、叡感ニ預シソカシ。		弓箭取テモ並フ方ナシ。歌道ノ方ニモヤサシキ男ニテ、山王ニ頭ヲ傾ケ進セタル者ノ固メタル門ヨリハ
長門本	其中に、西塔法師、摂津律者かううんと申けるは、三たう一の云口、大あく僧也けるか、もえきいとをとしのはら巻、衣のしたにきて、太刀わきにはさみて、すゝみ出て申けるは、	（いつとなく）〈以下略〉〈略〉（み山木の）といふ名歌を読たりしかは〈以下略〉	（とを山を）（水ひたり）夫のみならす、弓矢にとてこそふさうの者なれ。	〔鵼退治説話〕弓矢取てもならひなし、歌道の方にもやさしきおのこの、山王にかうへをかたふけまいらせたるもの、かためたる門より、〈以下、延慶本に同じ〉
四部本	且く有りて、老僧の声にて、	〈略〉（深山木の）と云ふ秀歌を読みたり〈以下略〉	又、和歌計りかは。弓取りて吉きぞとよ。	〔鵼退治説話〕是程の珍重男が堅めたる陣をば争か破るべきとて内大臣の堅めたる陣より

終盤には「五月闇（歌略）」の連歌の応酬を和歌仕立てにして繰り返し、C「是程の珍重《やさ》男が堅めたる陣をば争か破るべき」とする。鵼退治説話は、首尾照応しているとは言えない。鵼退治説話を武勲説話として位置づけるのか、歌才を称える説話として位置づけるのか、処理し兼ねている様が窺える。その点は長門本よりも未整理である。これは、

本来BからCに直接していたところに⑤を挿入したための不整合と見ることができる。このように、四部本の巻一の武勲説話は接合に不自然な部分があり、後に挿入されたものと判断される(13)。

次に、巻四について考える。四部本では、まず以仁王事件の後始末を縷々語り、法皇の御子の出家を記す。次に、読み本に共通する「風吹くには木安からず、外までぞ苦しき。身の為、人の為、君の御為、世の為、由无き事仕出だしたる頼政入道かな」という批判的な言辞を記した後、続けて「左ても此の入道、世に侍りし比、二条院の未だ幼稚の御時」と変化退治説話を語り始める。変化退治説話そのものには前文の頼政批判との関連性は記されず、結びは、「勇《ユユ》しく珍重《ヤサ》しかりし人ぞかし。是を世の人、伝へて詠めるなり。ほとゝぎす（歌略）」である。変化退治説話は、「勇しく珍重し」という評語から、文武を称える話と捉えることになるのだが、前文の頼政批判との連続性がなく、この説話を巻四の展開の中でどのように位置づければよいのか、不明である。四部本においては、この変化退治説話も展開から浮き上がっている。

さて、この変化退治説話に続いて、①「人しれぬ」の和歌をめぐる説話が語られる。これは次の二節からなる。

(1)「抑も此の入道は、摂津守頼光三代が後胤」と頼政を紹介し、不遇を恨んで「人しれぬ（歌略）」と詠んで昇殿を許され、三位し、「今年は七十七に成る」と結ぶ。

(2)「何かに楽しみ栄へ有りとも幾程有るべき。子息の仲綱受領に成し、伊豆国を知らせつゝ、丹波国五箇庄を知行し、佐て有るべきに、由无き事申し勧め奉り、世の大事を引き出だしつゝ、我が身是く成り、子孫までも亡びぬ。浅猿しかりし事共なり」

この(1)(2)はそれぞれ『頼政記』・盛衰記等の本文と共通する。『頼政記』・盛衰記においては(1)は頼政説話の開始（表Ⅱ「頼政昇殿事」）の冒頭にあたり、(2)は武勲説話の結末、つまり頼政説話の結尾にある。『頼政記』・盛衰記ではこの間に様々な和歌・連歌、武勲説話が挿入されている。四部本は頼政関係説話の始めと終わりだけを載せていることになる。その結果、「人しれぬ」の和歌をめぐる話は、昇殿という望み以上に三位まで得たが、折角賜った高位も「由无き事」を勧めたことで無益となったと、結文(2)の頼政批判につながる。この批判の言辞は、先述した頼政に対する厳しい評価（「風吹くには木安からず」云々）と照応する。[14]四部本は、『頼政記』の如き構成から、和歌説話・武勲説話を省略したり巻一に移したりして、「人しれぬ」の和歌のみを残して(1)と(2)を結びつけ、頼政の行動を批判的に評価する文脈を形成したのではないか。

以上のような四部本の文脈の中で変化退治説話を考える時に、他の諸本（闘諍録を除く）では武勲説話が必ず和歌説話の後にあるのに対し、四部本では順序が逆転していることに注意すべきであろう。しかも、変化退治説話の位置づけが不明であることは先に述べた。巻四の変化退治説話は、一旦外したものを後に再び挿入したのではなかろうか。更に、四部本の形態は改編の跡が濃厚である。[15]四部本の形態を以て武勲説話が二話並立していたことは証明できないと考える。

六　武勲説話の流転

しかしながら、鵼退治説話と変化退治説話の分立、或いは並立はどのようにして起こったのか、またどういう形態が本来のものであったのか、等々、頼政の武勲説話の生成と流転については未だ解決を見ているわけではない。そこで、当節では、今までの考察を基に、武勲説話の流転について再考していく。

改めて、変化、鵼両退治説話について、覚一本（延慶本）に沿って内容を簡単に紹介する（「　」及び連歌は本文引用部分)。

近衛院の在位の頃、主上が毎夜怯えることがあった。義家の故事に倣って頼政が選ばれ、「変化のもの」を射ることとなる。頼政は二本の矢を持ち、家来の井早太を供に、見事に変化(猿の頭、狸の胴、蛇の尾、虎の手足、鵼に似た声)を射る。主上は頼長を介して、獅子王という剣を下賜する。時に、「雲井に郭公二声三こゑ音つれてそとをりける」。頼長は、

ほとゝきす名をも雲井にあくるかな

と云いかける。頼政は「月をすこしそはめにかけつゝ」、

弓はり月のいるにまかせて

と返し、「弓矢をとてならひなきのみならす、歌道もすくれたりけり」と感心される。

次いで、二条院の在位の時、鵼が帝を悩ませる。再び頼政が命ぜられ、「目さすともしらぬやみ」の中に、声を頼りに鵼を射落とす。公能が御衣を被け、

五月やみ名をあらはせるこよひかな

と云いかけ、頼政は、

たそかれ時もすきぬとおもふに

と返す。

諸本によって、時代設定・内容が少しずつ異なり、同文関係を指摘できるものは前述したように、覚一本と延慶本以外にはない。次頁の表Ⅴには、その相違点を掲げる。

［表V］

	変化退治説話	鵼退治説話
頼政記	応保 二条院 獅子王・衣 五月余 左大臣頼長 五月闇	
盛衰記	平治二年 二条院 獅子王・衣 夏 関白太政大臣基実 郭公 五月闇（異本）	
闘諍録	（巻一） 二条院 獅子王 五月廿日余 経宗右大臣 郭公	
長門本		（巻二） 鳥羽院 衣 五月廿日余 左大臣 五月闇
四部本	（巻四） 二条院 獅子王 五月廿日余 大炊御門右大臣 郭公	（巻一） 鳥羽院 衣 五月 頼長左府 五月闇
覚一本・延慶本	仁平 近衛院 獅子王 四月十日余 宇治左大臣 郭公	応保 二条院 衣 五月廿日余 大炊御門右大臣 公能 五月闇

ここで注意しておきたいのは、『頼政記』・盛衰記に描かれる「変化」である。射落とした時には確かに「変化」として、その禍々しい正体が描写されるが、登場の初めには、「ヌエト云鳥ノ音ノスル時」「此佐鳥射テ進セヨ」（『頼政記』）、「鵼ト云鳥ノ音ヲ鳴時ニ」「去ハ是ハ怪鳥カ変化カ」（盛衰記）というように、あたかも、鵼退治説話の如くに始まる。従って、「変化物」とは言っても、覚一本・延慶本、また四部本や闘諍録とは多少異なる。

ところで、鵼説話の早い例として、左の『十訓抄』十―五十六話が紹介されている。

高倉院の御時、御殿の上に、鵼の鳴きけるを、「悪しきことなり」とて、「いかがすべき」といふことにてありけるを、ある人、頼政に射させらるべき由、申しければ、「さりなむ」とて、召されて参りにけり。この由を仰せらるるに、かしこまりて、宣旨を承りて、心の中に思ひけるは、「昼だにも、小さき鳥なれば得がたきを、五月の空闇深く、雨さへ降りて、いふばかりなし。われ、すでに弓箭の冥加、尽きにけり」と思ひて、八幡大菩薩を念じ奉りて、声をたづねて、矢を放つ。こたふるやうにおぼえければ、寄りて見るに、あやまたずあたりにけり。天気よりはじめて、人々、感歎いふばかりなし。

後徳大寺左大臣、その時、中納言にて、禄をかけられけるに、かくなむ、

　郭公雲居に名をもあぐるかな

頼政、とりもあへず、

　弓張月のいるにまかせて

と付けたりける、いみじかりけり。

まかり出づるのちに、

　昔養由雲外射レ雁　今頼政雨中得レ鵼

とぞ感ぜられける。

頼政、蟇目のほかに、征矢をとり具して、持ちたりけるを、のちに人の問ひければ、「もし不覚かきたらば、申し行ひたりける人を射むがためなり」とぞ答へける。

情況設定、登場人物名、矢の数等、注目される点は多いが、ここでは連歌・詩句の内容と情景描写について、平家物語と比較する。

まず連歌であるが、これは季節にふさわしく、又、頼政の射芸も詠み込み、趣向が勝ったものである。但し、頼政の付句に「弓張月」とあるが、情景は、「五月の空闇深く、雨さへ降りて」と描かれ、月は出ていない。頼政は実景にはないものを詠み込んだことになる。実定の詠んだ郭公も、実際に鳴いていたわけではない。『十訓抄』は建長四年（一二五二）成立とされる。この時期の頼政の逸話に、矛盾するほどではないが、情景と連歌の内容との間に些かのずれを内包したものがあったことがわかる。

この点、平家物語諸本の中には「五月闇」の連歌を載せるものもあり、連歌の直前には、左に見るような情況設定を記している。

・目さすとも不知闇夜……折節五月余の事なるうゑ大方の空もかきくもり、いふせきほとなれは、そこはかとはみゑねとも↓五月闇（『頼政記』）

・五月ノ暗夜ニ射ヨトノ勅命……五月廿日余ノ事ナルニ、折知カホニ郭公ノ一声二声雲井ニ名乗テ通ケルヲ↓郭公（盛衰記）

・比は五月廿日余りの日数を経て、五月雨の空未だ晴れざる折節に、郭公雲の外に音信れければ↓郭公（闘諍録）

・ころは五月の廿日あまりのことなるに↓五月闇（長門本）

・五月の暗なるに↓五月闇（四部本・巻一）

時は五月廿日余りなるに、五月雨の雲間の月、幽かに見えて物哀れなる折しも、郭公音信て通りければ↓郭公（同・巻四）

・比は卯月十日あまりの事なれは、雲井に郭公二声三こゑ音つれてそとをりける……月をすこしそはめにかけつつ↓郭公

比はさ月廿日あまりの、またよひの事なるに……目さすともしらぬやみ↓五月闇（覚一本・延慶本）

『頼政記』は『十訓抄』に近しい設定で、しかも「五月闇」の連歌の情景に合い（二重傍線部）[16]、盛衰記は「郭公」の連歌に合わせた設定（傍線部）に整えている。各々不自然さを感じさせない。闘諍録は『十訓抄』に近いが、一方では郭公の声も添え、「郭公」の連歌に情景を少し近づけている。長門本では情景の設定そのものがない。四部本・覚一本・延慶本は郭公の声を添え、更に付句の「月」に合わせた設定まで施して「郭公」の連歌に添い、一方で「五月闇」の連歌にも情景との矛盾がない。四部本・覚一本・延慶本は最も整合的な内容となっている。これら諸本の記述は、『十訓抄』のような情景と連歌とのずれを避け、場と句との連接を図るために施されたそれぞれの工夫の跡と見なせよう。

次に、養由の故事を踏まえた詩句を考える。これは「頼政雨中得鵼」とあり、頼政の射芸を際立たせるものである。しかも『十訓抄』では「雨降りて」として、情景と詩句とが呼応している。頼政は五月雨の闇の中で、小さな鳥を射たからこそ一層、その武芸の評価が高まるのである。

平家物語でこの詩句を載せるのは長門本・盛衰記・覚一本・延慶本であり、長門本・覚一本・延慶本では、鵼退治説話の中に「五月闇」の連歌と共に記す。雨が降っていたことの説明はないが、五月の空の暗さを記し、情景に添う。一方、「郭公」の連歌と共に載せる盛衰記では、「雨中」を「深夜」としている。これは、詩句と情景とが必ずしも一致していないことについて、補訂の必要性を感じた故の操作と思われる。

確かに、詩句と併せ考えるならば、「五月闇」の連歌の方が『十訓抄』の情景と一致する。但し、この連歌の面白さは、公能が「名を顕した」と賞賛したのに対し、頼政が「誰そ」という問いに答えたまでと謙譲の意を表して切り返したところにあり、「郭公」の連歌ほどには季節や情景を詠み込む工夫はない。そこで、次の二つの可能性が考えられる。一つは、「五月闇」の連歌は、「郭公」の連歌の句と情況とのずれを矯正するために新たに作られた。今一つは、「五月闇」の連歌が先行し、より巧緻を求めて「郭公」が作られたとするものである。

二つの連歌のどちらが先行したのかはわからない。ただ、全体の基本的構造を同じくし、本文的にも共通性が高い盛衰記と『頼政記』とで記載する連歌が異なっていることに注目したい。盛衰記が「郭公」を載せるのに対し、『頼政記』では「五月闇」を載せる。また、盛衰記では更に「異本」として「五月闇」も載せる。このことは、二種類の連歌がかなり早い時期に出来ていたことと、その交換も早くから行われていた事を想像させる。

続いて、鵼と変化の分立について考えたい。この点で、まず『十訓抄』の素朴さは参考となろう。[17]『十訓抄』のような鵼退治説話から変化退治説話へと拡大していったことは十分に考えられるが、変化退治から鵼退治への矮小化は不自然であろう。変化退治説話は鵼退治説話から生まれてきたと考えてよかろう。[18]

ところで、盛衰記や『頼政記』は、二話となった武勲説話を再び一話に接合させたものであるとの指摘も多い。確かに先述したように、これら二本は鵼と変化が混合したかのような描き方がなされているし、下賜された被物を「獅子王・衣」と複数記すなど、二話の要素が合体したものとも考えられよう。しかし、同様の条件を用いて、二話に分立する直前の形態を示すと言うことも可能であろう。この適否も現段階では解決できない。ただ先に、『頼政記』と読み本系諸本から、複数の和歌説話と共に武勲説話を置く形態が、平家物語における頼政説話の本来の形であったことを推測した。その中で、闘諍録・長門本のような変化、もしくは鵼を一話のみ載せる形は、配置を動かした後に見られる後次的なものであった。このことを前提とすると、たとえ『十訓抄』のような鵼説話が一般には流布していたとしても、平家物語においては、『頼政記』や盛衰記のような変化退治の形態（鵼の要素も含む）が先行していたと考えられる。

延慶本を除く読み本系諸本にあって、変化退治説話は既に「郭公」「五月闇」という二種の連歌を視野に収め、選択が必要とされた。一方で、鵼と変化という対象の分化も起こり、それぞれが効果的と思われる配列の中で武勲説話を再構成していった。このような経緯が類推できる。こうした中で、延慶本（応永書写本）の選択は覚一本的本文の採用であった。次には延慶本の改編とその効果を考えたいが、その前に、語り本系における武勲説話を整理しておく。

七　語り本系における武勲説話

語り本系の巻一と巻四の頼政関係説話について左に掲げる。

［表Ⅵ］

		巻一	巻四
覚一本		A B（深山木の）	和歌説話 変化 鵼
屋代本		A 鵼 B	欠巻
覚一本系諸本周辺本文	斯道文庫本	A （B）①	和歌説話 変化 ×
	鎌倉本	A ×	和歌説話 変化 鵼②
	平松家本	A ×	和歌説話 変化 鵼②
	竹柏園本	A 鵼 B	和歌説話 変化③ 鵼②
八坂系	一類本	A B	和歌説話 変化 ×
	二類本	A B	変化 鵼 和歌説話

①　行間補書　②　連歌なし、本文小異　③　「菖蒲前事」の挿入あり

語り本系諸本の変化説話の本文はほぼ覚一本と同文であるが、やはり、説話の扱い方が一定していない。屋代本は巻一に「弓箭ヲ取テ未タレ聞二其ノ不覚一ヲ。剰ェ歌道ノ達者ニテアンナルソ」として鵼退治説話を始め、次に「深山木ノ」を置く。これは自然な展開ではある。但し、鵼退治説話の本文は覚一本とほぼ同文であり、読み本系の流れを汲むものではない。また、竹柏園本以外に同型がないことからすると、屋代本は、覚一本的な二話並立の形から独自に鵼退治説話を巻一に移動したのではなかろうか。なお、表には掲げなかったが、南都本は屋代本と同じである。南都本のこの部分は屋代本的本文をとりあわせたものと考えられる。

覚一系諸本周辺本文である斯道文庫蔵百二十句本は巻四に一話のみを載せる。鎌倉本は二話を載せるが、鵼退治説話の本文は覚一本とは少し異なり、連歌も省略されている。平松家本・竹柏園本も同じである。但し、竹柏園本巻一は屋代本と同じくし、巻四には変化退治説話の中に、「菖蒲前事」を挿入する。

八坂系一類本はやはり一話のみを載せる。二類本（及び、二類本の影響を受けた四類本・五類本）は二話を載せるが和歌説話との位置が逆転し、後代的な傾向を見せる。

このように、語り本系諸本の中でも、諸本のそれぞれの事情に応じて、適宜選択して頼政の文武のありようを証す説話として組み立て直していったことが理解される。二話を並立させる本は覚一本以後、少しずつ増えていく。同じ方式を採って覚一本によって混態させた延慶本（応永書写本）は、右の諸本よりもかなり早い時期に覚一本的本文を選択したこととなる。

八　延慶本（応永書写本）の改編

延慶本の頼政説話の検討にあたっては、武勲説話のみならず、和歌説話を含めて考える必要がある。延慶本の頼政説話の和歌の記述は、全体的に『頼政記』や盛衰記よりも少なく、①「人シレス」と④「ノホルヘキ」、つまり、昇殿と昇進を許されることになる述懐歌のみである。『頼政記』・盛衰記及び長門本や闘諍録にあった、頼政の風流性、機転の効いた詠みぶりを示す和歌や連歌の応酬（②③※）はない。延慶本での頼政の歌は、頼政の昇殿と昇進を納得させる歌徳説話の材として用いられている。

次に記される武勲説話は第六節で紹介したとおりだが、「此人ノ一期ノ高名トオホシキ事ニハ」と始まる。「一期ノ高名」とは変化退治による武名を指すと考えるのが一般であろう。そしてまず変化退治説話が語られるのだが、その結末は『頼政記』・盛衰記と同様に、「此頼政ハ武芸ニモカキラス歌道ニモ勝レタリトソ人々感セラレケル」と評され、文武両道がほめたたえられる。次の鵼退治説話でも見事に鵼を射落とした後に、連歌が交わされる。また、養由の故事が引かれ、その武勲にも焦点が当てられる。結尾には、その時に領地を賜ったと記され、次に「サテヲハスヘカリシ人ノ、由ナキ謀叛起シテ、宮ヲモ失ヒ奉リ、我身モ亡ヒ子息所従ニ至ルマテ亡ヌルコソウタテケレ」と、物語の本筋に戻って挙兵に関する批判的言辞に移る。更に次に「サテモ件ノハケモノアマタ獣ノ形有ケン、返々不思議ナリ」と続けて、中国の漢朝に現れた鉄を食う異禽の話を載せる。

読み本系の本来の頼政説話が共通した形態（複数の和歌説話と武勲説話）を持つとの推測に加えて、延慶本の頼政説話が覚一本的本文からの混態である可能性を考慮に入れると、延慶書写時の延慶本にも、他の読み本系と同様に和歌・連歌説話が多く並んでおり、武勲説話は一話であったと考えるのが自然であろう。しかも、その武勲説話は盛衰記・『頼政記』等と同様の変化退治説話であったと推測される。その根拠として、延慶本独自の異禽説話を掲げる。この鉄を食う異禽は最終的には降伏される。が、その冒頭に「アマタ獣ノ形有ケン」と、その禍々しい姿に喚起されての傍系説話であることが記され、結末は、「彼ノ獣コソ畜類七ノ姿ヲ持タリケルト承ハレ。鼻ハ象、額ト腹トハ龍、頸ハ師子、背カハサチホコ、皮ハ豹、尾ハ牛、足ハ猫ニテ有ケルトカヤ。今代マテモ貘ト申テ絵ニカキテ人ノ守リニスルハ、即此獣ナリ。今頼政卿所射ノハケ物モ、彼貘ホトコソ無レトモ、不思議ナリシ異禽ナリ」と、やはり、頼政の変化退治と密接に連繫させている。

稲田秀雄氏は、この異禽説話は鉄を食う怪物「ワザハヒ」と、異形の姿を持つ「貘」とが結合した話であること、このような結合の例は延慶本以前には見いだされていないことを指摘している。(19) 確かに、鉄を食い異常成長を遂げる「ワザハヒ」の話は衝撃的で十分に関心を惹くが、延慶本においてこの話を巻四に定位させるためには、冒頭・結末に繰り返される獣の異形性が必要である。極言すれば、延慶本においてこそ「ワザハヒ」と「貘」との結合が必要とされるのではあるまいか。

この異禽説話が応永書写時までのどの時点で加えられたのかは不明だが、延慶本の武勲説話が『頼政記』等の如き変化退治説話であれば、変化退治説話から続いて同類の異様な姿を持つ異禽の話へという流れは自然であり、また異禽説話を置くことにも必然性が生じよう。以上より、延慶書写時の武勲説話は鵼退治説話ではなかったと考えられる。たとえ鵼の要素が入っていても、あくまでも、変化が登場しなくてはならない。

なぜ応永書写本は改編を必要としたのだろうか。例えば、宇治合戦（十八「宮南都へ落給事　付宇治ニテ合戦事」）の中に、雷房の大音声の科白がある。雷房は、頼政を「源平両家ノ中ニ撰レテ、鵼射給タリシ大将軍ソヤ」（58丁オ1行）と紹介する。盛衰記にも記されている。この表現との整合性を求めるためには、「変化」退治説話はともかく、「鵼」退治説話を載せる必要がある。しかし、これだけのためならば、多くの和歌説話を削る必要はない。

応永書写本では盛衰記等よりも和歌や連歌が少ないために、文雅の比重が全体としてはかなり後退している。また、残された和歌は歌徳の側面が浮き上がるもののみである。延慶本においては、頼政の和歌は、風流を示すことを優先して用いられているわけではなかった。他本に顕著であった頼政の風流性は、延慶本（応永書写本）では変質を余儀なくされている。一方、武勲説話を二話並べることで武の側面は明らかに増大する。勿論、武勲説話といっても、武芸を称揚するのみではなく、歌才と併せて文武両道を示すものである。しかし、第二話の鵼退治には、文才をほめたたえる言辞を改めて置くことはない。

かつて、延慶本における頼政の和歌を検討した時に[20]、忠度、忠盛といった平家歌人と比較して、頼政は武芸が賞賛された上で、ようやく和歌に関する説話が続いていることを指摘した。これは、巻四の生前の説話も含めてはいるが、主に巻一の「ミ山木ノ」について検討した結果であった。対するに、今回推測した延慶書写時点の頼政説話の形態は、忠盛に関する説話の位相とあまり変わることのない、宮廷人的、貴族的な雅び、風流性を表すものである[21]。忠盛等と区別して武人であることを優先し、その上でなおかつ和歌を詠める特技を持った人物として頼政を特徴づけるためには、巻四の覚一本的本文は適している。少なくとも、延慶本（応永書写本）の頼政説話は、盛衰記や『頼政記』に比べて、頼政の武人としての側面が押し出されている。

まとめ

読み本系諸本に『頼政記』を加えて頼政説話を検討してきた。頼政説話を除いた巻四後半はほぼ諸本とも共通する構成となっている。従って、それらは平家物語諸本に通底する展開と捉えることができる。一方、頼政説話は諸本によって内容や配置に異同が見られる。巻一に載せるものもあるが、それは編集の都合上、移動したものと見られる。

読み本系諸本・『頼政記』の巻四の頼政説話は本来、和歌や連歌の説話を多く含むものであった。その中にあっては武勲説話さえ風流性を示す説話に吸収されかねなかった。一方、読み本系諸本の中では延慶本（応永書写本）は和歌・連歌が少なく、その代わりのように武勲説話が二話並立している。これは覚一本的本文の混態の結果であり、延慶書写時には、他の読み本系のように和歌説話が多く、武勲説話と並んでいたと推定される。頼政説話は諸本によってかなりの出入りがあり、それぞれに改編が試みられてきたが、延慶本（応永書写本）も例外ではなかったのである。

以上、覚一本的本文を混態させることによって応永書写本が形成されていると思われる例を提示し、更には、延慶書写時点での本文の様態を想定し、改編の意図にまで踏み込んで想像をめぐらした。巻一と巻四は同一書写者の手になると思われる。だからといって、頼政像造型にどこまで統一性を見てよいのか、疑念は常につきまとう。しかし、本文改編には必ず何らかの改編者の意図が反映される。それが全体とどれほど響き合うものなのかを判断しつつ、改編の意図を客観的に析出していかなければならない。また、その方途を模索していくことが要請されよう。

現存延慶本を見るだけでは解決のつかなかった頼政説話の流転の経緯が、応永書写本の実態を考慮に入れることにより、ある程度ほぐれる。真摯に本文を見つめることが、まず必要とされている。

注

（1）　頼政の説話については、既に先学が様々に論じている。山田孝雄『平家物語考』（明治44年　昭和43年勉誠社再版による）四四四頁・六五六頁、阪口玄章『平家物語の説話的考察』（昭森社　昭和18年）第三章三、渥美かをる『平家物語の基礎的研究』（三省堂　昭和37年）中篇第四章、冨倉徳次郎『平家物語全注釈』（角川書店　昭和41年）、赤松俊秀『平家物語の研究』（法蔵館　昭和55年）Ⅰ「頼政説話について」（初出は昭和47年7・8月）、生形貴重・佐伯真一・早川厚一『四部合戦状本平家物語評釈（七）』（昭和62年12月）等である。大筋においては、本来は一話であったものが二話になったとされる

（山田・阪口・冨倉・評釈等）。その次の段階は、古態をどのような形態と考えるかによって微妙に異なる。例えば二話のうちの一話を中院本・南都本・長門本が採用（山田）、巻一・四それぞれにあった四部本や闘諍録が本来の形（冨倉）、延慶本の第二話は後の増補（赤松）等々である。なお、論文初出掲載時には見落としていたが、青木友恵「『平家物語』頼政説話の変容」（「論叢」〈甲南女子大〉23号　平成13年3月）では、二話連記式になった後に、更に様々な形に分岐したと論ずる。

（2）高橋伸幸「内閣文庫所蔵 増補系平家物語零本に就きての研究〈本文篇〉」（「札幌大学教養部女子短期大学部紀要」19号　昭和56年9月）

（3）松尾葦江『軍記物語論究』（若草書房　平成8年）資料2。本文引用は当該書に拠り、句読点等を適宜付した。

（4）前掲注（2）に同じ。

（5）同内容だが同文とは言えないので、延慶本と盛衰記との関係は不明。

（6）拙著『平家物語の形成と受容』（汲古書院　平成13年）第一部第二篇第四章（初出は平成10年11月）では、特に延慶本において考察を加えている。

（7）例えば、頼政記「ノホルヘキタヨリナケレハ」→闘諍録「のぼるへき便りのなくて」、頼政記「月々シクモサシアユムカナ」→闘諍録「つきづきしくも出でて行くかな」、頼政記「イツシカニ……フミナレテ」→闘諍録「なにとなく……履みそめて」

（8）早川厚一「『源平闘諍録』の巻立てと構成」（「名古屋学院大学論集」19巻1号　昭和57年9月）

（9）『源平闘諍録　上』（講談社学術文庫　平成11年）二五五頁〈語釈〉では、闘諍録には「後の説話を先取りする癖」があると指摘する。

（10）高橋伸幸「「平家物語の断簡」続貂」（「伝承文学研究」25号　昭和56年4月）。同様の発言は『平家物語筍記　長門本』（名著刊行会　昭和50年）にもある。氏の結論は、重盛死去等の脱落と併せ考えられたものであろう。但し、「脱落」という表現は如何か。必ずしも重盛死去記事の脱落と等し並みに考える必要はないと思われるからである。以仁王事件を終えるにあたって、必要なものはそれぞれに移動させ、残るものは展開にさして重要ではないとして省略されたと考えることも可能であろう。或いは、移動改編と脱落（省略）の時期を必ずしも同時期に設定する必要もないかもしれない。

（11）他に赤松氏前掲注（1）論にも同様の指摘がある。

（12）「一年セ故院《故近衛院》ノ御時、鳥羽殿ニテ中殿御会ニ、『深山ノ花』ト云題ヲ簾中ヨリ被出タリケルヲ、当座ノ事ニテ有ケレハ、左中将有房ナト聞エシ歌人モ読煩タリシヲ、頼政召シヌカレテ」（延慶本）「是は此の近衛院の御時、和歌所の当座の御会に、『深山に見ゆる花』と云ふ題を下されたりしを、左中将有房なんど読み煩はれたりけるに」（四部本）など。

（13）山下宏明『平家物語研究序説』（明治書院　昭和47年）第一部第一章第二節、『四部合戦状本平家物語評釈（三）』（「名古屋学院大学論集」21巻2号　昭和60年）にも既にこのことについての指摘がある。

（14）前掲注（1）『四部合戦状本平家物語評釈（七）』で、早川厚一氏が四部本における「頼政謀叛批判」を指摘している。

（15）高山利弘氏は「武勇の表現——頼政と忠盛をめぐって——」（山下宏明編『軍記物語の生成と表現』〈和泉書院　平成7年3月〉）で、四部本の独自表現を指摘し、また、巻一の鵼説話から巻四の変化説話が生成されたと推測する。

（16）『頼政記』は漢字片仮名交じり表記だが、この情景描写の前後は漢字平仮名交じりで、盛衰記本文との共通性も殆どない。

（17）赤松氏は前掲注（1）論で、『十訓抄』所収説話が平家物語に依ったと推測する。しかし、平家物語における鵼説話の古態の像が氏の抱くものとは隔たっていると思われるので、氏の推測には依らない。

（18）前掲注（1）参照。

（19）稲田秀雄「「ワザハヒ」説話私注——磁石・貘のことに及ぶ——」（水原一編『延慶本平家物語考証　四』〈新典社　平成9年6月〉）

（20）前掲注（6）参照。

（21）忠盛と頼政の近似性については前掲注（1）阪口氏著、前掲注（15）高山氏論などにも指摘がある。

〔引用テキスト〕『十訓抄』（新編日本古典文学全集　小学館）

第二章　延慶本の重衡関東下向記事の改編と宴曲の享受

はじめに

延慶本平家物語巻十―八「重衡卿関東へ下給事」には『宴曲集』巻第四「海道」の詞章が取り入れられている。このこと自体は早くから指摘されているが、昭和五十年代に、その事象をどのように諸本の形成の中に位置づけるのかをめぐって論争が行われた。本章では現在の研究状況を踏まえて、延慶本の宴曲摂取の様相を再検討し、延慶本の本文形成の一面を考えたい。

一　本文の紹介

長くなるが、延慶本と宴曲の問題となる部分を紹介する。太字が両書に共通する部分である。延慶本の太字部分はある程度のまとまりはあるが、断片的な挿入となっている。

延慶本巻十―八「重衡卿関東へ下給事」

A （略）山ノ嶺ニ打上テ、**都ヲ返見**給ケム心中コソ悲ケレ。自是東地指テ被下ケルコソ悲ケレ。

B 耿々タル露ノ駅ニ、馳セ思於千里之雲一、渺々タル風ノ宿リ、任セ心於幾重之波一ツ、、隔霞一凌霧一、立別レハ旅ノ空、雲居ノ余所ニヤ成ヌラム。四宮川原ニ懸テハ、爰ハ延喜ノ第四ノ宮蝉丸ト云シ人、仲秋三五ノ晩ヘ、晴明タリシ月ノ夜、「世中ハ兎テモ角テモ」ト詠ツ、、琵琶ノ三曲ヲ被弾一シニ、博雅ノ三位ト云シ人、三年カ程、雨ノ降ル夜モフラヌ夜モ、風ノ吹日モフカヌ日モ、夜ナ〳〵歩ヲ運ツ、、横笛ニテ終ニ秘曲ヲ移シケム、藁屋ノ床ノサヒシサヲ、思入テソ被通ケル。会坂越テ打出ノ浜、々ヨリ遙ヲ見亙セハ、蒼波渺々トシテ、恨ノ心綿々タリ。塩ナラヌ海ニ峙テル、石山詣ノ心地シテ、山田ニ懸レハ、ニホノ渡リ、矢馳ヲ忩ク渡守、長柄ノ山ヲ余所ニ見テ、粟津ノ原ヲ後ニシ、勢多ノ唐橋、野路ノ末、時雨テ痛ク守山ノ、篠分袖モ塩折レツ、、古郷ヲ返リ見給ヘハ、雲ヲ隔ル合坂山、越地ヲ傍向キ見給ヘハ、霞ヲ重ヌル荒血山、東路遙ニ見亙セハ、霞ニ陰ル鏡山、面影ノミヤ貽ラム。生礒ノ森ノ下草ニ、滋見ニ小馬ヲ留ツ、、今宵ハ於此借枕、草引結、旅寝セム。深ヌル歟、人ヲトカムル麓ノ里ノ犬神ヤ、高根平野ヲ余所ニ《見テ》。、磨針山ヲ打越テ、小野ノ古路踏別テ、裾野ヲ廻レハ伊吹山、心ヲ友トシ有ラネトモ、荒テ中〳〵ヤサシキハ、不破ノ関屋ノ板廂、余リニ侘ノマハラナレハヤ、月モ時雨モタマリエス。小馬打渡ス杭瀬河、雨ハフラネト笠縫ノ、郷ニヤシハシ跗《ヤス》ラハム。契ヲハ結ノ森ノ浦山敷モ立比、枝指替《カハス》ニ木ヲ、危ク渡ス浮橋ノ、葦賀ヲ越ル朝開《ホラケ》、早《ヤ》赤池ニヤ成ヌラン。雲晴行ケハ、春ノ日モ熱田八剣逸《イチ》早キ恵ヲ深ク憑メトモ、何ト成身ノ塩干潰、渡ニ袖ヤ朽ヌラム。二村山ヲ過ヌレハ、又国越ル堺川、在原ノ業平カ唐衣被ツ、訓レニシト詠メケル、三河ナル谷《八》橋、蜘蛛手ニ物ヤ思ラム。

C 遠江浜名ノ橋ノ夕塩ニ、差レテ上ル海人小船、コカレテ物ヤ思ラム。池田宿ヘモ付ニケリ。彼宿ノ長者娘ニ、侍従ト云ヘル遊君アリ。中将ノ御殿居ニ参タリケルカ暁帰ルトテ、殊ニ心俊《スキ》タル女ナレハ、カクソ申テ出ニケル。

東路ヤ半臥ノ小屋ノイフセサニ如何ニ古郷恋シカルラン

中将ノ返事、

　古里モ恋シクモナシ旅ノ空イツクモ終ノ棲ナラネハ

D中将、池田ノ宿ヲ出ヌレハ、更夜ノ中山、宇津ノ山、清見カ関ヲモ打越テ、富士ノスソヘモ付ニケリ。（以下略）

宴曲　海道　上

行々たる露の駅に　思を千里の雲に馳　渺々たる風の泊に　心を幾夜の浪に砕かむ　霞をへだて霧を凌ぎ　立別れば旅の空　雲井の外にや成ぬらむ　馴来し都を帰りみて　逢坂越て打出の　浜より遠を見渡せば　しほならぬ海に倒る　石山詣のむかしまで　其面影の心地して　山田にかかる湖の渡　矢橋をいそぐ渡守　長良の山を外に見て　淡津の原を後にし　勢多の長橋　野路の末も　時雨ていたく守山の　しのに露ちる篠原の　ささ分る袖もしほれつつ　日も夕暮にや成ぬらむ　曇も霞む鏡山　いざ立寄て見てだにゆかん　年経ぬる身はこの老ぬるかおいその杜の下草の　しげみに駒をとどめても　今夜はここに仮枕　草ひきむすぶ旅ねせん　深ぬるか人をとがむる里の犬上の　床の山はいさや何ぞいさや河　川かぜ寒き暁の　ね覚に聞ば小夜千鳥の　岡辺の松に積る雪の　雪よりしらむ篠のめに　小野の旧路ふぶきして　簑うらがへす旅衣　裾野を廻れば伊吹山　さしも冴くらす夕あらしに　凍やすらむさめが井も　楢の葉柏はらはらと　ふるや霰の音たてて　関の藤河なみこせど　水のしがらみ行やらで　誰かは心をとどめむ　不破の関屋の板庇　真屋のあまりにまばらなれば　時雨も月もたまらず駒なべてわたる堰の杭瀬河　雨に障ば笠縫の　里にやしばしやすらはん　なれも契やむすぶの杜　浦山敷も立並て　枝さしかはす二木　水の流て川島の　わが墨俣や替らむ　危くわたす浮橋の　足近を越る朝ぼらけ　もはや赤池にや成ぬらん　初霜結ぶいと薄　枯葉の尾花袖ぬれて　茅茨やきらぬ萱津の軒　軒もみだれて吹風に　肱笠

雨のふるわたりの　橋にとかかる陸人　**雲晴ゆけば夏の日の**　**熱田八剣いちはやき**　**恵**にひたすら**鳴海**がた　**干潟**も遠き浦伝ひ　天照神は星崎に　光も曇らぬ世にしあれば　願をみつのしほかぜも　猶吹送る**二村山**　うち**すぎぬれば**是や此　**又国越る境川**　遠里はるかに立のぼる　けぶりのすゑの一すぢに　いそぐは旅のゆふぐれ

海道　中

唐衣きつつ馴にし　来つつなれにし妻しあれば　都をさへに忘めや　よそにのみ聞渡しを　**参川なる蜘手にかかる八橋の**　沢べにさける花の色に　移ひやすき人心を　へだてて見ゆる杜若　物のふのもてる矢はぎに取副る梓の真弓　春の沢田を作岡の　苗代水をやまかすらむ　はや藤沢にかかりぬる　宮路の山中なかなかに　問ばはるけき東路を　わたうづかけて見わたせば　新今橋の今更に　又立帰る橋ばしら　嵐の音もたかし山に　さびしくたてるひとつ松　直下と見おろせばしほみ坂　雲水はるかに連て　眼まさにうげなんとす　浜の砂はかぞへても　白すが崎にゐるかもめ　入海**遠き浜名の橋**　渚の松が根年を経て　誰主ならむおぼつかな　朽ぬる**あま**の捨**舟**　岡べの若草春といへば　引馬もさこそは断らめ　水鳥のおりゐる**池田**の薄氷　とけてねられぬ旅の床　夢さへうとくや成ぬらむ　**小夜の中山**ながらへば　命の内に又も越なむ幾秋と　君が千年を菊河の　ながれも久し大井河　陸よりわたれば前島の　きしべに浪よる藤枝を　手折やかざしの花ならん　手向の袖の追風に　なびくは神のゆふしで

二　研究史

延慶本に宴曲の詞章が含まれていることについて、最初に指摘したのは野村八良氏である。(1)氏は、延慶本が宴曲を取り入れたと指摘した。山田孝雄氏の紹介により延慶本の存在が明らかになり、その特殊な価値が認められ始めた時代であり、(2)いち早く両書の関係に注目したのは慧眼であろう。しかし、当時は平家物語と言えば流布本である。よって、流布本などに見る「旧来の重衡東下り」が存し、これを延慶本作者が補い改めたと推定した。

次に佐々木八郎氏が言及したが、(3)延慶本と宴曲の先後関係については保留した。(4)また、平家物語ならば延慶本であっても語られたという大前提があったのだろうか、「琵琶法師が「謡いもの」である宴曲の曲調と、その詞章の「海道」とに近いものを語っていた証拠」と、「語り」という関心から捉えた。(5)

その後、歳月を経て水原一氏が延慶本の古態を論じる中で取り上げた。(6)氏は、延慶本が宴曲を取り入れたことについては野村説を支持したが、流布本が先行していたとすることについては、当時定説となりつつあった延慶本古態説に従って訂正を加えた。それは、「宴曲から影響を受けた延慶本の如き本が語り物系に先行している」、「語り物系の道行は間接的に宴曲を原拠とする」というものであった。延慶本を最古態の多く残存する本と考え、宴曲を取り入れて延慶本ができて、他の平家物語諸本の重衡の道行はそこから案出されたと考えたのである。

この水原説に反論したのが佐藤陸氏であった。(7)氏は、延慶本が宴曲を取り入れていることについては同意見だが、延慶本のみが宴曲と一致している部分（野村指摘部分に従い八カ所）が、延慶本の道行の四割強を占めるのに、それが他諸本に全く見えないことに疑問を呈した。そして、水原氏が新たに加えた部分（宴曲・延慶本と語り本系との一致部分）は他諸本にもあること、しかも「ありふれた表現」であり、格別に宴曲に拠る必然性はないことを加えた。また、延慶本から宴曲依拠部分を除いた部分は東寺執行本とほぼ一致しているとも指摘した。

東寺執行本とは永享九年（一四三七）に書写されたという本奥書のある、八坂系一類本の一本である。ただ、佐藤氏は東寺執行本という一本の特異性ではなく、八坂系全体に敷衍して用いている。八坂系にしか見えない表現を延慶本が使用していることからの主張である。そこから、延慶本は八坂系本文を下敷きに、宴曲を増補してできたと指摘した。なお、前節で引用した延慶本Cに記される「池田の侍従」を実在の遊女をモデルとしたかとの指摘も加えたが、この点は認められない。

　これに対して水原氏は反論を展開した(8)。氏は、佐藤氏の考えを「単純計算法」、「単純すぎる文章解釈」と批判し、「原拠ある文が伝流の過程で原拠の影を薄めたり消失したりする」ことはよくあることだとも述べた。「原拠ある文」とは、延慶本が宴曲を取り入れている部分を指していよう。確かに、和歌や漢詩、或いは説話などまとまって取り入れたものは、すべて消失することもあるかもしれないが、宴曲依拠部分は断片的・断続的な挿入である。その断片のみが「消失」することは可能なのだろうか。水原氏は次いで、覚一本との比較から自説を更に補強し、覚一本が後出のものであると論じる(9)。覚一本の後出性については納得できる部分もあるが、覚一本の後出を以て、延慶本がすべての諸本の前段階を表す形を示すことの証明にはならない。また水原氏は他の諸本を考慮しなかったために、平家物語の全体を証明するにあたっては抜け落ちた要素、逆に不要な要素もある。

　この水原氏の反論に対して、もう一度、佐藤氏は反論したが(10)、自説の再確認と、東寺執行本によって説明していた八坂系を国民文庫本（八坂系二類本）に言い換えたものである。なお、水原氏はこれについても一言加えている(11)。

　水原・佐藤両氏は、宴曲を用いて延慶本が増補しているという認識についてはほぼ共通している。意見の分かれたのは、増補された延慶本が他諸本の源流となっているのか否かの判定である。また、現存延慶本がすべての諸本の源流に位置すると考える水原氏には、下降的本文と思われている八坂系を下敷きにしていると指摘された時点で、考察に柔軟性が失われたように思われる。

この論争から既に四半世紀の時間が流れた。その間に、本書第一部・第二部で指摘してきたような現存延慶本の本文の問題点が浮上してきた。平家物語を考えるにあたっては、立論の目的や立場によって、論証の方法や用いる本文も異なるが、平家物語としての古さや全体像を考えようとするならば、もはや延慶本のみでは立論できない。延慶本の本文を相対化し、諸本の本文の様相を念頭に入れて考察をする必要があろう。その観点から、「海道」の詞章の取り入れの問題を再検討していきたい。

三　宴曲摂取の様相

本題に入る。考察は宴曲摂取の様相・古態本文の様相・八坂系本文の摂取の可能性の三点である。当節では諸本を比較することで、延慶本の宴曲摂取の様相を見ていきたい。

左は読み本系三本の比較表である。

［表Ⅰ］

延慶本	長門本	盛衰記
〰〰＝長門本にない。　▒＝盛衰記と共通。 ――＝長門本と表現が異なる。 - - -＝位置が異なる。 ゴシック文字＝宴曲『海道』に拠る。	〰〰＝延慶本にない。　▒＝盛衰記と共通。 ――＝延慶本と表現が異なる。 - - -＝位置が異なる。	▒＝延慶本・長門本のいずれかにある。 - - -＝延慶本或いは長門本と位置が異なる。

□＝八坂系に共通。

八　重衡卿関東へ下給事

十日、法皇九郎御曹司ニ仰有ケルハ、重衡ヲハ、自関東、前兵衛佐頼朝有申請之旨、可下遣之由、仰有ケレハ、梶原平三景時奉テ、中将ヲ奉具足テ関東ヘソ下ケル。

夜ノホノ〳〵トシケル時、夏毛ノ行騰ニ鼠毛ナル馬ニ乗セ奉テ、白布ヲヨリテ鞍ニ引廻ハシテ、外ヨリ見エヌ様ニ前輪ニシメ付テ、竹笠ノ最大ナルヲ着セ申タリケリ。藍摺ノ直垂着ル男、馬ノ口ヲ取。前陣ニ武士卅騎計打テ、後陣ニ又卅騎計打タル中ニ打具セラレタリケレハ、余所ニハ何トモ不見分。梶原平三景時ヲ初トシテ、後陣ハ百騎計ソ有ケル。

A久々目路ヨリ下給ヘハ、六波羅ノ辺ニテ

巻十七

（二日、義経が重衡を預かる　延慶本十―六相当）

十日、しけ平をは、兵衛佐、申うけられけれは、関東へ下し申す。中将は、いつれの日やらんと不審におほして、守護の武士にとはれけれ共、しらぬよしをそ申ける。

とかくいふほとに、夜もほの〳〵と明ける時、夏毛のむかはきに、二毛なる馬にのせまいらせて、しろぬのをよりてくらに引まはして、外より見えぬやうに、前輪にしめつけて、竹かさの、いとしなきをそきせたりける。あゆすりのひたたれきたるおとこに、馬の口をとらせ、先陣卅騎はかりうちて、次又三十騎はかりうちたる中に、うちくせられたりけれは、よそにはなにとも見わかす。梶原平三景時をはしめとし、後陣は百騎はかり也。

巻三十九（重衡関東下向付長光寺事）

（二日、簡略に記述）

十日、本三位中将重衡卿ハ、兵衛佐依被申請、梶原平三景時ニ相具シテ関東ヘ下向。昨日ハ西海ノ船ノ中ニシテ、浮ヌ沈ヌ漕レシニ、夜曙ニケリ。此当リニ平家ノ造営シタリシ家々皆焼失テ、有リシ所トモ見ヘス。中ニモ小松殿トテ名高ク見ヘシ所モ、築地、門計ハ有テ、浅猿クコソ。中将人シレス被見廻ハケレハ、此内ニハ犬、烏ノ引シロウ音シケリ。「哀レ、世ニ有リシ時、争カ加様ノ事有ラン」トソヲホシケル。山ノ嶺ニ打上テ、都ヲ返見給ケム心中コソ悲ケレ。自是東地指テ被下ケルコソ悲ケレ。

あつま路へをもむかる丶心の中、いかはかりなりけん、さきたつものは、た丶なみたはかり也。[α] 日かすもふれは、三月半すきて、春もすてに暮なむとす。遠山の花は残の雪かと見えて（延慶本は233頁、盛衰記は231頁）、浦〳〵もかすめり。こしかた行すゑの事、さま〳〵におもひつ丶けても、されはこはいかなる前世の宿しうのうたてさそとおほすそかなしき。

御子の一人もなき事をなけきしかは、二位殿も北方も、本意なき事におもひ給ひて、仏神に申されしものを、あはれかしこくそ子のなかりける、あらましかはいかに心く

今日ハ初テ東路ニ、駒ヲハヤメテ明晩サム事、

サレハ是ハイカナリケル宿報ノ拙サソトオホスソ悲キ。

御子ノ一人モオハシマサヌ事ヲ恨給シカハ、母二位殿モ本意ナキ事ニオホシ、北方大納言佐殿モ不斜歎給テ、神ニ祈、仏ニ申給シニ、賢クソ子ノナカリケル、子アラマ

B耿々タル露ノ駅ニ、馳セ思於千里之雲、渺々タル風ノ宿リ、任セ心於幾重之波ニツヽ、隔霞凌霧、立別レハ旅ノ空、雲居ノ余所ニヤ成ヌラム。四宮川原ニ懸テハ、爰ハ延喜ノ第四ノ宮蟬丸ト云シ人、仲秋三五ノ晩へ、晴明タリシ月ノ夜、「世中ハ兎テモ角テモ」ト詠ツヽ、琵琶ノ三曲ヲ被弾シニ、博雅ノ三位ト云シ人、三年カ程、雨ノ降ル夜モフラヌ夜モ、風ノ吹日モフカヌ日モ、夜ナ〱歩ヲ運ツヽ、横笛ニテ終ニ秘曲ヲ移シケム、藁屋ノ床ノサヒシサヲ、思入テソ被通ケル。会坂越テ打出ノ浜、々ヨリ遙ヲ見亙セハ、蒼波渺々トシテ、恨ノ心綿々タリ。塩ナラヌ海ニ峙テル、石山詣ノ心地シテ、山田ニ懸レハ、ニホノ渡リ、矢馳ヲ忩ク渡守、長柄ノ山ヲ余所ニ見テ、粟津ノ原ヲ後ニシ、勢多ノ唐橋、野路ノ末、

るしからましと、それさへおほすそ、せめての事と覚えて哀也。（延慶本は十—九結尾にあり）（南都異本はここまで同文）

盛衰記	南都異本［α］
賀茂川・白河・粟田口・松坂	鴨河・白河・粟田口
四宮川原	四宮河原
延喜ノ第四皇子蟬丸	延喜第四皇子蟬丸
琵琶ノ秘曲ヲ弾シ給シニ博雅三位	琵琶・秘曲・博雅三位
三年	三年
夜ナ〱	
秘曲・藁屋ノ床	藁屋
会坂・大津・打出	大津
粟津	粟津
勢多ノ唐橋・野路・篠原	勢多橋・野路・篠原

シカハ、イカハカリ心苦シカラマシト宣ソ責ノ事ト覚テ哀ナル。

既ニ都ヲ出給、三条ヲ東へ賀茂川、白河打越テ、粟田口、松坂、四宮河原ヲ通ニハ、延喜第四ノ皇子蟬丸ノ、藁屋ノ床ニ捨ラレテ、琵琶ノ秘曲ヲ弾シ給シニ、博雅三位三年マテ、ヨナ〱コトニ通ツヽ、秘曲ヲ伝タリケンモ、思ソ出給ケル。東路ヤ袖クラへ、行モ帰モ別テヤ、知モ知ヌモ会坂ノ、今日ハ関ヲソ通ラレケル。大津浦、打出宿、粟津原ヲ通ルニ、心スコクソオホサレケル。左ハ湖水、波ミ浄クシテ一葉ノ船ヲ浮へ、右ハ長山遙ニ連リテ影緑ノ色ヲ含メリ。

時雨テ痛ク守山ノ、篠分袖モ塩折レツヽ、古郷ヲ返リ見給ヘハ、雲ヲ隔ル合坂山、越地ヲ傍向キ見給ヘハ、霞ヲ重ヌル荒血山、東路遙ニ見亙セハ、霞ニ陰ル鏡山、面影ノミヤ貽ラム。

比は三月十日あまりの事なれは、

霞にくもるかゝみ山、

三月十日余ノ事ナレハ、春モ既ニ暮ナントス。遠山ノ花色、残雪カト疑レ、越路ニ帰ル雁金、雲井ニ名ノ音スコシ。サラヌタニ習ニ霞春ノ空、落涙ニ掻暗レテ、行サキモ不見ケリ。駒ニ任テ鞭ヲ打、道スカラ思残サル事ソナキ。帰雁歌霞、遊魚戯浪、雲雀沖野、林鶯囀籬、禽獣猶春楽ニ遇レトモ、我身独ハ秋ノ愁ニ沈メリト、目ニ見耳ニフル、事、哀ヲ催シ思ヲ傷シメスト云事ナシ。サコソハ歎モ深カリケメ。勢多唐橋野路宿、篠原堤、鳴橋、霞ニ陰ル鏡山、麓ノ宿ニ着給フ。明ヌレハ馬淵ノ里ヲ打過テ、長光寺ニ参リテ、本尊ノ御前ニ暫念誦シ給ヘリ。此寺ハ武川綱カ草創、上宮王ノ建立也。千手大悲者ノ常住ノ精舎、二十八部衆擁護ノ寺院トシテ、法華転読ノ声幽ニ、瑜伽振鈴ノ音澄リ。中将寺僧ニ硯ヲ召寄テ、柱ニ名籍ヲ書給フ。正三位行左近衛権中将平朝臣重衡トソ被注タル。今ノ世マテモ其銘幽残レリ。後世ヲ祈給ケルヤラン覚束ナシ。

抑長光寺ト云ハ武作寺ノ事也。昔聖徳太子、生儀ノ森ノ下草ニ、滋見ニ小馬ヲ留ツヽ、今宵ハ於此借枕、草引結、旅寝セム。深ヌル歟、人ヲトカムル麓ノ里ノ犬神ヤ、高根平野ヲ余所ニ。《見テ》、磨針山ヲ打越テ、小野ノ古路踏別テ、裾野ヲ廻レハ伊吹山、心ヲ友トシ有ラネトモ、荒テ中〱ヤサシキハ、不破ノ関屋ノ板廂、余リニ佇ノマハラナレハヤ、月モ時雨モタマリエス。小馬打渡ス杭瀬河、雨ハフラネト笠縫ノ、郷ニヤシハシ跰《ヤス》ラハム。契ヲハ結ノ森ノ浦山敷モ立比、枝指替《カハス》ニ木ヲ、危ク渡ス浮橋ノ、葦賀ヲ越ル朝開《ホラケ》、《ヤ》早赤池ニヤ成ヌラン。雲晴行ケハ、春ノ日モ熱田八剣逸《イチ》早キ恵ヲ深ク憑メトモ、何ト成身ノ塩干潰、渡ニ袖ヤ朽ヌラム。ニ村山ヲ過ヌレハ、又国越ル堺川、在原ノ業平カ唐衣被ツヽ、訓レニシト詠メケル、三河ナル谷《八》橋、蜘蛛手ニ物ヤ思ラム。

ひらの高根を北にして、いふきかたけにも近つきぬ。心をとむるとしもなけれ共、あれて中〱やさしきは、不破の関屋のいたひさし、

いかになるみのしほひかた、袖は涙にしほれつゝ、

かのありはらの業平か、きつゝなれにしとなかめけん、三河の国八はしにもつき給へは、くも手に物をそおもはれける。

近江国蒲生郡、老蘇杜ニ御座ケルニ、（以下略）上宮建立ノ聖跡、千手大悲ノ霊像ニ御座セハ、重衡モ武士ニ暇ヲ乞給、暫念珠セラレケリ。其後寺ヲ出給ヒ、平ノ小森ヲ見給フニモ、杉ノ木立ノ翠ノ色、羨クソ覚シケル。鶉啼ナル真野ノ入江ヲ左ニナシ、マタ消ヤラヌ残ノ雪、比良ノ高峯ヲ北ニシテ、伊吹カスソヲ打過ツヽ、心ヲ留メントニハ無レ共、荒テ中々ヤサシキハ、不破ノ関屋ノ板庇、

イカニ鳴海ノ塩ヒカタ、涙ニ袖ソ絞ケル。

在原業平カ、キツ、馴ツ、ト詠ケル参川国八橋ニモ着シカハ、蛛手ニ物ヲヤ思ラン。

C遠江浜名ノ橋ノ夕塩ニ、差レテ上ル海人
小船、コカレテ物ヤ思ラム。池田宿ヘモ付
ニケリ。彼宿ノ長者娘ニ、侍従ト云ヘル遊
君アリ。中将ノ御殿居ニ参タリケルカ暁帰
ルトテ、殊ニ心俊《スキ》タル女ナレハ、カクソ申
テ出ニケル。
東路ヤ半臥ノ小屋ノイフセサニ如何ニ
古郷恋シカルラン
中将ノ返事、
古里モ恋シクモナシ旅ノ空イツクモ
終ノ棲ナラネハ
D中将、池田ノ宿ヲ出ヌレハ、更夜ノ中山、
宇津ノ山、清見カ関ヲモ打越テ、富士ノス
ソヘモ付ニケリ。北ニハ青山峨々トシテ、
松吹風モ冷々タリ。南ニハ蒼海漫々トシ
テ、岸打波モ茫々タリ。春モ末ニ成ヌレハ、
遠山ノ花ヲハ残ノ雪歟ト疑ワル。

はまなの橋をも過行は、
（↑長門本・盛衰記は巻十一相当の宗盛関東下向
記事中にあり）
又越へしともおほえねは、さ夜の中山哀也。
つたやかえてのおひしける、うつの山への
つたの道、清見か関をもすきぬれは、ふし
のすそへにも成にけり。左には松山峨々と
そひえて、松ふく風もさく／＼たり。右に
は海上まむ／＼として、岸うつ浪もれき
／＼たり。恋せはやせぬへし、恋せすはあ
りぬへしとうたひはしめ給ひしあしからの
関も過ぬれは、こよろきの儀、さかみ河、

浜名ノ橋ヲ過行ハ、
又越ヘシト思ハネト、小夜中山モ打過、宇
津山辺ノ蔦ノ道、清見関ヲ過ヌレハ、富士
ノスソ野ニモ着ニケリ。左ニハ松山峨々ト
聳テ松吹風蕭々タリ。右ニハ海上漫々ト遙
ニシテ岸打浪瀝々タリ。浮島原ヲ過給ヘハ、
是ヤ此、恋セハ痩ヌヘシト歌給シ足柄関ヲ
ハ徐ニ見テ、

日数漸積行ハ、廿六日ノ夕晩ニハ、中将伊豆ノ国府ヘソ付給フ。折節兵衛佐殿ハ伊豆ニ狩シテオワシケレハ、梶原事ノ由ヲ申入タリケレハ、門外ニテヨソヲヰ有リ。左右ノ御手ヲ胸ノ内ニ収メ申テケリ。（以下略）

八松や、とかみ河原、みこしかさきをもうち過て、かまくらへも下つき給ひにけり。
廿八日、大はといふところに、未の剋はかりにつきて、そこにて立ゐほしに浄衣をきせまいらせて、しつかにくたし奉る。これよりかまくらへは一里といひあひけり。つねの道より人しけし。中将、なにとなくむなさはきしてそおはしける。扨、程なくかくと申入たりけれは、門外にて粧あり。左右の御手をむねの内におさめまいらせてけり。（以下略）

同二十三日ニハ、伊豆国府ニソ着給フ。兵衛佐殿、折節伊豆奥野ノ焼狩トテ、狩場ニオハシケリ。此由カクト申タリケレハ、北条ヘ奉入ト也。翌ノ日ハ北条ヘ奉具、其日ハ浄衣ヲキセ奉テ、以白帯左右ノ手ヲシタ、カニ奉誡。（以下略）

延慶本・長門本の無印の部分は盛衰記にはないものの、両本に共通する部分である。最初はほぼ同じ内容で表現も類似しているが、すぐにAの延慶本独自記事（典拠不明）となる。重衡は義経の宿所から出発した。義経が六条堀川にいたとすれば、延慶本はほぼ直進して久々目路に入り、そこから四宮川原に向かった経路を示す。ただ、そうした物理的な説明よりも、かつて平家が屋敷を連ねた六波羅の荒廃した現状を見て感慨に耽るという趣向を加えたかったと思われる。

その後は長門本と盛衰記が重なっている。なお、「御子の一人も……」は延慶本は巻十―九「重衡卿千手前ト酒盛事」の結尾にある。延慶本が移動させたと思われる。

次がBの延慶本の独自部分である。□は、佐藤氏の指摘に従い八坂系（八坂系二類本B種〈城方本〉）を用いた。長門本は勢多の唐橋までがない。長門本の省略と考えられる。その理由は、次の二点である。第一は、盛衰記を始めとして他の諸本が近江路の地名を有していることである。第二は、南都異本の存在である。南都異本は長門本にかなり接近した本文を持っている。[12] ここでは道行の前半部分までが長門本とほぼ共通し、他の諸本もほぼ同じである。表に南都異本後半の地名を記したが、これもほぼ他の諸本と共通している。従って、長門本の親本には南都異本のように地名が列挙されていたが、長門本はそれを省略したと考えられる。

盛衰記は独自の膨らみがあるものの、南都異本や覚一本・八坂系などと共通する地名はほぼ載せている。なお、屋代本・四部本・闘諍録には独自の改編があり、問題が錯綜するので今回は掲げない。

諸本には、佐藤氏が強調するように、延慶本の太字部分（宴曲依拠部分）は殆どない。他本にもある太字部分とは、「会坂」のように、どの諸本にも共通する、囲み記事と重なるものである。佐藤氏の言う「ありふれた」部分である。

四部本も闘諍録も、覚一本も八坂系も、そして延慶本も、それぞれに改編を行っているのである。延慶本はBの部分から宴曲依拠部分を外せば、他の諸本にも共通する、かなり簡略な道行文が現れる。八坂系のみとの共通箇所は僅かである。この問題は次節で考えるが、延慶本が依拠した本文は、全体的に見れば読み本系祖本というべき本文といえよう。それは語り本系にも面影が残されていると考えられる。

次頁に八坂系と覚一本の本文を載せた。八坂系は二類本を本行に、一類本の異なる表現を右傍書とした。□は延慶本と同じ部分。網かけ部分は覚一本と八坂系との共通部分である。延慶本に見える表現は両本にかなり重なっているが、覚一本になく八坂系と延慶本とのみに共通する箇所（囲み記事の中で網かけのない部分）が数箇所ある。これについては後に触れる。

［表Ⅱ］

八坂系　重衡の海道くだり

去程に、本三位の中将重衡卿をは、土肥の次郎実平か預り奉つて、八条堀河の御堂に置奉りたりしを、鎌倉の兵衛佐頼朝頻に申されけれは、「さらは渡し奉れや」とて、梶原平三景時請取奉つて、寿《同》永三年三月十日の日、関東下向とそ聞えし《ける》。西国より生捕にせられて、ふたゝひ都へ帰り上給ふたにも心うき《かなしき》に、いつしか又東路はるかに赴給ひけん《る》心の中、をしはかられて哀なり。賀茂川・白河うち渡り、松坂・四の宮河原にも成しかは、爰は昔、延喜第四の王子蟬丸の、関の麓に捨られて、常は心をすまし、琵琶を弾し給ひしに、博雅の三位といつし人、風のふく日もふかぬ日も、雨のふる日もふらぬ夜も三年か間夜を闕す、歩を運ひ立聞て、秘曲を伝給ひけん《し》、わら屋の床のきうせきも、思ひいれてそ下《通》られける。会坂山をうち越て、勢多のから《なか》橋駒もとゞ《と》ろに踏ならし、野路・篠原の露をわけ、真野入江のはまかせにしかの浦なみ春かけて、霞にくも

覚一本　海道下

さる程に、本三位中将をは、鎌倉の前兵衛佐頼朝、頻に申されけれは、「さらは下さるへし」とて、土肥次郎実平か手より、まつ九郎御曹司の宿所へわたし奉る。同三月十日、梶原平三景時に具せられて、鎌倉へこそ下られけれ。西国より生取にせられて、都へかへるたに口惜に、いつしか又関の東へおもむかれけん心のうち、をしはかられて哀也。四宮河原になりぬれは、こゝはむかし、延喜第四の王子蟬丸の関の嵐に心をすまし、琵琶をひき給ひしに、伯雅（ママ）の三位と云し人、風の吹日もふかぬ日も、雨のふる夜もふらぬよも、三とせか間、あゆみをはこひ、たち聞て、彼三曲を伝へけむわら屋の床のいにしへも、思ひやられて哀也。

相坂山を打こえて、勢田の唐橋駒もとゝろにふみならし、雲雀あかれる野路の里、志賀のうら浪はるかけて、霞にくもる鏡山、比良の高根を北にして、伊吹の嵩もちかつ

る鏡山、夕日西にかたふけは、麓の宿にそ着給ふ。日良の高根を北にし《み》て、伊吹の嶽も近つきぬ。すりはり山を打越て、心をとむと《其事としも》なけれ共、荒て中々やさしきは《心のとゝまる》、不破の関屋のいたひさし

みのならは花も咲なんくいせ川
わたりて見はや春のけしきを

と打詠、尾張なる熱田の社をふしをかみ、なにと鳴海の塩干潟、袖は涙にしほれつゝ、彼有原の中将の、唐衣きつゝなれにしと詠めけむ、参河なる八橋にもなりしかは、蜘手に物をとあはれなり。うきもつらきも《都も今は》遠江、浜名の橋のゆふ塩に、さゝれてのほる海士小船、こかれてものをや思ふらん。さらても旅は物うきに、松の梢に風さえて、入江によする波の音、心をくたく《つくす》ゆふ間暮、池田の宿にそ着給ふ。其夜は三位の中将、彼宿の遊君熊野か娘、侍従か許に宿し給へり。侍従、三位の中将を見付奉つて、「こは更に、うつゝ共覚さふらはぬものかな。日来はかゝるへき御有様にみなし奉るへしとは、つゆ思ひこそよりさふらはさりしか」とて、一首の歌をそ送りける。

きぬ。心をとむとしなけれ共、あれて中々やさしきは、不破の関屋の板ひさし、

いかに鳴海の塩干潟、涙に袖はしほれつゝ、彼在原のなにかしの、から衣きつゝなれにしとなかめけん、三河の国八橋にもなりぬれは、蜘手に物をと哀也。

浜名の橋をわたりたまへは、松の梢に風さえて、入江にさはく浪の音、さらてもたひは物うきに、

心をつくすゆふまくれ、池田の宿にもつきたまひぬ。彼宿の長者ゆやかむすめ、侍従かもとに其夜は宿せられけり。侍従、三位中将を見たてまて、「昔はつてにたに思ひよらさりしに、けふはかゝるところにいらせたまふふしきさよ」とて、一首のうたをたてまつる。

東路やはにふの小屋のいふせさに
古郷いかに恋しかるらん

三位の中将、梶原をめして、「あ《こ》れはいかに」《なる者ぞ》と宣ひければ、梶原畏つて、「さん候。あれ《是》は《こそ》八島の大臣殿の、未当国の守にて御渡り候らひし時、おほしめし、御最愛せさせおはしまして、都へ御上の時も召具せさせおはしまし候らひし。古郷に一人の老母あり。有時、かれか痛はる事の候ひて、都へ使者をつかはしたりしに《て候ければ》、侍従いかに暇を申せ共、大かたゆるされまいらする事もさふらはさりつるに、比は衣更着廿日あまりの事にてもや候ひけむ

いかにせむ都の春も惜けれと
なれし東の花やちるらん

と申名歌仕つて、ゆるされ参らせて候海道一の遊君に《名人、いけたの》て候《しゝう》」と《中者にて候へと》申たりければ、三位の中将、「去事

旅の空はにふのこやのいふせさに
ふる郷いかにこひしかるらむ

三位中将返事には、

故郷もこひしくもなしたひのそら
みやこもついのすみ家ならねは

中将、「やさしうもつかまたるものかな。此歌のぬしは、いかなる者やらん」と御尋ありけれは、景時畏て申けるは、「君は未しろしめされ候はすや。あれこそ八島の大臣殿の、当国のかみてわたらせ給候し時、めされまいらせて、御最愛にて候しか、老母を是に留めをき、頻にいとまを申せとも、給はらさりけれは、ころはやよひのはしめなりけるに、

いかにせむみやこの春もおしけれと
なれしあつまの花やちるらむ

と仕て、いとまを給てくたりて候し、海道一の名人にて候へ」とそ申ける。

あり」とて感して返事し給ひけり《をそせられける》

古郷は《も》恋しくもなし旅の空

いつくも終の住家ならねは

都を出て日数ふれは、弥生も半すき、春も既に暮なんとす。遠山の花はのこんの雪かと疑はれ、浦々島々霞わたり、こしかた行末の事共を案し《思ひ》つゝけ給ふに、いかなる前業のつたなき者そ《さ》と思召共《おもはれけるこそことはりなれ》、甲斐そなき。

三位の中将に御子の一人もおはせさりつる事を、母二位殿も、北方大納言の佐殿も、大に歎思召《給》して、万の神や仏に禱り申されけれ共、終に其しるしなし。され共今は、「かしこふそなかりける。あらましかは、いと、心くるしう物を　お　も　はまし《おもひのかすはそひな》」と宣ひけるそいとふ《（ママ）》しき。

蔦楓葉茂り、心ほそき宇津の山、《うつゝは夢の心ちして》手越を過て行は、北にとをさかつて、雪しろき山あり。とへは、甲斐の白根といふ《そ申す》。

都を出て日数ふれは、弥生もなかはすき、春もすてに暮なんとす。遠山の花は残の雪かとみえて、浦々島々かすみわたり、こし方行末の事共おもひつゝけ給ふに、「されは是はいかなる宿業のうたてさそ」との給て、たゝつきせぬ物は涙なり。

御子の一人もおはせぬ事を、母の二位殿もなけき、北方大納言佐殿も本いなきことにして、よろつの神仏に祈申されけれ共、そのしるしなし。「かしこうそなかりける。子たにあらましかは、いかに心くるしからむ」との給ひけるこそせめての事なれ。

さやの中山にかゝり給ふにも、又こゆへしともおほえねは、いとゝ哀のかすそひて、たもとそいたくぬれまさる。宇都の山辺の蔦の道、心ほそくも打越て、手こしをすきてゆけは、北に遠さかて、雪しろき山あり。とへは甲斐のしらねといふ。其時三位中将おつる涙をおさへて、

三位の中将

惜からぬ命なれともけふあれは
つれなき甲斐の白ねをもみつ

清見か関をも過しか《けれ》は、富士のすそ野にそ《も》成にける《り》。北に青山峨々として、松吹風も索々たり。南には蒼海漫々として、岸うつ波も茫々たり。恋せはやせぬへし、恋せすもありなんと、明神のうたひはしめ給ひけん足柄の山を打越て、《いそかぬたひとはおもへとも》日数やう〱かさなれは、三位、鎌倉へこそつき給へ。

かうそおもひつゝけたまふ。

おしからぬ命なれともけふまてそ
つれなきかひのしらねをもみつ

清見か関うちすきて、富士のすそ野になりぬれは、北には青山峨々として、松ふく風索々たり。南には蒼海漫々として、岸うつ浪も茫々たり。「恋せはやせぬへし、こひせすもありけり」と、明神のうたひはしめたまひける足柄の山をもうちこえて、こゆるきの森、まりこ河、小磯、大磯の浦々、やつまと、とがみか原、御輿か崎をもうちすきて、いそかぬたひと思へとも、日数やう〱かさなれは、鎌倉へこそ入給へ。

四　古態本文の様相

延慶本における宴曲による増補は他本とは異なって孤立していることを示してきたが、当節では、増補された延慶本が他の諸本の源流となるのかについて、宴曲依拠以外の部分から考える。

まず、Aは明らかに延慶本独自のもので、他本の源流とは成り得ない。それではCの池田宿での和歌の贈答はどうだろう。長門本・盛衰記は巻十一相当の宗盛の関東下向記事の中にある。左に、該当部分の読み本系三本の対照表を載せる。

［表Ⅲ］

延慶本巻十一―三十「大臣殿父子関東へ下給事」	長門本　巻十八	盛衰記　巻四十五（内大臣関東下向）
矢矯宿、宮路山ヲモ打過テ、赤坂ノ宿ト聞給ヘハ、「大江定基カ此宿ノ巫女ノ故ニ、世ヲ遁レ家ヲ出ケンモ、ワリナカリケルタメシカナ」ト被思食テ、高志山ヲモ打越、遠江ノ橋本ノ宿ニモ付給ニケリ。 此所ハ眺望四方ニスクレタリ。南ニハ海湖有、漁浪ニ浮フ。□□湖水アリ、人家岸ニ列レリ。洲崎ニハ松キヒシク生ツヽキテ、嵐枝咽。松ノヒ、キ、波ノ音、何レモワキカタシ。ツク〱ト詠メ給フ程ニ、夕陽西ニ傾ヌレハ、 C池田ノ宿ニ着給ヌ。 〈参考：巻十〉 彼宿ノ長者娘ニ、侍従ト云ヘル遊君アリ。中将	矢矯の宿をもうち過、宮路山うち越、あかさかときこゆれは、参河守大江定基か、此宿の遊君の故に家を出けんも、ことはりにおほしめししられて、たかしの山をも過ぬれは、遠江国はしもとゝいふ処あり。 南は海湖あり、漁舟浪にうかふ。北は湖有、人家岸に連れり。すさきには松きひしく生つゝき、嵐頻に咽、松のひゝき、浪の音、いつれも分かたし。 Cさて池田宿にとゝまり給ぬれは、侍従といふ君、御とふらひにまいりて、	矢作宿ヲモ打過、宮路山ヲモ越ヌレハ、赤坂宿ト聞エケリ。参河守入道大江定基カ、此宿ノ遊君力寿ト云ニ後レテ、真ノ道ニ入事モ、アラマホシクヤ思召ケン。高師山ヲモ過ヌレハ、遠江橋本宿ニ着給。 眺望殊ニ勝タリ。南ハ巨海漫々トシテ蜑船浪ニ浮。北ハ湖水茫々トシテ人屋岸ニ列レリ。磯打浪繁レハ、群居ル鳥モ声忩シ。松吹風高ケレハ、旅客睡覚易シ。浜名橋ノアサホラケ、駒ニ任テ打渡、 C池田宿ノ長庚ニ、今夜ハ是ニ宿ヲ取。侍従ト云遊君アリ、情深キ女ニテ、終夜旅ヲソ奉慰。内大臣ハ憂身ノ旅ノ空ナレハ、目

ノ御殿居ニ参タリケルカ暁帰ルトテ、殊ニ心俊《スキ》
タル女ナレハ、カクソ申テ出ニケル。
東路ヤ半臥ノ小屋ノイフセサニ如何ニ古郷
恋シカルラン
中将ノ返事、
古里モ恋シクモナシ旅ノ空イツクモ終ノ
棲ナラネバ
明ニケレハ池田宿ヲモ立給テ、

まへしきのたゝみにそひふして、涙をなか
して、
あつまちのはにふの小屋のさひしさに
故郷いかに恋しかるらん
と申たりけれは、大臣殿、
古郷も恋しくもなし旅の空都もつゐの
すみかならねは
池田の宿をもたち給ぬ。つきせぬ御なけき
も、武士とも見たてまつりて、みな袖をそ
しほりける。

ニモ懸給ハネ共、女ハ前ナル畳ニ副臥シテ
明シケリ。侍従暇申テ帰ルトテ、
東路ノハニフノコヤノイフセサニ故郷
イカニ恋シカルラン
内大臣優ニ思召テ、
故郷モ恋シクモナシ旅ノ空都モツヰノ
栖ナラネハ
侍従ト云遊君ハ、此宿ノ長者湯谷カ女也。
内ニ入テ今夜ノ御有様、歌ノ返事マテ細ヤ
カニ語ケレハ、母湯谷哀ニ思テ、紅梅檀紙
ヲ引重、文ヲ書テ奉右衛門督。取次奉父タ
レハ、是ヲ披キ見給ニ一首アリ。
モロ共ニ思合テシホルラシ東路ニタツ
コロモハカリソ
大臣是ニヤ慰ミ給ケン、返事アリ。
東路ニ思ヒ立ヌル旅コロモ涙ニ袖ハカ
ワクマソナキ
右衛門督聞給テ、
ミトセヘシ心尽ノ旅寝ニモ東路ハカリ
袖ハヌラサシ

天竜ノ渡ヲシ給ヘハ、水マサレハ	天竜川のわたりにもなりぬれは、水まされは	明ヌレハ天竜河ヲ渡給ニ、水増ヌレハ

延慶本では、宗盛が池田宿に着いて、翌朝池田宿を出発するというだけの素っ気ない書き方である。「池田宿」を繰り返すことにも不連続性を感じる。しかし、ここに本来は和歌の贈答が入っていたとすれば、延慶本のあり方にも納得できる。宗盛関東下向記事に宗盛と侍従の和歌が載る長門本・盛衰記に、読み本系祖本の形態を透かし見ることができよう。なお、盛衰記は和歌の贈答のあとに「熊野」の話を変形して入れている。これは盛衰記の増補と考えられるので、考察の対象からはずす。

和歌は三本ともほぼ同じである。長門本の三句めの「さびしさに」は改編されたものと思われる。延慶本には若干の異同が見えるが、これは後で触れる。地の文では、長門本の「侍従といふ君、御とふらひにまいりて、まへしきのた、みにそひふして」と、盛衰記の「侍従ト云遊君」が重衡の「前ナル畳ニ副臥シテ」は、ほぼ同じ表現であり、ここでも両本の近さが見て取れる。延慶本の「侍従ト云ヘル遊君アリ。中将ノ御殿居ニ参タリケルカ」は、表現は異なるが状況説明としては似ている。また、翌朝、暁に帰る時に和歌を贈るという設定は、延慶本・盛衰記が共有している。なお、語り本系では、重衡と侍従が会った時に和歌の贈答があり、状況設定が異なっている。

以上のように延慶本・長門本・盛衰記の和歌の贈答は、本来は宗盛の関東下向記事にあり、別れの時の贈答であったと想定される。延慶本は、和歌を贈るに、よりふさわしく効果的な人物として、重衡に代えたと考えられる。

A・Cにおいても、現存延慶本は増補・改編されたものと認められる。諸本の源流とは成り得ないことが確認された。

五　八坂系本文の摂取

次に、延慶本が依拠した古態の本文（読み本系祖本）と八坂系との関係を考える。佐藤氏は八坂系にしかない表現を延慶本が用いていることに注目した。そこで、八坂系の独自表現（表Ⅰ・Ⅲの□部分、表Ⅱの太字部分）を見ていく。

一つは「すりはり山を打越て」である。磨針山は長門本・盛衰記・覚一本にもない。ただ、四部本や南都異本には使われており、延慶本は巻十一の宗盛の関東下向でも用いている。[13] 従って、必ずしも八坂系に拠らなくては書けない地名とは言えない。

次に、「浜名の橋のゆふ塩に、さゝれてのほる海士小船、こかれてものをや思ふらん」を考える。「浜名の橋のゆふ塩に、さゝれてのほる海士小船」は藤原為家の、

題不知

かぜわたるはまなのはしの夕しほにさされてのぼるあまのつりぶね

（『続古今和歌集』雑下1730・『万代和歌集』巻十六3307〈結句「あまのすて舟」〉）

をそのまま利用したものである。この和歌がたいへんに流行して、浜名と言えば誰でもが思い出すほどの一般性を獲得していたならば、敢えて典拠としたとも言えないが、「こかれてものをや思ふらん」も併せて八坂系・延慶本の二本のみに用いられているのを見ると、両書が新たに加えた修辞と言えよう。

「こかれてものをや思ふらん」は、

（秋廿）

なくしかのこゑきくからにあきはぎのしたばこがれてものをこそおもへ　（『重之集』270）

（恋百十首）

くれなゐにあらふ袂のこき色はこがれて物をおもふなりけり　（『山家集』1310）

などと用いられているが、舟との関連を見れば、

むろづみといふ所をいでてかまどといふとまりを過ぎてまかるとてよめる

むろづみやかまどを過ぐる舟なれば物を思ひにこがれてぞゆく　（『散木奇歌集』798）

寄奥州名所恋

もがみ川を舟《う》のかがみ《り》もろともにこがれて物を思ふころかな　（『田多民治集』121　傍書は『夫木和歌抄』）

などを先行歌としてあげることができる。後者は十四世紀初頭に編纂された『夫木和歌抄』夏二・3249に収載されている。[14]次の和歌も参考となる。

とにかくにこがれて物をおもふかなしほやく浦のあまのつり舟　（『宗尊親王三百首』212　一二六〇年以前成立）

他に、

寄波恋

いかにせん身はうき舟のこがれてもおもふによらぬ袖のうらなみ　（『時朝集』229　一二五九～六五年成立）

もあるが、これは或いは宗尊親王の和歌に触発されたものだろうか。

為家の和歌と、忠通や宗尊親王の和歌等を組み合わせて平家物語の新しい表現が生まれたと推測される。それが延慶本と八坂系にしかないということからは、やはり両書の関係を考えるべきであろう。

延慶本と八坂系との近接が窺えるのはこの句だけではない。侍従の和歌の初句が「東路」となっているは延慶本と

八坂系だが、長門本・盛衰記も同様なので、除外する。「の」と「ヤ」の微小な差は考察の材とはできない。一方、重衡（宗盛）の和歌の下句で、長門本・盛衰記「都もつゐのすみかならねは」が、延慶本と八坂系では「イツクモ終ノ棲ナラネハ」となっている。また、「何ト成身《（鳴海）》ノ潮干潰《（潟）》」は、長門本などでは「いかになるみのしほひかた」であり、これも延慶本と八坂系は共通している。これらはいささか問題であろう。

ところで、延慶本の明らかな宴曲摂取は「堺川」で終わっている。ここまではすべて「海道　上」に収まる。「海道　中」にも共通の表現はあるが、平家物語諸本にもある表現であり、宴曲に依拠しないと書けないというものではない。すると、延慶本書写者（改編者）の掌中には、「海道　上」だけがあったと考えられるのではないか。

延慶本の改編者は、宴曲「海道」の「上」を熱心に利用した。しかし、道行はまだ続く。後半は他の資料に拠ることになる。そこで手にしたのが八坂系の平家物語だったのではないか。Dの部分は長門本とほぼ同文だが、細かいところで、長門本などよりも八坂系に近い表現が見受けられる。これも八坂系の影響と考えることができる。すると、先に考察から外した「磨針山ヲ打越テ」も改めて考える必要がある。行路としては「小野・磨針山」の順序で歩むはずだが、延慶本では逆転している。この杜撰さも、後で「磨針山」を投入したためと推測され、延慶本の後出性を窺わせる。八坂系からの影響を考えてよいのかもしれない。

第一部で述べたように、延慶本が応永書写の時点で、覚一本的本文を以て改編し、また、第二部で述べたように、応永書写までに何らかの読み本系の異本や盛衰記的本文を摂取しているとするならば、八坂系本文を見ていると考えても、何ら不思議ではない。

なお、和歌の贈答の巻十一から巻十への移動は、八坂系との接触以前の営為と考えられる。延慶本に長門本・盛衰記と共通する地の文が残存しているからである。長門本・盛衰記等との表現の共通性を見ると、八坂系を参考とする時には、既に巻十に移動していたと考えざるをえない[15]。

六　延慶本の増補時期

ここまでの結論は次の二点である。

① 長門本（部分的には南都異本も含む）からうかがえる簡略な道行文が「読み本系祖本」の形である。それは語り本系にも面影を見ることができる。

② 諸本それぞれに道行文を増補・改編している。延慶本も独自の改編を行っている。延慶本の改編には以下の操作が想定できる。

(1)依拠本文不明ながら、六波羅への哀悼を加えた。(A)
(2)宴曲を用いて大幅に増補した。(B)
(3)侍従と重衡の和歌を巻十一から移動させた。(C)
(4)八坂系の本文を参照した。(C・D。Bにも及ぶ)

それでは、延慶本の増補はいつ、どのような手順で行なわれたのだろうか。前節で(3)のCの和歌の贈答部分が、八坂系摂取以前に、巻十に移動されていたと考えられることを指摘した。それを除くと、(1)独自本文、(2)宴曲、(4)八坂系と、順に増補資料を交替している。すると、これらの増補はあまり隔たっていない時期、というよりも寧ろ連続して、ほぼ同時になされたのではないか。

この中で、まず八坂系を参照した時期を考える。八坂系本文の成立時期が問題となるが、それはわかっていない。

先に紹介した東寺執行本の奥書（永享九年〈一四三七〉）が、現在のところ、八坂系の中で最も古い奥書のようである。少なくとも、その頃までには出来上がっていたことはわかる。

なお、『太平記』に注目される記事がある。

嵐ノかせに関越て浜よりヲキヲ見渡セハ、塩ならぬ海ニこかれ行、身ヲうき舟ノ浮しつミ、駒モとゝろにふミならス、勢多ノ長はしうち過テ、行カフ人ニ近江路や、野路ノ野ニなく鶴タニモ、子ヲ思フかと哀也。時雨もいたく守山ノ、木ノ下道ニ袖ヌレテ、シノニ露ちる篠原ヤサ、ワクル道ヲ過行ハ、鏡ノ山ハ有ト云ヘト、泪ニくもりて見もワケス。物ヲ思ヘハ夜ノ間にも、老曾ノもりノ下草ニ、馬ヲ留メテ顧ル、古郷ヲ雲ヤヘタツラン。番馬、サメカイ、柏原、不破ノ関屋ハ荒ハテ、、猶もる物ハ秋ノ雨、塩干ニ今やなるミガタ、傾ク月ニ道見ヘテ、明ヌ暮ヌト行道ノイツカ我身ノヲハリナルアツタノ八剣伏拝ミ、末ハイツクソ遠江、はまなノはしノ夕塩ニ、引人もナキ捨船ノ、沈ハテヌル身ニシアレハ、誰か哀ト夕暮ノ、入アヒナレハ今ハとて、池田ノ宿ニ着給フ。元暦元年ノ比かとヨ、重衡ノ中将ノ、東夷ノ為ニ被ㇾ囚テ、此宿ニツキ給し時、

あつま路のはにふの小屋ノいぶせさに古郷いかに恋しかるらんト、長者ノ女かよミたりし、其古ヘノ哀迄も、思のこさぬ泪ニ旅館ノ燈幽也。鶏鳴て暁ヲ催セハ、疋馬風ニいはへて、天竜河ヲ打渡リ、さやノ中山ヲ越行ハ、白雲路ヲ埋て、ソコトモ知ヌ夕暮ニ、家郷ノ天ヲ望ても、昔西行法師カ、「命也ケリ」と詠シツ、、二度越シ跡までも、うら山しくソ被ㇾ思ケル。（巻二「俊基関東下向事」）

佐藤氏は、この道行文も八坂系を下敷きに宴曲を参酌して作られていると指摘した。[16] 但し、宴曲と共通する箇所はほとんど延慶本とも共通する（宴曲と『太平記』のみに共通の表現は「サメカイ、柏原」）。従って、延慶本も含めて考えておきたい。

まず、宴曲にはなく、延慶本・八坂系と共通して『太平記』に記されている表現は、「（はまなノはしノ）夕塩ニ」と、和歌を含む重衡の挿話の二箇所である。しかも、「長者ノ女」は八坂系にはなく延慶本と共通する。しかし、覚一本・闘諍録・四部本・南都異本・盛衰記の増補部分にも、同意ではないが「長者」が用いられている。また、「アツタノ八剣伏拝ミ」の「八剣」は八坂系にはなく延慶本にある。が、延慶本は宴曲の一節（「熱田八剣いちはやき」）に依拠したものである。

延慶本の増補は個別に増補された、特殊なものであった。もし『太平記』の作者が参考とするならば、より広く流通していたと考えられる語り本系の一本や宴曲ではないだろうか。やはり、延慶本のみとの共通性を主張することはできない。

なお、宴曲には「浜名の橋（略）朽ぬるあまの捨舟」とある。『太平記』で「はまなノはし」に「捨舟」と続くのは、宴曲の影響とも考えられるが、前引の為家の和歌が『万代和歌集』では「夕塩―すて舟」ともある。また、「引人もナキ捨舟ノ、沈ハテヌル身」は、

いまはわれひく人もなきすてふねのあはれいかなるえにしつむらん

（『中書王（宗尊親王）御詠』277　一二六五～六七年成立）

のような類似の表現も見受けられ、宴曲からの影響は断定できない。しかし、「はまなノはしノ夕塩ニ」に八坂系からの影響は見てもよかろう。

また、「駒も轟と踏鳴す」は、「望月の駒引きわたす音すなりせたの中道橋もとどろに」（兼盛・『九品和歌集』6他）を典拠とする表現と思われるが、これを使用しているのは語り本系の平家物語である。ここでは八坂系を参看していると考えてよかろう。

『太平記』第一部の成立は応安末年から永和初年頃（一三七五年前後）かという。(17)それ以前には八坂系の平家物語ができていたことになる。覚一本の制定が応安四年（一三七一）とされ、八坂系の成立がそれより溯る可能性はある。しかし、延慶本の延慶書写（一三〇一、〇二）以前まで溯らせることはできないだろう。延慶本への取り入れは延慶書写以降となろう。

では、宴曲を用いての延慶本の増補はいつなら可能だろうか。宴曲の成立は一二〇〇年代後半以降と考えられている。(18)すると、延慶本の延慶年間書写時には間に合う。しかし、宴曲と八坂系とを連続して使用したとすれば、十四世紀後半以後、応永書写までの間と考える方が妥当ではないか。この時期は大変に宴曲が流行していた。(19)そうした時期であれば、根来に『宴曲集』が伝来、或いは根来の僧侶たちが宴曲を暗唱し、自家薬籠中のものとしていたと考えることも不思議ではない。

おわりに

以上、かなりの部分は佐藤氏の着眼点を再検証してきたことになる。ただし、結論はいささか異なる。それは、延慶本は八坂系を下敷きにしたのではなく、宴曲と同様に、後に八坂系を取り入れたとする点である。さらに、和歌の贈答部分の移動について想定を加え、第六節で、八坂系や宴曲を入手できる時期と環境を推測するに至った。増補の時期は延慶書写以降、応永書写までの間と考えられる。

宴曲の受容の具体的な様相（書承か口承か、「海道　上」だけの流通は可能かなど）については考察の余地が残るが、当時流行していた芸能を取り入れて、また、平家物語の異本をも参考としながら、独自の新しい本文を形成していく延慶本の指向性をある程度具体的に示すことができたと考える。

注

（1）野村八良「根来本平家物語と他書との関係」（「史学雑誌」大正4年〈一九一五〉4月）、「文学史上の宴曲」（『宴曲全集附録』早稲田大学出版部　大正6年〈一九一七〉）

（2）山田孝雄『平家物語考』明治44年（一九一一）

（3）佐々木八郎①「道行文雑考」（「国漢」昭和7年8月。『語り物の系譜』〈笠間書院　昭和52年〉に再収）、②『平家物語講説』（早稲田大学出版部　昭和25年）、③『平家物語評講　下』（明治書院　昭和38年）

（4）前掲注（3）②

（5）前掲注（3）③

（6）水原一『延慶本平家物語論考』（加藤中道館　昭和54年）第二部「資料記関連」「海道文学との関連」

（7）佐藤陸「延慶本『平家物語』の道行文」（「軍記と語り物」19号　昭和58年3月）

（8）水原一「『平家物語』海道下りの検討——佐藤陸氏の批判に答えて——」（「軍記と語り物」20号　昭和59年3月。『中世古文学像の探求』〈新典社　平成7年5月〉平家物語関連篇に再収）

（9）延慶本（＝宴曲）・覚一本共通の地名に、覚一本が和歌的表現を用いて文飾しているものを挙げ、それらが宴曲と同じ「趣向」であることを指摘、覚一本にあって延慶本（＝宴曲）にはない地名（比良の高根・志賀浦浪・甲斐白根）が延慶本（＝宴曲）の無理な理解によって生まれたものと指摘する。

（10）佐藤陸「「海道下り」の本文」（「軍記と語り物」21号　昭和60年12月）

（11）水原一「『平家物語』海道下りの検討」［追記］（前掲注（8）著書）

（12）最近では阿部昌子「南都異本『平家物語』の成立に関する一考察——長門本との関連を考える——」（「論輯」39号　平成23年6月）がある。

（13）四部本「小野・摺針山を詠め超え」、南部異本「小野小路踏分テ摺針山ヘコソ着玉ヘ」、延慶本巻十一―三十「小野、スリハリヲモ打越」

（14）第六節の和歌の扱いも併せて、渡邉裕美子氏のご教示による。

（15）なお、読み本系のうち、四部本や闘諍録、南都異本も巻十に和歌の贈答が入っている。ここからは延慶本の形態が祖本になるのではないかと想像したくなる。しかし、これらの諸本は延慶本とはかなり異なる内容となっている。侍従の和歌の初句が、延慶本では「東路ヤ」だが、これらの諸本は、覚一本系統も含めて、重衡の返歌に呼応するように「旅の空」である。また、和歌を贈る時が、延慶本では翌朝だが、闘諍録や南都異本は語り本系と同じように、二人が会った時である。ほかにも、侍従についての説明（謡曲「熊野」の型の変形）が語り本系と同様に挿入されている。延慶本とは異なる話の系列と言えよう。これらには語り本系、特に覚一本的本文の影響が考えられるのではないか。四部本・闘諍録・南都異本も、前半の道行にそれぞれに工夫を凝らしている。読み本系諸本が各自にそれぞれに工夫を凝らしていると言った方がよい。延慶本に八坂系の影響があるように、これらにも覚一本系の影響を見ることができるのではないか。或いは、延慶本が和歌を巻十一から巻十に移したことにも語り本系の影響があるのかもしれない。

（16）佐藤陸「〈余滴〉俊基東下りの粉本となった『平家物語』」（『太平記研究』８号　昭和59年10月）

（17）『平家物語大事典』（東京書籍）の「太平記」（小秋元段氏執筆）による。

（18）『宴曲集』五巻の目録集成は正安三年（一三〇一）八月には成立している。外村南都子氏は「宴曲集五巻五十曲の成立は永仁四年（一二九六）の少し前であるが、「海道」が作られたのは建治（一二七五―七七）あたりまでさかのぼる可能性がある」（「「海道」「東国下」「盛久」」〈『銕仙』360号　昭和63年６月〉）とし、伊藤正義氏は「『宴曲集』成立は弘安（一二七八―八八）末年頃か」（『宴曲上』冷泉家時雨亭叢書44〈朝日新聞出版社　平成８年〉解題）とする。

（19）外村南都子「早歌関係史料」（「東京学芸大学紀要　第三部門社会科学」25集　昭和48年10月）

〔引用テキスト〕『早歌全詞集』（中世の文学　三弥井書店）、『太平記　神田本』（汲古書院）

〔付記〕

『唐糸さうし』は室町時代後期の成立とされ、『平家物語』の影響が指摘されている。海道下りが綴られる場面に、「知るも知らぬも遠江の、浜名の橋にいるしほに、さゝねど上るあま小舟、こがれて物や思ふらん、ま弓つき弓引馬の宿」とあり、ここにも八坂系の影響がうかがえる。

（本章は、「特別研究会　中世道行文形成過程の基礎的研究――宴曲「海道」を起点として――」〈科学研究費補助金　基盤研究（C）「中世道行文形成過程の基礎的研究」（課題番号23520261）代表：岡田三津子〉於神戸女子大学〈平成23年12月18日〉における口頭発表をもとにしている。）

第三章　忠度辞世の和歌「行き暮れて」再考

はじめに

第一部・第二部では、延慶本の延慶書写時以降、応永書写時までの間の改変・改編について述べてきた。しかし、応永書写までの改変・改編を取り除けば、延慶本は相対的に古態を残しているのではないか、という見方は、現在なお大勢を占めていよう。その場合でも、「古態」とはどの程度の古さなのかについての議論は尽くされていないように思われる。本文研究の成果が蓄積されてきている今日、それをさらに推し進めるためにも、延慶本の「古さ」について、今一度確認をしておく必要があるのではないか。

以上の問題意識から、巻九「忠度最期」を例にとり、忠度辞世の和歌と古態性について考えていく。

一　読み本系二本の位置づけ

第二部第一章では、現存延慶本（以降、特に断らない限りは煩を避けて「延慶本」とする）を溯る本文の抽出法をめぐって試案を提示した。本章でも、主に共通本文を多く有する長門本、また、性質は少し異なるが、共通性を多分に窺わせる源平盛衰記を用いて、それらの共通部分を中心とした対校作業から、延慶本を少し溯る本文を考える。

延慶本と長門本の共通部分はそれぞれの本のかなりの部分を占め、そこではほぼ同文・同表現が続く。こうした部分には共通する祖本の存在を考えてよかろう。これはしばしば「旧延慶本」と称されてきた。一方、盛衰記は全体的に独自の改編を施しているが、本文を細かに見ていくと、延慶本・長門本に共通する本文や表現が散りばめられていることが多々ある。その時には、盛衰記が依拠した本文を、「旧延慶本」に接近させて考えることができよう。つまり、盛衰記に延慶本・長門本と全く同文・同表現を追うことはできないが、両本との共通性を確認することによって、古態本文を透かし見ることが可能になる場合がある。大雑把で部分的ではあるが、こうした延慶本・長門本・盛衰記を一段階溯る、最大公約数的な祖本を措定し、「読み本系祖本」と仮称する。

現実には、盛衰記だけでなく、延慶本も長門本も、それぞれにしばしば独自の改編が施されている。二本もしくは三本それぞれに改編の跡が甚だしい場合は、共通祖本の面影はなかなか辿れない。しかし、ある一本のみが部分的に省略、また独自の増補・改編を施した場合は、残りの二本に共通性が残ることになる。その場合には、溯り得る祖本の面影が、その二本の共通本文に見出されることになる。

例えば、延慶本と長門本の本文が共通している場合、改編を施している盛衰記はそこからの距離をはかることになる。第六節で紹介する『今物語』第二話を典拠とする説話の引用については、延慶本は『今物語』をほぼ踏襲している。長門本・盛衰記とも表現に手を加えているが、特に長門本は位置を大きく移動させている。延慶本・長門本・盛衰記が依拠した平家物語本文の形態は延慶本の存在から類推される一方で、配列については、長門本が大幅にその位置を変更したことが理解されるわけである。とするならば、延慶本も例外ではなかろう。延慶本も「読み本系祖本」から独自に改編・増補・省略などを行っている場合があると考えるのが自然である。例えば、巻五の都遷の先例の記述では、「聖徳太子伝」を利用する長門本に古態がうかがえ、延慶本はそれに「簾中抄」によって増補していることが指摘されている。(1) その部分の盛衰記は長門本とほぼ同文であり、長門本・盛衰記から「読み本系祖本」の形が窺えると考えるべきであろう。第一部で扱った延慶本の応永書写時の混態箇所に該当する長門本・盛衰記の本文は、表現には多少の差異はあるものの、やはりこの二本から共通祖本の様態が推測できる。また、第二部第一章では、「大庭早馬」記事でも、長門本と盛衰記の本文の共通性が高く、これら二本の方が延慶本よりも依拠本文を踏襲している可能性が高いことを指摘した。以上のように、長門本・盛衰記が共通祖本の面影を漂わせるの対し、延慶本が独自に改編の手を加えていると考えられる例が散見される。総じて、三本に同じような内容が記されているが、そのうちの二本に共通本文・表現が濃厚に見いだされる時には、残る一本が改編・増補を行っている可能性がかなり高いといってよかろう。ただし、すべてではない（第二部第三〜五章は例外的部分を取り上げている）。以上を踏まえて、「忠度最期」の検討に入ることとする。

二　延慶本と長門本の再検討

延慶本巻九―二十二「薩摩守忠度被討給事」は、歌の前後を除けば、その本文は長門本（巻十六）とほぼ共通している。(2) まず、その展開を左に紹介する。

①　忠度が一騎で浜辺を落ちていく。
②　岡部六弥太忠澄が追いつき、忠度に鉄漿があることから平家方の大将と確信する。
③　組み打ちとなり、忠度が優勢となる。
④　六弥太の郎等が忠度の片腕を切り落とす。

⑤　忠度は残った片腕で六弥太を投げ飛ばす。
⑥　忠度は六弥太に組み伏せられる。
⑦　名乗りを求められるが、忠度は応じない。
⑧　六弥太の郎等が忠度を討つ。
⑨　六弥太は忠度の頸を太刀の先に貫く。
A　（延慶本）頸を人に見せたところ、忠度と教えられる。
　（長門本）箙に差した巻物に和歌と名前が書かれてあり、忠度の名が明かされる。
⑩　六弥太は恩賞に忠度の知行の地を賜る。

闘いの場面で注目されるのは、⑦で忠度が名前を求められるが拒絶する姿が描かれることである。あくまでも名乗りを拒絶する忠度の行動に剛直さを感じさせる。また、結末（⑩）には六弥太が恩賞の土地を賜ったことが記される。一方、Aの和歌の扱いについては、延慶本と長門本の間で相違がある。まず長門本に拠って⑨以下を左に引用する。

⑨　忠澄、頸を太刀のさきにつらぬきて、A此頸を、なのれといひつれ共名のらす、たれ人やらんと思けるに、ゑひらに巻物一巻さゝれたり。これをとりいたし見けるに、「旅宿花」といふ題に、
　行くれて木下かけをやとゝせは花やこよひのあるしならまし
とかきて、おくに、薩摩守とかゝれたりける程にこそ、忠度とはしりたりけれ。
⑩　忠澄、兵衛佐殿の見参に入て、さつまの守、上野年来知行の所五ケ所ありけるを、忠澄給けり。

Aでは名前を明かす素材として巻物が登場し、⑦と対応する。一方、延慶本では、

⑨　忠澄頸ヲ大刀ノサキニ指貫テ、「A名乗レトイヘトモ名乗ラス、是ハタカ頸ソ」ト云テ人ニミスレハ、「アレコソ太政

入道ノ末弟、薩摩守忠度ト云シ歌人ノ御首ヨ」ト云ケルニコソ、始テサトモ知タリケレ。

⑩　忠澄、兵衛佐殿ニ見参ニ入テ、勲功ニ薩摩守ノ年来知行ノ所五个所アリケルヲ、忠澄ニ給テケリ。

とある。六弥太にはわからなかったが、他の人は頸を見て、すぐに忠度と判別できたわけである。更に忠度が「歌人」であることも付け加えられている。

延慶本・長門本は⑩の結末からわかるように、六弥太が恩賞を受けた武勲譚としての性格を有する。[3] 忠度は恩賞の対象となるにふさわしい武将であった。しかし、その恩賞は頸の正体が分からなければ六弥太の手に入らない。死の間際、忠度は名前を名乗ることを拒絶した。死後、忠度と判明したことによって、ようやく保証された恩賞である。そしてその証拠となったものは、延慶本ではその頸自体であり、長門本ではその遺品であった。どちらの形にせよ、忠度の名前が明かされることはこの展開に欠かせない要素であり、⑦とAの対応は必然である。⑦で忠度は既に、自分の頸を取ったら六弥太が「勧賞ニ預ラムスラム」と言っており、それが⑩に結実する。

長門本において、巻物は忠度という人物を明らかにするための指標として働いている。それ以上の意味は持たされていない。佐々木八郎氏は、延慶本に「辞世の歌に関する風流譚」がないことを指摘し、それが後に増補追加されたと推測し、それ故、長門本が「風流譚」を「継ぎ剝ぎ細工」していると指摘している。[4] しかし、長門本の歌（巻物）の機能は、延慶本で人が「忠度ト云シ歌人ノ御首」と語る「御首」の機能とほぼ等価である。

頸が武将忠度と判明することが必須の展開にあって、歌に添えられた署名によって忠度と判明する長門本と、頸によって判明する延慶本の記述は等価なのである。寧ろ、「歌人」であることは付加的要素にすぎない。遺品によってはじめて判明する長門本の劇的な展開に比べ、延慶本の展開は、「歌人」とわざわざ加えることが不自然であり、また、人が見ればすぐに忠度と分かるほどの著名人を六弥太が知らなかった迂闊さが強調されることになる。実際、⑦

で、「己カ見知ラヌコソ人ナラネ」と、六弥太は忠度に愚弄されている。(5) 後述するような覚一本のあり方を基準とし、和歌と和歌をめぐる挿話を「風流譚」として捉える視点から見れば、長門本のような和歌の扱いは「継ぎ剝ぎ細工」と評されても仕方のないものであろう。しかし、虚心に読む限り、長門本では和歌そのものよりも、その署名に重点が置かれている。そしてそれが六弥太の恩賞という結末を導く。和歌（巻物）は必ずしもとってつけたような存在ではなく、一つの機能を果たしている。

従来、忠度の和歌は、忠度自作である確証のないことと、平家物語諸本の位相（延慶本や四部合戦状本に和歌がないこと）から、諸本の流伝のうちに増補されたと考えられてきた。(6) しかし、和歌の有無以外には殆ど同文・同内容の延慶本と長門本を比較する限り、和歌の有無は古態判定の根拠とはならないのではなかろうか。勿論、歌人としての評判のある忠度だからこそ、「歌人」と記した延慶本の形から、それを証す歌を加えていったと考えることはできよう。だが、「歌人」であることは、ここでは有意性を持たない。そこで、以下の説明も成り立とう。歌（署名）が名前を顕す指標として始めから存在していたが、そうした機能しか持たされていない歌ならば、省いても大差はない。しかし、その代替として「歌人」との評価を加える配慮を延慶本は持ち合わせていた、と。つまり、延慶本が古態本であるとの前提以外には、どちらが改編したのかを判定する根拠は、ここにはないと思われる。更に、通説に従って延慶本が古態を多く残すと考えるとしても、全文にわたって古態本文を有するわけではない。この部分についても、検証が必要なはずである。

なお、「忠度最期」で延慶本の形態を古態と認定するもう一つの根拠に、和歌の存在意義が掲げられてきた。和歌によってもたらされる抒情性、風流性などは、本来平家物語には稀薄であった。従って古態本はそれらを欠いているとする観点である。これについては後に触れることとする。

三　盛衰記の再検討

次に、源平盛衰記（巻三十七）を見ておきたい。盛衰記は延慶本・長門本が備える表現・展開はすべて含んでいるが、それ以外の内容もある。例えば、

1　冒頭には書かれていないが、忠度には三人の侍と一人の童が付いていた。この四人は忠度を守るが、敢えなく討ち死にをする。（②と③の間）

2　忠度は六弥太を投げ飛ばす間に、西に向かって端座し念仏を唱える（⑤）。六弥太は畏まって（⑥）名乗りを乞うが、忠度は拒絶する（⑦）。そして念仏を唱える中に、六弥太を促して絶命する（⑧）。

などである。1は後述する四部本[1]と、2の念仏を唱える姿はやはり後述の覚一本[b]に、共通性が見受けられる。その中でAはほぼ長門本と同じである。左に⑨A⑩に相当する部分を引用する。網かけ部分が長門本と、波線部分が延慶本と共通する部分である。

六弥太進寄テ頸ヲ取、脱捨給ヘル物具トラセケルニ、一巻ノ巻物アリ。取具シテ頸ヲハ太刀ノ切鋒ニ貫テ指上ツヽ、陣ニ帰テ、是ハ誰人ノ頸ナラン、名乗ト云ツレ共シカ〳〵トテ名乗サリツレハ、何ナル人トモ見シラサリケルニ、巻物ヲ披見レハ、歌共多ク有ケル中ニ、「旅宿花」ト云題ニテ一首アリ。

行暮テ木下陰ヲ宿トセハ花ヤ今夜ノアルシナラマシ

忠度ト書レタリケルニコソ、薩摩守トハ知タリケレ。此人ハ入道ノ弟公達ノ中ニハ心モ甲ニ身モ健ニ御座ケレ共、運ノ極ニ成ヌレハ、六弥太ニモ討レニケリ。勧賞ノ時ハ六弥太神妙也トテ、薩摩守ノ知行ノ庄園五箇所ヲ給テ勲

功ニ誇ケリ。

延慶本と共通する部分はほぼ長門本との共通部分に含まれている。しかし、和歌の扱いについては盛衰記と長門本が共通している。盛衰記では和歌を記した後の忠度の紹介が、「此人ハ入道ノ弟公達ノ中ニハ心モ甲ニ身モ健ニ御座ケレ共」と、些か詳しく記されている。但し、「此人ハ入道ノ弟公達」は延慶本にも通じるものの、延慶本にあった歌人であることについての言及は、盛衰記にはない。「歌人」と記した延慶本との共通性は見出されない。

盛衰記においても、歌（巻物）は忠度の名を明らかにする以上の働きはしていない。基本的には六弥太の勲功譚の源泉として位置づけられるだけである。長門本と盛衰記が和歌の扱いに関して全く同じ姿勢を示していることは注目されよう。

以上より、忠度の辞世の和歌については、長門本・盛衰記が共通し、延慶本と対立していることが理解された。これに第一節で述べた延慶本・長門本・盛衰記の本文の位置づけを勘案すると、延慶本・長門本の共通本文を持つ祖本の段階では和歌が存在したが、延慶本が省略したと考えられることになる。

ところで、四部合戦状本にも源平闘諍録にも和歌はない。和歌のない形が古態であるとの指摘は、かつての四部本を古態の基準とした考えからも発せられ、それが延慶本古態説に継承されていった(7)。現在、四部本に古態性を窺うことには慎重な姿勢がとられているが、四部本・闘諍録についても検討しておきたい。

四　四部合戦状本・源平闘諍録の再検討

四部本の展開は他本とはかなり異なる。第二節と対応させて紹介する。

1　忠度が侍三人を連れて浜辺を落ちる。三人は盛衰記にも登場するが、四部本ではこの三人の働きは記されず、最後に逃げ去ったことを記すのみである。
2　六弥太が忠度に追いつく。（但し、平家の大将と確信する鉄漿のエピソードがない）
③　組み打ちとなり、忠度が優勢となる。
4　1に登場した三人に対応させるかのように、六弥太の乗替二人を登場させて忠度と戦わせる。この二人の闘いは他本の童一人の加勢に相当するが、その闘いぶりは異なる。また四部本では忠度の腕を切り落とす記述もない。
6　六弥太は投げ飛ばされることなく、忠度を組み伏せる。（投げ飛ばされるのは4の乗替の一人）
⑦　名乗りを求められるが、忠度は応じない。
⑧　忠度を討つ。（誰が討ったかは不明）
A　頸を人に見せたところ、忠度と教えられる。
⑩　六弥太は恩賞に忠度の知行の地を賜る。

③、⑦、⑧、⑩の内容は同じだが、表現は異なる。1、2、4、6の枠組みは延慶本・長門本・盛衰記と共通するものの、内容はかなり異なる。断片的には共通する表現もあるものの、特に忠度の鉄漿や腕が切り落とされることなど、他の諸本に共通して記される特徴的な叙述がない。一方で、六弥太の郎等が二人も活躍する形は四部本以外にはない。また盛衰記と同様に忠度に従う侍三人が登場するが（盛衰記は更に童も登場し、その闘いが記される）、盛衰記のようには彼らは活躍しない。最後に逃げ去ったことのみが記されるだけで、三人は全く機能していない。これらにより、忠度の闘いがどの本よりも拡大されることになる。四部本は盛衰記との共通性を持ちつつも(8)、全体的には独自の脚色

や省略が行われていると考えざるを得ない。その中で、[A]に和歌のないことや、忠度と判明するきっかけが頸そのものであることは、延慶本と共通している。左に引用した波線部分である。

四部本：首を取りて後、人に見せければ、「是こそ故入道殿の舎弟、薩摩守忠度なれ」とて、熊野にて成長ち、
心も豪に古き人にて在しけり。

延慶本：是ハタカ頸ソト云テ人ニミスレハ、アレコソ太政入道ノ末弟、薩摩守忠度ト云シ歌人ノ御首ヨト云ケルニコソ、
始テサトモ知タリケレ

四部本の波線部分に延慶本との共通性が窺えるのは確かである。しかし、次の盛衰記にも注意される

盛衰記：六弥太進寄テ頸ヲ取、脱捨給ヘル物具トラセケルニ、一巻ノ巻物アリ。取具シテ頸ヲハ太刀ノ切鋒ニ貫テ指上ツ、陣ニ帰テ、是ハ誰人ノ頸ナラン、名乗ト云ツレ共シカ〳〵トテ名乗サリツレハ、何ナル人トモ見シラサリケルニ、（歌と前文は省略）忠度ト書レタリケルニコソ、薩摩守トハ知タリケレ。此人ハ入道ノ弟公
達ノ中ニハ心モ甲ニ身モ健ニ御座ケレ共

四部本の網をかけた部分は盛衰記に類似し、盛衰記の波線部分にも四部本と共通の表現がある。なお、四部本の「熊野にて成長ち」は、覚一本の「熊野そたち、大ちからのはやわさにて」を踏まえて、剛勇さを証す表現として用いられていると考えられる。

「歌人」と記す延慶本は、忠度と和歌との関連性が意識化され、その点で長門本・盛衰記との連続性が見出される。四部本は章段全体がかなり改編された結果、他のどの本よりも忠度の死闘とその剛腕が際立つ一方で、和歌との関連性は全くない。武人的側面を強調していく中で、和歌に関わる記述に冷淡になるのも肯けよう。しかし、四部本の依拠した本文に和歌が存在したか否かについては、和歌が改編に伴って省略されたとも、和歌の存在しなかった形がそ

のまま残存したとも、両様の説明が可能であろう。

章段全体から見れば僅かな部分であっても、延慶本と四部本に共通性がみえることの問題は考えるべきだが、本章で問題とするのは、延慶本・長門本が依拠し、盛衰記も依拠したと考えられる「読み本系祖本」である。延慶本の長門本・盛衰記との全体的な共通性をまず重視すべきであろう。こうした「読み本系祖本」の様態を、延慶本と四部本のみの僅かな共通性から想定することはできない。二本の共通性は、異なる段階の本文形成、或いは、個別の影響関係を考えるべきなのかもしれない。

次に、源平闘諍録については、かつて渥美かをる氏が、「原平家」には「忠度最期」はなく、増補された章段群の一つであるとし、闘諍録に本文上の「原形」が見られると指摘した。[9] 闘諍録は「薩摩守忠度は岡部の六矢太が為に討たれたまひぬ」の一文で終わり、続いて須磨の辻堂の僧が忠度の後世を弔うという独自の後日譚が付く。闘諍録の本文の簡明さから古い、或いは「原平家」になかったと指摘されたようだが、ここでも闘諍録独自の省略と増補を考えるべきであり、短さ故に闘諍録の形を原型とするのは早計であろう。[10]

従来、当該章段においては、四部本に古態をうかがう姿勢、延慶本に古態をうかがう姿勢のどちらの側からも、和歌のない形を古態とする結論が生まれていた。しかし、現在では四部本に古態を見ることには慎重になっている。それ以上に、「行き暮れて」の歌を置かないことは、四部本・闘諍録・延慶本、それぞれの章段の志向性に即して考えるべきである。和歌がないという一点の共通性を以て同列に扱うことはできず、その形を延慶本・長門本・盛衰記から想定される「読み本系祖本」に当てはめることもできない。

五　読み本系にとっての和歌

以上、延慶本・長門本・盛衰記の本文を見る限り、忠度の歌は読み本系三本を溯る祖本の段階では存在し、延慶本が省略したと考えても無理がないこと、また、かつて古態論のよりどころとされてきた四部本であるが、当章段はかなり特殊な内容・表現を有しており、延慶本と四部本との僅かな共通性を以て古態を考えるのは難しいことを述べてきた。

ところで、第二節結尾で述べたように、和歌の有無が古態性の認定と関わってきた理由の一つに、歴史叙述を旨とする軍記物語にあって、和歌もしくはそれに伴う抒情性は付随的・後次的なものという観点があったと推量される。(11)しかし、和歌があれば即ち風流譚・抒情的となるわけではない。和歌の内容が本文展開と重なり合い、触発し合い、共振することによって、読者の理解が情緒的・心情的に深化していく時に、抒情的と評価されるのであろう。その点からすれば、確かに長門本や盛衰記の和歌には抒情的側面は稀薄である。そのために、従来、和歌のない六弥太の武勲譚から、「忠度＝歌人という通念からか、忠度遺詠が増補され、更に話末が忠度の死を悼む、諸人の哀惜に変」(12)わり、語り本に至って風流譚として洗練されるに至る(13)と考えられてきた。長門本・盛衰記は、四部本・延慶本と語り本系とをつなぐ中継地点に置かれてきたわけである。

しかし、長門本・盛衰記における和歌（正確には署名の入った巻物）が、風流を表わすために置かれたのではなく、忠度の名前を明かす指標として置かれていることに、もっと注目すべきであろう。まず、和歌＝抒情・風流＝後次的という図式から自由になりたい。

風流譚を形成することのない和歌は、延慶本に特化されることのない、読み本系における和歌の特徴の一つに数えることができる。その点について、「忠度最期」と対置される巻七「忠度都落」に触れることとする。

六　「忠度都落」の考察

「忠度都落」における和歌の問題や諸本の様相などについては、既に論じ尽くされている感がある。従って、本節では、論述にかかわる範囲において、主に読み本系を対象として、先学の論を追認していくことになる。

延慶本（巻七―二十九「薩摩守道ヨリ返テ俊成卿ニ相給事」、三十「行盛ノ歌ヲ定家卿入新勅撰事」）では、「忠度都落」は次のように展開する。

1　忠度が俊成邸に赴き、「百首ノ巻物」を渡して去る。

2　俊成が巻物を見る。多くの歌の中に「古京ノ花」と題して「サ、ナミヤシカノミヤコハアレニシヲムカシナカラノ山サクラカナ」が、「忍恋」と題して「イカニセムミカキカハラニツムセリノネノミナケトモシル人ノナキ」がある。

3　俊成は後に『千載和歌集』に「読人シラス」としてこの二首を入集させる。

4　忠度が女房の許に通う風流な和歌説話。

5　行盛は定家に歌を残していき、定家は『新勅撰和歌集』編集の時に、名を顕して入集させる。

長門本（巻十四）は延慶本とほぼ同文であるが、4がない。4は巻十一（他本の巻五に相当する）、富士川の合戦に赴く忠度の挿話として載せる。この位置は覚一本と同じである（正確には配列に異同があるが）。盛衰記（巻三十一）は4を延慶本と同じ位置に置く。盛衰記は独自の脚色を施しているが、延慶本4には典拠と考えられる『今物語』第二話との書承関係が窺えることから[14]、延慶本・盛衰記の配列が三本を溯る祖本の形態を残していると考えられる。長門本は位置を移動させた覚一本の影響を受けてか、同様に移動させたと考えてよいのではないか[15]。

盛衰記では2と3の位置が逆転し、2は「ササナミヤ」の一首しか記載していない。また、1に「前途程遠……」の漢詩を口ずさむ場面が加わる。この三点の特徴は覚一本と共通している。覚一本からの影響と考えてよかろう。

これらを勘案すると、読み本系三本の共通祖本の形態は、2で歌が二首採られ、また3 4 5と続く延慶本の形態に残っていると推測される。

なお、覚一本の展開は、次の如くである。

1　忠度が俊成邸に赴き、「百余首」を書いた巻物を渡して去る。

3　俊成は後に『千載和歌集』に「読人しらず」として一首を入集させる。

2　その歌は、「さゝなみや志賀の都はあれにしをむかしなからの山さくらかな」であった。

既に先学の指摘にあるように、覚一本（語り本系）がこの「さざなみや」一首を章段の最後に配置したことによって、「実際の詠出時に意図された和歌世界が本来有してはいなかった、平家一門の運命すべてを覆い尽くして表象するかのような象徴性を獲得する」[16]ことになる。しかし、読み本系のごとくに二首併置された場合、「和歌は単に千載集入集の事実を伝えるのみとなり、挽歌として、物語の構想にひろがるだけの機能はもたない」[17]。しかも、5が記されて名前を顕すことの名誉が強調されることにより、読み人知らずとされた忠度の口惜しさが倍加する。

読み本系における忠度は「好士」として登場し、和歌をめぐる逸話がこの章段の柱となることが最初に提示される。しかし忠度の風流さは専ら4によって、忠度のふるまいの風流さに重点を置いて示される。読者が「さざなみや」の内容に踏み込み、和歌の内容そのものを有機的に章段もしくは物語の展開に活かすことはない。和歌は『千載集』入集の証としてのみ有効に配置される。

こうした読み本系の姿勢は、長門本・盛衰記の「忠度最期」において「行き暮れて」が、主にその署名によって忠度と判明させるために機能していることと共通する。これらは、読み本系における和歌が風流性・抒情性よりも、例証として用いられる側面があることを示す好例として位置づけることができる。

このように見てくると、延慶本に「行き暮れて」が存在しないことについて、武勲譚であるから和歌を必要としないという説明も、単純には成り立たないと言えよう。物語の抒情的展開に寄与しない和歌が読み本系の中にはあふれているのである。

七　覚一本の検討

最後に覚一本の「忠度最期」の内容と従来の評価を確認し、読み本系との位相差を示す。左に延慶本に倣って展開を追う。表現や細部の展開は異なっていても、大筋において内容が共通する場合には同じ番号を付す。

①　忠度が百騎に囲まれて浜辺を落ちていく。

②　岡部六弥太忠澄が追いつき、忠度に鉄漿があることから平家方の大将と確信する。

a　忠度に従っていた百騎の駆り武者が逃げ去る。

③　組み打ちとなり、忠度が優勢となる。

④　六弥太の郎等が忠度の片腕を切り落とす。

⑤　忠度は残った片腕で六弥太を投げ飛ばす。
[b]　忠度は西に向かって十念を唱える。
⑥　六弥太に組み伏せられる。
⑧　六弥太の郎等が忠度を討つ。
A　箙に結びつけた文に書かれていた和歌と名前から、忠度の名が明かされる。
⑨　六弥太は忠度の頸を太刀の先に貫く。
[c]　六弥太は自らの功績と名を名乗る。
[d]　敵も味方も、忠度の死を悼む。

闘いの場面には、延慶本にはない忠度が十念を唱える場面があり（[b]）、延慶本には記されている、名前を求められるが拒絶する姿（⑦）が覚一本にはない。それに伴って、その後の展開は延慶本とはかなり異なっている。覚一本では自らの存在や功績を誇示する六弥太の声（[c]）をかき消すように、忠度の死を悼む人々の涙が描かれる（[d]）。勿論、六弥太が恩賞を賜る結末（⑩）はない。

忠度の勇猛な闘いぶり（動）と、その一方で死を覚悟して十念を唱える潔さ（静）の対比が相乗効果をあげ、和歌の解釈を豊饒にする下地を作る。敵の名前を確認する間もなくその頸を討った六弥太は、残された歌（署名）からその頸が忠度であったことを知るのである。その部分を左に引用する。

A　よい大将軍うたりとおもひけれとも、名をは誰ともしらさりけるに、ゑひらにむすひ付られたる文をといてみれは、「旅宿花」といふ題にて、一首の歌をそよまれたる。

ゆきくれて木のしたかけをやと、せは花やこよひのあるしならまし忠教（度）とか丶れたりけるにこそ、薩摩守とはしりてけれ。⑨太刀のさきにつらぬき、たかくさしあけ、[c]大音声をあけて、「この日来平家の御方にきこえさせ給ひつる薩摩守殿をは、岡辺の六野太忠純かうちたてまたるそや」と名のりけれは、[d]敵もみかたも是をきひて、「あないとをし、武芸にも歌道にも達者にておはしつる人を、あたら大将軍を」とて、涙をなかし袖をぬらさぬはなかりけり。

人々は、剛勇とその対極にあると思われる風流を兼備した武将の死を惜しむ。忠度に焦点をあてた、忠度追悼の章段となりえていよう。

「行き暮れて」の歌を平家物語では十分に活かしきれていないとする指摘もあるが[18]、夙に、歌の上の句に「漂泊流寓をつづけて来た彼の運命のさびしさ」を、下の句に「その運命のままに、ささやかな風雅を見いでて楽しむ、安んじた悟りの心境とでもいうようなものが感じ取られる[19]」との解釈もある。また、「行き暮れて」が「忠度の死が確認されたこと」の記録と同時に、巻七「忠度都落」に収められた「さざなみや」の歌と共に、「この人の生涯の決算を各々象徴的に一首の中に収めている[20]」、「忠度の歌人としての側面を強調するというよりは、没落し滅亡してゆく平家の運命を象徴的に示すためにここに配された[21]」と評されたりするように、花と人との語らいをうたうとの解釈に留まることなく、忠度の人生から平家の運命まで、つまり物語全体を覆う拡がりを持って解釈されている[22]。そこには常に巻七「忠度都落」における忠度の歌が意識され、時に二首の配置の妙について指摘されることもある[23]。これだけの解釈の拡がり、読みの深化を可能にする「行き暮れて」の存在は大きいが、これは覚一本における功績といえよう。

平家物語の「忠度最期」は読み本系においては六弥太の武勲譚であった。六弥太の武勲を証明する手段として、「行き暮れて」の歌は読み本系三本の共通祖本の段階では存在していたと考えられる。ただ、それは忠度の名を明らかにする指標となる以上の働きはしていない。延慶本はその点を鑑みてか、和歌は省略し、その代わりに「歌人」と記し留めることでよしとした。一方、覚一本（或いは語り本系）は六弥太の武勲譚を大幅に転換させる。六弥太の恩賞を省き、忠度追悼の思いを前面に押し出す。六弥太の名誉は、歌によって忠度と判明した後に六弥太がその頸を太刀に貫いて自身の名乗りをあげる程度に済まされる。その一方で、和歌に反応した人々の忠度への哀惜の涙を記す。十念を唱える忠度の声を背景に、「さざなみや」の歌に呼応する「行き暮れて」の新しい世界が拓かれた。

和歌の内容が物語の文脈に働きかけ、共鳴し、和歌と物語との相互往還の中でより深い解釈を可能にする覚一本と、和歌の解釈を封じ込め、その内容よりも、和歌の存在そのもの、また、和歌が存在することによってもたらされる即物的な結果に価値を置こうとする読み本系との距離は、頼政の辞世の歌にも同様に窺うことができる。(24)

八　おわりに

従来、四部本古態説、そして後には延慶本古態説に拠って、「行き暮れて」は、諸本流動の過程において付加されたものであり、抒情性は平家物語の流動の中で加味されてくるものであると考えられてきた。これは本文流動の方向性についての見解に従った評価であるが、平家物語が本来、歴史叙述を旨とするものであるから、和歌に代表される抒情性は二次的なものであるとの先験的な見方に合致した評価でもあった。しかし、和歌が存在することと歴史叙述とは必ずしも矛盾するものではない。問題は、和歌の機能、また、和歌の消化の仕方が異なることである。本章では、例証として和歌を機能させる読み本系の特徴を採り上げることとなった。読み本系三本の本文の流動に関わる位置づけを再検討することから、和歌の有無についての位置づけが転換し、平家物語が諸本の流動の中で、徐々に抒情的な方向に変容していくという図式は、単純には成り立たないことが確認できた。

覚一本（或いは語り本系）における大胆な和歌の読み替え作業がなされる経緯を改めて考えなくてはならないが、まずは延慶本の本文の「古さ」とその質を再検討することと、平家物語諸本の本文流動を虚心に見つめ直すことが必要であろう。

注

（1）黒田彰『中世説話の文学史的環境　続』（和泉書院　平成7年）Ⅱ―2（初出は昭和63年5月）

（2）延慶本と長門本との相違はA以外に特筆するほどの箇所はないが、強いてあげれば⑧にある。延慶本の本文に長門本が加わる形となっている。延慶本にはない長門本本文を（　）に入れて左に記す。

六矢田カ郎等落重テ、忠度ノ鎧ノクサスリヲ引上テ是ヲサス。忠澄（も敵の名のらねはとて、いつとなくおさへてまつへきならねは）刀ヲ抜テ（うち甲を）指カトミヘケレハ、頸ハ前ニソ落ニケル。

（3）山下宏明『平家物語の生成』（明治書院　昭和59年）七―1（初出は昭和54年3月）などに既に指摘がある。

（4）佐々木八郎『平家物語講説』（早稲田大学出版部　昭和25年）

（5）この表現は延慶本・長門本は共有するが、盛衰記以下の諸本にはない。

（6）前掲注（4）佐々木氏著、北川忠彦『軍記物語考』（三弥井書店　平成元年）第一部「忠度像の形成」（初出は昭和50年9月）、鷹尾純「『平家物語』の和歌・管絃話――その位置による意味」（『早稲田大学文学研究科紀要』別冊2　昭和51年3月）、前掲注（3）山下氏論など。

（7）松原智子「平家物語延慶本の本文について――「忠度最期」をめぐって――」（『國學院雑誌』74巻7号　昭和48年7月）、前掲注（6）北川氏論、前掲注（3）山下氏論など。

（8）佐伯真一『平家物語遡源』（若草書房　平成8年）第二部第八章（初出は平成2年2月）などでは、四部本の祖本の姿を「四部本・盛衰記共通祖本」と想定している。

（9）渥美かをる『平家物語の基礎的研究』（三省堂　昭和37年）中篇第四章
（10）前掲注（7）松原氏は、渥美氏の論に反論をし、闘諍録の後日譚は忠度の歌人的要素を背景にしたものであることを指摘している。
（11）例えば信太周「『平家物語』における和歌的情緒について――巻七「忠度都落」をめぐって――」（「峯村文人先生退官記念論集　和歌と中世文学」昭和52年3月）は、四部合戦状本が他の諸本と異なり、和歌的情緒に欠けることを指摘し、それが「『平家物語』の原態的要素の一つに数え上げることができる」と指摘した。但し、早川厚一・佐伯真一・生形貴重『四部合戦状本平家物語全釈巻七』（和泉書院　平成15年）は、その点について反論している。
（12）前掲注（6）鷹尾氏論
（13）前掲注（6）北川氏論
（14）松尾葦江『平家物語論究』（明治書院　昭和60年）第四章四（初出は昭和51年12月）
（15）冨倉徳次郎（『平家物語研究』（角川書店　昭和39年）第二章三、中村文「平家物語と和歌――平家都落の諸段をめぐって――」（『平家物語　受容と変容　あなたが読む平家物語4』有精堂　平成5年10月）などでは巻五に位置する覚一本の配置が不自然であることが指摘されている。
（16）前掲注（15）中村氏論
（17）前掲注（14）第一章五（初出は昭和59年3月）
（18）前掲注（3）
（19）佐々木八郎『平家物語評講　下』（明治書院　昭和38年）
（20）前掲注（17）
（21）前掲注（15）中村氏論
（22）前掲注諸論以外にも、大野順一氏は「忠度讃――花やこよひのあるじならまし――」（「文学」8巻1号　平成9年冬）では、忠度の辞世歌に中世芸術の風流風雅の源流を見る。

（23）最近では、三木紀人「帰心と中世文学――忠度の歌などをめぐって――」（「国語と国文学」79巻3号　平成14年3月）がある。

（24）拙著『平家物語の形成と受容』（汲古書院　平成13年）第一部第二篇第四章（初出は平成10年11月）。但し、これは延慶本を中心とした検討であった。

第四章　征夷大将軍任官をめぐる物語

はじめに

平家物語の歴史叙述的側面を強く感じさせる素材の一つに文書がある。用いられる文書は、実際に作られたもの、疑わしいもの、或いは明らかな偽文書など、そのレヴェルは多様であり、延慶本には特に多くの文書が収められている。[1] 一方、諸本に共通して載り、平家物語の生成のかなり早い時期に取り入れられたと思われる文書のうち、朝廷とその周辺が発給した最も権威あると思われる文書（院宣・宣旨など）に多大なる虚構が仕組まれていることが、既に多く指摘され、論じられている。

たとえば、以仁王が謀叛を決意した時に諸国の源氏に出した令旨は事実とそれほどの懸隔はないようだが、源頼朝が挙兵をするにあたって、文覚が後白河院に求めた院宣（福原院宣）は存在そのものが捏造であり、頼朝に下された征夷将軍（以下、征夷大将軍）宣旨は時間を大幅に変更して用いられている。一の谷合戦に敗れた平家に三種の神器などの返還を求めた院宣（屋島院宣）と、それに対する返書（請文）には内容の虚構化が指摘されている。

稿者は以前、歴史事実としての頼朝の征夷大将軍任官に関する新しい資料を示し、従来の認識に再考を促した。[2] 翻って、平家物語には再考の余地はないのだろうか。征夷大将軍宣旨の物語内部での意味を問い直すことから、平家物語の歴史性を保証するかのような文書がどのように物語に取り込まれ、寄与しているのかを考えていきたい。

なお、本章では読み本系を中心に考察を進めるが、諸本にはそれぞれ独自部分があり、独自性にも目を配っていく。が、寧ろ、諸本の異同を検討することによって、諸本を貫く平家物語としての姿を探っていきたい。

一　勅勘

考察は頼朝挙兵譚から始まる。伊豆に流された文覚は、同じく伊豆に配流されていた頼朝に近づき、初対面でありながら、謀叛を唆す。その言葉の中に、

〈引用1〉頼朝ト云名ノ吉ソ。大将軍ノ相モオワスメリ《します》。君ニ申テ〔ちよくかんをもゆり、父のはちをもすゝかんとはおほさぬか。されはこそ、かゝる〕貴賤上下集ル温《ゆ》屋ナムトヘハ出給ラメ（延慶本巻五―七「文学兵衛佐ニ相奉ル事」〔 〕内は長門本巻十により脱落を補う。右傍書も長門本。源平盛衰記・覚一本は該当する記事無し）

とある。文覚は頼朝に、後白河院から勅勘を許されることと父の汚名を返上することを勧める。この時は頼朝は文覚の言葉を聞き流すが、三十日後（長門本は二十日後）に、再び文覚は頼朝を説得する。その時にも頼朝は文覚の言葉を押しとどめ、自分が今あるのは、池尼御前のおかげと言い、

〈引用2〉「勅勘ノ者ハ日月ノ光ニタニモアタラストコソ申伝タレ。争カ此身ニテサ様ノ事ヲハ可思立ニ」ト詞ニハ宣《すくなに》ケレトモ、心中ニハ、「南無八幡《三所》大菩薩、伊豆、箱根両所権現、願ハ神力ヲ与給へ。多年ノ宿望ヲ遂テ、且ハ君臣ノ御鬱ヲ休メ奉リ、且ハ亡夫《父の》カ素懐ヲ遂ムト志《思》深ケレハ、弘経、義明已下ノ兵ニ契テ隙ヲ伺モノヲ」ト被思ケレトモ、文学ニハ打解サリケリ。（右傍書は長門本。盛衰記は前半傍線部は同じ。覚一本は該当する記事無し）

と、以前文覚が囁いた「勅勘」を楯に断る。しかし、心中では父の無念を晴らしたいと願う。その後、文覚は義朝の

髑髏を見せて頼朝の心を開いたものの〈後掲〈引用3〉に一部引用〉、頼朝はなお、挙兵を決意するには至らない。頼朝は左のように「勅勘の身」であることを恐れているのである。

〈引用4〉佐対面シテ、「サテモイカヽシテ勅勘ヲユリ候ヘキ。サナクハ何事モ思立ヘクモナシ《からす》。イカ《なに》サマニモ道アル事コソ始終モヨカルヘケレ。（略）」ナムトマメヤカニ宣ケレハ、「其〔は殿の天下をうちたいらけて、朝てき平氏の一もんをほろほし給はむする事、うたかひあるへからす」とそ申ける。「将又勅かん申ゆるし奉らん〕事安シ。タヘ。京ヘ上テ院宣申テ献ラム」。「其身〔ちよくかんの身〕ニテ〔おはします〕、ヤハカ叶《給》ヘキ」。

（〔　〕内・右傍書は長門本。覚一本・盛衰記は同内容）

文覚は、自分の勅勘はさておき、頼朝の勅勘の宥免を求めて福原に向かう。すると、文覚が賜る院宣の主旨は、勅勘を解くことが第一義となるはずであった。しかし、そこで下された院宣は平家討伐を命ずるものであり、頼朝の勅免には触れられていない。尤も、院宣とは言っても幽閉中の院の下す内々の命令であり、流罪となった人物の罪を公的に許すことはできない、という理屈は成り立つだろう。

後日、平家都落ちの後に、征夷大将軍の宣旨を受けるにあたって、

〈引用5〉「頼朝ハ雖蒙勅勘ヲ、翻而御使ヲ奉テ、朝敵ヲ退ケ、武勇ノ名誉長シタルニヨテナリ」

（巻八—十六「康定関東ヨリ帰洛シテ関東事語申事」他本も同じ）

と、使者の中原泰定〈康定〉に述べる。ここでも、自身が「勅勘」を蒙った身であることを語る。しかし、やはり勅免については触れられていない。

征夷大将軍任命を歴史的事実としての建久三年（一一九二）から寿永二年（一一八三）に溯らせて配置したことは、先述したように、平家物語の大きな虚構である。が、勅免については事実として確認できる史料はなく、寿永二年十

月九日の復位（『玉葉』『百練抄』）がわかるのみである。しかし、九月末に鎌倉から帰洛した康定が携えてきた頼朝の折紙には、「頼朝昔雖為勅勘之身、依全身命、今当伐君御敵之仁」、「何頼朝蒙勅勘雖坐事、更全露命、今討朝敵」（『玉葉』十月二日・四日条）などと記される。頼朝がこの文面を認めた時点でもいまだに勅勘の身であるならば、このような書き方はできないだろう。この頃に勅勘が解かれたと考えられる。すると、九月に康定が鎌倉に下った要件の一つには勅勘が解かれることの伝達があったと思われる。そして、晴れて十月九日には従五位下に復したのである。

物語としては、延慶本では〈引用5〉に続けて、頼朝に「勅勘ノ身ニテ直ニ宣旨ヲ奉請取一事、其恐アリ」と発言させており、征夷大将軍を賜る直前まで勅勘の身であることが強調される。但し、長門本は「都へ参せすして宣旨を奉二請取一事、其恐不レ少」（盛衰記もほぼ同文）であり、覚一本はこうした記述がない。「勅勘」を受けたままで宣旨を受け取ると記すのは延慶本のみである。武久堅氏は「頼朝は未だ「流人」の身分のままの「征夷大将軍」という、現実的にはまことに滑稽な設定にな」ると考える[3]。勿論、整合的に捉えようとすれば氏の言うように矛盾している。しかし、たとえ物語上の虚構とは言っても、公の職への任官の宣下を受けるにあたって、罪人のままでいることはあり得ない。福原院宣は、征夷大将軍宣旨よりも更に虚構性が強いが、物語においても内密に出されたものとしてあり、正式な宣下とはされていない。物語としては、征夷大将軍という公の職を命ずることを以て、勅勘が解かれたとしていると解釈すべきであろう（盛衰記については後述）。以降の頼朝を「勅勘」の身と扱っていないことからも、この時点を契機としていることが確認できる。

なお、将軍職への任命は単に勅勘を解くというだけではなく、物語としての頼朝の存在の重要性をも引き出す。一方で、頼朝自身は、勅勘の身であることが桎梏となっていた。こうした叙述には、あくまでも朝廷の規制を至上のものとする頼朝の恭順な姿が映し出されてもいる。

二　会稽の恥を雪む

ところで、〈引用1〉〈引用2〉には、文覚が頼朝に挙兵を促すに際し、勅勘宥免と共に、「父の恥を雪がん」「亡父の素懐を遂げん」があげられ、二つの引用文の間にも、延慶本は、「父祖ノ恥ヲモ雪メ、君ノ御欝ヲモ休奉リ給へ」と繰り返している。これは、〈引用2〉の後で文覚が義朝の首と称する偽物を見せて挙兵を促した時にも繰り返される。

〈引用3〉一定ハシラネトモ、父ノ頭ト聞ヨリナツカシク覚ヘテ、直垂ノ袖ヲヒロケテ泣〳〵請取《給ひ》テ、経机《のしょく》ノ上ニ並《をき》テ、吾身ヲ打覆テ「哀ナリケル契哉」トテ、涙ヲソ浮ヘラレケル《×こほし給ふそいとおしき》。**①後ニコソ謀トモ知セケレ《まことならすとしられけれとも》、其時ハ実ト被思ケレハ、自ラ其《より》後ハ打解ラレニケリ。「又」ト契テ、文学帰リヌ《にけり》。②サテ彼首ヲ箱ニ入テ、仏《の御》前ニヲキ《かけ》テ、兵衛佐被誓ケルハ、「誠ニ我父ノ首ニテオワシマサハ、頼朝ニ冥加ヲ授ケ給へ。頼朝世ニアラハ、過ニシ御恥ヲモ雪《すゝき》メ奉リ、後生ヲモ助奉ラム」トテ、仏経《の》ニ次テハ《には》、花ヲ供シ香ヲ焼テ供養セラル《る、》。**（右傍書は長門本）

頼朝は②のように、首に向かって父の恥を雪ぐことを誓う。この首が重要な役割を担う。当節では義朝の首の存在から「父の恥」を考えていくが、すでにこの段階で、文覚の行為が芝居であることが①に明らかにされ、後日の本物の首の出現が予定されている。本物の首は、延慶本では巻八―十七「文学ヲ便(使)ニテ義朝ノ首取寄事」、つまり、征夷大将軍宣旨の次に置かれる章段に登場する。覚一本では巻十二「紺掻之沙汰」に相当する内容である。語り本系では覚一本の他に八坂系一類本巻十二にもあるが、覚一本とは異なる位置にある。盛衰記では福原院宣の次（巻十九）にある。しかし、この話は既に春日井京子氏が指摘するように、延慶本の位置に置かれるのが古い形態であり、その内容は前章段の征夷大将軍宣旨と連続し、頼朝挙兵譚及び福原院宣とも連絡すると考えられる[4]。

それでは、諸本の様相を確認していく。延慶本は左のように展開する。

〈引用6〉〔1〕昔ノ武蔵権守平将門以下ノ朝敵ノ首、両獄門ニ被納一。文覚、白地ニ宿シ入ラレタラム者、輒争カ左馬頭義朝カ首掠取ヘキ。仍リテ兵衛佐ニ謀反ヲ申勧ムトテ、野沢ニ捨タル首ヲ取テ、カク申タリケルニヨリテ、謀反ヲ興ス。石橋ノ軍ニハ兵衛佐負タリケレトモ、次第ニ勢付テ、所々ノ軍ニ打勝テ後、〔2〕父義朝ノ首、実ニハ未獄中ニ有ル由、兵衛佐聞給テ、文覚ヲ使ニテ都ヘ上セテ、（略）涙ヲ流シテソ首ヲ請取給タリケル。梶原以下ノ大名小名立比タリ。皆袖ヲソシホリケル。〔3〕誠ニ死シテ後チ、会稽ノ恥ヲ雪メタリト覚テ哀也。

〔1〕朝敵となった者の首はたやすく文覚が入手できるものではない。かつて文覚が頼朝に差し出した父義朝の首は偽物であった。頼朝はその首を得て挙兵を決意し、勝利を重ねていった。〔2〕本物の首はいまだ獄門にあった。それを知った頼朝は文覚に改めて鎌倉に持参させ、丁重に供養した。〔3〕ようやく父の恥を雪いだ、というものである。

長門本（巻十五）では延慶本と同様に征夷大将軍宣旨の次に置かれるが、〔2〕がない。〔3〕は「父の恥をきよめ、まことに義朝死て後、会稽を雪たりとおほえてあはれなり」と、延慶本とほぼ同様の内容である。しかし〔2〕がないと、頼朝が偽物の首によって謀叛を起こしたことが明かされるのみで、〔1〕と〔3〕の連続も不自然である。

盛衰記は、文覚が偽首を見せた時の頼朝の反応の〈引用3〉のうち、太字部分（①②）がすべてない。一方で、文覚が福原で後白河院から院宣を賜り、鎌倉に戻って頼朝に渡し、院宣の文面が記された後に、〔1〕〔2〕〔3〕が置かれ、その後に、「後ニコソ角ハ有ケレ共、初ニハ父ノ首ト語ケレハ哀ニ嬉覚テ、上人ニ心ヲ打解テ、此院宣ヲハ給ケリ」と結ぶ。これは〈引用3—①〉に相当する。続けて、院宣を拝した後に義朝の供養を行う。福原院宣によって父の汚名が返上されたことになる。

長門本は〔2〕がないために話の展開が唐突となっているが、延慶本・盛衰記が同様に〔1〕〔2〕〔3〕の順で描く。よって、長門本は〔2〕を省略したと考えられる。延慶本・長門本が征夷大将軍宣旨の次に配していることからは、盛衰記はこれを〈引用3―①〉と併せて、福原院宣の後に移動させたと考えられる。なお、覚一本・八坂系一類本はそれぞれ巻八から巻十二に移動させたことになる。

このような諸本の様相から見て、この話は、かなり古い形態の平家物語から存在し、しかも、延慶本の形態・配列が古い形を留めていると考えられる。諸本それぞれに改編・移動が行われるということは、巻八に置かれること自体、収まりが悪かったことを示していよう。しかし、本来あった形態の意図を考えるのは、無意味ではない。

この話は〔3〕から明らかなように、朝敵とされた父の汚名を返上し、復讐を遂げる話、朝敵と扱われて死んだ父の恨みを晴らす物語として置かれている。実際には、翌元暦元年（一一八四）八月時点では義朝の首は獄中にあり（『玉葉』八月十八・二十一日条、『山槐記』二十一日条）、その後に鎌倉に移送されたと思われるが、[5]物語ではこれも時間を溯らせている。首を受け取る日付などは書かれていないが、征夷大将軍拝命の後の出来事と読み取らせようとしているのは確実である。文覚が頼朝に挙兵を唆した時点での頼朝の望みの一つ――父の怨みを晴らす――が、征夷大将軍任官の後に果たされる。長門本も辛うじてその形は保っている。盛衰記は福原院宣拝命がその役目を負うことになる。前節で確認した勅勘宥免と共に、父の怨みを晴らすという挙兵の目的がここで果たされる。

「父の恥を雪ぐ」には頼朝の復讐譚的様相が見えるが、この記述は他にもある。巻十で、平重衡が頼朝に対面した時に、頼朝は「但雪メ父之恥、奉ント休メ君之御欝ヲ思立候シ上ハ、奉ン亡平家事ハ案ノ内ニテ候シカトモ」（巻十―八「重衡卿関東へ下給事」）と、父の無念に言及する。巻十二でも、成長した六代御前を恐れる頼朝は、文覚に「惟盛カ子ハ、頼朝カ様ニ朝敵ヲモ打テ、親ノ恥ヲモ雪ツヘキ者カ。頼朝ヲ昔相シ給シ様ニ、イカ、見給」（巻十二―二十三「六代御前高野熊野へ詣給事」）と問いかける。

頼朝にとっての挙兵の目的は、朝敵の平家を倒し、国家秩序を回復し、後白河院の憂いを晴らすという、「公」の志によるものであるが、その前に己の勅勘を解かなくてはならない。それは朝敵とされた父の汚名を返上し、復讐を遂げることにもつながる。「公」の志は「私」的動機と表裏一体となっている。それを顕在化させるのが義朝の首であった。

この方向性は他本においても共通しているが、覚一本では復讐譚としての側面はかなり薄らいでいる。文覚の説得に、父義朝の無念への言及はなく、挙兵前に首を見せられた時にはただ感激の涙を流すのみで、〈引用3〉後半のゴチック部分はなく、従って、復讐を誓う②もない。紺掻の話は巻十二に移して、しかも、話末の評言は、

（略）父の御為と供養して、勝長寿院と号せらる。公家にもかやうの事を哀と思食て、故左馬頭義朝の墓へ内大臣正二位を贈らる。勅使は、左大弁兼忠とぞきこえし。頼朝卿、武勇の名誉長せるによて、身をたて家をおこすのみならず、亡父聖霊贈官贈位に及けるこそ目出けれ。（巻十二「紺掻之沙汰」）

として、立身・孝の側面を押し出して復讐心を覆い隠している。

巻十「千手前」の重衡との対面では、延慶本などと同様の問いかけをして父の無念の思いは口にするものの、重衡の堂々たる返答を聞いた頼朝は、「平家を別して私のかたきと思ひ奉る事、ゆめ〳〵候はす。たゝ帝王の仰こそおもう候へ」と、前言を撤回するかのように、私的怨念はなかったかのような台詞を吐く。なお、延慶本には覚一本の如き頼朝の言い訳めいた言葉はない。長門本巻十七では、頼朝に覚一本と同じ台詞をいわせるものの、重衡に再度「事あたらしく、平家は公私のかたきをかたきならすとあるへしとも存せす」と反論させ、頼朝の言葉を圧倒してしまう。盛衰記では、そもそも頼朝の問いかけの時点から、義朝には全く触れていない。

このように、頼朝にとって勅勘が解かれ、罪人ではなくなること、また、諸本によって多少の相違はあるものの父

の雪辱を晴らすことは、挙兵にあたっての大きなテーマであった。義朝の首供養が、勅勘宥免を含む征夷大将軍宣旨の次に置かれることによって、挙兵の二つの目的——勅勘を解き、父の恥を雪ぐ——が果たされたことが明らかになる。残るは後白河院の憂いを晴らすために、平家打倒に邁進することである。

頼朝挙兵・福原院宣と征夷大将軍宣旨は連続している。征夷大将軍宣旨と義朝の首供養は頼朝の私的な動機を果たすものとして、どちらも実際に起こった時間を移動させて設定されている。

三　日付

更に物語に即して、宣旨拝命の場面と巻八の構成を検討する。まず、宣旨拝命の日付を巡る問題を考える。

場面は、寿永二年に朝廷からの使者の中原康定が鎌倉に下り、鶴岡八幡宮で三浦義澄が代表として使者を迎え、翌日康定は頼朝邸で歓待され、多くの土産を持って帰洛し、後白河院に報告をする、と展開する。諸本にそれほど大きな相違はないが、康定の関東下向や上洛の日付は多少異なっている。また、読み本系には、宣旨や院宣の請文の文面が載っている。

まず諸本による日付を次頁に示す。

読み本系によれば、宣旨発給は八月である。その日付は書かれていないが、延慶本・盛衰記にはその後に、同時に下された院宣の請文が記され、院宣が八月七日に下されたと記されている。請文がこの二異本にしかないということは、二異本の増補の可能性が考えられる。(6) 従って、八月七日には固執せず、「八月日」を基にして論を進める。

なお、康定関東下着の日付は、語り本系諸本のうち、覚一本のみが十月十四日で、他は十月四日である。語り本系

	屋代本	覚一本	延慶本	長門本	盛衰記	闘諍録	南都本
〔9・13　平家一門、九月十三夜の月見〕							
宣旨の宣下							8・20
征夷大将軍宣旨の日付			8月日		8月日		8月日
（請文に載る院宣の日付）			8・7		8・7		
康定関東下着	10・4	10・14	9・4	9・4	9・4	9・4	9・2
康定上洛			9・27	9・27	9・25	9・26	9・26
〔閏10・1　水島合戦（延慶本は10・1）〕							

（康定関東下着は八坂系・京師本も10・4。南都本の月見は康定上洛の後）

としては、覚一本の日付よりも他本の十月四日を基準とするべきであろう。とすれば、語り本系は読み本系の日付を一カ月繰り下げたのではないかと疑われる。

平家物語には、時間の流れを混乱なく進めるために、日付を整えて、単線的な物語時間を作り出そうという配慮がまま見られる。例えば、語り本系の巻八「名虎」では、八月十日に院殿上での除目、十六日（屋代本などは十四日）に平家一門解官、十七日に平家太宰府到着、と進行していくが、解官は正しくは六日に行われている。十日の院殿上での義仲などへの除目の次に平家一門の解官を記し、そのために、日付の操作まで行ったのである。同様な操作が語り本系の「征夷将軍院宣」の章段についても行われたのではないか。

語り本系の「征夷将軍院宣」の章段の前後を見ると、その二章段前の「緒環」では、平家一門が九月十三夜の月を眺めて懐旧の思いに耽る。続いて「太宰府落」で、平家は太宰府から四国に落ちる。その後に「征夷将軍院宣」で十月四（十四）日の関東下着と記され、次の「猫間」を経て「水島合戦」で閏十月一日の合戦となる。舞台が京・西国・鎌倉と拡大していくにも拘らず、物語の日付は行きつ戻りつすることなく、単線的に進んでいく。一方、読み本系では、九月十三夜の月見の後に八月の宣旨が記され、九月四日の康定の関東下着が続き、時間が逆行している。九月十三夜と閏十月一日の間の宣旨を、語り本系では時間の逆行を避けて置こうとし、そのために、一カ月遅らせたのではないか。

それでは、読み本系では何故九月四日に関東下着、九月二十七日頃に帰洛としたのであろうか。次には、この当時の記録の残されている『玉葉』に従って、歴史事実を振り返る。

鎌倉に派遣されていた使者（康定）が九月末頃に帰洛する（『玉葉』十月一日条に「此両三日以前帰参」とある）[7]。康定の鎌倉下向の目的は残念ながら記し留められていない（第一節では勅勘宥免の伝達を目的の一つと推測した）。が、帰洛した康定は頼朝から折紙を預かってきた。折紙の内容は十月宣旨に反映されていく（『百練抄』十月十四日条。後掲）。十月九日には頼朝は本位に復し（『百練抄』にもあり）、十三日に康定は再び関東に出発する。この下向は、頼朝が本位に復した報告や、頼朝の要請を容れて出された十月宣旨を携えてのものと考えられる。この下向からの帰洛の日時は不明だが、二十四日条には、実説か否かは不明としつつ、頼朝が受け入れられないと憤っているらしいとの報が入ったことが記されている。康定はこの頃に帰洛したと思われる。そして、閏十月十三日条には、康定が「去比重向頼朝之許」と記される。頼朝が「東海東山北陸三道」の支配を要請したことに対し、京都にいる義仲を慮って北陸を除くこととした朝廷の配慮について理解を求め、了解を得るための下向であった。

9月下旬	康定帰洛
10・9	頼朝復位
10・13	康定関東下向
10月下旬	康定帰洛か
閏10・13以前	康定関東下向

この経緯を読み本系の日付に照らし合わせるならば、読み本系で康定が九月下旬に帰洛したとする設定は史実と重なる。実際の康定の行動を見れば、九月の往復との関連を考えるべきである。[8]『玉葉』十月一日条には、「与巨多之引出物云々」とあり、これも物語の記述と共通する。[9]平家物語は実際の九月の往還に合わせて、おそらく史実に沿った日程で、但し、勅勘宥免の伝達の代わりに征夷大将軍宣旨を載せたものと推測される。

四　巻八の構成

宣旨が八月に下されたと虚構する物語の展開に従い、読み本系の構成から、征夷大将軍任官記事の意味を考えていきたい。次には延慶本によって構成を示した。

章段	日付	事項	舞台	長門本	盛衰記
一	8・5	高倉院四宮新帝に決定	朝廷	○（8・15）	○［巻32］
二	8・6	平家一類百八十余人解官		○	位争い
三		（惟喬惟仁の位争い）		○	解官
四	8・10	源氏の人々小除目、8・16除目		○	○
五	8・17	平家一門太宰府着、安楽寺参詣	平家	○	○
六		（安楽寺の由来）		×	△
七	8・20	平家一門宇佐神宮参詣		○（日付無）	×
八		（宇佐神官の娘、後鳥羽院に召される）		×	×
九	8・18	平家没官領の分与	朝廷	×	○
	8・20	四宮践祚		○（8・24）	○
	9・2	公卿勅使発遣		○	○［巻33］

十	—	頼輔、平家を九国からの追出を命ず	平家	○	○
十一		（緒方惟義の先祖）		○	○
十二	—	緒方惟義、平家を九国から追出		○	○
					宇佐参詣
	9・13	平家一門月見		○	○
十三	—	清経入水		○	○
十四	—	平家一門、讃岐国に落ちる		○	○
	—	三種の神器返還の院宣使派遣計画	朝廷	○	○
十五	8・—	征夷将軍宣旨		○	○
十六	9・27	康定、関東より帰洛、報告		○	○
十七	—	文覚、義朝の首を頼朝にもたらす	鎌倉	△	×
十八	—	義仲、京都で乱暴	京都	○	○

（事項欄の（　）は、寿永二年時点の展開とは異なる説話など）
（○×は記事の有無、△は内容に違いがあることを示す）

冒頭からの流れを見ると、前章段と対になる第十七章段を除いて、朝廷（京都）と平家の動向を交互に記して物語を進行させていることがわかる。なお、第十六章段は、

同九月四日、鎌倉ヘ下着テ、兵衛佐ニ院宣ヲ奉リ、勅定ノ趣ヲ仰含メテ、兵衛佐ノ御返事ヲ取テ、廿七日上洛シテ、院御所ノ御壺ニ参テ、関東ノ有様ヲ委ク申ケリ。

と始まる。鎌倉の様子は康定帰洛後の報告という形で示され、鎌倉での出来事としては書かれていない。従って、これも京を主たる舞台とした設定に含めることができる（但し、語り本系では鎌倉での出来事として物語が進む）。

さて、巻八冒頭は平家都落ち後の朝廷の活動を詳細に語る。第一章段から第四章段、第九章段は朝廷の体制の建て直しが綴られる。そこに平家の動きがはさまり、第十四章段後半からは再び朝廷の動きが書かれる。今度は西の平家・

東の鎌倉に目を向け始めた様が描かれる。第十四章段の後半には、三種の神器を取り戻すべく、時忠と姻戚関係のある修理大夫時光が平家への使者として選ばれるが、身の危険を感じた時光が辞退をして沙汰止みになったという話を伝える（実態は未詳）。この時光の話は長門本・盛衰記・南都本（配列が少し異なる）が共有している。日付はないものの、征夷大将軍宣旨の前ならば、やはり八月ごろの話として読むことになる。或いは、平家が讃岐に落ちた後に続けて、九月半ばごろのこととして読むこともできる。いずれにしても、平家に対しては接触を試みようとして未遂に終わり（第十四章段後半）、頼朝に対しては歓心を買おうとして受け容れられる（第十五・十六章段）というように、朝廷側から東西に向けて行われた工作の話が並ぶ。

また、征夷大将軍宣旨が八月に下されたとする設定は、第四章段の、源氏の人々への任官と対応する。京に入った義仲には伊予守を与え、鎌倉を動かない頼朝に対しては征夷大将軍職を与えたことになる。平家都落ち後の都の慌ただしい動きの中で、都では義仲が勢力を持っているものの、朝廷は頼朝を重視し、鎌倉にいる頼朝を意識した展開を導く。

勅勘宥免の代わりに置かれた宣旨は、朝廷側からの頼朝懐柔策の一環として置かれる。征夷大将軍は、朝廷側からの発意としては、義仲などの入京に対する勧賞に対応し、また、西国の平家への対処にも対応するものとして、鎌倉の頼朝に与えたものと設定されている。頼朝の側からすれば、公からの宣下を賜ることによって、勅勘が公的に失効した。また、父の汚名も返上できた。挙兵の当初の私的な目的は遂げられたのである。このような両者の思惑の交わった地点に征夷大将軍宣旨は虚構されているのである。

五　十月宣旨

ところで、征夷大将軍任官を寿永二年に設定したのは、頼朝の実質的な東国支配を認めた「十月宣旨」に置き換えるためと言われている(10)。物語には十月宣旨を窺わせる言辞はないが、両者の歴史的意義を鑑みての指摘である。しかし、本当にそうだろうか。

十月宣旨は現存しないものの、『百練抄』十月十四日条「東海東山諸国年貢。神社仏寺幷王臣家領庄園如元可随領家之由。被下宣旨。依頼朝申行也」によって知られ、『玉葉』閏十月十三・二十・二十二日条などからも、その内容や意義が論じられている。平家物語では語り本系が、宣下の日ではないものの、関東下着の日を十月に設定している。この「十月」が十月宣旨との関係を意識させたのではないだろうか。それならば語り本系の問題となるが、語り本系が十月に繰り下げた理由は前章で推測したとおりである。語り本系が十月宣旨の存在を全く知らなかったとまでは言えないが、十月宣旨の意義を意識して、日付を繰り下げたとまでは言えないだろう。

それでは、平家物語が征夷大将軍宣下を八月に設定した時点で、既に十月宣旨が意識されていたのであろうか。先述したように、巻八前半は朝廷の動きがかなり正確な日付を追って記されている。それだけの資料収集が可能な環境であれば、十月宣旨も知っていたろう。十月宣旨を意識していたならば、わざわざ八月の日付を採用する必要もない。

また、頼朝の建久三年の征夷大将軍任官については、歴史研究からその意義が、「征夷」の意味を含めて論じられてきた。現在では支持されていないものの、この任官を以て鎌倉幕府創始とする考えもあった。しかし近年、「源氏三代」の時代には「征夷大将軍」はほぼ空名であったとする北村拓氏の指摘があり(11)、また、頼朝の要求したものは

「大将軍」であり、「征夷」は朝廷が冠したものにすぎなかったことも判明している。[12] 征夷大将軍任官の意義付けは変質してきている。物語においても、歴史的な意義を過度に背負い込ませることは慎まなくてはならない。寧ろ、物語における機能から考える必要がある。

十月宣旨との関連は、語り本系の「十月」の設定からの類推、そして、従来考えられてきた征夷大将軍の権威と十月宣旨の政治的・歴史的意義が同等の重みを持って受け入れられてきたこと、これらから生まれた物語解釈ではなかったろうか。

なお、延慶本と盛衰記は、後に十月宣旨に反映されていく頼朝の要求（折紙）を、康定による帰洛の報告の次に記される「請文」に続く「礼紙」に記している。この二異本にしか書かれていないということは、先述したように二異本の増補の可能性が考えられるが、増補段階でも征夷大将軍任官の後に十月宣旨がなされたと理解していたことになる。更に延慶本は独自に、十月宣旨に該当する文書を十一月九日付で第二十一章段「室山合戦事　付諸寺諸山被成宣旨事　付平家追討ノ宣旨ノ事」に載せている。

六　将軍と征夷大将軍

征夷大将軍をめぐる物語上での機能を考えるにあたって、「将軍」と「征夷大将軍」の違いを整理しておきたい。佐伯真一氏は、平家物語を含めた軍記物語、或いは中世の物語には、「将軍による朝敵の追討」という構図があると指摘した。[13] 氏は「朝敵」という語が平安末期頃から使われ始めた和製漢語であることを明らかにした上で、この構図が政治制度ではなく、中世的な現実から産み出された認識であり、それが過去の事象に溯ってあてはめられていき、また、物語を支える歴史観ともなっていると論じた。氏の指摘は正鵠を射たものと考える。ただ、氏は「将軍」を「征夷大将軍」の中世における現実の姿から発想されたものとしているが、その点については再考の余地を残すと思う。まず物語中における征夷大将軍を見ていきたい。

平家物語における征夷大将軍の使用は多くない。現実よりも遡った時間に設定されたためもあってか、頼朝に「征夷大将軍」を冠することは、宣旨下賜の場面以外にはない。そればかりか、頼朝以外にも同時代に征夷大将軍が二人登場する。

一人は義仲である。語り本系にはないが、延慶本巻九・長門本巻十六・盛衰記巻三十四では、寿永三年一月十一日に任命されたと記す。

　　十一日、義仲再三申請ニヨリテ、ナマシヰニ征夷ノ大将軍タルヘキ宣下セラル。
（延慶本巻九—四「義仲可為征夷将軍宣下事」　長門本同じ。盛衰記は「征東大将軍」）

史実においては、義仲は「征東大将軍」に任命されている（征東大将軍補任は『三槐荒涼抜書要』建久三年七月九日条、『玉葉』寿永三年一月十五日条に拠る。日付は『百練抄』一月十一日条・『吾妻鏡』一月十日条）。物語では頼朝が寿永二年に任官したことになっているので、義仲が任官した寿永三年一月十一日から討ち死にの一月二十日までの十日間は征夷大将軍が二人いることになるが、物語はそうしたことには無頓着である。

もう一人は平知盛である。都落ち直前に、平家一門は比叡山延暦寺に協力を仰ぐ文書を出すが、その末尾の一門連署の中に、「従二位行中納言兼左兵衛督征夷大将軍平朝臣知盛」とある。これは覚一本巻七「平家山門連署」による表記だが、長門本巻十四・四部合戦状本巻七では、「征夷大将軍従二位行権中納言兼左衛《右衛門》督平朝臣知盛」（右傍書は四部本）とし、「征夷大将軍」を冒頭に記す（盛衰記巻三十は「従二位行権中納言平朝臣知盛」とするのみ）。延慶本巻七—十九「平家送山門牒状事」では経盛の署名に、「参議正三位行太皇太后宮大夫兼修理／。大夫備前権守平朝臣経盛」と、二行目の冒頭に補入印を付して「征夷大将軍ィ」と補う。この補書は他本を参照すると、本来、経盛の左隣の知盛の署名の冒頭に入れるべきものであったと考えられる。「イ」とあることから、応永書写時には備わっていなかったが（脱落・省筆の可能性は高い）、長門本などのように「征夷大将軍」を知盛に冠する異本があったのである。

知盛については、他に近江・美濃の源氏攻撃の際の大将軍として、延慶本巻六―九「行家与平家美乃国ニテ合戦事」・長門本巻十二に「征夷大将軍左衛門督知盛卿」、盛衰記巻二十六に「征東大将軍知盛卿」「征東将軍左兵衛督知盛」ともある（覚一本・四部本などには該当する攻撃記事がない）。

諸本によって多少の揺れはあるが、盛衰記以外の諸本では、知盛に対して「征夷大将軍」を用いていることが確認される。これは実戦上の「大将軍」よりも更に上位を示す称号として用いられたものと理解できる。

なお、盛衰記は義仲・知盛についての使用は意識的に避けているようにも思われるが、宗盛に対しては「征夷大将軍」（巻十五）、「征夷将」（巻四十三）と用いている。盛衰記の独自の使用意識が窺える。

義仲については事実をほぼそのままに書き写しただけのもので、しかも語り本系には見えないが、知盛については、盛衰記を除いた諸本に何らかの形で記述されている。一方で、盛衰記では宗盛には用いている。これらは僅かなものでしかないが、「征夷大将軍」を頼朝に固有の称号、権威として用いようとする配慮の欠落を示している。

以上から、平家物語において、征夷大将軍は頼朝に特化されるべき唯一絶対的な権威としては必ずしも意識されていないことが確認できる。

ところで、巻十二では頼朝について、

さる程に建久元年十一月七日、鎌倉殿上洛して、同九日正二位大納言になり給ふ。同十一日大納言右大将を兼し

給へり。やかて両職を辞て、十二月四日関東へ下向。（覚一本巻十二「六代被斬」による）

とある。諸本は日付等に多少の揺れはあるもののほぼ同文である。正二位（権）大納言・右大将の任官と辞任は物語内部にその意義が明言されなくとも、朝廷の側からの歴史事実として、その「時」と共に書き留めなくてはならない重要な記録であったと言える。このような形で淡々と征夷大将軍任官を記すことも可能であったと思われるが、それはしなかった。征夷大将軍任官は、他に移動してもさしたる不都合はなかったのである。征夷大将軍は、物語として、より効果的な利用が許されるものであった。

七　武士の大将軍

平安末期から中世にかけての朝廷側の意識として、「大将軍」には、追討する側・される側どちらにも一般的に用いる「軍団の司令官」と、国家の正規の手続きに則った「追討使及びそれに准ずる存在」の二様があることを、松薗斉氏は指摘している(14)。平家物語で使用される「将軍」「大将軍」「大将」の大半もほぼこれに尽きる。前章で見た知盛や宗盛に用いられた「征夷大将軍」も、この延長上にある。氏はまた、東国武士・幕府の側では、右大将も大将軍も区別していなかったとする。平家物語にはそうした混同はない。しかしながらそれとは別に、抽象的・概念的な、「朝の御護」、武士の最高権力者、軍事面を司り統治する立場として用いられる「大将軍」がある。

その代表的な例が、雅頼の青侍が見た夢の話――清盛が神から預かった御剣が頼朝に移る――である（覚一本巻五「物怪之沙汰」・延慶本巻四―三十四「雅頼卿ノ侍夢見ル事」など）。延慶本・盛衰記巻十七はこの剣を朝敵討伐の大将軍に与えられる「節刀」と言い換え、清盛を「大将軍」と記している。覚一本は明示はしないまでも、平家を「朝家の御かためにて天下を守護」してきたものとする。物語では、その後更に源氏が尽きた後に、剣が藤原氏に移行するようにと語る。つまり現実の征夷大将軍職の継承へと話をスライドさせていく。そのために、話中では、「大将軍」「将軍」と書かれるだけで、「征夷大将軍」とは記されていないものの、節刀を賜る大将軍は、即ち征夷大将軍であると理解されてきた。また、大塔建立説話（覚一本巻三「大塔建立」・延慶本巻四―五「入道厳島ヲ崇奉由来事」など）では、清盛は厳島大明神から小長刀を賜るものの、一代限りで取り上げられてしまう。延慶本がこの小長刀を節刀としていることからも、この二話は連続して捉え得る。(15) ここでも「大将軍」とはあるが、「征夷大将軍」とは書かれていない。が、平家物語におけるこうした「大将軍」はすべて「征夷大将軍」として把握されてきた。(16)

但し、『軍防令』第十七（『令義解』第五）には、「凡大将出征。皆授節刀。」とあるように、節刀を賜るのは「大将」であり、「征夷大将軍」とは限らない。

延慶本巻一―四「清盛繁昌之事」・長門本巻一では、清盛の体中に武士の精が入る話があるが、そこではやはり清盛を「武士ノ大将ヲスル者」とする。延慶本巻五―七・長門本巻十では、清盛から重盛に「日本国大将軍」が譲られるはずだったが、重盛の死により、器量たる頼朝が継ぐべきと、文覚が頼朝に語る（他本では「将軍」など）。このようなところから、「大将軍」移行の構想の存在が指摘された。(17) しかし注意すべきは、こうした権力移行の物語的枠組みにおいて語られる言葉はすべて「大将軍」「大将」「将軍」であり、決して「征夷大将軍」ではないことである。歴史的現実としての征夷大将軍の重要性は考えなくてはならないが、物語として更に重要なのは、武士の最高権力者として、「武士の大将軍」たることであった。武士の大将軍は、時には「日本国大将軍」などとも書かれるが、征夷大将軍との違いを端的に述べるならば、武士の大将軍は神によって授けられる物語世界の概念であり、征夷大将軍は朝廷から授けられる現実世界での官職である。大将軍そのものは先述したように広く用いられ、征夷大将軍もその中に含まれる時もあるが、大将軍を概念的な武士の最高権力者として用いる場合には、征夷大将軍とは区別されている。佐伯氏の指摘した構図は「征夷大将軍」に置き換える必要はなく、「(大)将軍」なのである。

しかし、武士の大将軍は平家物語に特有の用語ではない。慈円は宝剣が安徳天皇と共に海中に沈んだことを武家の台頭と共に理解するために、『愚管抄』巻五で、「今ハ武士大将軍世ヲヒシト取テ、国主、武士大将軍ガ心ヲタガヘテハ、エヲハシマスマジキ時運ノ、色ニアラハレテ出キヌル世ゾト、大神宮八幡大菩薩モユルサレヌレバ」と、神仏の承認を得たものとして「武士大将軍」を考えた。建久三年の征夷大将軍任官には触れず、建久元年の頼朝の権大納言・右大将の任官・辞退を記し、「末代ノ将軍ニアリガタシ」(巻六)とするなど、任官以前も、そして以後も、頼朝を「将軍」と書く。慈円の意識の中では、「征夷大将軍」を拝命してもしなくとも、頼朝は「将軍」なのであった。清盛にも用いている。これらの「将軍」は「武士大将軍」と同義と考えられよう。

頼朝自身が欲した「大将軍[18]」と、『愚管抄』の「武士大将軍」との距離の検討は必要だが、頼朝が自身を「朝大将軍」と称したこと(『玉葉』建久元年十一月九日条)には、ある程度の共通性は看取できよう。これらの現実での用法は平家物語とすべて同じとは言えないだろうが、萌芽を見ることは可能ではないか。

北村氏は、「征夷大将軍と諸国守護権の結合が明確に意識されるようになるのは鎌倉側においては頼経の代、朝廷側では頼嗣の代」であったとする[19]。頼経の補任は嘉禄二年(一二二六)、頼嗣は寛元二年(一二四四)である。氏によれば、平家物語生成の時代には、朝廷側ではさして征夷大将軍の権威性は意識されていなかったこととなる。確かに、概念的な、武力の総括的立場を表すものとしては「征夷大将軍」を用いていない平家物語の叙述と符合する。平家物語は、朝廷から任命される征夷大将軍に、抽象的・物語的な権力を含意させるつもりはなかったのである。

八　延慶本の征夷大将軍

最後に、延慶本独自に記される「征夷大将軍」について触れておく。

全巻の掉尾の巻十二―三十九「右大将頼朝果報目出事」は、

> 抑征夷将軍前右大将《二位家》、惣テ目出カリケル人也。西海ノ白波ヲ平ケ、奥州ノ緑林ヲナヒカシテ後、錦ノ袴ヲキテ入洛シ、（黄門・亜相をへて）羽林大将軍ニ任シ、拝賀ノ儀式、希代ノ壮観也キ。仏法ヲ興シ、王法ヲ継キ、一族ノ奢レルヲシツメ、万民ノ愁ヲ宥メ、不忠ノ者ヲ退ケ、奉公ノ者ヲ賞《すゝめ》シ、敢テ親疎ヲワカス、全ク遠近ヲヘタテス。ユヽシカリシ事共也。（以下略）
>
> （右傍書は『六代勝事記』）

とある。延慶本独自記事として注目されるが、また『六代勝事記』に拠った記事であることも周知のことである。冒頭の「征夷将軍」は『六代勝事記』に拠ったものである。延慶本では次の「二位家」を「前右大将」に改めて、「将軍」「大将」を併記している。また、「黄門・亜相（中納言・大納言）」任官は省略しても、「羽林大将軍」即ち近衛府大将任官は残す。しかし、征夷大将軍任官は書かない。(20) 延慶本には「将軍」という呼称を強調しようという意識が見えるが、「征夷大将軍」である必要はない。

巻四―三十八「兵衛佐伊豆山ニ籠ル事」（巻四結尾）にも、「征夷将軍」は記される。これは頼朝の配流時代の逸話である。頼朝は伊東助親の娘と子供までなしたが、平家を恐れた助親は孫を殺させ、娘も他の男に嫁がせる。身の危険を知った頼朝は一時逃れるが、逃亡の道すがら、いつか「征夷ノ将軍ニ至テ、朝家ヲ護リ、神祇ヲ崇メ奉ヘシ」と祈る。その後、北条時政の娘に通うが、それも露顕して伊豆に逃れた時に、頼朝腹心の懐島景能が「（頼朝が）征夷将軍トシテ天下ヲ治メ」る夢を見る。

この章段は延慶本の他に盛衰記巻十八にもほぼ同文で記載されている。類似の話は『源平闘諍録』巻一之上、『曾我物語』などにもある。これらの作品の先後関係については定説を見ていないようだが、平家物語が創作した話ではなく、外部世界から流入した話や話型を用いているという点では諸説とも一致していよう。

前者の頼朝の祈りについては、延慶本は「其運不ハ至ラ、坂東八个国ノ押領使ト成ヘシ。其レ猶不可叶者、伊豆一国カ主トシテ、助親法師ヲ召取テ、其怨ヲ報ヒ侍ラム。何モ宿運拙シテ、神恩ニ不可預ル者、本地弥陀ニテ坐ス、速カニ命ヲメシテ、後世ヲ助給へ」と続く。助親への復讐を遂げる手段として征夷大将軍があるのだが、押領使、伊豆の主がそれに次ぐ。他本ではこのような詳細な内容はなく、闘諍録は「日本国を頼朝に打ち随はしめ給へ」と、将来の頼朝の地位を暗示はするが、「征夷大将軍」とは記されていない。真名本『曾我物語』巻二では「東国をしへたげむ」事を望む。

後者の景能の夢については、「武士の大将軍と為て、征夷将軍の宣旨を蒙り御すべし」（闘諍録）、「日の本の征将軍」（「夢合せ」）などとあるが、真名本『曾我物語』巻三では「日本秋津島の大将軍」とする。闘諍録は、あたかも頼家が「鎌倉殿」継承の三年後に征夷大将軍宣下を蒙った事例を想起させる。延慶本・盛衰記は、確かに前章で指摘した「武士の大将軍」の意で「征夷将軍」を使用している。しかしこれは平家物語においては珍しい用い方である。これを平家物語の主張として、全体に敷衍することには慎重でありたい。

おわりに

福原院宣は虚構であることが明らかなために、物語としての意味が問われ続けてきたが、征夷大将軍宣旨は、あまりにその歴史的重要性を論ずる声に囚われすぎてきたのではないかと思う。虚構された日付からは頼朝の勅勘宥免との関係が推測され、物語に即しては、頼朝の勅勘宥免と父の汚名返上という、私的な懸案と怨念を払拭するものとして位置づけられ、また、朝廷からの懐柔を受けた勧賞という色彩をも帯びたものであった。一方、平家物語には、「(大)将軍」という、物語上の仮構概念が存在する。時に「征夷大将軍」はその中に含み込まれもするが、両者は等価ではない。

征夷大将軍をめぐる言説には、朝廷という制度の下でこそ作用する語彙――勅勘、朝敵など――が強固にまつわり、朝廷貴族世界の視点が根底に流れていることを今更ながら痛感させられる。征夷大将軍は、鎌倉幕府や武士政権の意志や権力を示すものというよりも、朝廷が与えるものであり、朝廷社会の認識の中で物語化されている。「大将軍」も朝敵を滅ぼす存在である以上、朝廷の安寧を回復することを責務とするが、朝廷の任命から自由な武士の大将軍を仮構し、そのために、より概念的な、そして物語的な存在となり得た。

平家物語は大きな歴史のうねりを対象としているが、歴史的事件をねじ曲げることも厭わない。歴史の真実を語ると思わせる文書は、その歴史的装い故に、恰好の素材として選ばれるが、実は、虚構の対象として自由自在に弄ばれる。平家物語にとって、現実に起こった多くの事件や記録は、平家の滅亡という物語を紡ぐための材料であった。以上は自明なことではあるが、改めて確認することとなった。

注

（1）上杉和彦「延慶本平家物語所収文書をめぐって――宣旨を中心に――」（『軍記と語り物』31号　平成7年3月）で考察が加えられている。
（2）第六部第二章（初出は平成16年12月）
（3）武久堅『平家物語は何を語るか』（和泉書院　平成22年）第一章二（初出は同年）
（4）春日井京子「「紺掻之沙汰」の生成と展開――覚一本を中心に」（『平家物語の成立』千葉大学大学院社会文化科学研究科研究プロジェクト報告書第一集　平成9年3月）。なお、義朝の首の供養が頼朝の朝敵性を払拭することになるという指摘は中村理絵「延慶本平家物語にみる「謀叛人頼朝」から「将軍頼朝」への転換――第四「十七　文覚ヲ使ニテ義朝ノ首取寄事」を契機として――」（『軍記物語の窓　第二集』〈和泉書院　平成14年12月〉）にもある。
（5）『吾妻鏡』文治元年（一一八五）八月三十日条には鎌倉で供養された記事が載る。春日井氏は前掲注（4）で、『吾妻鏡』の記事を覚一本の影響による改竄かとする。
（6）第二部第四章参照。
（7）『百練抄』には七月二十八日条に康定の関東下向が記される。この帰洛が九月末なのか、或いは間にもう一往復したのかなど、不明。
（8）佐々木八郎氏は、九月の往還を踏まえたことと指摘しているが（『平家物語評講　下』〈明治書院　昭和38年〉）、この指摘は継承されなかったようである。
（9）物語の内容は『吾妻鏡』建久三年七月二十六・二十七日条の征夷大将軍除書の鎌倉到来記事と重なり、平家物語がこれを利用したと考えられているが、北村拓氏は上横手雅敬氏の説などを踏まえて、『吾妻鏡』の両日の記事には編者の作為が加えられていると推測する（「鎌倉幕府征夷大将軍の補任について」〈『中世の史料と制度』続群書類従完成会　平成17年5月〉）。松尾葦江氏は、この部分の『吾妻鏡』に「初期の平家物語もしくは前平家物語を利用した可能性」を視野に入れる（『軍記

物語論究』〈若草書房　平成8年〉第四章一〈初出は平成8年4月〉）。

（10）冨倉徳次郎『平家物語全注釈　中巻』（角川書店　昭和42年）が早い指摘であろうか。

（11）前掲注（9）

（12）前掲注（2）

（13）佐伯真一『平家物語遡源』（若草書房　平成8年）第四部第一章（初出は平成3年3月）

（14）松薗斉「前右大将考――源頼朝右近衛大将任官の再検討――」（「愛知学院大学文学部紀要」30号　平成13年3月）

（15）巻二「小教訓」にも連絡する。今井正之助「「大塔建立」と「頼豪」――延慶本平家物語の古態性の検証――」（「長崎大学教育学部人文科学研究報告」29号　昭和55年3月）、佐伯真一氏前掲注（13）など。

（16）早川厚一『平家物語を読む――成立の謎をさぐる――』（和泉書院　平成12年）第三章（初出は平成9年11月）など。

（17）生形貴重『平家物語の基層と構造』（近代文芸社　昭和59年）第一章三（初出は昭和58年）など。

（18）前掲注（2）

（19）前掲注（9）

（20）但し、頼朝は中納言は経ていない。また、北村昌幸氏は、「羽林・大将軍」と見て、近衛大将と征夷大将軍と二将軍の任官と解釈するが（『太平記世界の形象』〈塙書房　平成22年〉第一編第二章〈初出は平成18年2月〉）、「羽林」のみでは近衛府、或いは近衛中将・少将の意味であり、拝賀の儀式は征夷大将軍任官時には行っていない。やはり「羽林大将軍」、つまり近衛大将であろう。

第四部　覚一本本文考

第一章　伝本分類の再構築

はじめに

平家物語諸本の中で覚一本の存在は重い。ただし、覚一検校が制定した原本は現存せず、その奥書を持つ写本が数本残されるのみである。しかも、それらは一様ではない。渥美かをる氏を始めとする先学が昭和三十年代に集中して精力的に調査・研究を進めた結果、伝本群は系統分類された。しかし、それから半世紀近く経ち、平家物語諸本の本文研究も進展してきた中で、他の諸本の位置づけと併せながら、改めて覚一本諸伝本の本文系統を検討する必要はないだろうか。

覚一本諸伝本の本文流動の幅は、読み本系諸本あるいは八坂系諸本のそれに比べれば微小なものである。従って、その小さな違いを取り上げ、改めて本文系統を検討することにどのような意義があるのか、疑問に思われる向きもあろう。しかし、詳細に検討していくと、覚一本の本文にとどまらず、一方系諸本の本文の形成まで射程を延ばして考え直すべき問題が浮上してくる。

一　研究史

現在用いられている覚一本の本文系統の分類について、それが定着するまでの経緯と内容を簡単に紹介し、問題点を指摘することから始める。

覚一本の様々な伝本は山田孝雄氏以来、調査・紹介が重ねられ、次第に多くの伝本の存在が明らかになってきている。(1) その中で、まず代表的な伝本をある程度グループピングして紹介したのが高橋貞一氏であり、それを批判的に継承し、現在に至る本文系統の基礎を作ったのが渥美かをる氏である。

代表的な本文として、特に次の六本、①龍谷大学本（以下〈龍谷〉）②高良大社本（以下〈高良〉）③寂光院本（以下〈寂光〉）④高野辰之氏旧蔵本（東京大学文学部国語研究室蔵。以下〈高野〉）⑤西教寺本（以下〈西教〉）⑥龍門文庫本（以下〈龍門〉）を掲げる。渥美氏はこの六本の関係を次のように規定した。(2)

○第一類…〈龍谷〉及び〈高良〉〈寂光〉。「祇王」「小宰相」の記事を欠き、共通の誤りも数箇所あり、文字遣いや詞章も近接している。〈高良〉〈寂光〉は〈龍谷〉に比して「増補されている箇所がしばしばあ」る。〈寂光〉は〈高野〉〈西教〉と重なる部分がある。また〈高良〉は〈龍谷〉に比して「明らかに後の増補であると思われるのが数ヵ所ある」。従って、〈龍谷〉の方が「原本に近いのではないかと一往考えられる（傍点著者）」。

○第二類…〈高野〉及び〈西教〉〈龍門〉。「祇王」「小宰相」の記事を「増補」している。ただし、〈高野〉は傍書を除けば第一類に接近。〈西教〉〈龍門〉は「かなり後期的詞章を示して」おり、「この二本に現われた後期的異同は、多く流布本と一致する」。

○〈高野〉に見える記事の増補は〈高良〉〈寂光〉にもあるので、〈龍谷〉〈西教〉〈龍門〉と〈高良〉〈寂光〉〈高野〉の二系列となる。

ここでまず問われるべきは、「祇王」「小宰相」という二章段の有無によって類別することの当否であろう(3)。これら女性説話は平家物語の内容展開に密接に関わるわけではない。「祇王」について言えば、読み本系諸本の中でも長門本・四部合戦状本にはなく、源平盛衰記は巻十七（十二巻本の巻五相当の遷都に関わっての記述）に置く。延慶本と覚一本は巻一「二代后」の前に置くが、「昔より今に至るまで、源平両氏、朝家に召つかはれて、（中略）いかならん末の代までも何事かあらむとそみえし」という一段落を「祇王」の後に置くか（覚一本）、「祇王」の前に置くか（延慶本・鎌倉本など）という微妙な違いがある。屋代本は抽書に置くが、巻一では「何事ヵ有ント目出ゥツ見タリケル」で改行されており、本来は延慶本や鎌倉本と同じ位置にあったと思われる。他にも後期一方系諸本の中で、京師本や下村本が「殿下乗合」の前に、流布本が覚一本と同じ位置に、と、やはりその位置が異なる。非常に浮遊性の高い章段であることがうかがわれる。それだけ付属的な章段であるとも言える。「小宰相」も語り本系では巻九結尾の、後半の山場である一の谷の合戦を一旦締めくくったあとに置かれていて、着脱可能な位置にある。これら二章段の有無は確かに大きな問題ではあろうが、書写者の個人的嗜好性を反映しやすい章段でもある。それらの有無をもって系統を二分類することにどこまで有効性があるのか、疑問を感じる。しかも、そのように分類しながら、渥美氏は本文の記事量については、〈龍谷〉〈西教〉〈龍門〉に比して〈高良〉〈寂光〉〈高野〉には共通する「増補」があると指摘されている。これは「祇王」「小宰相」の有無で分ける二分類とは相容れず、分類の有効性を疑わせるに十分であろう。

また、もう一つの問題は、〈龍谷〉〈西教〉〈龍門〉と〈高良〉〈寂光〉〈高野〉の記事量の相違を、無前提に、あたかも既定の事実であるかのように〈高良〉〈寂光〉〈高野〉の「増補」と断じていることである。勿論、これは渥美氏に始まった考えではない。既に高橋氏が、〈龍谷〉に比して〈高良〉〈寂光〉〈高野〉の記事量が多い部分があることを指摘し、それが「八坂流甲類」（百二十句本・鎌倉本・屋代本等）による「増補」であるとしている。(4) 渥美氏は高橋氏のように屋代本等との関係については言及していないものの、「増補」という概念での捉え方は継承していったようである。

その後、笠栄治氏は部分的には〈高良〉〈寂光〉を「増補」とは見ずに、逆に〈龍谷〉の誤脱の可能性を示唆したが（後述）、全体的には〈龍谷〉から〈高良〉〈寂光〉〈高野〉へと増補のなされていく方向性で見ている。(5) ところで、〈龍谷〉〈西教〉〈龍門〉の本文は渥美氏により同系列とされている。その中で、〈西教〉〈龍門〉には〈龍谷〉と異なる表現がある。笠氏もそれらを〈西教〉〈龍門〉の後出の証とする。氏は、「後出的性格とは、一方流で覚一本以後に現れた諸本の詞章に見出される、覚一本の詞章と異った詞章を覚一本の詞章に対して後出的詞章と考える」とし、また〈龍谷〉に代表される覚一本にはなく、〈高良〉〈寂光〉〈高野〉或いは〈西教〉〈龍門〉にある詞章が流布本等の詞章と共通する場合に、それらを流布本に至る経過を示す増補と考えた。なお、山下宏明氏は、〈高野〉を一類本に組み替え、更に第三類として陽明文庫本、第四類に天理（二）本・梵舜本・熱田本・灌頂本・芸大本・東京大学国文学研究室本を掲げた。(6)

これらを見ても、まず〈高良〉〈寂光〉〈高野〉を〈龍谷〉からの「増補」とする妥当性を確認する必要、次に〈西教〉〈龍門〉の「増補」を検討する必要があることがわかる。一体、これらを一律に「増補」と言ってしまってよいのだろうか。というのは、結論を先に述べれば、高橋氏が先に指摘した、〈龍谷〉と〈高良〉〈寂光〉〈高野〉を大きく分ける「増補」部分、またそれ以外にも渥美氏や山下氏が指摘していった部分の多くが他本、特に延慶本などの読み本系諸本にも存在し、読み本系祖本との関係が推測されたり、(7) 現在のところは古い本文を残すと言われる屋代本に共通する記事であったりするからである。現在の諸本研究からすれば、「後出的詞章」と考える以前に、読み本系祖本との関係を考えるべきではなかろうか。その次に、〈西教〉〈龍門〉の「増補」を考えるべきであろう。

二　増補記事の検討（1）

それでは具体的な作業に入ることとする。諸氏が指摘する箇所から、「増補」とされる主な部分を左に掲げる。簡略な本文として龍谷大学本（〈龍谷〉。日本古典文学大系の底本）を、量の多い本文として高野本（〈高野〉。新日本古典文学大系の底本）を用いる（但し、引用は『平家物語（龍谷大学善本叢書）』〈思文閣出版〉、『高野本平家物語（東京大学国語研究室蔵）』〈笠間書院〉による）。なお、本章で引用する箇所について、〈龍谷〉は〈西教〉〈龍門〉との、また〈高野〉は〈高良〉〈寂光〉との有意な相違はない。

（1）

I 巻三「足摺」

〈龍谷〉其うへ二人の人々のもとへは、都よりことつけふみ共いくらもありけれ共、俊寛僧都のもとへは、事とふ文一もなし。「抑われら三人は罪もおなし罪、配所も一所也。

〈高野〉其うへ二人の人々のもとへは、都よりことつけ文共いくらもありけれ共、俊寛僧都のもとへは、事とふ文一もなし。されは、わかゆかりの物ともは宮このうちにあとをと〻めす成にけりとおもひやるにも、しのひかたし。「抑われら三人は罪もおなし罪、配所も一所也。

屋代本・斯道文庫蔵百二十句本・八坂系一類本・八坂系二類本も〈高野〉破線部の一文を有している。また左のように、構成は前後するが、延慶本巻三―五（長門本巻五も類同）にも同様にある。

少将ノ許ヘハ宰相サマ〳〵ニ送リ給ヘリ。康頼カ方ヘハ妻カ方ヨリ事ツテアリ。俊寛僧都カ許ヘハヒトクタリノ文モナカリケレハ、其時ソ、「都ニ我ユカリノ者、一人モ跡ヲ不留メナリニケルヨ」ト心得ラレニケル。心ウクカナシキ事限リナシ。サテ俊寛、奉書ヲ開テミ給ヘハ（中略）臥マロヒテヲメキ叫ヒテ、悲ノ涙ヲソ流シケル。「三人同シ罪ニテ一所へ放タレヌ。

延慶本がこの表現を共有していることについては志立正知氏も指摘している。[8] 氏は現存屋代本や覚一本などからそれを溯る「語り本共通祖本」の存在を想定し、ここでは二つの可能性を示した。第一は覚一本の古態〈龍谷〉を想定を「語り本共通祖本」と見て、それに破線部分を加筆した屋代本的テキストを用いて〈高野〉が補った可能性であり、第二は「語り本共通祖本」を屋代本的テキストと想定して覚一本〈龍谷〉がまず削除し、再び〈高野〉が補った可能性である。いずれも〈龍谷〉が〈高野〉よりも古い形であることが前提となっているために、複雑な本文の往還を想定せざるを得ない。しかし、破線部分が屋代本や延慶本にも共有されていることからは、〈高野〉の本文から一文を省略して〈龍谷〉ができていった可能性も考えられよう。

（2）

Ⅱ　巻五「物怪之沙汰」

〈龍谷〉雅頼卿いそき入道相国のもとへゆきむかて、「またくさること候はす」と陳し申されけれは、其後沙汰もなかりけり。平家日ころは朝家の御かためにて、天下を守護せしかとも、今者勅命にそむけは、節斗をもめしかへさる丶にや、心ほそうそきこえし。

〈高野〉雅頼卿いそき入道相国のもとへゆきむかて、「またくさること候はす」と陳し申されけれは、其後さたもなかりけり。それにふしきなりし事には、清盛公いまた安芸守たりし時、しんはいのつゐてにれいむをかうふて厳島の大明神よりうつ丶にたまはれたりし、銀のひるまきしたる小長刀、つねの枕をはなたすたてられたりしか、ある夜俄にうせにけるこそふしきなれ。平家日ころは朝家の御かためにて、天下を守護せしかとも、今者勅命にそむけは、節斗をもめしかへさる丶にや、心ほそうそきこえし。

〈高野〉の破線部は屋代本も延慶本等も記していない。この文の存在から〈高野〉を「増補」本とする論が多い。しかし、Ⅰや Ⅲ以降と比べると、異なる性格にある。後に改めて考えることとする。

（3）

Ⅲ　巻七「実盛」～「還亡」

〈龍谷〉今五月下旬に帰りのほるには、其勢わつかに二万余騎、「（中略）後を存して少々はのこさるへかりける物を」と申人々もありけるとかや。これをはしめておやは子におくれ、婦は夫にわかれ、凡遠国近国もさこそありけめ、京中には家々に門戸を閉て、声々に念仏申おめきさけふ事おひた丶し。

〈高野〉今五月下旬に帰りのほるには、其勢わつかに二万余騎、「（中略）後を存して少々はのこさるへかりける物を」と申人々もありけるとかや。上総督忠清・飛騨督景家は、おと丶し入道相国薨せられける時、ともに出家したりけるか、今度北国にて子とも皆ほろひぬときいて、其おもひのつもりにや、つゐになけき死にそしに丶ける。是をはしめておやは子にをくれ、婦は夫にわかれ、凡遠国近国もさこそありけめ、京中には家々に門戸を閉て、声々に念仏申おめきさけふ事おひた丶し。

この部分は、左に掲げた屋代本（斯道本も同文。八坂系一類本・二類本も類似）や延慶本巻七—十三（長門本巻十四・盛衰記巻三十も類同）も類似した表現を載せる。

（屋代本）飛驒守景家ハ、最愛嫡子景高被討ヌト聞ヘシカハ、臥沈ンテ歎キケルカ、頻ニ出家暇申間、大臣殿被許ケリ。軈テ出家シテ、打伏事十余日有テ、遂ニ思死ニソ死ニケル。始之親ハ子ヲ討セ、子ハ親ヲ討セ、妻ハ夫ニ後レ、家々ニ喚叫声ヲヒタ丶シ。

（延慶本）内大臣棟ト憑マレタリツル弟、参川守モ誅レ給ヌ。長縄モ不返。「一所ニテイカニモナラム」ト契給タリツル乳人子ノ景高モ誅レヌル上ハ、大臣殿モ心ヨハクソ思給ケル。父高家モ、「景高ニオクレ候ヌルウヘハ、今ハ身ノイトマヲ給ワテ、出家遁世シテ後生ヲ訪ウヘシ」トソ申ケル。此度誅ル、者共ノ父母妻子等カ泣悲事限ナシ。家々ニハ門戸ヲ閉テ、声々ニ念仏ヲ申シアヒタリケレハ、京中ハイマ〱シキコトニテソアリケル。

延慶本は高家（長門本・盛衰記は「景家」）の死は記していないが、子息を失った父の悲しみの記述という点では共通している。また延慶本・屋代本ともに忠清は登場しない。しかし、屋代本ではこの記事の前に忠清の男忠綱も討たれたことが記されている。なお、忠清はこの年に出家している（『吉記』寿永二年七月二十九日条）。〈高野〉はこれらの要素をもとに、更に清盛の死と重ねて忠清・景家の出家を記したと考えることも可能であろう。その場合、〈龍谷〉が記事内容の危うさから省略したのだろうか。

「これをはしめて」の前に〈龍谷〉は、帰還した平氏軍がわずか二万余騎であったことを記して、根こそぎ兵を失ってしまったことへの非難を記すが、[9]これは「これをはしめて」とは連続しない。破線部分が存在することによって、平氏の惨憺たる有様への批判↓息子を失った父の歎き死にの例↓他の人々の悲しみと、内容がなめらかに進展する。

とするならば、〈龍谷〉の省略、あるいは脱落を考える方が理解しやすい。

（4）

Ⅳ　巻八「太宰府落」

〈龍谷〉平家は緒方三郎維義か三万余騎の勢にて既によすと聞えしかは、とる物もとりあへす太宰府をこそ落給へ。さしもたのもしかりつる天満天神のしめのほとりを、心ほそくもたちはなれ、**賀輿丁もなけれは、そう花宝輦はたゝ名のみきゝて、主上要輿にめされけり。国母をはしめ奉て、やことなき女房達、袴のそはをとり、大臣殿以下の卿相雲客、指貫のそはをはさみ**、水きの戸を出て、（中略）彼玄弉三蔵の流沙葱嶺を凌かれけんくるしみも、是にはいかてかまさるへき。されともそれは求法のためなれは、自他の利益もありけむ、是は怨敵のゆへなれは、後世のくるしみかつおもふこそかなしけれ。新羅・百済・高麗・荊旦、雲のはて海のはてまても落ゆかはやとはおほしけれとも、浪風むかふてかなはねは、兵藤次秀遠に具せられて、山賀の城にこもり給ふ。

〈高野〉（前略。〈龍谷〉と同文）皮《（ママ）》玄弉三蔵の流沙葱嶺を凌かれけんくるしみも、是にはいかてまさるへき。されともそれは求法のためなれは、自他の利益もありけん、是は怨敵のゆへなれは、後世のくるしみかつおもふこそかなしけれ。A原田大夫種直は、二千余騎て平家の御ともにまいる。山鹿兵藤次秀遠、数千騎て平家の御むかひにまいりけるか、種直・秀遠、以外に不和になりけれは、種直はあしかりなんとて、道より引かへす。Bあし屋の津といふところをすきさせ給ふにも、「これは我らか宮こより福原へかよひしとき里の名なれは」とて、いつれの里よりもなつかしう、今さらあはれをそもよをされける。新羅・百済・高麗・荊旦、雲のはて海のはてまても落ゆかはやとはおほしけれとも、浪風むかふてかなはねは、兵藤次秀遠にくせられて、山賀の城にそこもり給ふ。

屋代本には破線部分はないが、前後はほぼ同文である。左には延慶本巻八―十二（長門本巻十五も同。ただし、〔　〕内は長門本にはない）の該当部分を掲げる。

（平家は維義の）三万余騎ノ大勢責カヽリケレハ、取物モ取アヘス大宰府ヲソ被落ケル。彼憑シカリシ天満天神ノ、シメノアタリヲ心細ク立離レ、ミツキノ戸ヲ出テ、（中略）彼玄弉三蔵ノ流砂葱嶺ヲ凌カレケム苦モ、是ニハイカテカマサルヘキ。彼者為求法ナレハ来世ノ憑モアリケン、是ハ為怨讎ナレハ後世苦ヲ思遣コソ悲シケレ。〔**葱花鳳輦ハ名ヲノミ聞ク**。Cアカシノ女房輿ニ奉リテ、女院計ソ御同輿ニ被召ケル。〕**国母採女ハ流涙而凌巌石給**、**三公九卿ハ群寮百司ノ数々ニ奉従事モ無**、〔D列ヲ乱シ山ワラウツニ深泥ヲ沓テソオワシケル。サテ〕B其日ハ葦屋津ト云所ニ留リ給。都ヨリ福原へ通給之時聞給シ里ノ名ナレハ、何ノ里ヨリモナツカシク、更ニ哀ヲ催シケリ。鬼海、高麗へモ渡ナハヤト覚セトモ、浪風向テ叶ネハ、山鹿ノ兵藤次秀遠ニ伴テ、山鹿城ニソ籠給フ。

志立氏は屋代本的テキストを「語り本共通祖本」と措定し、〈高野〉が延慶本的本文を参照してBを加え、独自の情報（A）と合わせて加筆したとする。[10] 氏の想定する「語り本共通祖本」のこの部分に延慶本的文脈（波線部）が含まれない理由として、「是ハ」以下の二重傍線部の位置と離れていることと、その次の「鬼海、高麗へモ渡ナハヤ」が覚一本等とは異なる表現であることを挙げる。しかし、前者については、間のCDの二文は文意が通じにくい。「葱花鳳輦ハ名ヲノミ聞ク」は長門本の省略と思われるが（盛衰記巻三十三に「主上ハ舁輿丁ナケレハ、玉ノ御輿ニモ不奉」とあり、源平闘諍録も同様）、CDは延慶本の独自異文と考えられる。そしてCDを除いた太字部分は覚一本の太字部分に移動している。従って、位置の問題は当たらない。また、志立氏の言うように、「鬼海、高麗へモ渡ナハヤ」は確かに覚一本等の「新羅・百済・高麗・荊旦、雲のはて海のはてまでも落ゆかはや」と表現は異なるが、意図する内容は変わらない。以上より、読み本系祖本にAを加えて〈高野〉の本文が作られ、〈龍谷〉はその饒舌さを嫌ってか、

ＡＢ共に省筆したとも考えられよう。

（5）

Ⅴ 巻十「維盛出家」

〈龍谷〉生年九と申し時、君の御元服候し夜、かしらをとりあけられまいらせて、かたしけなく、「盛の字は家字なれは五代につく。重の字を松王に」と仰候て、重景とはつけられまいらせて候也。父のようて死候けるも、我身の冥加と覚候。

〈高野〉生年九と申し時、君の御元服候し夜、かしらを取あけられまいらせて、かたしけなく、「盛の字は家字なれは後代につく。重の字をは松王に」と仰候て、重景とは付られまいらせて候也。其上、わらは名を松王と申ける事も、生れて忌五十日と申し時、父かいたいてまいりたれは、「此家を小松といへは、いはうてつくるなり」と仰候て、松王とはつけられまいらせ候也。父のようて死候けるは、わか身の冥加と覚え候。(11)

これも破線部分は屋代本（斯道文庫蔵百二十句本・八坂系一類本・八坂系二類本も同じ）が共有し、左のように延慶本巻十―十四（長門本巻十七も同じ）にも、

九ト申シ年、君ノ御冠服候シニ、同夜本鳥ヲ被取上進セテ、『盛ノ字ハ家ノ字ナレハ、五代ニ継ス。重ノ字ヲ松王丸ニ賜』トテ、重景トハ付サセ給テ、童名ヲ松王ト仰候シモ、長門本（二さいのとし母かいたきてまいりて候けれは）『此家ヲ小松ト云ヘハ、祝テ付也』ト仰候キ。

と、簡略ではあるが記されている。従って、〈高野〉の破線部分を〈龍谷〉が省略したとも考えられる。

(6)

Ⅵ　巻十二「六代」

〈龍谷〉既に今はの時になりしかは、若公西にむかひ手を合て、静に念仏唱つゝ、頸をのへてそ待給ふ。狩野工藤三親俊切手にえらはれ、太刀をひそはめて、右のかたより御うしろに立まはり、既にきり奉らむとしけるか、目もくれ心も消はてて、いつくに太刀を打あつへしともおほえす。前後不覚になりしかは、「つかまつとも覚候はす。他人に仰付られ候へ」とて、太刀を捨てのきにけり。「さらはあれきれ、これきれ」とて、切手をえらふ処に、墨染の衣袴きて月毛なる馬にのたる僧一人、鞭をあけてそ馳たりける。既に只今切り奉らむとする処に馳ついて、いそき馬より飛おり、しはらくいきを休て、

〈高野〉既今はの時になりしかは、若公A御くしのかたにかゝりたりけるを、よにうつくしき御手をもて、前へ打越し給ひたりけれは、守護の武士とも見まいらせて、「あないとをし、いまた御心のましますよ」とて、皆袖をそぬらしける。其後西にむかひ手を合て、静に念仏唱つゝ、頸をのへてそ待たまふ。狩野工藤三親俊切手にゐらはれ、太刀をひそはめて、左のかたより御うしろに立まはり、既にきり奉らんとしけるか、目もくれ心も消はてて、いつくに太刀を打つくへしともおほえす。前後不覚になりしかは、「つかまつとも覚候はす。他人に仰付られ候へ」とて、太刀を捨てのきにけり。「さらはあれきれ、これきれ」とて、切手をえらふ処に、墨染の衣袴きて月毛なる馬にのたる僧一人、鞭をあけてそ馳たりける。B「あないとをし、あの松原の中に、世にうつくしき若君を、北条殿のきらせたまふそや」とて、物共ひし〳〵とはしりあつまりけれは、此僧、「あな心う」とて、手をあかいてまねきけるか、猶おほつかなさに、きたる笠をぬき、指あけてそまねきける。北条、「子細有」とて待

処に、此僧馳ついて、いそき馬より飛おり、しはらくいきを休て、

Aに該当する表現は延慶本や屋代本などに見出せない。Bは同文ではないが、左の屋代本（斯道本・八坂系一類本・八坂系二類本も同じ）には類似の内容がある。

墨染衣着タル僧ノ文袋頸ニ懸タルカ、葦毛ナル馬ニ乗テ馳上ル。是ハ高尾ノ聖ノ弟子也ケリ。「北条殿、都ヨリ下ラセ給カ、アノ松原ニテ只今、召人ノ頸ヲ切ラセ給」ト人申間、穴浅猿ト思テ鞭ヲ挙テ馳ケルカ、余ノ無二心元一サニ、着タル笠ヲ抜テ指挙テソ招ヒタル。北条是ヲ見テ、「子細アリ。暫クマテ」トテ被待ケリ。松原近ク成ケレハ、此ノ僧馬ヨリ飛テ下リ「若君免サセ給テ候。

左の延慶本巻十二―十九では、文覚と弟子僧の焦燥や人々が六代の去就を話題にする状況が描かれる。

墨染ノ衣袴キタル僧ノ、葦毛ナル馬ニ乗テ、文袋頸ニカケタルカ、鞭ヲ揚テ馳上ヲ、「何カナル者ナルラム」ト見程ニ、高雄ノ聖ノ弟子ナリケリ。忩キ馳ヨリテ馬ヨリ飛下テ、「若君ユリサセ給タリ。アシコニ逢タリツル者共物語ニスルヲ聞ハ、『千本ノ松原ニコソ、武士ノ二三百騎カ程下居テ、ヨニウツクシカリツル若君ヲ引スヘテ、首切ムスル気色ニテ有ツルヤ、イカナル人ノ御子ナルラム。糸惜ヤ。今ハ切モヤシツラム』ト云ツル時ニ、『哀、此御事コサムナレ』ト思テ、『武士ヲハ誰トカ聞ツル』ト問ヘハ、『北条殿トカヤ申ツル』ト答ツル時ニ、『若アヤマチモヤセサセ給トテ、『今一足モ先ツ馳ヨ』ト聖ノ被仰ツル時ニ、先ニハセテ候」ト云ケル程ニ、聖モハセ付ニケリ。

従ってBについては〈高野〉の先行本文を延慶本や屋代本に見る可能性が高まろう。因みに、笠氏は、巻十一「重衡被斬」に、

（木工右馬允知時は）八条女院に候けるか、最後をみたてまつらんとて、鞭をうてそ馳たりける。すてに只今きりたてまつらんとする処に、はせつゐて

と〈龍谷〉と同表現のあることを指摘し、「竜谷大学蔵本系列諸本の詞章は誤脱を「重衡被斬」の詞章で補正したと考えられなくはない」と述べている。[12] Bの誤脱の可能性も疑われるが、[13] 人々の話・僧の焦燥・北条の対応が、僧が馬を走らせる場面の中に入り込み、時間展開が錯綜しているために省略したとも考えられる。その際、巻十一にある同様の場面を思い起こして、利用したことは十分に考えられる。しかし、北条が少しでも待とうとした表現のある屋代本や〈高野〉と、すんでのところで六代を斬ろうとしている〈龍谷〉とでは、状況がかなり異なってくる。

このように、〈高野〉のBが〈龍谷〉よりも先行した本文であった可能性を考えると、そのすぐ傍らにあるAはどう考えればよいのか。共通する表現が他に見当たらないからと言って、〈龍谷〉から〈高野〉に至る段階でAのみを「増補」したとは言いかねよう。Bと同様に、六代のいとけなさと武士の涙を〈高野〉が加え、〈龍谷〉がそれを省略したと考えることは許されるのではなかろうか。

三　「増補」記事の検討（2）

他に、小さな部分でも無視できない異同が散見される。やはり先学が指摘している中から数箇所例示する。[14]

Ⅶ　巻三「法皇被流」

〈龍谷〉御悩とて常はよるのおと、にのみそいらせ給ける。法皇鳥羽殿に押籠られさせ給て後は、

〈高野〉御悩とて常はよるのおと、にのみそいらせ給ける。きさいの宮をはしめまいらせて御前の女房たちいかなるへし共覚え給はす。法皇鳥羽殿へ押籠られさせ給て後は、

〈屋代本〉御悩トテ供御ヲモ不聞食、夜ノヲト、ニソ入セ給フ。中宮ヲ始進セテ、女房達、如何ナルヘシトモ覚サセ

給ハス。其比主上臨時ノ御神事トテ、

（延慶本）日ヲ経ツヽ思食沈ミテ、供御モハカ〳〵シクマヒラス、御寝モ打解テナラス、常ハ御心地ナヤマシトテ、夜ノオトヽニノミ入セオハシマセハ、后宮ヲ始奉リ、近候女房達モ、イカナルヘキ御事ヤラムト、心苦ソ思奉リケル。内裏ニハ、法皇ノ鳥羽殿ニヲシコメラレサセ給シ日ヨリ、

高倉天皇の苦悩を描く場面に、女性達の描写はなくてもかまわないと思われるが、その分、わざわざ増補するまでもない。屋代本や延慶本にあることを考えると、本来存在した女性達の記事を〈龍谷〉では省略していったと考える方が合理的である。

Ⅷ　巻八「緒環」

〈龍谷〉社頭は月卿雲客の居所になる。庭上には四国鎮西の兵とも

〈高野〉社頭は月卿雲客の居所になる。くわひ廊には五位六位の官人、庭上には四国鎮西の兵とも

（屋代本）社頭ハ皇居トナル。廻廊ハ月卿雲客ノ居所トナル。庭上ニハ五位六位之官人、四国鎮西ノ兵共

（延慶本）拝殿ハ主上女院ノ皇居也。廻廊ハ月卿雲客ノ居所トナル。大鳥居ハ五位六位ノ官人等固タリ。庭上ニハ四国九国ノ兵ノ、

屋代本・延慶本では五位六位の官人の畏まる場所は異なっているものの、その存在が記されている。これらの人々の去就が記されることによって、宇佐参詣が更に荘重なものになるが、逆に現実味が乏しくなる。なくとも差し障りはない。これも〈高野〉がわざわざ増補したと考えるよりは、〈龍谷〉が省略していったと考える方が合理的である。

Ⅸ　巻九「生ずきの沙汰」

〈龍谷〉其時梶原、「やすからぬ物也。都へのほて、木曾殿の御内に四天王ときこゆる今井、樋口、楯、禰井にくんで

死ぬるか、

〈高野〉其時梶原、「やすからぬ物也。おなしやうにめしつかはる、かけすゑをさゝ木におほしめしかへられけるこそ遺恨なれ。みやこへのほて（以下同文）

〈斯道本〉其時梶原、「口惜クモ鎌倉殿ハ同ヤウニ召仕ハレシ侍ヲ佐々木ニ景季ヲ思召シ替ラレケル者哉。日来ハ都へ上テ

〈長門本〉その時、かけ季おもひけるは、「おなしさふらひにて、景季かさきに申たるには給はらて、佐々木にたふたりけるこそ遺恨なれ、日本国の大将軍も、時によりては偏頗し給ひける物を

延慶本は独自本文なので載せなかったが、長門本巻十六（盛衰記巻三十四も類似の内容）は頼朝を「遺恨」と思う点では〈高野〉と共通する。また、屋代本は巻九が欠巻なので斯道本を載せたが、やはり〈高野〉と共通する。求めても許されなかったいけずきを佐々木が拝領したことを知り、頼朝に対する梶原の信頼が一挙に崩れた様は〈龍谷〉でも読み取れるが、〈高野〉はその憤りが直截に伝わる。

X　巻十一「逆櫓」

〈龍谷〉判官おほきにいかての給ひけるは、「むかひ風にわたらんといはゝこそひか事ならめ。順風なるかすこしすきたれはとて、是程の御大事に、いかてわたらしとは申そ。

〈高野〉判官おほきにいかての給ひけるは、「野山のすへにてしに、海河のそこにおぼれてうするも、皆これせんぜのしゆくごう也。海上にいてうかふだる時、風こわきとていかゞする。むかひ風にわたらんと（以下同文）

〈屋代本〉判官怒テ、「奉レ勅宣ヲ、鎌倉殿ノ御代官トシテ、平家追討ニ罷向義経カ下知ヲ背クヲノレラコソ朝敵ヨ。野山ノ末、海河ニテ死ルモ皆前業之所感也。其儀ナラハ、シヤツ原一々ニ射殺セ」トソ宣ケル。

〈延慶本〉判官、「向タル風ニ出セト云ハ、コソ、義経カ僻事ニテモアラメ。是程ノ負手ノ風ニ出サルヘキ様ヤアル。（中略）
火ニ入モ業、水ニ溺モ業ト云事ノアルソ。

屋代本と〈高野〉は表現がかなり重なる。また、延慶本とは「業」という言葉で怒りを表現する点で共通する。これらのない〈龍谷〉は義経の怒りが些か弱い。

[XI]　巻十二「六代被斬」

〈龍谷〉（文覚を）都のかたほとりにはをき給はて、隠岐国まてなかさる、。及丁冠者こそやすからね。つゐには文覚かなかさる、国へむかへ申さんする物を」と申けるこそおそろしけれ。されは承久に、

〈高野〉（前略。〈龍谷〉と同文）と申けるこそおそろしけれ。このきみはあまりに及丁の玉をあひせさせ給へは文覚かやうに悪口申ける也。されは承久に、

〈屋代本〉上皇アマリニ毬打ヲ好マセ御坐ケレハ（中略）「於二毬打冠者一ニハ我カ流サル、処ヘ遂ニハ迎申ンスル物ヲト云テソ流サレケル

〈延慶本〉当今ハ御及杖ヲ好マセ給ヒケレハ、文学、「及杖冠者」トソ申ケル。（中略）此度ハ隠岐国ヘソ遣シケル

文覚が流罪になった時に後鳥羽院を罵る場面だが、〈高野〉・屋代本・延慶本のように文覚が後鳥羽院を毬打冠者と罵った理由がないと、「及丁冠者」と罵る文覚の発言の意図は不明である。

如上、〈龍谷〉にはなくて〈高野〉にある表現の位相はそれぞれである。[VII]・[VIII]は、わざわざ他諸本を見て「増補」しなくてはならないほどでもないが、その場の詳細が加わっている。[IX]・[X]では、憤りの直截性と臨場感が〈龍谷〉では減じている。[XI]は、〈高野〉の方が納得できる文脈である。しかも、〈高野〉にのみある表現は屋代本や延慶本に何らかの類似性あるいは共通性を持つ。前節と同様の傾向が小規模な異同部分にも見られるのである。〈龍谷〉か

ら〈高野〉への増補というよりも、〈高野〉から〈龍谷〉への省略と考える方が合理的ではないか。尤も、これは、従来の〈龍谷〉から〈高野〉への「増補」とは逆方向の考え方も成り立つことが理解されたにすぎず、従来の「増補」説を否定するには至らないと思われるかもしれない。しかし、Ⅲ・Ⅺからは明らかに〈龍谷〉の背後に〈高野〉的本文が存在していたことが推測される。それならば、わざわざ改めて、〈龍谷〉をもとに増補を加えて〈高野〉ができたと考える必要もない。屋代本や、延慶本などの読み本系にある文言を残存させる率の高い方が覚一本の古い形であると考える方が納得できる。

四　「増補」記事の検討（3）

以上より、高橋氏以下の先学が〈高良〉〈寂光〉〈高野〉の「増補」と考えてきた部分は、逆に〈龍谷〉の脱落もしくは省略であったと考え直すことができる。すると、Ⅱはどうだろう。先述したように、この破線部分は屋代本や延慶本をはじめ、長門本・源平盛衰記・斯道本・鎌倉本・八坂系一類本などにもない。これを載せる本は、覚一本の中では〈高良〉〈寂光〉〈高野〉であり、その他に〈龍門〉も載せるが、それ以外では八坂系二類本A種が雅頼の青侍の夢の前に、B種が〈高良〉〈寂光〉〈高野〉と同じ位置に載せる程度である。こうした諸本の状況から見ても、平家物語の古い形態に存したとは言えない。

一方で、〈高野〉に記される小長刀は巻三「大塔建立」で、厳島神社修造を終えた平清盛が、夢で厳島大明神から賜ったと記されている。溯って、巻二「教訓状」でも、「先年安芸守たりし時、神拝の次に、霊夢を蒙て、厳島の大明神よりうつゝに給はられたりし銀のひるまきしたる小長刀、常の枕をはなたず立られたりし」と記され、この刀の存在と重要性は繰り返されている。しかし、平家の繁栄を保証し、守護した武器は、平家の滅亡が確約された時にはその存在意義を失う。それに気づけば、この小長刀の消失を記す平家物語が登場しても不思議ではない。巻二「教訓状」の行文をほぼそのまま繰り返して、繁栄の象徴の消失を記したと考えられる。ただ、節刀と小長刀では名称が異なる。(15) ここで連続して掲げると、整合性に欠けるのは事実である。そうした矛盾に気づいた〈龍谷〉が再び削除したと考えられるのではなかろうか。

覚一本が独自に増補した箇所は他にもある。例えば、巻四「厳島御幸」における『厳島御幸記』の引用、「還御」における藤原隆季と高倉上皇との歌の贈答、などが容易に思い浮かぶ。また、〈高野〉にしかない増補という点でも、先程見たⅣA・ⅥAがある。従って、Ⅱをそれほど特別視する必要もないと思われる。

なお、こうした独自の増補という可能性を考えれば、短い部分ではあるが、次の例も、独自の増補（〈高野〉）、そして削除（〈龍谷〉）の可能性を考えてよいのではないか。

Ⅻ　巻八「緒環」

〈龍谷〉さりともとおもふ心もむしのねもよはりはてぬる秋の暮かな

とい ふ る歌をそ心ほそけに口すさみ給ける。さる程に九月も十日あまりになりにけり。

〈高野〉さりともとおもふ心もむしの音もよはりはてぬる秋のくれかな

とい ふ る歌をそ心ほそけに口すさみ給ける。さてたさゐ府へ還幸なる。さる程に九月も十日あまりになりにけり。

九州に落ちた平家は筑紫に内裏を作ることになったが、一旦宇佐行幸をする。その時に、宇佐八幡から助力の拒絶を夢想の歌で示された。それに対する宗盛の返歌が「さりともと」である。この後九月十三夜の月を見ての公達の歌の贈答になるのだが、「さてたさゐ府へ還幸なる」の一文がないと、十三夜の詠歌がどこでなされたのか、判然としない。この部分は諸本によって記事の配列が異なるために、同じ表現を見出すことができない。渥美氏は、[16]覚一本〈龍谷〉が屋代本のような形態から配列を変えたものの、十三夜の詠歌の場所が曖昧なままに残ったと指摘した。それを受けて、山下氏は更に〈高野〉が誤りを訂してこの一文を入れたと考えた。[17]しかし、本来、覚一本が太宰府に戻ってからの詠歌としていた〈高野〉のを宇佐での詠歌であるかのように解釈して、「太宰府還幸」の一文を削ってしまった〈龍谷〉と考えられよう。

五　「祇王」「小宰相」

如上の検討より、従来の「祇王」「小宰相」の有無を基準とした第一類（〈龍谷〉〈高良〉〈寂光〉。山下分類では〈龍谷〉〈高良〉〈寂光〉〈高野〉）、第二類（〈高野〉〈西教〉〈龍門〉。山下分類では〈西教〉〈龍門〉）の分類ではなく、また、記事の少ない〈龍谷〉〈西教〉〈龍門〉から増補された〈高良〉〈寂光〉〈高野〉へでもなく、〈高良〉〈寂光〉〈高野〉を第一群、〈龍谷〉〈西教〉〈龍門〉を第二群とし、記事の多いものから少ないものへ、と分類することとなる。「祇王」「小宰相」の有無とⅠ～Ⅻ破線部の有無とは軌を一にしないが、〈高良〉〈寂光〉〈高野〉のⅠ・Ⅲ～Ⅻの破線部はほぼ屋代本や延慶本も共有し、しかも多くの巻に亙っている。本文の古態を考える場合には、このような記事のあり方がまず優先されよう。従来、「祇王」「小宰相」をもたない諸本（〈龍谷〉〈高良〉〈寂光〉）の中でも、〈龍谷〉が古い形態を残すと考えられてきたが、Ⅰ～Ⅻの記事を軸として見ると、寧ろ、〈高良〉〈寂光〉〈高野〉の本文の方が古いと考えられる。〈高良〉・〈寂光〉・「祇王」「小宰相」を除いた〈高野〉の本文の差異については、第二章で検討を加える。

すると、「祇王」「小宰相」の有無をどう考えたらよいのだろうか。「小宰相」については〈高野〉に「以他本書入」と書かれており、覚一本では本来存在していなかったと考えられている。「祇王」も、第一節で紹介したように、延慶本や屋代本の配列に比して〈高野〉〈西教〉は少しずれており、覚一本は一旦外して作り上げたものの、再び挿入したと考えられている[18]（その点は従来の「増補」の考え方に沿うことになる）[19]。しかも、〈高野〉と〈西教〉の「祇王」本文の異同の相違は他の部分の本文異同とは異なる。「祇王」「小宰相」の有無は個々の伝本の問題として考えるべきであろう。

六　「増補」記事の検討（4）

次には〈西教〉〈龍門〉の「増補」とされる部分についての検討をしなくてはならないが、先学が掲げる例で適切な用例は多くない。渥美氏はその論の中で、〈西教〉〈龍門〉が相互に接近していること、これらは〈高野〉の本文とは異なって「増補・改筆・削除」が非常に多いことを指摘し、巻一「殿上闇討」「鱸」から数例を掲げる（〈龍門〉は巻一が他種のとりあわせであり、対象外）。それらは、例えば「伊勢平氏とそ申しける（〈西教〉はやされたる）」、「大に驚おほして（〈西教〉かせ給て）」などの細かな表現の相違であり、「この西教寺本の増補の中、多くは葉子本・下村刊本・流布本・正節本へと受け継がれて行ったのである」と、後期一方系諸本との近似性を指摘し、これらへの過渡的性格を示すものとする。また、他の巻においても、〈高野〉にはなく、〈西教〉〈龍門〉に共通する表現の増補・削除などの例を掲げる[20]。その中には、確かに、葉子本（京師本）[21]以下の本と共通する表現が存在する。山下氏も〈龍門〉は未見のために、〈西教〉について調査をし、時に「下村本を思わせる異同」があることを指摘する[22]。このように、後期一方系諸本の本文を思わせる表現が混入することから、〈西教〉〈龍門〉の過渡的性格が指摘されているのだが、別の見方も可能なのではなかろうか。次の巻三「頼豪」「少将都帰」から考えてみたい。これは山下氏他の紹介する例でもある。

〈龍谷〉〈高良〉〈寂光〉〈高野〉

同十二月八日皇子東宮にたゝせ給ふ。傅には小松内大臣、大夫には池の中納言頼盛卿とそ聞えし。明れは治承三年正月下旬に丹波少将成経肥前国鹿瀬庄をたて

〈西教〉〈龍門〉

同十二月八日皇子東宮にたゝせ給ふ。傅には小松内大臣、大夫には池中納言頼盛卿とそ聞えし。去程に今年もくれて治承も三年になりにけり。治承三年正月下旬に丹波少将成経肥前国鹿瀬庄をたて　（右傍書は〈龍門〉）

〈下村本〉

同十二月八日皇子東宮にたゝせ給ふ。傅には小松内大臣、大夫には池の中納言頼盛卿とそきこえし。さる程に今年も暮て、治承も三年に成にけり。（少将都還）同正月下旬に丹波少将成経平判官康頼入道二人の人々は肥前国鹿瀬庄を立て

〈屋代本〉

十二月廿八日王子春宮ニ立セ給フ。傅ニハ小松内大臣重盛公トソ聞給ケル。同三年正月下旬ニ丹波少将成経肥前国杵庄ヲ出テ

「明れは」と記すのみの〈龍谷〉〈高良〉〈寂光〉〈高野〉は屋代本に近い。屋代本に古態が残ると考えれば、〈西教〉〈龍門〉よりも〈龍谷〉〈高良〉〈寂光〉〈高野〉の方が先行する。〈西教〉〈龍門〉が「明れは」を傍線に改変したこと

になる。〈龍門〉は〈西教〉の本文を整えたと思われるが、〈西教〉は「治承三年」が重複している。この点について山下氏は、〈西教〉〈龍門〉を、やがて下村本などの本文に「整理される過渡的形態」と考えた。しかし、逆に〈西教〉〈龍門〉が他本（下村本など）を参考にして改変したと考えられないだろうか。既に独自に文意を整えていた他本を参照したために、「治承三年」が重複し、しかもそれを削り損ね、〈龍門〉はそれに手を入れたと考えるのである。この点については第二章で改めて取り上げる。なお、山下氏は下村本に拠って問題を整理しているが、右は京師本とも同文である。京師本の成立は下村本を溯ると考えられるので、(23) 以下は京師本に拠って考える。

さて、全体的に見れば、〈西教〉〈龍門〉の本文は〈龍谷〉〈高良〉〈寂光〉〈高野〉と殆ど同文である。それに比べれば、京師本などの後期一方系本文は、全体的にかなり覚一本と異なる。にもかかわらず、微細な部分において、時々〈西教〉〈龍門〉に京師本などと共通する表現が紛れ込んでいる。

ところで、Ⅰ～Ⅻのすべてにおいて、〈西教〉〈龍門〉は簡略形であり（ただし、〈龍門〉はⅡを新たに増補している）、〈龍谷〉と同じく削除・脱落の行われた後の本文である。一方、〈龍谷〉〈西教〉〈龍門〉になく、〈高良〉〈寂光〉〈高野〉に共有されていた本文は、実は後期一方系諸本にすべて存在している。もし渥美氏のいうように、〈西教〉〈龍門〉が後期一方系への過渡的本文であるならば、氏の言う〈高良〉〈寂光〉〈高野〉の「増補」が後期一方系諸本にあることと、どのように整合性をつければよいのか。氏は、葉子本の本文は〈龍谷〉〈西教〉〈龍門〉系統に立って〈高良〉〈寂光〉〈高野〉系統を「随意摂取したと言うことになりそうである」とし、それが下村本などに継承されていったとした。(24)〈高良〉〈寂光〉〈高野〉の「増補」も〈西教〉〈龍門〉の「増補」もどちらも後期一方系諸本に見える表現であるために、このような説明をせざるを得なかったのだろうが、これらは異なる性質のものである。〈西教〉〈龍門〉に関しては、後期一方系本文への過渡的本文というよりも、寧ろ、〈西教〉〈龍門〉が後期一方系本文を用いて、時々訂正を行ったと考えられよう。

これらを「増補」、「過渡的」な詞章と考えた理由は、とりもなおさず、後期一方系諸本の中で、江戸時代初期開板の下村本、また元和九年刊行の流布本から推測される本文成立時期の新しさを見据えた故のものであったろう。覚一本の奥書はそれよりも断然古い。〈龍門〉は文安三年（一四四六）奥書も有する。

覚一本から次第に増補・改変されて流布本に至るという方向性は、京師本などの後期一方系諸本のすべてが覚一本以後の新しい本文であるという前提に立って初めて可能になる結論でもある。しかしながら、本章で扱ってきた部分について見れば、京師本以下の本文は、しばしば覚一本の諸伝本よりも古い形態を保持していることがあることが明らかになった。

勿論、京師本以下の諸本は、巻二の成親の来歴、巻五の厳島願文、巻十一の剣や鏡、また巻十二の平家残党の最期・源氏粛清などを省略していく。従って、最終的な編集の終わった段階では、新しい性格を示すと言えよう。しかし、保有している本文のすべてが覚一本系統の流動の果てに位置づけられるとは言えないと考えなくてはならない。京師本以下の諸本の本文は、必ずしも覚一本の下位におくわけにはいかないようだ。

おわりに

屋代本や延慶本、また他の諸本と共に検討してきた結果、覚一本の本文系統については、「祇王」「小宰相」の有無ではなく、本文全体から見て、記事量の（些か）多い本文から少ない本文へという方向で考えた方が合理的と推断されるに至った。覚一本の伝本の本文流動の中に、省略・削除（脱落も含む）されていく動きがあったと言えよう。

かつて渥美氏は、覚一本本文は「語り」として理解され易いように、龍谷大学本から高野本へと、次第に詞章を動かしていったと考えた。その最終的な着地点として流布本などが位置づけられたのだが[25]、覚一本諸伝本本文の先後関係を逆転させることになると、その指摘はそのまま逆方向にあてはめることになる。つまり、覚一本は、本文の流動の中で、次第に「語り」の現場から離れて、龍谷大学本的本文形態に改変されていったのではないかと。或いは饒舌な表現、或いは事実との齟齬のある表現などを刈り込み、物語としてより先鋭化していく方向性を重視していったとでも捉えられようか。しかし一方で、西教寺本・龍門文庫本のように、類似の系統の他本を参照しての表現の改変がある。「祇王」「小宰相」を復活させる動きもある。より多角的な考察が必要であろう。

また、覚一本の諸伝本の系統の分類を考えることは、実は、後期一方系諸本も含めた本文形成と流動、また語りの問題について再考を促すことにもなる。これらについては、別の角度から更に考えていきたい。

注

（1）山田孝雄『平家物語考』（明治44年。勉誠社　昭和43年再刊）、高橋貞一『平家物語諸本の研究』（冨山房　昭和18年）、渥美かをる『平家物語　上』（日本古典文学大系　岩波書店　昭和34年）解説、山下宏明『平家物語研究序説』（明治書院　昭和47年）、同『平家物語の生成』（明治書院　昭和59年）、村上學編『平家物語と語り』所収「国文学研究資料館蔵『平家物語』関係マイクロ資料解題」（三弥井書店　平成4年）、松尾葦江監修「国文学研究資料館蔵『保元物語』・『平治物語』及び『平家物語』（写本）マイクロ資料解題」（「調査研究報告」25号　平成16年11月）

（2）前掲注（1）『平家物語　上』解説（五八頁～六一頁）

（3）高橋氏が早くにそのことを批判している（「平家物語覚一本の再検討」〈「国語国文」23巻10号　昭和29年10月〉）。

（4）前掲注（1）『平家物語諸本の研究』

（5）笠栄治「平家物語覚一本とその伝承」（「語文研究」13号　昭和36年10月。『平家物語　日本文学研究資料叢書』〈有精堂　昭和44年〉に再収）

（6）前掲注（1）『平家物語研究序説』。なお、本論では、行論の便宜上、三・四類本については触れない。

（7）第二部第一章で、延慶本・長門本・源平盛衰記を一段階溯る祖本の存在を「読み本系祖本」と仮称した。

（8）志立正知『『平家物語』語り本の方法と位相』（汲古書院　平成16年）第五章（初出は平成12年4月）

（9）「これをはしめて」は「還亡」の冒頭であるが、章段の区切りは後の書き入れによるものであるため、ここでは論点としない。

（10）前掲注（8）に同じ。

（11）「後代」、高野本は「後」の左に「ヒ」右に「五」。高良本は「後」の右に「五歟」。「五十日」に高良本は「十日」として左に「イニ五十日トアリ」。

（12）前掲注（5）に同じ。

（13）「馳」の目移りによるものか。なお、Ⅰは「し」の目移りか。ただし、一行分に相当。Ⅳはほぼ一面分に相当。Ⅴは「まゐらせ候也」の目移りによる脱落とも考えられるが、四行分に相当し、これらは存疑。

（14）なお、本論では煩雑を避けるために、延慶本のみを引用したが、他の読み本でもほぼ同様の結論を得ることができる。Ⅶ・Ⅷは長門本巻七・巻十五とほぼ同文、Ⅹでは盛衰記巻四十二が延慶本に類似（ただし、波線部分はない）。長門本巻十八は〈高野〉に類似している。Ⅺは長門本・盛衰記に該当記事なし。

（15）今井正之助「「大塔建立」と「頼豪」――延慶本平家物語の古態性の検証――」（「長崎大学教育学部人文科学研究報告」29号　昭和55年3月）に拠れば、両者は同じものと見てよいとのことである。また、延慶本などでは小長刀ではなく手鉾と記されており、節刀との距離はますます大きく思われるが、近藤好和氏によればこれも同じものと見てよいとの見解がある（『中世的武具の成立と武士』〈吉川弘文館　平成12年〉第四章。初出は平成元年）。

（16）渥美かをる『平家物語の基礎的研究』（三省堂　昭和37年）中篇第四章

（17）前掲注（1）『平家物語研究序説』
（18）なお、〈龍門〉の巻一は高橋氏によれば、八坂流甲類、あるいは八坂系三類本（「八坂系平家物語伝本一覧」〈『平家物語八坂系諸本の研究』三弥井書店　平成9年〉参照）を取り合わせたもので除外される。
（19）最近では志立氏がこの問題を論じている（前掲注（8）第四章　初出は平成14年5月）。
（20）前掲注（1）『平家物語　上』解説、及び「平家物語覚一諸本の研究（その一）」（「説林」3号　昭和34年2月）。
（21）京師本は葉子本と下村本的本文との取り合わせと考えられてきたが、実は葉子本の方が京師本と覚一本との取り合わせと考えられる（第四章参照）。
（22）前掲注（1）『平家物語研究序説』
（23）佐伯真一氏は、京師本の成立を十五世紀半ばまで引き上げている（『平家物語（下）』解説〈三弥井書店　平成12年〉、「京師本『平家物語』と語り」〈「伝承文学研究」56号　平成19年5月〉）。
（24）渥美かをる『平家物語　下』（日本古典文学大系　岩波書店　昭和35年）解説、前掲注（16）中篇第一章
（25）前掲注（20）（24）

第二章　伝本の様相からうかがう本文改訂

はじめに

「覚一本」は応安四年（一三七一）に最晩年の覚一検校が制定したという奥書を持つことから命名された伝本群である。奥書がなくとも、同系統と認められるものも含まれる。現在、新旧の日本古典文学大系（岩波書店）、新旧編の日本古典文学全集（小学館）の底本として採用され、平家物語諸本の中では最も文芸性の高い、完成度の高い本と評価されている。但し、江戸時代を溯る写本で現存するものは少ない(1)。年代の古い奥書としては、龍門文庫本に記される文安三年（一四四六）本奥書が知られるが、それ以外では十六世紀のものが数点報告されている程度である(2)。応安四年制定本との距離は考えなくてはならない問題だと思うが、覚一本の本文自体への関心・言及は最近は皆無に近い(3)。しかし研究は終わったわけではない。本章では覚一本の伝本に即して本文の様相を検討したい。なお、渥美かをる氏は覚一本伝本の中から主要な六本（龍谷大学本・西教寺本・龍門文庫本・高良大社本・寂光院本・高野本）を挙げた(4)。本章でも主要伝本に即して検討するが、西教寺本と龍門文庫本はいささか特殊な事情があるので、別に扱う。

一　高野本を窓として

(1)　章段の増補と改行

覚一本の伝本の中で、現在最も一般的に用いられているのが高野本（高野辰之氏旧蔵、東京大学文学部国語研究室蔵）である。慶長頃の書写で、[5]新日本古典文学大系・日本古典文学全集の底本に用いられ、影印本も刊行されている。[6]

覚一本の本文も必ずしも一様ではない。従来は龍谷大学本が古い形を残すと考えられ、[7]日本古典文学大系（以下、旧大系）の底本として活字化され、重用されてきた。しかし、第一章で、龍谷大学本とは少し系統を異にする高野本の系統の方が、寧ろ古い本文形態を保っているのではないかと考えた。なお、あくまでも「高野本系統」を指すのであり、高野本そのものを示すわけではない。高野本の系統には他に高良大社本・寂光院本がある。渥美氏は高良大社本を古態と考え、この系統の中心に置く。稿者も氏の見解は妥当と考えるが、現在一般的に通用しているのが高野本なので、本章では「高野本系統」と称し、まず伝本としての高野本の問題点の検討から始める。なお、諸伝本の関係を左に図示しておく。

（「祇王」「小宰相」がない）　　　　（「祇王」「小宰相」がある）
高良大社本―寂光院本―高野本
龍谷大学本―西教寺本―龍門文庫本

夙に指摘されているが、覚一本諸伝本のうち、龍谷大学本・高良大社本・寂光院本には「祇王」と「小宰相」の二章段がない。これは覚一本の本来の形態と考えられる。しかし、この二章段がないことに不満を抱く受容者が多かったためか、再び増補されていく。高野本がその一例である。しかも、高野本の増補が後のものであることは明らかである。

「小宰相」は巻九の最終章段である。高野本は、この章段を一行分の空白をおいて開始する。それまでとは明確に区別し、別立てとしているのである。また、別筆と思われるが、小字で「以他本書入」とも記されている。それに対して、「祇王」は巻一の中程にある。

平家物語は通常、一巻で一冊仕立てになっている。そして、古い形態においては、巻頭の目録がない。また、一巻はすべて、改行がなく続けられている。但し、和歌や文書などが記される際には改行されることもある。龍谷大学本や高良大社本は改行のない形式を保つ。寂光院本・高野本・西教寺本も改行がなく、その限りでは同様だが、本文に「○」や「〽」を挿入し、上欄に章段名を書き入れ、本文を分節している。しかし、高野本の巻一は例外である。高野本では巻頭に目録も付けられている。左に、上段に高野本の目録、中段に本文中に書かれた章段名を載せた。下段の下村本の章段名については、(3)で触れる。章段名に付けた○印は、その章段の前で改行されていることを示す。△は前章段が行末で終わり、当章段が行頭から始まっているものである。改行の意識の有無は判定できない。

(巻頭目録)	(本文中の章段名)	(下村本の本文中の章段名)
祇園精舎	祇園精舎	祇園精舎
殿上闇討	殿上闇討	殿上闇討
鱸	△鱸	鱸
禿髪	禿髪	禿髪

吾身栄花
祇王
二代の后
額打論
清水寺炎上　付東宮立

殿下のりあひ
ししの谷　俊寛僧都沙汰
鵜川いくさ
願立
御こしふり
内裏炎上

吾身栄花
○祇王
○二代后
○額打論
○清水寺炎上
東宮立
殿下乗合
鹿谷
俊寛沙汰　鵜川軍
○願立
△御輿振
○内裏炎上

我身栄花

二代后
額打論
清水炎上
春宮立
妓王
殿下乗合
鹿谷
鵜川合戦
願立
御輿振
内裏炎上

「祇王」から改行が行われていると言えよう。「祇王」を巻の途中に加えるためには連続している本文を分断しなくてはならない。そのことが、章段による分節という意識を生じさせたといえる。ただし、一貫したものではない。「祇王」と、それに続く三章段と、結尾の三章段だけにしか改行はない。巻二以降には、章段の区切りとして改行された箇所はない。

以上より、高野本も溯ればすべてが改行のない形態であったこと、一方、章段を分節する意識が生まれると、次第に改行が行われるようになることが理解できる。

(2)　傍書（補書）・擦り消し

高野本には所々、傍書（補書）が付されている。異本注記を付すこともあるが、「イ」が擦り消されている場合もある。明らかな脱文を犯したために傍書で補われる場合もあるが、殆どの傍書は他の覚一本伝本にはない表現が補われている。例を左にあげる。

1　巻二「小教訓」

（捕えられた新大納言成親は）「さり共小松殿は思食はなたし物を」との給へ①とも、誰して申へし共おほえ給はす。（略）（重盛に面会した成親は泣きつく。）「何事にて候やらん、かゝる目にあひ候。さてわたらせ給へは、さり共とこそたのみまいらせて候へ。平治にも既誅せらるへきて候しか②、御恩をもて頸をつかれまいらせ、正二位の大納言にあかて、歳既四十にあまり候。御恩こそ生々世々にも報しつくしかたう候へ。今度も同はかひなき命をたすけさせおはしませ。命たにいきて候はゝ、出家入道して高野・粉河に閉籠り、一向後世菩提のつとめをいとなみ候はん」と申されけれは、「さは候共③、御命④うしなひ奉るまではよも候はし。縦さは候共、重盛かうて候へは、御命にもかはり奉るへし」とて出られけり。

①「の給へ」に傍書「思はれけれイ」。それらを擦り消して、本行に「思はれけれ」。流布本・下村本など「思はれけれ」。
②「きて候しか」を「かりしを」と傍書訂正。流布本・下村本など「かりしを」。
③「さは候共」を見せ消ち。他の覚一本にはあり。流布本・下村本などにはなし。

④「御」の上に「大臣、誠にさこそはおほしめされ候らめ。さ候へはとて」と傍書。他の覚一本にはない。傍書は下村本と同じ。京師本「小松殿、誠にさこそ思食され候らめ。さ候へはとて」。流布本系「大臣サ候へハトテ」。

高野本の傍書（補書）について、山下宏明氏が「現存本には、下村本ないしはそれに近い本による異同の書き込みが行われたと見るべきであろう」(8)と指摘している。事情はもう少し複雑で、巻によって傾向が異なり、巻三までの傍書は殆ど下村本に拠っている。下村本（下村時房刊本）は江戸時代初期に出版された古活字本で、本文系統は覚一本と同類の一方系だが、若干異なる本文を持ち、流布本に至る過程にある本とも言われてきた。

高野本の傍書の殆どは①②③のように、下村本だけでなく流布本にも共通する表現なので、判別は難しいが、時に④のように下村本とのみ合致するものがある。よって、傍書は基本的には下村本に拠ったと考えられる。巻四～巻六では傍書箇所が少なく、依拠本文の特定に至っていない。巻七～巻十一の傍書のうち、異本注記は流布本に拠るかと推測される。

注目されるのは、数は少ないものの、①のように、本行の文字を擦り消して、巧みに書き直している場合があることである。本文そのものにも手が入っているのである。本文が書写された後にも他本を参照して改訂が加えられていく。また、傍書訂正された本文は、展開が整合的に、より滑らかになっている場合が多い。①では「思ふ」の方が場面の状況に沿う。③④では「さは候共」の同語反復がなくなり、重盛の反応も、より同情的に描かれる。

(3)　章段名と章段の区切り

(2)では巻一～巻三の傍書が下村本に拠っていることを指摘したが、本文中の章段の開始位置も、巻一～巻三は下村本に拠っているようである。下村本は本文を章段毎に区切り、行をあけ、章段名を組み込んだ本である。高野本は傍書と同時期に章段名を書き込んだと考えられる。例外は僅かである。巻一の「俊寛沙汰　鵜川軍」は、下村本の「鵜川合戦」の位置に置かれ、章段名に「俊寛沙汰」が加わっている。巻頭目録ではその前の「ししの谷」に「俊寛僧都沙汰」がある。高野本は下村本に従って上欄に「鵜川軍」と記している。その右側に、補足的に「俊寛沙汰」とする。「鵜川軍」と記された部分の一節には俊寛のことが紹介されており、「俊寛沙汰」をここに置くほうが、内容的には合う。

巻二では「山門滅亡　堂衆合戦」、「山門滅亡」と続く。下村本は高野本の「山門滅亡　堂衆合戦」の開始位置に「山門滅亡」とするのみである。但し、山門滅亡の内容は高野本の後者の「山門滅亡」の部分に描かれている。原因は不明だが、高野本は二箇所に「山門滅亡」と記したために、前者を区別しようとして、内容にふさわしい「堂衆合戦」を書き加えたのではないか。「堂衆合戦」の筆致は上の「山門滅亡」とは異なっている。

巻三では「僧都死去」の開始位置が異なっている。高野本では、俊寛が再会した有王に思いのたけを語り終えた後、自分の茅屋に連れて行き、有王があまりのひどさに胸潰れる思いを抱く場面で前章段を終え、「僧都死去」の章段を「僧都うつ、にありとおもひ定て」から開始する。下村本はそれより少し前で区切る。有王に再会した俊寛の語りを「磯の苔に露の命をかけてこそ、憂なから今日まてはなからへたれ。さらては憂世を渡るよすかをはいかにしつらんとか思覧」まで続け、そこで俊寛の言葉を中断し、新たに「僧都是にて何事をも謂はやとは思へ共」と「僧都死去」が始まる。下村本の「僧都死去」の冒頭部分を、覚一本は「爰にて何事もいは丶やとはおもへ共」とする。冒頭の「僧都」がなく、俊寛の語りが続いている。下村本の区切れの位置を見失ったか、或いは下村本の区切れの位置で俊寛の語りを中断することに疑義を抱いて、もう少し後ろから開始したのか、と想像される。これら以外は下村本の章段の開始位置と同じである。

なお、高野本の巻頭目録は本文と同筆と思われるが、(1)で述べたように、覚一本は本来、巻頭目録は持たない。高野本の目録は書写の過程で加わったものと思われる。しかも、後人の手が加わることもある（巻九など）。巻頭目録と本文中の章段名との表記や表現などの食い違いは、記載時期の違いと幾重にもわたる作業の結果を示すものである。

(4)　章段の区切りと傍書

巻二の「座主流」から「一行阿闍梨之沙汰」にかけては、配流地に赴く前座主明雲を奪還しようとして大衆が動き、次のように展開する。

2　満山の大衆みな東坂本へおり下る。＊抑我等粟津に行むかて、貫首をうはひとゝめ奉るへし。

高野本は＊で章段を改めて「一行阿闍梨之沙汰」とする。章段を区切らなければ、「我等」が大衆の自称であることは自明だが、章段を改めると、「我等」が誰をさすのか、不明瞭となる。大衆のいる場所も気になる。高野本は下村本を利用して章段を区切ったために章段の開始部分の説明が必要となり、＊にやはり下村本を用いて、「十禅師権現の御前にて、大衆又僉議す」の傍書を加える。この作業は、覚一本が本来ここで章段を区切ることは意図されていなかったことを示す。

現代人が本文を読む場合には読みやすくする工夫が求められる。旧大系の底本となった龍谷大学本は本文が分節されていない。そのために、旧大系では便宜的に、高野本の章段名と区切り及び巻頭目録が用いられた。繰り返すが、高野本の章段名と区切りは巻三までは下村本を利用したものである。巻四以降にも依拠した本が存在したと予想される。巻頭目録も本来のものではない。高野本の章段名と章段の区切りは覚一本のためのものではなかった。他のものを衍用し、時に補正を加えたものである。

(5)　振り仮名

覚一本には基本的には振り仮名はあまりなく、後人が次第に振り仮名を増やしていく。従って、様々な時代の読みが混在していると考えられる。高野本・高良大社本にはかなり頻繁に付されている。高野本の振り仮名の密度は巻によって異なる。勿論親本に付けられていたと思われる振り仮名もある。が、かなりの部分は流布本によってなされているようである。しかも、振り仮名の訂正も行われている。次には初めにつけられた振り仮名を擦り消して、流布本によって書き直している例を挙げる。

3　巻一「吾身栄花」

一人は六条の摂政殿《セツシヤウドノ》の北政所《ノマントコロ》にならせ給ふ。高倉院御在位の時、御①母代《ハ、シロ》とて准三后《ジユンサンゴウ》の宣旨《センジ》をかうふり、白河殿《シラカハトノ》とておもき人にてましましけり。一人は普賢寺《フゲンジ》殿の北の政所にならせ給。一人は冷泉《レイゼイ》大納言②隆房《リウハウノ》卿《キヤウ》の北方、一人は七条修理《シユリノ》大夫信隆《ノブタカノ》卿に相具《アイグ》し給へり。

①「ハ、シロ」の下に擦り消しあり。「ボタイ」か。「母代」の左の「ハ、シロ」を擦り消し。〈高良〉「ぼてい」。

②「タカフサ」を擦り消して「リウハウ」と改める。流布本「リウハウ」。〈高良〉「たかふさ」。

(6)　ま と め

以上のように、高野本は古い系統の本文に「祇王」「小宰相」を加えたものであり、更にその後に下村本や流布本系統の本によって章段名と傍書を加え、振り仮名を入れ、時には本文にも手を入れている。それでは、同系統の他伝本はどうか。

二　高良大社本・寂光院本を窓として

(1)　高良大社本

高良大社本は山城曼珠院蔵本を欣浄院寂春の要請により、青蓮院門跡から寛政九年（一七九七）に下賜されたものである。[9]江戸時代初期の写とされる。[10]先に紹介したように、「祇王」「小宰相」、巻頭目録、本文中の章段名がなく、古い形態を残す。本文の右側には時折異本注記がある。本文と同筆であり、既に親本に書かれていた異本注記を、書写時点でそのまま写したと思われる。この異本注記は基本的に流布本系に拠っている。振り仮名は殆どすべての漢字に付けられ、異本注記を避けて記されている。平仮名が多いが片仮名もある。片仮名の振り仮名も流布本に従ってつけられているようで、平仮名の振り仮名よりも先行している。本文の左側にも傍書・異本注記があり、これも流布本系に拠っていると思われるが、右側の振り仮名の後と思われるものもある。

幾度も流布本系が参照されていることが類推される。但し、流布本にない巻十一「剣」にも異本注記があるので、この依拠本文についてはもう少し慎重に調査をする必要がある。

(2)　寂光院本

寂光院本は寛政十二年（一八〇〇）に母の三周忌のために奉納された本で、江戸時代中期以前の書写と言われる。[11]寂光院本には本文中に章段名が記されている。しかしそれは流布本系（元和版が相当する）によって付されたものである。

本文については、渥美氏が「高野本或は西教寺本などと近接する場合があり、文字を改めた場合もあって、他の二本（龍谷大学本・高良大社本）よりやや後期的性格を持っている」(12)とする。氏が寂光院本を比較的新しいと認めた根拠も具体的に紹介されている。(13)主に漢字の違いの指摘であり、書写の新しさを示すものではあるが、本文の質には及ばない。しかし氏はそれが詞章の新しさにも通じるものとして、「寂光院本だけに現われた異同」や「高野本等に接近する場合」などを挙げる。氏の挙げた例の中には注目される用例もある。それらを見ていくと、氏の主張とは別の側面が浮かんでくる。まず、寂光院本だけに現れた異同を見ていく。

4　巻三「足摺」
〈龍谷〉〈高良〉〈高野〉「海岳山」→〈寂光〉「海岸山」（「岳」を擦り消して「岸」に直す）
＊京師本・下村本・流布本「海厳山」

5　巻四「信連」
〈龍谷〉〈高良〉〈高野〉「長兵衛其日の装束には」→〈寂光〉「夜」（「日」を擦り消して「夜」）
＊京師本・下村本・流布本「夜」

6　巻七「木曾山門牒状」
〈龍谷〉〈高良〉〈高野〉「博陸を海城の絶域に流し奉る」→〈寂光〉「海西」（「城」を擦り消して「西」）
＊京師本「城」、京師別本・下村本・流布本「西」

7　巻七「返牒」
〈龍谷〉〈高良〉〈高野〉「爰貴下適累代武備の家に生て」→〈寂光〉「下《家》」（「下」を朱で見せ消ちして「家」を傍書）

＊流布本・京師本「家」

これらは流布本などを用いた訂正と考えられる。訂正以前の形は本来の古い形態の本文であったことが推測される。章段名を加えた時に訂正を施したものであろうか。その一方で、必ずしも流布本とは一致しない擦り消しと訂正の例もわずかだがある。(14) これらは文脈から判断して独自に訂正したものであろうか。

次に、本行に、龍谷大学本・高良大社本・高野本とは異なる表現が記されている場合をあげる。

8　巻三「御産」

〈龍谷〉〈高良〉〈高野〉「仁和寺の御室は孔雀経の法、天台座主覚快法親王は七仏薬師の法、寺の長吏円恵法親王は金剛童子の法」／〈寂光〉「仁和寺の御室しうかく法親王は」

＊京師本・下村本・流布本「仁和寺の宮守覚法親王は」、延慶本「仁和寺守覚法親王ハ」

9　巻六「小督」

〈龍谷〉〈高良〉〈高野〉「弾正少弼仲国」／〈寂光〉「大」

＊屋代本巻三・京師本・下村本・流布本「大」

10　巻十「千手前」

〈龍谷〉〈高良〉〈高野〉「陰道はかたいにとらはれ」／〈寂光〉「殷湯」

＊京師本・下村本・流布本「殷湯」、屋代本「殷王」。「殷湯」が正しい。

11　巻十「横笛」

〈龍谷〉〈高良〉〈高野〉「元暦元年三月十五日の暁」／〈寂光〉「寿永三年」

＊京師本・下村本・流布本「寿永三年」。巻全体としては「寿永三年」と叙述。

これらは寂光院本の独自の書き換えであろうか。訂正されたのならば、流布本系の本を用いた訂正と考えられる。そうであれば、寂光院本書写の前の段階、つまり親本の段階で既に訂正が施されていたことになる。或いは、より古い形が残っているのだろうか。

次の例は龍谷大学本・高良大社本に対して、高野本と同じ表現を持つ箇所である。

12　巻三「足摺」

〈龍谷〉〈高良〉「されは〱よその事と」　／　〈寂光〉〈高野〉「されはよその事と」

＊屋代本・京師本・下村本・流布本「されはよその事と」

13　巻七「返牒」

〈龍谷〉〈高良〉「(平家は) 異賊のためにおとされぬ」　／　〈寂光〉〈高野〉「ほろほさる」

＊屋代本・京師本・下村本・流布本「亡ぼさる」、延慶本・長門本「追落レテ」

13は北国合戦終了後の時点であり、平家はまだ滅ぼされてはいない。表現としては、延慶本や長門本にもあるように、「おとされぬ」が正しいだろう。しかし、屋代本や京師本などが「ほろぼさる」としていることからは、寂光院本・高野本の方がより古い形態を示している可能性もあるのだろうか(15)。或いは本文書写時に既に訂正されていたのだろうか。結論を出すには至っていない。

これらは非常に細かな改訂であり、大勢に影響するものではない。が、寂光院本についても、本文書写後に流布本系統を用いて手を加えていることには注目される。また、親本の時点で訂正がなされている可能性も考えられる。渥美氏が指摘した「新しさ」とは、流布本に至る過渡的な性格を示すものではなく、流布本系の本文によって修整された結果なのである。

三　伝本の様相から導かれること

以上のように、小さなレヴェルではあるが、どの伝本にも多かれ少なかれ、校合による本文改変・改訂の跡がうかがえた。これらから考えたいことが二点ある。

高野本について言えば、高野本と傍書に用いられた下村本とは、同じ一方系と言っても、細部では異なる部分も多い。その中から傍書として採用されるのはどのような部分なのだろうか。対校者の気まぐれにすぎない場合もあろうが、先に指摘したように、傍書の加わった本文は意味が通じ易くなっていることが多い。逆に言えば、高野本の本文の文脈は必ずしも分かりやすくないと判断されたのである。

もう一点は、流布本系統の本文によって傍書（補書）の加えられた高野本を親本として書写することになれば、傍書（補書）が本行化されていくこともあろう[16]。すると、その本文は下村本や流布本に近づいていく。寂光院本も同様であった。流布本に近いから新しい（下る）のではなく、流布本系の本によって校合がなされ、改訂された結果、流布本に近づくように見えるのである。

尤も、これらは現存伝本のうち、近世の書写からうかがえることである。近世の知識人の欲求がもたらしたものにすぎない、中世には覚一本の権威性は奥書にあるごとく強く、本文をゆるがせにはできなかったとの主張が予想される。しかし、龍谷大学本と高野本系列とではすでに本文に開きが出ている。また、次に紹介する西教寺本・龍門文庫本のあり方を見ていくと、もう一度、覚一本の本文と奥書との関係を問い直す必要があるのではないかと思われる。

次には、西教寺本・龍門文庫本をとりあげて、覚一本の本文流動の一側面を考えたい。

四　西教寺本・龍門文庫本を窓として

(1)　西教寺本

西教寺本は正保四年（一六四七）に上田休卜の母が西教寺に寄進したもので、慶長以前の写とされている。[17] 現在巻一は大東急記念文庫所蔵、巻二以下は西教寺蔵（大津市歴史博物館寄託）となっている。巻四冒頭数丁や巻十二結尾数丁が欠落し、乱丁もある。当然覚一の奥書はない。巻頭目録は巻二・四・十を除く巻にある。後述の龍門文庫本を参照すると、本来は全巻に備わっていたと思われる。「祇王」「小宰相」が加わっているが、本文は高野本とは異なり、それぞれに増補されたものである。本文は龍谷大学本の系列にあるが、かなり改編されている。巻十一「腰越」冒頭を例にあげる。

14　去程に、＊大臣殿は九郎大夫の判官にくせられて、七日の暁、粟田口をすき給へは、

覚一本四本（龍谷大学本・高良大社本・寂光院本・高野本）との違いは、西教寺本が＊部分に「元暦二年五月七日」とあることである。「七日」が重複する。一方、京師本他の流布本系では、

さる程に、元暦二年五月七日、九郎大夫判官義経、大臣殿父子具足し奉て、既に都を立給ぬ。粟田口にも成ぬれば（京師本による）

とある。覚一本四本・京師本にそれぞれ不自然さはない。西教寺本は、京師本などのような年月日が冒頭に記された本に拠って「元暦二年五月七日」を加えたために、日付が重複してしまったと考えられる。

同様な例は、巻三「頼豪」の結末から「少将都帰」冒頭にかけての部分にも見える。[18] 覚一本では、

> 同十二月八日皇子東宮にたゝせ給ふ。傅には小松内大臣、大夫には池の中納言頼盛卿とそ聞えし。明れは治承三年正月下旬に丹波少将成経肥前国鹿瀬庄をたて

とあるが、西教寺本では、

> 同十二月八日皇子東宮にたゝせ給ふ。傅には小松内大臣、大夫には池中納言頼盛卿とそ聞えし。去程に今年もくれて治承も三年になりにけり。治承三年正月下旬に丹波少将成経肥前国鹿瀬庄をたて

とする。これも、左に見るような京師本などの、

> 同十二月八日皇子東宮にたゝせ給ふ。傅には小松内大臣、大夫には池の中納言頼盛卿とそきこえし。さる程に今年も暮て、治承も三年に成にけり。同正月下旬に丹波少将成経、平判官康頼入道二人の人々は肥前国鹿瀬庄を立て

の傍線部を混態させたために「治承三年」が重複してしまったと考えられる。

渥美・山下氏は、これ以外にも細かな表現にかなりの手がはいっていることを指摘し、覚一本が次第に改編されていって、下村本や流布本に至る、その過程を示すものと考えた[19]が、方向は逆で、一方系（或いは流布本系統）の本文を校合に用いて改訂を加えたものと考えられる。校合に用いた本は、京師本や下村本などと共通する本文形態を多く有する本である。

(2)　龍門文庫本

龍門文庫本は阪本龍門文庫所蔵の、近世中期の書写と考えられる本である。[20] 西教寺本と龍門文庫本が共有し、覚一

本四本にはない細かな表現（14など）が多い。西教寺本に朱で傍書として書かれていたものが龍門文庫本で本行化されていく例も散見される。

しかも、西教寺本の本文は改行がなく、本文中に朱で「○」をつけて章段名を上欄に記しているのに比べ、龍門文庫本では章段ごとに本文が改行され、改行された本文の上欄に章段名を入れている。章段を区切るために本文に手を入れる場合もある。例えば、巻三「辻風」では冒頭に「去る程に」と加えたり、続く「小松殿死去」でも冒頭に「治承三年の夏の比」と加えたりしている。用例2の高野本の例と同様に、章段の区切りが本文を変容させていく。

なお、先の15を、龍門文庫本は、

同十二月八日皇子東宮にたゝせ給ふ。博《ママ》には小松内大臣、大夫には池中納言頼盛卿とぞ聞えし。去程に今年もくれて治承三年に成にけり。正月下旬に丹波少将成経肥前国かせのしやうをたて

とする。龍門文庫本はここでは章段を区切っていない。連続する以上、「治承三年」の重複は煩わしい。龍門文庫本は表現を整理したと言える。西教寺本をもとに龍門文庫本が更に改訂を重ねていく傾向が窺える。両本の関係は、直接的書承関係にあるとまでは言えないが（後掲17 19参照）、それに近いと思われる。[21]

さて、龍門文庫本の独自の特徴として、巻一が覚一本系統ではなく八坂系三類本であることが挙げられる。巻一と巻十二は同筆である。物理的な要因による取り合わせであろう。

巻五「福原物怪」には、龍谷大学本・西教寺本にはなく、高野本系統にある、

何より又不思議なりし事には、清盛公未安芸守たりし時、神陪の次に霊夢を蒙て厳島の大明神よりうつゝに給られし銀のひるまきしたる小長刀、常の枕を放たすたてられたりけるか、ある夜俄にうせにけるこそ不思議なれ。

がある。これは他に流布本系統や八坂系二類本にもあるが、冒頭が「何よりも又」と始まるのは京師本（＝葉子本）[22]・

下村本である。

同様に、巻十の巻末には「高野御幸」が増補されている。「宗論」などとも称されるこの章段を載せる平家物語は少なく、語り本系では屋代本（抽書）・八坂系一類本・八坂系四類本・葉子本（＝覚一本）である。本文はどれも龍門文庫本と異なり、屋代本以外は巻十の維盛の高野参詣の中に入る。尤も、南部本（八坂系四類本の二）、駒澤大学沼沢文庫蔵本（葉子本の一）など、伝本によっては巻十の巻末に置かれるものもある。「高野御幸」の依拠本文は特定し難いが、語り本系の何らかの本であろう。或いは親本の段階で既に増補されていたのかもしれない。このような点からも西教寺本の下流に位置づけられる。

このように、覚一の奥書を持つ伝本でも次々と改訂されていく。それも、一方系、もしくは語り本系の本文を対校しつつ改変・改訂を重ねていくのである。

五　文安三年本奥書について

最後に問題としたいのは、龍門文庫本の文安三年（一四四六）の本奥書である。覚一が制定した応安四年（一三七一）から七十五年が経ているが、覚一本の書写に関しては数少ない貴重な証言である。この本奥書は大覚寺文書と併せ、「語り」と「正本」の観点から様々な憶測を呼んできたものの[23]、本奥書の検討はなされていない。現在の龍門文庫本の形態を文安三年当時のものと考えて立論されることもある。しかし、この本奥書は龍門文庫本に特定されるものではない。

江戸時代末期の資料ではあるが、「古本平家物語書抜」[24]（以下「書抜」）、「那須家所蔵平家物語目録」に同じ本奥書が記されている。「書抜」の序文には、文政六年（一八二三）冬に二条城の大番役に上った岡正武が「覚一検校」の書かせた『平家物語』と「久一検校」所持の『平家物語』に接し、自分の知っている『平家物語』とは異なる部分があることに気づき、異同を自分の本に書き込んだものの、章段単位のもの（厳島願文・剣・鏡・行家義憲最期・平家公達最期）は覚一本を書写し、久一本にもある章段はそこに異同を朱書きで傍書したとある。次に覚一本奥書と龍門文庫本に載る本奥書が写されている。岡正武が見た覚一本は現在の龍門文庫本だったのだろうか。左に、龍門文庫本の奥書を本行とし、覚一本四本と「書抜」の異同を載せる。

于時応安四年〈辛亥〉三月十五日、平家物語一部十二巻〈付灌頂巻①〉、当流之師説、伝受之秘決、一字不闕、以口②令書写之、譲与定一③検校訖。抑愚質余算既過七旬、浮命㠯④期後年、而一期之後、弟子等中雖為一句、若有廃亡⑤輩者、定及諍論歟⑥。為備後証、所令書留之⑦也。此本努々不可⑧出。他所、又不可及佗人⑨之披見、附属弟子之外者、雖為同朋幷弟子、更莫令書取之。凡此等条々背炳誡之旨⑩者、仏神三宝⑪　冥罰可蒙厥躬而已。

沙門覚一

＊此本為覚一検校伝受之正本之間、自　公方様申出、令書写訖。於子孫雖為暫時不可許他借。若於背⑫此旨輩者、可為不孝⑬者也。

文安三年孟夏日　道賢⑭

①灌頂巻＝覚一本「灌頂」　②口＝覚一本・書抜「口筆」　③定一＝書抜「定城」　④㠯期＝書抜「匹」　⑤廃亡＝覚一本「廃忘」　⑥覚一本・書抜「仍」　⑦書留之＝書抜「書写云」　⑧出。＝龍門「出」を補入、朱書。後人の手か。覚一本・書抜は「不可出」　⑨佗人＝覚一本・書抜「他人」　⑩之旨＝覚一本「旨」ナシ、書抜「之旨」ナシ　⑪三宝＝書抜「三宝之」　＊＝以下、丁を改める。覚一本四本にはなし。　⑫背＝書抜ナシ　⑬不孝＝書抜「不幸」　⑭道賢＝書抜ナシ

「書抜」の書写時の見落としの可能性のある④⑩⑫を除く。②③⑥（⑧）⑨は龍門文庫本を見ていたのでは書き得ない異同である。「書抜」は龍門文庫本を写したとは思われない。本文の校合（後掲18）からも同様の結論が得られる。すると、文安三年本奥書のある『平家物語』は龍門文庫本以外にも存在したことになる。また、「書抜」には「道賢」の書名がない。書き落としたのであろうか。

次に、「那須家所蔵平家物語目録」をあげる。これは那須資礼（一七九五〜一八六二）が天保十五年（一八四四）に本家で書写した『平家物語』の目録を、館山漸之進が書き写したものである。[25] この中に、

○覚一本十二冊〈八行大字平仮名書　無題目〉

奥書云　于時応安四年〈辛亥〉三月十五日、平家物語一部十二巻〈付灌頂巻〉、当流之師説、伝授之秘決、一字不闕、以口筆令書写之、譲与定城検校訖〈下略〉

沙門　覚一

此本為覚一検校伝受之正本之間、自公方様申出、令書写訖〈下略〉。

文安三年孟夏日

とある。抄出であり、しかも館山の書写に拠るもので、第一次資料とは言い難いが、ここにも「道賢」の署名がない。しかも、「口筆」、「定城」と書かれるなど、龍門文庫本よりも「書抜」に近い（なお、「伝授」は他では「伝受」）。それでは、岡正武が見た覚一本と那須家所蔵の本は同じものだろうか。同本の可能性もあるが、別本、或いは転写本の可能性も残る。しかしながら、龍門文庫本とは別に、文安三年本奥書を持つ『平家物語』がかつて複数存在したようである。[26]

ここで再び考えたいのが西教寺本である。左のように、西教寺本・龍門文庫本・「書抜」が共有して、覚一本四本

とは若干異なる部分がある。

16　巻十二　行家最期

・（覚一本四本）　右の手には野太刀のおほきなるをもたれたり。

（西教寺本・書抜）　右の手にはおほきなる野太刀のをもたれたり。

（龍門文庫本）　右の手にはおほきなる野太刀をもたれたり。

・わ僧は山法師か、［寺法師か］。山法師て候。（［　］は覚一本四本にはない）

・はや〳〵御頸を給はて、［鎌倉殿の］見参に入れて御恩かうふり給へといへは、さらはとてあか井河原て十郎蔵人の頸をきる。（［　］は覚一本四本にあるが、西教寺本・龍門文庫本・書抜にはない）

しかし次の例を見ると、西教寺本・龍門文庫本・「書抜」は直接的な書承関係にあるとも言えず、龍門文庫本と「書抜」の先後関係も不明である。

17　現存西教寺本の欠脱（［　］内は覚一本四本及び龍門文庫本・書抜にあり）

巻十一「剣」

・吾朝には神代よりつたはれる霊剣三あり。十つかの剣、あまのはやきりの剣、草なきの剣是也。十つかの剣は、大和国いそのかみ布留の社におさめらる。あまの羽やきりの剣は、［尾張国熱田の宮にありとかや。草なぎの剣は］内裏にあり。今の宝剣是也。

18　「書抜」が覚一本四本と同じ表現。「書抜」が龍門文庫本を書写したわけではない。

巻十二　行家最期

大源次くたれ、人もなきにとて、舎人雑色［人数］わつかに十四五人相添て〈さし〉つかはす。（［人数］は書抜・

覚一本四本にある。〈さし〉は西教寺本・龍門文庫本・書抜にはあるが、覚一本四本にはない。）

巻十二　知忠最期

此人の母上は治部卿の局とて、八条［女］院に候らはれけるを、むかへよせたてまてみせ奉り給ふ。（覚一本四本・書抜「八条女院」。西教寺本・龍門文庫本「八条院」。）

19　龍門文庫本が覚一本四本と同じ表現。龍門文庫本が西教寺本を書写したわけではない。

巻十一「鏡」

天の岩戸に閉こもらせ給ひて、天下くらやみとなたりしに、やをよろづ〈代〉の神たち神あつまり［に］あつまて、岩戸の口にて御神楽を〈奏〉したまひけれは、天照太神感にたへさせ［給はす］、岩戸をほそ目にひらき見たまふに、（［に］［給はす］は龍門文庫本が覚一本四本と同じ。西教寺本・書抜「に」はない。「給はす」は「給ひ」。〈代〉は書抜脱。〈奏〉は高良大社本・寂光院本・高野本にある。）

一方、龍門文庫本は巻一が八坂系で本文系統が全く異なるが、この点について「書抜」には全く触れられていない。岡正武が見た『平家物語』は全巻が覚一本系統であったと思われる。すると、西教寺本の失われた巻十二巻末にも、覚一制定の奥書と文安三年本奥書が存在した可能性もあろう。(27) 文安三年の本奥書は、龍門文庫本一本ではなく、西教寺本・龍門文庫本の系統に記されていたと考えた方がよいのではないか。その中では龍門文庫本の八坂系を取り合わせた形態、或いは「高野御幸」などの加えられた形態は末流のものとなろう。

応安四年制定と文安三年書写という二つの年次を信じるならば、覚一本は制定されてから七十五年の間に、早くも同系統の、おそらく覚一本以前の一方系の本によって、改訂が加えられていったことになる。それは例えば、寂光院本や高野本が僅かずつではあるが本文が改訂されていく過程と同心円的な、しかもかなり活発な作業である。それが南北朝・室町期に既に行われていたことになる。

覚一本伝本に改訂が加えられていったことは渥美氏などが既に指摘している。従来は西教寺本などは流布本などへ整理されていく過程にあると考えられてきた。しかし、覚一本は突然出現したわけではないだろう。それならば覚一本誕生以前に何らかの一方系の本文があったと想定することは、それほど無理な発想ではない。稿者は、次章で論じるように、その形態が京師本のような流布本に近い本文に残されていて（剣・鏡・邦綱などの章段の削除などは本文の質とは別の問題である）、覚一本を手にした人物がそうした一方系の本文を以て対校を重ねていったのではないかと考える。

或いは、文安三年の本奥書が、この系統を溯る龍谷大学本に類する一本に付けられたものであって、それが流出し、後に西教寺本や龍門文庫本などへと改編が重ねられていったとの推測も、強引ではあるが、成り立たないわけではない。その場合には、西教寺本などの改訂を文安書写までの間に収める必要はなくなる。そうであったとしても、第一章で論じたように、龍谷大学本系統自体が、高野本系統から省略や脱落を伴って作られた本であることを考えれば、文安までの七十五年間に、本文はやはり動いていたといえる。

八坂系や読み本系ほどの大胆な改編ではないにしても、覚一本の本文も常に流動していた。覚一本の本文を動かしていく原動力の一つには、同じ語り本系、特に一方系の同系統の本の存在があった。覚一本を手にとった人物がそれらと比較して、「祇王」「小宰相」を増補し、それだけでなく、細部にわたっても手を入れていった。覚一本はそうした欲求を生じさせる本であった。渥美氏は「覚一本には「語り」に適しない詞章があるが、それを改め、誤謬を正す外、更に積極的に、聴覚文学として理解され易い詞章へと目指している」と発言している。(28) 氏の発言は、覚一本（龍谷大学本から高野本へ）から流布本へという方向性を前提にしてなされたものであった。その方向性は再検討の必要があり（第一章）、再検討の結果を踏まえると、逆に覚一本の表現は語りの現場から離れていくのではないかと推測される。また、「語り」のために改編が行われるのかについても検討を重ねる必要があろう。が、覚一本が「語り」に適さない詞章を持つこと、万全な本文ではないとの指摘は再度受け止めなくてはならない。章段名を付していく過程を見ても、区切れのない本が「語り」に適していたのかという素朴な疑問も生まれる。いっぽう、山下氏は後期覚一本の本文に下村本的な本文の流入が多くの伝本に見られることを指摘している(29)。渥美氏の発言を他本本文の取り入れという視点から捉え直す必要があろう。本文の流動、本文改訂という営為は再度問われなくてはならない。

おわりに

先学の研究の蓄積によって、現在、覚一本の本文は純化されたものとして受容されている。しかも、奥書の権威性が強く信じられている。確かに奥書の秘伝伝授的内容や「沙門覚一」の署名は強い権威性を帯びる。覚一本が高良大社にもたらされたのも、寂光院や西教寺に寄進されたのも、また、文安三年本奥書に記されるように「公方様」のもとに置かれていたのも、本文やその内容よりも寧ろ、奥書の権威性に重きが置かれたからであろう（西教寺本に本来奥書が付けられていたと想定する傍証でもある）。しかし、それは本文の流動とはいささか異なる次元の問題として考えるべきである。平家物語の本文が様々なレヴェルで動き続けていた中で、覚一本もその渦中にある一本であったと捉えられよう。

注

（1）文明年間初期（一四七〇年代）書写と考えられている熱田真字本（尊経閣文庫蔵）、天正十八年（一五九〇）書写の梵舜本（内閣文庫蔵）などが知られる。

（2）永禄七年（一五六四）書写（「那須家所蔵平家物語目録」）、永禄八年（一五六五）書写（金沢市立玉川文庫所蔵『松雲公採集遺編類算』一八二）、「永戌」年間書写本の天正六年（一五七八）転写（天理〈二〉本・梵舜本）、その天正十八年転写本（梵舜本）など。

（3）①山田孝雄『平家物語考』（明治44年。勉誠社　昭和43年再刊）、②高橋貞一『平家物語諸本の研究』（冨山房　昭和18年）、③同「平家物語覚一本の再検討」（「国語国文」23巻10号　昭和29年10月）、④渥美かをる「平家物語覚一本諸本の研究（その一）」（「説林」3号　昭和32年2月）、⑤同『平家物語　上下』（日本古典文学大系　岩波書店　昭和34・35年）解説、⑥笠栄治「平家物語覚一本とその伝承」（「語文研究」昭和36年10月号。『平家物語　日本文学研究資料叢書』有精堂　昭和44年に再録）、⑦渥美かをる『平家物語の基礎的研究』（三省堂　昭和37年）、⑧山下宏明『平家物語研究序説』（明治書院　昭和47年）、⑨同『平家物語の生成』（明治書院　昭和59年）などがある。最近では⑩志立正知『『平家物語』語り本の方法と位相』（汲古書院　平成16年）など。

（4）前掲注（3）―⑤

（5）前掲注（3）―②

（6）市古貞次編『高野本平家物語（東京大学国語研究室蔵）一～十二』（笠間書院　昭和49年）

（7）前掲注（3）―②⑤⑧など

（8）前掲注（3）―⑧

（9）『高良大社蔵覚一本平家物語　第一分冊』（高良大社　平成9年）はしがき（山中耕作氏執筆）

（10）前掲注（3）―③

（11）前掲注（3）―②

(12) 前掲注（3）—⑤上巻

(13) 前掲注（3）—④

(14) ・「信連申けるは、只今御所へ官人共が御むかへにまいり候なるに、御前に人一人も候はさらんか無下にうたてしう覚候」（巻四「信連」）→「前」（存疑）を擦り消して「所」を重書き。＊流布本「御前に」の該当表現なし。京師本「御前」
・「元観殿にいれんとし給しを」（巻六「葵前」）→「観」を擦り消して、別筆で「和」　＊京師本・流布本「元観殿」

(15) 京師本本文に古い形が残されているとすることについては第三章参照。

(16) 現代においても、全集や新大系に時々、傍書が本行に組み込まれている。

(17) 前掲注（3）—③

(18) 渥美・山下氏が注目した部分（後掲注（19））。前章で混態の可能性を指摘した。

(19) 前掲注（3）—⑤⑧

(20) 前掲注（3）—②

(21) 前掲注（3）—②⑤で既に指摘されている。

(22) 葉子本は京師本と覚一本との取り合わせ本である（第四章参照）。

(23) 前掲注（3）—②⑤⑥。最近では兵藤裕己『平家物語の歴史と芸能』（吉川弘文館　平成12年）第一部第一章（初出は平成5年2月）。しかしながら、大覚寺文書の吟味の必要性が砂川博氏によって指摘され（『平家物語の形成と琵琶法師』〈おうふう　平成13年〉第三編第三章〈初出は平成5年12月〉）、見直しが迫られている。

(24) 筑波大学附属図書館所蔵。国文学研究資料館所蔵マイクロフィルム（E162『平家物語書抜』）によった。

(25) 館山漸之進『平家音楽史』（芸林舎　昭和49年。初版は明治43年）所収

(26) 昭和二十五年には「足利末期古写本、覚一本異本、文安三年道賢の奥書あり」という『平家物語』が取り引きされ（反町茂雄『一古書肆の思い出　4』〈平凡社ライブラリー　平成10年。初出は平成元年〉三三九頁）、『弘文荘待賈古書目』20号（昭和26年6月）には、「覚一本異本」として、「文安三年道賢奥書本、天文頃古写本」がある。これは「各冊巻首に目次あ

り。本文章段を分たず、続け書きにせり」とある。

(27) 前掲注(26)の「覚一本異本」の巻頭目録は、第四節(1)で推測したように、西教寺本にも本来は全巻備わっていたと思われるので、西教寺本の形態に通う。「本文章段を分たず、続け書き」も西教寺本に通う。また、天理（一）本（旧田安家蔵本）は山下氏の調査（前掲注（3）―⑧）によれば西教寺本と同系統で奥書がない。なお、氏は龍門文庫本を調査していない。三本をあわせての考察が必要であろう。

(28) 前掲注（3）―⑤下巻四〇頁。④でも同様の発言がある。

(29) 前掲注（3）―⑧

〔付記〕

覚一本伝本所蔵諸機関（龍谷大学図書館・高良大社・寂光院・東京大学文学部国語研究室・大東急記念文庫・西教寺・大津市歴史博物館・阪本龍門文庫）にて閲覧調査させていただき、伝本の書誌学的な事柄について、佐々木孝浩氏にご教示をいただいた。ご厚意に厚く感謝申し上げる。

（本章第二節は、関西軍記物語研究会第六二回例会〈平成20年4月20日〉における口頭発表をもとにしている。また、本章は科学研究費補助金　基盤研究（C）「覚一本『平家物語』の遡行と伝播・受容についての基礎的研究」（課題番号23520242）の助成を受けたものである。）

第三章　本文溯行の試み
——巻四「厳島御幸」「還御」を手がかりに——

はじめに

軍記物語の多くの作品は諸本の関係が複雑で、原態のみならず、各諸本の成立の経緯も不明なものが多い。また、作品分析の基本となる本文にも揺れがある。それらは常に意識されなくてはならず、本文の流動や揺れの意味・意義も問われ続けなくてはならない。しかしともすれば、こうした問題は活字テキストの存在感の前に忘れられがちである。

平家物語の場合、代表的な異本として位置づけられている覚一本でも、本文がどのように出来上がってきたのかといった基本的な問題は解明されたわけではない。覚一検校が習った平家物語の本文がどのようなものであったのか、覚一がどれほど改訂を施したのかなどを明らかにする手がかりも殆どないからである(1)。しかし、従来の系統論を見直すことによって、新たな視角が獲得できないだろうか。本章では従来とは些か異なる一方系諸本の系統図を提案する。試案の適否を問い、また覚一本の形成を考える足掛かりを摑みたい。

一　『厳島御幸記』と「厳島御幸」

具体的な素材として扱うのは巻四「厳島御幸」及び「還御」である。覚一本には源通親の『高倉院厳島御幸記』（以下『御幸記』）を利用して独自に増補された部分がある。(2)はじめに『御幸記』の該当部分を引用する。

はかなくて年も返て、治承四年にもなりぬ。春の初めにめづらしきことども、書きつくしがたし。位おりさせ給て、厳島の御幸あるべしなどさゝめきあひたるも、夢の浮橋おりたる心地するに、如月の廿日あまりにや、春宮に位譲りたてまつり給て、①内侍所、神璽、宝剣渡したてまつられし夜こそ、日ごろおぼしめしとりしことなれど、心ぼそき御気色見えしか。宮人も限りなくあはれつきせざりしが、空の気色もかきくもり、残りの雪、庭もまだらにうちそゝきて、暮れ方になりしほど、②上達部陣に集りて、あるべきことども、古き跡に任せて行はれしに、宣旨うけ給はりて③陣に出でて、御位譲りのこと、左大臣仰せしを聞きて、心ある人袖をうるをして、何となく思ひ続くること色に出でたる、その中にとりわき心ざし深き人にや、かくぞ思ひ続けける。

かきくらし降る春雨や白雲のおるゝなごりを空にをしめる

④時よくなりぬとて、何となくひしめきあひたり。5弁内侍、御佩刀取りて歩み出づ。清涼殿の西面に、泰通の中将受け取る。備中の内侍、璽の箱取り出づ。隆房中将取りて、近き衛のつかさ立ち添ひて出づ。年ごろ近く候て持ち扱ひし御佩刀、6璽の箱、今夜ばかりこそ手をも触れめと思ひ続けけん内侍の心のうち、思ひやられてあはれなり。⑦儲の君に位譲りたてまつりて、藐姑射の山のうちも閑かになど、おぼしめすまゝなるべきだにあはれも多かるに、まして心ならずあはれなるらん先〴〵の有様、思ひやらる。

内裏のことどもはてて、夜も明方になりしほどに、人〳〵返まいりて、何となく[8]火の影もかすかに、人めまれなるさまになりて、[9]涙とゞまらぬ心地するに、院号仰せられて、殿上始め何くれ定めらる。[10]鶏人の声もとゞまり、滝口の問籍も絶えて、門近く車の降り乗りせしも、ひが事のやうにぞおぼえける。

傍線や波線は次に掲げる覚一本「厳島御幸」と共通する部分である。番号は『御幸記』の進行に従っている。

A[治承四年正月一日のひ、鳥羽殿には相国もゆるさす、法皇もおそれさせ在ましけれは、元日元三の間、参入する人もなし。されとも故少納言入道信西の子息、桜町の中納言重教《成範》卿、其弟左京大夫長教《脩範》はかりそゆるされてまいられける。同正月廿日のひ、東宮御袴着ならひに御まなはしめとて、めてたき事ともありしかとも、法皇は鳥羽殿にて御耳のよそにそきこしめす]。

[二月廿一日、主上ことなる御つゝかもわたらせ給はぬを、をしおろしたてまつり、春宮践祚あり。これは入道相国よろつおもふさまなるか致すところなり]。B④時よくなりぬとてひしめきあへり。①内侍所・神璽・宝剣わたしたてまつる。②上達部陣にあつまて、ふるき事とも先例にまかせておこなひしに、C≪[5]弁内侍、御剣とてあゆみいつ。清涼殿の西おもてにて、泰通の中将うけとる。備中の内侍、しるしの御箱とりいつ。隆房の少将うけとる。内侍所、[6]しるしの御箱、こよひはかりや手をもかけんとおもひあへりけむ内侍の心のうちとも、さこそはとおほえてあはれおほかりけるなかに、しるしの御箱をは少納言の内侍とりいつへかりしを、こよひこれに手をもかけては、なかくあたらしき内侍にはなるましきよし、人の申けるをきいて、其期に辞し申てとりいてさりけり。年すてにたけたり、二たひさかりを期すへきにもあらすとて、人々にくみあへりしに、備中の内侍とて生年十六歳、いまたいとけなき身なから、其期にわさとのそみ申てとりいてける、やさしかりしためしなり。つたはれる御物とも、しな〳〵つかさ〳〵うけとて、新帝の皇居五条内裏へわたしたてまつる。閑院殿には、[8]火

の影もかすかに、10鶏人の声もとゝまり、滝口の文爵もたえにけれは、ふるき人々こゝろほそくおほえて、めでたきいわいのなかに9涙をなかし、心をいたましむ。》D③左大臣陣にいて、、御位ゆつりの事とも仰せしをきいて、心ある人々は涙をなかし袖をうるほす。われと⑦御位を儲の君にゆつりたてまつり、麻姑射の山のうちも閑になとおほしめすさき〳〵たにも、哀はおほき習そかし。況やこれは、御心ならすをしおろされさせ給ひけんあはれさ、申もなか〳〵おろか也。

このうち、Aは左に見るように、延慶本巻四―一「法皇鳥羽殿ニテ送月日坐事」、二「春宮御譲ヲ受御ス事」にも類似の表現がある。

治承四年正月ニモ成ヌ。鳥羽殿ニハ元三之間、年去年来レトモ、相国モ不許、法皇モ怖レサセマシ〳〵ケレハ、事問参ル人モナシ。被閉籠サセ給タルソ悲シキ。藤中納言成範卿、左京大夫修範兄弟二人ソ被免テ参セラレケル。古ク物ナト被仰合シ大宮大相国、三条内大臣、按察大納言、中山中納言ナト申シ人々モ失ラレニキ。（中略）世末ナレトモユ、シカリシ人々也。「廿八日ニ、春宮ノ御袴着、御マナキコシメスヘシ」ナト、花ヤカナル事共、世間ニハ訇リケレトモ、法皇ハ御耳ノヨソニ聞召ソ哀ナル。

二月十九日ニ春宮御譲ヲ受サセ給フ。今年纔ニ三歳ニソナラセ給フ。「イツシカ」ト人思ヘリ。先帝モ殊ナル御ツヽ、カモヲハシマサヌニ、ヲシオロシ奉ラル。是ハ大政入道万事思フサマナルカ所ロ致ス也。

右の実線で囲んだ部分は長門本巻七・源平盛衰記巻十二も延慶本とほぼ同様の本文である。屋代本巻四は欠巻なので比較することができないが、斯道文庫蔵百二十句本は小異はあるものの、覚一本に類似した文章である。以上の諸本の状況から見ても、覚一本のAは何らかの先行する平家物語から作り上げられていると考えられる。

続くBCDが『御幸記』依拠とされる部分である。覚一本は『御幸記』から、順序をかなり錯綜させながら引用していることが理解されよう。まず、ＢＣＤの展開を確認しておきたい。

Ｂ冒頭の「時よくなりぬ」は④とあるように、『御幸記』の少し進行した時点での表現を用いている。「時よくなりぬ」は「公事の始まる時間になった」という意味で、儀式の開始を告げる言葉である。(3) 『御幸記』ではそれまでの陣中での諸手続きを終え、三種神器渡御という可視的な儀式が開始される契機として使用されている。覚一本ではそれを『御幸記』引用の冒頭に移し、この言葉をきっかけとして儀式の様子を記していく。

Ｂでは④に続けて①三種神器渡御という最大の行事を簡潔に総括する。次に具体的な話題に移り、②上達部が儀式の準備などを行う。Ｃに移り、5弁内侍が剣を、備中内侍が神璽を持ち、神器が渡御する。6内侍の気持ちを思い遣り、また辞退した少納言内侍に代わって備中内侍が責を果たし、その健気さがほめられる。そして関心は新帝安徳天皇の五条内裏から、神器の去った先帝高倉院の閑院御所に戻る。それまでの賑わいも薄れ、8・10火が消えたような静けさが覆い、9人々はその落差に涙を流す。次にＤとなり、③左大臣経宗が陣で譲位の儀を諸々指図し、人々は涙を流す。涙の理由は、⑦高倉院自らの意志ではない譲位を慮ってのことである。

以上を見ると、②と5の間で些か飛躍していることがわかるが、何よりも③で時間が溯行することに戸惑う。三種神器渡御も済み、儀式終了後の院御所の寂寥まで書いた後、再び左大臣による儀式進行が記されるのである。これは『御幸記』に見るように、②に続くべきものである。また、⑦は、自ら譲位を決意して仙洞で静かな日々を送ろうと思う時でさえ、退位後のことを考えると感慨深いだろうという内容である。神器が移った直後の感想であれば不自然ではないが、「さき〳〵」の現実は、既に直前の閑院殿の描写（8・10・9）で示されてしまっている。人々の涙も9と③とで重複する。

改めて前半を見ると、④と①で神器渡御が記され、②で一旦時間が溯った直後に、文が途切れることなく再びＣの神器渡御に移る。ぎくしゃくとした進行である。また、『御幸記』にはない少納言内侍の浅ましい行動は、厳粛な雰囲気を減じている。

しかしながらCを除くと、②は③に滑らかに続き、内容上からも時系列上からも、錯綜がなくなる。引用の目的が譲位の儀式の描写ではなく、清盛の横暴に人々が心を傷める様を描くことにあったと理解される。C自体内部での錯綜はないものの（⑨・⑩の逆転は大きな問題ではない）、CはＢＤを分断し、全体の流れを混乱させている[4]。

形態的には、『御幸記』からの引用は入れ子型の構造になっているのである。作業手順を考えると、まずＢＤが増補され、その後、①で完結していた神器渡御の場面を具体的に挿入すべく、再度『御幸記』を参照し、しかも『御幸記』にはない挿話も組み入れてCを増補したことになる。入れ子構造になった結果、時系列に乱れが生じたのである。

二　「厳島御幸」の諸本の様相

覚一本はなぜこのような意味のとりにくい構成をとったのだろうか。ＢＤの増補とCの増補の間に時間的断層があるのだろうか。そこで、他の諸本を見ていくこととする。

まず、Aのみの構成をとる諸本がある。延慶本・長門本・源平盛衰記・四部合戦状本・斯道文庫蔵百二十句本・八坂系一類本・八坂系二類本などの殆どの諸本である。従って、これらは覚一本が『御幸記』によって増補をする以前の形態を保っていると考えてよい。なお、屋代本巻四は欠巻であるが、斯道文庫本と同様と類推される。それ以外の諸本では、Aの次にＢＤは記すがCのないものがある。鎌倉本・平松家本・竹柏園本の系列、及び京師本・葉子本・下村本・流布本の系列である。ＡＢＣＤと記すものは覚一本のみである。

このうち、京師本等の系統は後期一方系諸本と称され、覚一本と同じ一方系だが、意図的に省略された章段や説話があり、覚一本よりも後出とされている。本文は必ずしも覚一本と同文というわけではなく、覚一本から派生して葉子本・下村本・流布本の順で直線的に下降していくと考えられてきた。但し、現存本文に即して言えば、それほど単純に直線的に下降を説明できるものではなく、更に次章で述べるように、葉子本は京師本と覚一本との取り合わせ本で、京師本は葉子本の上位に位置する。

さて、後期一方系諸本の巻四冒頭は覚一本とほぼ同文である。それにも拘らず、この系統にはCがない。従来の系統論に則れば、覚一本の展開の不自然さからCを外したと考えることになる。Cを外せば②③は時間的にも内容的にも直接するが、『御幸記』を参照することもなく、鮮やかに『御幸記』に戻る削除は可能なのだろうか。しかも、この方向性は、前節で述べた作業手順とは逆行する。勿論、逆順に操作が行われた可能性を否定することはできないが、次のような図式は考えられないだろうか。まずAにBDの増補されたプレ覚一本とも言うべき本が生まれた。覚一本はそれを基にして、再び『御幸記』等を用いてCを加えた。一方、後期一方系諸本はプレ覚一本に拠り、ここでは更に手を加えることはしなかった。つまり、覚一本と後期一方系諸本の関係を直線的ではなく、並立的に捉えるのである。

従来は出来上がった形が後次的なものであれば、その依拠本文も新しいと考えられてきた。しかし、作品としては覚一本より新しい形態を示しても、依拠本文も現存の覚一本より新しいとは限らないだろう。本文の様態と作品の新しさとを一旦分離し、一方系本文の系統を考え直すことはできないだろうか(5)。

三　『厳島御幸記』と「還御」

次に掲げるのは「厳島御幸」に続く「還御」である。ここにも『御幸記』が引用されているのだが、やはり特徴的な箇所がある。長くなるが、左に覚一本を引用する。

D同廿六日、厳島へ御参着、入道相国の最愛の内侍か宿所、御所になる。なか二にちをん逗留あて、経会舞楽おこなはれけり。E導師には三井寺の公兼(顕)僧正とそきこえし。高座にのほり、鐘うちならし、表白の詞にいはく、「九えの宮こをいて丶、八えの塩路をわきもてまいらせたまふ御心さしのかたしけなさ」と、たからかに申されたりけれは、君も臣も感涙をもよほされけり。F大宮・客人をはしめまいらせて、社々所々へみな御幸なる。大宮より五町はかり、山をまはて、滝の宮へまいらせ給ふ。公兼(顕)僧正一首の歌ようて、拝殿の柱に書つけられたり。

　雲井よりおちくる滝のしらいとにちきりをむすふことそうれしき

G神主佐伯の景弘、加階従上の五位、国司藤(菅)原有綱(在経)、しなあけられて加階、従下の四品、院の殿上ゆるさる。座主尊永、法印になさる。神慮もうこき、太政入道の心もはたらきぬらんとそみえし。

同廿九日、上皇御舟かさて還御なる。H風はけしかりけれは、御舟こきもとし、厳島のうち、ありの浦にと丶まらせ給ふ。上皇、「大明神の御名残おしみに、歌つかまつれ」と仰けれは、隆房の少将

　たちかへるなこりもありの浦なれは神もめくみをかくるしら浪

夜半はかりより浪もしつかに、風もしつまりけれは、御舟こきいたし、其日は備後国しき名の泊につかせたまふ。此ところはさんぬる応保のころほひ、一院御幸の時、国司藤原の為成がつくたる御所のありけるを、入道相国、

御まうけにしつらはれたりしかとも、上皇それへはあからせたまはす。「けふは卯月一日、衣かへといふ事のあるそかし」とて、おの〳〵みやこの方をおもひやりあそひたまふに、岸にいろふかき藤の松にさきかゝりけるを、上皇叡覧あて、隆季の大納言をめして、「あの花おりにつかはせ」と仰けれは、左史生中原康定かはし舟にのて、御前をこきとをりけるをめして、おりにつかはす。藤の花をたをり、松の枝につけなからもてまいりたり。「心はせあり」なと仰られて、御感ありけり。「此花にて歌あるへし」と仰けれは、隆季の大納言

千とせへん君かよはひに藤なみの松のえたにもかゝりぬるかな

I其後御前に人々あまた候はせたまひて、御たはふれことのありしに、上皇、「しろききぬきたる内侍か、国(邦)綱卿に心をかけたるな」とて、わらはせおはしましけれは、大納言大にあらかい申さるゝところに、ふみもたる便女かまいて、「五条大納言とのへ」とて、さしあけたり。「されはこそ」とて、満座興ある事に申あはれけり。大納言これをとてみたまへは、

しらなみの衣の袖をしほりつゝきみゆへにこそたちもまはれね

上皇、「やさしうこそおほしめせ。この返事はあるへきそ」とて、やかて御硯をくたさせ給ふ。大納言返事には、

おもひやれ君かおもかけたつなみのよせくるたひにぬるゝたもとを

Jそれより備前国小島の泊につかせ給ふ。

K五日のひ、天晴風しつかに、海上ものとけかりけれは、御所の御舟をはしめまいらせて、人々の舟ともみないたしつゝ、雲の浪、煙の波をわけすきさせ給ひて、其日の酉剋に、播磨国やまとの浦につかせ給ふ。それより御輿にめして福原へいらせおはします。六日は供奉の人々、いま一日も宮こへとくといそかれけれとも、新院御逗留あて、福原のところ〳〵歴覧ありけり。池の中納言頼盛卿の山庄、あら田まて御らんせらる。

L七日、福原を出させ給ふに、隆季の大納言勅定をうけ給はて、入道相国の家の賞をこなはる。入道の養子丹波守清国（邦）、正下の五位、同入道の孫越前少将資盛、四位の従上とそきこえし。M其日てら井につかせ給ふ。八日都へいらせ給ふに、御むかへの公卿殿上人、鳥羽の草津へそまいられける。還御の時は鳥羽殿へは御幸もならす、入道相国の西八条の亭へいらせ給ふ。

先の例と同様に、実線で囲んだ部分は次の延慶本巻四―六「新院厳島ヘ御参詣之事」に類する部分である。長門本巻七は独自に改変している部分があるが、盛衰記巻十二・十三、四部本はほぼ延慶本と同様である。

（前略）D廿六日ニ厳島ニ御参着。一日逗留有テ、法花会被行。舞楽ナト有キ。G勧賞被行テ、神主佐伯景弘、安芸国司藤原有経、当社別当尊叡、皆官共成ニケリ。神慮ニモ相応シ、入道ノ心モ和キヌトソ見エシ。サテ還幸成ニケリ。

k四月七日、新院厳島ノ還御之次ニ、大政入道ノ福原ヘ入セ給。L八日、勧賞被行テ、入道ノ孫右中将資盛従四位上、養子丹波守清邦上五位下ニ叙ス。今日ヤカテ福原ヲ出サセヲハシマス。M寺江ニ御留リ有テ、九日京ヘ入セヲハシマス。御迎ノ人々ハ鳥羽ノ草津ヘソ被参ケル。公卿ニハ右大臣公能公御息右宰相中将実盛一人也。神主始テ大内ヘ遷幸アリケレハ、公卿皆ソレヘ参給トテ、只一人トソ聞エシ。其外殿上ノ侍臣五人ツ参リタリケル。厳島ヘ参ツル人々ハ、船津ニ留テ、サカリテ京ヘ入給ニケリ。

覚一本の二重傍線部が『御幸記』と同じである。『御幸記』の引用は省略する。「厳島御幸」で見たような内容上の錯綜はないが、断片的・取意的に抄出をし、多少の改変を交えながら、和歌を中心とした場面を増補している。ただ、その中で、Iのみが『御幸記』を典拠としていない。

この場面を他本と比較すると、表現は一致するわけではないが、構成は左のようになる。

DEFGHIJKLM　覚一本
DEFGH JKLM　京師本（葉子本・下村本・流布本も同じ）
D G kLM　延慶本・斯道文庫本・八坂系一類本・八坂系二類本など(6)
（四角で囲んだ文字は延慶本を基本として、それと共通するものである）

京師本等の後期一方系諸本は、覚一本と同様にEFHJKの『御幸記』依拠部分はあるが、『御幸記』に依拠していないIはない。「厳島御幸」と異なり、細かな表現は覚一本と同文とは言えない。が、母体を共通のものとすることについては疑いない。その中で、『御幸記』にはないIが記されていない。和歌をめぐる挿話が多くなるのを避けて、Iのみを削除したのだろうか。しかし、『御幸記』に依拠しない部分だけを過不足なく削除できるのだろうか。寧ろ、和歌的場面等が『御幸記』によって補われた段階の、プレ覚一本とも言うべき本文形態が京師本等に残っていると考えた方が、話は単純である。覚一本は、プレ覚一本に更にもう一段落、和歌的場面（I）を独自に「増補」したと考えればよい。

四　覚一本と後期一方系諸本の位置

如上に提案した一方系の本文系統の流れには、容易に反論が予想される。従来の覚一本内部の伝本系統論――「祇王」「小宰相」が無い伝本から、両章段や本文が次第に「増補」されていく――との齟齬である。後期一方系諸本は両章段のない系統の本文を基に、本文的にも「増補」の加わった系統の本文から、「増補」部分を「随意摂取」して作られたと考えられてきた(7)。従って、後期一方系諸本は覚一本の伝本の流れから見ても末流に位置づけられてきた。

しかし、多くの巻に亙って存在する「増補」とされた部分を検討すると、その多くは延慶本や屋代本などに共有されている。またその部分がないと文脈が通じない場合もある。そこで第一章では、「祇王」「小宰相」の有無を分類基準から外し、「増補」とされた本文を持つ伝本の方が覚一本の古い形態であり、そこから省略や脱落がなされて記事の少ない本に至ると考えた。具体的には、「祇王」「小宰相」が無く、記事量としても少ないことから最も古いと考えられてきた龍谷大学本を、逆にかなり省略等の行われた本と位置づけたのである。すると、「増補」とされてきた記事や表現をすべて有する後期一方系諸本は、逆に覚一本の古い形態の本文を保有していることになる。

　後期一方系諸本が覚一本の古い形を保有しているとなれば、覚一本を更に溯る形態（プレ覚一本）を保有している可能性も視野に入れる必要があろう。すると、縷々提示してきた、京師本などの形態がプレ覚一本の姿を多く留めるという可能性は、十分に認められよう。

　なお、後期一方系諸本には、巻二の成親の来歴、巻五の厳島願文、巻六の邦綱の生前の逸話、巻十一の「鏡」や「剣」、巻十二の平家残党の最期・源氏粛清記事なども無い。しかし、これらは基本的に他の殆どの諸本に存在するものであり、後期一方系諸本は、これらを独自に省略するという方法によって新しい平家物語を形成していった。それに対し、「厳島御幸」のＣや「還御」のⅠは全諸本の中で覚一本のみが有するものであり、覚一本に特有の増補である。巻一「内裏炎上」には、神輿を射て獄定された六人の武士の名前が、覚一本にのみ独自に記されている（〔補記〕参照）。これも覚一本特有の増補と考えられる。これらは後期一方系諸本に存在しないからと言っても、前述の後期一方系諸本の省略と同次元に置かれるものではない。

五　鎌倉本・平松家本・竹柏園本の系列の問題

ところで、第二節で「厳島御幸」の後期一方系諸本と同様の形態の本として、鎌倉本・平松家本・竹柏園本の系列を紹介した。これらは屋代本と覚一本との混態本文と考えられ、覚一系諸本周辺本文と呼ばれているが、その混態の様相は各本により異なり、複雑である。(8) 作品としては勿論、覚一本や屋代本よりも後の成立となる。

「厳島御幸」については、これらは殆ど覚一本と同一本文で、依拠した本文は覚一本と考えられるが、Ｃがないことから、プレ覚一本とも言うべき本を底本としたと考えられる。

一方、「還御」の構成を第三節に倣って記すと、

Ｄ　Ｅ　Ｇ　Ｋ　Ｌ　Ｍ　鎌倉本
Ｄ　Ｅ　（Ｇ）　ｋ　（Ｌ）　Ｍ　平松家本・竹柏園本

となる。Ｉをもたないことは後期一方系諸本と共通するが、異なる部分が多く、また鎌倉本と平松家本等とでも多少異なる。例えば鎌倉本にはＦＨＩＪがないが、Ｅには覚一本と多少の相違はあるものの、『御幸記』依拠の表現がある。Ｋは前半がなく、「四月五日播磨邦山田ノ浦へ着セ給フ」以降が記され、そこでは『御幸記』依拠を含んだ覚一本とほぼ同じ文が記される。一方、平松家本はＥは鎌倉本と同じである。Ｇには脱文があり、その他にも「廿九日上皇還御」がなく、Ｌでは資盛と清邦の除目のみが記され、簡略化されている。その一方で、ｋは延慶本と同文である。「還御」にはこの系列諸本の混態の複雑な問題が窺え、Ｉの有無を論ずる以前の問題が多く、考察対象からは外さざるを得ない。が、もし覚一本系統の本文を用いたとするならば、Ｉを有さないことからみて、やはりＩのないプレ覚

一本から派生した本を底本として想定することになりはしないだろうか。

京師本以下の系統と鎌倉本以下の系統という、全く本文形成方法の異なる両系統に、CやIをもたないという共通性があることは、どのように理解されてきたのだろうか。山下宏明氏は、これら両系統が用いた覚一本は、覚一本諸伝本の中でも下った本文系統に属することを指摘する。(9) 千明守氏も鎌倉本等と京師本等の系統に共通する本文のある事を指摘し、依拠した本文の原形は「覚一本よりはやや下った一方流本」かとし、(10) また巻三の調査結果として、「高野本・葉子本の周辺の本文」が最も鎌倉本などの依拠した一方系の本に近いとする。(11) 高野本と葉子本をまとめることには検討の余地もあろうが、両氏によって、この両系統の依拠本文の意外な近さが既に指摘されている。しかし、両氏が下降性の根拠とされた部分は延慶本や屋代本などと共有し、私案によれば逆に覚一本の古い形態を類推させる箇所である。但し、全巻の調査には及んでいないが、鎌倉本や平松家本が依拠したと思われる「覚一本」は、全巻に亙って同じ傾向を示すものではなく、各巻毎に考えなくてはならないようである。よって、巻四冒頭部分に限っての指摘に留めておきたい。

おわりに

以上、『御幸記』依拠部分の検討から、従来覚一本よりも下った本文とされてきた後期一方系諸本や覚一系諸本周辺本文に、現存覚一本よりも古い形態の本文が残存している可能性を指摘してきた。現存の後期一方系諸本は章段の省略などにより、また覚一系諸本周辺本文は屋代本的本文との混態などにより、それぞれ改編を行っており、作品の全体像としては覚一本とは異なった、降ったものとなっている。しかしながら、依拠した本文（覚一系諸本周辺本文についてはこの部分に限る）は現存覚一本よりも古い形態のものであったと考えられる。

これらが依拠した本文と現存覚一本との距離は、覚一本の制定にあたって覚一検校が手を入れたことによって生じたものであろうか。放恣な憶測は慎み、これらの系列の本文がどの程度古い形態を残すのかを慎重に解明していかなくてはならないが、覚一本以前の語り本系の本文の様態を探る手だてが一つ加わったと言えよう。覚一本や一方系の本文の形成、或いは語りと本文との問題などを考える際には、後期一方系諸本にも目を向ける必要がある。

注

（1）古い形態を有していると思われる屋代本の存在から、両本を溯る「語り本系共通祖本」的な本文を想定する試み（志立正知『『平家物語』語り本の方法と位相』〈汲古書院　平成16年〉第五章〈初出は平成12年4月〉）、読み本系の本文との比較から、覚一本などの背景に「読み本系祖本」の存在をうかがう試み（第二部第一章）などはある。

（2）『御幸記』の成立そのものについては近年疑義が出され、通親の自作に加えて後世の手が入っている可能性が指摘された（小川剛生「『高倉院厳島御幸記』をめぐって」〈『明月記研究』9号　平成16年12月〉）。本章ではその点には触れないが、覚一本がどの段階の『御幸記』を用いたのかを考える上で示唆に富む。

（3）佐伯真一「『平家物語』の「時よくなりぬ」」（『国語教室』57号　平成8年2月）

（4）こうした覚一本の構成について、渥美かをる氏は『平家物語　上』（日本古典文学大系　岩波書店　昭和34年）校異補記・巻四・1で、Cをもたない本があることを紹介し、平松家本をあげて「コノ方ガ意味ガヨク通ル」とし、覚一本が「コノ増補ニヨリ、却ッテ筋ガ乱レタ」と、Cがなければ明快な展開であること、覚一本がCを増補したと指摘する。平松家本・鎌倉本が屋代本から覚一本に至る過渡的な形態と考えられていた当時（同氏『平家物語の基礎的研究』中篇第一章第三節〈三省堂　昭和37年〉）の言であり、過渡性の否定された現在、その点は除外しても、文脈の検討からは傾聴すべき点が残る。

（5）後期一方系諸本の成立について、下村本（古活字版）や流布本（整版）などが江戸時代初期の刊行であり、葉子本がそれを若干溯ると考えられてきたが、近時この系列の京師本の成立を溯らせる論も提示されている（佐伯真一『平家物語（下）』〈三弥井書店　平成12年〉解説、同「京師本『平家物語』と語り」〈「伝承文学研究」56号　平成19年5月〉）。

(6) 延慶本以外の読み本系も含む。また、八坂系一類本は三条西家本（中院本は下村本による増補がある）、八坂系二類本は京都府本・彰考館本である。

(7) 渥美かをる『平家物語　下』（岩波書店　昭和35年）解説、『平家物語の基礎的研究』（前掲注（4））

(8) 山下宏明『平家物語研究序説』（明治書院　昭和47年）第一部第二章第二節、千明守「鎌倉本平家物語本文の一考察——「覚一系諸本周辺本文」の形成過程について——」（「史料と研究」13号　昭和58年1月）以下の諸論。

(9) 前掲注（8）山下氏著

(10) 前掲注（8）千明氏論

(11) 千明守「平家物語「覚一系諸本周辺本文」の形成過程（下）——巻一～巻四本文について」（「国学院雑誌」87巻6号　昭和61年6月）

〔補記〕

覚一本巻一「内裏炎上」に、延暦寺大衆の強訴の時に神輿を射た平家の武士六人が禁獄されたことが記されている。

又去る十三日、神輿射奉し武士六人獄定せらる。左衛門尉藤原正純、右衛門尉正季、左衛門尉大江家兼、右衛門尉同家国、左兵衛尉清原康家、右兵衛尉同康友、是等は皆小松殿の侍なり。

この六人の姓名が記されているのは覚一本のみである。読み本系では、たとえば延慶本巻一—三十九「時忠卿山門へ立上卿事付師高等被罪科事」では、宣下の追書に、

禁獄官兵等交名、山上定令不審レ歟。仍内々委相尋尻付交名ヲ一通所被相副候レ也。禁獄人等、平俊《利》家字平次、是ハ薩摩入道家季《秀》孫、中務丞家資子。同家兼字平五、故筑前入道家貞孫、平内太郎家継子。藤原通久字加藤太。同成直字早尾十郎《右》、馬允成高子。同光景字新二《次》郎、前左衛門尉忠清子。田使俊行、難波五郎等也。（傍書は長門本）

と記されている。ここに掲げられた人名（平俊《利》家、同家兼、藤原通久、同成直、同光景、田使俊行、難波五郎）は長門本巻二、盛衰記巻四（成田兵衛尉為成が加わる）もほぼ同じである。四部合戦状本巻一、源平闘諍録巻一之上は「難波五郎」がないが、他は同じである。そして『玉葉』安元三年四月二十日条に記される人名も、難波五郎がない以外は一致する。従って、読み本系祖本には史実に則って、名前が記載されていたと考えられる。しかし、これは覚一本とは全く異なる。覚一本の六人の素性は明らかではない。覚一本は、それらしき名前をあてはめた架空の人物を登場させたようである。

ところで、この部分、語り本系の他の諸本（流布本まで含む）には「六人の獄定」という記事のみで、具体的な人名記載はない。語り本系の中で、覚一本のみが記す六人の名前なのである。これはどのように考えるべきだろうか。また、なぜ覚一本はこのような偽りの名前を書いたのだろうか。

読み本系祖本が背後に存在したのなら、これほどまでに全く異なる名前を書くことはあり得ない。覚一本が新たに作り上げたと考えざるをえない。すると、覚一本の前段階（プレ覚一本）には六人の名前がなかったということになる。語り本系が編集された時に、この六人の名前は削除されたと考えられる。それでは物足りないと感じた覚一本の編者が六人の名前を新たに書き加えたのであろう。つまり、覚一本以外の語り本系諸本の形態が、覚一本を溯る姿を留めていることになる。

さらにもう一つ、微細な覚一本独自記事をあげる。巻八「征夷将軍院宣」で、院宣の使者、中原康定が鎌倉に到着した日付を語り本系（流布本まで含む）では十月四日とするが、覚一本のみが十月十四日と記す。読み本系は九月四日と記す。読み本系を背景として語り本系が生成したと考えれば、語り本系は物語の時間進行の都合上、一箇月ずらせたと理解でき（第三部第四章参照）、四日であれば自然である。覚一本のみがそれを十四日に書き換えたと考えられる。書写上の誤りか、十月宣旨を意識しての意図的な改変なのかは判断ができない。

いっぽう、覚一本の十月十四日が他の語り本系に先行すると考えた場合、他の語り本系諸本がなぜ四日で統一されているのか、説明がつかない。従ってこれも、覚一本以外の他の語り本系諸本に、古い語り本系の形態が残存している箇所といえよう。

小さな部分であるが、覚一本のみの独自の増補・改変の例は「厳島御幸」「還御」以外にも加え得る。

〔付記〕

本章は、平成二十年に論文として刊行したものだが、その後、村上學氏から批判を賜った（「テキストクリティーク屋の立場から」〈「軍記と語り物」48号　平成24年3月〉）。

拙稿は、覚一本は初度（プレ覚一本と仮称した）の『御幸記』による増補の中に、再度『御幸記』から増補をしたために、入れ子型になり、時系列が乱れたと指摘したものであった。そして、初度の『御幸記』の取り入れは後期一方系諸本にその形態を留めており、再度の『御幸記』の取り入れは覚一本の独自の増補と考えた。村上氏は、高倉寺本巻四が大量に『厳島御幸記』を増補していることに注目し、覚一本はこの高倉寺本を参照して「厳島御幸」と「還御」を増補したとする。明快な結論であるが、例としてあげられた引用文には不審な点が残り、御論にはにわかには承服し難い。

覚一本と『御幸記』にある、C⑤の「備中の内侍しるしの御箱とりいつ。隆房の少将うけとる」が、高倉寺本にはない。これは覚一本が高倉寺本を経由しているのではなく、『御幸記』を直接見ていることの証左となろうが、氏は「現高倉寺本は覚一本と直接関係にはない」とする。この一文を「現高倉寺本」が親本（高倉寺本の祖本）から書写時に書き落としたと考えれば、氏の処理は必ずしも無理なものとは言えないが、次の例は如何か。

氏はCのうち、覚一本では「つたはれる御物とも、しな〳〵つかさ〳〵うけとて」以下を『御幸記』にはない部分としているが、第一節で引用したように、そのうち、

閑院殿には、8火の影もかすかに、10鶏人の声もとゞまり、滝口の文爵もたえにけれは、ふるき人々こゝろほそくおほえて、めてたきいわいのなかに9涙をなかし、心をいたましむ。

には、『御幸記』からの引用がある。この部分を高倉寺本は、

閑院殿には、8火の影も幽に、☆人稀なるやうにて、かゝる御祝の中にも、9泪のみすゝみける、（引用は村上氏の論による。新たに記号・波線を付した）

とする。

『御幸記』の該当部分を左に引用する。

内裏のことどもはてて、夜も明方になりしほどに、人〳〵返まいりて、何となく[8]火の影もかすかに、☆人めまれなるさまになりて、[9]涙とゞまらぬ心地するに、院号仰せられて、殿上始め何くれ定めらる。[10]鶏人の声もとゞまり、滝口の問籍も絶えて、門近く車の降り乗りせしも、ひが事のやうにぞおぼえける。

覚一本では[10]が[8]と[9]の間に入っており、『御幸記』の取り入れという点ではいささか原典離れがうかがえる。一方、高倉寺本は『御幸記』に従って[8]☆[9]と続けるが、[10]はない。この違いはどのように説明できるのだろうか。

覚一本が高倉寺本を利用して増補を行ったとする氏の考えに従えば、覚一本はその後に、改めて『御幸記』を参照して[10]を後ろから移動させて、「人稀なるやうにて、かゝる」を「鶏人の声もとゝまり、滝口の文爵もたえにければ、ふるき人々こゝろほそくおほえて、めてたき」に書き換えたのだろうか。しかし、『御幸記』を直接参照した上で、このような細かな、しかも順序も違えての改編のみを行うのだろうか。

或いは、⑤と同様に、現高倉寺本と覚一本との直接関係を否定することによって説明できるものだろうか。ただ、この部分に関しては現高倉寺本の脱落との説明はできない。

この例からは、高倉寺本は覚一本を意識しながら、新たに『御幸記』から大量に増補を行い、時に覚一本の杜撰さに気づき、改めたと考えた方が理解し易い。当章では時系列の乱れと指摘した③の位置も同様であろう。高倉寺本では③は『御幸記』に従った位置にある。これも『御幸記』に従って書いた結果と考えることができる。但し、高倉寺本の本文が入手できておらず、高倉寺本巻四の性格もわからないので、その点を踏まえて、改めて考えたいと思う。

なお、覚一本では「厳島御幸」のCにおいては、再度の『御幸記』引用に加えて独自の増補を行ったと考えられる（Cは後期一方系にはない。「つたはれる御物とも」以下も後期一方系にはないが、氏は印をつけ忘れたようである）。一方、「還御」では初度（プレ覚一本）の『御幸記』引用はなされたものの、再度（覚一本独自に）『御幸記』から引用することはなく、Ⅰのみを独自に増補したと考えた。この点の説明に無理はないと考える。

村上氏とは私信にて意見の交換をし、結着を見るには致っていないが、全諸本の中で、覚一本にしかない記事が〔補記〕に記したように、他にも存在することからは、覚一本独自の編集を積極的に考える必要があろう。

第四章　葉子本の位置

はじめに

一方系平家物語の本文は、覚一本以降少しずつ改変が重ねられて流布本に至ったと考えられてきた。しかしながら、第一章〜三章で覚一本の本文の様相を検討するに従って、そうした考え方に疑義を挿まざるを得なくなった。いっぽうで、覚一本以降と考えられ、後期一方系と称されてきた諸本も伝本が多く残され、本文は必ずしも一様ではない。本章の目的は、従来の覚一本以降と位置づけられてきた諸本の本文の流動についての考え方を改めて紹介し、その問題点を示し、そのうちの一本（葉子本）について、従来の位置づけを転換させ、そこから波及する問題点・課題を提示することである。

一　覚一本・葉子本・下村本の流動経路についての疑問

覚一本以降の一方系といわれる諸本の本文の流動についての従来の考えの紹介から始める。

覚一本以降の一方系の本文には、葉子本・下村本・流布本などがある。葉子本は写本で、市立米沢図書館蔵本（一面八行）、京都府立総合資料館蔵本・駒澤大学沼沢文庫蔵本（以上一面十行）、内閣文庫蔵本（一面七行）などの数本の同種の伝本が伝存し、『平家物語』（日本古典全書　朝日新聞社）、『平家物語全注釈』（角川書店）の底本となっている。下村本は慶長中刊、平仮名交じり十行古活字本である。平家物語の古活字本の中ではかなり流布した本と思われ、現存数も多く、(1)『平家物語』（日本古典全集　日本古典全集刊行会）の底本とされている。流布本は元和九年刊本を初発とする多くの整版本を言う。

葉子本・下村本等については、高橋貞一氏が「覚一本から流布本に至る過程にある本文」で、本文の変遷が「語り物としての変化を示す(2)」として以来、琵琶法師の語りや流派との問題を重ねて論じられてきた。渥美かをる氏は、葉子本は覚一本系の龍門文庫本に続く本で千一（師堂派）が加筆・改筆をした本、下村本はト一が詞章に多くの手を加えて作った本とした。(3)冨倉徳次郎氏は葉子本を「十五世紀の平曲盛時における妙観派の「語り」を伝えたもの」、下村本を「桃山時代の師堂派の台本(4)」とし、山下宏明氏、(5)兵藤裕己氏(6)なども語りとの関係においてこれらの本文の詞章の変化の由縁を論じている。

しかしながら、語りと本文流動との関係については、千明守氏によって懐疑的な論も出されている。(7)いっぽうで、それらの本文の動きに注目した時には、千明氏の「一方系諸本の本文がほぼ〈覚一本→葉子十行本→下村本→流布本〉と直線的に本文の変化の過程をたどることができる(8)」という発言は、従来の考え方を簡潔にまとめたものと言える。確かに、その本文を見ていくと、覚一本以降、葉子本→下村本→流布本といった「直線的」な下降現象を以て、ゆるやかに流布本に移行しているように見える。

〔表Ⅰ〕に、一方系平家物語の分類をする際の指標となる代表的な箇所を載せた。

〔表Ⅰ〕覚一本から流布本に至る本文流動の例

巻	章段名	内容	覚一本	葉子本	下村本	流布本	京師本
二	新大納言流罪	成親のかつての所行	○	×	×	×	×
五	富士川	高倉院厳島御幸と願文	○	×	×	×	×
六	新院崩御	御斎会の僧名の位置	永縁の歌の後	後	前	下村本の一行前	後
六	廻文	義仲が野心を語る位置	元服記事の前	前	前	後	前
六	慈心房	持経上人の例	×	×	○	○	○
六	祇園女御	邦綱の挿話	○	○	×	×	(○)
八	鼓判官	頼資の醜態の位置	法皇御幸の前	後	後	後	後
十一	剣	章段すべて	○	○	×	×	×
十一	鏡	章段すべて	○	○	×	×	○
十一	重衡被斬	章段の位置	巻十一末尾	巻十二冒頭	巻十二冒頭	巻十二冒頭	巻十二冒頭
十二	泊瀬六代	行家・義憲最期	○	○	×	×	×
十二	六代被斬	忠房以下平家残党の最期	○	○	×	×	×

こうした変化を見る限りでは、覚一本から流布本へと順次変化を重ねていくように思われる。次にもう少し細かな本文変化を見ておきたい。［例1］の網かけの部分を見ていただきたい。

［例1］　みをのや十郎の逸話（巻十一）

覚一本（「弓流」）　傍書は下村本。流布本も下村本に同じ。

のこり四騎は馬をゝしうてかけす、見物してこそゐたりけれ《る》。みをの屋の十郎はみかたの馬のかけに《へ》にけ入て、いきつきゐたり。敵はおうてもこて《す》、白柄の長刀杖につき、甲のしころを高く　さしあけ、大音声をあけて、日ころは《遠からん者》音にもきゝつらん《近からん人》、いまは目にも見給へ。是こそ京わらんへのよふなる上総の悪七兵衛景清よとなのり捨てそかへ《のき》り《に》ける。

葉子本（「弓流」）
みをのやの十郎はみかたのむまのかげへにげ入ていきつきゐたり。のこる四きはむまをしみてかけず、けんぶつしてぞゐたりける。かたきはをうてもこず。しらゐのなきなたつえにつき、かぶとのしころをたかくさしあげ、大おんしやうをあけて、とをからんものはをとにもきゝ、ちかからん人はめにもみ給へ。これこそ京わらんべのよぶなるかづさのあく七びやうゑかけきよよとなのりすてゝてぞかへりける。

覚一本の「日ころ」「いま」は、葉子本では「とをからんもの」「ちかからん人」と、表現が少し変わり、下村本・流布本は葉子本の表現を継承している。これは典型的な例と言えよう。

しかしいっぽうで、波線部分は、覚一本では「のこり四騎は」の一文の次にあり、下村本・流布本も共通するが、葉子本のみが「のこる四きは」の一文の前にある。覚一本と下村本に挟まれているはずの葉子本のみがこのように少し異なる例も散見される。［例2］も同様である。

［例2］阿波民部重能の裏切り（巻十一）

覚一本（「鶏合壇浦合戦」）　傍書は下村本。
新中納言《は》、あはれ、きやつか頸をうちおとさはやとおほしめし、太刀のつかくたけよとにきて、大臣殿の御かたをしきりに見給ひけれ《まいらさせ給へ》とも、御ゆるされなけれは、力及《給》はす。

葉子本（「壇浦合戦」）　流布本は葉子本に類似。
しんちうなごん、たちのつかくたけよとにぎつて、あはれ、しけよしめがかうべをうちをとさはやとおほしめして、おほいとの、御かたをしきりにみまいらつさせ給へども、御ゆるされなけれは、ちからをよひたまはず。

波線部分の位置が、覚一本や下村本に比べると、葉子本は異なっている。

［例3］では覚一本を①から⑤に分節し、他本と比較する。

［例3］知盛の下知（巻十一）

覚一本（「鶏合壇浦合戦」）①②③④⑤

新中納言知盛卿、舟の屋形にたちいて、大音声をあけての給ひけるは、①いくさはけふそかきり、物とも、②すこしもしりそく心あるへからす。③天竺・震旦にも、日本我朝にもならひなき名将勇士といへとも、運命つきぬれは力及はす。されとも名こそおしけれ。④東国の物共によはけ見ゆな。⑤いつのために命をはおしむへき。是のみそおもふ事、との給へは、

葉子本（「壇浦合戦」）③⑤②

しんちうなごんとも丶りのきやう、ふねのやかたにたちいて、大おんしやうをあけて、③てんぢく・しんたんにも、につほんわがてうにもならびなきめいしやうようじといへとも、うんめいつきぬれはちからをよはす。されどもなこそをしけれ。⑤いつのためにいのちをはをしむへき。②すこしもしりぞくこ丶ろあるへからず。これのみそおもふこと丶のたまへば、

下村本（「遠矢」）③⑤①②⑥

新中納言知盛卿、船の屋形に進出、大音声を揚て、③天竺・震旦にも、日本我朝にも双ひなき名将勇士といへ共、運命尽ぬれは力及はす。され共名こそ惜けれ。⑤命をはいつのためにか惜むへき。①軍は今日か限りそ。②少しも退く心なくして、⑥軍ようせよ、者共。只是のみそ思ふことよ、と宣へは、

流布本（「遠矢」）③④⑤⑥

新中納言知盛卿、船の屋形に進出、大音声を揚て、③天竺・震旦にも、日本我朝にも双なき名将勇士と云共、運命尽ぬれば力不及。され共名こそ惜けれ。④東国の者共に弱気見すな。⑤何の為にか命をば可惜。⑥軍ようせよ、者共。只是のみぞ思ふ事よ、と宣へば、

葉子本（③⑤②）・下村本（③⑤①②⑥）・流布本（③④⑤⑥）、それぞれに表現を選択し、位置を変えて表わしていることになる。このうち、葉子本と下村本を比べると、下村本には葉子本にない①⑥がある。⑥は下村本が新たに加えたとしても、覚一本が備える①は、葉子本にはない。すると、葉子本から下村本は生まれ得ないと言えよう。因みに、流布本も、覚一本が備えているが下村本にはない④がある。［例3］では、下村本から流布本へという流れも、それほど単純ではないようである。(9)

［例4］でも同様に覚一本を①から⑤に分節する。

［例4］宗盛親子の入水（巻十一）

覚一本（「能登殿最期」）　①②③④⑤

みな人はおもき鎧のうへに、おもき物をおうたりいたひたりしていれはこそしつめ。この人おやこはさもし給はぬうへ、①なましゐに究竟の水練にておはしけれは、しつみもやり給はす。②大臣殿は、右衛門督しつまは、われもしつまん。たすかり給はゝ、われもたすからん、とおもひ給ふ。③右衛門督も、父しつみ給はゝ、われもしつまん。たすかり給はゝ、我もたすからんとおもひて、④たかひに目を見かはして、⑤およきありき給ふ程に、

葉子本（「能登殿最後」）　③④①⑤

人々はおもきよろひのうへに、おもきものををいたりいだきたりして入ばこそしづめ。この人おやこはさもし

給はず。③ゐもんのかみは、ちゝのしづみ給はゞ、われもしづまん。たすかりたまはゞ、ともにたすからんとおもひ、④たがひにめをみかはして、①なまじゐにすいれんの上ずにておはしければ、⑤かなたこなたへをよぎありきたまいけるを、

下村本（「能登最後」）・流布本　①②④⑤

人々は重き鎧の上に、又重き物を負たり抱たりして入れはこそ沈め。此人親子はさもし給はす。①なましいに水練の上手にておはしけれは、②大臣殿は、右衛門督沈まは、我もしつまん。助からは我も共に助からんと思ひ、④目と目をきつとみかはして、⑤かなたこなたへ泳きありきたまひけるを、

覚一本は父宗盛と息子右衛門督の二人の状況を記すが、葉子本は息子に焦点を絞り、下村本は父に焦点を絞っている。これも［例3］と同様に、葉子本及び下村本（流布本）は覚一本からそれぞれに選択して改変したことになる。

以上より、少なくとも、現存葉子本や現存下村本からは、一概には覚一本→葉子本→下村本→流布本という直線的な下降性は証明できないことが示されたと言えよう。つまり、従来の論は、一方系本文の流動の説明としては完全なものではないのである。

二　京師本の紹介

葉子本・下村本周辺の一本に、「京師本」と言われる本がある。類本は多く伝存する。(10)そのうちの国会図書館蔵本を底本として、『平家物語』（三弥井古典文庫　三弥井書店）が刊行されている。

京師本の一番の特徴は巻六巻末の邦綱記事にある。覚一本では清盛追悼説話群の最後に、清盛腹心の邦綱が同じ頃

に亡くなったことを簡単に記し、それに伴って、邦綱の出生と生前の逸話を詳しく載せる。京師本は、本来の位置にはその死亡記事を載せるだけで、逸話を載せない。代わりに、巻末に、

或本に国綱事有。惣一検校語之。下一《ママ》検校不語。

此本玉一に伝。同月にそうせられける○此間に有○同じ二十二日前右大

と割注をして、「国綱事」を載せる。

この京師本は、佐伯真一氏によって、巻一〜六前半・巻八・巻九・巻十一が葉子本、巻六後半・巻七・巻十・巻十二が下村本的本文という、二種類の本文の取り合わせ本であることが指摘されている。(11) 葉子本の祖型とされる米沢本に、表記の細部をも含めて、極めて近い殆ど同文といってよい」とされる一方で、下村本的本文については、「下村本との関係は、葉子本との関係ほど密着したものではなく、「下村本近似本文」とでもいうべきであり、おそらく、下村本の祖型となった、現在発見されていない「下村本系古本」とでも呼ぶべき本文によったものと見られる」と指摘されている。但し、この「下村本系古本」という本文形態をどのように位置付ければよいのか、不確定である。葉子本と下村本の中間の本文として、ゆるやかではあっても、大きな直線的下降ラインに沿った中に位置付けられるのか、或いは、そこから分流したものなのか、問題は残る。

しかし、実は問題は葉子本の側にある。葉子本の方が覚一本を部分的に用いて完成した、覚一本との取り合わせ本と考えられるのである。覚一本との同文部分は、巻六後半・巻七・巻十・巻十二である。〔表Ⅱ〕を見れば一目瞭然だが、これは京師本が下村本的本文によって取り合わされているとされた部分と重なる。この点について考えていくことになるが、その前にまず、葉子本の覚一本との同文部分について、もう少し詳しく説明しておく。それは巻六の交替箇所、巻十一の「剣」、巻十二冒頭の問題である。

〔表Ⅱ〕

葉子本	一	二	三	四	五	六（前半・後半）		七	八	九	十	十一	十二
京師本	一	二	三	四	五	六		七	八	九	十	十一	十二

＝覚一本と同文箇所

＝下村本近似本文と指摘された部分

（1）

巻六の本文の交替箇所は「廻文」の途中と思われる。

傍線は両本それぞれに異なる部分。網かけ・太字は片方にしかない表現。葉子本は適宜、漢字を宛てた。

〔例5〕

葉子本「廻文」（前略）

[A]二月一日、除目行はれて、越後国住人城太郎助長、越後守に任ず。是は木曽追討せらるべき策とぞ聞えし。同七日の日、大臣公卿、家々にして尊勝陀羅尼、不動明王絵書き供養せらる。これは兵乱慎の為とぞ聞えし。同九日の日、河内国石河郡に居住しける武蔵権守入道義基、子息石川判官代義兼、是も平家を背て頼朝に心をかよはして、東国の方へ落行べしなと聞えしかは、平家やかて討手を遣はす。大将軍には、源大夫判官季貞、摂津判官盛澄、都合其勢三千余騎で、河内国石河郡へ発向す。城の内にも武蔵権守入道、子息石川判官代義兼を始めとし

覚一本「飛脚到来」（前略）

[A]二月一日、越後国住人城太郎助長、越後守任す。是は木曾追討せられんするはかり事とそきこえし。同七日、大臣以下、家々にて尊勝陀羅尼、不動明王かき供養せらる。是は又兵乱つゝしみのためなり。同九日、河内国石河郡に居住したりける武蔵権守入道義基、子息石河判官代義兼、平家をそむひて兵衛佐頼朝に心をかよはかし、已東国へ落行へきよしきこえしかは、入道相国やかて打手をさしつかはす。打手の大将には、源太夫判官季定、摂津判官盛澄、都合其勢三千余騎て発向す。城内には武蔵権守入道義基、子息判官代義兼を先として、其勢百騎

て、其勢百騎ばかりには過ぎざりけり。卯刻より矢合して、一日たゝかひ暮す。夜に入りて義基法師討死す。子息石川判官代義兼は痛手負うて生捕りにこそせられけれ。同十一日、義基法師か頸都へ上つて、大路を渡さる。諒闇に賊《しゅ》とを渡さるゝ事、堀河院崩御の時、前対馬守義親が首を渡されし、其例とぞ聞えし。

[B]同十二日、鎮西より飛脚到来、宇佐大宮司公通が申けるは、「九州の者共、緒方三郎をはじめとして、臼杵・戸次・松浦党に至るまで、一向平家を背て源氏に同心」の由申たりければ、「東国北国のそむくだにあるに、こはいかに」とて、手をうつてあさみあへり。

同十六日、伊予国より飛脚到来す。去年の冬の比より、河野四郎通清を始として、四国の者ども皆平家を背て、源氏に同心の間、（中略）先西寂を生どりにして、伊予国へをし渡り、父がうたれたる高直城へさげもて行き、鋸で頸をきつたりとも聞えけり。又は、はつつけにしたりとも聞えけり。

はかりには過さりけり。時つくり矢合して、いれかへ〳〵数剋たゝかふ。城内の兵共、手のきはたゝかひ打死するものおほかりけり。武蔵権守入道義基打死す。子息石河判官代義兼はいた手負て生とりにせらる。同十一日、義基法師か頸都へ入て、大路をわたさる。諒闇に賊衆をわたさるゝ事は、堀川天皇崩御の時、前対馬守源義親か首をわたされし例とそきこえし。

[B]同十二日、鎮西より飛脚到来、宇佐大宮司公通か申けるは、「九州のもの共、緒方三郎をはしめとして、臼杵・戸次・松浦党にいたるまて、一向平家をそむひて源氏に同心」のよし申たりけれは、「東国北国のそむくたにあるに、こはいかに」とて、手をうてあさみあへり。

同十六日、伊予国より飛脚到来す。去年冬比より、河野四郎道清をはしめとして、四国の物共みな平家をそむひて、源氏に同心のあひた、（中略）まつ西寂を生とりにして、伊与国へおしわたり、父かうたれたる高直城へさけもてゆき、のこきりて頸をきたりともきこえけり。又はつけにしたりともきこえけり。

其後四国の兵共、皆河野四郎にしたがひつく。**又紀国の住人**、熊野別当湛増も、平家重恩の身なりしが、其も背て、源氏に同心の由聞えけり。凡東国北国悉く背きぬ。南海西海**も**かくの如し。夷狄の蜂起耳を驚かし、逆乱の先表頻に奏す。夷蛮忽ちに起れり。世はたゞ今うせなんずとて、必ず平家の一門ならねども、心ある人々の歎きかなしまぬはなかりけり。

〜〜〜入道死去〜〜〜

同廿三日、**院御所にて俄に**公卿僉議あり。前右大将宗盛卿申されけるは、坂東へ討手はむかふたりといへども、させるしいだしたる事もなし。今度**は**宗盛、大将軍を承つてむかふべき由申されけれは、諸卿色代して、「ゆゝしうさふらひなん」と申されけり。公卿殿上人も武官に備はり、**少も**弓箭に携らん**程の**人々は、宗盛卿を大将軍にて、東国北国の凶徒等を追討すべき由仰せ下さる。

同廿七日、前右大将宗盛卿、源氏追討のために、東国へ既に門出と聞えし。**其夜中ばかりより**、入道相国違例の御心地とて留り給ひぬ。明る廿八日より、重病をうけ

〜〜〜入道死去〜〜〜

其後四国の兵共、みな河野四郎にしたかひつく。熊野別当湛増も、平家重恩の身なりしか、其もそむひて、源氏に同心のよし聞えけり。凡東国北国こと〳〵くそむきぬ。南海西海かくの如し。夷狄の蜂起耳を驚し、逆乱の先表頻に奏す。四夷忽に起れり。世は只今うせなんすとて、必平家の一門ならね共、心ある人々のなけきかなしまぬはなかりけり。

同廿三日、公卿僉議あり。前右大将宗盛卿申されけるは、坂東へ打手はむかうたりといへ共、させるしいたしたる事も候はす。今度宗盛、大将軍を承はて向へきよし申されけれは、諸卿色代して、「ゆゝしう候なん」と申されけり。公卿殿上人も武官備はり、弓箭に携らん人々は、宗盛卿を大将軍にて、東国北国の凶徒等追討すへきよし仰下さる。

同廿七日、前右大将宗盛卿、源氏追討の為に、東国へ既に門出ときこえしか、入道相国違例の御心ちとてと〻まり給ひぬ。明る廿八日より、重病をうけ給へりとて、

たまへりとて、京中・六波羅「すは、しつるは、さ見つる事よ」とぞさゝやきける。——京中・六波羅「すは、しつる事を」とそさゝやきける。

Aの「其例とぞ聞えし」までは、葉子本本文は覚一本とかなり異なっている。そして、B「同十二日」からは覚一本と同文となる。ただ、覚一本と全く同文とは言えず、異文が僅かに交じる（太字・傍線部分）。この傾向は「築島」あたりまで続く。「築島」の次の「慈心房」からは異文は交じらず、覚一本と同文となる。従って、「廻文」の途中から「築島」あたりまでは過渡的な部分と考えられる。

次に、巻十一「剣」について述べる。巻十一の葉子本の本文は覚一本とは異なる。また、葉子本が下村本以下と大きく異なる特徴として、覚一本と同様に「剣」と「鏡」を持つことがあげられる（〔表I〕参照）。葉子本の「鏡」は、覚一本の本文と小異があり、改変された本文と考えられるが、「剣」は覚一本と同文である。覚一本とは異なる本文形態を持つ巻十一の中で、「剣」のみが覚一本と同文であることには注意される。

次に巻十二の冒頭の問題について述べる。葉子本は巻十一の結尾が「大臣殿被斬」であり、巻十二は「重衡被斬」から始まる。覚一本の「重衡被斬」は巻十一結尾である。

〔表Ⅲ〕

覚一本	巻十一	大臣殿被斬　重衡被斬	─ 巻十二　大地震
葉子本	巻十一（覚一本と異文）	大臣殿被斬	─ 巻十二（覚一本と同文）重衡被斬　大地震

葉子本の「大臣殿被斬」は覚一本とは別文で、巻十二の「重衡被斬」から覚一本と同文となる。従って、葉子本は覚一本巻十一の最終章段から本文を取り合わせたことになる。

葉子本が覚一本と同文関係にある部分を持つことについては、今まであまり指摘されてこなかったように思う。或いは、葉子本に覚一本を改訂しなかった部分があると考えられてきたのかもしれない。しかし、現存の葉子本は覚一本を取り合わせていると考えるべきであろう。その理由は、〔表Ⅱ〕で明らかなように、覚一本との同文箇所が、京師本が下村本系古本を取り合わせているとされている箇所とすべて重なることにある。葉子本の覚一本同文箇所に限って、京師本が下村本系古本を選択したと考えるのは実に奇妙である。寧ろ、京師本の本文全体が下村本系古本なのであり、葉子本の巻一～巻六前半・巻八・九・十一はそれを用いていると考えられよう。

（2）

ここで再度、問題の箇所について考える。まず、［例5］に相当する京師本の本文を左に掲げる。

［例6］　傍線は葉子本と異なる表現、網かけは葉子本にない表現。傍書は下村本。太字は葉子本と同じだが、葉子本が覚一本と異なる部分。

「飛脚到来」（前略）

A二月一日、**除目行はれて**、越後国住人城太郎助長、越後守に任ず。是は木曾追討せら**るべき**策とぞ聞えし。同七日、大臣**公卿**、家々にし**て**尊勝陀羅尼、《并に》不動明王**絵**かき供養せらる。是は兵乱慎みの為**とぞ聞えし**。同九日、河内国石河郡に居住しける武蔵権守入道義基、子息石川判官代義兼、**是も**平家を背て頼朝に心をかよは**して**、東**国の方**へ落行《下る》べ**しなど**聞えしかば、**平家**やがて打手を遣す。**大将軍**には、源大夫判官季貞、摂津判官盛澄、都合其勢三千余騎で、**河内国石河郡へ**発向す。城内にも武蔵権守入道《義基法師》、子息**石川**判官代義兼を**始**として、其勢百騎ばかりには過ぎざりけり。**卯刻より**矢合して、**一日たたかひ暮す**《し》。**夜に入て**《けれは》、義基法師打死す。子息石川判官代義兼はいたで負て生どりに**こそせられけれ**。同《明る》十一日、義基法師が頸都へ**上**《入》て、大路を渡さる。諒闇に賊首を渡さるゝ事、堀河**院**崩御の時、前対馬守**源**義親が首を渡されし、**其**例とぞ聞えし。

B同十二日、鎮西より飛脚到来、宇佐大宮司公通が申けるは、「鎮西《九州》の者共、緒方三郎**維義**を始として、臼杵・戸次・松浦党に至るまで、一向平家を背いて源氏に同心」の由申たりければ、平家の人々、「東国北国の背だに有に、**西国さへ**こはいかに」とて、手を拍てあさみあはれけり。

同十六日、伊予国より飛脚到来。去年の冬の比より、四国の者共、河野四郎通清を始として、一向平家を背て、源氏に同心の間、（中略）先づ西寂を虜て、伊予国へおしわたり、父がうたれたりける高直の城までさげもてゆき、鋸で頸をきたりとも聞え《ゆ》けり。又はつけにしたりとも聞えけり。其後《は》四国の者共、河野四郎に随ひ付く。**又紀国住人**、熊野別当湛増は、平家重恩の身なりしが、忽に心がはりして、源氏とひとつに成にけり。東国北国悉く背ぬ。南海西海かくの如し。夷狄の蜂起耳を驚し、逆乱の先表頻に奏す。四夷忽に起れり。必平家の一門にあらねど《共》、心ある人々の歎き悲まぬはなかりけり。

「入道死去」

同二十三日、**院の**殿上**にて俄に**公卿僉議あり。前右大将宗盛卿申されけるは、今度坂東へ打手は向うたりといへども、させるしいだしたる事も**なし**。今度**は**宗盛、大将軍を承て東国北国の凶徒等を追討すべき由申されければ、諸卿色代して、「宗盛卿の申状、ゆゝしう候なん」とぞ申されける。法皇大に御感あて《りけり》、公卿殿上人も武官に備はり、**少しも**弓箭に携はらん**程の**人々は、宗盛を大将軍として、東国北国の凶徒等を追討すべき由仰せ下さる。

同二十七日、門出して既に打立たんとし給ける**夜半ばかりより**、入道相国違例の御心地とてとどまり給ぬ。明る二十八日、重病をうけ給へりと聞えしかば、京中・六波羅「すは、しつる**は**、**さ見つる**事を」とぞ申しける。

［例6］Aにおいて、傍線・網かけが殆どないことから、葉子本Aは京師本と同文であることがわかる。葉子本はBから覚一本と同文となる（［例5］参照）。しかし、中に僅かではあるが覚一本と異なる表現があること（［例5］Bの太字・傍線部分）は先に述べた。この表現（異文）は、［例6］の京師本の太字部分と重なる。すると、葉子本の過渡的な部分とは、覚一本に京師本からの混態がなされた結果出来上がった本文と考えてよい。下村本にも京師本と同じ表現があるが（［例6］）、敢えて下村本を持ち出す必要はなかろう。

つまり、現存葉子本の書写現場には、少なくとも、巻六の「廻文」の途中から「築島」までは、京師本と覚一本の両方が備わっていたと想像される。Bから覚一本に基本本文を交替したものの、「築島」辺りまでは、時折京師本によって混態による補訂を行ったと考えられる。

なお、葉子本巻十には「宗論」がある。葉子本巻十は覚一本依拠部分であるが、本来、覚一本系統には宗論がない（天理〈二〉本・龍門文庫本のように、後に増補されたものはある）。いっぽう、葉子本の一本である市立米沢図書館蔵本は巻十の本文中にあるが、駒澤大学沼沢文庫蔵葉子本は巻末にあり、目次には「高野巻〈此前ニ宗論アリ但異本ニヨリ奥ニ書入〉」とある。すると、葉子本の底本となった覚一本には宗論がなかったと思われる。なお、葉子本と龍門文庫本等の宗論の本文はよく似ているが、必ずしも一致するわけではない。葉子本の拠った「宗論」の底本は、まだ明らかではない。

次に、巻十一「剣」であるが、葉子本の「剣」の本文は覚一本と同文であり、京師本に「剣」はない。従って、葉子本が覚一本によって補ったと見てよかろう。一方、覚一本巻十一結尾の「重衡被斬」は葉子本巻十二冒頭に使われていた。この二点からは、葉子本書写者の手許には、覚一本の巻十一（後半だけであったかもしれないが）も備わっていたと思われる。すると、葉子本の巻十一には、他にも覚一本によって混態が施されている可能性がある。ただ、明らかにそれとわかる箇所は見えない。よって、覚一本からの補訂（混態）の可能性はあったとしても、それほど大きいものではないと思われる。

以上より、現存葉子本の中の覚一本と同文の箇所は、覚一本を取り合わせたものと考えて問題がないことが確認された。覚一本が取り合わされる以前の旧葉子本は、京師本にその姿を見てよいと思われる。

葉子本が覚一本を取り合わせた理由は不明である。しかし、取り合わされた部分が（ある程度の重複はあっても）失われてしまっていたと考えるのが一般的であろう。

（3）

葉子本は京師本をもとに、そこに部分的に覚一本を取り合わせて出来上がった本と考え直すことになった。葉子本と京師本との関係が逆転したことによって、次には、京師本が覚一本から改訂を加えて出来上がった本か、それが下村本に継承されていくのかという問題が生まれる。それはこれからの検討事項であるが、そこで考えなくてはならない問題が、［例1］～［例4］で指摘したように、必ずしも京師本（葉子本）の本文が覚一本と下村本の中間的な位置にはないことである。すると、前章で指摘したように、京師本や流布本に覚一本以前の形態を考える可能性も念頭に入れる必要がある。

このように葉子本の本文形態を捉え直してみると、「語り」による本文流動という言葉に寄り掛かり、また、従来の諸本系統を鵜呑みにして、本文を客観的に再検討するという基礎的な作業を忘れていたことが再認識される。といっても、葉子本の中の覚一本の取り合わせ部分は全体の三分の一強にすぎない。本文の流動の様相について論じられてきたことのすべてが烏有に帰すわけではない。しかし、少なくとも「鏡」「剣」などの秘事と言われる章段の扱いについては再考する必要があろう。「剣」「鏡」両章段備わっていた段階から、「剣」がまず失われ、次に「鏡」が失われていく状況、いっぽうで覚一本が二章段を保有し続ける状況を、語りの「秘事」とどう関わらせるのか、考える必要があろう。

また、書写に関して言えば、葉子本・下村本・流布本以外にも、覚一本系統とは言っても、改変がかなり加えられた本文がある。またいっぽうで、現存葉子本自体にしても、覚一本の本文を取り合わせるに際しては、覚一本の本文を殆ど動かしていない。覚一本のみならず、葉子本の伝本も数本あり、改変を施さない書写も多くなされている。こうした両様の書写態度の相違も考えていく必要があろう。

以上考察してきたように、京師本が取り合わせ本ではなく、逆に葉子本が京師本と覚一本との取り合わせ本であったことから、葉子本と京師本の位置づけを転換することになった。しかも、京師本の本文が必ずしも覚一本と下村本を繋ぐ直線上に置かれるわけではないことも予測された。

まとめ

本章では、葉子本と京師本の関係を見直し、本文系統の位置付けの転換を提示した。流布本に至る中での微妙な改変ではなく、一方系の本文にも大幅に改変の行われることがあることを示すことにもなった。八坂系諸本ほどではないにしても、一方系の末流本もかなり自由に本文を動かし得たと考えるべきだろう。改変の多様性の由縁は、それぞれの本に求めるべきではなかろうか。そして、このように改変を断えず繰り返していく本がある一方で、書写時に本文の動かない伝本もある。『平家物語』の本文流動は、より多層的に考えていく必要があろう。

注

（1）高木浩明「下村本『平家物語』書誌解題稿」（「二松学舎大学人文論叢」59輯　平成9年10月）
（2）高橋貞一『平家物語諸本の研究』（冨山房　昭和18年）第二章第二節「流布本成立に至る過程にある諸本」
（3）渥美かをる『平家物語の基礎的研究』（三省堂　昭和37年）中篇第一章第三節第二項「平曲史を根底とする語り系諸本の系統論」
（4）冨倉徳次郎『平家物語』（日本古典全書　朝日新聞社　昭和24年初版　昭和45年新訂初版）解説
（5）山下宏明『平家物語研究序説』（明治書院　昭和47年）第二部第六章「諸本本文の文芸誌的考察序説」、『平家物語の生成』（明治書院　昭和59年）二―4「一方流諸本をめぐって」
（6）兵藤裕己「軍記物語の流動と〝語り〟――平家物語論のために――」（「国語と国文学」56巻1号　昭和54年1月。『日本文学研究資料新集7平家物語』〈有精堂　昭和62年〉再収）
（7）千明守「『平家物語』語り系諸本における本文変化と〈語り〉」（村上學編『平家物語と語り』〈三弥井書店　平成4年10月〉）
（8）前掲注（7）に同じ。
（9）千明氏は前掲注（7）で、流布本において、覚一本が復活している例があると指摘している。
（10）佐伯真一「京師本『平家物語』と語り」（「伝承文学研究」56号　平成19年5月）
（11）佐伯真一『平家物語（下）』（三弥井書店　平成12年）解説

〔引用テキスト〕覚一本は、本章では龍谷大学本を用いた。葉子本の使用している覚一本が、龍谷大学本系列の本文と推測されるからである。

第五部　周辺作品と平家物語

第一章　『平家公達草紙』再考

はじめに

現在、『平家公達草紙』[1]という名称は次の三種の総称として用いられている。

第一種・福岡市美術館蔵（松永コレクション）。絵あり。『平家公達草子』（但し、後世の命名か）。南北朝期頃写。

第二種・東京国立博物館蔵（模本）。絵あり。『平家公達草子』（但し、後世の命名か）。天保三年（一八三二）狩野養信写。

・金刀比羅宮図書館蔵。絵あり。『平家公達絵　模本』。冷泉為恭写か。

・小川寿一旧蔵九曜文庫蔵。絵なし。『平家公達巻詞』。天保十四年（一八四三）西田直養写。冷泉為恭写本の写し。

第三種・宮内庁書陵部蔵。絵なし。『佚名草紙』。鎌倉末期頃写（箱書には「伏見院御宸翰」とあり）。

これらは平家の公達を登場させる小篇の集成である点では共通しているものの、「まったく相互無関係に、別個に成立した作品だったと考えるのが自然なのではないか[2]」といった極端な論が提示される程に、重複する話柄はなく、また表現方法等にも相違を見せる。

しかし、研究史においては、まず作者を藤原隆房とする指摘がなされ[3]、また、隆房は編者、或いは記録・資料等の提供者もしくはその一人ともみなされた。[4] 実際、各々が平家の公達に関わる佳話を集成している点では共通していること、第一・三種は共通して「隆房」の視点から語られていること、第一種の序に登場する語り手は藤原隆房を想定するのに十分であること、また、第一種に隆房作の『安元御賀記』が用いられていること等は、隆房を作者とする根拠となった。しかし、登場人物の官職名等に誤りが多いこと、『安元御賀記』の引用については、改作された類従本の系統を用いていること等から、現存の『公達草紙』の作者を隆房とすることには無理がある。

第一・三種について、隆房が物語の語り手として仮構・仮託されているとする指摘[5]は傾聴に値しよう。一方、内容・表現等については、虚構性、先述したような登場人物の官職表記の誤り、『建礼門院右京大夫集』との親近性等が指摘されている。[6]

これらの研究の蓄積によって論じ尽くされたかのように思われる『公達草紙』であるが、三種三様の内容と表現方法をとることと、全体的には、例えば「過ぎ去った華やかな平家公達へのオマージュ」といった評価で括られるせいか、作品の構造は必ずしも十全に分析されているわけではないと思われる。三種のそれぞれの作品構造が解明された上で、改めて成立や作者の問題に踏み込むことが可能となろう。本稿では、先学の論に負いながら、作品構造の解明を試み、成立の問題への架橋としたい。以下に、論述の都合上、第一種、三種、二種の順で考察を加えていく。

一　第一種

第一種には簡単な序文が置かれ、次いで左の四話が収載されている。

〈1〉　内裏近き火…承安四年（一一七四）に内裏の近くで火事があり、駆けつけた左大将重盛の振る舞いや装束が非常に似つかわしい、理想的なものであった。

〈2〉青海波…後白河院の五十御賀で維盛が舞った青海波が立派であった。

〈3〉公達の盗人…安元三年（一一七七）三月一日の雨の夜の出来事。高倉天皇の無聊を慰めようと、重衡等が盗人の真似をして中宮の女房たちの衣裳を剝ぎ取ってからかった。

〈4〉花陰の鞠…治承二年（一一七八）三月に隆房が重盛の邸を訪れると、公達が蹴鞠に興じており、重盛が花陰でそれを眺めていた。

序文の冒頭は次の如くである。

〈2〉御賀の目出たさはさらにもあらずや。又、〈3〉内々の御あそび、〈4〉はかなかりしことにつけても、おかしくおぼえしことどもこそ、忘れがたく侍れ。

傍線で示した部分はそれぞれ、〈2〉〈3〉〈4〉話に照応する。〈1〉に照応する部分がないことには疑問を感じる。そこで、初めに〈2〉以下を考えることとする。

〈2〉～〈4〉の構成

〈2〉は安元二年（一一七六）三月に行われた後白河院の五十歳の御賀を記録した『安元御賀記』、特に類従本系『安元御賀記』を引用して書かれたものであることが、既に、伊井春樹氏によって論証されている。(7)『御賀記』後半の三月六日の後宴の最後の部分を用いている。冒頭を重盛の登場から始め、全体としても時忠・頼盛・教盛・経盛等、平家関係者の登場が増え、逆に宴の後に贈り物を取る場面では平家以外の人々が省略されたり等、平家の人々の動向に集中させるための改編がいくつかなされている。

〈3〉は「安元三年三月一日ごろ」と冒頭に記されているが、記録等によって確認することのできない、高倉天皇周辺におきた私的で明るいエピソードである。『右京大夫集』一九五の詞書に、「宮の亮の、「内の御方の番に候ひける」とて入り来て、例のあだごとも、まことしきことも、さまざまをかしきやうに言ひて、我も人もなのめならず笑ひつつ」等とある表現が、

内のうへ、仰らる丶様、「雨うちふりて、つれ〴〵なる夜のけしきかな。目さめぬべからんこともがな」と仰らるれば、三位中将もとみち、「御あそびなどや」と申給ふに、「そも、只今、物丶ねなど、すみぬべうもあらず。うちわらひぬべからんこともがな」とのたまはするに、左馬頭重衡、「いざ朝臣たち、ことひとつあむじ出たるは」といへば、内のうへ、「例の重衡が、さりげなくて、面白ことといひ出べきぞ」とおほせらる丶に、

などと共通することが指摘されている。破線や網かけ部分にその共通性が窺える。しかし、話の展開や表現は全く重ならない。重衡の気さくな性格を浮き彫りにする逸話という共通性の指摘に留まろう。因みに、同年正月二十四日には重盛と宗盛が左右大将となっている。これは『平家物語』巻一「吾身栄花」でも平家の栄華の象徴的事件として扱われている。更に三月五日に重盛が内大臣となり、大饗が行われた。しかし、五月末には鹿の谷の謀議が発覚し、六月一日には首謀者、藤原成親が配流され、その抗議のためもあってか、重盛は六月五日に大将を辞任する。すると、安元三年三月の頃とは、すぐ後に訪れる騒動の足音も聞こえず、小松家及び平家一門にとって、栄華に酔う日々の真っ只中であったと言え、〈3〉も屈託のない華やいだ一駒を醸し出している。

〈2〉〈3〉は共に登場人物が多いが、その官職名表記には杜撰さが窺える。例えば〈2〉で、知盛を「三位中将」（実際は四位中将）、重衡を「頭中将」（左馬頭）、通盛を「権少将」「新少将」（正四位下越前守）、経盛を「左少弁」（三位参議）、重盛を「おと丶」（大納言）とする等である。〈3〉では「三位中将もとみち、三位中将知盛、頭中将実宗、左

馬頭重衡、権亮少将維盛、隆房などやうの人〳〵」とあり、平家の公達の官職名に誤りはないものの、「三位中将基通」（実際は二位中将）、「頭中将実宗」（四位参議）が誤っている。この二人の誤りは〈2〉の知盛、重衡の誤りと共通している。官職名表記の類型化が窺える。なお、重衡は頭中将にはなっていない(8)。その重衡に「頭中将」をよく用いているのは『平家物語』である(9)。

〈4〉は「治承二年三月ばかり」の出来事とされるが、〈3〉と同様に検証のできない話で、春ののどやかな日の一幅の絵画の如き断章である(10)。

これらの三話は安元二年から治承二年にかけての連続した三年間のそれぞれの三月の出来事を切り取って構成されている。尤も、〈2〉には年月が記されていないのだが、御賀が安元二年三月四日から六日にかけて行われたことは周知のことである。従って、この第一種はどの話にも年立てが明記されているも同然と考えてよかろう。こうした年立ての記述には注目される。しかも、三月の景に限定するという工夫がなされているのである。三月を中心とした年毎の定点観測的な作品構成を心がけているといえる。

それでは、治承二年で終わっているのは何故か。それは、翌治承三年三月には既に重盛の体調が悪化しており、重盛の栄華が記せないからである。重盛は治承三年二月に東宮の百日の儀式に出仕した後に籠居し、三月には後世を祈るための熊野参詣をする。が、帰途に吐血し、病状が悪化する。五月には出家し、七月末に没した(11)。従って、三月の記事に限定する限り、治承二年三月で終わらざるを得ないのである。

〈2〉〜〈4〉は序文とも照応し、平家一門とは言っても、特に重盛及びその一家の華やかな三月を描き出した小篇といった様相を呈する。

〈1〉の特質

次に〈1〉について考える。序に〈1〉に照応する表現が記されていないことは先に述べた。更に〈1〉には年立てに些かの不審があり、〈2〉～〈4〉とは次元を異にする。まず、以下に〈1〉の全文を掲げる。

承安四年、小松の内のおとゞ、右大将にておはせし程、内裏に火ちかく侍しに、たれかはのこる人あらん、まいりつどひたりしに、「ことにさるべき右大将殿こそみえ給はね。いかなることぞや」と、人〴〵いひあへる程に、さきの声はなやかにて、まいる人あむなり。「そゝや」などいふ程にまいりて、南殿のみはしのもとにさぶらひたまふを見れば、冠に老懸して、夏のなをしのかるらかにすゞしげなるに、こてといふ物をさし給けるにや、袖のもとにしろかねをつぶとせられたりしが、直衣にすきて、いみじくつき〴〵しく見えしは、「まことに、かくしもぞすべかりける」と、心にしみておぼし《ママ》ぞかし。かたちはもの〳〵しくきよげにて、こゝはと見ゆる所なく、おもゝちけしき思ふことなげに、あたり心づかひせらるゝ気色にて、やなぐひおひてさぶらひしこそ、時にとりては、「近衛の大将とは、まことにかゝるをこそいはめ」とおぼえしか。

重盛が「夏のなをし」を「かるらかにすゞしげ」に着こなしているとする描写から、承安四年夏・秋の出来事と理解される。『飾抄』上によれば、五節の頃までは夏の衣装が許されていた。しかし、まず他話と季節が異なる。

ところで、承安四年には該当する火事が記録類に見当たらないこと、重盛の右大将就任は同年七月八日のことであり、夏の頃には重盛はまだ右大将に就任していないことが指摘されていることから、話の信憑性に疑いがもたれ、なるべく右大将就任に近い時を見据えた火事が紹介されている。例えば、同年七月五日の故御匣殿の火災、或いは、翌安元元年十一月二十日の内裏近辺の火事を指摘し、これらの誤りではないかとされる。[12] 前述の『飾抄』によれば、七月五日の火事と見ても誤りではないが、御匣殿は兼実の屋敷の側であり、内裏の近くとは言えないし[13]、何といっても、七月五日は大将就任の直前である。一方、安元元年十一月の火事は諸資料にも記されるところで[14]、重盛の登場にふさわしい場面ではある。

榊原千鶴氏は、『たまきはる』に記されている前年の承安三年四月十二日の萱御所の火事をとりあげ[15]、『たまきはる』でも同様に、右大将になっていない重盛に「右大将」と用いていることを指摘する。氏はここから、火事は重盛を右大将として連想させる力があったのではないかと推測する。

因みに、『玉葉』『清獬眼抄』には、承安四年四月十四日に、春日南堀川西の室町殿が火事にあったことを記している[16]。この時に重盛が内裏に駆けつけたのか否かは定かではないが、必ずしも、『公達草紙』の年立てに該当する火事がなかったとは言えないと思われる。

しかし、『公達草紙』で注目しなくてはならないのは、右大将重盛がその官職にふさわしい出で立ちで駆けつけたことである。引用本文に傍線を付したように、この話の眼目がまさに重盛の振る舞いにあることが理解される。重盛が武装して駆けつけるためには、あくまでも大将に就任した承安四年七月以降のことでなくてはならない。承安四年夏の出来事であったとする限りは矛盾が生じる。或いは、秋・冬の火事、もしくは翌年の火事か、不明なままである。

さて、『右京大夫集』五八詞書には、安元元年十一月の火事に触れた一節があり、その類似性が既に指摘されている。

いづれの年やらむ、五節のほど内裏近き火の事ありて、すでにあぶなかりしかば、南殿に腰輿設けて、大将をはじめて衛府の司のけしきども、心々におもしろく見えしに、大方の世の騒ぎも他にはかかる事あらじと覚えしも、忘れがたし。宮は御手車にて、行啓あるべしとぞ聞こえし。小松の大臣、大将にて、直衣に矢負ひて、中宮の御方へ参りたまへりしことがらなど、いみじう覚えき。

雲の上は燃ゆるけぶりに立ち騒ぐ人のけしきも目にとまるかな

また、『公達草紙』の絵には、詞書に書かれていない輿（『右京大夫集』には記されている）も描き込まれている。確かに『清獬眼抄』等にもこの火事について記され、『右京大夫集』の記事は齟齬しないが、『公達草紙』は先述したように不明な点が残る。春日井京子氏が指摘しているように、[17]『右京大夫集』の影響下に『公達草紙』が書かれたと見ることができよう。ならば、『右京大夫集』と同様に、安元元年冬の記事としてこれを記せばよいと思われるが、なぜ一年前の夏の記事として記したのであろうか。

『右京大夫集』は承安四年正月の記事から書き起こしている。これは偶然の一致であろうか。或いは、重盛の右大将就任の承安四年という記念すべき年が印象づけられていたと考えられようか。この点については明確な結論を得られないが、それにしても、なぜ明確に承安四年秋・冬とわかる表現を加えず、逆に「夏のなをし」としたのか。

ここで、〈2〉～〈4〉が三月の出来事に集約されていたことに思い至る。〈1〉は「夏の直衣」を着していたことだけが季節を特定させる手がかりなのだが、春も三月の終わり頃であれば、夏の直衣を用いてもさほどおかしくはないとも思い合わせられる。なるべく季節を合わせようとした工夫の跡を見出すべきではなかろうか。

いずれにせよ、〈1〉は〈2〉～〈4〉とは同一に論じることができない。〈1〉に限っては、〈2〉～〈4〉のように、三月の出来事と限定していないことにも〈1〉の特異性を認めることができよう。或いは〈1〉は増補されたものと考えられないだろうか。序との整合性のなさも、第一種が一元的に成立したとは必ずしも言えない根拠となろう。しかしながら、全体としては、各年三月の重盛を中心とした華やかな日々を点綴した小篇と言えよう。

二　第三種

第三種には左の三話が載るが、それぞれ、各話の間に脱文がある。

〈1〉立ち明す車：治承元年二月十日の暁の頃、維盛が女の家から出てくるのを偶然見つけた隆房は、その朝早速維盛の邸に押しかけ、後朝の文を見つけ、維盛を詰問する（後欠）。

〈2〉隠れ蓑の中将：隆房が朝帰りの維盛の車におしかけ、維盛を驚かせる（前後欠）。

〈3〉小柴の内：維盛・資盛・有盛等が小柴垣の家を覗くと、童が雪遊びをしている。家の中に女の気配を察し、和歌の贈答をする（前欠）。

書陵部本の形態を見ると、本来は完全に書かれていたものが、ある時期に紙継ぎのところで二箇所、それぞれ四行分、一〇センチ程切断されたことがわかる。茶掛け、手鑑等に供されたと想像される。この四行は岩波文庫本ではほぼ二行に相当する。脱落部分の分量が少ないので、各話の展開がそれほど劇的に変わるとは思われない。なお、最後は一行分空白になっている。よって、ここで物語は完結しており、巻子作成段階では後欠のない完本であったことがわかる。

〈1〉から順次見ていくこととする。〈1〉ではやはり年立てが記され、「治承元年二月十日ころ」と始まる。先に見た第一種〈3〉と同じ年だが、〈3〉が「安元三年三月一日ころ」とするのに対して、元号が異なる。安元から治承に改元したのは八月四日であり、正確に言えばこの〈1〉の記述は不正確なのだが、ここでは、第一種と連続線上にはないことのみを確認しておく。

さて、隆房が忍びの逢瀬の帰途に、偶然路傍に訳ありげな車を見つけるところから物語は始まる。隆房が不審に思って車の止まっている所の家の主を尋ね、久我雅通の女と知る。そこで車の主を待つと、それが維盛であった。暫く場面設定を確認していく。治承元年二月当時、隆房は三十歳で正四位下少将、維盛は二十歳で従四位上少将である。雅通女には藤原実守妻、中宮御匣、近衛殿がいることが『尊卑分脈』より知られる。実守妻の詳細は不明だが、実守は当時三十一歳である。中宮御匣は『たまきはる』の建春門院女房の名寄せの冒頭に記される三条殿かと思われる(18)。近衛殿は建礼門院に仕え、安徳天皇誕生後は安徳天皇にも仕え(19)、第二種〈1〉にも登場している。

隆房はこの家の女性が雅通女だと聞いて、「かたちいと名だかくて、二条院の御時御けしきありて、しきりにまいりたまふべきよしおほせられしかど、いまさらにとておぼしもかけざりけるものを、いかなるすき事ならむ」と思う。この女性にはかつて二条院の召しがあったと記されているが、「いまさらにとて〜」とあるところから、その当時は既に年長けていたと考えられる。しかし、仮に永暦元年（一一六〇）に幼く見積もって十五歳であったとしても（雅通は一一一八〜一一七五）、治承元年には三十二歳ぐらいとなっていることとなる。実際にはもう少し年長であっただろうが、いずれにせよ、三十歳を超えている。隆房とは同年代であろうか。維盛よりは一回り上の女性となる。

二条院（一一四三〜六五）の在位は保元三年（一一五八）〜永万二年（一一六五）である。また、二条帝后の妹子内親王は永暦元年に病気のために出家し、同年には藤原多子（公能女）、藤原育子（忠通女）が入内している。多子の入内は『平家物語』巻一「二代后」にも描かれるものである。すると、二条帝の後宮の複雑さに尻込みした故かとも思われる。

物語に戻る。隆房は、維盛の恋の相手の女性が誰であるかを知った時に、記憶の底から該当する女性のプロフィールを思い出した。しかし、前掲部分を読む限りでは、この時点において、この女性と隆房自身に関わりがあるわけではなさそうである。一方、維盛が女性と逢ったことを知った時には、隆房は「むねさはぐといへばおろかなり。いつよりありける事にか、さてやつれなかりつらむと、よもすがらまどろまず思あかして」、翌朝急いで維盛の屋敷に向かう。不在の維盛の部屋に入り込んで後朝の手紙を見つけ、昨夜、初めて逢ったことを知り、「くちをしといへばおろかなり。とりあへず涙もこぼれぬ」と悲しむ。一方で、心逸る隆房が維盛に対面した時には、「かう染のあるかなきかのかりぎぬ、なでしこのきぬ、うす色のさしぬきにて、つくろふ所なきあさけのすがたしも、いみじうきよらなるにぞ、まことにわがかゞみのかげはたとしへなし。女の心地にこれになびかむ、ことはりぞかしと思」と、維盛の姿に対して羨望の念を籠めた視線を送る。更には維盛の書きさした手紙のすばらしさに、手紙を待つ女の不安な気持ちを想像するにつけても、「引たがへける契のほど、うらめし」と思い、「事にいでゝもみえざりし物を、れいのしたにこがれけるにこそとおもふに、しづめがたくて」嫌味を言う。このような描写からは、隆房の煩悶、悲しみ、焦燥が表出していようし、一方では、維盛の風貌に対して、あくまでもその美しさに心からの讃仰の念を抱く、熱い視線も読み取れよう。

壬生由美氏はこの隆房に同性愛的な恋愛感情を読み取り、『源氏物語』「末摘花」における光源氏と頭中将との関係を投影させる。(20) 馬場淳子氏は壬生氏に反論し、『源氏物語』から、悪友でありつつも恋のライバルとして女を張り合う二人の関係を見、先を越された維盛に対する隆房の嫉妬心を読み取る。(21) しかし、女の存在を全く知らなかった隆房が維盛に先を越されて悔し涙を流すと解釈するのはやはり唐突である。また、隆房には内向的な苛立ちが滲み出ている。『源氏物語』を背景としていると見ることには賛同できるものの、隆房と維盛の年齢差から言っても、馬場氏の指摘するような恋のライヴァル、同等な悪友関係よりも、寧ろ、維盛が見ず知らずの女性に心を傾けていることに対する隆房の苛立ち、嫉妬、不快感、まさしく同性愛的な視線が読み取れよう。(22)

さて、この〈1〉と〈2〉の間には四行分の脱落がある。〈2〉の冒頭は不明だが、岩波文庫注には〈1〉の続編かと記される。確かに、〈1〉の事件後、それほど時間が経っているわけではなさそうである。ここでも隆房は維盛の車に押しかける。しかし、今度は、「さもげにたかきいやしき、のこるくまなくまぎるゝ、さまかな。さりとてもいで、このめる事もなき物をと思ふもおかしければ」（身分の上下にかかわらず隈なく女性のもとに忍んで通っている。そうは言っても、表面的には好き人とも思われていないのに、と苦笑する）とある。隆房は〈1〉ほどには動揺していない。寧ろ、「おかしければ」とあるように、世間の評価とは異なる維盛の意外な「このめる」一面を余裕を持って見ている様子となる。なお、維盛は「さくら色のはなやかなるなをし」を着ている。第一種〈3〉でもやはり「桜のなをし」を着て衣を隆房の柳裏直衣と交換しており、二人の親密な関係を暗示させる。また、第一・三種には維盛に対してともに「きよら」という評価を頻繁に用いており、維盛の描写の細部に共通性がある。

〈2〉と〈3〉の間にも四行分の脱落があり、〈3〉の冒頭はやはり不明であるが、季節が移って雪の積もった冬の場面となっている。話の連続性から見て、治承元年の冬と考えてよいのではないか。家の中で簾を少し引き上げている女性を見て、「れいの色なるひと」が自分の存在を知らせたいと思う。資盛が歌を詠み、「こと人」は隠れて有盛に歌を送らせる。すると、「れいの色なるひと」や「こと人」は資盛・有盛の兄、維盛を指すと考えてよかろう。維盛の「れいの色」なる側面を前提として物語を展開させている。〈3〉は維盛の単独行動ではないが、女性を見てはそのままにしておくことのできない王朝物語の主人公的な行動が描かれている。

ところで、最後には「後にきけば、中納言あきなりの女のすむ所なりけり。建春門院に新中納言とて候しはちかむねの中納言の女也」と記されている。岩波文庫注では、結尾の一文は「別の話か」とも推測されているが、先に紹介したように脱落の跡はここにはなく完結している。よって、とりあえず、前文の注的な一文と理解しておく。つまり、この女性を「中納言あきなりの女」と紹介し、その女性を「建春門院新中納言」と比定する向きもあろうが、建春門院新中納言は「親宗中納言女」であるので、「中納言あきなりの女」とは別人であると説明を加えたと解するのである。親宗女は『尊卑分脈』に「三位中将維盛妾　元暦元十二死　聞維盛卿死去之事如此云々」と注されている。小柴垣の家の女性は維盛の愛人とは異なる女性と明言される。但し、「中納言あきなり」に該当する人物は見当たらず、「中納言顕長」の誤りではないかと推測されている。[23] 藤原顕長（一一一八～六七）は顕隆男で長方の父である。顕長女としては、『尊卑分脈』に実定室（公綱・公守母）、雅長室（兼教母）、建春門院女房堀河が記されている。顕長や長方（一一三九年生）の年齢からみると、この女性も〈1〉の女性と同様の年代と思われる。

以上に見てきたように、第三種は治承元年の春と、おそらくは同年の冬における維盛の意外な好色性、事実に則ったとする立場からすれば、特に年上の女性を好む傾向を描いた小篇と言えよう。勿論、物語化、虚構化を強く指摘するならば、年齢の差については問題とされない。また、〈1〉に『源氏物語』「末摘花」の影響を見る事ができると紹介したが、他にも〈2〉には散佚物語の『隠れ蓑』[24]、〈3〉には『源氏物語』「若紫」における垣間見、『古今集』等を背景とした和歌など、王朝物語的情調を散りばめて作り上げられている。

維盛は『右京大夫集』九七詞書では「歌もえ詠まぬ者はいかに」と告白し、また、右京大夫からの和歌に対して「さるはかやうのことも、つきなき身には、言葉もなきを」（一九〇～一九二詞書）と閉口しているように、和歌を苦手とする人物とされている。一方、『平家物語』では例えば巻七「維盛都落」、巻十「維盛入水」等、風流な側面よりも、成親女との仲睦まじい夫婦関係と恩愛にひきずられる心弱き煩悶のさまが描かれている。『公達草紙』では、『平家物語』や『右京大夫集』とは異なる維盛像が窺えることになる。

維盛の美貌については既に周知のことであり、どの作品にも共通して記されているが、この第三種では、隆房という狂言回し的な人物の視点を通すことによって、維盛のまさしく意外な好色ぶりが描かれていく。殆ど恋情とでも言っていいような感情を抱く隆房が「目撃者」となることによって、読者は維盛の意外性に納得する。実際の隆房と維盛がどのような関係にあったのかはわからない。但し、〈2〉の隆房には〈1〉の面影は薄らいでいる。既に維盛の意外な一面を読者に納得させた以上、戯画化とも思われることさらな隆房の描写は必要なかったのであろうか。〈1〉における隆房の描写は維盛の一面を真実と思わせる、物語の手法と見るべきであろう。

この第三種は第一種と異なって、『右京大夫集』との親近性を窺うことはできない。一方で、第一種には殆ど見られなかった物語的表現を駆使して王朝物語風恋物語を構成し、維盛を色好みの男主人公に仕立てている。小松家の人物を中心としている点では第一・三種とも共通しているが、その表現方法の相違からは、必ずしも同じ地平に置く事はできないであろう。

三　第二種

最後に第二種を考える。第二種は次の六話からなる。

〈1〉かたのまもり：高倉院の在位の時に、中宮の女房の間に、「かたのまもり」の風流が流行した。賀茂祭の時に、女房たちは争って贅を尽くす。重衡はそれを見て大げさに褒め、帝も中宮も大笑いをする。

〈2〉秋のみ山の紅葉葉：同じ時の十月に、帝は中宮の方で隆房たちと音楽を楽しむ。藤壺の前では紅葉が美しい。帝は中宮の衣も紅葉と同様に美しいと褒め、小侍従がそれを受けて和歌を詠む。

〈3〉将棋倒し：時子が准三后の宣旨を賜り、寿永二年（一一八三）正月に拝礼が行われる。童が二、三人、不吉な歌を歌う。同年秋に現実となり、天狗の仕業と語りあった。

〈4〉建春門院の面影：安元三年（一一七七）に建春門院が亡くなった。帝はその師走に法住寺殿に方違えし、女院の遺品を眺めて涙を落とした。

〈5〉重衡とその想ひ人たち：寿永二年七月に平家都落ちに際して、重衡は大炊御門の前斎院に別れを告げに行く。重衡と関係のあった中将の君と中納言の君はそれぞれ悲しみ、重衡没後、それぞれに菩提を祈る余生を送り、人々は感動した。

〈6〉東北院の遊び：治承の頃に若殿上人たちが東北院で管絃の遊びをした。その六、七年後に世が乱れ、共に遊んだ維盛や資盛が亡くなり、人々はその時のことを思い出して涙した。

これは現在模本が残るのみであり、しかも錯簡があり(25)、本文にも誤写が多く見受けられる。しかし、最も問題となるのは、絵である。各話の後に一枚の絵が付いているが(26)、その他に次の三枚の絵が冒頭に続いている。

第一図　桜柳の風になびく中庭に、公達が一人、直衣姿で舞う。

第二図　殿舎内に数人の女性。簾の隙間より女性二人が見える。中庭に三人の公達。皆で左側、つまり庭の中央方向を眺める。

第三図　殿舎内の奥の一室に女性が一人で仏壇に向かって読経。前側には襖絵をめぐらす中に数人の女性。襖に秋の景色。

この詞書のない三枚の絵は何を意味しているのだろうか。絵の構図から物語を想定することは難しいが、視線の流れからは、第一図は第二図の次に貼られるものではないかと思われる(27)。庭上の三人の公達と邸内の女性達（第二図）は、左に継がれた庭の中央で舞う男性（第一図）を眺める構図となる。すると、この三枚の絵は、春と秋の二話であったと考えられる。

さて、各話の考察に移る。まず配列を見ると、第一・三種のようには年代順に並べられていないことに気づく。暫く、各話の年代を比定することとする。

〈1〉は「高倉院の位の御時」のみあれの日を中心とした話である。高倉院の在位は仁安三年（一一六八）～治承四年（一一八〇）二月であり、徳子が入内したのは承安元年（一一七一）十二月、中宮になったのは翌年二月である。従って、〈1〉は承安二年～治承三年のこととなる。

〈2〉は「同御時、神無月のはじめつかた」と、同じ時代の十月のこととされ、〈1〉との連続性が窺える。小侍従が高倉院に出仕したのは承安四年頃～治承三・四年頃であるので、(28)〈1〉〈2〉は同じ頃に起こったこととして問題はなく、承安四年頃～治承三年の出来事となる。

〈3〉は安徳天皇の御代の寿永二年とされる。二位尼時子が准三后の宣旨を賜ったのは治承四年（一一八〇）六月十日で、(29)福原行幸の折である。時子の拝礼についての記録は現在残っていないので、事実の確認ができない。が、慶事であるはずの拝礼を都落ちに結びつけている点は見逃せない。

〈4〉は再び安元の頃に戻る。建春門院の死は安元二年七月だが、「安元三年七月、天下諒闇になりにける」と記す。宗盛が左衛門督として登場するが、宗盛は安元二年十二月五日に左衛門督を辞している。「安元三年」は誤写の可能性が強い。ただ、安元二年師走の法住寺殿行幸の記録は見当たらず、安元三年十二月十七日の蓮華王院塔供養の時に行幸しているので、(30)安元三年の事件として描いている可能性もある。

〈5〉は寿永二年七月の平家都落ちの時の話であり、問題はない。

〈6〉は「高倉院の御時」と始まり、「治承の比」の春の頃と記されるのみだが、「大宮宰相中将実宗、左宰相中将実家、中将やすみち、たかふさ、維盛、弟の資盛、源少将まさかたなど」という登場人物名及びその官職表記が正しいとすれば、源雅賢は治承三年秋に解官されているのでそれ以前の出来事であり、藤原実家は治承二年一月に権中納言になっているので、治承元年のこととなる。

以上のように、特に〈3〉以降の年代がまちまちである。この第二種は年代記的配列は目指していないようである。それではどのような配列方法が見出されるのか。

まず、〈1〉〈2〉は安元から治承の頃の、明るい話材を取り上げている。特に、高倉院と中宮徳子との仲睦まじさを核とした君臣和楽、宮廷讃歌といった色彩の濃い逸話であり、平家の人々は脇役である。それに対し、〈3〉～〈6〉は平家の没落を扱い、特に都落ちに焦点をあてている。〈3〉では、拝礼の時の不吉な出来事を記した後に、「まことにそのとしの秋、世かはりければ、天狗などのしわざにやと人申けり」と書き添え、〈5〉では「寿永二年七月、世の中みだれ、源氏ども、宮こへみだれ入ければ、一門の人々、内府よりはじめ、おほくの公卿殿上人、皆おちゆきけり。行幸をもなしまいらせければ、世のありさまいふばかりもなくて、みな人、夢ぢにまよふ心地しけり」とし、都落ちを「世かはり」「世の中みだれ」と表現している。〈6〉では、「六とせ七とせばかりがほど、思の外なる世のみだれに、あらぬ世にみなゝりて、中にことにとしもわかく、行すゑはるかに、時の花と見へし維盛、をとゝひ、はかなくなりにければ」と記されている。前述したように、治承元年（一一七七）に行われた遊びであったとすれば、それから六、七年後とはやはり寿永二年を指すことになる。優雅な体験が「思の外なる世のみだれに、あらぬ世にみなゝりて」崩壊し、「此中にたれさき立てしのばれんずらん」といった、何気ない軽口が現実化してしまったことの衝撃が述べられている。同様に、〈4〉でも建春門院の死を記した後に「誠に其後よりぞ世もみだれ、あさましかりける」と記し、女院の死をきっかけとして世が混乱し、高倉院までもが没するという悲劇に見舞われたとする。なお、

〈4〉は高倉院を中心に描いており、その点では、暗転してはいるものの、〈1〉〈2〉との連続性も強い。〈3〉において都落ちの前兆を、〈4〉では都落ち及び平家一門の滅亡に至る悲劇の初発を、〈5〉においては都落ちという運命に抗いようもなく呑み込まれていった女性達を、また、〈6〉では風流の場で図らずも都落ち、そして死という運命を予知したかのような発言をしてしまった後悔を綴っている。〈1〉〈2〉と〈3〉〜〈6〉は別々のユニットとして編成されていることがわかる。しかし、これが連続すると、前半の明るさがその次に続く運命の暗転を一際深く彩る。様々な断章の無作為な集成ではなく、虚構も交えて、配列に工夫を見せた小篇と言えよう。すると、冒頭の絵によって類推するしかなかった二場面も、何らかの一続きのユニットであったのかもしれない。

次に表現について考える。この第二種には『右京大夫集』との親近性が指摘されている。例えば、〈2〉が「藤つぼの御前の紅葉ちりしきて、色〳〵の錦と見えてかぜにしたがふけしき」を背景としている点が、『右京大夫集』一一二の、

　里なりし女房の、藤壺の御前の紅葉ゆかしきよし申したりしを、散り過ぎにしかば、結びたる紅葉をつかはす枝に書き付く。

　吹く風も枝にのどけき御代なれば散らぬもみぢの色をこそ見れ

と類似していること、〈5〉の重衡を「世にあひ思事なかりけれど、人のなげくことなどをしはかり、なだめ申などしければ、人もありがたき事によろこびけり。はなぐ〳〵をかしきことといひて、人わらはせなどぞしける。かたちもいとなまめかしく、きよらなりけり」とする評価が『右京大夫集』二一三の、

　重衡の三位中将の、憂き身になりて、都にしばしと聞こえしころ、「ことにことに、昔近かりし人々の中にも、朝夕なれて、をかしきことを言ひ、またはかなきことにも、人のためは、便宜に心しらひありなどして、

ありがたかりしを、いかなりける報いぞ」と心憂し。見たる人の、「御顔は変らで、目もあてられぬ」など言ふが心憂く、悲しさ言ふ方なし。

朝夕に見なれ過ぐししその昔かかるべしとは思ひてもみず

等の表現と類似している等である。

また、表現ではないが、設定について付言すると、重衡は「大炊御門前斎院の御所」に参り人々と別れを惜しむ。中に「とりわきたる中」であった「中将の君といひし人」は顔を見せなかったと記される。『右京大夫集』七三詞書には、「大炊の御門の斎院、いまだ本院におはしましししころ、かの宮の中将の君のもとより」とある。式子内親王が本院にいたのは平治元年（一一五九）〜嘉応元年（一一六九）で時代は異なるが、同じ名前の女性が登場している。ただ、七五詞書によると、中将の君は一時、清経と交渉のあったことがわかるものの、重衡については触れられていない。この中将の君が〈5〉に登場する女性と同一人物であるかどうかは不明だが、「前斎院御所」及び同名の「中将の君」を登場させる点には『右京大夫集』との親近性が窺える。

ただ、これらの類似は、必ずしも『右京大夫集』からの直接の影響と断言するには至らないが、〈6〉には注意される。

治承の比にや、月も花もさかりなる夜、れいの此人々、皆ぐしてあそびけるに、花はこずゑゆきと見え、こけのうへ、池の上、みな白妙にふりしきて、物ふりたるときは木うちまじりたるしもおもしろく、月はおぼろ夜ながら、またくもらぬ光にて、いみじくえんあるよのさまなれば、大宮宰相中将琵琶ひき、少将資盛箏、やすみち・これもり笛、隆房笙のふえ、吹あはせて、つねよりもおもしろきに、ふけはてゝ、暁がたになる程に、隆房、維盛、まさかたなど朗詠、催馬楽、今様、とりぐ〳〵にうたひて、あくるなごりをおしみつゝ、こよひはことに思ひ

いであるまじういひあはせて、「此中にたれさき立てしのばれんずらん」など申けるを、
とある部分は、次の『右京大夫集』九五〜九八に類似していると指摘されている。

春ごろ、宮の、西八条に出でさせたまへりしほど、大方に参る人はさることにて、御はらから、御甥たちなど、みな番に下りて、二三人はたえず候はれしに、花の盛りに、月明かりし夜、「あたら夜を、ただにや明かさむ」とて、権亮朗詠し、笛吹き、経正琵琶弾き、御簾の内にも琴掻き合せなど、おもしろく遊びしほどに、内より隆房の少将の御文持ちて参りたりしを、やがて呼びて、さまざまの事ども尽くして、のちには、昔今の物語などして、明け方までながめしに、花は散り散らず同じにほひに、月もひとつに霞みあひつつ、やうやう白む山際、いつと言ひながら、言ふ方なくおもしろかりしを、御返し給はりて、隆房出でしに、「ただにやは」とて、扇の端を折りて、書きて取らす。

かくまでのなさけ尽くさでおほかたに花と月とをただ見ましだに

少将かたはらいたきまで詠じ誦じて、硯乞ひて、「この座なる人々何ともみな書け」とて、わが扇にかく。

かたがたに忘らるまじき今宵をば誰も心にとどめてを思へ

権亮は、「歌もえ詠まぬ者はいかに」と言はれしを、なほ責められて、

心とむな思ひ出でそといはむだに今宵はいかがやすく忘れむ

経正の朝臣

うれしくも今宵の友の数に入りて偲ばれ偲ぶつまとなるべき

と申ししを、「我しも、分きて偲ばるべきことと心やりたる」など、この人々の笑はれしかば、「いつかはさは申したる」と陳ぜしも、をかしかりき。

渡辺真理子氏は詳細に類似点を示し、慎重にではあるが、『右京大夫集』に拠った可能性を指摘する。[31] 中でも「此中にたれさき立てしのばれんずらん」という発言は、結果からみて近未来を予言してしまった不吉な言であるが、『右京大夫集』の「偲ぶ」を亡き人をしのぶ意に拡大させたと見ることができ、『公達草紙』の後出性が窺える。

ところで、〈6〉を除く諸話には『平家物語』との近さも指摘できよう。〈2〉では『平家物語』巻六「紅葉」において、高倉院が紅葉を愛した話が連想され、また〈1〉〈2〉の二人の仲睦まじさは、高倉院が葵や小督を愛した話等と対極にある話と位置づけられる。

〈3〉については左に本文を引用する。

安徳天皇の御時、八条二位殿、三后のせむじありて、寿永二季正月、鷹司殿の御例とて、拝礼おこなはれけり。内大臣よりはじめて、平家の一門、公卿殿上人、おほくならび立てゆゝしく見えけり。もの見る人おほかりける中に、すでに拝ありけるとて、わらはべ二三人「しやうぎだをしを見よ」、これをうたひ、手をたゝきたりける。ひといかにぞやきゝけるに、まことにそのとしの秋、世かはりければ、天狗などのしわざにやと人申けり。

事実の確認ができないことは先に述べたが、『平家物語』のうち、読み本系の延慶本・長門本・盛衰記に類似した記事がある。

寿永二年正月一日、節会以下如常。三日、八条殿ノ拝礼有。今朝ヨリ、俄ニサタ有ケリ。鷹司殿ノ例トカヤ。内々摂政殿ニ被仰合セケレハ、可然ヨシ申サセ給ケルニヤ。建礼門院、六波羅ノ泉殿ニワタラセ給フ、其御所ニテ此事有。申継ハ、左少将清経朝臣、公卿九人、内大臣宗盛、（略）。八条殿御方ニ拝礼可有之由、御セウトノ左衛門督ノ申行ハレタリケリ。皇后宮母后ニ准ヘ給ケレハ、拝礼ナカリケリ。八条殿拝礼サシスキテソ覚ル。二条ノ大宮モ、上西門院ニ母儀ニ准ラレケレトモ、拝礼ナカリシ物ヲ。東国北国乱タリ。天下静ナラス。世既ニ至極セリ。入舞ニ

（延慶本巻七—五「宗盛大納言ニ還成給事」）

ヤト、宰相入道成頼ハ被申ケルトカヤ。

『平家物語』では、平家の公達が多数参加したことが記され、この儀が不相応なものであり、平家最後の華やかさの誇示であったと、批判的に記される。『公達草紙』でもその論調は変わらないが、より明確に不吉な前兆と捉えて都落ちに直結させている。春日井京子氏は、『公達草紙』が読み本系平家物語との共通資料を用いたか、或いは『平家物語』を参照したかと推測しているが、(32) この限りでは両作品の関係を位置づけることはできない。

〈4〉に描かれる建春門院への追慕は『平家物語』に限るものではない。但し、『平家物語』では後白河院が女院を追慕するが（巻四「厳島御幸」、巻六「小督」等）、ここでは高倉院が中心に据えられている。

〈5〉では、『平家物語』巻七には忠度と俊成、経正と守覚法親王との別れが描かれ、女性との別れは維盛と妻との別離が描かれる。重衡の都落ちは『平家物語』には格別には語られていない。『平家物語』巻十・巻十一では内裏女房や千手前、また、北方等との哀話が描かれているが、それは重衡が捕虜となってからのことである。〈5〉は重衡の性格からして格別な違和感はないものの、『平家物語』とは重ならない話が載せられている。

これらが『平家物語』諸本に共通する内容であるのに対し、〈3〉は読み本系にしかない記事である点が異質である。この点については、後に再考する。この第二種は『平家物語』と近い世界を取り上げながら、〈3〉を除けば、不思議なほど重なりを見せていない。

ここでもう一つ注目すべき表現を指摘したい。それは人物紹介の方法である。第一・三種では見られなかった「ときこえし」「といふ」「といひし」という、第三者的な記述方法をとるのである。

〈1〉では、「近衛どのときこえし人は、久我の内のおとゞの女なりけり」「藤大納言実国の女、新大納言といふ」「しげひらの三位中将といひし人」、〈2〉では「小侍従といひし人」、〈5〉では「三位中将重衡といひし人」「中将の君といひし人」「伏見中納言師仲のむすめ、中納言の君といふ」と記される。松尾葦江氏は、第二種に第一・三種とは異なる「説話文学的まなざしと語りくち」を指摘している。[33] 第二種の、事実に基づいた物語を志向する傾向と考えられる。しかし、よく見ると、〈2〉の「隆房、これもり、まさかた、朗詠し、今様などうたひ」、〈4〉の「御ともに左衛門督宗盛、中宮大夫時忠など候はれける」、〈6〉の「大宮宰相中将実宗、（略）たかふさ、維盛、弟の資盛、源少将まさかたなど、つねにうちつれてあそぶ人々なりけり」にはそのような表現が使われていない。表現者は隆房、維盛及びその周辺については近い距離で接している。第一種では重衡に対しても決して「といふ」とは用いていなかったことを見れば、第二種は確かに異なるが、隆房の視点を設定した第一・三種との共通性を見てよいのではないか。

おわりに

以上、第二種は第一・三種に比べると、配列の仕方、人物紹介の方法などに独自性を見出すことができた。が、第一種と第三種もそれぞれにテーマが異なり、先学の指摘のとおり、第一・二・三種、それぞれに別の構成意識を以て編まれた作品と言った方が穏当であろう。但し、隆房を軸としつつ平家一門、特に小松家の一族や重衡を主たる登場人物としているなど共通する面も多い。また、『右京大夫集』からの影響関係についても、第一種〈1〉、第二種〈6〉に特に顕著に表れており、第一・二種共に『右京大夫集』からの影響が窺えることとなる。

また、第二種が二つのユニットで編成されていたことに注目したい。この二ユニットは同じ第二種の中ということで連続して読むことになるが、別々のものと見てもよい。主題は確かに異なっていた。ということは、第一種・第三種も、それぞれに小テーマをもって編成されたユニット作品と言えよう。平家一門の栄華を描いているといっても、治承元年（安元三年）を扱ったものが最も多く、治承元年を中心とした前後五年、及び都落ちの寿永二年までにほぼ収まる。その間の一門の日々を、隆房を軸に、様々な小ユニットで括りながら編んでいるのである。

結果的には多面的な公達の物語ができあがったのであるが、それでは、このような作品を製作する場として、どのような状況を想定すればよいのだろうか。元号の記述方法からしても、第一種と第三種とは異なっており、一連の共通資料から作られたものではないことが窺える。同様なことは、登場人物の官職名表記の方法や誤記からも言える。これらは、各話の原資料の性質が不統一、多様であったことを示すと思われる。また、第一種においては、その成立に段階がある可能性も示した。多くの平家公達に関わる資料を集め、それらから適宜選択し、三様の構成意図のもとに、時には虚構を交えて配列に工夫を凝らしながら作り上げる。そのような製作過程が想像される。

第一種は白描の絵巻で南北朝期のものであり、[34]第二種も模本しか残っていないが、本来は白描の絵巻であった。第三種には絵がないが、やはり鎌倉末期の作である。第一・三種共にほぼ同時代の所産であることを見ると、これらは転写を重ねた結果というよりも、原型にかなり近いものであったと考えられるのではないか。[35]例えば、小規模な白描絵を複数製作するようにとの要請があったと考えたら如何であろうか。白描が流行したのが十三世紀から十四世紀にかけてと考えられている。その時代であれば、『右京大夫集』や類従本『安元御賀記』等を参考として作品を作り上げることにさして困難はないであろう。冒頭に掲げたような極端な可能性を否定するには至らないが、表現の方法が異なるからといって、全体に流れる共通性を無視することもできない。全く異なる環境でそれぞれが独自に作られたとまではいえまい。

最後に『平家物語』との関係について考えてみたい。重盛や維盛といった小松家に関心を持つ姿勢は『平家物語』と共通する。一方、第二種の諸話は、『平家物語』とは近いものの重ならない。これは第三種の維盛の人物造型についても同様である。維盛を好もしい人物として好意的に描くことでは共通するものの、その好色ぶりや、あるいは年上の女性を好む様子も含めて、意外な一面として読者を驚かせることとなった。第一・二種の重衡についてはその性格描写に関しての意外性はないが、エピソードは重ならない。特に、第二種では都落ちに際して、『平家物語』とは異なる秘話を描いている。重衡の女性との交渉は『平家物語』における重衡捕縛後の諸話を想起させるものの、やはり重ならない。こうした『平家物語』にない諸側面を描いている点は偶然なのだろうか。この距離の取り方は、『公達草紙』が『建礼門院右京大夫集』を意識し、その影響下にあると考えられるものの、事件の場、内容を少しずつ変化させていることと共通しているように思われる。『公達草紙』は『平家物語』を意識していたと考えることは許されないだろうか。

白描の流行時期であれば、『平家物語』は成立していると思われる。この『公達草紙』の内容からは逆に、『平家物語』が既に現存本に近い構成と内容を持っていたと考えられるのではなかろうか。第二種〈3〉は読み本系の『平家物語』本文を利用した可能性もあろう。『平家物語』がどのような形で作られ、どのような享受者がそれを受容していたのか、それらは不明だが、『平家物語』の流布状況を推測させる資料としての可能性を提示しておきたい。『右京大夫集』や類従本系『安元御賀記』、あるいは『平家物語』によって形作られた重盛・維盛・重衡などの登場人物の好ましい貴族的側面が増幅される方向で『公達草紙』は作られている。そのような『平家物語』への接し方、『平家物語』に対する共鳴が土壌として存在したことが理解される。

なお、岩佐美代子氏は、『竹むきが記』に『公達草紙』第一種〈1〉からの引用があることを指摘している。[36]すると、『竹むきが記』の執筆（貞和五年〈一三四九〉）以前に『公達草紙』の成立を見ることとなる。これは白描の流行時期とも、『平家物語』の成立ともそれほど矛盾しないことを付言しておく。

注

（1）翻刻は、小川寿一「平家公達巻に就いて」（『歴史と国文学』11巻2号　昭和9年8月）、田中一松「平家公達草紙について」（『国華』665・666号　昭和22年8・9月。『田中一松絵画史論集　上巻』〈中央公論美術出版　昭和60年〉再収）、中村義雄「平家公達草紙と藤原隆房――青海波の段の出典を中心として――」（『美術研究』215号　昭和36年3月。『絵巻物詞書の研究』〈角川書店　昭和57年〉再収）、中野幸一「書陵部蔵佚名物語一巻について――「平家公達草紙」の残欠か――」（『国語と国文学』40巻3号　昭和38年3月。『物語文学論攷』〈教育センター　昭和46年〉再収）、西谷元夫「『平家公達草紙絵巻』について」（『立正大学国語国文』6号　昭和42年1月）、桑原博史「冷泉為恭筆『平家公達巻』模本について」（『ことひら』26号　昭和46年1月）、『建礼門院右京大夫集　付平家公達草紙』（岩波文庫　昭和53年3月）等がある。本文の引用においては句読点・濁点等は付したが、底本の表記を尊重した。また、各話の小題は岩波文庫本に拠った。

（2）兵藤裕己「平家公達草紙」（『体系物語文学史5』有精堂　平成3年）

（3）中村氏は前掲注（1）では、第三種紹介以前に、第一・二種について指摘した。他に、本位田重美「平家公達草紙の詞章について」（『人文研究』13巻2号　昭和37年8月。『古代和歌論考』〈笠間書院　昭和52年〉再収）、角田文衛『平家後抄落日後の平家』（朝日新聞社　昭和53年9月）第六章等。

（4）中野幸一「『平家公達草紙』をめぐって」（『軍記物とその周辺』早稲田大学出版部　昭和44年3月。『物語文学論攷』〈前掲〉再収）、桑原博史『中世物語の基礎的研究　資料と史的考察』（風間書房　昭和46年）第一章「平安末期の一貴族藤原隆房の生涯とその作品」、久保田淳「平家文化の中の『源氏物語』――『安元御賀記』と『高倉院昇霞記』――」（『文学』50巻7号　昭和57年7月。『藤原定家とその時代』〈岩波書店　平成6年〉一―5再収）等。

（5）松尾葦江「平家公達草紙小考――『平家物語』にならなかった平家物語――」（『中世文学論叢』4号　昭和56年7月。『平家物語論究』〈明治書院　昭和60年〉第四章三再収）、兵藤氏前掲注（2）等。

（6）中村氏前掲注（1）、渡辺真理子「「建礼門院右京大夫集」と「平家公達草紙」」（『国語国文学会誌（福岡教育大学）』16号

昭和48年12月）、糸賀きみ江「平家文化」（『講座日本文学　平家物語　下』至文堂　昭和53年3月）、藤田一尊「『平家公達草紙』の成立に関する一考察――『建礼門院右京大夫集』を資料として――」（「日本文学研究（大東文化大学）」27号　昭和63年3月）等。

（7）伊井春樹「『安元御賀記』の成立――定家本から類従本・『平家公達草紙』へ――」（「国語国文」61巻1号　平成4年1月）

（8）左近衛中将であったのは治承三年一月から十二月までと、治承五年五月以降であり、蔵人頭は治承四年一月から治承五年五月までである。

（9）伊井氏は前掲注（7）で、〈2〉における知盛、重衡の官職名の誤記を、『平家物語』との共通資料によったか、『平家物語』が『公達草紙』を参考にしたかと推測している。

（10）兵藤氏は前掲注（2）で、〈4〉の構図を、平家時代の終焉の象徴と読み取っている。

（11）「前内大臣正二位平重盛〈年四十二〉、依病出家〈于時厳親入道太政大臣見存〉、日来不食云々、去二月東宮御百日出仕、其後籠居、三月被熊野□申後世事云々、於精進屋食事、頗復例之間、反吐血、其後又不食、逐日枯槁云々」（『山槐記』五月二十五日条）、「内大臣重献辞表」（『玉葉』三月十一日条）、「内大臣入道所労危急云々」（『玉葉』七月二十日条）、「今暁入道内府薨去云々、或説去夜云々」（『玉葉』七月二十九日条）

（12）中村氏前掲注（1）、岩波文庫注等。

（13）「去夜半、故御匣殿堂、并舎屋焼亡、依近隣、下官参女院、此間、已及天曙、風吹之間、余炎不及他所云々」（『玉葉』七月六日条）

（14）「後清録記云。安元元年乙未十一月廿日丁卯。天晴。未刻許。東寺僧正禎喜壇所〈内御持僧。姉小路大宮。故兼成宅〉焼亡。風起東北。余炎及禁裡〈二条南油小路已東。閑院殿〉。已至押小路西為灰塵了。其間主上出御南殿。公卿殿上人群参。近衛司已企柏挟入御。出衣帯胡籙。腰輿寄南殿階間」（『清獬眼抄』内裏近隣炎上事〈付闘諍事〉）。「未刻炎上、禎喜法務壇所失火云々、余炎及閑院西裏檜辺、内裏屋々、火数ヶ所付云々」（『玉葉』十一月二十日条）。他にも『建礼門院右京大夫集』五八、『隆房集』四五等。

(15)「右大将とは重盛の侍どもの火のもとに入りて、柱を切り散らし消ちたると聞こえしも、折につけてはつき〴〵しくきこえしにや」(『たまきはる』)。榊原千鶴「伝承される姿——『平家公達草紙』の右大将重盛像——」(「日本文学」49巻3号　平成12年3月)。

(16)「今暁春日堀川〈故殿若君幷其母尼上被坐所也〉焼亡」(『玉葉』同日条)、「後清録記云、承安四年甲午四月十四日庚午、天晴、今暁春日南堀川西室殿御所焼亡、及猪熊面」(『清獬眼抄』禊祭無奏事)

(17)春日井京子氏は、この場面について、『公達草紙』が『右京大夫集』を用いて手を加えていると指摘している(「『安元御賀記』と『平家公達草紙』——記録から〈平家の物語〉へ——」〈「伝承文学研究」45号　平成8年5月〉)。

(18)「三条殿　久我の内大臣の女。源大納言と言ひし折、出だし立てて参らせられたりける。ひせ、とかやと聞えし。母は竹殿とぞ言ふなりし」(『たまきはる』)

(19)「今日依申日無東宮御戴餅、供御薬云々、儲君出御昼御座、近衛殿〈久我内大臣女〉奉抱、御乳母洞院局〈兄盛方朝臣逝去軽服日数内〉候陪膳」(『山槐記』治承三年正月一日条)、「此間東宮出御々座、供餅事用吉時、〈中略〉女房近衛局〈故久我内大臣娘、祗候中宮東宮人也〉持御剣」(同　正月六日条)

(20)壬生由美「『平家物語』における平維盛像の形成——『源氏物語』との関係をめぐって——」(「国文」73号　平成2年7月)

(21)馬場淳子「『平家公達草紙』の維盛像」(『平家物語の転生と再生』笠間書院　平成15年3月)

(22)なお、『源氏物語』須磨巻における頭中将の発話の表層に、光源氏への同性愛さえ感じさせる友情を描いていることが指摘されている(三谷邦明『物語文学の言説』〈有精堂　平成4年〉あとがき)。

(23)中野氏前掲注(1)、岩波文庫注等。

(24)中野氏前掲注(1)、糸賀氏前掲注(6)、馬場氏前掲注(21)等。

(25)東博本は〈1〉の詞書の次に〈2〉の後半と〈2〉の絵が続き、次に〈1〉の絵と〈2〉の詞書の前半が継がれている。これは模写の底本の段階での錯簡と思われる。また金刀比羅本は、〈1〉の詞書の次に三枚の絵が入って〈2〉の詞書・絵が続き、次に〈1〉の絵が継がれている。〈1〉の絵の位置が東博本と同じであるところから、本来は東博本と同様の錯簡があったと想像される。それを修正しようとして、〈1〉〈2〉の詞書を移したが、〈1〉の絵の位置は直されなかったと想像される。

(26)　金刀比羅本は〈6〉のみ絵→詞の順となっている。

(27)　五味文彦氏の御教示による。

(28)　冨倉徳次郎『右京大夫・小侍従』（三省堂　昭和17年）

(29)「入道前太政大臣幷従三位〈時子〉被下准三宮勅畢」（『百練抄』治承四年六月十日条）

(30)「蓮華王院内立五重塔供養。有行幸」（『百練抄』安元三年十二月十七日条）

(31)　前掲注（6）

(32)　前掲注（17）

(33)　前掲注（5）

(34)　なお、第一種は各話とも絵、詞の順に継がれていくが、〈3〉の後半のみ、逆順となる。この絵の部分は前田青邨画（実物は〈1〉の一枚と共に前田氏所蔵）であるが、この順は氏に譲られる以前の形態と思われる。

(35)　小林加代子氏は、隆房のイメージが作られていく時代と、白描物語絵の時代とを重ねて『公達草紙』の成立を考察している（「「隆房」というイメージ」〈『同志社国文学』56号　平成14年3月〉）。

(36)「『竹むきが記』の引歌」（『女流日記文学講座6』勉誠社　平成2年10月。『宮廷女房文学読解考中世篇』〈笠間書院　平成11年〉「『竹むきが記』読解考」再収）

〔付記〕

福岡市美術館・宮内庁書陵部・東京国立博物館・金刀比羅宮図書館には、絵巻の閲覧・調査の許可を頂いた。記して感謝申し上げる。

第二章　平家物語と周辺諸作品との交響

はじめに

平家物語の作品世界と同じ時代を舞台とする諸作品の研究が近年進展している。その成果を平家物語に反映させて、平家物語の形成と享受に関わる問題を考えたい。具体的には、『高倉院厳島御幸記』、『隆房集』、『安元御賀記』、『建礼門院右京大夫集』、『平家公達草紙』を対象とし、先行研究に導かれながら論を進めていく。

一　『高倉院厳島御幸記』

『高倉院厳島御幸記』（以下『御幸記』）は、治承四年（一一八〇）二月に高倉院が安徳天皇に譲位し、その後の初めての御幸として厳島神社を選んで四月に御幸した時の記録である。廷臣源通親が仮名で書いた、半ば公的なものである。従って、その成立はまさに平家全盛期のはずだが、内容には平家や平清盛を批判する文言が散見される。そこで、平家滅亡後に、通親自身が書き直したのではないかと考えられてきた。

しかし近年、小川剛生氏は、到底通親自身の改作とは思えない杜撰さを複数指摘した。また、通親生前の改編とするには時代的に疑問が残る点があることから、改作の時代を通親の生前よりも降らせる可能性、及び平家物語の影響の可能性を指摘した。[1]

氏はまず、現存の写本のすべてが金沢貞顕自筆の梅沢本に発することを確認し、その蔵書印が、貞顕が乾元・嘉元（一三〇二～〇六）の頃に京都で蒐集した書物群に含まれるものであるという先行研究と、嘉元元年（一三〇三）に貞顕が『たまきはる』を書写していることから、現存『御幸記』の本文も同じような時期に書写された可能性があることを示し、本文の改変の下限を嘉元元年頃までとした。

改作の時期が十三世紀後半までであれば、平家物語は既に語られ、読まれている。当然、改作にあたって平家物語の影響を視野に入れることになる。すると、左の『御幸記』の記述は如何か。

位降りさせ給ては、加茂、八幡などへこそいつしか御幸有に、思ひもかけぬ海のはてへ浪を凌ぎて、いかなるべき御幸ぞと歎き思へども、荒き浪の気色、風もやまねば、口より外に出す人もなし。

左に同じ箇所の延慶本（巻四―四「新院厳島へ可有御参事」）を載せる。

「帝王位ヲサラセヲハシマシテ後、諸社ノ御幸初ニハ、八幡、賀茂、春日、平野ナトヘ御幸有テコソ、何ノ社ヘモ御幸アレ。イカニシテ西ノハテノ島国ニワタラセ給社ヘ御幸ナルヤラム」ト人アヤシミ申ケレハ

（長門本は同文。覚一本もほぼ同文）

武久堅氏はかつて、『御幸記』が平家物語に先行するという通説に従って、延慶本との類似を、「平家物語の側の『御幸記』参照」部分としたが、[2]逆に『御幸記』が平家物語を参照して改変した可能性が考えられる。これも、平家批判の一環として記される部分である。十三世紀後半には『御幸記』改編の素材とされるほどに広範囲に、予想以上に平家物語が用いられていたと考えられる。因みに、この改作された『御幸記』を用いて、語り本系及び覚一本は増補を行っている。[3]

二　『隆房集』

『隆房集』には、第一種本（御所本系。以下『隆房集』）、第二種本（定家本系。第一種本の詞書を簡略化したもの）、第三種本（艶詞系。以下『恋づくし』）、及び『隆房卿艶詞絵巻』（以下『絵巻』）がある。

『隆房集』は百首歌で、気まぐれとも思われる女の態度に翻弄される男の哀れな恋の顛末が綴られている。男は女に恋をして、かろうじて思いを遂げ、女もその気になるものの、突然、女の強烈な拒絶（左表40）に会い、狼狽する。やがて再会（53）するものの、すぐに女から絶縁を言い渡され（62）、未練のうちに悶々と過ごす。それに対して『恋づくし』は、『隆房集』での一回目の拒絶に関する歌は削られ、女からの拒絶は一度だけになる（49）。和歌を所々省略し詞書を改編したために、詞書と和歌の不整合がしばしば起こっているが、ともあれ、恋の進展と破局への道のりを単純化して、整理している。

〔歌番号対照表〕

隆房集	恋づくし	
1	1	
2	2	出会い
3	3	
4	4	
5	5	夏
6	6	
7		
8	7	
9	8	
10	9	
11	10	
12	11	
13		
14	12	
15		
16	13	
17	14	
18	15	
19	16	
20	17	
21	18	
22	19	四月
23	20	

隆房集	恋づくし	
24	21	
25	22	
26	23	
27	24	
28	25	
29	26	
30		
31	27	
32	28	
33	29	
34	30	
35		
36	31	
37	32	
38		
39		
40	67	拒絶
41		
42		
43		
44		
45	33	安元元年十一月
46	34	

隆房集	恋づくし	
47	35	安元元年八月
48	36	一周年
49	37	
50	38	
51	39	
52	40	
53	41	再会
54	42	
55	43	
56	44	
57	45	
58	46	
59	47	
60		
61	48	
62	49	絶縁
63	50	
64	51	歳暮
65	52	
66	53	
67	54	
68	55	
69	56	

隆房集	恋づくし	
70	57	
71	58	
72	59	
73	60	安元二年三月
74	61	
75	62	
76	63	
77	64	
78	65	
79	66	
80	□	
81	68	
82	69	
83	70	
84	71	
85	72	
86	73	
87	74	
88	75	
89		
90		
91		
92		

隆房集	恋づくし	絵巻
93		
94		
95		
96		
97	76	
98	77	
99		
100		
	78	①
	79	②
	80	③
		④

※78＝長歌　79・80＝反歌
※①＝長歌　②・③・④＝反歌

従来は、『隆房集』が隆房の手によって作られ、隆房自身がそれを改編して『恋づくし』が作られ、更に時代が下って末尾の長歌を独立させ、それをもとにして『絵巻』が制作されたと考えられてきたが、これは近年、渡邉裕美子氏と家永香織氏によって修整された[4]。両氏は、隆房自作の『隆房集』に対し、『恋づくし』は隆房自作ではなく、十三世紀後半ころのものとすることについて、共通の結論を導いている。隆房改作者説を否定する根拠は、隆房であったら作り得ない杜撰さが見受けられることである。具体的には、詠歌状況の変更、歌語の改変（特殊から一般へ）、表現の類型化・単純化、『伊勢物語』離れ、詞書と和歌との齟齬、意味内容やつながりが悪くなること、修辞の無効化などがあげられた。また、『恋づくし』の成立の下限は、『文机談』に「恋づくし」と記されることから、『文机談』の成立以前、つまり、文永～弘安（一二六四～八八）以前とされた。また、『絵巻』が白描絵で、白描絵の流行がやはり十三世紀後半であることも、『恋づくし』成立時期の根拠とされている。

ところで、平家物語は『隆房集』を用いて、巻六「小督」の冒頭部分を作っている。

○覚一本（太字部分は『隆房集』との共通部分。太字部分については読み本系もほぼ同じ）

小督殿、「われ君にめされんうへは、少将いかにいふとも、詞をもかはし、文をみるべきにもあらず」とて、つてのなさけをだにもかけられず。少将もしやと一首の歌をようで、小督殿のおはしける御簾の内へ**なげいれたる。**

おもひかねこゝろはそらにみちのくのちかのしほがまちかきかひなし

小督殿、やがて返事もせばやとおもはれけめども、君の御ため御うしろめたうやおもはれけん、**手にだにとてもみたまはず。**上童にとらせて**坪のうちへぞなげいだす。少将なさけなう恨しけれども、人もみれ**とそらおそろしうおもはれければ、**いそぎ是をとて、ふところに入てぞ出られける。**なをたちかへて、

たまづさを今は手にだにとらじとやさこそ心におもひすつとも

○『隆房集』（右傍書は『恋づくし』。和歌番号は『隆房集』（『恋づくし』）の順。太字部分は平家物語との共通部分）

若き人々集まりて、てな□□などする所に、この人もその中にあり。よそなるさまに《やうにて》物語などするほどに、しのびあまりぬる《かねたる》心の内の、色にや出でぬらむ《て見えけん》、硯を引き寄せて、「陸奥千賀の塩釜」と書きて、**投げおこせたりし**ことの、常は思ひ出でられて

21 (18) **思ひかね心は空に陸奥の千賀の塩釜近きかひなし**

わりなくして文も《を》取らせたりしを、**土に投げ落して、取らざりしかば、いとはしたなく、恨めしながら、人もぞ見るとて、取り隠して**しことを

40 (67) **たまづさを今は手にだに取らじとやさこそ心に思ひ捨つとも**

右のように、『隆房集』を利用することによって平家物語の本文が出来上がっている。

　ところで、我々が隆房の恋の相手を小督と認識できるのは平家物語によって得た知識に基づくからで、『隆房集』を読む限り、相手の女性は高倉天皇付きの女房ということ以上の特定ができない。これは既に諸氏が指摘するところである。しかし、『恋づくし』に付された長歌（78）は小督を意識して作っていると思われる。長歌は『隆房集』の内容を踏まえて、その全体をまとめた形で作られている。『恋づくし』よりも『絵巻』の長歌の方が良質なので、[5]左には『絵巻』の長歌から検討部分を抜粋する。

　さても我が×　君に仕へて　来し方は　春の御山の　花に馴れ　今は雲井の　月影の　長閑に照らす　御代に逢ひて　心行く事　多けれど　（1）春日の山の　藤浪の　木高き色に　人知れぬ　心を尽くし　初めしより　寝ても覚めても　忘られぬ　思のみなる《なるかな》　由無さよ《は》　（略）　今日又見ても　又恋し　見る甲斐多き　玉梓は　更にも言はず　手に触れし　物としなければ　はかも無き　塵の端まで　懐かしみ　取り積みぞ置く《て》　斯くまでに　ただ味気無く　覚ゆるに　（2）三笠の山の　榊葉の　宮この旅に　移るとか　天の下みな　騒ぎつつ　別きて如何にと　思ふにも　騒ぐ心は　潮風《大》に　砕くる浪に　異ならず　（略）

（右傍書は『恋づくし』）

（1）は明らかに藤原氏の女性に恋をしたことを表している。（2）は承安三年（一一七三）十一月の興福寺の御輿振・春日社の神木動座を示すかと指摘されている。[6]家永氏は、小督の一族には興福寺僧が多いことから、これも小督の存在を類推させるものの、小督一族の僧が活躍をするのは小督出家以後のこととする。氏の指摘するように、この長歌が隆房生前の作であるならば時期的な齟齬があるのはおかしい。やはり、かなり後になってから、小督を意識して作られたものと思われる。しかし、隆房の死後半世紀近く後の改作にあたって、相手が小督だということは周知の事実だったのだろうか。

この点について、長歌が十三世紀末期ごろまでに作られたのであれば、平家物語が影響していることは十分に考えられる。平家物語で得た知識をもとに、隆房の恋の相手を小督に設定して、長歌を作ったと考えることができよう。

ところで、家永氏は絵巻制作のために長歌が作られ、それが十三世紀後半に改作された『恋づくし』に加えられた可能性を指摘している。氏の指摘のように、現在の『恋づくし』に至るまでに段階的な成立をみたとしても、『恋づくし』への第一段階の改作にあたって平家物語が意識されていたことは推測できる。『隆房集』40が『恋づくし』では67に移動していることがその根拠である。先述したように、『恋づくし』は『隆房集』の歌を何首か省略し、詞書を改変するという編集方針をとっているが、40だけが特異な移動をしている。『隆房集』では、隆房は40の場面をきっかけとして、突然絶望の淵をさまようことになる。しかし、『恋づくし』では、この40を含む一度目の拒絶はすべて省略されている。『隆房集』では二度目の拒絶にあたる場面を、『恋づくし』では49で女からのはじめての拒絶とする。久保田淳氏は、40を移動することによって整った構成ができあがっているとするが[7]、40（67）の有無に拘らず、『恋づくし』の構成は、拒絶は一回という形に整えられているのである。

なぜそうまでして40を移動させたのか。確かに40の内容は強烈で、省略するのは惜しいと思われたのかもしれない。しかし、40への拘りの強さの源泉に平家物語の存在を見ることはできないだろうか。平家物語に採られた歌を残すためには、位置を移動するしかないからである。但し、この推測を外しても、時代的に見て、『隆房集』を平家物語が用い、そうした平家物語を背後にして長歌、或いは現在の『恋づくし』があるという構図は十分に描けるであろう。

なお、延慶本には98もあり、地の文にも『隆房集』と近い表現があることが指摘されている[8]。これらは延慶本が独自に増補したものと考えられる。

三　『安元御賀記』

（1）

『安元御賀記』（以下『御賀記』）は安元二年（一一七六）三月四日から三日間にわたって挙行された後白河院の五十賀を藤原隆房が仮名で記録した作品で、これも原作（定家本系）と改作（類従本系）の二系統が現存している。既に伊井春樹氏が改作の経路を詳細に分析している。[9]氏は、『御賀記』はあくまでも後白河院の五十賀の記録だったのであり、それを反映したのが定家本系の本文であり、定家本系の記述が正しく、類従本系では差し替えによって錯誤を犯したり、後年の昇進による官職に改めるなど、かなり杜撰な態度が見えるとしている。また、類従本系への改編は、平家一門のはなやかな活躍ぶりをきわだたせるためとし、改作の時期については、寿永二年（一一八三）の平家都落ち以前とし、隆房自身の手による改作と考えた。この改作者と時期については春日井京子氏によって反論がなされた。[10]氏は、類従本系の錯誤や官職の改め方などが同時代の人間の営為とは思われない杜撰さを見せることから、類従本系の作者は隆房ではなく、成立は隆房没後、おおよそ承久の乱後から十四世紀の前半までの範囲ではないかとした。氏の推測は首肯される。すると、この改作にあたって、やはり平家物語からの影響も視野に入れることとなる。そこで、次の一節が注目される。

又院別当中宮大夫隆季を御使にて。八条入道おほきおとどのがり。院宣をくりつかはさる。此度の御賀に。一家の上達部。殿上人。行事につけても。殊にすぐれたる事おほし。朝家の御かざりと見ゆるぞ。殊に悦びおぼしめすよしおほす。此よしを悦び申て。御使に白がねの箱に金百両を入て送らる。院きこしめして。物よかりけるぬしかなと仰事あり。

これは類従本系独自の増補部分で、御賀が大成功を収めた礼として、院から八条入道太政大臣清盛のもとに院宣が下り、清盛も返礼をしたという。勿論、このような院宣が出されるとは思えない。しかも、「白がねの箱に金百両」を入れて院に送ったという記述は、左の平家物語の、徳子の安産を自ら祈った院に、清盛が行った行為を思い出させる。

入道相国うれしさのあまりに、砂金一千両、富士の綿二千両、法皇へ進上せらる。しかるべからすとぞ、人々内々さゝやきあはれける。（覚一本巻三「公卿揃」）

其上沙金一千両、富士綿千両ヲ御験者ノ禄ニ法皇ニ進セラレタリケルコソ、弥ヨ奇異ノ珍事ニテアリケレ。（延慶本巻三―八「中宮御産有事　付諸僧加持事」）

『山槐記』治承二年（一一七八）十月七日条には、「申終刻法皇密有御幸、令奉護身宮給、後聞、有御布施、以金二十両裹成独鈷形云々」と、中宮徳子の出産前に後白河院が護身を行い、それに対して布施を差し出した記事がある。わざわざ忠親が記したのは、やはり珍しく不可思議な出来事であったからだと思われる。しかし人々の記憶に残るのは、『山槐記』よりも平家物語であろう。清盛が後白河院に法外な謝礼を送るという展開を類従本系が作り出せたのは、平家物語が与えた知識があったからではなかろうか。

さて既に指摘にあるように、類従本系には、増補部分の人物の官職名などに混乱が見える。その中で、重衡について見ると、定家本系では史実どおりに「左馬頭」とするだけだが、類従本系では「宮亮」とも記す。官職として誤りではないが、増補部分にのみ多用されている。維盛も「権亮」が多用されている。これらは中宮、即ち建礼門院の周辺から捉えた官職名であり、『建礼門院右京大夫集』（以下『右京大夫集』）では多用されている。

また、一日目の舞の後に禄を賜る様が記され、更に重衡・資盛らの名を列挙して「殊にほこりかにおもふ事なげなる人々」と加え、二日目の鞠遊びの場でも実宗・重衡を「ことに花やかにほこりかなる若き人にて、えたへず笑ひぬる」と記す。このように重衡たちに対して「誇りかなり」が二回用いられているが、これも『右京大夫集』に描かれた重衡たちの屈託ない若々しさと重ね合わせることができる。これらには『右京大夫集』の影響が見えるのではないか。

（2）

次に維盛の描写についてみると、一日目の舞では、隆房が舞う入綾を、類従本系では維盛に代えている。二日目の舟遊びと鞠遊びでも、類従本系では盛んに公達が褒められ、特に維盛の笛が高倉天皇よりも優れていると書かれたりもする。しかし、三日目の後宴が加筆の最たるものであり、その一部を左に引用する。

〔定家本系〕りんだいはて丶、せいがいはいでかはりてまふ。これもり、なりむねともに右のそでをかたぬぐ。かいふのはんぴ、らでんのほそだち、こむぢの水のもんのひらを、やなぐひをときて、おいかけをかく。まいをはりてはじめのごとくにつらなりてがくやへいる。

〔類従本系〕りんだいはて丶。せいがいは出かはりてまふ。これもり。**なりむねなどなり。権亮少将。**右の袖をかたぬぐ。かいふのはんぴ。らでんのほそだち。こん地の水のもんのひら緒。**桜もえぎのきぬ。山吹の下がさね。**やなぐゐをときて。おいかけをかく。**山端近き(1)入日の影に御前の庭のすなごども白く。心地よげなるうへに。花の白雪空に(2)しぐれて、(3)散まがふほど。(4)物の音もいとゞもてはやされたるに。(5)青海波の花やかに舞出たるさま。惟盛**

の朝臣の足ぶみ(6)。袖ふる程。世のけいき。入日の影にもてはやされたる(7)。似る物なく清ら也。おなじ舞なれど。目馴ぬさまなるを。内院を始奉りいみじくめでさせ給ふ。父大将事忌もし給はず。おしのごひ給(8)。ことはりと覚ゆ。片手は源氏の頭の中将(9)ばかりだになければ。中々に人かたはらいたくなんおぼえけるとぞ。舞終りてはじめのごとくにつらなりて楽屋へ入。（略）**また右に越前守通盛。四位侍従有盛。りんがをまふ。時に院の御前より右大臣して禄を給ふ。すほうの織物のうちぎ。をの〱右のかたにかけて入綾をまふ。見るものこと〲く涙をながす。青海波こそなをめもあやなりしか。**

定家本系では、維盛の青海波の舞については、共に舞った成宗と共に、舞の衣装と事実が記されるのみで、すぐに楽屋に入る。類従本系では、増補部分を太字で示したが、特にその美しさの描写が増幅している。こうした改作が、伊井氏の指摘する、「平家一門のはなやかさを際立たせ」るためのものであることは明らかである。

ところで、右の傍線部分は次に掲げた『源氏物語』「紅葉賀」を意識して作られたものである。対応する部分に傍線と番号を付したが、類従本系の太字の加筆部分にのみ『源氏物語』からの引用が見える。

（試楽）　源氏中将は青海波をぞ舞ひたまひける。片手には大殿のとふの中将(9)、かたち用意人にはことなるを、立ち並びては、なを花のかたはらの深山木なり。入がたの日影さやかにさしたるに(1)(7)、楽の声まさり(4)、もののおもしろきほどに、同じ舞の足踏み(6)、おもゝち、世に見えぬさまなり。

（当日）　木高き紅葉の陰に、四十人の垣代、言ひ知らず吹き立てたるものの音どもにあひたる松風、まことの深山をろしと聞こえて吹きまよひ、色々に散りかふ(3)木の葉の中より、青がひ波のかゝやき出でたるさま(5)、いとおそろしきまで見ゆ。かざしの紅葉いたう散りすぎて、顔のにほひにけおされたる心ちすれば、御前なる菊を折て左大将さしかへ給。日暮かゝるほどに、けしきばかりうちしぐれて(2)、空のけしきさへ見知り顔なるに、さるいみじき姿に、菊の色々うつろひ、えならぬをかざして、けふはまたなき手を尽くしたる入り綾のほど、そゞろ寒く、この世の事ともおぼえず。もの見知るまじき下人などの、木のもと、岩隠れ、山の木の葉に埋もれたるさへ、少しものの心知るは涙落としけり。(8)

類従本系の『源氏物語』引用はどこから発想されたものだろうか。この部分について必ず言及される作品の一つに平家物語がある。維盛の青海波について書かれた部分を左に引用する。

那智籠の僧共の中に、此三位中将をよく〳〵見知りたてまたるとおぼしくて、同行にかたりけるは、「こゝなる修行者をいかなる人やらむと思ひたれば、小松の大臣殿の御嫡子、三位中将殿にておはしけるぞや。あの殿の未四位少将と聞え給ひし安元の春の比、法住寺殿にて、五十御賀のありしに、父小松殿は、内大臣の左大将にてましますす。伯父宗盛卿は、大納言の右大将にて、階下に着座せられたり。其外三位**中将知盛・**頭中将重衡以下、一門の人々、けふを晴とときめき給ひて、垣代に立給ひし中より、此三位中将、桜の花をかざして青海波をまうて出られたりしかば、露に媚たる花の御姿、風に翻る舞の袖、地をてらし天もかゝやくばかり也。**女院より関白殿を御使にて、御衣をかけられしかば、父の大臣、座を立是を給はて、右の肩にかけ、院を拝し奉り給ふ。面目たぐひすくなうぞみえし。かたへの殿上人、いかばかりうら山しうおもはれけむ。内裏の女房達の中には、「深山木のなかの桜梅とこそおぼゆれ」など言はれ給ひし人ぞかし。**（覚一本巻十「熊野参詣」）

「深山木のなかの桜梅」は『源氏物語』からの影響とも言えよう。しかし、右の太字部分は読み本系にはなく（次章参照）、覚一本（語り本系）の増補と考えられる部分である。中でも傍線部分は左に引用した類従本系『御賀記』を用いたものと指摘されている。(11) これは一日目の舞に続く場面である。傍線部分が覚一本に利用されている。

舞終りて帰り入時。院の**御まへより殿上人を御使にてめしてけふの舞のおもてはさらに〳〵是にたぐふ有まじく**

みえつるをとて。女院の織物のかず。御ぞに紅の御袴ぐして。関白御使えたまはするに。父の大将《重盛》座を立て参りて。御衣を取て右のかたにかけて。院を拝し奉り給程のめいぼく。其時に取てはたぐひなくぞ見えし。かたへの人々もいかにうらやましう覚えけん。

（太字部分は類従本系の増補・改作部分）

平家物語の覚一本以前からと考えられる本文（太字ではない部分）には、『源氏物語』からの影響を積極的に指摘することはできない。従って、類従本系の青海波の場面は覚一本へ影響を与えているが、覚一本以前の平家物語の影響を受けてはいないと言える。

次に、同様に必ず言及される『右京大夫集』を引用する。

また、「維盛の三位中将、熊野にて身を投げて」とて、人の言ひあはれがりし。いづれも、今の世を見聞くにも、げにすぐれたりしなど思ひ出でらるるあたりなれど、際ことにありがたかりし容貌用意、まことに昔今見る中に、例もなかりしぞかし。されば、折々には、めでぬ人やはありし。法住寺殿の御賀に、青海波舞ひての折などは、「光源氏の例も思ひ出でらるる」などこそ、人々言ひしか。「花のにほひもげにけおされぬべく」など、聞こえしぞかし。その面影はさることにて、見なれしあはれ、いづれもと言ひながら、なほことに覚ゆ。「同じことと思へ」と、折々は言はれしを、「さこそ」といらへしかば、「されど、さやはある」と言はれしことなど、数々悲しとも言ふばかりなし。

215春の花の色によそへし面影の空しき波の下に朽ちぬる

216かなしくもかかる憂き目をみ熊野の浦わの波に身を沈めける

波線部分が『源氏物語』と類似する描写である。「光源氏の例」との言表をはじめ、『源氏物語』摂取が明瞭である。

こうした維盛を形容する華やかな表現について、今まで多く論じられてきた。例えば久保田淳氏は、右京大夫の父、藤原伊行が『源氏釈』の著者であって、『源氏物語』と縁が深く、また、平安末期に『源氏物語』の人気が高かったことを指摘し、その反映として『右京大夫集』、類従本系『御賀記』、覚一本平家物語を挙げた(12)。また、糸賀きみ江氏は、平安文化の伝統に立った平家文化の現われの例として、更に『平家公達草紙』(以下『公達草紙』)も挙げた(13)。しかし、覚一本平家物語、類従本系『御賀記』が下った時代の作品であることは述べてきたところである。前章でも触れ、また後述もするが、『公達草紙』も類従本系『御賀記』より更に下ることが明らかになっている。現在の研究状況に鑑みれば、この中で成立当初から『源氏物語』と関係があるのは『右京大夫集』だけである。

一方、十三世紀以降には、青海波に光源氏、或いは『源氏物語』を想起させる表現が他にも見受けられる(14)。類従本系の増補もその流れにあると考えることができるが、先に述べた官職表記の混乱や重衡らの人物描写等を併せると、この維盛の描写の『源氏物語』摂取の背景には『右京大夫集』の叙述の影響も見ることができるのではないか。『御賀記』は改作されるにあたって、平家物語や『右京大夫集』を意識し、利用している。そしてそのようにして改作された類従本系を、覚一本は再び利用している。

四　『建礼門院右京大夫集』

『右京大夫集』は周知のように、藤原定家が『新勅撰集』を編集するにあたって、その材料として求め、それに応えて編集した作品である。よって、最終的な成立は一二三二年より少し前と考えられ、また成立してはやいうちに流布していったことが指摘されている(15)。平家物語には『右京大夫集』と共通する話材が複数ある。その代表的な部分が、前節で取り上げた維盛が青海波を舞う場面である。維盛が死に向かう途上の熊野参詣にあって、那智籠もりの僧が維盛のやつれた出家姿に涙を流し、維盛のかつての華やかさ・美しさの象徴として、安元御賀の青海波の舞を回想する。

維盛の舞の描写については、前節でも紹介したように、平安末期の『源氏物語』享受との関係から多く論じられてきた。しかし、研究の進展に伴い、論証のために用いられた資料の有効性が問い直されている。平安末期に『源氏物語』熱があったことと、それが同時代の平家公達の描写に投影されることとは、一旦切り離して考えた方がよさそうである。また堀淳一氏は、安元御賀の青海波を『玉葉』の記事から分析し、上卿の隆季の拘りの源泉に『源氏物語』の存在とその影響力をあげた(16)。しかし、氏は同時に、『玉葉』に『源氏物語』の影響のうかがえる言及はないこと、『源氏物語』と御賀の関係を否定するかのような決定的な欠落、即ち、『源氏物語』という虚構の中の青海波でのみ舞われる「入綾」が御賀では舞われていないことを指摘している。氏はその理由を推測しているものの、氏自身があげたこうした事実そのものが、安元御賀の青海波に『源氏物語』の影響がないことを明かしていよう。事実、『定能卿記』や定家本系『御賀記』にも『源氏物語』を意識する様子は見えない。兼実と共に人々が常に意識していたのは康和・仁平の先例である。維盛を意識し、光源氏を想起する視線は、あくまでも右京大夫やその周辺のものと思われる。以上を踏まえて、次章で平家物語はその成立の早い段階で『右京大夫集』を利用しているであろうと論じる。

そして、覚一本は新たに『右京大夫集』二〇三番歌を、巻六「新院崩御」の高倉院崩御での女房の歌に引用した。また、八坂系二類本・四類本では、一六五・一六六番歌の小宰相に失恋した人との贈答を、巻九巻末に利用している。

五　『平家公達草紙』

最後に、前章で論じたが、『平家公達草紙』について、簡単に触れておく。『公達草紙』はそれぞれに創作方法の異なる三種の小篇の総称で、絵を伴うものもある。しかし、共通して登場人物の官職名等に誤りが多く、第一種には類従本系『御賀記』からの引用がある。絵が十三世紀後半から十四世紀初めにかけて流行した白描絵であることから、おおよその頃の制作と考えられている。[17]一方で、内容・表現等には虚構性が指摘され、また、『右京大夫集』との親近性等も指摘されている。第二種には読み本系平家物語と近い部分もあるが、それ以外は、平家物語と近い世界を取り上げつつ、不思議なほど重なりを見せていない。平家物語にない諸側面を描きつつ、微妙な距離の取り方をしていることから、平家物語を意識して作られた創作と考えられる。『右京大夫集』は平家物語以上に作品内に浸透している。従って、『公達草紙』は『右京大夫集』を知悉して利用し、平家物語をも意識して作られたものと考えられる。

まとめ

十二世紀後半に作られた『御幸記』、『隆房集』、『御賀記』は、平家一族称揚を目的としたものではない。それぞれの主題を持った作品であるが、十三世紀半ばを過ぎる頃になると、改作されていく。改作の方向は一様ではない。平家一門の歴史を批判的に、或いは中立的にみる現存『御幸記』、平家称賛を前面にした類従本系『御賀記』、平家物語の登場人物と一体化した『恋づくし』と、その方向性は多様であり、平家一門に対する自在な視線が共存している。ただ、どの作品も、改作されるにあたっては、杜撰さを伴っている。そして、これらが改作される際に、平家物語が用いられている。平家物語は思いの外、書物として流布していた。

こうした中で、『隆房集』、『右京大夫集』は、十三世紀半ば以降、平家物語形成の比較的早い時期に、参考とされ用いられたと考えられる。『右京大夫集』は作品自体が平家公達追憶の側面が強いので、その点でも利用しやすかっ

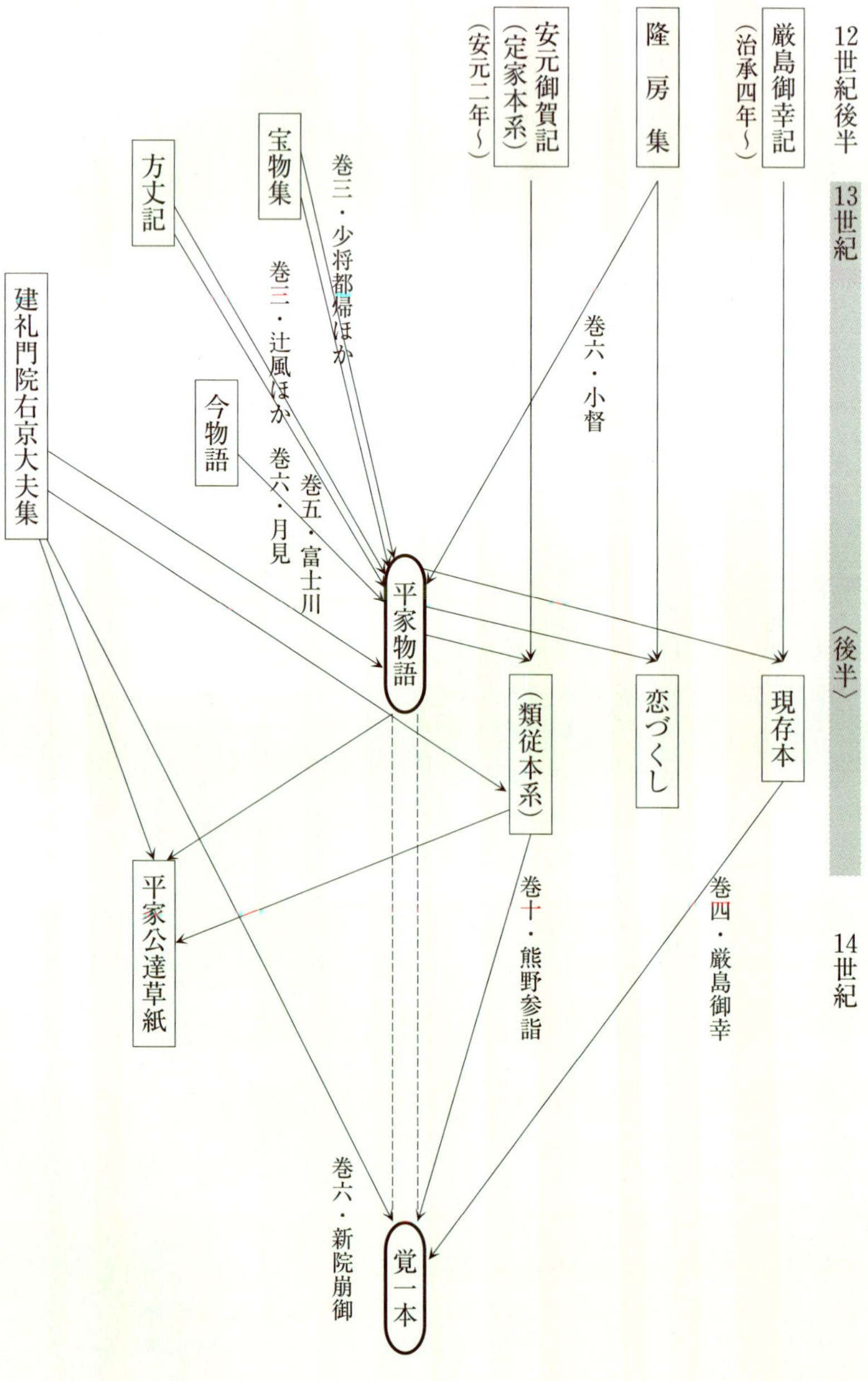
12世紀後半
13世紀
〈後半〉
14世紀
厳島御幸記
（治承四年～）
隆房集
安元御賀記
（定家本系）
（安元二年～）
宝物集
方丈記
建礼門院右京大夫集
今物語
巻三・少将都帰ほか
巻二・辻風ほか
巻五・富士川
巻六・月見
巻六・小督
平家物語
現存本
恋づくし
（類従本系）
平家公達草紙
巻四・厳島御幸
巻十・熊野参詣
巻六・新院崩御
覚一本

たと思われる。『右京大夫集』を参考とした作品には、類従本系『御賀記』、『平家公達草紙』もあり、その広汎な流布がうかがわれるが、平家物語への影響はその早い例と位置づけられる。

そして、『右京大夫集』、改作された『御幸記』、類従本系『御賀記』を用いて、覚一本などが再び改作を試みているように、平家物語は様々な作品と幾重にも交差しながら諸本を紡いでいる。如上の概念を右に略図として提示しておく。

平家物語が平家公達をどのように造型していったのかを考えることは重要だが、その際に、諸作品との交響の中で、平家公達の人物像、特にその貴族的、優美な側面が浸透し、また増幅していることを踏まえる必要があり、そうした営為を推進した力を考えていくことが重要であろう。

注

（1）小川剛生「『高倉院厳島御幸記』をめぐって」（「明月記研究」9号　平成16年12月）。但し、氏の掲げた例の中で、「御禊」「御はかし」、人物表記については存疑。
（2）武久堅『平家物語成立過程考』（桜楓社　昭和61年）第一編第六章（一五六頁）（初出は昭和53年12月）
（3）第四部第三章参照。
（4）渡邉裕美子「『隆房の恋づくし（艶詞）』の成立」（「国語国文」73巻8号　平成16年8月。『新古今時代の表現方法』〈笠間書院　平成22年〉第七章に「補説」を加えて再収）、家永香織「『隆房の恋づくし（艶詞）』の成立をめぐる諸問題」（「国語と国文学」84巻1号　平成19年1月。『転換期の和歌表現——院政期和歌文学の研究——』〈青簡舎　平成24年〉第三篇第六章に「補説」を加えて再収）
（5）前掲注（4）家永氏論の指摘による。なお、長歌の扱いを巡って両氏の論は相違を見せていたが、著書再収にあたって補訂が加わった。それに伴い、本章にも家永氏の説を参考に若干の訂正を行っている。
(6)『隆房集』(『今物語・隆房集・東斎随筆』三弥井書店　昭和54年)補注二四九頁
(7)前掲注(6)解説
(8)前掲注(6)補注二四一頁
(9)伊井春樹「『安元御賀記』の成立――定家本から類従本・『平家公達草子』へ――」(「国語国文」61巻1号　平成4年1月)
(10)春日井京子「『安元御賀記』と『平家公達草紙』――記録から〈平家の物語〉へ――」(「伝承文学研究」45号　平成8年5月)
(11)前掲注(10)に同じ。
(12)久保田淳『藤原定家とその時代』(岩波書店　平成6年)一―5(初出は昭和57年7月)
(13)糸賀きみ江「平家文化」(『講座日本文学　平家物語　下』至文堂　昭和53年3月)
(14)『文永五年院舞御覧記』(一二六八)等。
(15)山崎桂子「冷泉家時雨亭文庫蔵「土御門院女房」の構成と内容――作者の手がかりを求めて――」(「中世文学」48号　平成15年6月)
(16)堀淳一「後白河院五十賀における舞楽青海波――『玉葉』の視線から――」(『古代中世文学論考　三』新典社　平成11年10月)。他に三田村雅子『記憶の中の源氏物語』(新潮社　平成20年)Ⅱ(初出は平成17年2月)、高橋昌明『平家の群像――物語から史実へ――』(岩波新書　平成21年)等。
(17)前掲注(10)に同じ。

〔引用テキスト〕『隆房集』(『今物語・隆房集・東斎随筆』中世の文学　三弥井書店)、『艶詞』(『式子内親王集・建礼門院右京大夫集・俊成卿女集・艶詞』和歌文学大系　明治書院)、『隆房卿艶詞絵巻』(『日本の絵巻』中央公論社)、『安元御賀記』定家本系：『徳川黎明會叢書　古筆手鑑篇五　古筆聚成』(思文閣出版)に拠り、句読点・濁点を私に加えた。類従本系：『群書類従』、『源

氏物語』（新日本古典文学大系　岩波書店）

（本章は、軍記・語り物研究会第三八一回例会〈平成21年1月25日〉シンポジウム「重衡と維盛――重層する人物像の再検討――」での発表をもとにしている。）

第三章　『建礼門院右京大夫集』から平家物語へ

はじめに

平安末期の動乱を舞台とした平家物語は、作品形成の諸段階において多くの先行作品を貪欲に吸収している。例えば、『宝物集』、『方丈記』、『今物語』などは、数回にわたって平家物語の複数の異本に影響を与えている。また、平家物語と相互影響関係を持ちながら、自身も改作を経てきた『高倉院厳島御幸記』、『隆房集』、『安元御賀記』などのような作品もある（前章参照）。その中で、『建礼門院右京大夫集』（以下『右京大夫集』）は平家物語と親近性が非常に強いにも拘らず、両書の関係についてはあまり論じられていない。それは、直接の典拠と示し得るほどの一致が見出せないことが最大の理由であろうし、同じ社会環境を舞台とする故に、場面や体験が共通するのは当然とする前提もあると思われる。むしろ、宮廷女房文学と軍記物語という、全く方法の異なる文学作品がそれぞれに、どのようにあの時代や体験を対象化し、文学化しているかという関心から捉えられてきたように思われる。しかし、多くの作品が平家物語と様々に、また相互に影響関係を持つ中で、『右京大夫集』は全く無関係なのだろうか。本章ではそうした素朴な疑問を出発点として、両作品の関係を考えてみたい。

一　青海波を舞う維盛

平家物語と『右京大夫集』との関係を象徴する題材として、平維盛についての記事をとりあげる。平家物語には、一の谷合戦後、妻子への未練断ち難く屋島を脱出した維盛が、結局都へは戻れず、高野山から熊野を経て入水するまでが描かれている。その中に維盛についての、短いが印象的な場面がある。

那智籠の僧共の中に、此三位中将をよく〳〵見知りたてまたるとおぼしくて、同行にかたりけるは、「こゝなる修行者をいかなる人やらむと思ひたれば、小松の大臣殿の御嫡子、三位中将殿にておはしけるぞや。あの殿の未四位少将と聞え給ひし安元の春の比、法住寺殿にて、五十御賀のありしに、父小松殿は、内大臣の左大将にてまします。伯父宗盛卿は、大納言の右大将にて、階下に着座せられたり。其外三位**中将知盛**・頭中将重衡以下、一門の人々、けふを晴とときめき給ひて、垣代に立給ひし中より、此三位中将、桜の花をかざして青海波をまうて出られたりしかば、露に媚たる花の御姿、風に翻る舞の袖、地をてらし天もかゝやくばかり也。**女院より関白殿を御使にて、御衣をかけられしかば、父の大臣、座を立是を給はて、右の肩にかけ、院を拝し奉り給ふ。面目たぐひすくなうぞみえし。かたへの殿上人、いかばかりうら山しうおもはれけむ。内裏の女房達の中には、「深山木のなかの桜梅とこそおぼゆれ」など言はれ給ひし人ぞかし。**

（覚一本巻十「熊野参詣」）

熊野参詣を終えた維盛一行と出会った那智籠りの僧が、かつて青海波の舞を美しく舞った維盛の姿を回想する。同じ場面を延慶本は次のように記す。

（略）アノ殿、四位ノ小将ト聞ヘ給シ安元二年ノ春比、法皇法住寺殿ニテ五十ノ御賀ノ有シ時、父ノ大臣ハ内大臣ノ左大将ニテ、左ノ座ニ着座、伯父宗盛ノ右大将ハ、右ノ着座セラレキ。其時ハ越前三位通盛卿ハ頭ノ中将、本三位中将重衡卿ハ蔵人頭、此人々ヲ始トシテ、一門ノ卿相雲客今日ヲ晴ト声花ニ引修ヒテ、青海波ノ垣代ニ立給ヘリシ中ヨリ、〔アノ殿青海波ヲ舞出ラレタリシ有様、嵐ニタクフ花ノ匂ヒ、天モ耀ク計ナリシ事ノ、只今ノ様ニ覚ルソトヨ。〕

（巻十―十八「那智籠ノ山臥惟盛ヲ見知奉事」）

長門本巻十七は、延慶本の括弧部分を、「桜梅をおりかさして、せいかい波をまひて出られたりしけいきは、たとへは、嵐にたくふ花のにほひ御身にあまり、風にひるかへる袂と天にかゝやき、地をてらすはかりなりし御ありさまの、いまの様におほゆるそや」とする。この長門本の傍線部分は延慶本を補うことができよう。すると、覚一本（語り本系）は「天もかゝやくばかり也」までは読み本系とほぼ同様だが、続く太字部分は増補されたものとわかる。

なお、実際の御賀では、重盛・宗盛の他にも数名が御座の前に座った。また、知盛・重衡・通盛らは垣代に立ったが、三十八人の垣代の中で平家一門は七人であった。平家一門ばかりがその場を囲繞したような表現は聊か大袈裟である。また当時、重盛は大納言右大将、宗盛は権中納言左衛門督、知盛は正四位下左中将、重衡は正四位下左馬頭兼中宮亮、通盛は正四位下越前守であり、平家物語の官職表記はすべて誤っている。正確な資料に拠って書かれたものではないことは明白である。

安元御賀は、平家物語に紹介されているように、安元二年（一一七六）三月四日から六日にかけて行われた、後白河院の五十歳を祝う盛大な儀式であった。『玉葉』や『定能卿記』には二箇月も前の準備段階から詳細に記録されており、また、本番の三日間については、藤原隆房も仮名で『安元御賀記』（以下『御賀記』）を著している[1]。

しかし、この四か月後の七月には、平家と院のパイプ役でもあった、院最愛の建春門院が没し、翌治承元年には鹿の谷事件が起きる。平家物語の展開を主軸として見れば、この御賀は清盛と院との蜜月時代の最後を飾る一大行事と言える。しかし、平家物語にはそうした視点はなく、終盤に至って、維盛の美しさを称えるこの文脈においてのみ用いられている。維盛の美しさは御賀において人々の注目をあびたものであったと、まずは理解されよう。そのような理解を助ける資料として、『右京大夫集』の一節があげられる。

また、「維盛の三位中将、熊野にて身を投げて」とて、人の言ひあはれがりし。いづれも、今の世を見聞くにも、げにすぐれたりしなど思ひ出でらるるあたりなれど、際ことにありがたかりし容貌用意、まことに昔今見る中に、例もなかりしぞかし。されば、折々には、めでぬ人やはありし。法住寺殿の御賀に、青海波舞ひての折などは、「光源氏の例も思ひ出でらるる」などこそ、人々言ひしか。「花のにほひもげにけおされぬべく」など、聞こえしぞかし。その面影はさることにて、見なれしあはれ、いづれもと言ひながら、なほことに覚ゆ。「同じことと思へ」と、折々は言はれしを、「さこそ」といらへしかば、「されど、さやはある」と言はれしことなど、数々悲しとも言ふばかりなし。

215春の花の色によそへし面影の空しき**波**の下に朽ちぬる

216かなしくもかかる憂き目をみ熊野の浦わの**波**に身を沈めける

維盛の入水を聞いた右京大夫が回想に耽り、悲しみに沈む場面である。右京大夫は維盛の熊野での入水を知り、生前の維盛の類まれなる容姿を思い、そこから法住寺殿の御賀での青海波の舞を思い出し、「光源氏」の名を挙げて、維盛の美しさを称える。この部分は、左の『源氏物語』「紅葉賀」を下敷きにしたものと指摘されている。

（試楽）源氏中将は青海波をぞ舞ひたまひける。片手には大殿のとふの中将、かたち用意人にはことなるを、立ち並びては、なを花のかたはらの深山木なり。入がたの日影さやかにさしたるに、楽の声まさり、もののおもしろきほどに、同じ舞の足踏み、おもゝち、世に見えぬさまなり。

（当日）木高き紅葉の陰に、四十人の垣代、言ひ知らず吹き立てたるものの音どもにあひたる松風、まことの深山をろしと聞こえて吹まよひ、色々に散りかふ木の葉の中より、青がひ波のかゝやき出でたるさま、いとおそろしきまで見ゆ。かざしの紅葉いたう散りすぎて、顔のにほひにけおされたる心ちすれば、御前なる菊を折て左大将さしかへ給。

更に『右京大夫集』の「花のにほひもげにけおされぬべく」は、『源氏物語』「花宴」の「花のにほひもげにけおされて」という表現を用いたものと指摘されている。(2)覚一本の「深山木のなかの桜梅」も『源氏物語』を意識した表現であろう。

維盛の美しさを光源氏に擬する表現形式は、谷山茂氏を初めとする諸先学によって、平安末期の文化状況の中で捉えられてきた。(3)当時起こった『源氏物語』人気と相まって、平家の華麗な文化が平安時代の王朝文化の再現として脳裏に刻まれたとし、『右京大夫集』に描かれた維盛がその代表的な例とされてきた。そしてそれを補強する資料として覚一本平家物語、類従本系『御賀記』、『平家公達草紙』が用いられてきた。

『御賀記』には、あくまでも後白河院の五十賀を祝うことを目的とした定家本系と、平家一門のはなやかな活躍ぶりをきわだたせるために改作された類従本系の二系統が現存する。類従本系も隆房自身による改作と考えられてきたが、誤りの多さ、官職の表記などの杜撰さなどから、現在では隆房とは別人の手によって、おおよそ承久の乱後から十四世紀の前半までの間に改作されたと考えられている。(4)類従本系には青海波を舞う維盛の姿に筆が多く割かれているが、その詳細な描写は定家本系には全くなく（次節参照）、類従本系は『源氏物語』を下敷きにして改作している（前章参照）。また、前引の覚一本の傍線部分が類従本系からの引用であることは既に指摘されている。(4)

『平家公達草紙』は三種の別々の小篇の総称である。これについても、登場人物の官職名等の誤りの多さ、内容・

表現等の虚構性、類従本系『御賀記』からの引用、『右京大夫集』との親近性等が指摘されている。また平家物語との類似記事もあり、一方では平家物語と微妙な距離の取り方をしていることから、第一章で平家物語を意識して作られた創作ではないかと考えた。十三世紀後半から十四世紀初めにかけて流行した白描絵を伴う小篇もあることから、現在では、やはりおおよその頃に作られたと考えられている(4)。

また、覚一本も類従本系『御賀記』を用いた増補（傍線部分）や『源氏物語』を意識した表現（二重傍線部分）を取り入れることによって、周囲から称賛される維盛を際立たせている。これもやはり十四世紀の所産である(5)。

覚一本及び類従本系『御賀記』、『平家公達草紙』は平安末期の時代状況、文化的側面を考える資料としては使用できない。述べてきたように、そこに描かれる維盛は十三世紀以降の改筆によるものである。

参考として左に、平家物語が形成されていった時代の作品の、青海波の舞の描写をあげる。

次左輪台、青海波を舞。青海波、家長・忠季朝臣かたぬきてこれをまふ。はるの風舞の袖をひるがへし。ゆうべの波楽のおとにぞたぐへる。青海波舞人二人。いづれよりもきらめきたる。夕日かゝやきてけしきこと也。のこりの舞人ども。いづれもひきつくろいたれど、猶花のかたはらのときはぎともいひつべし。後朱雀院の御〔賀歟〕ゝのむかしのおもかげも見心ちしていとめづらし。（『文永五年院舞御覧記』〈一二六八〉）

ここには傍線部分に明らかな『源氏物語』摂取がうかがえる。こうした『源氏物語』摂取を露わにする記述法に比べると、平家物語の中でも古い本文を残すと考えられる読み本系の、維盛の青海波を舞う描写は、美しい舞を形容する常套的な表現を用いてはいるものの、『源氏物語』を意識した表現とは言い難い。

平家一門や維盛を殊更にほめ、『源氏物語』との関係を示す平安末期の作品は『右京大夫集』だけとなる。平家の文化が『源氏物語』を想起させ、特に維盛の舞がそれを象徴するかのような見方は、同じような内容が、同時代の複数の作品に見出される故に説得力を持った仮説であったと思われるが、『右京大夫集』だけとなると如何か。「光源氏の例」と改めて紹介するところからは寧ろ、青海波＝光源氏という回路を殊更に強調する必要があったとも考えられよう。『源氏物語』熱が存在すれば、人々は即ち維盛の青海波に光源氏を想起した、という見方についても慎重であるべきかもしれない。しかも、『右京大夫集』の成立は一二三〇年前後であり、その内容は虚構性を交えた物語化への志向性を持つ。(6)すると、『右京大夫集』の記述の細部に亙るすべてを平安末期の生の記録と考えることについても、実は慎重であるべきではないか。

勿論、この時の維盛の美しさは大評判となり、人々に記憶され、語り継がれていき、その片鱗が『右京大夫集』に残されているとも考えられよう。しかし、やはりそれにも聊か疑問を抱く。次節では人々が御賀をどのように記録・記憶していたのかを考えていきたい。

二　安元御賀における維盛

定家本系『御賀記』は、平家一門を特別に称揚する類従本系とは異なる。作者隆房の周辺には多少の配慮があるものの、全体的には御賀の進行を客観的に記録している。左にその一節〈三月六日〈三日目〉の後宴〉を掲げる。

つぎに殿上人をの〳〵あゆみつらなりておほわをめぐる。左右まひ人はすりつゞみをうつ。をの〳〵めぐりたてのち、ひむがしにこわをつくる。その中よりよりざね・きよつねいでゝまふ。この時に大納言たかすゑ・さねくに・中納言すけかた・中将さだよし、がくやよりいでゝ、かいしろにくはゝる。ねとりさうかのありさま、こまかにしるすにいとまなし。りむだいはてゝ、せいがいはいでかはりてまふ。これもり・なりむねともに右のそでをかたぬく。かいふのはんぴ、らでんのほそだち、こむぢの水のもんのひらを、やなぐひをときて、おいかけをかく。まいをはりてはじめのごとくにつらなりてがくやへいる。

維盛の青海波は、波線部に、その衣装が相方の成宗と共に記されるのみである。しかしながら、一日目の雅賢の舞や、三日目の青海波の後の胡飲酒・陵王・落蹲（納蘇利）に対しては、その優雅さ・素晴らしさが次のように綴られている。「まさかたそりこをとる。落蹲いりあやをまふ。見るものみなめをおどろかす」、「右胡飲酒〈序二反破五反〉。左の大こ正このあはひよりほこのみなみをへていづ。そのまひいとたへなり。みるものみなみだをおとす」、「次に陵王〈破二反〉。そのまひ又いうなり」、「つぎにらくそん。胡飲酒のわらは、おなじくこれをまふ。いりあやこそをめもあやなりしか」などである。隆房の立場は平家寄りであり、維盛の舞に沈黙する必要はない。成宗は成親息、つまり隆房の従兄弟にあたる。ここからは、安元御賀において維盛と成宗の二人の舞は特筆するまでのことではなかったという、単純な結論が導き出せよう。

それでは、行事の進行のみならず、端々に感想等も書かれている『玉葉』、『定能卿記』はどうか。青海波については、『玉葉』一月二十三日条で、法皇御覧の日の維盛の舞の優美さを、成宗と共に、「次青海波二人、維盛・成宗、帯剣、糸鞋、出庭中、相替出舞、共以優美也、就中維盛、容貌美麗、尤足歎美」と褒めている。兼実は、維盛の振る舞いや美貌については以前にも書き留めており(7)、兼実の関心を惹いていたと思われるが、『定能卿記』同日条には青海波に対して特に感想はない。一方、同日の胡飲酒や陵王の舞については、両書ともに評言・讃辞が連なる。『玉葉』には、「胡飲酒〈（略）其舞無失、又練習実不異成人、継祖跡、可感歎、（略）〉、青海波（略。一部右掲）、陵王〈（略）其舞又以神妙、尤得其骨、凡両童之妙舞、一同之賞翫也〉」、『定能卿記』では、「胡飲酒〈（略）舞体神妙也、人々間感涙、（略）〉」、「次陵王〈（略）廻雪曲神也妙也、人々云、今日興只両曲、（略）〉」などである。同様に、『玉葉』二月五日条（法皇の第二度の舞御覧）では、青海波の篳篥の音に「殊以神妙、内府頻被感」としたり、二月二十一日条では、やはり胡飲酒に「其曲絶妙、観者称美」、陵王に「其舞優美、殆過胡飲酒」とするが、青海波の舞については特に書かれていない。三月四日条の納蘇利にも「其舞又以優美」などと記されている。青海波は、舞よりも寧ろ、舞以外の音楽、所作、進行等に多くの関心が寄せられており、舞自体はあっさりと記録されるのみである。また、安元御賀の青海波に『源氏物語』が先例として用いられたとの指摘があるが、(8) 安元御賀で先例として意識されたのは、康和四年（一一〇二）や仁平二年（一一五二）の御賀であった。

仁平御賀は『兵範記』に記録されている。そこでも、二月二十五日条の試楽での青海波は、その様子が淡々と記されるだけである。しかし、次の陵王は「其廻雪之態神也、又妙也」と称賛され、三月八日条でも、青海波の後の胡飲酒で、「衆人属目感情難抑、蓋是、治暦、康和、先賢旧跡也」と称賛されている。『今鏡』すべらぎの中・第二「紅葉の御狩」でも、仁平御賀を記録するにあたって、胡飲酒の舞の方に重点をおいている。仁平御賀においても重視され注目されるのは、常に胡飲酒や陵王などの童舞であった。こうした姿勢が『御賀記』、『玉葉』、『定能卿記』にも引き継がれたのであり、こちらが一般的な視線であった。換言すると、儀式全体を俯瞰的に見渡し、その次第に注目し、進行を凝視する、半ば公的な、男性の視界には、青海波の舞や維盛の容貌は映らず、特筆するには至らなかったのである。

『たまきはる』も安元御賀に言及している。しかし、作品の特徴とは言うものの、作者の健御前は専ら女房たちの衣装に注目している。

それらに比べると、右京大夫の維盛に対する眼差しは異なっている。維盛の青海波の舞、というよりも維盛の美貌への注視は、当時の人々の共通の関心というよりも、寧ろ右京大夫という、維盛に非常に近い女性の視線から捉えた個人的な営為であり、しかも鮮烈な記憶を形作った時間であったと捉えられる。勿論、その美しさを人々が語ったとあるように、感慨を抱いた人は右京大夫一人ではなかったろう。しかし、それを後まで語り継ぐ人がいたら、それは右京大夫や維盛周辺の、ごく身近な女性たちであったと考えられる。そうした視線を平家物語が共有できるのは何故なのか。

三　『右京大夫集』における維盛

当節では、『右京大夫集』の側から、維盛と青海波の位置を考えてみたい。

『右京大夫集』六番歌の詞書には、「（維盛の）立たれたりし、ふたへの色濃き直衣、指貫、若楓の衣、そのころの単衣、常のことなれど、色ことに見えて、警固の姿、まことに絵物語に言ひ立てたるやうにうつくしく見えしを」と、維盛の美しさが特別なものとして描かれている。維盛は恋人資盛の兄であり、右京大夫にも何かと優しく接してくれる人物として度々登場している。一方、『右京大夫集』の資盛に『源氏物語』摂取が見えることが指摘されている(9)。大切な男性を形容する際のよりどころとして『源氏物語』が重要であるならば、資盛・維盛共に『源氏物語』を用いることは不思議ではない。

しかしながら、右京大夫が維盛の美しさに目を瞠る場面が、右のように御賀以外にもあり、また兼実がわざわざ日記に書き留めたように維盛の美貌が周知のものであったことを思うと、入水を知って、思い出の中の維盛を取り出すにあたって、右京大夫は何故青海波を連想したのか、その連想の糸を手繰る必要があろう。

青海波はその名前のみならず、波の文様の衣装を身につけて、波の寄せたり引いたりする様を舞う(10)。波との関連が強く意識されていた舞である。維盛の入水と御賀の舞の間には、「波」という共通項があることを意識すべきであろう。『建礼門院右京大夫集』（新編日本古典文学全集）二一五番歌の注に、「空しき波」について「安元の御賀での青海波の舞への連想」の蓋然性が指摘されているように、熊野の浦に入水したことを聞いた右京大夫が波に身を沈める維盛を思い浮かべたことが、青海波を引き出す大きな要因となっているのではないか。

また、一の谷合戦は二月七日であった。『玉葉』二月十九日条に「維盛卿三十艘許相率指南海去了云々」とあるように、十二日後には維盛の情報が都に入っている。むろん、これが正しい情報かどうかは不明だが、維盛が屋島の一門を離れたことは認められる。すると、入水も三月の頃となろうか（平家物語では三月二十八日に設定している）。安元御賀は三月に行われた。季節の共通性も、入水と青海波を結びつけるきっかけの一となろう。

右京大夫が熊野での入水の報せを聞いて青海波の舞に言及したのは、その美しさが最も印象に残った場面という以上に、悲報を耳にした右京大夫が波間に沈んで行った維盛を幻視したことから、波にたゆたうかのような青海波の舞へと、連想の回路が働いたためである。安元御賀で青海波を称賛した女房は一人ならずいたであろう。しかし、入水の報から連動して青海波を導く回路は、右京大夫自身の営みによるものである。

四　平家物語における維盛

次に、平家物語の叙述を振り返る。維盛は出家後、高野山から熊野三山を参詣し、那智の沖で入水する。熊野参詣の道すがら、岩代王子の辺りで湯浅宗光一行に出会うが、一行は維盛に深く黙礼するだけであった。宗光は維盛に気付き、その出家姿に驚き、「あなあはれの御ありさまや」と涙を流した。その後、維盛は本宮、新宮を経て那智に至り、そこで籠僧に正体が見透かされた。そこでも僧は維盛の姿に驚き、かつての美しさを語り、「かねてはおもひよらざしをや。うつればかはる世のならひとはいひながら、哀なる御事かな」と涙を流す。その後すぐに入水場面に移る。

このように維盛の熊野参詣には同趣の話が連続している。延慶本が「カク見成奉ルヘシトハ」思いもよらなかったという表現を、また盛衰記が「（移れば）替ル代ノ習ト言ナカラ」という表現を両話に用いるように、両話とも維盛の変貌を読者に印象づけようとしている。その後話においては、前話よりも更に盛時との落差が強調されなくてはならない。そのために選ばれた話材が安元御賀であった。

平家物語と『右京大夫集』の類似性は、安元御賀での維盛の美しさが人々の記憶に残り続けて、偶然に両作品に滴り落ちた結果なのであろうか。『右京大夫集』が結びつけた青海波の舞と維盛の入水を平家物語が共有するのは、偶然の一致なのであろうか。

五　重衡の形象

最後に、『右京大夫集』の、維盛の回想の直前の場面を見ていきたい。

その春、あさましく恐ろしく聞こえしことどもに、近く見し人々空しくなりたる、数多くて、あらぬ姿に渡さるる、何かと心憂く言はむ方なきことども聞こえて、「誰々」など、人の言ひしも例なくて、

212 あはれさればこれはまことかなほもただ夢にやあらむとこそ覚ゆれ

重衡の三位中将の、憂き身になりて、都にしばしと聞こえしころ、「ことにことに、昔近かりし人々の中に

も、朝夕なれて、①をかしきことを言ひ、またはかなきことにも、人のためは、便宜に心しらひありなどして、ありがたかりしを、②いかなりける報いぞ」と心憂し。見たる人の、「御顔は変らで、目もあてられぬ」など言ふが心憂く、悲しさ言ふ方なし。

213朝夕に見なれ過ぐししその昔かかるべしとは思ひてもみず

かへすがへす心の内おしはかられて、

214まだ死なぬこの世のうちに身を変へて何心地して明け暮すらむ

二一二番歌の詞書には、一の谷で戦死した人々の首が多く大路を渡されたこと、二一三番歌の詞書では、捕虜となった重衡が都で囚われの身となっていることが綴られている。傍線部分①には重衡の明るく軽妙な人柄が紹介されている。これは、左のように、延慶本などの読み本系諸本にも記されている（長門本・盛衰記も同じ）。

②何ナル罪ノ報ソヤ。哀レ、此人ハ入道殿ニモ二位殿ニモオホエノ子ニテオワセシカハ、一家ノ君達モ重キ人ニ思奉リシ物ヲ。院ヘモ内ヘモ参リ給ヌレハ、老タルモ若キモトコロヲオキ、詞ヲ係奉リキ。①口ヲカシキ事ナト云置キ給テ、人ニモ忍ハレ給シ物ヲ。②′南都ヲ滅シ給ヌル罪ノ報ニヤ。（巻十一「重衡卿大路ヲ被渡サ事」）

語り本系には②・②′はあるが、①はない。①の軽妙さは以後の重衡の行動とはそぐわないと思われたのだろうか。『右京大夫集』には他にも、「例のあだごとも、まことしきも、さまざまをかしきやうに」言って人を笑わせ（一九五番詞書）、「よしなしごとを言」う（一九七番詞書）、快活・陽気な貴公子として登場する。しかし、私的な交流の中でこそ浮かび上がるこうした微細な一面は、平家物語の以後の重衡の言動とは重ならない。一言加えたくなるほどに知れ渡っていた側面なのだろうか。寧ろ、何らかの情報源の存在を考えた方がよい。『右京大夫集』をそれに充てるのは有力であろう。

平家物語巻十は一門の頸の入京、生け捕られた重衡、逃げ延びた維盛と描いていく。時系列で展開を追えば、当然のことながら平家物語も『右京大夫集』も同じになる。しかし、平家物語では維盛も重衡も大きな役割を負っている。重衡は南都を炎上させた罪におののき、受け入れ、やがて死に向かう。維盛は小松家を継ぎ、その一方で妻子への未練を断ち切れないで悩み、迷いながら死を選ぶ。既に一定の物語的構想のもとに作られつつあった(11)平家物語は、二人の明るさ、美しさを平家の栄華の象徴として描くことにより、二人の零落を浮かび上がらせる。平家物語と同様の話材・展開を持つ『右京大夫集』のこの件りは、二人を肉付けし優美さを彩る上で、魅力的な素材であった。

おわりに

他にも清経や小宰相の入水、建礼門院の大原御幸に関わる一節など、論ずべき点は残るが後稿に譲る。但し、平家物語の前半にも『右京大夫集』を材とすることは可能であった場面（成親の流罪、重盛の死の悲嘆など）があるが、それらとの接点はない(12)。後半にのみ『右京大夫集』からの影響がうかがえることを次なる課題として提示しておきたい。『右京大夫集』は『新勅撰集』編纂に際して求められた作品で、成立が一二三〇年前後と言われ、またかなり早い段階での流布が指摘されている(13)。『右京大夫集』成立後の初期の頃に平家物語が用いるのは可能である。冒頭で紹介した様々な作品との交流のあり方の中で、『隆房集』、『今物語』、また『新勅撰集』などと同じように、『右京大夫集』も平家物語の形成の、かなり早い時期に影響を与えていると考えられる。

注

(1) 近年、安元御賀の具体的な場が三島暁子「安元御賀試楽の場――妙音院師長「御説指図」による舞楽「青海波」を中心に――」(『梁塵』25号　平成20年3月)、同「御賀の故実継承と「青海波小輪」について――附早稲田大学図書館蔵「青海波垣代之図」翻刻――」(田島公編『禁裏・公家文庫研究　三』思文閣出版　平成21年3月)で解明されつつある。

(2) 但し、『とりかへばや物語』巻二に、三月初めの南殿の桜の宴で、「下りて、けしきばかり舞踏し給ふかたち・用意・ありさま、いつよりもすぐれてめでたく御覧ぜらる。花のにほひもけおさるるやうなるを、見る人涙を落とす」と、『右京大夫集』と同様の表現が見受けられる。『源氏物語』から『右京大夫集』への直接的関係と言い切れないかもしれない。

(3) 『谷山茂著作集　六』(角川書店　昭和59年)第三章(初出は昭和45年10月)、糸賀きみ江「平家文化」(『講座日本文学平家物語　下』至文堂　昭和53年3月)、久保田淳『藤原定家とその時代』(岩波書店　平成6年)一―5(初出は昭和57年7月)等。

(4) 春日井京子「『安元御賀記』と『平家公達草紙』――記録から〈平家の物語〉へ――」(『伝承文学研究』45号　平成8年5月)

(5) 覚一本は応安四年(一三七一)に制定されたとされる。但し、それ以前に、既にかなりの本文が出来上がっていたと考えられる(第四部第三章参照)。

(6) 田渕句美子「建礼門院右京大夫試論」(『明月記研究』9号　平成16年12月)

(7) 『玉葉』承安二年(一一七二)二月十二日条「次一献〈権亮維盛雖年少十四云々、作法優美、人々感歎、瓶子次五位〉」、承安五年五月二十七日条「少将維盛〈重盛卿子〉、衆人之中、容顔第一也」

(8) 堀淳一「後白河院五十賀における舞楽青海波――『玉葉』の視線から――」(『古代中世文学論考　三』新典社　平成11年10月)。批判を前章で行った。他にも三田村雅子『記憶の中の源氏物語』(新潮社　平成20年)Ⅱ(初出は平成17年2月)等。

(9) 谷知子『中世和歌とその時代』(笠間書院　平成16年)第五章第一・四節(初出は平成13年6月)

(10) 『定能卿記』三月六日条にも「着青打半臂〈押海浦文〉、螺鈿細剣、紺地平緒〈以白糸置海浦文〉、撤胡簶、右袒」とある。

（11）　高橋昌明『平家の群像――物語から史実へ――』（岩波新書　平成21年）は、維盛・重衡他の登場人物の、史実とは異なる造型の具体相を新しく論じている。
（12）　成親の流罪に関わり、第五章で成親の北の方の比定の考証からいささか考察した。
（13）　山崎桂子「冷泉家時雨亭文庫蔵「土御門院女房」の構成と内容――作者の手がかりを求めて――」（「中世文学」48号　平成15年6月）

〔引用テキスト〕『源氏物語』（新日本古典文学大系　岩波書店）、『安元御賀記』定家本系：『徳川黎明会叢書　古筆手鑑篇五　古筆集成』（思文閣出版）に拠り、句読点・濁点を私に加えた。類従本系・群書類従、『定能卿記』：藤原重雄・三島暁子「高松宮家旧蔵『定能卿記　安元御賀記』」（田島公編『禁裏・公家文庫研究　二』思文閣出版　平成18年）、『文永五年院舞御覧記』（続群書類従）、『とりかへばや物語』（中世王朝物語全集　笠間書院）

第四章　平家物語生成と情報

平家物語の原態ができつつあったであろう十三世紀の情報は、どのように平家物語に作用しているだろうか。当章では、平家物語に載る微細な二つの記事から対極的な方向性を紹介し、平家物語の多様性を考えることとする。

その一　北陸宮と嵯峨孫王

はじめに

平家打倒計画は未然に発覚した。以仁王は逃亡し、無惨な死を遂げる。治承四年（一一八〇）のことである。以仁王には数人の子女がいた。その一人は北国に落ち延び、木曾義仲に救われる。平家物語によれば、木曾宮、また、還俗宮といわれた。

・猶御子ハヲハシマスト聞ユ。一人ハ高倉宮ノ御乳母ノ夫、讃岐前司重季奉具ニテ、北国へ落下給ヘリシヲハ、木曾モテナシ奉テ、越中国宮崎ト云所ニ御所ヲ立テ居奉リツヽ、御元服アリケレハ、木曾ノ宮トソ申ケル。又ハ還俗ノ宮トモ申ケリ。（延慶本巻四―二十四「高倉宮ノ御子達事」）

・（略　延慶本に同じ）嵯峨ノ今屋殿ト申ケルハ此宮ノ御事也。（源平盛衰記巻十五）

・（略　延慶本にほぼ同じ）後には嵯峨のへん野依にわたらせ給しかば、野依の宮とも申けり。

（覚一本巻四「通乗之沙汰」）

語り本系や盛衰記では、後には嵯峨に住んだことも記されている。但し、この部分を読む限りでは、この宮が「還俗宮」といわれる理由は不明である。しかし、盛衰記や覚一本で「嵯峨」と記されるところには、後述の『明月記』の記事との近さがうかがえる。

平家一門が都を落ちた寿永二年（一一八三）七月以後、義仲は都を席捲し、新帝を立てる際にはこの木曾宮（北陸宮）を強力に推す（延慶本巻八―二。盛衰記巻三十二）。北陸宮が義仲に守られ、新帝候補者として擁立されたことは『玉葉』にも詳しい。但し、その後、資料上では北陸宮の行方は杳として知れない。僅かに半世紀後の寛喜二年（一二三〇）七月八日に嵯峨で死亡したことが、後掲の『明月記』七月十一日条によって知られ、六十年余の失意の人生を我々に仄かに示してくれる。これらは諸注に引用されるところである。

しかし、些か腑に落ちないことがある。もとより、平家物語は歴史的事実をそのままに描くことを主目的とするものではなく、事実を意図的に捩じ曲げていることもあるし、また、原拠資料の誤りや誤写をそのままに引き継いだために、結果的に記述が事実とは異なる場合もある。しかし、現代の読者にはそれらの区別はつきにくい。寧ろ、平家物語を基準として当時を眺めがちである。殿下乗合事件のような大胆な虚構については史実と物語との距離を十分に認識して物語に接するが、細かな箇所は、ともすれば盲目的に平家物語を信じがちである。もっとも、物語を読み進めていく上では大した問題でもないともいえる。

北陸宮についてもささやかな疑問が拭いきれない。

1

一旦、平家物語の記述を離れてみよう。

北陸宮についての実在を保証してくれるのは『玉葉』と『愚管抄』である。尤も、『愚管抄』では、「北国ノ方ニハ（略）宮ノ御子ナド云人クダリテオハシケリ」（巻五）と記すのみで詳細はわからない。一方、『玉葉』には以仁王の死後、以仁王の生存説や子息の噂が頻繁に記される。その一つに前述したように、新帝擁立に際して義仲が、

故三条宮御息宮在㆓北陸㆒、義兵之勲功在㆓彼宮御力㆒、仍於㆓立王事㆒者、不㆑可㆑有㆓異議㆒之由所㆑存云々、（寿永二年八月十四日条）

と言上した記事がある。義仲が以仁王の子息を北陸で匿ったことが事実であることがわかる。これは溯って、前年七月二十九日、八月十一日条の、讃岐前司重季が「三条宮子宮」、「故宮子若宮」を連れて北陸道に向かい、越前国に入ったとする記事と連続する。

ところで、義仲の主張は兼実を始め、朝廷に拒否される。兼実の掲げる理由としては、

我朝之習、以㆓継体守文㆒為㆑先、高倉院宮両人御坐、乍㆑置㆓其王胤㆒強被㆑求㆓孫王㆒之条、神慮難㆑測、（八月十四日条）

とするものである。つまり、皇位継承の正統性から言っても、高倉院の二人の皇子をおいて北陸宮を推す必然性はないというものである。この後、三人の候補者をめぐって、占いによる決定に委ねることとなる。

が、『玉葉』には北陸宮が還俗していることについては一切記述がない。この後、文治元年（一一八五）十一月十四日条には、

伝聞、三条宮息年来被レ坐二北陸一之宮〈生年十九、雖レ加二元服一、未レ有二名字一〉、一昨日入洛、頼朝之沙汰云々、

と、その元服は記すが、やはり出家していたことについては触れられていない。もし北陸宮が一時でも出家していたことを兼実が知っていたならば、還俗の帝の是非について一言触れてもよいのではなかろうか。また、寿永二年八月十八日条には、基房、基通、経宗の意見も記されているが、やはり還俗したことについては触れていない。兼実たちは北陸宮が還俗の身であることを知らなかったのだろうか。義仲がひた隠しにしていたのであろうか。それとも、問題とするほどの事柄でもなかったのだろうか。

2

次に北陸宮が登場するのが『明月記』である。

未時許心寂房来、去八日、嵯峨称二孫王一之人〈世称二還俗宮一〉逝亡〈数月赤痢、年六十六〉、以仁皇子之一男云々、治承宇治合戦之比、為レ遁二時之急難一、剃レ頭下二向東国一、為二俗体一而入洛、建久、正治之比、雖レ望二源氏一不レ許、老後住二嵯峨一、以二宗家卿女一為レ妻〈於二心操一者落居之人歟〉、養二申土御門院皇女一、譲二一所之領一云々、

（寛喜二年〈一二三〇〉七月十一日条）

これは、嵯峨に住む孫王と称する以仁王の子息の死を知って記した記事である。この孫王は宗家女を妻としており、定家と少なからず縁があった（定家の姉は宗家の妻となっている。但し、孫王の妻となった女性の母は別人である）。また、心寂房は嵯峨に住み、定家に様々な情報をもたらしている。その人物からたまたま定家の身辺の情報を聞きつけ、関心を寄せたと想像される。定家は孫王の前半生については特に、「還俗宮」のいわれに関心を向けている。以仁王の挙兵の時に、難を逃れるために慌てて剃髪して東国に向かい、その後、還俗して入洛したという。なお、八月三日条

に「嵯峨入道孫王」とあるので、生前には再び出家していた。

宗家は八条院の従兄弟にあたる。以仁王と八条院の緊密な関係からすれば、孫王と宗家女との結婚も理解できる。その他の孫王の後半生についての情報も比較的確かなものと思われる。しかし、孫王の年齢は不審である（『明月記』に従えば以仁王の十四歳の時の子となる）。また、孫王の逃げた「東国」と、北陸宮の逃げた「北国」とは方向が異なる。東国を経由して北国に落ちたのだろうか。或いは、既に半世紀も前のことである。記憶も曖昧になっているのだろうか。また、特に記し留められた東国下向や入洛の経緯は、義仲の入洛や新帝の候補者とされたこと等と関わるはずであるにも拘らず、それらへの言及はない。義仲との関係が記憶に刻まれていれば、「東国」と記すこともないのではないか。或いは、義仲との関係は定家の記憶になかったのであろうか。しかし、定家の姉の健御前の記した『たまきはる』には、新帝即位に関する裏話が載り、義仲の腹立ちを気にかける八条院の言葉が残る。定家が北陸宮についての知識がなかったとも思えない。

つまり、『玉葉』に載る北陸宮の記事と、『明月記』に載る嵯峨孫王の記事とは、以仁王の子息という以外には重なる要素がないのである。しかも、書かれなかった様々な状況を右のように忖度しながら読むことによって、ようやく平家物語の記事とつながる。換言すれば、

高倉宮ノ御子、木曾ヵ奉具テ上リタルコソ、位ニ付給ハマシカト申人有ケレハ、平大納言、兵部少輔尹明ナムト被申ケルハ、出家人ノ還俗シタルハ、イカ、位ニハ即ムスルト申アワレケリ。

（延慶本巻八—九「四宮践祚有事　付義仲行家ニ勲功ヲ給事」諸本ほぼ同じ）

といった平家物語を通過することによって、『玉葉』の北陸宮と『明月記』の嵯峨孫王とが結びつくのである。

以仁王の他の子息（道性と道尊）について、平家物語の記事に混乱があることは拙著『平家物語の形成と受容』第

一篇第二章で指摘した。北陸宮についても、平家物語の記事を無前提に扱ってよいのだろうか。

義仲が北陸宮を推す理由は平家物語も『玉葉』も同じで、そこには還俗に関わる記載はない。しかし平家物語では北陸宮の紹介時に還俗宮と称し（巻四）、新帝践祚後には、西国で時忠が還俗した帝の例を挙げている（巻八）。平家物語の記事が事実をうつしたものと断言できるのだろうか。北陸宮の嵯峨居住の記述に関しては、語り本系や盛衰記の形成段階で、『明月記』に載るような、嵯峨にひっそりと暮らした孫王についての情報を北陸宮に重ね合わせたとも考えられよう。これ以外の資料はなく、俄かに結論は出せない。が、「還俗宮」という一語に牽かれて、『明月記』の必ずしも合致しない記事を北陸宮にあてはめることには、いささかためらいを覚える。

嵯峨孫王の没したのは寛喜二年七月十一日だが、同年六月十四日にはやはり以仁王の遺児の真性が、また、翌寛喜三年九月十八日には法円が没している。以仁王の事件を僅かに体験したであろう遺児が相次いで亡くなっている。平家一門から些か距離のあるこの人々については、平家物語作者の情報源からは些か遠く、情報の混乱があったのだろうか。

その二　「よみ人しらず」への思い

はじめに

寿永二年（一一八三）七月、平家一門は都を後にした。平家の人々は、二度と都に戻らないであろうと半ば予想し、また覚悟して、都への、或いは生への諸々の未練・欲望を断ち切るべく、様々に別れを告げていった。その折りの挿話の一つに、平忠度の話がある。

忠度は、歌道の師、藤原俊成の屋敷に立ち戻り、日頃の無沙汰を詫び、勅撰和歌集編纂に際しては、自分の歌も候補に加えてくれるように願い、自詠歌を書き留めた巻物を託して去って行った。忠度は、これで思い残すことなく西海で潔く死ねると、清々しく馬上の人となった。後に俊成は、中から「さざなみや志賀の都は荒れにしを昔ながらの山桜かな」を選んだが、「勅勘」の人である故に、名前を公表することができずに「よみ人しらず」とした。

1

俊成に七番めの勅撰集撰進の下命があったのは寿永二年二月であった。第六勅撰集（詞花和歌集）は仁平元年（一一五二）の成立である。それから三十年間、勅撰集は作られなかった。歌人としても活躍していた忠度にとって、勅撰集編纂の開始には大きな魅力と期待を感じたことであったろう。我が歌が新しい勅撰集に入れば、歌人としての名誉はこの上もない。その編纂に期待し、完成を待つつもりであったろう。ところが、たった半年も経たぬうちに、都落ちという思いもかけない事態となる。勅撰集入集どころか、自分の命も危うい状況となった。しかし、ここで従容と西海に赴くことは、忠度にとって、歌人としての名誉を高める千載一遇の機会を逃すこととなる。それは死後の恨みともなりかねない。勅撰集入集への執心が、最後の賭けとも言うべき俊成邸訪問という切羽詰まった行動をとらせたと描かれる。忠度は元暦元年（一一八四）二月、一の谷で討ち死にをする。

俊成は新しい勅撰集を『千載和歌集』と名づけ、文治三年（一一八七）九月には序を書いて奏覧し、その翌年に最終的に完成させた。忠度の死後三年以上経っていた。忠度の歌が入集したことも、名前が公開されなかったことも、既に忠度の知るところではなかったが、こうした折衷的な俊成の処置には不満を抱く人々もあったことと思われる。

それが、覚一本平家物語巻七「忠度都落」の「其身朝敵となりにし上は、子細にをよばずといひながら、うらめしかりし事共也」の最後の一言に凝縮されていよう。

覚一本では忠度の勅撰集への執心が、俊成と忠度師弟の暖かな交情と別れの哀感に包まれて、平家公達の雅びを謳う章段となって胸に迫る。しかしながら、読み本系の同じ部分を読むと、いささか異なる。俊成は旧知の忠度とは言え、落人の来訪に恐怖を感じ、門をなかなか開けることもできない。門越しに、忠度が一方的に勅撰集入集への希望を述べて巻物を投げ渡し、去っていく。覚一本にあった師弟の交流、永遠の別れを覚悟した忠度の颯爽とした後ろ姿などは描かれず、忠度の勅撰集への欲望が前面に押し出される。しかも、俊成は「サ、ナミヤ」歌と共に、「イカニセムミカキカハラニツムセリノネノミナケトモシル人ノナキ」も撰入させたと記す。二首並ぶことによって、「サ、ナミヤ」歌の表現世界（自然の悠久さと人事の空しさとの対比。巻九「忠度最期」の忠度詠との響き合いなど）は後退し、勅撰集に二首も入り、しかも「よみ人しらず」とされた事実が前景化する。(1)実際には「イカニセム」歌は忠度の作ではなく、兄の平経盛の作であり、やはり「よみ人しらず」として『千載集』に入っている。経盛も歌人として活躍した人物であった。

読み本系平家物語では、忠度の優雅さを補うためか、続いて忠度とある女房との和歌を介した優雅なやりとりの逸話を載せる。(2)しかも、更に次には、平行盛（清盛の孫）が、都落ちの時に、俊成の息子の藤原定家に自詠歌を集めた手紙を預けており、定家は父の行為を無念に思っていたので、後年、自分が勅撰集を編纂した時には、手紙の余白部分に書かれていた行盛の和歌を、今度は堂々と名前を表して載せたという記事が続く。因みに、この勅撰集は九番目の『新勅撰和歌集』である。

読み本系平家物語では、忠度の優雅さはさることながら、都落ちという驚天動地の出来事に遭遇して露わになった、歌への、特に勅撰集への執念を映す挿話となる。忠度の話は「ヤサシク哀ナリシ事」として始まるのだが、その結末は「口惜」と記されて閉じ、「ヨミ人シラス」となったことへの無念さが籠もる。ところが、行盛の話は「ヤサシクアワレニオホヘシカ」と締め括る。読み本系においては、『千載集』の時代の話が『新勅撰集』になってようやく一区切りがついたことになる。ここまでで一纏まりの話となっている。語り本系とは異なる方法で、平家の人々への哀惜の思いを綴っている。

2

平家歌人は忠度や経盛だけではない。『千載集』を改めて繰っていくと、他にも関係者の名前が目に入る（左表参照）。二人の父親の平忠盛の歌才は既に有名であったが、夙に没しており、平家滅亡に関係がないためか、名前が書かれて歌が載る。平時忠は同じ平家であり西海で最後まで行動を共にしたが、文官であって清盛の血筋ではなかったこと、また、死罪や自害ではなく、流罪となったことなどが理由であろうか、或いは、弟の親宗が後白河院の側近として、清盛らとは別グループで活躍していたことが何らかの作用を及ぼしているのかもしれないが、やはり名前が書かれて歌も載る。親宗自身も名と歌が載る。

一方で、「よみ人しらず」とされた平家歌人は、忠度・経盛以外にも、経正（経盛の息子・二首）、行盛（一首）がある。他にも「よみ人しらず」が何首かある。その中には、作者名はわからないものの、状況からみて平家歌人の作かと疑われるものがあるようである（八七一・八七二）(3)。従って、「よみ人しらず」となったことを無念とする意識は忠度一人に帰する感慨ではない。忠度の話は、言わば、こうした一門の同好の士の思いを代表したものと言えるだろう。

さらに注意されるのは、『新勅撰集』に入集した平家歌人である。行盛の歌は、

	忠盛	経盛	忠度	資盛	経正	行盛	忠快	重衡	時忠	親宗	教盛母
									文治元年流罪	後白河院側近	
千　載	732	☆668	☆66		☆199 ☆246	☆520			1238	174 364 439	
新古今	1552									212	1400
新勅撰		305	852	167	387	1194				829	
続後撰	844	432									
続古今											
続拾遺	80										
新後撰	148										
玉　葉	1217 2410 2768	50 922 1164 1300 1563 1620	1116 1290 1337 2553 163詞	1566 1758 2344	260 342 364 1661 2652	2318 2343	2342 2571	1179		46 1058 2401	
続千載											
続後拾遺	171										
風　雅	219	1447 1838 2047	623 2058	1081							
新千載	255										
新拾遺			945 1090		553						
新後拾遺											
新続古今											

☆は「よみ人しらず」

『千載集』のよみ人知らず歌　225／231・337（荒木田氏良）／415（伊勢神宮神官〈荒木田氏〉関係か）／462（僧侶か隠逸者か）／489（筑紫の女）／696（隆房の贈答相手）／750／823／824／837・870（二条院の贈答相手）／871・872（平家歌人か）／901（実家の贈答相手）／1070（落とし文）／1125（崇徳院か）

寿永二年、おほかたの世しづかならず侍りしころ、よみおきて侍りける歌を、定家がもとにつかはすとて、

つつみがみにかきつけて侍りし

ながれての名だにもとまれゆく水のあはれはかなき身はきえぬとも（一一九四）

である。この詞書の示す撰歌事情は、平家物語読み本系の話とよく似ている。その情報の源かと思われるが、行盛以外にも、経盛・忠度・経正・資盛の歌が一首ずつ、名前が表されて載っている。『千載集』の「よみ人しらず」として入集した平家歌人と、『新勅撰集』の平家歌人とが、資盛以外では見事に対応している。

この人々は、確かに平家一門の中でも代表的な歌人である。しかし、他にも、重衡（清盛男）・通盛（清盛弟の教盛の長男）・業盛（通盛の弟）・忠快（通盛の弟）なども歌を嗜み、歌人としてある程度の評価を得ている。重衡・忠快は、後の勅撰集ではあるが、『玉葉和歌集』にも一首採られている。しかし、『新勅撰集』以降、十三代集とも括られる十三の勅撰集の中で、いささか特殊な『玉葉集』を除くと、『新勅撰集』ほど平家歌人の歌を入集させている集はない。そして、『新勅撰集』には『千載集』と同じ平家歌人が名を連ねていることは前述したとおりである。偶然の一致であろうか。中で唯一、『千載集』にはなく『新勅撰集』に載る資盛は、『千載集』にある、他の「よみ人しらず」歌の作者ではなかろうかとも想像されてくる。

また、先に紹介した『新勅撰集』の行盛の歌の前には、

文治のころほひ、ちちの千載集えらび侍りし時、定家がもとにうたつかはすとてよみ侍りける

尊円法師

わがふかくこけのしたまでおもひおくうづもれぬ名はきみやのこさむ（一一九二）

おなじ時よみ侍りける

荒木田成長

かきつむるかみぢの山のことのはのむなしくくちむあとぞかなしき（一一九三）

がある。一一九二番歌の詞書からは、定家も『千載集』編纂に何らかの関わりを持っていたことがうかがわれる。尊円は『千載集』一二二六に一首載せられているが、ここには入集に向けての定家への期待がある。一方、成長の歌は『千載集』にはない。ただ、『千載集』の「よみ人しらず」歌の中には、伊勢の荒木田氏良の歌が二首（一三二一・一三三七）、それ以外の荒木田氏関係者の歌が一首（四一五）ある。成長の歌は撰に洩れたのか、或いはその荒木田氏関係者の「よみ人しらず」とは成長であったのではないかと想像したくなる。しかも「埋もれた名を託す」歌、「言葉が空しく朽ちる」とうたう歌を載せているのを見ると、『千載集』への定家の無念の思いは、平家公達に対するものだけではなかったようである。

すると、父の平家公達への態度を傍らに見て無念の思いを抱いていた定家が、後年に編纂を命ぜられた『新勅撰集』に至って、ようやくその思いを晴らし、胸のつかえをおろしたと読み本系平家物語に書かれる安堵も、行盛だけに向けられたものではなく、経盛・忠度・経正・資盛にも向けられていたと思われる。

『新勅撰集』は貞永元年（一二三二）に編纂の下命を受け、紆余曲折の末に最終的な完成を見たのは文暦二年（一二三五）三月であった。まさしく、平家物語生成の時代と重なる。行盛の歌が平家物語の原型の形成時に存在したのかどうかはわからない。しかし、平家物語は、平家一門の滅亡という衝撃的な過去の事件を物語として紡ぐにあたって、作品が成立するまでの半世紀という時間の流れをも重ねて、過去の無念を浄化させていく様も織り上げている。

注

（1）松尾葦江『平家物語論究』（明治書院　昭和60年）第一章五（初出は昭和59年5月）、中村文「平家物語と和歌――平家都

落の諸段をめぐって――」(『平家物語　受容と変容　あなたが読む平家物語4』有精堂　平成5年10月)

(2) 長門本では、十二巻本の巻五に相当する富士川合戦に出発する箇所(巻十四)に移動している。第三部第三章に詳述。

(3) 上条彰次校注『千載和歌集』(和泉書院　平成6年)

第五章　藤原成親の妻子たち

はじめに

治承元年（一一七七）、鹿の谷の謀議が発覚し、首謀者の藤原成親は捕縛、すぐに流罪され、無惨な最期を遂げた。子息成経は平康頼・俊寛と共に鬼界島に流される。平家物語によると、成親捕縛の報と共に、成親の北の方は子女を連れて北山の雲林院の近くの僧坊に逃げる（巻二「小教訓」）。また、配流地にある成親に、使者の信俊に手紙を託し、成親から形見となる返書と髪を受け取って悲しみ、その後、夫の死を知って出家し、成親の菩提を弔う（同「大納言死去」）。なお、成経の母はこの北の方とは別人で、事件後は「霊山におはしける」とされる（巻三「少将都帰」）。

この北の方、また成親の妻たちの素性をめぐって、諸注ではいささか、史実と物語との混同や、誤解による混乱があるように見受けられる。そこでその点を整理し、改めて平家物語の営みを確認していきたい。

一　平家物語における成親の北の方

平家物語諸本のうち、覚一本ではこの北の方を「山城守敦方の娘」とし、更に、「勝たる美人にて、後白河法皇の御最愛ならびなき御おもひ人にておはしけるを、成親卿ありがたき寵愛の人にて、給はられたりける」と記されている。が、この「山城守敦方」については『延慶本平家物語全注釈　第一末（巻二）』（汲古書院）に至る諸注で「未詳」と記すとおり、史実としての確認はできない。読み本系諸本のうち、延慶本では、北の方の出自、結婚の経緯などについては全く触れていない。長門本や源平盛衰記では覚一本と同様に、「山城の守あつかたか娘」（長門本巻三）、「山城守敏賢ノ女」（盛衰記巻五）とし、更に覚一本以上に北の方の半生が詳細に記される。こうした記述はどこまで信用できるのか。その点を含め、妻と子女について、事実の確認から始める。

二　藤原親隆女

鹿の谷の謀議の発覚によって成親と同じく流された成経は、久寿三年（一一五六）の生まれと考えられる（『兵範記』同年四月二十日条「越後少将女房自暁産気（中略）及秉燭男子誕生」(1)）。従って、その母となった女性（藤原親隆女）と成親は、久寿二年の頃までには関係が始まっていたことになる。この親隆女の兄弟には全真がいる。また、親隆は勧修寺流で父は藤原為房、母は法橋隆尊の娘で藤原忠通の御乳であった（『尊卑分脈』）。

成経は嘉応二年（一一七〇）に十五歳で叙爵、丹波守となり（知行国主は成親(2)）、翌承安元年従五位上右少将、翌二年正五位下、三年従四位下と、順調に位階を上げたが、治承元年、二十二歳の時に流罪となり、解官される。二年後に帰洛した成経は復位し、やがて正三位まで上り、建仁二年（一二〇二）に没する。

次男に成宗がいる。生年は不明で、管見では史料初見が『吉記』承安四年（一一七四）八月三日条の「侍従成宗」である。翌安元元年左少将(3)、翌二年正月の春除目で丹後介となる（『玉葉』二十九日条）。同年三月の後白河院五十賀では、平維盛と共に青海波を舞う。この時維盛は十八歳なので、成宗も維盛とそれほど年齢差はないと思われる。この年、兄の成経は二十一歳である。成宗が維盛と同齢とすれば、成経とは三歳違いで、平治元年（一一五九）生まれとなる。また、藤原師長の養子となっている。[4]ただ、この安元二年七月に死没した。[5]

他に、文永・弘安（一二六四〜八八）頃の成立とされる『文机談』に、成親女として師長室の「尼御前」が登場する。これは『尊卑分脈』に、「母同成経」として、「太政大臣藤原師長公室」と記される女性にあたるが、不詳。なお、『秦箏相承血脈』に、太政大臣師長の弟子の一人に「従三位成子」とあり、傍書に「権大納言成親女」、「太政大臣室」と記されている。成子は後述するが、師長室ではない。『血脈』には混乱がある。

この子供たちの母の親隆女は、記録上殆どうかがえない。ただ、『吉記』寿永元年（一一八二）二月二十三日条「後聞、四条室町故民親旧室宅〈親隆亭也〉群盗乱入」に成親の「旧室」とあることから（「民」は「成」の誤写、その旧室とは藤原親隆女と指摘されている[6]）、成親の生前に既に離別していたこと、しかし、この当時には存命していたことがわかる。

三　後白河院京極局

後白河院京極局は、藤原俊成を父として生まれる。母は藤原為忠女で、藤原定家とは年の離れた異母姉となる。『明月記』嘉禄二年（一二二六）十二月十八日条に、

後白河院京極局《母為忠朝臣女》、〈自仁安至于治承、唯一人祇候、乗御車後、近習奏者無余人、申仮出家之後、以三条局〈通親公姉〉、為替、内三位、公佐等之母×[7]〉　（《　》は上記の左傍書）

とあり、また『砂巌』五所収の五条殿御息男女交名には、

後白川院京極〈母為忠朝臣女〉、応保・長寛之比、為成親卿妻生子四人〈其時猶院官仕〉、離別之後猶候院、仁安以後治承以前、只一人被召仕御幸毎度参御車、(8)

とある。両書ともほぼ同じ内容だが、それぞれ異なる情報もある。合わせると、京極局の次のような人生が浮かび上がる。後白河院に応保以前から仕え、応保・長寛（一一六一～六五）の頃に成親の妻になり、四人の子供を生んだ。また、出産後も長く女房として仕えた。特に成親と離別した仁安（一一六六～六九）以後は、御幸には常に同車し、近習奏者として他に並ぶ者もなかったという。四人の子供のうち二人は、内三位（藤原成子。「内」は後堀河天皇）と藤原公佐である。

治承五年（一一八一）閏二月五日に京極局は出家し（『明月記』六日条）、三条局を後任として（前掲）、二十四日に没した。死をみとったのは子供たちではなく、一年前の春に猶子となった姪の龍寿御前であった（『明月記』同日条）。娘の成子は寿永三年（一一八四）四月八日に「典侍従五位下」となる（『吉記』同日条）。平家の都落ち後に、成親の忘れ形見として院の引き立てを受けたと推測されているが、同時に三年前に亡くなった母京極局の思い出が院を動かしたと思われる。後年は藤原基宗に嫁し、後堀河天皇の乳母となり、嘉禄二年には三位に、翌年正月には二位に上る。成子の活躍と権力については、既に詳しく論じられている。(9)

なお、後述するが、成子の同母妹に維盛妻となった女性がいる。この女性の再婚相手の藤原経房が正治元年（一一九九）に浄蓮華院供養を行っているが、その際、妻側の縁者も多く招かれている。その一人の持明門院三位には、「基宗、女房内々有所縁歟」(10)と、女房（成子妹）との続柄を内々の縁かと、聊か曖昧な書き方がされている。これは基宗と成子の関係がまだ公になっていないことを意味していよう。この頃に二人の間に子供が生まれている。(11)

成子は『尊卑分脈』によれば、初め藤原盛能に嫁した。但し、盛能と先妻との間の息盛兼が建久二年（一一九一）

生まれ（『公卿補任』）である。成子が盛能と再婚したのはそれよりも後であろう。後白河院の薨去（建久三年）以降となろう。しかし、盛能は建久八年（一一九七）に没する。先夫盛能の死後、三十代半ばに基宗との関係が始まったと思われる。

成子の次に名前の挙がっている公佐は藤原実国の養子となって、閑院流として生きた。成親の姉妹が実国室となっていることにも依るか。文治元年（一一八五）正五位下となるが（『吉記』正月六日条）、叙爵した時期は不明。『吾妻鏡』同年六月二十五日条、十月二十四日条にあるように、鎌倉でも活躍していたようである。同年十二月六日に頼朝が朝廷に議奏公卿の奏請をした時には、右馬権頭に推挙されている（『吾妻鏡』同日条）。また翌日条には、

此間事等、京都巨細者、大略以被示合左典厩幷侍従公佐等、彼公佐朝臣者、二品御外舅北条殿外孫〈法橋全成息女子也〉也、旁以有其好之上、心操太穏便、不背御意之故、今度則令挙右馬権頭給云々、(12)

と記される。北条時政の孫（父は頼朝異母弟の阿野全成、母は時政女）の夫となり（「息女子也〉也」は「息女〉夫也」か）(13)、その性格が「穏便」と評価され、信頼が置かれていたようである。妻の出自により、公佐の息男以降は阿野流を称す（子孫には後醍醐天皇妾の阿野廉子がいる）。建久三年八月二十日には除籍されたが（『吾妻鏡』九月五日条）、建久五年十二月二十六日には永福寺の堂供養に出席しており（『吾妻鏡』同日条）、主に鎌倉に活動の拠点があったと思われる。

他の二人の子供のうち、一人は維盛の妻となった女性で、『明月記』治承五年六月十二日条に「京極殿二女」とある。維盛の妻は『たまきはる』の建春門院女房の名寄せに、

新大納言殿《平家維盛の妻》　成親の大納言別当と言ひし女。この京極殿の腹なり。十二三にて召されて、二三年ぞさぶらはれし。御所近き局給はりて、限りなくもてなさせ給き。(14)

とある。「新大納言」という女房名から見て、父成親が権大納言となった安元元年（一一七五）の頃に出仕したと思わ

れる。安元元年に十二、三歳とすると、長寛一、二年（一一六三、六四）生まれとなる。なお、平家物語巻七「維盛都落」で、維盛の妻が「都には父もなし、母もなし」と、必死の思いで維盛の袖にすがったのは、事実を映した表現であった。

残る一人は覚親であろうか。『玉葉』文治元年（一一八五）八月六日条に、以仁王生存説に関わって「覚親〈成親卿息〉」が登場する。また『三長記』建久七年（一一九六）十一月十日条には、記主藤原長兼が故相公（藤原定長）の一周忌に出掛けたところ、導師として「律師覚親」がいたと記されている。定長の母は為忠女で、京極局の母と姉妹になる。よって、覚親も京極局を母とすると考えてよかろう。『玉葉』安元二年（一一七六）五月二十三日条に、最勝講の初日の聴衆の一人に「覚親〈寺、新〉」とあり、年齢的にも齟齬しない。

この兄弟姉妹の生年・順序は不明だが、仮に成子（一一六一）・公佐（一一六二）・新大納言殿（一一六三）・覚親（一一六四）としておく。四子の順番や誕生年はあくまでも仮定である。特に四子連続の誕生は現実的ではなかろうから、当然、もう少し幅はあろう。しかし少なくとも、成親の第二子成宗の誕生後まもなく、京極局との関係が始まったことにはなろう。

このように四人もの子女をもうけた京極局であるが、その長男の公佐は実国の養子となり、名前も閑院流の「公」を戴いた名前に改名したように（『尊卑分脈』には本名も記されている）、成親の家系は継いでいない。『砂巌』に、京極局は出産以前と同様に、出産後も離別後も女房として、治承まで仕えたとある。つまり、結婚・出産に拘らず女房勤めを続け、治承五年に出家をして三条局に後を託すまで（おそらく死の間近まで）女房であった。後白河院随一の近習の女房として生き、その一生を終えた。

四　源忠房女

第三の女性として現われるのが、藤原親実の母となった源忠房女である。『尊卑分脈』には、親実の注記に「母二条院女房〔源忠房女〕」とある。親実は仁安三年（一一六八）誕生。嘉応三年（一一七一）四歳で叙位、承安三年（一一七三）越後守、治承元年（一一七七）重任。越後は承安二年に父成親が知行国主として重任された国であり[15]、また隆季・家明（どちらも成親の異母兄）・成親などの一族が度々任じられた国であった。しかし、治承元年六月には父の事件により解官される。後に復位し、文治五年（一一八九）左衛門佐、翌建久元年従五位上となり、以後しばらく滞るが、建久七年正五位下となってからは位階もあがり、承元三年（一二〇九）正三位となり、建保三年（一二一五）、四十八歳で没する。

成経が嘉応二年に十五歳で叙爵したのに対し、十二歳も年少の親実は翌嘉応三年に僅か四歳で従五位下となっている。成経は順調に位をあげていくが、親実も二年後には父の任国であった越後守になっている。成経の弟成宗は、師長の養子になっているが、安元二年の没時（おそらく十七、八歳）まで従五位下であった。成経・成宗に比べて親実の任官は早い。もし成親が順調に宮廷社会で生き抜いていたら、成親の家系はいずれこの親実がその後を継いでいたかもしれない。親実の母は正妻として迎えられたと思われる。

他に、『尊卑分脈』『公卿補任』の「実持」の項によれば、藤原公定と結婚し、実持の母となった「成親娘〈典侍〉」がいる。実持の本名は実経で[16]、『明月記』嘉禄二年（一二二六）六月十日条に「少将実経朝臣母参列年五十八」とある。これによれば、実持（実経）の母は嘉応元年（一一六九）生まれとなり[17]、親実と一歳違いとなる。すると、親実と同母の妹であろう。

この忠房女は村上源氏、顕房の曾孫となるが[18]、父の忠房はかなり傍流である。二人の結婚の経緯については、『今鏡』村上の源氏・第七「藻塩の煙」が参考となる。

二条の帝の御時、近くさぶらひ給ひて、督の君とか聞え給ひしは、ことの外にときめき給ふと聞え給ひしかば、尚侍になり給へりしにやありけむ、ただまた督の殿など申すにや、よくもえうけたまはり定めざりき。それこそは、六条殿（顕房）の御子の、季房の丹波守の子に、大夫（忠房）とか申して、伊勢に籠り居給へる御むすめと聞え給ひしか。

かの御時、女御后かたがたうち続き多く聞え給ひしに、御心のはなにて、一時のみ、盛りすくなく聞えしに、これぞときはに聞え給ひて、家をさへつくりて賜り、世にももてあつかふほどに聞え給ひて、帝の御悩みにさへ科おひ給ひしぞかし。御乳母の大納言の三位なども、「いたくな参り給ひそ」など侍りけるにや、ある折は常にもさぶらひ給はずなどありけるとかや。かつは御おぼえの事など、祈りすぐし給へる方も聞えけるにや、かつは聞きにくくも聞えけるとぞ。

重らせ給ひけるほどに、「年若き人なれば、おはしまさざらむには、いかにもあらむずらむ。御消息ども返し参らせよ」とありければ、泣く泣くとりつかねて参らせければ、信保などいふ人うけたまはりて、かき集めさせ給へる、藻塩の煙となりけむも、いかに悲しく思しけむ。御髪の丈にあまり給へりけるも、「削ぎおろさばや」とぞ聞えけれど、心つよき事かたくて、月日経けるほどに、御心ならずもやありけむ、昔にはあらぬことども出できて、若き上達部の、時にあひたるところにこそ迎へられ給ひてと聞え侍るめれ。召し返させ給ひけむ、やんごとなき水茎のあとも、今やおぼしあはすらむ、いとかしこくこそ[19]。

この女性の系譜は前半傍線部で明らかである。督の君は、『源氏物語』で桐壺帝に愛された桐壺更衣のように二条天皇に寵愛されたが、二条院の死後（一一六五）、出家したくともなかなか決心できぬうちに、時めいている男に迎えられたという。成親は確かにこの頃、後半傍線部のように「時にあひたる」上達部であった。督の君は、二条帝の寵愛を受けていた昔では思いもしなかったことに、成親と結婚することになった[20]。ただ、「昔にはあらぬことども」の「あらぬ」を「あかぬ」とする系統の本文があり、それに従えば、成親にとってかつての恋人、忘れ得ぬ女性であり、二条院の死によって、成親は好機到来と迎え入れたこととなる。

いずれにせよ、成親は二条天皇の生前の寵愛の女房を自分のものとしたのである。しかも、その時期は京極局との離別の時期とほぼ重なる。成親は、この女性を正妻として迎えて、やがて生まれた息子に将来家督を継がせようと考えたのではないか。

五　その他の子女

以上、確認のできた範囲での妻子を紹介したが、他にも『尊卑分脈』には子息に尊親がいる。尊親は『明月記』元久二年（一二〇五）三月三十日条に「大納言律師」とある。「大納言」は父成親に因むか。文暦元年（一二三四）八月十一日条では後堀河院の葬儀の御前僧の一人となっている。後堀河院の御前僧となるにあたっては、成子が後堀河院の乳母であったこと、基宗妻となって権力を持ったことが影響しているかと思われるが、尊親の母については不詳。

『尊卑分脈』では、他にも成親女が記されている。成家室・清経室・女（従二位）である。成家は定家の同母兄、つまり京極局の異母弟にあたり、清経の母は成親の姉妹で[21]、いずれも成親との関係は深いが不詳。従二位と記される女性は成子との混同があるか。

また、『尊卑分脈』には記載がないが、『山槐記』治承三年（一一七九）十月十日条に「大納言阿闍梨　大納言成親子」と割書される「成守」がいることが指摘されている（『延慶本平家物語全注釈　第一末（巻二）』二九九頁）。同書は、治承元年当時には十代ではあり得ないとする。すると、成経の弟となるのであろうか。

以下に、主立った子女の治承元年までの軌跡を年表としてまとめておく。

	成親	親隆女		京極局				忠房女（督の君）	
		成経	成宗	成子	公佐	新大納言（維盛妻）	覚親？	親実	実持母
一一五五　久寿二	18越後守								
一一五六　保元一	19左少将	1誕生							
一一五七　保元二	20従四位下・上	2							
一一五八　保元三	21右中将	3							
一一五九　平治一	22正四位下越後守重任・解官	4	(1)誕生？						
一一六〇　永暦一	23	5	(2)						
一一六一　応保一	24右中将・解官	6	(3)	(1)誕生？					
一一六二　応保二	25	7	(4)	(2)	(1)誕生？				
一一六三　長寛一	26	8	(5)	(3)	(2)	(1)誕生？			
一一六四　長寛二	27	9	(6)	(4)	(3)	(2)	(1)誕生？		
一一六五　永万一	28	10	(7)	(5)	(4)	(3)	(2)		
一一六六　仁安一	29左中将・蔵人頭・従三位・正三位	11	(8)	(6)	(5)	(4)	(3)		
一一六七　仁安二	30越前権守兼任・参議・権中納言	12	(9)	(7)	(6)	(5)	(4)		
一一六八　仁安三	31	13	(10)	(8)	(7)	(6)	(5)	1誕生	

一一六九	嘉応一	32解却・還任	14	(11)	(9)	(8)	(7)	(6)	2	1
一一七〇	嘉応二	33右兵衛督検非違使別当・解却・還任・右衛門督・左衛門督	15叙爵・丹波守	(12)	(10)	(9)	(8)	(7)	3	2
一一七一	承安一	34左衛門督別当	16従五上右少将	(13)	(11)	(10)	(9)	(8)	4叙位	3
一一七二	承安二	35従二位・丹波越後重任	17正五下	(14)	(12)	(11)	(10)	(9)	5	4
一一七三	承安三	36正二位	18従四下	(15)	(13)	(12)	(11)	(10)	6越後守	5
一一七四	承安四	37	19丹波守重任	(16)これ以前、侍従	(14)	(13)	(12)	(11)	7	6
一一七五	安元一	38権大納言	20	(17)左少将	(15)	(14)	(13)建春門院女房	(12)	8	7
一一七六	安元二	39	21	(18)丹後介　7・29没	(16)	(15)	(14)	(13)	9	8
一一七七	治承一	40解官・流罪・没	22解官		(17)	(16)	(15)	(14)	10重任・解官	9

＊人物欄の数字は年齢。括弧付き数字は推定年齢。

六　京極局についての補足

『たまきはる』に、承安四年の今様合の折の逸話が載る。

承安四年、今様とかや、歌の合はせられし夜な〱、例の息をだに荒くせぬ人〱の中にゐて、聞きしかど、何事かは思分かん。事果てて、左大将朗詠などこそ、聞き知らぬ耳にも驚かれしか。「秋の夜明けなむとす、なにがしの西に」とかや、めでたしと思える人〱の気色見えき。別当成親の声はまことにおもしろうて、「夜も更け、小夜も」とかや、「我待つ里も」と謡はれしを、京極殿二所の御前にて、「幸なの里や」と申されしも、人からおかしう聞こえき。

諸注によると、成親の今様は「今は罷りなん　夜も更け小夜も　隔たりぬ　いざ往なむ　我待つ君は　待ち恋ひ過ぎぬとて　寝もぞする」（『古今目録抄』紙背）の「我待つ君は」を謡い替えたものという。これに対して京極局が「幸なの里や」と言ったのだが、これについては解釈が分かれている。例えば、「幸なの里や」には「深刻な怨情はなく、むしろ、時につけての座興であり、をかしく聞こえたのである」（日本古典全書『建壽御前日記』三三二頁　朝日新聞社）、或いは、既に成親が別の女性と結婚していることを踏まえて、「二人の間柄を思うと辛いものがある。（略）その思いをこの句に籠めて成親及び一座の人々に訴えたのである」（『たまきはる全注釈』一五八頁　笠間書院）等と、『万葉集』における額田王の歌をめぐる解釈の多様性を髣髴とさせる。ただ、どの注も、覚一本に依拠して後白河院から成親が山城守敦方女を賜ったことを前提とし、二人の間が疎遠となったとして京極局の感情を忖度している。覚一本の問題点は次節で述べるが、それと併せて修正が必要であろう。

承安四年当時の二人の関係はどのようなものであったのか。二人は離別後七、八年は経ち、成親の新しい妻の生んだ息子も七歳となっている。一方、成親は後白河院の側近で、京極局も後白河院女房として存在感を示している。院の周辺で顔を合わせる機会も多いであろう。成親にすれば、後白河院第一の側近の女房である京極局と完全に縁を切る必要はない。情報源として、また、後白河院との連絡係として、これほど有益な人材はいない。このような打算のみであったわけではなかろうが、様々な要因が織り重ねられた関係であったことが推測される。

こうした二人の関係は周知のことである。そうした周囲の視線を浴びて、京極局は皆を感心させているのである。京極局の言葉に深刻な思いを求めるのは躊躇される。

なかなか夫が戻って来ず待ちくたびれている女を、お気の毒なことよと思いやる。男のことをよく知り抜いたかつての妻が、早く男を帰らせようとせんばかりに、幾分からかい気味におおらかな対応を見せているのではないか。それ故に座がなごみ、周囲の人々も京極局の言葉を楽しめたのではなかろうか。

次の『建礼門院右京大夫集』の贈答歌によれば、離別後も二人の間には何らかの交流があったと推測される。

成親の大納言の、遠き所へ下られにしのち、院の京極殿の御もとへ、

107いかばかり枕の下も氷るらむなべての袖もさゆるこのごろ

108旅衣たちわかれにしあとの袖もろき涙の露やひまなき

返し　　　　　　　　　　　京極殿

109床の上も袖も涙もつららにて明かす思ひのやるかたもなし

110日に添へて荒れゆく宿を思ひやれ人をしのぶの露にやつれて[22]

諸注に拠れば、これは今様合から三年後に起こった鹿の谷事件で成親が配流となり、まもなく死去したことを受けて、その数箇月後、右京大夫が京極局を気遣って贈った歌とその返しである。京極局が成親の悲劇を思い、悲しみに沈んでいることが察せられる。どのような形かは想像にまかせるしかないが、二人の交流は続いており、打算ではなく、何らかの愛情が持続していたことが推量される[23]。

七　再び平家物語へ

さて、以上のように成親の妻を整理すると、平家物語が言う治承元年当時の北の方とは忠房女（親実母）を指すこ

とになる。これを踏まえて平家物語に戻る。

長門本巻三、盛衰記巻五には、北の方が北山の雲林院に逃げた場面に続いて、北の方と成親の結婚に至る経緯が詳細に記されている。盛衰記によれば、北の方は建春門院乳母の「師人」の仲介で後白河院に出仕し、十四歳より寵愛されていたが、二条天皇の目に留まり、十六歳で天皇のもとに参る。天皇の深い寵愛を受けたが、十九歳の時に天皇は崩御。その後、天皇を追慕して籠っていたが、成親が強引に自分のものとしたという。この中で、二条天皇に寵愛されたことなどは、忠房女（親実母）に関する『今鏡』の内容と共通する。従って、督の君を念頭に作り上げられているることが認められる[24]。しかし、後白河院の寵愛を受けたとする展開は虚構ではなかろうか。或いは、同じく成親の妻であった京極局が後白河院女房として仕えていた姿が投影しているのかもしれない。

長門本は盛衰記よりも更に詳述されているが、それは盛衰記的本文に『今鏡』を用いて増補し、更に独自の潤色を施したものと考えられる。覚一本等の語り本系は、盛衰記にうかがえる読み本系の本文から、二条天皇に寵愛された部分を省略し、後白河院に寵愛された部分だけを用いて記したと言える。延慶本は北の方に関する情報をすべて省略したと考えられよう。

第一節で紹介した、平家物語における北の方の出自「山城守敦方の娘」（盛衰記は「敏賢ノ女」）は、未詳というよりも、虚構である。情報がなかったために、適宜名前をあてはめたのだろうか。或いは正しい出自を意図的に隠蔽したのだろうか。

さて、この北の方は身の危険を感じ、幼い子供たちを連れて逃げたと記される。『玉葉』六月三日条に、「院中近習之人々、皆悉令逃散妻子資財等、只一身許愁祗候云々」とあり、実際においても、近習者が平家の過酷な追求を恐れて家族や財産を避難させたようである。但し、成親の北の方の動向についてはわからない。

覚一本では、子供の年齢を十歳の女子と八歳の男子とする。日下力氏は、女子を、先述の実持母となった女性とし、男子を尊親と推測する。(25)実持母となった女性は当時九歳でほぼ該当するが、尊親については年齢・母親ともにわからず、不明とするしかない。但し、読み本系諸本では、「少キ」「若君、姫君」とあるだけで、年齢は記されていない。従って、覚一本の記述を根拠として子供の年齢を比定する必要はなかろう。ただ、ここで気になるのは当時十歳の親実である。或いは、この親実が若君に比定されるのだろうか。しかし、親実は幼いとは言え、既に殿上人である。母の懐に抱かれるようにして北山に逃げる幼い子供という図柄はあてはまらないのではないか。

『玉葉』六月十八日条によれば、事件によって解官されたのは成親・盛頼（成親の弟）・成経・親実の四人で、親実も流罪とはならないまでも、成経と共に解官されている。しかし、平家物語には盛頼・親実の解官については全く触れられていない。しかも、北の方と共に北山に隠れた若君の姿は、現実の親実よりも幼い印象を抱かせる。もし、この若君の描写が現実のものであるとするならば、日下氏の推測のように、親実より年少と推測される尊親であったのだろうか。それならば、親実は一人置き去りにされたことになり、やはり物語の記述には疑問が湧く。

ところで、水原一氏は、「没落沈淪の貴婦人のたどった一つの人生の型が成親の北の方に託して語られている」(26)と指摘するが、加えて、残された男女二人の子供を登場させることにも注意したい。平家物語には、こうした母と子の悲劇が点綴されている。

例えば、俊寛が捕縛された時に、俊寛の妻は幼児（男女）を連れて鞍馬に隠れる（巻三「僧都死去」）。都落ちの時に、維盛の妻は息子の六代御前と妹を連れて嵯峨の大覚寺に逃げる（巻十「首渡」）。成親の北の方の行動との類似性は明らかである。以仁王の謀叛が発覚した時に、八条院邸に匿われていた以仁王の子供たち（男女）のうち、若君がやがて母から引き離されて平家方に連行される（巻四「若宮出家」）。これも同型のバリエーションと言える。六代御前と妹や、以仁王の二人の子供たちは確かに実在したが、寧ろ、逃げ隠れる妻と男女二人の子供という類型性の先行が認められる。

また、平家物語では、京極局やその子供たち（維盛の妻となった娘は除く）に触れることはない。『右京大夫集』に京極局の情愛を示す資料が残されていても、それは使用されない。これは、資料を見たか否かという問題ではない。平家物語の展開において、成経や維盛の妻以外の子供たち、また北の方以外の女性たちは視野に入っていないのである。(27)その北の方の登場も、現実の投影というよりも、残された者、特に追捕を逃れようと必死に逃げ隠れる母と幼児の悲哀という、平家物語が繰り返す型をあてはめたものであった。

成親は親平家の立場にありながら、反平家の狼煙を上げた人物として描かれ、しかもそのきっかけが、身分不相応な職を願ったからとされ（右大将をめぐって宗盛に敵愾心を抱くことについては虚構性が指摘されている(28)）、成親の無惨な死は、自業自得といった様相を帯び、必ずしも肯定されるわけではない。しかし、残された人々の哀しみはそれとは別である。残された妻子の悲劇に心を寄せ、その人たちによる鎮魂を描いていくこと、それが物語としての平家物語であった。

おわりに

以上、巻二「小教訓」「大納言死去」に登場する成親の北の方の出自をめぐって、その子供たちを含めて、先行研究に導かれながら、事実を整理してきた。平家物語が触れていない部分に多くの筆を割いたが、このような小さな場面からも、平家物語が何を選択し、何に重心をおいて物語を作り出していったのかを辿ることとなった。また、平安末期の結婚形態の一例を追うこととなった。

注

（1）久保田淳「丹波少将成経生年考附、親雅・成宗のこと」（『拾遺愚草古注（下）』附録　三弥井書店　平成元年6月）
（2）『玉葉』承安二年七月二十一日条
（3）『定能卿記』安元元年十二月十五日条に、「左少将成宗、未拝賀」とある。引用は、「高松宮家旧蔵『定能卿記　安元御賀記』」（『禁裏・公家文庫研究　二』思文閣出版　平成18年）に拠る。
（4）『玉葉』安元二年七月二十九日条「今暁、少将成宗卒去、内府養子也、成親卿息也」
（5）前掲注（4）
（6）『新訂　吉記』和泉書院
（7）「『明月記』原本断簡集成」（『明月記研究提要』八木書店　平成18年）。他の『明月記』の引用は、『冷泉家時雨亭叢書　明月記』（朝日新聞社）に拠り、それ以外にも、「明月記研究」、国書刊行会本を用いた。
（8）『圖書寮叢刊　砂巌』明治書院
（9）日下力『平家物語の誕生』（岩波書店　平成13年）第二部第一・二章（初出は平成6年10月・7年3月）。京極局関連の人脈については、同書によるところが大きい。但し、氏は『明月記』を国書刊行会本によったために、成子の母を後白河院坊門局と誤る（同氏『いくさ物語の世界』〈岩波書店　平成20年〉五九頁で修整）。
（10）『大日本史料』四編補遺
（11）基宗と成子との娘の宗子は一二〇〇年前後の誕生と推測される（前掲注（9））。すると、正治元年頃にはまだ正式な婚姻関係を結んでいなかったとする推測は、あながち誤りではないだろう。
（12）『国史大系　吾妻鏡』（吉川弘文館）
（13）『現代語訳　吾妻鏡　2』（吉川弘文館）。『尊卑分脈』でも公佐男に「母悪禅師女」と記されている。

(14)『とはずがたり　たまきはる』(新日本古典文学大系　岩波書店)
(15)前掲注(2)
(16)『明月記』寛喜二年四月十四日条「実持〈改名実経〉」
(17)前掲注(9)
(18)顕房─季房─忠房─女となるが、『尊卑分脈』では、顕房─雅兼─季房─忠房となっている。これが誤りであることは、『今鏡全釈　下』(福武書店)、講談社学術文庫『今鏡(下)全訳注』に指摘されている。
(19)『今鏡(下)全訳注』
(20)『今鏡(下)全訳注』(底本は蓬左本系統の刊本)では、「尼になろうとした昔のようでない事態」と訳す。日本古典全書『今鏡』(朝日新聞社。底本は畠山本)では「あかぬ」を「あらぬ」と校訂し、「剃髪しようと覚悟した昔のやうでないことが」とする。が、二条院没後、親実誕生まで三年しか経っていない。そこで、二条帝に寵愛された時代を指して「昔」としているのではないだろうか。また、畠山本は「あかぬ」で、畠山本を底本とする『今鏡全釈　下』では、「昔全うすることができなかった恋の沙汰が出てきて」とする。
(21)『山槐記』治承三年六月四日条に、「左少将清経朝臣〈母故宗成卿女、当腹〉」とある。「宗」は「家」の誤り。安元御賀を記録した『定能卿記』の安元二年二月二四日条に、その日成親母が死去し(『玉葉』では二三日)、舞人の中で直ちに服喪したのが成経・成宗・清経の三人であったことが二八日条までに数回記されている。従って、清経の母は成親の姉妹であった。
(22)『建礼門院右京大夫集　とはずがたり』(新編日本古典文学全集　小学館)
(23)なお、植木朝子『梁塵秘抄の世界──中世を映す歌謡』(角川書店　平成21年)二六三頁注(2)では、京極局の成親への強い想いが残っていた可能性も示す。
(24)平家物語の解釈によれば、『今鏡』の本文は「あかぬ」ではなくて「あらぬ」か。なお、『今鏡』に、手紙を集め、焼く役を果たす「信保」が登場する。平家物語では成親に手紙を届けた侍を「信俊」とする。名前に共通性が見られるか。
(25)前掲注(9)

（26）『平家物語　上』（新潮日本古典集成　新潮社）一四一頁頭注

（27）覚一本では成経の母について「霊山におはしける」と記されることは冒頭に紹介したが、読み本系にはそれすら記されず、成経の母は全く登場しない。

（28）最近では元木泰雄「藤原成親と平氏」（「立命館文学」605号　平成20年3月）。

付章　観音の御変化は白馬に現せさせ給とかや

はじめに

表題は、延慶本巻二（一末）―三十三「基康ヵ清水寺ニ籠事　付康頼ヵ夢ノ事」・長門本巻四・源平盛衰記巻八に記されている。巻一から巻三にかけて展開する鹿の谷事件の顛末のうち、硫黄島に流された平康頼の子息基康（長門本・盛衰記は康基）が登場する場面である。なお、語り本系にはこの一文はなく、康頼の子息も登場しない。四部合戦状本は巻二が欠巻である。従って以下の考察は延慶本・長門本・盛衰記を対象として行う。まず延慶本によって紹介する。長門本・盛衰記も同様だが小異がある。それについては後述する。

基康は流刑の地に赴く父を追って摂津国狛林まで来たが、出家した父に説得されて都に帰る（以上、巻二―二十七「成親卿出家事　付彼北方備前ヘ使ヲ被遣事」）。三十三章段は、内容的にも時間的にもそれに連続する。内容は、

狛林から戻った基康は硫黄島に流された父の帰洛を祈念し、清水寺に百箇日参籠して信解品を読誦する。八十余日の頃、父康頼が夢を見た。それは、「妙法蓮華経信解品」と書かれた白帆を掛けた船に子息基康が乗っており、よく見ると、船ではなく白馬であった、というものであった。そして、後に康頼は都に帰ってからその夢を基康に語った。

というものである。結尾部分で物語の時間は帰洛へと先行し、そこで始めて夢解きがなされる。そこに、「観音ノ御

変化ハ白馬ニ現セサセ給トカヤ、偏ニ是基康カ祈念感応シテ観音ノ御利生ニテ都ヘハ帰リ上リニケリ」と記され、読者には康頼の救済が予告されることになる。ここには、観音が白馬に現じて人を救うといった発想を見ることができる。同様の発想は巻十二―十七「六代御前被召取事」でも用いられているが、一体、観音が白馬に現じて人を救うという発想の型は、どれほど一般的であったのだろうか。

　この発想がどのような経路を辿って平家物語に入り込んだのかを知るために、先学の研究[1]を踏まえながら、まず、この発想がどのような経過で生み出され、どのような変質を遂げて平家物語に流れ込んでいくのか、について考え直してみたい。また、この発想の持つ意味を明らかにすることを通して、基康（康基）の登場の意味を探ることができると思われるが、本章はその問題提起までを跡づけておきたい。

一　『法華経』普門品の一節（黒風羅刹難）

　基康（康基）が清水寺に参籠したことや、「観音ノ御利生」とあることから、平家物語に観音信仰が流れていることを指摘するのは容易である。しかも、『法華経』普門品そのものに康頼の流罪を想起させる一節がある。それは、

善男子。若有無量。百千万億衆生。受諸苦悩。聞是観世音菩薩。一心称名。観世音菩薩。即時観其音声。皆得解脱。（略）若有百千万億衆生。為求金。銀。瑠璃。硨磲。碼碯。珊瑚。琥珀。真珠等宝。入於大海。仮使黒風。吹其船舫。飄堕羅刹鬼国。其中若有。乃至一人。称観世音菩薩名者。是諸人等。皆得解脱。羅刹之難。以是因縁。名観世音。

という黒風羅刹難の部分である。これは、財宝を手に入れようとして航海に出た人が、たとえ嵐に遇って、羅刹鬼国

に漂着しても、乗船者のうち、一人でも観世音の名号を称えればその境涯から救われよう、というものである。話の基本的形式として、〈海難―観世音の名号を称えることによる救済〉が考えられる。この形式を用いた説話は日本では、『日本霊異記』以来散見される。(2) これらでは、海難からの救助法が必ず船によるものと具体化されている。一方、康頼の場合は難船ではなく、流罪にされた点が普門品と異なるが、海上の孤島に追いやられたという点では、〈海難〉に含めることが可能である。また、流された島の異名が「鬼界島」であったことも重要な要素である。(3) 普門品で記される「羅刹鬼国」との類似が指摘できよう。硫黄島（鬼界島）に流された康頼には、普門品にあるような、羅刹鬼国に漂着した人の面影を容易に見出せる。以上の点から、康頼たちの流罪と帰洛という事件そのものが、既に『法華経』普門品の一節を想起させる要素を有していることがわかる。

更に、平家物語では、この〈海難（島への漂着）〉に加えて、〈清水寺参籠と祈念による救出〉という観音利生譚の要素が加わっている。白馬が初めは船かと思われた、という点も、船による救済という普門品に則った説話の形と一致する。従って、平家物語の基底には康頼流罪という事柄だけではなく、普門品黒風羅刹難とそれに基づく話の型が横たわっていると考えられる。しかし、平家物語の記事の要素の一つである「白馬」は普門品にはない。

そこで、一旦平家物語を離れて、「白馬」と観音の結びつきについて次に考えていくこととする。

二　白馬と観音

白馬と観音の救済を記す作品は、絵画資料も含めて多くはないが散見される。管見に入ったものを次に掲げる。

九八〇頃　　宇津保物語（俊蔭）

一一三〇～四〇頃　今昔物語集（巻五―一）
一一六四　平家納経（普門品見返し絵）
一二一三～一九か　宇治拾遺物語（九一話）
一二五七　メトロポリタン美術館蔵観音経絵巻（黒風羅刹難）　同年三月二十九日の奥付あり
一三〇九頃書写　延慶本平家物語（巻二―三十三、巻十二―十七）
一三二四～二六　石山寺縁起（七）

『宇津保物語』が管見では初出なのだが、『宇津保物語』の影響は以下の諸作品には認められないので、暫く除外して論を進めていくこととする。

『今昔物語集』『宇治拾遺物語』の概略は以下のとおりである。なお、『今昔物語集』も『宇治拾遺物語』も殆ど同話であるので、主に『今昔物語集』に拠る。その内容は、

僧迦羅（『宇治拾遺物語』では僧伽多）が五百人の商人と共に航海の途中難船し、羅刹鬼の国に漂着する。美女に化けた鬼女達の魅力にとり憑かれて夫婦となるが、僧迦羅は怪しみ、真相をついに知る。急いで逃げ出し、観音を祈念していると、沖から白馬が現れ、商人たちを乗せて海を渡り、故郷に戻した上で、馬は消える。二年後、僧迦羅の妻であった羅刹女が現れ、帰島を懇願するが、僧迦羅は取り合わない。女は彼の国の王に訴え出、王を籠絡し、食い殺す。僧迦羅は新王の命で羅刹国を征伐し、統治するようになった。

というものであり、傍線部分で、白馬による救済が記されている。

また、『平家納経』『観音経絵巻』では共に、白馬が男たちを乗せて島から離れようとする場面が描かれている。これは、羅刹鬼国から逃げようとする人々を描くものである。普門品の前掲の部分を絵画化したものだが、普門品には

白馬が登場しないことも既に述べたとおりである。ジュリア・ミーチ－ペカリク氏は、『観音経絵巻』は、その奥書から、嘉定元年（一二〇八）一月版行の南宋の版本を写したものだが、そのままの転写ではなく、日本風に描き改める部分が多く、「十三世紀中期絵巻物に特有な要素を有している」と指摘する。(4) 特に普門品の白馬の図に関しては、これに「照応する図を中国の版本、色彩本観音経には見出すことはできない」とし、「中国の画家は法華経経文から決して逸脱することはない」ことから、氏は、この白馬は日本の『今昔物語集』『宇治拾遺物語』などによって知られた説話をもとに描かれたものであろうと推測している。氏は『今昔物語集』『宇治拾遺物語』が『平家納経』『観音経絵巻』の「直接的典拠」と考えているようである。しかし、『平家納経』に関しては、その成立は『宇治拾遺物語』の成立以前である。先行する『今昔物語集』は殆ど流布しなかったと考えられていることからすると、『今昔物語集』を見た可能性よりも、『今昔物語集』『宇治拾遺物語』が依拠した資料を何らかの形で参照したと考えた方がよいのではなかろうか。また、『観音経絵巻』については、『平家納経』にはない美女（羅刹女）が描かれている等、より詳細であることから、『平家納経』をひきうつしたとは考え難い。成立年代から考えると、『宇治拾遺物語』を参照した可能性もあろうが、他の資料を参考にした可能性も否定できない。『平家納経』と同様の資料を参考とした可能性も考えることができよう。

白馬と観音との結びつきを記す諸作品の依拠した資料とはいかなるものであったのだろうか。その存在の明確な証拠を提示することはできないが、諸作品のうちで詳細に筆録されている『今昔物語集』の依拠資料の性質を探るという形で以下に検討を加えていくこととする。

三　『今昔物語集』の依拠した資料へのアプローチ

『今昔物語集』『宇治拾遺物語』の当該説話については『大唐西域記』との類似が言われている。確かに、建国譚とも言うべき後日譚が加わる話の展開や、主人公の「僧迦羅」という名前等は共通する。が、今問題としている「白馬」については『大唐西域記』では「天馬」と表されるのみで、(5)観音も登場しない。森正人氏は、『今昔物語集』の『大唐西域記』関係話は、『大唐西域記』に「複数資料を加えそれなりの整形を経て形成されていた」資料に拠っていることを推定している。(6)それでは当該説話は、どのような「複数資料」が加えられ、どのような「整形」を経た資料に拠っているのであろう。以下に、両書の相違点を幾つか掲げ、その径庭を補い得る資料として、『大唐西域記』を更に溯る『仏本行集経』を示す。なお、『仏本行集経』に収められている本生譚は、『ジャータカ』一九六話の馬王本生譚を漢訳したものである。その大意は、

難船した五百人の商人達が羅刹女の島に辿り着き、羅刹女の魅力にとりつかれた。が、やがてその正体を察した商主が逃亡を企てる。すると逃亡を希望する二百五十人の前に雲馬王が現われ、雲馬王（ジャータカの前生）は自らの神通力によって人々を人間の住む世界に連れ戻した。

というものである。『ジャータカ』において、既に〈商人が難船し、羅刹女に惑わされるという危機に見舞われるが、馬に救助された〉という基本的枠組が完成されている。そしてこの話は、様々な経典の中に様々な変奏をもって記されている。(7)従って、『仏本行集経』を補助資料として使用したと断定するわけにはいかない。が、『法苑珠林』の当該話も『仏本行集経』から引いている。管見に入った資料のうちでは『仏本行集経』が最も両書の径庭を補い得る可能

性が高いことを申し添えておく。それでは『今昔物語集』と『大唐西域記』の相違点を掲げる。

(1) 女達に歓迎され、連れていかれた場所を、『大唐西域記』では「鉄城」と記すのみだが、『今昔物語集』では「広ク高キ築垣《ツイガキ》遙ニ築《ツ》キ廻《メグラ》シテ門《カド》器量《イカメシ》ク立《タテ》タリ」（『宇治拾遺物語』では「白く高き築地」）と形容する。

(2) 『大唐西域記』では、僧迦羅が真相を知った経緯を、ある日、悪夢を見て不吉に思い、秘かに帰路を求め、徘徊しているうちに鉄牢に行き当たり、そこで呻いている人々に出会って真相を聞いた、とするが、『今昔物語集』では、女の寝姿が美しいものの、「気疎《ケウト》キ気《ケ》」を感じ、それを「不心《ココロ》得《エ》ズ恠《アヤ》シク思ヒテ、女共《ドモ》ノ昼寝《ヒルネ》シタル程ニ」徘徊しているうちに、「日来《ヒゴロ》見セヌ所无《ナ》ク皆見セツルニ、一ノ隔有リ。其レヲ未《イマ》ダ不見《ミ》セ」なかった場所に行き着く、という展開をする。

(1)(2)の『今昔物語集』の表現、展開は、『大唐西域記』では補い得ないが、以下のように、『仏本行集経』には『今昔物語集』に近いものが見られる。

(1)′ 鉄城の壮麗なることの形容が「四壁潔白。状如珂雪。又如冰山。其城在地。若遙観者。乃見彼城。如白雲隊従地湧出。其諸城上。復有楼閣。種々却敵。周匝女墻。四廂隍塹……」と続き、『今昔物語集』『宇治拾遺物語』にあるような囲みの白さ、高さを明示した部分がある。

(2)′ 男が鉄牢に行き着いた経緯も、女が南面に行くことを禁じたことに疑問を抱き、女が就寝中に捜して行き当たった、とし、『今昔物語集』と同様の、女が見せようとしなかった場所に興味をそそられ、女の睡眠中に行き当たる、という要素がある。

更に、(1)(2)以外にも、次の点に注目される。

(3) 『今昔物語集』では、女の睡眠中に逃亡するようにと助言を受け、すぐに「女共《ドモ》ノ寝《ネ》タル程ニ」仲間に知らせて逃げるとし、女の睡眠中にという表現が三度も繰り返される。『大唐西域記』にはそれに該当する記述はない。それが『仏本行集経』では、助言については女の睡眠中と記さないものの、女の睡眠中に戻り、時節を待ち、女の睡眠中に抜け出し逃亡するとし、『今昔物語集』同様、〈女の睡眠中〉が展開の契機となっている。

(4)　『大唐西域記』では、僧迦羅が釈尊の本生だと記され、馬については特に記されてはいない。これは、『今昔物語集』の馬を観音とする設定とは相容れない。超越者を馬とするか、僧迦羅とするかによって、話の重心は大きく異なってくるのであり、この相違は最も重要である。しかし、これも『仏本行集経』では、僧迦羅に相当する大商主は「舎利仏比丘」で、馬王が「世尊」である。観音と世尊とは同じではないのだが、僧迦羅を超越者とする『大唐西域記』の構造よりは、馬を超越者とする『仏本行集経』の方が、より『今昔物語集』に接近している。『仏本行集経』には僧迦羅という名前がない。建国説話となる後日譚もなく、全体の構造については『仏本行集経』と『今昔物語集』との距離は『大唐西域記』と『今昔物語集』との距離よりも大きい。従って、右のような『仏本行集経』と『今昔物語集』との細部における重複や類似はあっても、『今昔物語集』が『仏本行集経』を原拠としているとは考え難い。『大唐西域記』を補整する形で『仏本行集経』（或いは『法苑珠林』）が用いられたと考えられる。[8] しかし、本章では具体的に言及しないが、後日譚の展開における『今昔物語集』と『大唐西域記』との相違は、『仏本行集経』では埋められない。『仏本行集経』（或いは『法苑珠林』）のみを補助資料として用いていたわけでもなさそうである。

以上の経緯を踏まえて、『大唐西域記』を『仏本行集経』他に依って補った資料を想定してみると、体色についての記述が『大唐西域記』と『今昔物語集』とは一致しなかった問題が解消される。『ジャータカ』では、雲馬王は「全身真っ白で、頭は烏に似て、その毛はムンジャ草の如く、神通力を持ち、空を翔けることができた」とし、『仏本行集経』では「名鶏尸。形貌端正。身体白浄。猶如珂雪。又若白銀。如浄満月。如君陀花。其頭紺色。走疾如風。声如妙鼓。（以下略）」と記されている。「頭は烏（の黒色か稿者注）に似て」「其頭紺色」という記述からは必ずしも全身真っ白な馬というわけではない。が、全体的には白をイメージさせていると考えてよかろう。しかもその白さは、「白浄」「珂雪」「白銀」「浄満月」という表現によって、清浄なることをも示す。これを『今昔物語集』では「白キ馬」と記す。『今昔物語集』の依拠した資料には『仏本行集経』ほどではなくとも、馬の体色を白とする何らかの表現があったと考えてよかろう。

次に、観音の登場についてはどうか。『仏本行集経』では、清浄にして超越的な力を備えた白馬は釈迦の前生であったのだが、この釈迦が観音に置換されれば〈観音の化身の白馬〉となり、『今昔物語集』の〈海難と救済——観音の化身の白馬による——〉と重なることになる。ここでもう一度、普門品の経文に立ち返ることとする。

諸経典に載る馬による救済の話と、先程の普門品の一節とは〈海難—漂着—救済〉という構造に於いて共通する。相違点は、男たちの陥る罪が肉欲と明示されているか否かということと、商人が馬によって救済されるのか、観音の名号を念ずることで救済されるのか、である。(9)が、構造を同じくする場合、二種の話の融合は容易であろう。例えば、『六度集経』では馬を、観音ではないものの菩薩の前身とする。次に『大乗荘厳宝王経』を例に掲げて、釈迦の化身の登場するこの比喩譚を観音の化現と置き換える作業が行われていた可能性の一証左としたい。

『大乗荘厳宝王経』も、『ジャータカ』の系列に連なる話である。そして、『仏本行集経』と同様に、女が南へは行かないよう忠告したことを男が不審に思い、女の睡眠中に南路を行き、鉄城に着き、高樹に登り、囚われた商人と問答をするという展開をする。だが、細部に亙る筋立てては異なる部分も多い。例えば、女自身に「羅刹国である」と言わせたり、女に脱出法をそれとなく答えさせたり、脱出実行までの女への未練を記したりする点等である。馬が「聖馬王」と記され、白馬とは記されてはいない点も異なるものの、「彼食大白薬草」という表現があり、鮮白香美な粳米を食べると記す『仏本行集経』と類似し、馬に白＝清浄のイメージを付与しているといえよう。が、最も注目したいのは、この聖馬王を「観自在菩薩摩訶薩」であるとしている点である。釈迦が観音に置換されている話の存在の片鱗を窺うことが出来よう。

以上、『今昔物語集』の原拠とした資料について、その内容の推測を試みたが、『今昔物語集』の諸要素は管見に入った殆どなにがしかの経典によって補えることが判明した。白馬を観音の化現として海難者を救助する展開が、『今昔物語集』『宇治拾遺物語』の依拠資料に記されていたと考えられる。『平家納経』『観音経絵巻』もそれに関連した何らかの資料を用いたのであろうが、その際、普門品の題材の一に選ばれる程に、観音信仰と深く結びつき、普門品の黒風の難とそこからの脱出を象徴する説話として大きく作用するに至っていることは特筆すべきことであろう。

四　白馬のイメージの変質

白馬についてのイメージの見逃せない変質について言及しておく。

まず、『ジャータカ』の「雲馬王」、『大唐西域記』の「天馬」等、「雲」「天」等の遙か彼方の超越的な存在を名称に冠することは、馬の超越性と神秘性を意味するのであろうが、『今昔物語集』にはそれに該当する特別な表現はなく、「白キ馬」とするのみである。その白さにも、『仏本行集経』のような清浄を表す形容は用いられていない。しかし、「白」に神聖性を見出すことは普遍的なものであろうし、白馬の超越性の実例は仏教説話を見ただけでも目に入り[10]、「白馬」そのものに、既に超越的イメージが確立していたと考えてよかろう。

また、島から脱出する際の『大唐西域記』の「天馬乃騰二驤雲路一越二済海岸一」、『仏本行集経』の「飛騰空裏。行疾如風」という表現は天空を越えて大勢の人を乗せて救い出す、不可思議な力を備える存在を示す上で大きな効果の生ずるものである。が、『今昔物語集』では「海ヲ渡《ワタリ》テ行ク」とするのみである。尤も、例えば前述の『大乗荘厳宝王経』では、馬が空を駆けることに関して特別な記述はなく、「往於南瞻部州」と記すのみであり、(11)『今昔物語集』の記事を異とするにはあたらないのかもしれない。しかし、馬の登場する場面について『今昔物語集』では「息《オキ》ノ方《カタ》ヨリ大《オホキ》ナル白キ馬、浪ヲ叩《タタキ》テ出来《イデキタリ》テ」と海面のすぐ上を近づいてくるように記され、『平家納経』では海上を陸地のように走っている。馬の超越性は天空を超えるというイメージでは捉えられてはいなかったのではなかろうか。これが日本独自の変質なのか、渡来以前に変質していたものなのかは判断できないが、更に同じ個所を『宇治拾遺物語』では「波のうへをおよぎて」とわかりやすく表現し、『観音経絵巻』では、逆巻く海を泳いで島から逃げ去る図となっている。『石山寺縁起』でも「白馬一疋波にひかれてちかくよりたるに」とあり、これも泳ぐ馬である。本来の天空を駆ける超越的なイメージは明らかに変質している。人々を救い出す白馬は、日本では海原を走ってやってくる存在としてあり、それが海を泳ぐことにはなっても、決して天空を駆ける存在ではない。

以上のように、白馬は、天空を飛翔する超越者から、海原を走る、或いは泳ぐ観音の変化へと変質を遂げているのである。(12)

五　再び平家物語へ

如上、平安末から鎌倉時代にわたる〈観音が白馬に現じて人を救う〉という発想を追ってきたのだが、これを再度平家物語にあてはめてみよう。

　冒頭に紹介した記事が普門品の型を下敷きにしていることは先に述べた通りである。しかも、普門品には本来なかった白馬の登場する経緯が、考察によって明らかになった。平家物語で沖からやって来るものが船かと見えたが実は白馬であった、とする点も、白馬が海上を走って、或いは泳いで救済に来てくれるというイメージがあれば、船から白馬へと滑らかに移行出来る。これは、〈船による救済〉という説話の形式と、〈海難者を観音が白馬に現じて救済する〉という発想が融合した様をも見せていよう。白馬と観音を結び付ける文字資料を探るよりも、既に定着していた一種の定型と考えたほうがよいのかもしれないが、康頼の夢想は、普門品の祈念によってなされる海難者救済の型をそっくりそのまま踏襲していることが理解される。つまり、白馬の登場は、観音の変化として「硫黄島に流された康頼を都に帰す」ことを明示するものであったのである。

　このように、「観音は白馬に現せさせたまふ」の背景を明らかにしてきたのだが、最後に諸本の状況を振り返りながら、この句が基康（康基）の登場とどのように結びつくのかを考えていきたい。なお、基康（康基）の存在は確認されていない[13]。以下には煩雑ではあるが、「基康」「康基」を併用する。

　延慶本では、巻二―二十七「成親卿出家事　付彼北方備前ヘ使ヲ被遣事」で、康頼は配流地に赴く途中、摂津国狛林で出家する。そこまで見送りについてきていた基康との別れの場面が綴られる。康頼は別れの際に老母の世話を基康に依頼する。延慶本の構造として、基康が父を慕い帰洛を祈る孝養譚が、康頼の母への恩愛譚と重層構造をとるという指摘がある[14]。が、康頼の母への想いが康頼話群のうちかなりの比重を占めるのに対し、基康の登場場面は少ない。その数少ない登場のうち、二十七章段が三十三章段に連続していることは、冒頭に述べたとおりである。また、そこに記されている狛林での康頼と基康の別離の場面には、康頼が老母、つまり基康にとっては祖母の世話を基康に頼む叙述も多く、基康には父親との別れを嘆く子としての役割と共に、康頼の母への伝言者としての役割も大きくなる。とはいうものの、康頼帰洛後の基康については、冒頭に紹介したように三十三章段に先取りして記されていることを除けば、特に記事がない。これらを併せ考えると、基康の孝養譚は父康頼の帰洛を祈るという一点、つまり、三十三の一章段に収斂され、康頼と母との物語とは同質とは言えない。延慶本では、基康の存在は康頼の帰洛を予告する要素の一として機能しているのであり、それに二十七章段では康頼母への伝言が加えられていると考えられる。

その他に、二十九「康頼油黄島ニ熊野ヲ祝奉事」は、硫黄島の地形を熊野三山に見立てて康頼が成経と参詣する章段だが、本宮に到って一心に祈念した時に「康頼ハ子息左衛門尉基康カ示シ知セケル夢想ノ事ナムト思出テ」と記されている。この一文は後出の三十三章段の夢を先取りすることになり、唐突さは否めない。

また三十三章段では、終結部に「観音ノ御利生ニテ都へハ帰リ上リニケリ」（長門本も同様）に続いて、「又小島ニ崇メ奉リシ権現ノ御本地モ観音ノ本師弥陀如来也。師弟哀ヲ施シテ今都ヘ上リヌト、父子共ニ感涙ヲソ流シケル」と記されている。熊野権現の本地を観音の本師の阿弥陀如来と記し、清水寺参詣即ち観音信仰が康頼の話群の中心となる熊野信仰に結び付けられている。これは延慶本のみにしか見えないようだが、康頼は基康の夢と自分の信仰（こちらも、後に熊野の夢想を得ることになるが）との相乗効果によって帰洛への期待を強めることになる。延慶本では、基康の観音信仰は康頼の熊野信仰と並び、康頼の帰洛を確実なものにしていることが強調されている。

長門本では、康頼出家の場面に康基は登場するものの、延慶本に描かれていたような綿々とした別れも、老母への伝言も描かれず、供をしていた康基が、出家した康頼の髻を持って都に戻ったことのみが記される。しかし、次の独自記事を載せる。

配流地に到着して二十日後に康頼は夢を見る。管絃を奏し、今様を朗詠する女房達が乗り、老僧が五、六人並んで法華経を読誦し、帆には「一乗妙法蓮華経」と書かれた船が通っていった。すると康基が白馬に乗って島に上陸した、というものである。そこで夢が醒める。

康基が清水寺で信解品を読誦して父との再会を祈っている証であり、「観音の御利生」が康頼を守っていると記す。延慶本三十三章段の記事と同様の内容を紹介している。延慶本二十九章段の一文も記されているが、この夢が先行しているために、唐突さはない。しかも延慶本三十三章段と同位置で再び同じ内容を、延慶本よりも少し簡略化しつつ載せる。

長門本では、康基は康頼母とは結びつけられていない。父と子との関係でのみ機能し、康基の祈り、白馬による救済という側面がより強調されている。

盛衰記では康頼の出家記事（巻七）に康基の登場はなく、延慶本三十三章段に相当する部分（巻八）にのみ康基は登場する。しかし、康頼が通夜して帰洛を祈った時の夢には（巻九）、沖の方から「白帆係タル小船一艘」が波に引かれて近づき、女房が歌うと記される（康基の登場はない）。延慶本・長門本ほどではないが、救出される船の「白」さが強調されている。なお、盛衰記巻九の一節は語り本系諸本では巻二（八坂系は巻三）「康頼祝言」に記されている。近づく船の帆の白さを書き添えているのは一方系で、盛衰記との近さが窺われる。〈海難者を観音が白馬に現じて救済する〉発想の残滓とも言えよう。

以上、読み本系諸本はそれぞれに、基康（康基）の登場場面に独自性や揺れが見いだせるが、延慶本三十三章段に相当する話を核として、康頼の救済に息子が大きな役割を持っていること、その際に白馬の登場が鍵となっていることが確認される。

おわりに

しかしながら、なぜ、観音を祈念した人物が流罪となった康頼ではなく、息子の基康（康基）であり、普門品ではなく信解品を読誦するのだろうか。

信解品とは父子の別離と再会の話を基に、慈悲を説いたものである。従って、基康（康基）の孝養を強調するために、本来は普門品とすべきところを信解品としたと考えられる。なお、盛衰記では、その旨の説明まで加えている。

離れればなれになった親子が再会を遂げるという型も観音説話のもとでは散見されるようである。一例を延慶本巻十二―十七「六代御前被召取事」に見ると、捕われた六代がやはり母の観音信仰のおかげで、母の夢の中に白馬に乗って登場し、再会を予感させる(15)。この例を鑑みても、基康（康基）の孝養譚を説くためには観音信仰が最適だったともいえよう。勿論、観音信仰を背景にした基康（康基）についての伝承が存在していた可能性もあろう。しかし、平家物語に組み込まれた時、平家物語では、康頼の帰洛を実現させる一要素を形づくる愛子として機能することになるのである。

白馬は、康頼が硫黄島から救出されることを予告するものであり、その夢想を康頼に見せるところに基康（康基）の登場の第一の意味があったと考えられる。

注

（1）　笹淵友一「宇津保物語から「オデュッセイア」へ――俊蔭漂流談の比較文学的考察――」（『宇津保物語論集』宇津保物語

研究会編　古典文庫　昭和48年12月）、ジュリア・ミーチ－ペカリク「メトロポリタン美術館蔵観音経絵巻」（『新修日本絵巻物全集25』解説　角川書店　昭和54年6月）等

（2）『日本霊異記』上巻六（同『今昔物語集』巻十一―一）、巻十七（同『今昔物語集』巻十六―二）、『大日本国法華験記』下（同『今昔物語集』巻十六―二十五）、『古今著聞集』巻二―七十、『観音利益集』四十四、『私聚百因縁集』七―七（同『源平盛衰記』巻十、『平家打聞』二）等

（3）荒木浩氏は、「異国へ渡る人びと――宇治拾遺物語論序説――」（『国語国文』55巻1号　昭和61年1月。『説話集の構想と意匠』〈勉誠出版　平成24年〉第四章第一節に再収）で、海難に関する説話のうち、特に〈島への漂着（或いは接近）〉という形を付随させる場合に、この〈島〉を、鬼の住む島と理解する方向があることを指摘し、更に、その理解の背景に、普門品のこの一節とその注釈、或いは注釈に付随して語られた説話の理解の歴史のあったことに言及している。また、前掲注（2）の『私聚百因縁集』でも、「悪風」にあった慈覚大師一行は、「鬼神」の住む「鬼界島」に吹き寄せられそうになった、と記す。

（4）前掲注（1）同氏論

（5）尤も、『山海経』（北山経）に、「有レ獣焉。其状如二白犬一而黒頭。見レ人則飛〈言二肉翅飛行自在一〉其名曰二天馬一。其鳴自訆」と記し、天馬の体色を白と認識していたとも考えられるが、この記事には後述の『ジャータカ』との類似も窺える。

（6）森正人「大唐西域記と今昔物語集の間」（『国語と国文学』52巻12号　昭和50年12月）

（7）『宇治拾遺物語　古本説話集』（新日本古典文学大系）付録「宇治拾遺物語類話一覧」九十一話項参照。経典類としては、『ジャータカ』一九六、『仏本行集経』四十九、『大唐西域記』十一の他、『法苑珠林』三十一妖怪篇二十四、『経律異相』四十三―三、『増一阿含経』四十一馬王品四十五、『中阿含経』三十四―三十六、『大乗荘厳宝王経』三、『六度集経』六―五十九、『護国尊者所問大乗経』二をあげる。その他に、『根本説一切有部毘奈那』四十七～四十八、『阿毘達磨大毘沙論』七十八、『有部薬事』十五を加える。

（8）なお、『根本説一切有部毘奈那』は、後日譚に至るまで『大唐西域記』とほぼ共通している。それだけではなく、第三節

で掲げた(2)や(3)の一部は『仏本行集経』に近似し、また、救われようとした商人たちが女への未練に迷い、馬上から墜落して海中に入り、それを羅刹が食べるという展開は『大唐西域記』『仏本行集経』にはなく、『今昔物語集』とは一致する。これらの近似は現存『大唐西域記』を基本資料とすることにためらいを覚える程だが、主人公の名が「師子胤」である点は『大唐西域記』の優位性を示す。この点は後考を俟ちたい。

（9）笹淵友一氏は、前掲注（1）同氏論中で、普門品の一節を「ジャータカのヴァリエーション」としている。

（10）例えば、中国への仏教伝来についての初源を語る説話のうち、舞台を「白馬寺」とする説話がある（『今昔物語集』巻六―二、『打聞集』等）。これには、二人の聖人が仏舎利や「四十二章経」を白馬に積んで来た話（『三国伝記』九―二一、『唐鏡』六等）と、諸寺が破壊された時、まだ残っていたこの寺の回りを一頭の白馬が悲しげに廻っていた話（『法苑珠林』巻十二、十八、五十五、『阿娑縛抄』名所事等）の二様が確認される。更に、前者の影響のある『今昔物語集』巻十一―三十五や『知恩院蔵和漢朗詠注』上「伯太王者……」には、白馬と観音との接点が窺える。また、『絵因果経』では釈迦の乗る馬は、経文にはその記述はないが、白く描かれて、高貴なる人物、経典などの乗り物として白馬が描かれている。また、仏教説話に限らず、白馬と神、白馬の神聖性、白馬と龍神との関係等を示す例は、柳田国男「山島民譚集」（『柳田国男全集』27　筑摩書房）に詳しい。

（11）その他にも「渡海」（『増一阿含経』）、「渡至彼岸」（『中阿含経』）、「帰」（『経律異相』）等がある。また、『根本説一切有部毘奈耶』では、逃げ去る時には「天馬踊身虚空、望贍部洲騰驤雲路」とあるが、登場場面では、「時彼天馬従大海出」と曖昧な表現がなされている。

（12）この点、『宇津保物語』俊蔭では、遣唐使として渡唐の途次、嵐に遇い、波斯国に漂着した俊蔭が観音の本誓を祈ると「鳥、獣だに見えぬ渚に、鞍おきたるあをき馬出できて、をどりありきていななく。俊蔭、七度伏し拝むに、馬走り寄ると思ふほどに、ふと鞍に乗せて跳びに跳びて、清く涼しき林の、旃檀のかげに、虎の皮をしきて、三人の人ならびゐて、琴をひき遊ぶところに、おろしおきて、馬は消え失せぬ」と描かれ、白馬のイメージが中世の一連のものとは多少異なっている。

（13）『吾妻鏡』元仁元年（一二二四）十月二十八日条には、康頼伝来の阿波国麻殖保についての争論が載り、「左衛門尉清基」

とその「伯父左衛門尉仲康」の記事がある。橘純孝氏は、清基を「康基」の子息と考え（「平康頼伝考」〈「大谷学報」12巻1号　昭和6年1月〉）、山田昭全氏は慎重に康頼と「同じ血筋のもの」としている（「平康頼伝記研究（その二）――鹿谷事件・帰洛・麻殖保司――」〈「豊山教学大会紀要」3号　昭和50年〉）。また、同じく『吾妻鏡』正嘉二年（一二五八）八月十六日条に「平内左衛門尉俊職平判官康頼入道給（衍カ）孫」がある殺人事件の犯人の一人であることが発覚、同九月二日に硫黄島に流刑に処せられる。そこに「治承比者、祖父康頼流此島、正嘉今、子孫俊職配同所、寔是可謂一葉（業カ）所感歟」と記され、康頼の係累の存在は確認されるが、基康本人についての記述は未見である。

（14）小林美和『平家物語生成論』（三弥井書店　昭和61年）第一章五（初出は昭和58年8月）

（15）六代御前の物語については、岡田三津子「『六代御前物語』の形成」（「国語国文」62巻6号　平成5年6月）参照。

〔引用テキスト〕『法華経下』（岩波文庫）、『今昔物語集』（日本古典文学大系　岩波書店）、『宇治拾遺物語　古本説話集』（新日本古典文学大系　岩波書店）、『大正新脩大蔵経』、『ジャータカ全集3』（中村元監修・補佐　春秋社　昭和57年）、『石山寺縁起』（続群書類従）

第六部　歴史資料と平家物語

第一章　『看聞日記』に見える平家享受

『看聞日記』には琵琶法師の実態を記す記事が豊富に記されており、『看聞御記所収　芸能関係記事索引』（昭和53年）では既に索引が作られている。また『看聞日記』にとどまらず、室町期の平家享受に関しても資料がかなり整理され、「平家物語享受史年表」（『増補国語国文学研究史大成　平家物語』三省堂　昭和52年）、『芸能史年表　応永八年―元禄八年』（小高恭編　名著出版　平成4年）、『中世文学年表中小説・軍記・幸若舞』（市古貞次　東京大学出版会　平成10年）に纏められている。

本章ではそれらの先学に導かれて、『看聞日記』に記されている平家関係記事について次の二つの観点から若干の考察を加える。一つは琵琶法師の語りについて、一つは多様な平家享受についてである。

その一　地神経と琵琶法師

はじめに

右に述べたように、琵琶法師の平家語りの資料は『看聞日記』を始めとしてそれ以外の資料まで博捜され、研究も蓄積されており、ここで改めて言を費やす程の事柄もない。ただ、地神経と琵琶法師との関わりについて、通説に些か疑義を抱いたので、その点について述べることとする。

次の応永三十年（一四二三）八月五日条は、地神経と平家琵琶とをつなぐ最古の史料としてしばしば用いられている。

> 夜召米一座頭令引地心経、未聴聞之間、祈禱旁令語之、檀紙十・茶等賜之、

「夜、米一座頭を召し、地心経を引かしむ。未だ聴聞せざる間、祈禱旁之を語らしむ」というものである。「地心経」は、一般には「地神経」と記す。『日本国語大辞典』によれば、「屋敷神の一種の土地の神をまつる経文。年末に各戸を回って竈祓をする盲目の僧などが唱えた」ものである。夙に岩橋小彌太氏は、「琵琶を弾く盲法師を、『平家物語』を語るいはゆる平家琵琶の法師と、『地神経』を誦し、竈祓をして歩くものとに、二つに分ける。『地神経』を誦する方を盲僧といふ」[1]と、平家を語る琵琶法師と地神経を語る盲僧とを区別した。しかし、その淵源については、

> 看聞日記の応永三十年八月五日の条に、（中略）と記されてゐるのによると、当道の一方の座頭が地神経を弾いてゐたことが知られるので、始めは当道と盲僧と明確な区別のあつたものではないといふ事が推察せられる。されば盲僧も元来は芸人の琵琶法師であつたのである。[2]（傍線稿者。以下同じ）

と指摘し、この記事を重要視した。例えば植木行宣氏はそれを継承し、

> 座頭米一をして祈禱かたがた地神経を読ませたという「看聞日記」の記録は、盲僧の芸統が当道の平曲家の中へ流れ込んでいるたしかな証拠である。（中略　高良神社の神事と、柳田国男の俊寛説話を用いて）ともあれ、このように初期平曲家と地神盲僧とよばれる者とは親近な関係にあったのである。[3]

と論じた。このような平家を語る琵琶法師と地神盲僧とを一体化して捉える見方はかなりの影響力を持って今日に至っている[4]と思われる。例えば、平家語り以前の琵琶法師が地神経読みを一つの仕事としていた[5]、また、平家語りを始め

とする芸能が鎮魂や唱導という宗教的役割を有することを踏まえて、現存する資料に見える当時の琵琶法師のすべてを、平家を語り、地神経も語る存在として見る[6]、等と考えられたりしている。しかし、果たして、そうした芸能の流れを導きだすにあたって、『看聞日記』の記事は有効性を持つ資料たり得るのだろうか。

疑問とする根拠は以下の二点である。

①『看聞日記』の記事を解釈した時に、必ずしも米一の地神経語りを琵琶法師一般の芸能として敷衍することはできない。

②『看聞日記』の中で、琵琶法師と地神経との関係はこの一箇所にすぎない。他にも地神経関係の資料は少なく、平家を語る琵琶法師との関係も近世に至るまで確認されない。

そして、結論として次の二点を導く。

(1)近世以前の琵琶法師と地神経とのつながりを示す資料が他にない状況で、この記事だけで地神経読みと平家語りとを緊密に結び付けるのは危険である。

(2)琵琶法師が他の芸能にも堪能であったことと地神経を読むこととは必ずしも同格に扱うことはできないと推測される。

一　応永三十年八月五日条の解釈

まず米一座頭という人物について『看聞日記』に載る記事を左に記す。

・行豊朝臣座頭米一召具参、未初心也、然而音声無子細、両三句・小歌等申、　（応永三十年二月十四日条）

・米一座頭召具、平家等種々事共申、其興千万、入夜帰了、　（同年二月十七日条）

・地下輩・米一座頭等候、酒盛・歌舞其興無極、（同年二月十九日条）
・米一平家申、（同年三月一日条）
・座頭米一候一句申、有盃酌、（同年八月一日条）
・夜召米一座頭令引地心経、未聴聞之間、祈禱旁令語之、檀紙十・茶等賜之、（同年八月五日条）
・晩船遊張行、捕魚其興無極、前宰相・三位・隆富朝臣以下・米一座頭等済々乗船、出月之後帰、
（永享三年五月十九日条）

米一は応永三十年二月に行豊に紹介されてやってきた人物である。「初心」というように、平家には熟達していない。しかし平家以外にも小歌や「種々事」を「申」したことから、芸域の広い、多才もしくは器用な人物であったようだ。米一がこの年にはよく出入りしていた旨が日記から窺えるものの、その後は八年後の永享三年（一四三一）に一箇所、舟遊びを共にして親しく交わる記事が記されるだけである。但し、この時の米一の登場について、久しぶりの訪問とも何とも書かれていないところを見ると、この日以前にも何度か邸に出入りしており、身近に接していたとも推察される。

米一自身は八月五日より半年ほど前に初めて貞成親王の許に参上したのだが、貞成親王は米一と出会う以前から、平家を自宅で聴いている。日記に平家が記される初出は応永二十三年四月九日条である。その後、頻々と多くの琵琶法師が訪れ、平家を語っている。高橋伸幸氏の調査によると、『看聞日記』現存「二十二年間に後崇光院の接した琵琶法師三十人、その延回数一四六回」もの記事が載る。[7]

こうした米一と他の琵琶法師の動向を踏まえ、八月五日条を再度読み直してみる。貞成親王にとって「地心経」そのものが初めて聴くものであったことは、「未聴聞之間」から窺える。様々な芸能に慣れ親しんでいた貞成親王であっ

ても、「地心経」は聴いたことがなかったのである。これ以後も「地心経」を聴聞した記事はない。また、琵琶法師に多く接していても、「地心経」を弾く琵琶法師に会ったのもこれが初めてであったと理解される。つまり、八月五日条はかなり特殊な出来事、特記すべき出来事であったと読み取るべきではなかろうか。

しかしながら、当時の琵琶法師は、米一に限らず、平家だけではなく他にも様々な芸を持っていた。すると、右のような理解には、種々の芸の延長線上に地神経がある、との反論も予想される。

そこで、次には、『看聞日記』の中で、琵琶法師が平家以外の芸を示す場面を考える。以下に平家以外の芸を示す場合を掲げる。（引用文の〈　〉内は割書。以下同じ）

・夜於台所有酒宴、玉櫛・前宰相・三位以下張行、椿一平家語、種々尽芸能、雖御遠忌御一回正忌也、於酒盛者、聊可勘酌者歟、濫吹之至也、（応永二十四年十一月二十日条）

・有連歌、椎野・玉櫛・三位・重有朝臣・正永・行光・椿一等候、座頭連歌無相違申、玉櫛風気之間至三懐紙先閣之、椿一平家申、一献了台所又平家、（応永二十四年十一月二十三日条）

・常順検校〈常存弟子〉、宝泉許ヘ細々来云々、可推参之由申之間召之、物語上手也、以之為芸、平家ハ下手也、則物語申、誠殊勝、其興不少、平家一両句申、（応永二十七年四月九日条）

・座頭参、寿蔵主引導申、大光明寺長老自愛座頭云々、常公検校弟子也、名字常羽云々、小座頭也、(8)芸能器量物也、両三句語、（応永二十八年十二月十六日条）

・米一座頭召具、平家等種々事共申、其興千万、入夜帰了、（応永三十年二月十七日条）

・城竹宝泉許ヘ推参、宰相以下聴聞ニ行、平家了連歌張行云々、城竹連歌無相違云々、百韻了又平家、及深更活計云々、（応永三十年六月六日条）

・城竹又参平家申、又有連歌、（中略）城竹連歌仕之間人数ニ候、前宰相以下如例、百韻了、又平家一句申、為備法楽也、（応永三十二年四月二十四日条）

・城竹又参、城順検校同参〈城竹相弟子也〉、此城順ハ物語利口上手也、平家ハ下手也、両人平家申、其後物語申、逸興也、（応永三十二年四月二十五日条）

・語一・安一両人参、平家・雑芸種々事共申、其興不少、（応永三十二年九月二十五日条）

・椿一検校参平家申、及酒盛、朗詠(9)・雑芸等其興味不少、（中略）明盛・椿一等狂句申、（永享二年十月二十八日条）

・座頭両人参〈連一《堵一検校弟子》・了訓《同弟子》〉、平家・小歌・物語等申、（永享五年三月十六日条）

・城竹検校参、仍先連歌閣平家語、当年積塔頭城竹也、（永享六年二月三十日条）

・月次連歌（中略）椿一祗候、連歌申、無相違口也、（永享六年十月三日条）

・（明後日連歌会習礼）城竹検校参、百韻(10)畢平家申、（永享七年三月二十八日条）

・多一座頭参、一献之間平家・小歌等申、（永享七年十月十一日条）

琵琶法師の持ち芸としては、連歌、物語、小歌、雑芸(11)等の種々の芸能が挙げられる。が、子細に見ると、連歌は椿一・城竹の二人についてのみ記される特別な教養であったと理解される。物語は城順が主であり、他に連一、了訓が記される。小歌・雑芸は複数の人名が記されており、比較的幅広く、多くの琵琶法師が自分たちの芸として携えていたと考えられる。右に掲げた記事以外の琵琶法師関係記事は皆「平家を語る」、「平家を申す」というだけである。

勿論、「平家を語る」記事の方が多いからといって、琵琶法師は基本的に平家演唱しか行わなかった、と考えるわけではない。が、米一の場合について言えば、「初心」であることも加わり、自分を売り出すためにも、「種々事」に堪能であることを喧伝した可能性がある。確かに、種々の芸の一つに「地心経」があったとも考えられる。

しかし、同一人物が持つ芸とはいえ、地神経を小歌・物語等と同様の、未熟な者の身すぎの芸と捉えることはできない。というのは、小歌・雑芸等は皆酒宴の場の座興である。また、仏教行事に琵琶法師が参列したといっても、それは仏教行事そのものではなく、その陪席にすぎないことも指摘されている。(12)

一方、地神経は「祈禱旁」語らせている。つまり、酒宴の席とは一線を画しているのであり、この点、平家語りとは扱いが異なる。地神経は、本来一般的に琵琶法師が持つ種々の芸とは異なる種類のものと理解できるのではないか。そして、初心の米一がそれを弾けること自体が、あまり例をみない出来事であったと理解されるのではないか。

以上より、琵琶法師が持ち芸としていた他の芸と地神経とを同一次元のものとすることには慎重であるべきであろう。米一座頭と地神経との組み合わせ自体が、また、貞成親王がそれを聴くことも、特異な事件であった、それ故に記された特殊な記事と解釈できよう。

二　他資料の乏少性

そのように理解すると、『看聞日記』のみならず他の資料にも、平家を語る琵琶法師が地神経も弾く記述が見受けられないことにも納得がいくと思われる。

従来、この『看聞日記』の一例から平家語りと地神経語りとの関係が説かれてきていた。勿論、そのような言及の背景には、近世に入ってからの地神盲僧と当道との勢力争いについての諸資料の存在がある。(13)九州の地にあってのことであるが、近世に於いては盲僧が当道と共存している事実がある。しかし、時代の下った近世の事情から溯行するのではなく、虚心に中世の地神経の例を探る必要があろう。

盲僧の地神経語りの由来については、天台宗との関係と共に、「盲僧由来」、「琵琶由来記」等に時代を遙かに溯った伝承が残る。[14]「盲僧由来」には正安三年（一三〇一）の奥書まで載るが、これらが史料的価値に乏しいものであることは紹介された中山太郎氏によって述べられている。しかも、これらには盲僧と平家語りとの明らかな関係を記す文言はない。従って、これら盲僧の伝承を用いることは避ける。

地神経の資料上での初出は、岩橋氏の指摘[15]によれば『東山往来』である。これは堀河天皇の時代に定深によって編まれたものとされている。[16]「地心経」の転読を依頼する消息が記されるが、その返答には地神経のいかがわしさが滔々と記され、地神経は排斥されている。依頼人は「望貴房来座、被転読乎、如何」と要請している。盲僧が弾くものとの前提はここには見受けられない。

次に、岩橋氏の紹介する一乗院文書の中の「地神座頭目録」一巻を掲げる。氏自身もこれは「随分たわいのない目出たい話で一杯になつてゐる」と記している。その奥書は、

一、此目録ハ鹿島座ヨリ応永二年〈乙亥〉二月十日写畢ヌ、其元年ニ平家座ト松バヤシノ時座争ヒアリシカバ、公方ヘ被召出、位ヲ御尋有シカバ、奈良座ヨリ此重書ヲ持テ出デ、懸御目言上ス、座頭ノ営節会ノ釈頭モ、日本国ノ大小御神拝一千七百七拾五度ノ其内ニ有リ、其故ハ御門ヨリ官ヲ被成下上ハト申ケレバ、公方モキコシメシ分ラレ、扱ハ殿上ノ位也トテ、松林ヲ被宥、猶々天下ノ御祈禱ニ、地神経ヲ可行蒙仰、然上ハ争不可有トテ、国座頭ヲ本座ニ付畢ヌ、故ニ弟子等賤者不可取者也、（後略）

爾時寛永九年〈壬申〉花朝中旬

というものである。これは近世に多く残されている地神盲僧と当道座との角逐の一端に位置するものではないかと思われるが、内容は地神経を語る由来を正当化するものである。応永元年のものと記され、時代的には『看聞日記』よりも少し溯ることになるが、「語り伝えられたもの」以上のものではないことは氏も指摘する。地神座頭が自らの存

在を確立しようとする時に、平家の座との対等を主張し、更に官許を用いているところに、逆に地神盲僧の劣位が表れていると思われる。

次に、『古式目』の一節を掲げる。[17]

一、地神経よむ盲目、当道に伏して官位すゝまは二度の中老引まてゆるすへし。大衆分より上はゆるすへからす。

但し、地神をかけす当道一道をたては、高官をもゆるすへき事。

『古式目』は寛永十一年（一六三四）に定められたものである。ここには当道の側からの地神盲僧への蔑視が窺える。平家語りと地神経語りとの精神的隔たりは近世を覆うものであるようだが、こうした勢力関係から、溯った時代の地神経語りと平家語りとが渾然としていたとする歴史を引き出すには、まだ多くの検証が必要とされる。

以上からもわかるように、平家語りと地神経語りとが渾然としている例は中世においては見いだされない。

結　語

勿論、一例だけであっても、琵琶法師が地神経を弾いたという記事が残っていることの意味は見逃してはならない。一般的とはいえないまでも、他にもそうした琵琶法師がいたと考えられる。[18] 同じ琵琶という楽器を弾く職業であれば、ごく当然の帰結である。しかし、一方ではそれぞれの職分に対する意識があったからこそ、近世に争いが起こるのであろう。

繰り返すことになるが、『看聞日記』の一例は地神経語りと平家語りとの関係の特殊な事例を掲げたものとして解釈され得、そこから当時の平家を語る琵琶法師が一般的に携えていた芸の一つとして「地神経」読誦を捉えることには、より慎重さが必要であろう。

注

（1）岩橋小彌太「盲僧」（『芸能史叢説』吉川弘文館　昭和50年。初出年時不明）

（2）岩橋小彌太『日本芸能史――中世歌舞の研究――』（芸苑社　昭和26年）一九一頁（初出は「社会史研究」10巻2号　大正12年か）

（3）植木行宣「当道座の形成と平曲」（『歴史における芸術と社会』〈みすず書房　昭和35年5月〉。『中世芸能の形成過程』〈岩田書院　平成21年〉第Ⅳ章第一節に再収）

（4）植木氏以前でも、中山太郎『日本盲人史』（昭和書房　昭和9年。但し、パルトス社復刊　昭和60年　によった）、「天台や大和の盲僧なども、九州の地神盲僧と関係するところは事実多かったらしい。中世の記録を見ても座頭がずいぶんと九州に下っているし、また九州から上っている地神盲僧がある。その一例が『看聞御記』であろう」（『角川源義全集　一』〈角川書店　昭和63年〉「語り物文芸の発生（第一稿）」五六一頁）といった発言もある。

（5）加美宏「『平家物語』を語り出す以前の琵琶法師が、唱門師などと同じく、多く大きな寺社に隷属し、雑芸・祈禱・寿祝などを業としていたことはよく知られている。地鎮安宅・かまどばらいのために、『地神経』を読み歩くのも重要な仕事の一つであった」（「琵琶法師と平家物語」〈国文学（学燈社）」昭和61年6月〉）。類似の発言が同氏「琵琶法師と太平記読み」（「国文学解釈と鑑賞」昭和63年12月）にもある。

（6）兵藤裕己氏は、平家琵琶の奏法が盲僧琵琶の奏法の特徴を備えているところから、平家琵琶と盲僧琵琶は本来同じであった、また、盲僧琵琶は平家琵琶の源流であろうと推測する。氏は歓喜光寺蔵『一遍上人絵伝』にみえる盲目の琵琶法師が六柱の琵琶を負っていることに注目し、これが通常の五柱の平家琵琶とは異なることを指摘するが、平家を語る僧であったと推測する（「平家琵琶溯源――パンソリ・説経・盲僧琵琶など――」〈「国文学解釈と鑑賞」昭和62年3月〉。『物語・オーラリティ・共同体』〈ひつじ書房　平成14年〉Ⅲⅴに再収）。

（7）高橋伸幸「堂上貴紳の平曲享受――鎌倉末から室町前期にかけて――」（「国文学解釈と鑑賞」昭和57年6月）

（8）平家以外の芸を指していると考えてよいのかどうか疑問が残る。
（9）この「雑芸」が椿一によるものか否か、不明である。
（10）他の城竹の連歌上手の記事を参照すると、この百韻に城竹は加わっていたと考えてよかろう。
（11）次の例のように、「雑芸」に関しては注意が必要である。

松崖・前源宰相・田向前宰相・重有朝臣・長資朝臣・慶寿丸・阿古丸・梵祐喝食・本玖喝食相伴、地下輩禅啓以下六七人候、常宇座頭召具、（中略）河上中島ニ寄舟、面々居下儲座、有一献、此間朗詠、笛笙付之〈笙前宰相付〉、雑芸・平家等其興千万、（応永二十九年七月四日条）

ここでは「雑芸」が「平家」と併記される。勿論、常宇も雑芸に加わっていようが、この場の雑芸が常宇一人によって行われた芸とはいえない。また、例えば応永二十三年七月二十四日条に「〔灌頂儀の後〕其後及数献、音楽・雑芸等有之」とあるように、座頭がいない時でも「雑芸」はなされている。必ずしも座頭だけが行う芸とはいえない。「雑芸」に関しては、明らかに琵琶法師が行っていると読み取れるものに限って載せた。
（12）鶴巻由美「「平家」享受の一側面――室町の日記より――」（『国学院雑誌』96巻6号　平成7年6月）
（13）地神経と盲僧琵琶については、前掲注（4）中山氏著書、西岡陽子「地神盲僧」（『講座日本の民俗学7　神と霊魂の民族』雄山閣　平成9年）、『伝承文学資料集成19　地神盲僧資料集』（三弥井書店　平成9年）解題（西岡陽子氏執筆）等を、地神盲僧と当道座との争いについては、『奥村家蔵当道座・平家琵琶資料』（大学堂書店　昭和59年）等も参考とした。
（14）前掲注（4）中山氏著書。なお、「盲僧」についての考察も必要であるが、『看聞日記』とは直接しないので、稿を改めて考えることにする。
（15）前掲注（2）に同じ。『東山往来』は続群書類従十三下、「地神座頭目録」は氏論に拠った。
（16）五味文彦氏は康和元年（一〇九九）以後、「洛東清水寺定深」の作かとする（『書物の中世史』〈みすず書房　平成15年〉Ⅰ　五一頁）。
（17）前掲注（13）『奥村家蔵当道座・平家琵琶資料』に拠った。

（18）逆に、年代は少し下るが、興福寺大乗院に参仕していた盲目の中には平家を語る器用の者があった例も記されている（「去八日盲目参賀、（中略）次祝言申上之、（中略）次一人器用者参テ平家ヲ申」〈『尋尊大僧正記』康正三年（一四五七）正月十四日条〉）。が、これには後述の「その二―四」に掲げた永享八年一月二十八日条との共通の地盤を考えることができよう。

その二　多面的な平家享受

その一に見てきたように、『看聞日記』には琵琶法師の演唱記事が多く見られる。そのために一方で見過ごされがちかと思われるものに、作品としての平家物語享受、琵琶法師以外の人物による平家語り等がある。『看聞日記』には平家物語享受の多様な位相が記されている。多くの享受のあり方が共存し、混在するところで平家物語は浸透していた。次には『看聞日記』に見える、平家享受の様々な断面を指摘していく。

一　平家物語の浸透

（1）

・〈押小路亜相自焼没落〉焼亡最中亜相旧宅ニ六歳男子〈嫡子〉・二歳男子等、母儀・乳母懐抱之処押寄奪取、伊勢宿所ヘ被渡、母・乳母等叫喚、其有様平家六代御前被召捕時も如然歟云々、（応永二十五年一月二十五日条）

押小路亜相一家の惨状を聞き、つい平家物語の六代御前を思い起こしている。ある事件を理解する上での枠組みとして、あるいは典拠として、平家物語は貞成親王の中に定着している。

（2）

・醍醐一言観音今月自八日開帳、御堂破壊之間、為修理開帳勧進云々、（中略）千手観音像〈御長一尺余〉殊勝也、御帳傍阿波内侍之像懸之〈少納言入道信西娘、建礼門院祇候、法名心阿弥陀仏、影尼姿也〉、件尼公夢想ニ観音像拝見、仍奉作千手像建立御堂云々、縁起之子細勧進帳ニ載之、（応永二十七年四月二十日条）

これは（1）と異なり、実際に醍醐寺に行った時の記録である。醍醐寺一言観音については、『看聞日記』以外にも時代は下るが左のように記録が残る。

・白木幡詣醍醐寺観音也、往昔平氏之族、小納言信西之女某、敬信清水寺之像、時々礼謁、或時感尊像於紅袖上、千手千眼慈容宛然、金光冉々而復入殿裏去、女大喜而帰、召工模其像、以安此地也、後人又絵此女形、以掛像右也、見今有之、凡俗一有祈求之言、則立而有応、故名之一言観世音矣、予素聴此事、以下降日詣之也、

（『碧山日録』長禄三年〈一四五九〉四月十八日条）

・早朝赴一言寺。々者下醍醐也。本尊者千手観音。金仏也。阿波内侍祈于清水観音。欲拝真身。夢見真容。夢覚。命于雲渓而彫刻云々。

（『鹿苑日録』寛永八年〈一六三一〉九月五日条）

これらの記述には疎密の差はあるものの、時代を隔てても同様な話が伝承されていることがわかる。その背景には書き記されたものの存在が予想され、『看聞日記』に記される「勧進帳」の如き縁起が想定される。

ここに登場する阿波内侍は平家物語灌頂巻にも登場する。そこで、阿波内侍と平家物語との関連について考察を加える。

阿波内侍の法名が「心阿弥陀仏」であることは『看聞日記』にしか載っていないものの、これも「勧進帳」に拠って記されたものと考えられる。しかし、平家物語には阿波内侍の法名を「心阿弥陀仏」と記す伝本は現存しない。平家物語では阿波内侍の出自について、読み本系では「少納言入道子ニ弁入道貞憲ト申シ者候シ娘（中略）紀伊二位カ孫」（延慶本巻十二―二十五「法皇小原ヘ御幸成ル事」）とする。貞憲、或いは後述する澄憲との縁続きであれば、紀伊二位との血縁関係はなく、この記事には矛盾がある。一方、語り本系では「故少納言入道信西がむすめ（中略）母は紀伊の二位」（覚一本巻十二「大原御幸」）とし、貞憲云々の記述がないために、矛盾はない。『看聞日記』では紀伊二位については触れていないが、信西娘と記される点で語り本系と共通することになる。阿波内侍の出自について、特に、『看聞日記』（おそらくは「勧進帳」の記述）と語り本系との記述が共通することについて考えていく。

まず心阿弥陀仏に関連して、土谷恵氏の論[1]により、下醍醐の子院、勝倶胝院の紹介から始める。

勝倶胝院は信西の孫、成賢の伝得したものであり、成賢はそれを寛喜三年（一二三一）に真阿弥陀仏に譲与する。以降、勝倶胝院は尼によって相伝されていくが、正和二年（一三一三）、釈迦院僧正隆勝の進止となり、以後、報恩院流の門徒によって相伝され、尼の相伝はなくなる。

一方、『明月記』嘉禄二年（一二二六）九月十一日条に、

醍醐座主〈僧都歟、三宮御嫡也〉母儀尼〈彼宮御子息、皆悉此尼所生〉、当時在有通卿姉、称新阿弥陀仏尼之房、件新阿弥陀仏母、證憲法印等之妹也

という記事がある。これによると、新阿弥陀仏は有通の姉、即ち父は源有房であり、母は澄憲の妹とわかる。信西の外孫である。土谷氏はこの新阿弥陀仏と真阿弥陀仏を同一人物と推定する。

次に問題となるのが、阿波内侍（心阿弥陀仏）と新（真）阿弥陀仏との関係である。土谷氏は二人の関係については

慎重に不明とし、阿波内侍についての特別な言及はない。しかしながら、阿波内侍の素性の追求については平家物語研究の側から興味が抱かれてきた。

例えば、宮地崇邦氏[2]は土谷氏以前に、心阿弥陀仏と新阿弥陀仏を同一人物と見なし、しかも、高倉院中納言典侍で平宗盛の猶子となった平瑞子という女性を比定した。清水真澄氏[3]は、土谷氏の成果を踏まえつつも、新阿弥陀仏の母を真阿弥陀仏と想定し、更に阿波内侍には別人の藤原資光女、女房阿波をあてた。宮地、清水両氏の推測には疑問もあり、再検討が必要とされよう。が、諸氏が阿波内侍の素性探索に誘われる理由の一つには、醍醐寺僧深賢書状（一二五九以前）に「平家物語合八帖（本六帖、後二帖）[4]」とあることを発端に、醍醐寺が平家物語の生成の場と関連あることが指摘されていることにある[5]。勝倶胝院を真阿弥陀仏に譲与した成賢が深賢の師であることも与っていよう。

尤も、平家物語の生成に関して採り上げられるのは主に延慶本であるが、先にも述べたように、『看聞日記』に記される阿波内侍の出自の伝承の内容は語り本系の記述と共通する。更に、応永二十七年（一四二〇）は平家物語の生成の頃から既に二〇〇年近く隔たっている。『看聞日記』の記述の背後に控えるであろう「勧進帳」も、その成立を必ずしも心阿弥陀仏の生前に溯らせることはできまい。醍醐寺一言観音の縁起に関しては、平家物語の生成とは切り離して考えるべきであろう。

一言観音の縁起、もしくは「勧進帳」の存在は、醍醐寺の中においても、平家物語に関わる伝承が語り本系を基に紡がれ、あるいは紡ぎ直されていることを示している。語り本系の詞章の浸透と定着は相当なものであったと考えられる。

『看聞日記』の阿波内侍記事は、当時の平家物語の浸透ぶり、また、特に語り本系による浸透の一側面として理解されるべき資料であろう。

（3）

次に、日常生活の中に平家物語の世界が登場している記事を掲げる。

・〔茶会〕懸物、新御所被出之、船一艘、女房一人〈候之、着衣袴〉乗之、舟之舳前ニ扇ヲ立、那須与一射扇風情云々、（応永二十三年三月一日条）

・〔孟蘭盆の風流〕自内裏アヤツリ灯炉一被下、一谷合戦鵯越馬追下風情也、殊勝アヤツリ言語道断驚目了、自室町殿被進云々、自南都進奈良細工、所為奇特不可思儀也、熊替・平山先懸等在之、（永享四年八月七日条）

・〔孟蘭盆の風流〕鳴滝殿灯炉所望之間、一進之、清賢灯炉令作〈宇治橋浄妙合戦〉、（永享八年七月十四日条）

那須与一の扇的の快挙、一の谷の鵯越の華やかな奇襲攻撃、同じく一の谷の一二の駆けのスピード感、宇治橋の浄妙房の軽業師の如き活躍等、現代でもとりわけ有名な、また、派手な場面である。風流の作り物という特殊性もあろうが、贅を尽くして作られるに値する場面として選ばれ、誰にも理解され、また喜ばれていたことが理解される。

次の四例は前三例のように平家物語そのものの使用とは言えないが、平家物語の周縁として採り上げる。

①〔松拍の風流〕種々風流〈九郎判官奥州下向之体〉、有其興、（応永二十七年一月十一日条）

②〔孟蘭盆の風流〕御所ニ参、風流体高野聖懸負有十余人、又紅《作物》葉枝懸提灯炉〈林間暖酒詩心云々〉、種々異形風情有其興、（応永三十年七月十五日条）

③〔孟蘭盆の風流〕真乗寺御沙弥ヘ灯炉一〈鈴香御前〉、自公方被進、（永享八年七月十六日条）

④〔孟蘭盆の風流〕内裏御灯炉二申出拝見、一ハ詩心〈棲樓月落花間曲〉・一清水風情、牛若・弁慶切合風情也。[6] 殊勝一段驚目了、（永享九年七月十九日条）

①は『平家物語』よりも『義経記』に近い世界を用いていると考えられる。②も平家物語を直接の材とするわけではなかろうが、平家物語からの影響も考えられる。③の「鈴香」（スズカ）は「静」（シズカ）に通じる可能性はないだろうか。これが静御前であったとしても、④と共に、平家物語ではなく『義経記』、『弁慶物語』、また、何らかの芸能等に拠るものであろう。が、平家物語の世界の延長として理解できる。

以上のように、平家物語やその周辺の物語は一場面として切り出され、多くの人々と共有されていた。

二　文字作品としての平家物語

平家物語は、琵琶法師の語りによる享受以外にも、書物として書写され、所持され、当然読まれていた。以下に、『看聞日記』に記される書物としての平家物語について述べていく。

（1）

・平家物語二帖　（応永二十七年十一月十三日条紙背「諸物語目録」）

これは量的に少なすぎるので端本かとも思われる。[7] ただ、紙背の「諸物語目録」所載の書物名には、端本の場合には、その当時の現存の冊が記されている場合が多い。この場合には書きそびれたのだろうか。或いは抄出本のような、二帖で完結した平家物語であったのだろうか。

・香雲庵所持之平家十一帖〈第六欠〉、廊御方被進之、庵主他界之後無主之間進置云々、　（応永三十一年四月三日条）

これは語り本系十二巻本と考えられる。

・自禁裏物語双子可有叡覧之由被仰下、仍保元・平治物語・平家・うつほ物語等入見参、　（永享三年七月二十八日条）

内裏から要請があって、物語を四点差し出したうちの一点である。保元・平治物語については、永享四年四月五日条にも「内裏保元・平治双子又被召之間、四帖進之」とある。これは永享三年に見参に入れた保元・平治物語と同じものを「又」差し出したと読み取れる。応永二十七年の紙背「諸物語目録」にも「保元物語二帖〈上下〉。平治物語二帖〈上下、椎野本〉」とある。これらは皆同じ、或いは同種のものと思われる。

次に、うつほ物語については、永享四年七月四日条に「うつほ廿二帖」とある。これは「萩原殿御本、累代之本」で、しかも、

件本鳴滝殿御本也〈萩原殿御本、累代之本也〉、而鳴滝寺破壊之間、為造営被沽却、是ニ欲召置、然而計会之間、
内裏ヘ被召了、仍進之、

とあるように、貞成親王は入手したばかりのようなので、永享三年のものとは異なろう。

この時に見参に入れた平家物語がどういう仕立てのものであったのか、応永二十七年の目録にある二帖なのか、応永三十一年の香雲庵所蔵であった十一帖なのか、また別種のものなのか、不明である。

（2）

・内裏平家一合〈四十帖〉依召進之、　（永享十年六月二十七日条）

この平家物語は「四十帖」と書かれているところから、語り本系ではなく、読み本系であろうと思われる。貞成親王の所持していた平家物語を息子の後花園天皇の求めに応じて差し出したものである。後花園天皇の即位した永享元年以後、多くの絵巻、物語双子等が内裏、公方、親王家その他を往き来し、時には写されている[8]。その中には天皇の教育の材として要請されたと思われるものも多い。この平家物語も天皇の教養の一環として求められたのだろうか。ま

た、先に見てきたように、当時の語り本系の浸透は著しいものがある。語り本系とは異なる点に興味が持たれたのかもしれない。

ところで清水真澄氏[9]は、半世紀ほど下った明応三年（一四九四）に後土御門帝のもとで「平家御双紙」の書写校合作業が行われたことを『言国卿記』から紹介する。そこには「平家ヤ巻」（五月二十五日条）、「平家佐巻」（六月五日条）、「平家ノ御双紙リノ巻」（六月十四日条）と記されている。このイロハ付けが現存の源平盛衰記に見られるところから、氏はこの「平家御双紙」を源平盛衰記であったとする。また、『看聞日記』所載「平家一合〈四十帖〉」を宮中に進上された平家物語と捉え、加えて前掲の紙背「諸物語目録」所載「平家物語」を掲げ、「これらが直ちに禁裏御双紙『平家物語』とは断定できないが、禁中書写本がこの本と関わっていた可能性は高いと思われる」と推測する。清水氏の指摘に示唆を受け、「禁裏御双紙」、明応三年書写本と『看聞日記』記事との関係について考える。

まず『看聞日記』の紙背目録に載る「平家物語」は先に示したように二帖であり、これは別本である。また、『看聞日記』には先に述べたように、後花園天皇即位以後の頻繁な多くの文物の往来が記されている。内裏に進上したものはしばらくすると宮家に戻されることが多い。「平家一合〈四十帖〉」も禁裏に献上、保管されたのではなく、ある時期に宮家に返されていると考えた方が妥当であろう。

次に、禁裏本が盛衰記であったという推測について考える。イロハ付けがあったとする点から盛衰記への類推も当然と思われる。しかし、氏が省略している左の記事を併せると、もう少し慎重に考える必要があろうかと思われる。

一、議定所被召、平家廿巻又可書進上之由被仰下、各被書之由　勅定也、（五月十九日条）

言国は議定所に召され、「平家廿巻」を書写し進上するように命ぜられる。言国以外の人々も招集され、それぞれ書写するように命ぜられている。清水氏はこの翌々日の二十一日条の記事から紹介を始めているが、十九日条は一連の書写作業の端緒となる事項である。この記事から考えるべき事柄は多い。

まず「又」とある点から、書写が一度ならず行われていることがわかる。次に、「平家廿巻」の理解が問題となる。例えば覚一本が冊子本であっても十二巻仕立てであるように、「廿巻」が内容の巻立てを示すと理解すれば、体裁が冊子本であった可能性もある。六月八日条では、「夜外様番衆ニ平家御双紙二帖被校合畢」と、書写された本を「帖」と記す。書写本は冊子本であったことが理解される。原本も冊子本であったのだろうか。

しかしながら、イロハ付けをいろは順の巻名と単純に考えれば、「ヤ巻」（二十九巻）、「佐巻」（三十七巻）の巻名は二十巻仕立てをはみ出している。そこで、イロハ付けの巻名の方が内容の巻立てを示し、「廿巻」は巻子本の数量を指すと考えることとなろう。巻子本一巻の内容が上下ぐらいに分けられていたと考えられる。

すると、「佐巻」の存在から、三十七巻以上の構成であろうことまでは了解される。しかし、四十八巻であったと即断できるのだろうか。巻子本二十巻という量からすれば、一巻につき二巻仕立ての計四十巻仕立てであったと考えることも可能である。現に、『看聞日記』には既に、「平家一合〈四十帖〉」という伝本の存在が記されている。四十帖分もあれば、構成順序を示す為にイロハ付けを用いても不自然ではなかろう。勿論、「帖」と「巻」とでは体裁が異なり、同じものであったと考えるわけではない。しかし、数量の類似の可能性を考慮に入れれば、何らかの関わりを考える余地はある。

いずれにせよ、この禁裏本が四十八巻であった、また盛衰記であったと結論づけるのは尚早であろう。寧ろ、「平家廿巻」は読み本系の多様な位相を示す重要な資料として位置づけられよう。

なお、明応三年の書写作業は次の如き多人数の流れ作業によってなされたようである。

1　書写（言国他、途中〈六月十四日〉から家司の大沢重致、同じく同日から大蔵卿・恵明院・阿野実千）

2　校合（言国、大沢、外様番衆）・直（言国）

書写作業には大勢の人手を要したようで、途中から更に四名程が加わっている。書写も順次巻を逐ってなされたわけではない。よって、書写そのものは単純な書き写し作業と考えられる。一方、校合は主に言国と外様番衆とで行われている。例えば、

一、夜ニ入、外様番衆所平家ヤ巻被出、校合サセラレ畢、（五月二十五日条）

一、夜外様番衆ニ平家御双紙二帖被校合畢、（六月八日条）

等に見えるように、夜になって平家物語が渡され、まもなく校合を終えている。七月八日条でも、

一、兵衛大夫自　禁裏被書御双紙書出間、校合之事申付了、

と、ようやく書き上げたところで校合を命じ、翌九日には、

一、兵衛大夫被書御双紙〈平家〉出来之間持参畢、

と、もう提出している。校合にはそれほど時間をかけているとは思われない。六月十一日条に、

一、暮々ヨリ夜ニ入マテ、他所ニテ被書平家御双紙相違所共、予被校合、被直之畢、

とあるように、書写の異なる箇所に関して校合と修正が同時に行われている。校合は書写の点検に重点を置いたものであったと考えられる。清水氏は書写校合の際に増補や改変が行われたと推測するが、日記の記事から新しい本文の制定作業まで読み取るには情報量が足りないと感じられる。

ここで寧ろ注目したいのは、校合に用いられた別本の平家物語の存在である。時間的な余裕がないところでの校合であるところから、基本的に同系統の本であったと考えられる。すると、『看聞日記』所載の四十帖の平家物語（或いはその類本）も視野に入ろう。

十五世紀の頃の平家物語読み本系の実態は延慶本以外にはわかっていない。しかし、後掲（4）に付した年表に見られるように、既に鎌倉時代の末には、延慶本ではない別種の読み本系の本文が存在したことが断簡から確認されている。この断簡が巻子本であったことからすれば[10]、明応三年書写本の原本「廿巻」との関係も考えられようか。しかしながら『看聞日記』所載「平家一合（四十帖）」に関しては、同様の読み本系の一種であろうかとまでは想像されるが、残念ながら、それ以上の憶測を重ねることは現段階ではできない。

（3）

・今日有御連歌、就其あらかひの事あり、まの、入江と云句に方田浦ト付句アリ、就是帰こんことはかたゝに引網の目ニもたまらぬ我涙哉、此歌新大納言成親卿詠之由、新御所被仰、予申云、平大納言時忠卿歌也ト申、新御所ハ成親卿詠之由堅被仰、三位又申云、重衡朝臣関東下向之時詠歎之由存之云々、三人堅諍論、所詮一瓶ニ懸てあらかふ、則可有負態之由申定了、重有朝臣平家歌共撰集双子一帖持参、御所様被遊之、平大納言時忠卿能登国配流之時、於方田浦詠之云々、予忽勝了、
（応永二十三年五月三日条）

連歌に興じていた時、その付合の話題に平家物語が引き合いにだされた。詠作者を確認するために、平家物語本体ではなく、「平家歌共撰集双子」という小冊子が利用されている。連歌の句に用いられる程に平家物語が一言一句まで記憶され、知識が共有されていたことが知られるが、更には、和歌だけを抜き出した双子が作られていたのである。歌の作者を時忠と確認し、その詠歌事情を確認しているところを見ると、少なくとも歌とその作者名に加えて簡単な詠歌事情の記述があったと推定される[11]。

制作の目的については重有個人の用のためかもしれず、推測の域を出ないのだが、物語の内容や和歌を熟知するた

めに、教養の書としてこのような「双子」が作られた可能性も考えられよう。こうした双子の在り方は、連歌制作上の手引書等としての『源氏物語』等の梗概書を想起させる。『平家物語』も『源氏物語』と同様に、古典作品として扱われる一面があったと考えられよう。[12]

（4）

平家物語諸本について年代の明らかなものに関する年表

西暦	和暦	事項	
一二四〇	仁治　元	治承物語六巻、号平家	
一二五九	正元　元	平家物語八帖本	
一三〇九	延慶　二〜三	＊延慶本	
	鎌倉末	＊源平盛衰記近似本文の断簡	
一三三七	延元　二	＊源平闘諍録	
一三五五	正平一〇	＊　〃	
一三七一	応安　四	覚一本　制定	
一四一六	応永二三	平家哥共撰集双子一帖	（看聞日記）
一四一九	応永二六〜二七	＊延慶本	
一四二〇	応永二七	平家二帖	（看聞日記）

一四二四	応永三一	平家十一帖（巻六欠）	（看聞日記）
	応永年間	屋代本　書写か	
一四三七	永享　九	東寺執行本〈八坂系一類本〉	
一四三八	永享一〇	平家絵十巻	（看聞日記）
		＊平家四十帖	（看聞日記）
		平家絵十巻	（看聞日記）
一四四一	永享一三	平家八島絵三巻	（看聞日記）
一四四六	文安　三	龍門文庫本〈覚一本〉	
一四四七	文安　四	＊四部合戦状本	
一四七〇代	文明年間	熱田真字本〈覚一本系〉	
一四九四	明応　三	＊平家物語二十巻　書写	（言国卿記）
一五二二	大永　二	諏訪本〈とりあわせ〉	
一五二六	大永　六以後	両足院本〈八坂系四類本〉	
一五三〇	享禄　三	享禄本〈覚一系諸本周辺本文〉	
一五三九	天文　八	太山寺本〈八坂系三類本〉	
一五五六	弘治　二	＊成簣堂本盛衰記　校合	
一五六二	永禄　五	南部本〈八坂系四類本〉	
一五七八	天正　六	天理（二）本（イ69）〈とりあわせ〉	

一五八八　天正一六　大前神社本〈八坂本四類系〉
一五九〇　天正一八　梵舜本〈覚一本系〉
一五九五　文禄　四　文禄本〈八坂系一類本〉
一五九七　慶長　二　＊源平盛衰記　書写
（＊は読み本系）

貞成親王の生きた時代は平家物語にとっても流動の時代であった。読み本系については、延慶本が再度書写され、源平盛衰記・四部合戦状本等が形をなしていく時代である。語り本系も、応安四年の覚一本の成立をはさみ、屋代本と覚一本とがそれぞれの書写と共に混態を重ね、改変を加えられて新たな本文が形成されていく。貞成親王が接した平家物語が現存の平家物語とどれほどの相違があるのか、興味が持たれるところである。

貞成親王とその周辺の人々の平家物語の理解が細部にまで及んでいることが端々から窺える。これは聴覚による理解だけではなく、今見てきたような、書物として、読む形式によっても習得されてきたものと察せられる。『看聞日記』は今まで平家語りの記事に関心が置かれてきたが、書物としての平家物語の流れの一端を示す資料としても貴重であろう。

三　絵画作品としての平家物語

絵画化された平家物語の資料が『看聞日記』にはある。

・内裏より平家絵十巻給、是も自公方被進云々、（中略）平家詞、源中納言・行豊朝臣読之、　（永享十年六月十三日条）

・平家絵内裏返進、（同年六月十六日条）

足利義教所持の平家絵が内裏から貞成親王に下された。貞成親王は三日後に返している。前節でも触れたが、永享の頃は将軍家、内裏、宮家を様々な文物が往来している。内裏から貞成親王に送られ、貞成親王が一覧の後に、時には模写、書写して（させて）返す場合も多い。この平家絵もそうした交流の一つである。

・禁裏御湯目出之由申入、御釼進之、絵五巻被下〈大仏絵上下《慈恩院》、平家八島絵三巻《喜多院》〉、南都絵也〈以資任朝臣被召云々〉、詞持経朝臣読之、狂言絵盛賢写之、（永享十三年四月十五日条）

平家八島絵は南都の絵である。十七日にはやはり南都絵の「玄奘三蔵絵十二巻」が禁裏から下され、二十一日に返している。それに倣えば、八島絵もいずれ内裏に返されたのではないかと考えられる。但し、「玄奘三蔵絵」の場合には、下された十七日に早速「三蔵絵詞面々馳筆写之」、返却する二十一日には「詞悉写了」とあり、詞書に関心が持たれた様が明らかだが、八島絵の場合は詞は読まれただけで、写すほどではなかったようである。

なお、『尋尊大僧正記』延徳三年（一四九一）九月二十九日条に「絵注文（中略）八島合戦絵三巻〈北院〉」とあるのは同じものを指すと考えられる。また、『実隆公記』永正六年（一五〇九）閏八月十二日条にも「平家物語八島絵詞書読申之」とあるが、これも同じものを指すのであろうか。

平家物語の絵画化については、落合博志氏によって、鎌倉期に既に行われていた資料――「山上平家絵詞」という比叡山で作られた『平家物語』の絵巻の詞書――が紹介されている。[13]『看聞日記』永享八年五月三十日条に、

保元絵一合〈上五巻〉（中略）西塔北谷ニ有之、たくまカ筆云々、山上秘蔵絵云々、平治絵ハ西塔南尾ニ有之、市筆云々、殊勝絵也、秘蔵之間、綸旨・院宣之外ハ不出云々、

等とある保元・平治絵と共通して、比叡山で作られたもののようである。貞成親王が鑑賞した平家絵十巻がこれらと

同じものかどうかは全くわからない（八島絵は南都絵だから該当しない）。平家絵は『看聞日記』だけでも、十巻のもの、三巻のものと少なくとも二種の存在が知られる。これらの絵画化の方法、内容はかなり異なると想像されるが、平家物語の享受の方法の一つに絵画も存在していた。

四　琵琶法師以外の平家語り

最後に、琵琶法師以外による平家語りの記事を掲げる。聴衆は語りを聴くだけではなく、自分たち自身でも語ることがあったようだ。以下にそうした記事を載せるが、琵琶法師が語ったと読み取ることにはいささか疑問を感じる記事も併せて、年代順に載せる。

・〈称光天皇の病悩〉於仙洞自今日有御修法、聖護院僧正〈道意〉、被行一字金輪法云々、夜前仙洞被語平家、又被読双子云々、御悩事善悪時々刻々告申事不可然、一向ニ事御治定之後可告申之由被仰、更無驚歎之時宜云々、不思儀之事歟、叡慮如何、（応永三十二年八月一日条）

息子称光天皇の病状の悪化を耳にした父、後小松上皇は平常と変わらず、平家を聴き、双子を読んでいた。病態がはっきりするまでは平常の姿勢を崩さないようである。もとより、後小松上皇と称光天皇の仲は悪い。『薩戒記』同年六月二十七日条には、

蔵人中務丞源重仲来、密談云、近日主上・々皇御中不快、其故、召比巴法師可聞召平家物語之由、自内被申院、無先例、不可然之由有御返事、則又以万里小路中納言時房卿被申云、平家物語聞食事、無先例之由承了、然而当時洞中無先規事繁多也、

と、天皇が禁裏で平家を聴きたいと希望したことに対して院が先例なしとの理由で許さなかったことが記されている。

院は、

依召参院、比巴法師参入、語平家物語、　（同年閏六月二十一日条）

とあるように、天皇の神経を逆撫でするように、院中で平家を聴いている。

『看聞日記』の場合にも、上皇が誰かに平家を語らせたと理解することが可能であろう。琵琶法師は記述には現れていないが、招かれていたことも考えられる。

・〔室町殿へ参賀〕藤寿・石阿等被召参〈藤寿遊物也、老者七十余云々、故摂政・鹿苑院殿御代被賞翫連歌師也、鳥帽子《風折》・水干大口八撥付腰、石阿手鞠付名人也〉、藤寿先施芸、吹尺八、歌一声、次打八撥、観世《猿楽》両三人参、笛鼓拍之、次コキリコ詠、小歌舞、次白拍子舞、次平家語〈神泉苑行幸鷺被召事〉、次早歌、八撥コキリコ度々被打、其芸皆以神也妙也、感嘆無極、次石阿付手鞠、（中略）以手鞠天井ノふちニ次第ニ付あつ敢無落事、神変奇特事也、両人芸驚目希代見物也、藤寿ハ室町殿も初被御覧云々、　（永享八年一月二十八日条）

室町殿に参賀に行き、歌・連歌を催した。その後藤寿と石阿が様々な芸を見せて人々の目を驚かす。その芸の中に藤寿の平家語りも含まれていた。藤寿はもともと連歌師である。琵琶法師の中に連歌を得意とする者がいるように、連歌師の中にも器用に多くの芸を持つ者がいたことがわかる。必ずしも琵琶法師だけしか平家を語れないわけではなかったようである。

・夜持経朝臣・重仲参、打囲碁、勝負予・即成院負出酒海、隆富朝臣・重賢・伊成候、例酒盛歌舞、平家等其興無極、　（嘉吉元年二月十九日条）

近臣たちによる気のおけない夜の楽しみの一時である。情報量が少なく、この場に琵琶法師が同座したのかどうか明らかではない。尤も、二十二日には同じような顔ぶれで囲碁を楽しみ、「座頭仁一参、平家申、至夜酒宴、例之酒盛其興不少、此間連日酒盛、慰徒然已、座頭今夜祗候、細美給」とあるので、十九日にも座頭が同席していたのかもしれない。しかし、十九日条を読む限りでは同座していないようである。すると、平家を語るのは貞成親王の周辺の人々の誰かであった可能性もある。

・季成・季久参、十種茶俄張行、人数宰相入道・源三位・新三位・持経朝臣・有俊朝臣・重賢朝臣・即成院・前法輪院〈参賀之間人数ニ召留〉・永親・経秀候、懸物三種予出之、源三位一矢数両種取之、残落鬮ニ取之、一献及酒盛、法輪院平家語、初聴聞、頗如当道有其興、深更事了、（嘉吉三年一月二十三日条）

・夜十種香聞、夜前廻茶難忘之由申、男共申沙汰也、人数如夜前、懸物各持参、予同出、七所勝負〈一矢数両人《有俊・重賢等朝臣》同矢数也〉、面々取鬮、其興不少、音楽酒盛平家等、其興千万、（同年一月二十四日条）

二十三日条は明らかに前法輪院が平家を語ったと読めよう。翌日もその延長での遊興なので、同じく法輪院が平家を語ったと読み取れる。前法輪院心勝は貞成親王の取り巻きの一人である。その人物の語る平家を親王はこの日初めて聴いた。「如当道」とあるように、玄人はだしと感じ、なかなかの妙味に感心している。

誰もが、というわけではないようだが、琵琶法師の語りを聴くだけでは物足らず、自分で語りだした愛好者もいるし、また、身すぎの芸の一つとして身につけている人もいたのである。

結語

以上、『看聞日記』から平家享受の様々なあり方を示してきた。平家物語の文脈、展開、片言隻句が浸透していることが理解される。時には社会的な事件を把握する枠組みもしくは先例となり、時には連歌の付合に用いられ、それについて論争がおこる程に細部にわたって周知のものとなっている。特に語り本系の詞章を中心として浸透していることが、醍醐寺の一言観音の勧進帳からも窺えた。また、風流の作物の材にされていることは、平家物語とその周辺の世界が広く人々に共有されるものであった証でもある。

こうした平家物語に関する知識の源泉には琵琶法師が大きく関わっていたであろうことは容易に推測できる。が、そればかりではない。聴覚による理解のみならず、視覚からの理解も少なからずあったことが窺える。貞成親王のもとには書物としての平家物語が所蔵され、また往来している。平家物語は読まれ、また写されていた。

語り本系に限らず、読み本系の存在もうかがえるし、書き抜きを行っている記事からは古典作品として摂取しようという姿勢も窺える。絵画の存在もある。絵画の受容の場合にも、詞書に関心が払われていることも理解された。

一方、平家語りを琵琶法師の専有物とせずに、楽しみのため、或いは世すぎのために自身で語る人も出現している。それほどの流行であったともいえよう。

当時のあらゆるメディアによって平家物語は流布し、楽しまれている。受動的な享受ばかりではない。自ら語り、作り物の題材として選び、書物として抄出する能動的な行為が見られ、その浸透ぶりが窺える。これらの多くは場面毎の、また句単位での断片的な享受であろう。そうした享受の蓄積の中に、一篇のまとまった作品として平家物語に接し、改変し、再編成していく道程をどのように位置づけていくのかが今後の課題である。

注

（1）土谷恵「願主と尼――醍醐寺の女性」（『シリーズ女性と仏教1　尼と尼寺』平凡社　平成元年）

（2）宮地崇邦「阿波内侍の素姓」（『伝承文学研究』22号　昭和54年3月）

（3）清水真澄「『平家物語』と醍醐寺――灌頂巻の阿波内侍像の形成をめぐって――」（『軍記と語り物』27号　平成3年3月）

（4）横井清「平家物語成立過程の一考察――八帖本の存在を示す一資料――」（「文学」42巻12号　昭和49年12月）

（5）牧野和夫『新潮古典文学アルバム13　平家物語』（平成2年）、同「深賢所持八帖本と延慶本『平家物語』をめぐる共通環境の一端について」（『延慶本平家物語考証　二』新典社　平成4年5月。『延慶本『平家物語』の説話と学問』〈思文閣出版　平成17年〉第二篇に再収）

（6）義経と弁慶との出会いが五条橋ではなく清水であるという伝承のはやい例としてこの記事は注目される（岡見正雄『義経記』〈日本古典文学大系　岩波書店〉解説）。

（7）島津忠夫氏は『能と連歌』（和泉書院　平成2年）二三九頁（初出は昭和61年）で、「全巻揃ったものでは無かろう」と指摘する（『島津忠夫著作集　六』〈和泉書院　平成17年〉第四章「連歌と宴」に再収）。

（8）松薗斉「室町時代の天皇家について――「日記の家」の視点から――」（「中世史研究」18号　平成5年5月。『日記の家――中世国家の記録組織――』〈吉川弘文館　平成9年〉第二部第七章に再収）、木原弘美「絵巻の行き来に見る室町時代の公家社会――その構造と文化の形成過程について――」（「仏教大学大学院紀要」23号　平成7年3月）等。

（9）清水真澄「『平家物語』の注釈的研究　近世（注釈史を含む）」（『軍記文学叢書7　平家物語　批評と文化史』汲古書院　平成10年11月）

（10）藤井隆・田中登『国文学古筆切入門』（和泉書院　昭和60年）、松尾葦江『軍記物語論究』（若草書房　平成8年）第四章三　他。

（11）島津氏は前掲注（7）論で、当時の『平家物語』享受の一端としてこの記事を紹介している。

（12）拙著『平家物語の形成と受容』（汲古書院　平成13年）第三部第二章（初出は平成3年7月）

（13）落合博志「『入木口伝抄』について――国文学資料としての考察――」（「法政大学教養部紀要」78号　平成3年2月）、同「鎌倉末期における『平家物語』享受資料の二、三について――比叡山・書写山・興福寺その他――」（「軍記と語り物」27号　平成3年3月）

〔引用テキスト〕『碧山日録』（続史料大成　臨川書店）、『鹿苑日録』『実隆公記』（続群書類従完成会）、『言国卿記』（史料纂集　続群書類従完成会）、『尋尊大僧正記』（『大乗院寺社雑事記』続史料大成　臨川書店）、『薩戒記』（大日本古記録　岩波書店）

第二章　頼朝の征夷大将軍任官をめぐって

――『三槐荒涼抜書要』の翻刻と紹介――

国立公文書館蔵『三槐荒涼抜書要』（架蔵番号一四五―二五三　縦二三・七㎝×横二〇・五㎝、墨付三十六丁）は、その名にあるとおり、『三槐記』『荒涼記』からの抜き書きである。『三槐記』とは『山槐記』を指す。

奥書の「這一冊以逍遙院真跡書写校合畢、右暁心院左大臣殿御筆也、公修」に従えば、逍遙院（三条西実隆）筆の本をもって書写した本を、暁心院左大臣（三条実治）が書写したものである。内容は、「除目」から始まる宮中の諸行事及び、それに伴う諸事について、両日記から抜粋したものである。『山槐記』では、仁平三・久安七・治承二～四・文治三～建久三・建久五年の、『荒涼記』は、嘉禎三・仁治元・仁治二・寛元三～五・建長元～三年の記事を用いている。

『山槐記』からの抜粋は藤原定能に関する記事が多い。また、『荒涼記』の記主藤原資季は定能の孫にあたる。『三槐荒涼抜書要』編者は、定能、資季の一流に連なる人物と推測される。

管見に入った『山槐記』によって確認される記事は、仁平三年正月十六日（十九日条の間違いか）・二十一日条（以上「除目」）・治承三年三月十一日（「陣座掌灯事」）・五月二十五日（「父子出家相並事」）・十一月十七日（「正僧正二人始例」）・建久五年一月三十日条（「兄弟同時昇進例」）である。各日の記事から摘記されている。また、治承四年二月二十八日条（「車」）は現存するが該当記事はない。月日の記述に誤写があるのだろうか。建久五年三月十六日条（「大原野行啓」）

もすべてが合致するわけではない。対して、『荒涼記』抜粋記事はすべて、『砂巌』四所収「荒涼記」と同じである。但し『砂巌』は年次を逐って記されている。『砂巌』（柳原紀光〈一七四六～一八〇〇〉編）には、「右荒涼記抜萃、以或家古巻写了、可秘焉」とある。「或家古巻」とは、この『三槐荒涼抜書要』から『荒涼記』部分を抜粋したものであろうか。『荒涼記』抜粋部分は改めて翻刻するまでもないが、多少の字の異同もあり、以下に『荒涼記』を含めて、全文の翻刻を試みることとする。次に、最も注目すべき点（『山槐記』建久三年七月条）について、簡単に論述する。

〈翻刻〉

○　漢字は通行の字体に改めた。
○　頁の末尾にあたる部分には　』をつけた。
○　割書は〈　〉で示し、更にその中の割書は《　》で示した。但し、片仮名は区別をつけなかった。
○　明らかな誤字には、右傍に［　］で改めるべき字を記した。右傍に［ママ］とふった場合もある。

『三槐荒涼抜書要』(1)
・除目　・兄弟同時昇進例　・小朝拝　・御薬　・節会　・白馬奏加署両説　・御前不家礼事　・除目始　・兄弟同時昇進例　・前右大将頼朝被仰将軍事　・親王元服　・姫君若君結腰事　・拝賀〈蔵人頭前行扈従間之事〉　・舎人居飼一行前行事　・番長事　・車副垂裾事　・榻事　・笠袋事　・練習舞踏事　・右左右事　・着陣事《床子座揖事》　・陣座掌灯事　・大臣参陣三木候座事　・頭中将通親着陣事　・車事　・直衣始　・上表　・表函裹様事』　・可撤倚子否事　・

上表使事　朝覲行幸　・御幸事　・随身事　・賀茂臨時祭事　・女嬬を呼事　・大学寮進胙事　・折櫃事　・重陽宴　・松葉為文台事　・記録所始　・廻文書様　・仙洞御会事〈重様両説〉・付鞠木事　・片懸事　・奏報書様　・被立年中行事障子事　・一献二献関白被〔ママ〕相国事　・父子出家相並事　・諒闇　・穢事　・正僧正二人始例』

除目

荒涼記 寛元四年三月十九日、今日於一条院与前大外記頼尚真人閑談、予問条々、除目四所籍近年人々皆用清声、且入道殿下仰如此、所存如何、頼尚答、良業局務之時、三ヶ年為少外記趨朝廷、自他皆用濁声、予又問、或抄〈赤木軸〉上《カム》ノ召使ト注、所存如何、』頼尚答、上《カム》召使ト申説承之、字有説不分明、予又問、女官今良《ラウ》并御禊行幸百《ヒヤウ》子帳等読如何、分明不存知云々、又北山都省《サウ》読如何、答所存如然云々、予問、都省名目之故如何、答不分明、可勘云々、又頼尚云、高御座近年皆人々声ニイフ、タカミクラト云人無云々、予用訓之条勿論之由答之、頼尚云、羅城門ライシヤウノ』門云々、南都士女説譜合、尤有興、是年来所聞置也、

嘉禎三年十月廿六日、今日京官除目初日也、直廬儀 頭弁〈忠高〉中文二百余通加懸紙〈一枚〉、乗〔挿カ〕杖之上覧之、

仁平三正十六日、除目執筆右府、雅定 右兵衛督〈雅通〉不立弓場筥文、依右府猶子之儀也〈山槐抄〉、

廿一日、執筆大宮大納言伊通、』中宮大夫為通、依無人数、雖父子随殿下命、列筥文〈同上〉、

兄弟同時昇進例

建久五年正月卅日、除目入眼、権大納言藤定能〈四十七、元中納言第一〉、』

小朝拝

山槐 久安七年正月一日、小朝拝、無官六位不着靴〈抄〉、』

御薬

治承四年正月一日、春宮御薬、左少将実教朝臣勤仕後取、依勅定也〈近衛司有例〉、』

節会

文治《山槐》三年正月一日、節会、左中公衡、左少隆保朝臣遅参、先令立拝、内弁〈冷泉内府〉練出之間、経其前着胡床、摂政云、遅参之将副砌可進寄也、

建久二正一日、節会、版位当御座西柱置之、宣命版位之就之、同西寄置之、少納言親家不就版立正中、是故』実也、

宣命使新宰相中将〈成経朝臣〉就版、不可然歟、又不差得笏、粗及一時、上下驚之、依内弁《右府兼雅》諷諫、懐中笏、未聞事也、如指落入左尻、故実歟、故実隆卿肥大之人常不差得笏、用此説云々、

文治五正七、叙人賜位記、中納言定能卿不取副笏、一拝之後取笏、是堀川左府所為也、』

白馬奏加署両説

端方ヲ裏ノ方へ推返テ名字ヲ書〈花山院入道相国説〉、

端方ヲ打垂テ加署〈松殿仰〉、

文治《山》六〈建久元〉正七、内弁右大臣〈実房〉謝座拝了、押下左右欄、先達日夜内弁無如此事、遠見似度々揖之故也、』

建久《山》二三月十八日、定能談云、

予先年奉仕七日内弁、為雨儀、謝座拝時不揖拝、其時或人成不審、退見或記雨議之時、以無此揖為善之由、注之者、予其時惣不覚悟之由、答之、

荒涼記

仁治二正十六、内弁《右府実経》下殿、予先下殿、為家・為経・忠高・信盛〈家礼人也〉、』然而執為御前之由、不家礼、

建《山》久三正廿四、除目始〈直廬上卿、内大臣忠親也〉、関白被示云、大内記所望輩可被議也、多者入眼夜、有如此定、』仍被下三通〈付短冊〉、光章、宗業、為長等也、各見下了、予申云、関白云、執筆可定申歟、関白云、先々然歟、予示藤中納言《定能》、取上申文、授左大弁《定長》、々披見之、人々詞慥不覚悟、光章者為重代、雖可然、方智浅深不知之、宗業者依名誉立身、為長者年齢太若、職為兵部少輔、強無愁、又父之所避即相続之条、於大内記無例之由』也、或三人可在勅定、或可被優重代、光章依此望、今年辞四品、被超越下臈、可哀憐、或宗業有理、只依器量、不必依次第云々、予挙宗業、至于此官者偏可撰其器之故也、各定申了、関白又被定申云、各有得失、在勅定者、此後左大弁返申文於予、々奉関白、

正月廿七日、入眼、大内記不任、』

廿九日、下名、大内記藤宗業、

二月廿一日、大内記宗業〈布衣〉来、除目諸卿議定之時、申有理之由、畏悦也、召簾前〈不敷円座〉、謁之、吹嘘事無私、只世之所推也、更不及来悦之由、所答也、

　兄弟同時昇進例

建《山》久五正卅、除目入眼、

　権大納言藤定能〈四十七、元中納言第一、于時重服〈母〉未[復]服任、今度大間任例外記載也〉、』

　修理《権》大夫藤重季〈定能兄、他腹、於此官新任〉、

文治三五四日、除目、

　侍従藤隆衡〈左兵衛督隆房卿一男〉、

　遠江権守隆宗〈同二男〉、

建《山》久三七九、頭大蔵卿宗頼朝臣為関白使来曰、前右大将頼朝申改前大将之号、可被仰大将軍之由、仍被問例於大外記師直、大炊頭師尚朝臣之処、勘申旨如此、』可賜何号哉者、予申云、惣官、征東大将軍、近例不快〈宗盛惣官、義仲征東〉、依田村麿例、征夷大将軍可宜歟者、大蔵卿同被問別当兼光之処、申云、上将軍、征夷将軍之間、可宜歟之由所申也、予曰、上将軍者漢家有此号、征夷大将軍者本朝有跡之由〔ママ〕、上田村麿為吉例、強不可求異朝歟、』

同十二日、大蔵卿宗頼奉関白命伝送曰、大将軍号事、依田村麿例可称征夷、而天慶三年以忠文朝臣被任征東将軍之時、被載除目、養和・元暦両度為宣旨、両様之間、宣下之例殊以不快歟、今度可為除目歟、其条可然者、勅任歟、奏任歟、此三个条〔ママ〕、度々外除目并宣下之間事、所見不詳之由、外記・官所申也、於天慶例者、為奏任、而』今度尚可有差別哉、且是天慶忠文、于時四位参議之上、大将軍者、位在三公之下云々、仍尚勅任可宜哉之由、聊有予議歟、予申云、被任征夷大将軍事、今度尤可被行除目、件官可為奏任歟、天慶例已存之、更不可依本官本位之尊卑、其身雖為四品、被任八省卿之時、為勅任、其身雖為公卿、被任按察使之時、為』奏任、忠文依為四位品参議用奏任歟之由、不存者也、有先跡之上、理致如此、但又可在時宜者、去九日、有大将軍号沙汰、予申征夷大将軍宜之由、被用申旨歟、

今夜被行小除目

征夷使大将軍源頼朝

後聞、将軍為勅任云々、大外記師直申云、大外記公忠抄物、観察使可為』勅任之由書之、若准之、可為勅任歟、師尚申云、按察使書勅任之例、有一両、将軍事、為希代之例、可為勅任歟、先是随形勢申非歟、雖為奏任、別紙何可軽忽哉、只可依旧跡并理也、忠文以奏任被仰了、如何、観察使者雖参議、、、官也、已公卿歟、不可守使字歟、按察使例、定誤之、以一両違例、不可用之、』

元服

建久二[山]、
　親王元服、先例不用脂燭挙灯也、
文治四[山]、
　姫君、予結腰〈片輪祭也、不引廻腰、如恒〉、
若君、予結腰』〈下袴腰許結之、女房袴不引廻片輪祭結也、是花山入道大相国仰也、又下袴許結之由、同彼御命也〉、
仁治元年八月十一日、
今日女子之着袴也、予結腰女子右方ニ結也、於男子者引廻腰左方結云々、』
　拝賀
文治四[山]十一月廿八日、新大納言〈朝方〉拝賀、殿上人十六人、扈従人、帥中納言経房、大宮権大夫光雅、頭左中弁定長朝臣、頭弁可騎馬前行之由、兼日納言存之、而頗有不甘心気、行成卿為蔵人頭之時、乗車扈従之由、見高房記云々、仍有此儀云々、八条相国任大納言拝賀日、三条内府為』蔵人頭前駈、雖為父子、世以猶傾之云々、公卿勅旨、八十島等、蔵人頭接騎馬送之、偏難准之歟、
建久二[山]四廿八、右大将〈頼実〉拝賀、条々難、
舎人居飼一行前行
〈左府被難之云々、行幸時如此、不然之時者、二行可列也、
　宇治左府説、又花山院入道殿、右府所為一行也〉、
番長在前駈後車前』
〈左府難曰、有一員之日、番長加後列、可有前駈前也、又入道殿御時、如今日〉、

車副乗［垂］裾

〈左府難曰、可挿裾也者、遣手者、有不垂裾之説、二人之時者可挿歟、但垂之常事也〉、

榻打黄金物

〈同難云、納言大将可用散物金物者、此難尤可然也、但、京極大殿御榻賜二位大納言、其傅左府大将昇公卿、毎拝

賀用之、是別儀也〉、

笠袋無裏緒用青革

〈執政家用単袋緒用紫革〉、』

沓令持笠持、

〈此車雑色可持也、定可被知歟、雑色所為也〉、

・荒涼記〈私資季卿記歟〉

・定能―資家―資季（大納言　正暦二薨〈八十二〉）―資氏

荒　宝治元四五、今日資氏少将拝賀也、令練習舞踏坐左右左、本説者、』展左手時者、突右肘、展右手之時者、突左肘也、

予初出仕用此説、然而任時義今度只展手許也、

同　建長元年八月卅日記、

左右左・右左右事

貞信公親王舞踏之時、可用右左右之由有仰、臣下モ子息童舞給　勅禄之時、其父取之、有右左右例、』

』

着陣

山　建久二四十一日、着陣〈内大臣〉、床子座前、予向右中弁（棟範朝臣）揖、

〈後日左大臣《実房》曰、故入道左府曰、大臣者向中少弁不揖、納言者不揖外記史者、然而土御門右府揖之由被記、仍我向弁揖也者、宇治左府揖之由被記、久我内大臣不揖、乖土右歟〉、

六月十七日記、

陣座掌灯、大臣参陣之時三本、不然之時二本也、

大臣参陣之時、雖無所役、参』議候座之例也、二条院御時殊有此沙汰云々、

治承三年三月十一日記、

頭中将通親着陣之時、懸膝昇、職事不然事也、』

車

山 治承四二廿八記、

経房朝臣車、袖雀丸三所居之各三〈貫首之後用此文〉、

建久二四廿八記、

半蔀車懸下簾事、於京中者無不懸之例、仮令如宇治出行之時、有随身之人、随身立烏帽子負野箭之程事、撤下簾者也、六』条摂政乗庇車、被向宇治之時、被懸下簾、而信範聞之、令走使、於途中令取之云々、松殿被向宇治之時、猶被懸下簾云々、又如何、網代車袖同白網代也、禅門被仰曰、上許白者称老之心歟、白又常也者、今度許白令調之外、金物用金銅、納言大将用散物金物片物見調之、故左大臣殿、入道殿、右府皆被用』片物見、禅門被仰曰、物見簾者、如物見之板調之者、突張之時不叶也、其故者、物見之外之蟹甲当外布知不被開極、仍簾■広也、然者、物見之被開タル定に、今一寸許ヲ広ク簾ヲ調タル、突張ニ使マシキ程也、縦雖広調之、端ニ可切儲也、縁革之間、雖不同、其程事、非難事也者、簾如半蔀、畳』縁小文高麗、又立板黒漆如恒、不懸下簾、殊存晴之時懸之、

半蔀車〈挿下簾事非如毛車、只皆挿之〉、
同《山》年八月廿三日記、
チカヘ物見車〈謂網代車也〉、
寛《荒涼》元四年正月記、
後鳥羽院御車袖菊、物見下、菊八葉、
後白川院御車唐麦［菱］、』　』

直衣始

建《山》久二年五月十四日、〈予〉直衣始、着座〈当眼路不跪、奏文之時者、直依可伺御気色、至于着座者、無其儀〉、揖逃片膝候、即揖退〈幼主不可有物語、又非可奏、即雖退、又可似物騒、仮令相計十息許之程〉、
建《荒》長二年四月一日、今日内府〈実基〉着冬直衣〈烏帽子直衣、皆有文也〉、参院、仰云、近年メツラシケナクナリタリト云々、
宝《荒》治三二十九記、』
内府雑談之内、旧人号垂頸テ如直垂ナル物袴上ニ着之、有別帯剣者、如狩衣剣云々、予少年昔、於水無瀬殿故野宮左府着之由見及、申其由了、』

上表

建《山》久五年六月十二日、
表筥事
朴板無文不油瑩押裏小文亀甲生織物、不［付］可付中務省、仍不造加花足也、

六月廿六日、内《忠親》大臣上表〈今年六十四、三歳喪父〉、大学頭在茂朝臣〈衣冠〉表草、在中門外廊申持参之由、予依病不召作者、仰神妙之由了、』

清書勘解由次官清長〈定長子〉硯居折敷、取硯筆二管、撤笠墨小刀、各以紙裹尻土瓶、続檀紙二巻、各五枚令表函内寸法兼切之、名字用疏〈清書問注疏之間〉、依嘉応例也、長和行成、寛治伊房、失書注、康和定実云疏、寛治大殿仰云、近代非注云々、

表函裹様事

檀紙八枚其長同表料紙、加結緒、同』檀紙四倍帖之、以切目為内、其弘二分余也、中ヲ結続之、帖合方ヲ違テ差入テ、其上ヲ結ヘハ、帖合タル方ノ同方ニ成也、件結緒料檀紙ノ長《タケ》ヲ未切之前ニ可切取也、凡中ヲ結続テ之後、二倍ニ推折タルヲ引宛函タル、均キ程ナル、可吉也、今度内々所相試也、檀紙ノ上ニ置函テ、持参也、置表右、置予前、予取函幷結緒、置檀紙右方取表、以檀紙一枚テ表端ノ枚ノ裏ニ』重テ巻テ、又二枚ヲ取テ、重ナカラ懸紙ニシテ、又一枚ヲ取テ、其懸紙ノ端ニ券〔巻〕加テ、開函テ入表テ如元可覆蓋、而忘却不覆檀紙横サマヲ、縦サマニ引成テ取函テ置其上〈上下同程ニ見許也〉、裹之結其上、押合上下一檀紙ノ右方ヲ、二枚函上《ウヘニ》引覆テ蓋左方ノ角ノ上方ニ宛試テ、檀紙ヲ函ニ乍推合、右方へ引遣テ、下《シタ》ノ檀紙二枚ヲ乍重、右端ヲ函ノ右方ノ下《シタ》ノ端ニ宛』テ、上ノ檀紙ノ右方ヲ開テ、左方ノ檀紙二枚ツ、、重タルヲ、乍四枚右サマへ函上《ウヘニ》推裹テ、又右方ヲ其上ニ推裹テ取結緒ヲ、函ノ下ニ半許ニ宛テ、以結目下ノ中央ニ宛テ上ノ方ニ諸鎰ニ結也、鎰ノ端ヲ面ノ上ノ角ノ程ニ宛之、結緒ノ末ヲ面ノ下ノ角程ニ宛、是度々見之、可冥程所消息也、此後函ヲ横ニ引成テ檀紙ノ上下ヲ以左右手上下ヲ』取合テ推付傍方ノ折目、不密函下方ヲ外方トシテ置之、不可然歟、

可撤倚子否事

匡房卿嘉保元記、
外記庁大殿御倚子猶立、
宇治殿御倚子去職後久立之、
実行云、仁平三年六月八日、被立太政大臣倚子於官外記庁、保元三年八月九日、辞太政大臣、而撤倚子事、無所見、』
凡表者令置日記御厨子、之例也、太政大臣上表多有勅答、自余無之、
上表使間事
中御門右府以頭弁宗成為使、
京極大相国者以書状付職事、』

朝覲行幸

[山]文治六正廿七日記
近衛司等随身皆着藁沓、右中将忠季朝臣随身着沓、京中行幸、近衛随身着皮沓、外衛随身着藁沓、之例也、知此事之人漸稀歟、
[荒]寛元五年二月廿七日、上皇御幸、西園寺令覧桜花給了、』
[山]文治四年七月七日、法勝寺御幸、別当〈隆房〉持鞭、可然歟、近代公卿舎[令カ]差舎人腰、宇治左府、大炊御門右府被持之、況至于大理可然事歟、』

随身事

[山]文治三正十四、右大将《頼実》談云、御斎会竟日、東廊幔内不入随身、去七日参花山院入道殿、被仰云、大将沓於陣随身以弓搔遣、諸卿沓直之、至于殿上納言大将上臈多時無歟者、然而於陣必人沓外脱之、不令随身搔之、只取直令置之、於殿

上随身不令出神仙門外、弓之及程者、於神仙門内以弓直在沓脱之沓、』帰出無名門着、下﨟随身令廻殿上口方、令守沓也、弓不及之程者不及事也、任大将之後、不尽沓験、元日小朝拝以前着殿上之時、番長来欲取沓、追帰了、不知案内、不足言事也、

随身差鞭事

建《山》久五三月記云、

随身着鞭事、以其上方為右、其上』以上方為右、々随身以上方為左、二人相並鞭上為合云々、

三《同》月十六日、大原野行啓、関白扈従引馬〈結唐尾〉、

後日松殿被難曰、行幸之時令引馬之時、差泥障不令結唐尾者、関白無所被陳云々、

文《山》治五二五、賀茂御幸雨下、』右大将〈兼雅〉随身番長幷下﨟一両人着壺脛巾、兼平〈弟〉信濃結云々、依雨也、信濃結ハ菓ヲ括ラムスル様ニ袴ヲシテ以紙結脛幷足頸云々、』

治承二

十二月七日、賀茂臨時祭

右武衛《家通》被示送曰、勧盃之時、可取加弓於盃哉否事、人々存旨様々、予案之、猶可持弓歟、凡可持帰物之時者不取弓、置物帰之時者持之、

建《荒》長元十二記、

女嬬をタウメト呼事、無指所』見之由、見中山内府記云々、』

建《山》久二年八月二日、自大学寮進胙〈寮称聡明、昨日被行釈奠、翌日進大臣、之例也〉、寮官信保〈着衣冠〉令持鎰取安清〈冠、着黄狩衣〉、侍所々司取之所進也、賜禄物〈自納殿給之、最下品白布一段、巻之結上下云々〉、

（図）

折櫃二合ヲ千加倍サマニ重テ、其上ニ置蓋〈如晦日祓、折櫃蓋〉、其蓋ノ下ニ置』四手〈以雑紙弘三寸許、四手二筋
搔千許千加倍テ四角ニ垂也〉、
居土高坏、
納物
上一合小土器四口、
〈一口白小鮮、口径一寸許、三枚一口黒餅《三枚》、一口粟、一口黒大豆〉、
下一合小土器四口、
〈一口黒餅三枚、一口粟、一口黒大豆、一口梨子三切〉、』

重陽宴

建《荒》長元年九月九日、院参、
重陽宴何比マテ被行哉、〈予答云〉、村上御時号残菊宴十月被行之、イツマテト云事不分明之由申了、』
建《山》久二年十一月九日、八十島、典侍〈能任卿二女〉進発、。《於》住吉江講和歌、以松葉為文台、序者仲章〈蔵人左衛門尉〉、』

記録所始

文治三二廿八日、記録所始、上卿大納言兼右大将実房不着、之例也云々、寄人内〈去廿六日宣下〉〈散位藤敦経、大
学頭菅在茂〉、

廻文書様

散位藤原朝臣敦経

大学頭菅原朝臣在茂
博士中原朝臣師直
算博士三善朝臣行衡〔衡〕』
明法博士中原朝臣明基
右、来廿八日、被始記録所、任宣旨状、可令参勤之状如件、
　　文治三年二月　日
建久三七五日、記録所毎日熟食始寄人十九人、』
建《荒》長元九月十三夜、仙洞御会也、為氏朝臣自頭中将《基具》為位次上臈、仰云、重様両説云々、然而父卿《為家》為読師歟之間、先重
為氏歌了、
同三五月記、
宗教朝臣語云、付鞠木随月〔日カ〕有習、今日不可付鶏冠木云々《公基大納言付鶏冠木進上皇之故也、》、
其次又語云、有竹懸事、近モ普賢寺入道仰家平被殖鷹司宝〔室〕』町殿云々、
建久二十一月廿九日記、
奏報書様〈書一枚、無裏紙、有懸紙〉、
　奏文三枚、
駿河国司申請被給鉤匙開検不動倉事〈依請〉、
石見国司申請被給鉤匙開検不動倉事〈依請〉、
紀伊国司申請被給鉤匙開検』不動倉事〈依請〉、

右　奏畢〈権中弁定経朝臣〉、
　建久二年十二月廿五日　右大史中原以業
私云、奏報ハ官奏、吉書奏、荒奏、和奏等也、翌日早旦持参大臣家、覧了、史唯退、
寛《荒》元三二二日記、自去月左大臣殿御方被立年中行事障子、一条』左大臣〈雅信〉、京極大殿、宇治左府等例云々、公卿座末妻戸前被立、其体如内裏勢頗小、
建《山》久五三七、中宮大原野行啓、一献、二献、依関白譲、大相国取盃擬関白、三献、関白被譲左府、々々固辞、依再三命、取之、被擬関白、』
治《山》承三年五月廿五日記、
　父子出家相並事
知足院殿、法性寺殿、
太政入道、重盛公、
同四年六月廿一日、法勝寺池蓮一茎開二花、今日見付了、堀川、白川、待賢門院御事之時、有此事、本朝舒明天皇以後有此事、或大臣薨、或有天下大事、其徴不空云々、』　』
　諒闇
更衣、重服不更衣之由、見西宮記、
　以下更衣人又有之、
文治三二卅、死人頎〔ママ〕無皮肉不可為穢事、
死人頸片破穢有無事

天徳四十一十二、鳶冷《喰歟》死児片頭、落宮内、不為穢、』
[山]建久二正記、
右衛門大志経康申云、死人頭如破埦、先例不用穢、況経年序無肉無血、不可為穢者、
　正僧正二人始例
[山]治承三十一十七日、前天台座主明雲還任僧正、当時僧正房覚也、被相副之、正僧正二人例、今度』始之、』
』
這一冊以逍遙院真跡書写校合畢、
右暁心院左大臣殿御筆也、
　　　　　　　　公修

〈考察〉

一　記事の紹介

注目される記事は、「前右大将頼朝被仰将軍事」で抜粋されている『山槐記』建久三年七月の記事である。建久三年七月は源頼朝が征夷大将軍に任じられる月であるが、この前後の資料は『吾妻鏡』しか残されていない。当該資料は、任官の経緯を教えてくれる点で貴重な資料である。その部分を、もう一度紹介する。

山建久三七九、頭大蔵卿宗頼朝臣為二関白使一来曰、「前右大将頼朝申下改二**前大将**之号一、可レ被レ仰二**大将軍**一之由上。仍被レ問二例於大外記師直、大炊頭師尚朝臣一之処、勘申旨如レ此。可レ賜二何号一哉」者。予申云、「**惣官**、**征東大将軍**、近例不快〈宗盛**惣官**、義仲**征東**〉。依二田村麿例一、**征夷大将軍**可レ宜歟」者。大蔵卿同被レ問二別当兼光一之処、申云、「**上将軍**、**征夷将軍**之間、可レ宜歟」之由所レ申也。予曰、「**上将軍**者漢家有二此号一。**征夷大将軍**者本朝有レ跡之由[ママ]。上田村麿為二吉例一。強不レ可レ求二異朝一歟」。

同十二日、大蔵卿宗頼奉二関白命一伝送曰、「**大将軍**号事、依二田村麿例一可レ称二**征夷**一。而天慶三年以二忠文朝臣一被レ任二**征東将軍**一之時、被レ載二除目一。養和・元暦両度為二宣旨一。両様之間、宣下之例殊以不快歟。今度可レ為二除目一歟。其条可レ然者、勅任歟、奏任歟。此三个条[ママ]、度々之外除目并宣下之間事、所見不レ詳之由、外記・官所レ申也。於二天慶例一者、為二奏任一。而今度尚可レ有二差別一哉。且是天慶忠文、于レ時四位参議之上、大将軍者、位在二三公之下一云々。仍尚勅任可レ宜哉之由、聊有二予議一歟」。予申云、「被レ任二征夷大将軍一事、今度尤可レ被レ行二除目一。件官可レ為二奏任一歟。天慶例已存レ之、更不レ可レ依二本官本位之尊卑一。其身雖レ為二四品一、被レ任二八省卿一之時、為二勅任一。其身雖レ為二公卿一、被レ任二按察使一之時、為二奏任一。忠文依レ為二四位品参議一用二奏任一歟之由、不レ存者也。有二先跡一之上、理致如レ此。但又可レ在二時宜一」者。去九日、有二大将軍号沙汰一。予申二征夷大将軍宜之由一、被レ用二申旨一歟。

今夜被レ行二小除目一

征夷使大将軍源頼朝

後聞、将軍為二勅任一云々。大外記師直申云、「大外記公忠抄物、観察使可レ為二勅任一之由書レ之。若准レ之、可レ為二勅任一歟」。師尚申云、「按察使書二勅任一之例、有二一両一。将軍事、為二希代之例一。可レ為二勅任一歟」。先是随二形勢一申レ非歟。

雖レ為二奏任一、別紙何可二軽忽一哉。只可レ依二旧跡幷理一也。忠文以二奏任一被レ仰了、如何。観察使者雖二参議一、、、官也。已公卿歟。不レ可レ守レ使字歟。按察使例、定誤之、以二一両違例一、不レ可レ用レ之。

右の記事より窺える事実は、次の諸点である。

一、義仲は「征夷大将軍」ではなく、「征東大将軍」であった。
二、頼朝は「大将軍」を望んだのであって、「征夷大将軍」を望んだわけではない。
三、朝廷では、「征夷」、「征東」、「惣官」、「上将軍」等から「征夷大将軍」を選んだ。
四、頼朝は「征夷大将軍」を除目・勅任で与えられた。

このうち、一～三について考える。

二　征東大将軍義仲

まず、義仲の「征東大将軍」であるが、これは、『玉葉』の「義仲可レ為二征東大将軍一之由、被レ下二宣旨一了云々」（寿永三年正月十五日条）によっても確認される。ただ、他の資料には見出されず、『吾妻鏡』寿永三年正月十日・二十日条や、『百練抄』同年正月十一日条に同様の内容を「征夷大将軍」と記していることから、一般的には、義仲は征夷大将軍の宣旨を受けたと理解されている。しかし、少なくとも、この理解は改めなくてはならないことになる。(2)

義仲の征夷大将軍任官についての『吾妻鏡』寿永三年正月十日記事は、

伊予守義仲兼二征夷大将軍一云々。粗勘二先規一、於二鎮守府　宣下一者。坂上中興以後、至二藤原範季〈安元二年三月〉一、雖レ及二七十度一、至二征夷使一者、僅為二両度一歟。所謂　桓武天皇御宇延暦十六年丁丑十一月五日、被レ補二按察使兼陸奥守坂上田村麻呂卿一。朱雀院御宇天慶三年庚子正月十八日、被レ補二参議右衛門督藤原忠文朝臣一等也。尓以降、皇家廿二代、歳暦二百四十五年、絶而不レ補二此職一之処、今始二例於三輩一。可レ謂二希代朝恩一歟。

というものである。この記事は正確さを欠く。というのは、忠文は征東大将軍にはなったが、征夷大将軍にはなっていない。征夷大将軍（坂上田村麻呂）と征東大将軍（藤原忠文）との混同が見受けられる。兼実が正確に「征東大将軍」と記していることを見れば、『吾妻鏡』においては、「大将軍」でありさえすれば、「征東」であれ、「征夷」であれ、大した違いはなかったというべきであろうか。

また、義仲の任官を「希代朝恩」と賞している。これは、義仲と頼朝を「征夷大将軍」の連続線上に置くからこそ生まれる評価であろう。『吾妻鏡』編纂の時代に、義仲が頼朝とは異なる「征東大将軍」であったと認識されていたら、「希代朝恩」とまで書いたであろうか。『吾妻鏡』には、『山槐記』の記主である藤原忠親の慮ったような、義仲を悪しき前例とする見方すらなかったと言うべきかもしれない。

時代は下るが、平家物語諸本のうち、読み本系三本（延慶本・長門本・源平盛衰記）には、義仲が征夷大将軍になったことが記されている。また、『神皇正統記』後鳥羽天皇の項に、

平氏イマダ西海ニアリシホド、源義仲ト云物、マヅ京都ニ入、兵威ヲモテ世ノ中ノコトヲオサヘヲコナヒケル。征夷将軍ニ任ズ。此官ハ坂上ノ田村丸マデハ東夷征伐ノタメニ任ゼラレキ。其後将門ガミダレニ右衛門督忠文朝臣征東将軍ヲ兼テ節刀ヲ給シヨリコノカタ久クタエテ任ゼラレズ。

とある。田村丸と忠文の職名は区別しているが、義仲は「征夷将軍」と記している。尤も「征東」、「征夷」の機能を実質的に区別しているようには思われない。一方、同じ『神皇正統記』の後醍醐天皇の項に、

> 高氏ハ中ウケテ東国ニムカヒケルガ、征夷将軍ナラビニ諸国ノ惣追捕使ヲ望ケレド、征東将軍ニナサレテ悉クハユルサレズ。（中略）中務卿尊良親王ヲ上将軍トシテ、

とあり、「征夷」と「征東」を区別し、更に「上将軍」まで用いて使い分けている。これらの名称の相違は認識されていたことが理解される。なお、同様のことを『太平記』巻十三「足利殿東国下向事」では、

> 但征夷将軍ノ事ハ関東静謐ノ忠ニ可レ依。東八箇国ノ官領ノ事ハ先不レ可レ有二子細一トテ、則綸旨ヲ被二成下一ケル。

と記す。

義仲を「征夷大将軍」とする認識は、『吾妻鏡』だけではなく、かなり浸透していたと考えられる。

三　征夷大将軍頼朝

次に、頼朝の征夷大将軍任官について考える。記主の藤原忠親はあくまでも朝廷の側、つまり、職を与える側からの意見を記しているのであり、その点で、頼朝の意向が十全に明らかになるかどうかは少々疑わしいが、その点を差し引いても、当時の状況が窺える。

頼朝は必ずしも「征夷大将軍」という名称には固執していなかったようである。頼朝は前任（建久元年十一月二十四日兼右大将、同年十二月四日辞任）ではあるが、近衛府の将軍であったことを示す「前右大将」を返上し、実際に戦闘に従事する征討軍を統括する「大将軍」という職を願ってきた。忠親は諮問に答えて、宗盛の「惣官」や義仲の「征東」を避けたく、また中国の「上将軍」も敢えて用いる必要もないと進言する。そして、朝廷では、田村麻呂の例を吉例として、「征夷」大将軍という職名を選んだ。「征夷」が頼朝の発案ではなく、朝廷の側からの命名であったこと

が理解される。

従来、頼朝の征夷大将軍任官の事情を記した資料は唯一、『吾妻鏡』があるだけであった。左に『吾妻鏡』の該当記事を引用する。

元暦元年四月十日、戊寅

源九郎使者自二京都一参着。去月廿七日有二除目一。武衛叙二正四位下一給之由申レ之。是義仲追討賞也。持二参彼聞書一。此事、藤原秀郷朝臣天慶三年三月九日自二六位一昇二従下四位一也。武衛御本位者従下五位也。被レ准二彼例一云々。亦依二忠文〈宇治民部卿〉之例一、可レ有二征夷将軍　宣下一歟之由、有二其沙汰一。而越階事者彼時准拠可レ然。於二将軍事一者、賜二節刀一被レ任二軍監軍曹一之時、被レ行二除目一歟。被レ載二今度除目一之条、似レ始二置其官一。無二左右一難レ被二　宣下一之由、依レ有二諸卿群議一、先叙位云々。

建久三年七月二十日、庚寅

大理飛脚参着。去十二日、任二征夷大将軍一給。其除書、差二　勅使一欲レ被レ進之由、被二申送一云々。

同　二十六日、丙申

勅使庁官肥後介中原景良。同康定等参着。処レ持二参征夷大将軍除書一也。（中略）

征夷使　大将軍源頼朝

（中略）

将軍事、本自雖レ被レ懸二御意一、于レ今不レ令レ達レ之給。而　法皇崩御之後、朝政初度、殊有二沙汰一被レ任之間、故以及二勅使一云々。

元暦元年四月十日条についても、寿永三年正月十日条と同様に、正確さを欠く。忠文の例に倣うならば、征東大将軍の宣下についての議であったはずである。ここにも「征夷」と「征東」の混同が窺われ、『山槐記』から読み取れるような、それぞれの名称が背負う歴史的ニュアンスは考慮されていない。なお、元暦元年四月の記録は、『吾妻鏡』の他にも『玉葉』『吉記』などが残っているが、これらに『吾妻鏡』十日条と同内容の記事はない。

この元暦元年記事と呼応するものとして、建久三年七月記事が理解されてきた。特に、傍線部分によって、次のような認識がほぼ定着している。「征夷大将軍」という職は頼朝が以前から要求していたものの、後白河院の側では、これだけは与えるのを反対していた。が、院が崩御した後に、周囲の公卿が授けたものであると。そして、頼朝が「征夷大将軍」、特に「征夷」を必要とした理由について、また、その意義について、多くの論が交わされてきたのである。しかし、これも、前引の『山槐記』には該当する記述がない。もとより、『山槐記』にないという一点を以て、『吾妻鏡』の信頼性を覆すことにはならないが、『山槐記』の記事を読む限りにおいては、少なくとも、頼朝を征夷大将軍に任じようという議が数年前からあったようには読み取れない。もし元暦元年当時に頼朝を「征夷大将軍」に任じようという議があったとすれば、建久三年になって、改めて忠親が「惣官」や「征東」等の候補を挙げて考えることもあるまい。

しかしながら、傍線部分を、頼朝が、文字通り、「将軍」を欲していたと理解するならば、『山槐記』に抵触することはない。また、頼朝側からこの時に要求してきたことについて、『吾妻鏡』に記述がないことについても、『吾妻鏡』の立場としては敢えて書くことはしなかったと理解すれば、大きな矛盾とも言えない。

以上より、『吾妻鏡』の元暦元年四月十日条の信憑性は疑われ、また、建久三年七月二十六日条の解釈には再検討の必要があると言えよう。

四　おわりに

『三槐荒涼抜書要』所収『山槐記』建久三年七月記事によって、『吾妻鏡』における義仲・頼朝の征夷大将軍任官についての記事に再検討を加える必要が生まれることを述べてきた。同時に、従来の「征夷」に対する過大評価も改めなくてはならないが、更に、頼朝が望んだ「大将軍」の意義が問題となろう。

「大将軍」については、既に松薗斉氏の指摘がある。(3) 氏は源平合戦期に、「正規の手続きにのっとり、制度的実態を持ったものとして理解すべき」「大将軍」が現れることを指摘し、一方、『吾妻鏡』に「右大将軍」という呼称が見えることに注目し、幕府にとっては、右大将であれ、征夷大将軍であれ、大した相違がなかったのではないかと論じた。

また、やはり氏の指摘の如く、『愚管抄』では「鎌倉将軍」「頼朝将軍」「関東将軍」等と記すのみである。加えて、承元三年著と推測されている慈円の『夢想記』にも、頼朝のことを「武士大将軍」と記すのみである。慈円の意識においては、「征夷」の意識は薄かったと思われる。同時代を生きた人々にとって、頼朝の「大将軍」には意義が見出されようが、「征夷」にはそれほどの意味はなかったようである。京都の側にとっても、「征夷」にはどれほどの意義が認識されていたのか、疑問となる。

一方、頼朝が初度の上洛の時に兼実に対して、義朝の忠を継ぎ、自らを「朝大将軍」と称したこと（『玉葉』建久元年十一月九日条）が思い出される。「朝大将軍」に比べると、「征夷」という冠称がつくことによって、地域的な限定が生まれるように思われる。また、頼朝は建久五年にはこの将軍職の辞退を申し出ている。(4)

これらを併せて、「前将軍」の名称に振り替えてまで要求した「大将軍」の意義、及び征夷大将軍の権威化、『吾妻鏡』の問題等々について、更に研究が進められるべきであろう。

歴史学の論議に参加することは稿者の任ではないので、ここでは資料紹介と『吾妻鏡』記事の再検討を提言するに留める。ただ、頼朝の征夷大将軍任官をめぐる認識のあり方は、それを物語の構成の大きな骨組みとして組み入れている『平家物語』の物語の方法についても少なからず問題が及ぶ。これについては、第三部第四章で言及した。

注

（1）『三槐荒涼抜書要』は、小川剛生氏によりその存在を知った。翻刻については、高橋秀樹氏・遠藤珠紀氏他の協力を得た。記して謝意を表したい。

（2）京都大学附属図書館蔵平松家本『百錬抄』が『玉葉』と同じく「征東大将軍」としている点（喜田貞吉「征夷大将軍の名義について」〈『民俗と歴史』7巻5号　大正11年（一九二二）〉、杉橋隆夫「鎌倉右大将家と征夷大将軍」〈『立命館史学』4号　昭和58年6月〉の指摘による）を鑑みれば、『百錬抄』については、後世の書写の問題を考える必要があるか。よって、今回の考察から『百錬抄』は除外する。

（3）松薗斉「前右大将考――源頼朝右近衛大将任官の再検討――」（『愛知学院大学文学部紀要』30号　平成13年3月）

（4）石井良助『大化改新と鎌倉幕府の成立　増補版』（創文社　昭和47年）第三・四（初出は昭和6・8年）

〔引用テキスト〕『太平記』『神皇正統記　増鏡』（日本古典文学大系　岩波書店）

おわりに

以上、本文研究を軸として、平家物語諸本生成の過程の複雑さと躍動の様を追い、また、変容と受容の相互作用の具体相を見てきた。

延慶本も他の諸本と同じように、改編の重ねられた本である。そうした観点から、延慶本を諸本と同じ次元に置いて、同じ視点から見ることによって、読み本系祖本の姿を透かし見ることができると思われる。少なくとも、平家物語の古態を延慶本独自本文の中から探すことには慎重にならざるを得ない。

語り本系については、読み本系とは異なる流動の幅を探る試みがなされる必要があろう。一方系諸本の系統を再措定し、覚一本の固定性が幻想ではないかと疑うことから、語り本系と「語り」との関係が改めて浮上することになろう。

常に異本同士が柔軟に接触し、混態が重ねられていく作品、また時には独自に資料を投入して改編を重ねていく作品、こうした動態性こそが平家物語の本来的な姿ではなかろうか。そうした改変・改編へと誘《いざな》う魅力の源泉を明かす方向が平家物語研究にあってもよいのではないか。

結果的に、従来の諸本論・本文系統とは異なる角度に立った発言を重ねることとなった。ますます諸本論を混迷に陥らせた、と思われることを危惧する。拙論には誤認や考察不足の点も多々あろう。例えば、本書に再録しなかった論文の一つに、「延慶本平家物語巻六における高野山関係記事をめぐって」(「駒澤大学　佛教文學研究」7号　平成16年

3月）がある。延慶本が『高野巻』を取り入れて増補されたという可能性を論じたものである。論理的に不十分なところもあり、補綴の必要を感じていたが、拙論発表後に語り本系の研究を進めていくうちに、その他にも受容の多様性も含めて考え直さなくてはならないことに思い至った。このような点は他の論考にもあろうが、従来の諸本論から脱却し、新たな地平から諸本の動態を注視することによって、もう一度平家物語の流動を考える道を拓き、平家物語そのものが持つエネルギーと魅力を捉え直してみたい、そのような思いは認めていただきたい。

また、平家物語を取り巻く文学環境・社会環境を視野に入れた第五・六部は、諸本研究とは異なる方向から、本文の成り立ちや作品形成と受容の具体相を考える試みである。中世、特に作品成立時期を見据えて、また、「語り」とは違う角度から、平家物語の浸透や広がりを把握する試みを、更に続けていきたい。

ところで現在、精密な影印が刊行され、翻刻も多く出版され、また、国文学研究資料館にはマイクロフィルムや紙焼き写真も保存されている。もし、本書が本文研究に少しでも寄与することがあるとしたら、それは先学が着実に蓄積してきた、こうした豊かな財産のおかげである。それらを駆使して、先学の敷いたレールを確認することから始める作業は、未開の分野を切り拓いた先人の苦闘に比べれば、遙かにたやすい。先学の偉業に心から感服し、感謝するばかりである。しかし、いっぽうで、便利になった研究環境は、刊行された活字本の制約と限界を忘れさせ、一つ一つの伝本が発信する情報の重要性に目をつぶらせていったように思う。しかも、近年では、インターネット上で写本類が公開されることも多くなってきた。画面で見る像は精密さが増し、拡大することも自在である。ますます、実物を見ることに大きな意味が見いだされなくなっているようにも思われる。しかし、やはり、近代以前の人々が書写した経過と結果に寄り添い、書写の状況に立ち会わないとわからない情報も残されている。実際、書誌学的な専門知識を殆ど持ち合わせていない私でも、刊行されたものからは伝わらない情報を、幾ばくかは得ることができる。原点に立って、写本・版本等の資料を実見し、蓄積された研究によって敷かれたレールを再点検し、浮かび上がる新たな疑問を大切にして、そこから出発する必要性を痛感している。

初出一覧

第一部

第一章　延慶本平家物語（応永書写本）本文再考――「咸陽宮」描写記事より――　「国文」95号（平成13年8月）
第二章　延慶本平家物語（応永書写本）の本文改編についての一考察――願立説話より――　「国語と国文学」79巻2号（平成14年2月）
第三章　平家物語の書写活動――延慶書写本と応永書写本との間　「湘南文学」16号（平成15年1月）
第四章　延慶本平家物語（応永書写本）巻一、巻四における書写の問題　「駒澤国文」40号（平成15年2月）

第二部

第一章　『平家物語』の古態性をめぐる試論――「大庭早馬」を例に――　関西軍記物語研究会編『中世軍記の展望台』和泉書院（平成18年7月）
第二章　延慶本平家物語書写と「異本」　「軍記と語り物」43号（平成19年3月）
第三章　延慶本平家物語と源平盛衰記の間、その二――延慶本巻七の同文記事から――　「駒澤国文」46号（平成21年2月）
第四章　延慶本平家物語と源平盛衰記の間――延慶本巻八の同文記事から――　「駒澤国文」44号（平成19年2月）
第五章　延慶本平家物語と源平盛衰記の間、その三――延慶本巻十の同文記事から――

「駒澤国文」49号（平成24年2月）

第三部

第一章　延慶本平家物語（応永書写本）における頼政説話の改編についての試論
関西軍記物語研究会編『軍記物語の窓　第二集』和泉書院（平成14年12月）

第二章　新稿

第三章　忠度辞世の和歌「行き暮れて」再考──平家物語の本文の再検討から──
「国語と国文学」83巻12号（平成18年12月）

第四章　『平家物語』の征夷大将軍院宣をめぐる物語
佐伯真一編『中世文学と隣接諸学　4　中世の軍記物語と歴史叙述』竹林舎（平成23年4月）

第四部

第一章　覚一本平家物語諸伝本の本文流動──伝本分類の再構築──
「国語国文」77巻4号（平成20年4月）

第二章　覚一本平家物語の伝本と本文改訂
関西軍記物語研究会編『軍記物語の窓　第四集』和泉書院（平成24年12月）

第三章　覚一本平家物語溯行の試み──巻四「厳島御幸」「還御」を手がかりに──
「国語と国文学」85巻11号（平成20年11月）

第四章　一方系『平家物語』の本文流動と諸本系統について

「汎諸本論構築のための基礎的研究――時代・ジャンル・享受を交差して――」（科学研究費補助金　基盤研究（C）研究成果報告書）（平成19年3月）

第五部

第一章　『平家公達草紙』再考　「明月記研究」8号（平成15年12月）

第二章　『平家物語』と周辺諸作品との交響　「軍記と語り物」46号（平成22年3月）

第三章　『建礼門院右京大夫集』から『平家物語』へ　「中世文学」55号（平成22年6月）

第四章その一　北陸宮と嵯峨孫王　『源平盛衰記（六）』中世の文学　附録　三弥井書店（平成13年7月）

その二　「よみ人しらず」への思い　『原典平家物語』DVD「解説冊子」巻七　ハゴロモ（平成21年）

第五章　藤原成親の妻子たち　「駒澤国文」47号（平成22年2月）

付　章　観音の御変化は白馬に現せさせ給とかや　水原一編『延慶本平家物語考証　一』新典社（平成4年5月）

第六部

第一章　『看聞日記』に見られる平家享受　「伏見宮文化圏の研究――学芸の享受と創造の場として――」（科学研究費補助金　基盤研究（C）研究成果報告書）（平成12年3月）

第二章　頼朝の征夷大将軍任官をめぐって――『三槐荒涼抜書要』の翻刻と紹介　「明月記研究」9号（平成16年12月）

＊第二部第三・四章は本文を組み替えるなどして書き直している。それ以外の論考も、修整を施している。

あとがき

平成十三年に前著『平家物語の形成と受容』を、本書と同じく、汲古書院から刊行した。未熟な内容であったが、それはともかく、校正という、過去の自分に向き合う辛い作業に疲労困憊して、精も根も尽き果てた私に、石坂叡志社長は優しく、「もう一冊、堅い本を出しなさい」と指示を下した。思考能力を失っていた私は、よく考えもせず、力なく「はい」と返事はしたものの、論文のストックも尽きており、勉強の方向を見失いかけていた時でもあり、心中では、「できるはずもない」とつぶやいていた。その折りに、十年を目処に、と言われたのか、私が勝手に思ったのかは、もう記憶も朧となっているが、何となく、「十年」と思い込み、そして、十年は瞬くまに過ぎてしまった。

前著を準備していたころ、延慶本の原本調査の機会を得て、貼り紙の存在に気付いたものの、何を意味するのか全くわからず、そのままに放置していた。ある時、母校の学会で口頭発表の機会を与えられた。材料が乏しかったので、この貼り紙から何かをひねり出すしかないと、あれこれと諸本を引っ張り出して調べ、考え、恐る恐る、思いもかけない結果に辿り着いた（第一部第一章）。しかし、これは延慶本の一回限りの、偶然の出来事かもしれないとも疑い、他の部分を確認する作業が始まり、いつのまにか、延慶本にどっぷりと浸かる羽目に陥った。

そうしている間に、住環境も研究環境も職場環境も、大きく変わった。九州から関東へ、国立大学から私立大学へ、教育学部から文学部へ。熊本でも東京でも、幸せにも、刺激を与えてくださる多くの方々に恵まれた。しかし、仕上げる論文は、時代遅れの、重箱の隅の干からびた御飯粒を拾い上げるような細かな作業報告ばかりで、「目がチカチカしてきた」、「頭が痛くなった」、「演習の発表みたいだね」などと酷評を受け続けた。正直な感想を伝えてくださるのは有り難いことではある。そして、細かな本文異同表が次々と現れる論文の校正作業の続いたここ数箇月間、頻りに思い出された言葉でもあった。

いっぽう、覚一本についても気になりはじめていた、学部二年生の演習の準備をしていた時のことであった。一回目は自分で発表をすることにしている。その年度は覚一本巻四を扱うことにし、巻頭から現代語訳を綴っていたのだが、どうにも意味が通じない箇所に遭遇した。己の読解能力が不足しているためだとわかっていても、どうしても腑に落ちなかった。自分で納得するための調査が始まり、自分なりに新しい結論を導くことになった（第四部第三章）。しかし、覚一本の本文研究については、もう誰も関心を持たないためだろうか、村上學先生以外にはどなたからも、何の論評もいただけていない。それはさておき、次第に「覚一本とは何ぞ」という疑問が強まっていった。自明のことと思い込んでいたことが、改めて先学の論文を読み直しても、どうも納得できなくなってきた。とにかく伝本を実見してみようと思い立ち、数年をかけて、多くの方々のお世話になりながら、調査に出かけることになった。調査をさせてくださった文庫・博物館・大学図書館・お寺等と、諸機関での調査に便宜を諮ってくださった先生方、同行してくださった方々に、改めて心より感謝申し上げる。

他の各論も、ふとしたきっかけで調べ始めたものが多い。どちらかと言うと他律的なきっかけによるものの、「わからないこと」が改めて自覚される。最初はどうにも整理ができない。無駄な試行錯誤が続く。そこで諦めることも多いが、中には、こんがらがった糸が少しずつほどけていくように、混乱のさなかから小さな結論が見えてくることもある。例えば、延慶本についての見方が少し変わってきたら、延慶本や、延慶本と他の諸本との関係や、叙述内容・方法、平家物語という作品世界についても新しく考えることができそうに思われ、いくつかの論文ができあがった。それらを細々とつないでいき、自分なりに諸本のあり方の理解が進んだ気がしてきて、何とか本にまとめられるかと欲が出てきた時には、本当に十年が経っていた。語り本系と「語り」との関係や、作品の成立・形成時期をにらんだ諸問題については、いまだに全体像も摑めずにいるが、きっと、いつまで経っても「前途程遠」であろうと自己弁護をして、一旦の区切りとすることにした。

考えなくてはならないこと、調べなくてはならないことがまだまだ山積しているにもかかわらず、この後どれほどできるのかは、心もとない。これからは自分の体力・気力・知力・視力の衰えとの競争でもある。研究会などでお世話になっている諸先生方や研究仲間や先輩後輩、職場の同僚の方々――お一人ずつの名前をあげるのは諦めるが――に助けられ、刺激と教示と励みとお叱りをいただきながら、もう少し、勉強を続けていけたら幸いである。大した能力もなく広い視野も持てないで、細かなことにばかり拘ってきた私にできることは継続のみだから。

最後になったが、学会の折りに居並ぶ書店の片隅で研究会の雑誌を販売していた大学院生の私を憐れんで、声をかけてくださって以来、折りにふれて気にかけてくださった石坂社長、前著に引き続き今回も編集を担当してくださった飯塚美和子さん、引用本文の確認と索引作成を手伝ってくれた阿部昌子さんに、心より御礼と感謝を申し上げる。

また、本書は独立行政法人日本学術振興会平成二十四年度科学研究費補助金〈研究成果公開促進費〈学術図書〉課題番号２４５０２４）の助成を受けたものである。記して感謝申し上げる。

平成二十五年一月二十一日

櫻井陽子

著者略歴
櫻井　陽子（さくらい　ようこ）

1957年　静岡県に生まれる
1979年　お茶の水女子大学文教育学部国文科卒業
1992年　お茶の水女子大学大学院博士課程人間文化
研究科単位取得退学
1999年　博士（人文科学）
現在　駒澤大学文学部教授
専攻　日本中世文学（軍記物語を中心とする）

編著書
『平家物語の形成と受容』（汲古書院　2001年）
『校訂延慶本平家物語（四）（六）（八）』（汲古書院
2002・2004・2006年）（（八）は共編）
『平家物語図典』（共編　小学館　2005年）
『平家物語大事典』（共編　東京書籍　2010年）
『90分でわかる平家物語』（小学館　2011年）
『清盛と平家物語』（朝日出版　2011年）
ＣＤ集『聞いて味わう「平家物語」の世界』（解説
ＮＨＫサービスセンター　2012年）

『平家物語』本文考

平成二十五年二月十五日　発行

著者　櫻井陽子
発行者　石坂叡志
整版印刷　富士リプロ㈱

発行所　汲古書院
〒102-0072 東京都千代田区飯田橋二-五-四
電話　〇三（三二六五）九七六四
ＦＡＸ　〇三（三二二二）一八四五

ISBN978-4-7629-3610-4　C3093

索　　　引

凡　　例

本書記載の事項のうち、〔1〕人名（江戸時代まで）、〔2〕作品・資料名（江戸時代まで）、〔3〕平家物語諸本・伝本名について、五十音順に索引を作成した。〔4〕は、延慶本・覚一本で用いた本文の章段名を順番に掲げた。

○引用本文については対象から除外した。

○〔1〕は名前を音読みで拾い、本書に記載した漢字を宛てた。姓を可能な限り〔　〕で補った。名前が不明なために、通称に拠ったものもある。別字・別称・通称などは（　）で示した。区別の紛らわしい人名については、区別の指標となる文言を補った。必要に応じ、見よ項目をたてた。

○〔2〕は、通行の読み方に従った。本書で用いた通称・略称を（　）で示した。

○〔3〕は、通行の読み方に従った。第一～三部の延慶本、第一・四部の覚一本についてはほぼ全頁にわたって記しているので、省略に従った。語り本系については、伝本名を項目としてあげたものもある。なお、八坂系一～五類本は一、二、三…の順とした。

○〔4〕は、延慶本では章段番号・章段名のないものも、なるべく掲げるようにした。覚一本の章段名は一定していないので、なるべく高野本に従ったが、高野本とは異なるものもある。第四部第四章に関しては、覚一本以外の一方系諸本の章段名も掲げた。なお、第一部第一章の表はあげていない。

〔１〕人　名

ア行

カ行

サ行

タ行

ナ行

ハ行

マ行

ヤ行

ラ行

〔2〕作品・資料名

ア行

カ行

サ行

タ行

ナ行

ハ行

マ行

ヤ行

ラ行

ワ行

〔3〕平家物語諸本・伝本名

ア行

カ行

サ行

タ行

ナ行

ヤ行

ラ行

〔４〕延慶本・覚一本の章段名

延慶本

覚　一　本